沐月记

李迎兵 著

中国文史出版社
CHINA CULTURAL AND HISTORICAL PRESS

图书在版编目（ＣＩＰ）数据

沐月记 / 李迎兵著 . -- 北京：中国文史
出版社，2022.2

ISBN 978-7-5205-3458-1

Ⅰ . ①沐… Ⅱ . ①李… Ⅲ . ①长篇小说－中国－当代

Ⅳ . ① I247.5

中国版本图书馆 CIP 数据核字（2022）第 011482 号

责任编辑：方云虎
封面设计：新成博创
书法题字：柴　然

出版发行：中国文史出版社

社　　址：北京市海淀区西八里庄路 69 号
邮　　编：100412
电　　话：010-81136630
印　　装：廊坊市海涛印刷有限公司
经　　销：全国新华书店
开　　本：710 毫米 × 1000 毫米　1/16
印　　张：30.25
字　　数：580 千字
版　　次：2023 年 1 月北京第 1 版
印　　次：2023 年 1 月第 1 次印刷
定　　价：88.00 元

序　言

邱华栋

　　从"沐月"，进一步想到了"沐日浴月"，然后是更多具有意味的词组延伸。这主要是女主人公小月莺所经历的那个年代，活化石标本一般见证了一段历史风云，或如一段追求某种民族史诗性的抒写，却又具有某种不确定的方向——但唯一坚定明朗的就是女主人公小月莺化蛹成蝶的裂变过程，从燕京大学一路西行，就是那一代年轻知识分子的共同选择。在这样的人物命运主轴中，小说里又有很多那个年代小人物的命运沉浮让人读来唏嘘不已。贴着人物去写，也就会看到更多历史和现实废墟以下的人间景象。

　　早就得知李迎兵在写这样一部具有宏大野心的小说，但他的书写一开始并不顺利，充满了一系列曲折和艰难，甚或一度让他失去了一部分坚持下去的信心。有两三年，李迎兵浸染到《沐月记》所营造的那个与现实对应中的写作世界里。那个想象中的世界并不完全是凌空蹈虚的，比如离石这个地理坐标也曾出现在他的《狼狐郡》《狼密码》里。由于有着坚实的历史和现实的依存与支撑，使得他的想象游走在女主人公七岁到二十九岁的特定年月里不能自拔，仿若不是他在选择人物，而是人物选择了他，人物借助他的笔端说出各自尘封的秘密和心声。有很长一段时间，李迎兵即便在睡梦里都能听到笔下的很多人物在他耳边滔滔不绝地自说自话。他会突然从梦中醒来，大半夜爬起床来，再打开电脑记录下梦中的这一切。

　　李迎兵最早的一个小说，主人公"我"有着很大程度上的自传色彩。这就是《温柔地带》。这个小说写作和发表的都不太顺利。他一九九六年春节在亚运村洼里南口七平方米的租房里，没有暖气，躺在床上用手写（当时他还没有用电脑），写了一夜，一万多字，后来打印成稿到处投递都被拒，最终发表在《滇池》和《小说月报》主办的"中国短篇小说精品展"，当年这一栏目相继推出朱辉、刘醒龙、荆歌等作家的作品。那是《滇池》一九九七年第二期，小说发了头条，很醒目。再就是他以一种自叙传的主观视角切入方式的长篇小说《雨中的奔跑》，在出版后获得媒体关注的首届张爱玲文学奖。他还出版过《狼狐郡》《狼密码》等好几部历史小说及《温柔地带》《美人归》等中短篇小说集。一九九八年有幸在鲁院工作，住在小平房，好几年跟着井瑞主任编过《文学院》（后来改为《新创作》）杂志。李迎兵第一部长篇小说《校园情报快递》手写稿足足写了二三十本稿纸，当时在二渠道出版后，发行量很大。二〇〇六年在胡平、王彬两位当时的院领导和《山西文学》段崇轩主编推荐下，李迎兵加入中国作家协会。而《沐月记》在李迎兵出版的长篇小说中，应该说体量最大，也算厚重，写得很辛苦，据说中途还换过一次电脑，还累得趴下过一次。这应该是他出版的第五部长篇小说。书写也很细腻，甚或内容繁复的一部作品。某种意义上，小说有了常量和变量的诸多变化。这是应该值得看重的一点。

很欣慰，写书不易，做书更难，能够坚持做一些原创性和高品质的文学图书，足以体现中国文史出版社的眼光、品位和文学担当。我曾在《作家中的作家》一书中推荐了普鲁斯特、卡夫卡、博尔赫斯、巴别尔、加缪、君特·格拉斯、福克纳、卡尔维诺、昆德拉、麦卡锡、大江健三郎、卡佛、石黑一雄等十三位经典作家。因为，文学需要一个标杆性的激发力量。文学从来是你中有我、互相影响、互相激发的，在一代代的大作家那里，有着一个标杆和尺度，而大作家们则形成了一座座高峰，等着我们去阅读去靠近他们，在大师的激发下，写出自己独特的作品。

我以为，李迎兵的长篇小说《沐月记》正是在艰难的尝试中做着这一努力。四五十万字的体量里，文学语言的创造性，基于作家的个性，也扎根于地域性特色，明显的山药蛋倾向里又有作家现代性的宏阔视野。这些年来，我是左手写历史小说，右手写当代题材的小说。我既与历史对话（《北京传》），又在与时代共振（小说集《哈瓦那的波浪》等）。中国当代文学的勃起，有一个时间和空间的转换景观。文学的浪潮在不同的国家和语言之间接力赛般发生变化。而在小说内部，有结构、形式、语言、文学观念上的很大的变化与发展。有理由相信我们会站在巨人的肩膀上，抒写出我们的故事、我们的传奇、我们的魔幻和神奇的现实、我们的史诗。这是至关重要的。因为说到底，文学是互相影响才能够形成创新链条的。因为说到底，作家是要从一代代大作家那里获得一种传承的，文学只有一个标准，只有一个伟大的传统，你必须成为这个传统中开新风的人，才能创建新的历史。中国文学的原创活力的过程，或就是一种"创造性的转换"。这样一个对中国文学和对世界文学全景观的认识，是我们今天的写作者、研究者、出版者和读者都应该有的。而中国当代文学的创造力，还在持续地喷发着，并在努力试图成为世界上散发异样光辉的独特的文学。

是为序。

2022 年 5 月北京

邱华栋，著名作家。历任《青年文学》副主编、《人民文学》副主编、鲁迅文学院常务副院长等。现为中国作家协会书记处书记。

目录

第一章

梦回塔桥

1

　　大太阳出山了。先是看到刚冒头的一圈金红色，映照着一大片蓝色的天光，然后就是徐徐上升的银光闪闪，只是凝视着太久时，越来越刺亮中，又会让人眼前突然出现一圈一圈的暗影。黑夜把露珠抛洒在黎明的风中，坡梁上的山丹丹花舒展开身子，就连四周鸟雀的叫声也变得格外响亮。这个时候，揉揉眼睛，再去打量四周，就会发现一切变得与日出前完全不一样了。光芒四射。刚才还似乎静悄悄的离石东城门口有了叮叮当当的驼队铃声，看上去有些像凤凰展翅的城北凤凰山在晃眼的金光中跃跃欲试，与仿若被点石成金的蟠龙形状的城南龙山遥相呼应，而与东川河、南川河和北川河交汇处的城西虎山，则远远地一如卧伏着一只巨大的褐色猛兽在仰天咆哮。

　　其实，东边日出那儿绵亘的重峦叠嶂，离东城门还很远，整个东川里一马平川，大片的高粱和玉米，还有望不到尽头的是种着胡萝卜、西红柿、茴子白、山药蛋和红薯等的菜地，五颜六色，应有尽有。七岁的小月莺听比她大十来岁的姐姐云莺说，七里滩上面还有诸如跑马场、白马仙洞等很多的好去处呢。东城门外的新民大市场，还有飘着各种旗幡的东关一条街，那些粮店、饭馆、商铺、客栈、大车店，日夜不停地运送货物的驼队，叮叮当当，响个不停。姐姐说，这些都是属于李府的。李府的大院四四方方，也在东城门外，有着老高老高的石砌围墙，墙上还扎着圪针、拉着铁丝网。东西各有两座遥相呼应的五层塔楼，大院里又有许多小庭院供爷爷的各房子孙居住。

　　所以说，大太阳实际上是从东边高墙的塔楼上露头的，而且天气好的时候，院子上空还飘着一只上下翻飞的花凤凰风筝。小月莺晓得那是洋里洋气的曾姨娘从介休带来的好看风筝，让她羡慕极了。十七八岁的姐姐长得人高马大，但是很好看，也很温和。她比曾姨娘还要大两岁。姐姐云莺从未对小月莺发过脾气。那时，谁也不晓得小月莺长大之后会考上燕京大学，而且还有了一个正式的官名，叫李潇丽。只是她在七岁那年，姐姐总是叫她小月。她晓得父亲叫李文祺。而和姐姐一样人高马大的李文祺总是骑在一匹战马上，在她的记忆里，好像在太原时，李文祺训练他的骑兵队伍，虽然当时只是一个陆军中尉，却在她眼里俨然已经是一个呼风唤雨的将军，与那个从未见过的高祖李罡一样。据说，高祖李罡在光绪三年曾是左宗棠手下的一名悍将，与阿古柏军、俄军和英军打过许多恶仗，一直打到最西边的阿克苏、和田，最后收复伊犁，立下赫赫战功，并得到朝廷数万两银子的奖赏。现在的李府前厅正面墙上依然挂着一身戎装目光如炬的高祖李罡画像，旁边还有一幅天罡星的星象图。据说，当年李罡将军就是凭借着这幅天罡星的星象图才在边疆的追杀中辨清方向，然后与后援部队胜利会师。这种威武的高祖气质却隔代传到了李文祺这儿。小月莺只要听到李文祺的大皮靴嗒啦嗒啦响，就会下意识地躲在姐姐背后，偷偷去看一脸肃色戎装打扮的李文祺。

一直盯住窗外的花凤凰风筝，只看到越飞越高。小月莺手舞足蹈："姐姐，姐姐！我要大风筝！"

"你要这大风筝干啥？你还太小，大人不在跟前，大风一吹，大风筝能把你带到天上去！"

云莺在外屋不晓得在翻找什么，没有再搭理她。过了一会儿，听到帘子的响声，是父亲李文祺进来了。

"爹，爹！我要玩曾姨娘的大风筝！"

李文祺不吭一声，装作没听到小月莺的叫声。小月莺叫他的时候，总是接连着叫两遍爹。这也是她的童年风格。刚七岁的小月莺，说话的时候，就像唱歌一般，无论是叫什么人，都会连着喊两遍。他看她小小年纪认真的模样，都不好意思向她发火。如果是别人，李文祺是不会给一点好脸色的。他长这么大，还没有人对他发号施令过。但偏偏小月莺就可以，一物降一物，大门口来了挑着买碗托的担子，只要她嚷着要吃，他就总会有求必应。自从曾姨娘来了李府，小月莺总是在后面跟着。曾姨娘去拜观音，小月莺也跟着拜；曾姨娘跟着李文祺骑马，小月莺也跟着要一起骑；曾姨娘拿着一个小簸箕筛小米的时候，一边把瘪壳和土粒筛到脚底，一边还抓一小把小米扔到吴秀兰喂养的一群小鸡崽跟前，而小月莺也会跟着前前后后忙碌个不停，甚至弯下腰让跑在后面的更弱小的小鸡崽也能够吃得上撒在脚底的小米。

"云莺，你娘呢？"

"唔，一早就和我（俄）娘娘（奶奶）出去了，说是去田家会的佃户收租金去了。"

"啊，哎——那……那你杨伯呢？"

小月莺跳下脚地，赤着脚就从里屋跑出来。"杨伯要给我训练小黑呢。"杨伯就是李府的管家。她也不怕父亲了。院子里有两匹一大一小的战马，高大威武的叫大黑，脾气好一点，善解人意；反倒矮小一点的，人一靠近就会蹬蹄踏脚，叫小黑，小月莺都不敢走近。在太阳光里飞舞着一些小蚊虫，而姐姐云莺手里拿着刚给李文祺扫打过衣服上灰尘的布条掸子，来驱赶小黑身上的小蚊虫。

小月莺朝后看了李文祺一眼，然后说："爹，爹，您把小黑送给我吧！"

"你连马都不会骑，小黑又不是一个听话的小物件，给了你也没用。"

李文祺走了过来，嘿嘿笑着。其实，大黑和小黑，都是李文祺在防守雁门关时俘获的两匹战马，后来就带回了家。刚到家时，它们都不是很驯服的样子，无论李文祺如何用鞭子抽，就是不走出马厩一步。

李府的管家叫杨栓大，五十来岁，早些年赶过大车，骡子牲口之类的都能管教得服服帖帖，但战马还是第一次见。他抽着一锅旱烟，走过来看姐妹俩调教这两匹不同寻常的战马，闲下来还会做笊篱子。外面院子里，一些车夫在喂牲口，一边吵吵闹闹着说笑唱秧歌，编排一些顺口溜。

> 端起一碗绿豆稀饭来，夹里一口酸白菜，
> 车鞭子用劲一甩哪，大车走呀走口外。
> 软溜溜的嫩油糕呀，兴县胡麻油来炸，
> 小妹妹的长辫子呀，在哥哥的老脸上刷。

杨栓大骂骂咧咧："这些穷开心的喝尿货！"说着，他就要去前院呵斥那些车夫，被跑过来的七岁的小月莺拉住了。

"栓大伯伯，您给我拉过来小黑吧，我想骑上去耍喀嘞！"

2

一头两岁半的母黄牛，肚子圆鼓鼓的，在下院里的高墙跟儿下拴着，显得有些没精打采。杨栓大把一把铁刷子交给牲口棚里刚填完料的长工崔二娃，然后一起梳理母黄牛的毛发。他嘱咐崔二娃要给怀胎十月的母黄牛配好的精料，除了玉米、麦麸和豆饼，另外还打了几个鸡蛋，毕竟它快要生了。他把头上的白头巾摘下来，到一边去摔打着衣服上的尘土，然后拿只马勺给饭后的母黄牛饮水，听着它鼓胀的大肚皮里有一只成形的小牛犊子在动弹着，喧闹着。

"二老爷呀，"杨栓大站在下院里向中院里走过来的李文祺叫喊着，"咱家的母黄牛大花就要哈（下）崽了……"

李府占据着离石城东关靠近城墙外的一大片民居建筑，俗称李家大院。离石城还有两家大户，一家是旧城十字街的坐地户宋老大，一家是南关街里开过蛋厂

的吴有财。小月莺还晓得云莺姐带着她去旧城里玩耍，离石人总把旧城钟鼓楼一带称作"大楼底哈（下）"，把这前面的戏场子称作"圐圙"，谐音读作"窟略"，也就是传说中蒙语里围成圆圈的马场。后来，离石人的土话里总会把所有圆圈都一律称为"圐圙"。那年，老太爷李有德刚过完七十大寿，靠近东城墙外头的李府正门门楼高悬，两扇红油大门，门洞很宽绰，车马轿辇均可以通过。当然，东西塔楼下各有两扇侧门，北门则直接通到东关的李府商铺一条街里。东西塔楼上还有李府安排日夜守护换班的持着汉阳造的家丁。正门门楼上刚换了一块新的牌匾，李老太爷拄着文明棍指指点点，牌匾高挂在门楣正中，上写两个大大的金字：李府。大门两边各有石磴子夹住两根光溜溜的高旗杆上，今日准备要挂出的是早已在东关街绸衣布店铺里定做的迎宾彩旗。

"栓大伯哪，"李文祺的心思都在大黑和小黑身上，"大花眼看着要生了，这是好事，不过，记得让二娃哥多给咱大黑小黑的槽里拌些精料哩。"

说着，李文祺与杨栓大一起把即将分娩的母黄牛牵到刚刚清理过的牛圈里，并铺上了一些松软干净的干草。小月莺跟在他们后面好奇地观望着。崔二娃把牛圈里的粪便铲了出去，又垫了土，收拾干净，然后让另外的几只牛去院子里待着。

母黄牛大花有些急躁，不停地来回捣动蹄子，钻到牛圈的旮旯处，站卧不安，甚或在地下翻滚了好多次。李文祺用一把芭蕉扇驱赶大花身上飞来飞去的苍蝇和蚊子，大花的尾巴也甩来甩去，不一会儿就撅起屁股开始分娩了，先露出小牛犊的两只前爪来，湿淋淋的小脑袋也拱出来了，然后整个身子就都出来了。小月莺看到小牛犊眯缝着眼睛，一直栽在大花脚下，身上沾满了分娩时的黏液，仿若刚从东川河水里捞出来，能分辨出小牛犊的颜色是纯白的，与大花的铜黄色完全不同。大花一直在舔着它身上的黏液，然后过了一会儿，它跪着的前蹄子想要站起来，可是一抬腿，身子一软，就又栽倒了。牛圈外，小牛犊的爹大郎，是一头健壮的黑公牛，虽全身是黑的，但边沿部分有一些白色。大郎与大花生下的小牛犊竟然是白色的。这也是基因杂交而成的一种变化，却让大花和大郎完全感到了意外的困惑。大郎没事人似的在牛圈外的土场子里尥着蹄子。在耀眼的阳光下，大郎背上有一块明显的烙铁烙出来的伤疤，特别不协调，但却没有多少人注意到这一点。因为谁也想不到如果不是小月莺在一年前救了大郎，怎么会有母黄牛大花在这个时候生崽子的这档子事情呢？小月莺从小就有着这样良善和慈悲的天性，不论什么事情都要论一个是非曲直，她看不得不公平的事情发生，只要她力所能及地帮到了谁，就会一天到晚哼唱着童年的歌谣。

这时，穿着一身绸缎裤褂的老太爷李有德身旁是衣着光鲜靓丽的老夫人梁慕秀，还有李府各房的大小主仆，都在过厅里候着。过厅正中有一个大屏风，上面是一幅鲤鱼跳龙门的彩绘，一侧还有四个题字：金榜题名。原来可不是这个屏风，是一幅孔雀开屏的绘画。这个新屏风，是李老太爷专门嘱咐管家杨栓大换的，看来是别有一番用意的。有什么用意呢？各房主人都在交头接耳，议论纷纷。

小月莺忘记了曾姨娘的花凤凰风筝，而是一个人玩着曾姨娘前两日给她做的小风车。刚才在中院后面的小姐楼里，她去曾姨娘的房间没发现一个人，于是去了正中老夫人的房里，竟然发现红木家具后面有一只铜盒，打开一看是一只祖母绿戒指。小月莺想起来自己母亲吴秀兰手里也有相同的一只戒指，是李文祺送给吴秀兰的。小月莺从老夫人房里跑出来，然后又从自己的房间里拿了小风车，跑到中院，再然后就跑到了正门那儿，在李老太爷身前身后穿梭着。

"爷爷，您站在圪台子这儿干啥呢？"

李有德说："嗨，这尕孙女呀，就晓得满院子疯耍，你哥潇民就要从北平回来啦！"

"爷爷，咱家的大花就在刚才生哈（下）猴儿子了……"

李有德没听清，把一边耳朵向小月莺这边靠了靠，然后问："你……你这说甚嘞？"

记得小月莺第一次随父母从太原回到离石李府，看到李有德时，也跟着别的大人叫老太爷，结果身后的李文祺对她说："李老太爷也是你叫的，快叫爷爷。"小月莺这才叫了一声爷爷，李有德没反应过来，问："这猴乳子（女子）是谁呀？"李文祺连忙说："爹，这是您的猴孙女，比云莺还小一轮呢。"李有德就笑了，拿出老夫人梁慕秀递过来的芝麻糖，让小月莺吃。小月莺不吃，然后盯住李有德嚅动的嘴看了半天，就问："爷爷，您吃啥好吃的呀？"冷不防伸出两只小手从坐在太师椅上的李有德的嘴里掏起来。只听当啷一声，李有德在旧城十字街宋老大的镶牙铺配的一副上好的假牙掉落在地下了。李文祺伸手要打她，被母亲一把推开了。小月莺弯下腰，立马就捡起李老太爷的假牙，将功赎罪。她一时不知所措，不晓得为何轻轻一掏能够把爷爷的牙茬帮整个扳下来，吓得不轻。又见她拿着笊篱在手里舞弄，他连忙喝道："笊篱也是你个猴尕娃戏耍的？"小月莺不仅不害怕爷爷，嘴里还念念叨叨："捞捞饭，煮公鸡，煮的公鸡圪蹴起……"老太爷听了又好笑，又好气，问她这是谁教的歌谣，她说看到翠花婶子在灶房里唱的，还说曾姨娘也教会她唱不少歌谣哩。

这时，老夫人梁慕秀一把拉住小月莺，然后问："这么猴贪（顽皮），你娘也不管管。唉——你娘呢？"

李有德也有些着急，费了好大劲才听清，然后说："大花生了猴儿子，这是好兆头哟。正好吾潇民孙儿这次从北平回来，听说是从清华大学又考上了公派的美国哈佛大学，啥子什么商学院，经济学院，现在学成归来，我们李府这一哈

（下）子可是出人头地啦。喜上加喜呀。可是这个当口，老二和老二家的媳妇，跑哪去喀啦？"

小月莺说："爷爷，我找我爹去！"

梁慕秀说："孩子娘到田家会佃户那里收账，原本我也要一块去，后来让账房跟着去了，半前晌了，也该回来了。这当爹的呢？刚才还在院子里骑马来着，这不才刚一会儿就不见了。不晓得是不是去了大楼底哈（下）的圐圙？"

这时，杨栓大急慌慌地跑来了，然后对李有德说："老太爷，听说潇民的大车走到七里滩了。"

李有德的大儿子，也就是小月莺的伯父，人称大烟袋，名叫李文举。他不仅仅能抽大烟，更重要的是每次开抽，他都要与十字街宋老大在福居园的牌桌上决一雌雄。而南关街里的吴有财则是开着集赌场、烟馆和青楼于一身的福居园，差不多每天都是门庭若市，四乡八里的客人络绎不绝。宋老大那风靡全城的菜刀队见了李文祺领着的清一色汉阳造的李府家丁班也得甘拜下风。而如今，李文举虽说是李府大老爷，四十来岁的人了，宋老大和吴有财都看不在眼里。即便再加上二十来岁的三老爷李文起，他们也是不屑的模样。二老爷李文祺则在离石街里是一言九鼎，都晓得他在晋军里很能打，什么样的阵仗没见过呀。李文举一大早就呵牙舞躁的，萎靡不振。李有德派房里的丫头去找，也不晓得李文举是睡在正妻许飞燕房里，还是睡在另外三个小妾那里。开始在许飞燕房里没找到，后来又到了陈香香、于晓梅、杨爱爱这三个小妾房里也落了空。叫醒李文举时，他才刚刚从福居园回来还没有两个时辰，在李府贵宾楼专门来唱榆林道情戏的女伶何彩花的床上抓了一个正着。许飞燕随后跟来，一扑立岔，上去把李文举的睡袍撕了一个稀巴烂。而且，许飞燕还要拉着他去李老太爷面前评评理。幸亏，梁慕秀给截到了半道上，没让许飞燕来。她也晓得上次老大家两口子打架，把李老太爷好不容易从古玩市场上淘换回来的一只价值不菲的宋代耀州窑青釉碗砸碎了。那是一只口径十八厘米、高四点五厘米、底径五点七厘米的青釉碗，一直摆在老太爷的书房，却被老大家的李宝珍给偷拿走了。

"爹，要不，我回去睡觉了？"

李有德举起文明棍就要打他，被梁慕秀给拦住了。

"今日是什么日子，你这还是脾性不改，你看老大的身子骨，快被他媳妇掏空了……"

"狗屁，他的身子骨是被谁掏空的，你当我不晓得呀？那个榆林的女伶何彩花这才来两天，就和人家勾搭上了！造孽呀！"

正在这时，身后钻出一个泥鳅般的人物，竟然是小烟袋，大名李文起。小烟袋李文起是小月莺的叔父。听李文祺说，这个叔父跟上伯父不学好，隔三岔五要去一回福居园。上次，小烟袋带回青楼里的一个十五六岁的小妮子来显摆，没差点把李老太爷气败过气去。反倒是李文起刚过门的媳妇崔巧巧很大度，上前拉住李有德的胳膊，说道："爹，您别上火。"

"你来干啥？还不嫌你爹没气够呀？"

这时候的李文起不识时务地说："听说，潇民俫从北平要回来了，我也出来迎迎……"

"你出来迎啥，还不如让你那懂事的媳妇出来长面子嘞！"

"爹，看您说的，巧巧大概还没倒尿盆呢。"

"有那么多丫头，倒尿盆的事情还用得着自家的媳妇呀，快叫巧巧也出来！又不用她推碾子喀嘞！"

3

参加雁门关防守并且在一次重大战役中胳膊负伤的李文祺已经是晋军的上校了。由于他主动率领属下的晋军人马撤离战场，避免了被冯玉祥的部队包抄了后路，避免了全军覆灭，遂受到太原阎锡山总督府的通令嘉奖。李文祺不仅从雁门关战场上带回两匹被称作大黑、小黑的战马，而且还带回来一个清秀靓丽的小女子。这就是在随后的日子里与小月莺无话不谈的曾姨娘，其名曾玉芬。小月莺发现，曾姨娘的到来让一向外向活泼的吴秀兰变得沉默寡言，至少有一段时间作为发妻的吴秀兰与李文祺打着冷战。而李老太爷更是对曾姨娘没有好脸色，拿着文明棍却打向了一旁的大黑和小黑。

"爹，您这是做甚哩？一棍子敲下去，这两匹马受惊了，可了不得，在战场上，小黑一蹄子把我的勤务兵都踢晕过去了……"

"啥的野牲口都带回家，公母不分，你不怕辱没先人，我还怕嘞！"

老夫人梁慕秀劝说着，拉开了李有德。虽然，梁慕秀也不喜欢这个二儿子，总是想起一出是一出，从不考虑老人的感受。想当年，辛亥革命的风传到离石城，李文祺就接受新思想，与民国后上任的离石县长尹学成有了频繁的来往，并在他的撺掇下，竟然跑到保定上了什么陆军军官学校。听说，那里培养的都是军官，蒋介石也在那儿上过学。当时的李有德坚决反对。一方面，离石人都很守旧，兢兢业业地营务着各自的一亩三分地，很少有李文祺这样的敢于异想天开、敢作敢为；另一方面，李有德也是出于李府的家族利益考虑，在这三个儿子里，老大就是一个大烟袋，老三就是一个小烟袋，整天的游手好闲不说，一根长长的烟管不离手，虽然这两个儿子倒是都在身边，但很不成器。现在看来，只有这个老两口从小就不喜欢的二儿子李文祺像模像样了。虽然，李文祺并不听老两口的话，而且经常拧着来，但毕竟比起老大、老三来说，老二确实在走正道。所以，老爷子还有了准备让李文祺接掌自己的班的想法，没想到老二自己竟然有了九头牛也拉不回的主意，想去上保定的军校。

"还不得怨你，平时对老二不闻不问，看现在放任不管，还想上天入地，去那么远天远地的保定上那个军官学校，又能如何？打起仗来，枪子可不长眼，还管你当兵还是当官的？一旦有个三长两短，或者打个半残废，我看你再跳脚也晚啦！"

梁慕秀说："你别怨我，想当初老二从他奶娘那儿回来，你不是嫌弃长得不像李府的男人，说是长相和脾性都像那个上水村的奶娘。你不是从小就不看好老二嘛！"

当年李文祺远走他乡上了军校，竟然被李府上上下下的各门亲戚视为大逆不道，甚至他每次探亲回来，李有德都要与他吵一架。李老太爷总觉得这个二儿子脱离了自己的掌控，简直是奇耻大辱！李老太爷好长时间还觉得身边有老大和老三，可是这两小子越来越不成器，属于吃喝嫖赌抽的纨绔子弟，但现在看来，反倒显示出这个不靠谱的二儿子是保住李府家业的唯一依靠了。这正好应验了一句老话：有心栽花花不开，无心插柳柳成荫。

小月莺与母亲吴秀兰的关系甚好，尤其吴秀兰在生下的那个小弟弟夭折之后，就对李文祺没过好脸色。要不是李文祺的团部设在介休的洪山观音庙里，触犯了神灵，这个生下不久的男孩子怎么会夭折了呢？李文祺每次回家，都让吴秀兰赶出了家门。这次，李文祺雪上加霜地领回来这样一个来路不明的小妖精，还让不让李府这一家人活了？

"就是你，就是你，就是你祸害的，舞枪弄棍，还把团部设在观音庙，让神灵怎么能够安生？这不，报应来了！——你，你快滚！我不想再见到你！"

记得一年前的这一声怒斥，让李文祺如同人间蒸发了一般，也不给家里来一封信。后来，吴秀兰当着探亲回家的李文祺面问："文祺，为何不给家里写一封信呢？"李文祺还理直气壮地说："给你写信，你也不识字呀！"这一句话，就把吴秀兰呛住了。吴秀兰抱住小月莺哭着说："莺子呀，你可要吃口馍馍，争口气呀，好好向你潇民哥哥学，识文断字，争取考到北平去，让你爹也眼气眼气！别学娘这样的睁眼瞎，家族里的人笑话，现而今连你爹也瞧不起娘了！"

4

小月莺不想再在前厅凑热闹，听说潇民哥哥快回来了，她蹦蹦跳跳地去后院找父亲去了。也真奇怪了，母亲说是到田家会，怎么还没回来？于是，她就一边喊着爹，一边在回廊上跑着。正在这时，她听到磨坊里传来了吱吱呀呀的声音，引起了她的好奇心。她紧紧地踩着自己前面的影子走，一扭一扭的，伸出两条胳膊平衡着方向。院子里看不到什么人，一排正窑两侧的东西厢房都觉得是空落落的。这种寂静让人莫名地恐慌。

人们都干啥去了？他们都在前厅吗？大门口那儿似乎很热闹，都说是潇民哥要回来了。可她觉得这一切又与自己没有太多的关系。她在热闹的地方就会局促不安，手不是手，脚不是脚，低着头，寻找着什么。嗨，这猴闺女，不停地在脚地哈（下）找甚嘞？她紧挨着墙边走了一会儿，脊背上擦了很多的灰土。两条小辫子脏兮兮的，像刷锅刷子，这是谁家的孩娃？她在下院里的一口浇花的水瓮前，看到映照着一张猫咪一般的小花脸，头顶上的海棠树落下来两片叶子，在水瓮里打着旋儿，风中吹动起死水微澜。树下的杂草疯长，好长时间没有修剪过了。她放慢了步子，继续朝前走着，无论怎么追，就是追不上自己的影子，踩了又踩，但它总是能够脱身而去，累得她呼哧呼哧地直喘气。西跨院的门总是紧闭着，白天落着一把生锈的铜锁。她从另一边花墙上探头向里瞭望，似乎能够闻到牲口棚里的新鲜干草气息。

不晓得为什么，小月莺突然想起了第一次见到曾姨娘的情景。也可能与她在回廊里闻到紫色的喇叭花有关，这与曾姨娘经常披着的蓝花巾上的味道相仿。蓝花巾包住曾姨娘的鼻子和嘴巴，只露出一双深沉、忧郁的黑眼睛。她浑身上下散发着一种神秘莫测的气味，来自不确定的远方，木然空洞而又目空一切的目光，也只有父亲叫她一声玉芬时，才会陡然间明亮欢快起来。曾姨娘给父亲的绣花鞋垫，玲珑剔透，出神入化，让充满敌意的母亲也一时间变得心软。

"女人何必难为女人呀。玉芬，我听文祺说起你的家世，你的爹娘都殁了。怎么回事？能与姐姐说一说吗？"

曾姨娘不好意思地看了看七岁的小月莺，有些羞涩地低下头。

"小莺子，一个猴孩孩家，嗨开（懂）甚嘞，别坐在这儿听大人说话，出去找你云莺姐要去！"

曾姨娘一边在绣着花鞋垫，一边抽泣着回忆往事。那时小月莺发现，一向对曾姨娘没好脸色的母亲吴秀兰，自从那个下午之后，一下子与曾姨娘好得如同一对亲姐妹，让李文祺都有些惊诧。

"小莺子，你别再让东关街里那群没事干的猴娃娃跟在你曾姨娘身后鬼哇乱叫了……"

是的，有好几次，曾姨娘总是一个人孤零零地走出李府北门去东关街里闲逛。这个时候，小月莺就故意煽动那群猴娃娃欺负曾姨娘，当时也为了给母亲出气，现在母亲都与曾姨娘好得亲姐妹一般，以后小月莺就在东关街里当了曾姨娘的保护神。

"起开，都起开，以后三猴子别再跟在我曾姨娘身后扬土了！"

曾姨娘就笑了。她把头上裹得严严实实的蓝花巾解下来，给小月莺头上围上了。

"看我们的小月莺多漂亮呀！"

"曾姨娘，我不会再让三猴子们给你身背后偷着扬土了！"

"啊呀，每次东关街里回来都要被扬一身土，原来是小月莺捣掇的呀！"

小月莺脸红了。曾姨娘就抱起她来，还把她架在自己脖子上。小月莺觉得在东关街里闲逛时父亲李文祺在他的脖子上架过她，她一下子觉得很高了，突然觉得自己是大人了。

"曾姨娘，我想玩你的花凤凰大风筝。"

"欸，好呀，改天我把你尕娃子架在脖子上，去大楼底哈（下）放风筝，可以放很高很高……"

这时，李文祺骑着大黑过来了。英姿逼人的李文祺在曾姨娘旁停住了。他先把小月莺从曾姨娘脖子上拽到了战马上，坐在他的胸前，然后，又伸出一只手，只轻轻一拽，曾姨娘就上了马，紧靠着他的背。身后的阳光一下子变得奇异闪亮，由映衬着远处花墙上的绿色，一下子变为粉白色、深红色，然后又是橘黄的金红色。李府大灶屋顶上开始冒着袅袅青烟，弯弯曲曲，在上空依依地驻留了一会儿，就又沿着风向飘散而去。战马来回捯动蹄子，鼻子里喷出一股子热气，然后转着一个个圈子，跃跃欲试中腾空而起。

"文祺，咱们这是给哪儿骑呀？"

"你说呢？"

"还是让小莺子说。"

"小莺子，你这会儿想磕（去）哪里呀？"

"我……我……想去很远很远的地方……"

曾姨娘说："那还不如爬凤山去呢。来了离石这么久，还没爬过凤山，只在李府院子里能够望到凤山庙。"

5

直到小月莺两年后进入太原女子师范学校附小时，才听吴秀兰告诉曾姨娘如何在雁门关战役中死里逃生。当时她们全村人都在四散逃难。曾姨娘的爹娘被一发炮弹给炸中了，血肉模糊，已经无法辨认谁是谁，一个炸开的大坑里两具烧成黑焦的尸体，胳膊腿都炸飞了。十五岁的曾姨娘倒在地上哭得死去活来。缴获了大黑、小黑两匹战马的上校团长李文祺正好与后撤的部队路过，曾姨娘听到战马的嘶鸣，就抬起头来，眼睛冒火地盯住了他。曾姨娘把李文祺错认成杀害她父母的仇人了。李文祺刚勒住缰绳，曾姨娘就一头扑上来。

李文祺身后的警卫员小姜冲了出来，一把拉住曾姨娘，但没承想滑脱了。曾姨娘的蓝花巾掉落在地下，一头长发及腰的黑瀑布在风中飘舞开来。尤其她还穿着一身流线型的花罩布手工制作的旗袍，脚穿一双平底素色的绣花鞋。这一下，把李文祺旁边的士兵们都看呆了。

小姜又去拉曾姨娘，结果曾姨娘旗袍的后领被撕开了。曾姨娘的旗袍由于用力过猛，竟然散架了。当时，呈现在眼前的就是一具鲜活的汉白玉雕塑。一排士兵拉开枪栓，子弹上膛，齐刷刷的枪口对准这个不晓得从什么地方冒出来的疯女子。

接下来，这个画面，李文祺一辈子也无法忘怀。曾姨娘——不，应该是曾玉芬，当时还不是小月莺的姨娘。

"你们就是杀人凶手！"

李文祺不知所措。我们还没杀人，怎么就成了杀人凶手？这是怎么回事？可是，李文祺则是责骂小姜："谁让你撕扯人家女子的衣服？"十五岁的曾玉芬把碎成长条的旗袍整个脱了。大太阳底下，这疯女子是为啥呢？她光着身子，还真是有模有样，凸凹有致，棱角分明，而黑眼眸里的泪水则闪烁着凛然的光芒。

"欸，好我的个老天爷吧，你这猴女子，快别再光着身子往前走啦，你这是要我们当兵的命嘞！"李文祺一边呵斥住曾玉芬，一边转头对正在虎视眈眈地举着枪的那排士兵大喊，"立正，稍息，向后转！"士兵们先是放下枪，然后立正、稍息，但就是迟迟不想后转，一个个在贪婪地盯住曾玉芬的光身子，有的嘴里还发出啧啧的惊叹声。"小姜——"

小姜仿佛也被曾玉芬施展了定身法，老半天不回答李文祺的叫声。李文祺只好自己去把大黑战马上的军毯拿下来，然后走过去披在了曾玉芬的光身子上。小姜和那排士兵这才醒过神来，一起向后转时有踩脚的，也有碰头的，更有嘟嘟哝哝不晓得在说什么的。李文祺说:"打了胜仗,归来后,都会娶到如花似玉的新媳妇的。别在这儿,当着人家猴女子的面,爹爹爷爷的穷叫喊啦!"

当着这么多男人,曾玉芬一时间觉得不好意思了。愤怒的情绪突然没了,只留着一股难言的无尽悲伤。爹娘说走就走,撇下一个人的她,今后的命运该怎么办呀?"姑娘,你的爹娘不是我们的队伍杀的。你误会我们了。那发炮弹原来是要炸我们山梁上的指挥部,却没承想给炸偏了,炸到了村子里的无辜百姓……"曾玉芬低垂着头,身体裹着军毯,只是抽泣着……

"姑娘,你叫个甚名嘞?——啊,曾、曾玉芬……姑娘——不,曾玉芬,你跟着我们撤吧……不撤留下来很危险——被那些关外打过来的兵油子再祸害了你个猴女子!"原本李文祺还有些犯难,队伍里跟进来一个俊俏的疯女子,不好办呀,整天行军打仗也不方便。这时,曾玉芬旁边一个老婆婆给李文祺跪下了,说是她一个老婆子无所谓,什么样的七灾八难没见过,只是没了爹娘的曾玉芬还是一个猴女子,跟上李文祺,她也就放心了。这个老婆婆作为曾玉芬家的老邻居,一眼看中李文祺,说他有本事,能靠得住,就让这个没爹没娘的孩娃子跟着他的队伍走吧,奔个前程去。李文祺这才带上了曾玉芬,一起撤出了战场。

吴秀兰后来对小月莺说起这事时,竟然流下了眼泪。李文祺听了老婆婆的话,从战马上跳下来。曾玉芬确实还只是一个十几岁的猴丫丫,比他的大闺女云莺还小两岁,而她爹娘也殁了,看她实在可怜,没地方可去,遂决定带走她。从此,曾玉芬成了全团唯一的女卫生兵。而曾玉芬成为曾姨娘,已经是李文祺回老家探亲时候的事情了。

6

小月莺趴在窗台上向外眺望,东塔楼和西塔楼如同双子星座,论长相,论身高,都是惊人的相似。灰砖外墙,共有五层,每一层都有两个小窗,内里的楼梯是木质的,踩在上面吱呀吱呀响,黑乎乎的,曾姨娘打着手电筒带小月莺上去过一次。顶层有一个人字形的屋架,穿着李府定做的家丁制服的岗哨对她们微微一笑,然后就走开了。早上时大太阳从东塔楼上升起来,傍晚时从西塔楼上再沉下去。而在塔楼最高的一层,小月莺扶着曾姨娘的肩膀向远处眺望,整个东关街和七里滩,乃至东川河以及凤山、龙山都尽收眼底。如果这个时候放风筝玩,那就更好了。可惜,曾姨娘的花凤凰大风筝断了线跑得无影无踪。那次,小月莺骑在曾姨娘脖子上放线,越放越高,比曾姨娘单独放的时候还要高。正在小月莺欢呼的时候，风筝的线嘣的一声就断掉了。

"我要花凤凰大风筝！"

曾姨娘说："我再去旧街里给你买。"

"我不要，我不要，我就要飞走的那一只……"

曾姨娘只好带着小月莺从塔楼上下来，下到底层的时候，曾姨娘的额头磕到了头顶的墙棱上，一下子磕出了血。

"曾姨娘，你的头磕破了！走，去找我娘，我娘有止血的龙骨……"

塔楼下，曾姨娘站住了。她怔怔地盯着正在院子里骑马的李文祺。李文祺骑着大黑，兴致勃勃地挥着马鞭，舍不得抽马屁股，却是让马鞭在头顶盘旋一阵，然后发出叭叭的响声。小黑脾气不好，但却是大黑的跟班。李文祺骑在大黑身上，小黑则在大黑后面紧跟而上。

"曾姨娘，我去我娘那里给你拿龙骨吧！"

"不用了，磕破点皮，现在也不流血了。"

一直没精打采的曾姨娘，只有看到李文祺时两眼才放着光彩。

就在那次，李文祺带上了小月莺，还有曾姨娘一起骑马往城外飞奔。小月莺问爹去哪儿，爹也不告诉她。而身后坐着的曾姨娘却抿着嘴唇在笑。两个大人和一个小孩，都骑在大黑身上，旁边小黑落寞地跟着跑，路人都很惊奇地望着他们。那次去上水村，李文祺看望瘫在炕上的奶娘。小月莺只记得她爹扑通地跪在脚底，喊了一声奶娘，炕头放下一些大洋。他们三人也就坐了一会儿，也没喝口水，就返回城里李府去了。

李文祺晓得小月莺出生在太原，潇民和云莺出生在离石，所以小月莺一会儿说太原话，一会儿又说离石话，有时她说"我"就会变成"俄"，说太原话时很顺溜，说离石话就有点结巴了。这会儿，小月莺在说"我娘"时，总会学李文祺的腔调，鹦鹉学舌，曾姨娘会变得很开心。

潇民哥哥回来了。从美国坐了大轮船，要在海上走好些天，从天津码头上岸，然后又到北平，从北平乘坐火车到太原，再从太原乘坐马车回离石。那时太原到离石的交通很不方便。旧城"大楼底哈（下）"那儿的钟声又敲响了，不过敲得没有一个准头，反倒让人心烦意乱间捡拾起不远处的一片瓦，朝着拦住她去路的灰尾巴公鸡掷去。遥远处传来钟楼的钟声不比白瑞德的福音堂钟声更嘹亮，却有着某种余音绕梁的效果。葡萄架上的一只野鹊子在冲着钟声处喳喳叫着。她跑着跑着，就把后花园里的两只野猫惊散了。她的两只胳膊在奔跑中一前一后地挥舞着。

若有若无地听到窸窸窣窣的声音，但仔细听，却是什么也没有。小月莺想：我来了。手里挥舞着一根柳条子，嘴里嗨嗨嗨地为自己打气。可是，我心里有些害怕。迎面的一堵大墙向我压过来，头顶的风声嘶嘶嘶响着。啊，我来了！可是，没有一个人，谁也听不见我的声音。这里没有人，一股凉气直逼而来，看不见的"鬼"来了吗？想起了曾姨娘讲过的妖怪，宛若孙悟空取经路上遇到的白骨精——可是，孙悟空七十二变，一个筋斗十万八千里，手里还有一根能大能小收放自如的如意金箍棒，我手里只有一根柳条子，真的遇到妖怪，还不被妖怪吃掉呀？嘶嘶嘶，啊啊啊，嗷嗷嗷，诶诶诶，呜呜呜……

坐在李府院子里的一口大水瓮前，小月莺在用一只手搅动着自己的倒影。我闻到了远处东川河的气息。眼前的倒影一下子碎裂了，不断地变化出一圈又一圈的涟漪。抬头看天，忽然看到一只向我俯冲而来的蠓子直接停留在胳膊上了。啪啪啪，一连击打了好几下，也没把蠓子拍住，反倒让它逃走了。一只空了的胭脂盒子里装满沙土，然后就一个人玩起了踢格子，玩了几下就没兴趣了，还不如踢毽子，要不然跳绳也行。可是，一个人玩耍没意思。跳绳能跳三千哈（下），超过了三猴子两千八百的纪录。哞哞哞，呵呵呵，嗯嗯嗯，呃呃呃，嘎嘎嘎……

"爹，爹，潇民哥哥回来了！"那时，七岁的小月莺在李府的后院叫喊着，声调里的兴高采烈逐渐由于无人回应而变得有些苍白、有些胆怯了。

"爹，爹——"

也正在这时，小月莺听到磨坊里有着奇怪的声响。她悄悄地伏在磨坊的窗户上，脚底下有一张废弃的罘罳，差点绊了一跤。她用手指头蘸着口水把窗纸捅开一个小孔，只见磨坊的大磨盘在转动着，没有看到人在转，只有小黑的眼睛蒙着一块黑布在磨道里拉着磨转动。小月莺踮起脚尖，向磨盘侧后再看，只见幽暗的角落里有两个男女在呼哧呼哧地光溜着身子在摔跤。而且，还是一个女的压倒男的，还传来欻欻欻的喘息声，细细一看，让小月莺吃了一惊，那个女的是曾姨娘，那个狼狈的男的——竟然是李文祺。而且，还听到爹的声音："玉芬呀，我，我和你这辈子怕是撅，撅不开啦——"

"爹爹，爹爹——"

小月莺叫爹的嗓子眼里有暗哑的哭音。然后，她再从窗眼里望，还是那个样子，没人理睬她。

"莺子，莺子——"

前厅里吴秀兰在叫着小月莺，还不解地问："你哭啥呀？"小月莺急得不晓得该怎么表述，只是想起了大黑有一次突然跳起来在杨栓大拉来的母骡子身体上骑了上去——杨栓大说这样才能生出小骡子，可是，这个时候，小月莺的小脸急得通红，结结巴巴地说："欻，撅……撅……撅不开……"

"啥……啥？啥撅不开……和你爹一样，说话总是说半句留半句……"

"我……我……也不晓得……我爹和曾姨娘说，撅……撅不开……"

也正在这个时候，戴着一顶鸭舌帽、打着领带、一身西装革履的李潇民风尘仆仆地出现在小月莺眼前。在她朦朦胧胧的幼小记忆里，当年的潇民哥却是穿着一身新嘎嘎的长袍马褂，头上还戴的是一顶瓜皮帽，腋下还夹着李府私塾的一个小算盘。那时，潇民哥清华大学毕业要赴美留学前，回老家探亲顺便还给李府私塾家族里的孩娃子上过一两天算盘课呢。与过去不一样的是，现在他的上唇留有一长溜胡须，下巴则刮得光蛋蛋的。记得潇民哥那次去美国的时候，还抱起才两岁多的小月莺，差点给尿到他新马褂上，幸亏云莺眼疾手快，把她夺过来，熟练地把着两条小腿，一泡尿才撒在了脚地。

"娘，我爹呢？"

李潇民走到吴秀兰跟前，母子两人相拥而泣。"哎，我的儿呀，留洋回来了，你爹可是天天念叨你。我从田家会回来刚进门……"

"我也是，马车从太原过来走了一天，昨天住在吴城，太阳没出山又走，在七里滩上耽搁住了，大车店里又歇了歇，这才到家。"

"哥，潇民哥！"

"啊呀，莺子都长这么高了，该念小学了吧？我这次回来，山西大学堂聘我为教授，到时让莺子去太原读小学，把爹娘一起接走。"

"哥，咱家的大花生哈（下）儿子了。"

"谁生儿子了？嗨，月呀，那是咱家的母黄牛哈（下）崽了，也不晓得公的母的……"

这个时候，李文祺与曾姨娘从磨坊那儿走出来，从神情上看有些不太自然。

"爹——"

李文祺脸上只是淡淡一笑，没有表现出像吴秀兰那样的激动，只是把身后的曾姨娘拉到李潇民跟前，就说了一句："这是你曾姨娘！"然后，就是冷场。吴秀兰则是旁边打着圆场。"儿子，叫一声曾姨娘呀。"李潇民只是低下头，去找他带回来的那只皮箱。

"欸，在这呢。"管家杨栓大把皮箱递给了李潇民。

"娘，这皮箱里有我给您从太原买的一对玉镯，还有给爹买的围脖，给小月莺买的上海新出的书刊《小朋友》和《儿童世界》。对了，还有北平雍和宫求来的两个玉如意就送给爷爷娘娘吧。还有两包艾窝窝和驴打滚，就给大伯和小叔两家送去吧。"

"二老爷，老太爷在上房正候着，刚才大门外就站着等孙子没等上，今晚李府上下张灯结彩欢迎潇民少爷留洋学成归来呢。"

李文祺应和着，对杨栓大说："今晚在圞圗戏园子里多摆几桌吧。我这就与潇民一起去上房拜见老太爷和老夫人。"

第二章
借据风波

1

那时刻，吴秀兰坐在箱柜上梳头。她歪着身子，一大把头发都在曾姨娘的手中摆弄着。吴秀兰就说："妹子呀，自从你来到李府，都快成了我肚子里的蛔虫，就像那左手离不开右手。潇民不叫你姨娘，可能是刚从门外回来，还不习惯，你可别上心呀。"曾姨娘抿着嘴，只是不停地用篦子给她篦着头发。曾姨娘从自己随身带的小包里拿出一瓶紫色的洋发油，要给吴秀兰头上抹。

"我可不敢用洋发油，抹上去，小月莺她爹闻到，还要把我认成你哩！"

"怎么会呢？"曾姨娘就笑了。

小月莺说："娘给我梳头总是用蛮力，很疼，我也喜欢曾姨娘给我梳头发。曾姨娘梳头发就一点也不疼哩。"

吴秀兰白了小月莺一眼："你曾姨娘还有那么多忙的，哪儿顾得上伺候你，别老去曾姨娘房里添麻烦！"

"欸——怎么会呢？"曾姨娘总是说这句口头禅，以至于小月莺也学会了，还在潇民房里学给哥哥听。

吴秀兰又与曾姨娘商量云莺出门子的事情。"听说，云莺相中的那个后生，在潇民就要当老师的山西大学堂快要毕业了。过两日就来提亲。"

"这是多好的事情啊。云莺的年纪是该到了出门子的时候。"

小月莺嘟着嘴，叫喊："我不愿意姐姐出门子！"

曾姨娘就问："为啥呀？"

"姐姐走了，我就再也见不到啦！"说着，小月莺竟然哭了，而且哭着哭着，突然说，"我……我……这就去找姐姐……"

"小月莺，曾姨娘向你保证，姐姐还会回来的。"

"你玄谎（骗人）！"

"嗨，一点点猴女子，就这么要强，以后可是怎么办呀？"

小月莺连忙向门外跑，结果一开门就与云莺撞上了。云莺的个头比曾姨娘高，有点像李文祺，但长相可是像曾姨娘，一张瓜子型的脸，隐没在一头茂密的长发里，平时都梳着两个长辫子，这个时候却披散开来了。她说想让曾姨娘给自己盘起来，毕竟快要当新娘了，这样盘起来显得庄重一些。小月莺更喜欢云莺的高高的鼻梁，一张好看的嘴，一双黑透了葡萄一般的眸子，闪烁着清亮的光泽。

云莺打小就针头线脑不离手，长大点后又一年四季里白天去私塾上学，晚上更不得闲，跟着曾玉芬学一些新潮的女红。小月莺爱闹小性子，有时会翻脸不认人，挥舞着笤帚打人。云莺就说，打吧打吧，看以后谁给她穿衣穿鞋呀。

"姐姐，我还正要去找你呢。"

"找我干甚嘞？"

"姐姐，我不让你嫁人——"

"谁说要嫁人啦？"

"咱娘，还有咱曾姨娘，都在说你要走，再也见不到你哩！"说着，小月莺眼里的泪水又开始打转。

"这姐妹俩多好呀！"

"云莺从小带着月莺，那时她两三岁，我身上出疹子，文祺也远在雁门关，只有云莺天天抱着她，两人感情好着呢。"

曾姨娘触景生情，想到自己身世，心里也一阵酸楚。看着姐妹俩这个时候抱在一起，也走过去，一手搭在云莺肩上，一手搭在小月莺头上，说道："你们有啥事都随时到我房里来，我房里不在，可能就在你娘这儿呢。"

云莺抬起头来，也说："曾姨娘，我走了，你可要多照顾我娘和我妹妹呀！"然后，她又转过头来，扑在吴秀兰怀里，"我嫁过去，很快会回门的。"

吴秀兰笑了："傻闺女，娘这里还用你操心。有你爹，有你曾姨娘，再说，你潇民哥回来了，过些日子，咱家都去太原呀。"

接下来，曾姨娘给云莺把刚洗过的长发梳成两根大辫子，然后又盘起来，如同一座陡峭的山峰。曾姨娘做活的时候，会仰着脖子哼唱一首古老的歌谣，会与小月莺讲自己的一些虚无缥缈的梦。她是吴秀兰的好帮手，纺花织布，打扫屋里屋外，每一孔李府的窑洞里，只要需要就会有她的身影。她还与崔二娃抢着扁担要去小西门那儿的水井上担水，被吴秀兰给拦住了。这样受苦受累的活，有的是人干了，让曾姨娘没事和小月莺一起放风筝去。要不然可以与李文祺在下院里学骑马，总之，吴秀兰不让她干粗活。

这时，小月莺笑了，拍着巴掌，把在后花园里挖的一些苦苣草举到头顶，然后说，云莺姐姐的头发像一座山。云莺说："甚山呀？是离石的龙山、凤山，还是虎山？"

吴秀兰用手指轻轻点了一下云莺的额头，插上来说："啥山都不是，我看就是雄鹰展翅！"

2

这是一个晴朗的天气。李府大门外停着好几挂骡子车，其中有三挂还是很气派的厢轿马车。一大早，杨栓大就开始忙碌上了。日头刚出来，只见红油大门打开，两个丫头扶持下走出来一身黑色棉麻布唐装打扮的李有德和梁慕秀。门前两棵古老的杨树巨伞一般打开，那些在晨风中摆动的叶子上闪烁着金色的光泽。杨栓大刚坐在门前石狮子旁的座石上抽一袋烟，看到老太爷和老夫人出来，连忙站起来作了一个揖，一旁照应着，先上了第一挂四轮厢轿马车。随后，大老爷李文举、三老爷李文起也随着二老爷李文祺步出了门外，上了后面的四轮厢轿马车。

李潇民刚回来时的西装换了，穿了一身青灰的汉服，一只手里拿着一本《弟子规》，一只手拉着小月莺走出门来。

"爹，我坐哪一挂车？"

"今日去神坡山祭祖，你爷爷专门是为了在高祖坟上告慰他的保佑，李府出了你这样一个留洋回来的博士，而且马上就是教授了。你和小月莺坐你爷爷那挂车，我和你伯伯、叔叔坐后面这挂车吧。"

吴秀兰、曾姨娘走了出来。

吴秀兰说："文祺，我和玉芬就不去了吧？"

"祭祖的话，一般人家，女流之辈是不去的，但咱李府家不同，想去都可以去。要不然，我去问问爹。"

曾姨娘穿着第一次见李文祺时的那身撕烂后又被缝补好的花罩布手工制作的旗袍，低着头说："我就不去了，留在家里吧。"

"你留下也没啥事，不如出去散散心喀。祭祖的话，花罩布旗袍外面再套一件我上次在太原买的那件素白的洋布长款外套嘞。"

原本上了第一挂马车，与潇民哥一起朗读《弟子规》的小月莺听到曾姨娘说话，就揭开马车的布帘，说道："曾姨娘，我和你坐一挂车吧。"

李有德刚在车座上闭目养神，突然睁开眼，用文明棍挑开布帘，对李文祺说道："欸，让老大家的媳妇许飞燕、老三家的媳妇崔巧巧也去吧，一年里好不容易一起祭祖，让地底下的老祖宗们见这一大家子也高兴高兴。当然，最主要的还是老二家的潇民吾孙，给咱们李家光宗耀祖了。"

许飞燕和崔巧巧都悄悄地在李文祺身后吐着舌头。唉，谁让老大家和老三家比不上老二家呢，老大李文举倒是生下了一子一女，但儿子李效梦七八岁时在李府私塾不好好上学，偷空儿去河里耍水，可惜一口气没憋住，一个"淹筒"（猛子）下去就再没上来。女儿李宝珍却病恹恹的，整天和李文举在炕上抽大烟。老三李文起和崔巧巧刚结婚不久，还没开怀呢。虽然，老大和老三家对李潇民的出国留洋一直不以为然。许飞燕在李潇民背后指指戳戳，崔巧巧也是撇撇嘴，可是架不住李老太爷和老夫人喜欢，而且认为李潇民是为李家光宗耀祖了。他们不高兴、不满意，可是也没有办法，表面上还要当着李文祺一家奉承几句。

"瞧瞧，我们的潇民侄儿，一进家门，那就不一样！"

"有啥不一样？"李文祺问。

"唱了一晚上大戏不说，那个榆林来的二十来岁女伶何彩花可着嗓子唱了大半宵，潇民侄儿没回来时，又不是没在李府唱过，都是敷衍个两三曲，就让何彩花的十来岁的那些个徒儿徒孙来撑场子糊弄人。昨晚何彩花还对着潇民侄儿直飞媚眼呢。"

李文祺说："飞甚媚眼？根本没这回事！大嫂说话也是太夸张了吧？"

"潇民回到家，变化最大的就是小莺子了。这不一大早，也学潇民站在花坛前刷牙呢。"曾姨娘插话道。

小月莺说："潇民哥告诉我，说以后上学了，把这个离石家的俄（我），改为我，多说标准的国语，还让不能随便乱扔垃圾……"

这时，小月莺从李潇民怀抱里挣脱，跳下车，扑到曾姨娘的怀里。吴秀兰说："小莺子在咱们家，只认曾姨娘，连亲娘也不认啦！"

小月莺嘟着嘴，说道："谁说的？我还喜欢潇民哥和云莺姐。"

吴秀兰说："你看还是没有提到亲娘呢。"

许飞燕、崔巧巧走出门，云莺急急忙忙也跑出来。杨栓大把她们都张罗到后面的一辆厢轿车里了。

"辕马都喂好了？"

杨栓大看看老太爷和老夫人乘坐的这辆四轮厢轿马车的辕马正在精神抖擞地打着响鼻，就连忙说："尽拣好的吃，精料里拌的豆饼，还打了鸡蛋……"说着，他把鞭子挥舞在空中，打了几个旋儿，然后鞭梢从最低处飞速上升到最高处一抻，然后又一跳，就发出了啪啦一声炸天雷的震响，辕马支棱着耳朵听，却一动不动，估计也晓得鞭子不会落下来。他多半是吝惜牲口，很少让响鞭落在辕马背上。

杨栓大的媳妇常翠花在磨坊里帮工，手里拉着与小月莺同岁的儿子杨福武。杨福武羡慕地盯住小月莺，小月莺把昨晚潇民哥给她买的一册《儿童世界》送给了他。

3

很多时候，你会觉得某个人的出现，某件事情的困扰，都是有其偶然性的，甚至杂乱无章、毫无意义，但当你随着成长的脚步逐渐长大，物是人非的时候，你才会觉得一切都有着某种必然性。

七岁的小月莺并不明白这些道理。正如她此时此刻的内心矛盾，她当然想与潇民哥哥坐在一挂车上，但她害怕爷爷——是的，李有德神秘莫测的脸上有点李府正厅墙画像中的高祖李罡的表情。高祖李罡的年代里还没有照相馆，据说还是当年找左宗棠的画师给他老人家画的。那种不怒自威的神情，小月莺一个人都不敢在正厅待着，更不敢端详高祖李罡的模样，无论她在屋子的哪个角落，都能感受到这种犀利的目光。小月莺也不敢再去李有德嘴里掏摸啥好吃的了，上次老太爷的牙茬帮子都被这个顽皮的猴孙女搬弄下来，简直让他哭笑不得。所以，李有德见了她都紧抿着嘴，以至于一看到她上车，就假装闭目养神。

老夫人梁慕秀倒是很喜欢这个猴孙女，然后抱住小月莺，问道："小月，潇民哥哥回来的时候，你为何在后院里哭呢？"

小月莺看了旁边李潇民一眼，然后说："我找我爹找不到。"

"找不到你爹就哭呀？"

"不是，不是……撅，撅不开……"

梁慕秀有些莫名其妙地望着李有德："你这猴孙女在说甚嘞，我咋嗨不开（听不懂）？"

李有德这才说话了："这还嗨不开（听不懂），撅不开，就是分不开，满院子的大人猴娃娃，都围着看大黑和母骡子那个……"

小月莺和李潇民说着悄悄话，然后就跳下车，直奔曾姨娘后面的那挂马车了。吴秀兰正在车下，梁慕秀却说："秀兰，你上来这挂车吧，顺便谈谈云莺出门子的事情。"

大家都已经坐好，就要动身了。手里拿着一册《儿童世界》的杨福武，看着同龄的小月莺要走，竟然哇哇大哭。杨栓大连忙让常翠花拉着杨福武进去，别站在院门口了，今天磨坊里还有很多活要干。

"猴孙女去了后面的马车，不如让小福武也跟着吧，反正也是出去一天，赶掌灯时分就回来了。"

小福武说："欸，我会给老太爷装旱烟袋，还会给老夫人敲敲背啥的。"

李有德一向对李府上下干活的人都很好，一视同仁。逢年过节，他都要嘱咐后厨给大家吃一顿噆噆面，每个下人的饭碗里再卧一颗荷包蛋。所以，这个时候，他就让小福武上了他的车。小福武的爹杨栓大跟随着李文祺在最前面的四轮马车上开路，马鞭子甩得炸天响。

李府出行祭祖的五六挂厢轿马车一路向神坡山飞奔，快要到李家湾的时候，只见一股旋风一般的农民武装从玉米地里钻出来，一个个拿着大刀长矛，领头的一个壮汉则拎着一把来复枪，首先拦住了领头的一辆马车，李文祺把挥舞着的马鞭，扔给了杨栓大，然后从腰后掏出一把左轮手枪，随即对准天空开了一枪。也正在这时，杨栓大发现路当中有一处"泥窟子（泥塘子）"，就紧急拉住了手刹，并赶紧在空中炸了一个响鞭，立马又对着辕马喊了一声："吁——"

小月莺捂住耳朵，内心一阵紧张。她在快速地想：我永远也不会舞刀弄枪、拦路劫道，这算是怎么回事呀？她看着身边的曾姨娘，就像母亲吴秀兰在打量着潇民哥一般，一脸膜拜。你该像你哥哥一样，能够留洋哈佛，成为爹娘的骄傲。可是，我打小就以潇民哥为榜样，在云莺肩膀上一边撒尿，一边却畅想着一生的梦想。我既想做女王，又想做仙女，只是没想过眼前的这些个土匪也会这么猖狂。小月莺的胫骨和脚踝处一阵阵发冷，脑袋缩着，两肩在曾姨娘怀里瑟瑟发抖，眼睛闭住不敢看车轿外面，两只小手捂住了耳朵。

"你们截住道，想干毬甚嘞？"

拎着来复枪的壮汉说："你是离石城东关李府家的二老爷吧？听说你在晋军当上校团长，快叫你家老太爷下车，我在这儿有话要说！"

"你要说啥，就和我说吧！"

"你能做了李府的主吗？还是请老太爷哈（下）来吧！"

李文祺有些生气。"你在说甚嘞？你再说一遍！"

李老太爷就在第二辆的厢轿马车里，只见布帘揭开，李潇民扶着李有德下了马车。

4

这拿着来复枪的壮汉很面熟，李有德脑子里轰地一响，突然想起来了是谁，于是就问："你爹不是田家会的崔灰娃吗？"旁边的李文祺依然手里握着左轮手枪，很警觉地盯住壮汉旁边的其他拿着大刀长矛的人们。后面厢轿车里却是跑下来小月莺，谁也没顾上管她，只是突然间没影了。

"你家可是我们李家的老佃户，这拦在当道干甚嘞？"

"不干甚，这事和我爹没干系。我现在就问你，你家老大李文举和老三李文起欠宋老大的一万块大洋何时归还？"

李有德火冒三丈，感觉这事很蹊跷，怎么他就不晓得呢？"你爹崔灰娃咋会有你这种儿子，明火执仗，这不是抢劫吗？"

"您老人家不相信吧？"说着，就拿起来复枪对准李有德。李文祺把李有德护在了自己身后，反问："这些没影子的事情，有凭据吗？你叫个甚名嘞？"

"再说一遍，我爹崔灰娃，与这事毫无干系。我叫崔锁孩，好汉做事好汉当，我就是给宋老大要债的。"

李有德说："按理说，这事我不可能不晓得，你拿出一个真凭实据来让我看看！"

崔锁孩一只胳膊夹住来复枪的枪把，一只手从怀里掏出一个折叠好的牛皮纸信封，又从信封里抽出一大张水墨红纸，然后递给了李有德。

借据是这样写的：

立借券（条）人李文举、李文起

今借到离石福居园吴有财现洋壹万大元整，并同众言明月息壹分壹厘，以壹年为期，由民国十一年阳历二月一日起至十二年二月一日期满，连本带利共计返还壹万壹千叁百贰拾大元，如数还清，不得违误。倘若至期不付，应即由担保人照数清偿，空口无凭，立此借券（条）为证。

负责担保人　宋老大

立借券（条）人（签字画押）　李文举　李文起

民国十一年二月一日

李有德一边看着这张水墨红纸的借据，一边两手在不停地抖嗦着。随后，他把借据递给了二子李文祺，然后问："文祺，你看这事如何处理？"李文祺不假思索地对马车边站着的李潇民说："潇民，去后面车上，把你大伯和小叔叫来！"

崔锁孩放下来复枪，然后放缓口气说："宋老大只是担保人，你也晓得，其实这钱是福居园吴有财的，他追得紧。宋老大菜刀队的人都来了。"

"嗨，两个月前我和吴有财、宋老大还一起吃火锅呢，咋就没提这事啊。"

"这个，欸，我也不晓得，反正，是宋老大着急了，账已经拖欠半年多了。拖一天就有一天的利息，虽然你们李府家大业大，但也架不住这么大的出血。"

也正在这时，李有德马车的厢轿里传来哭声，原来是七岁的杨福武在哭。杨福武一向就胆子小，刚才是被宋老大的菜刀队吓哭了。原来是有一个崔锁孩的手下，估计是一个二愣子，不晓得什么时候冲到马车另一侧，竟然直眉楞眼地把一根丈八的长矛，一下子从窗户上戳进了车内。这一戳，先是老夫人一惊，随后杨福武就感觉到脖子一阵冰凉，长矛的尖头戳到他的肩头，蹭破皮了。杨福武一头就从马车上栽下来。吴秀兰扶住老夫人梁慕秀，刚长出一口气，觉得幸亏小月莺坐了后面的车辆，与曾姨娘在一起，应该没啥事。正在这时，她听到外面乱喊。只听见杨栓大把杨福武抱在怀里，埋怨道："不让你来，你偏来，这一哈（下），倒霉了吧？"

吴秀兰的心脏噗咚噗咚地跳个不止，不由得挑开车帘子向后眺望，只见曾姨娘急急忙忙地向她这边跑来了。

"姐姐，姐姐，小月莺不见了……"

"啥？"吴秀兰的脑子轰地炸裂开来。

"刚才马车刚停下来，莺子跳下车，我以为她去撒尿，可是刚还看到她的身影，再一看，人就不见了……"

吴秀兰急得快哭了。她跳下车，看到前边拿着左轮手枪的李文祺，才心里松快了一些。她觉得小月莺可能在她爹那儿。

而李文祺则是与拿着来复枪的崔锁孩在交涉着什么。李有德则夺过杨栓大的马鞭，不停地抽打着李文举和李文起——这老大、老三怎么了？

"一万大洋也敢借，败家子呀，你们这兄弟俩整天混吃等死，为甚不向老二学学呢？"李有德又舞弄着马鞭抽向不成器的兄弟俩，还是李文祺说话了："爹，还是回家再说吧，还要祭祖呢。"

曾姨娘小跑着过来，在李文祺身边耳语："小月莺不见了。"

5

小月莺究竟去哪儿啦？是不是被宋老大的菜刀队绑架走了？这可说不好。曾姨娘心里不放心，就与李文祺说了这事。李文祺就把崔锁孩拉到玉米地边，问道："你们不会连小孩娃也不放过吧？"崔锁孩有些狐疑，直到明白怎回事，才问一个长着六指的属下，然后叽叽咕咕之后，向李文祺否认绑架了小月莺。

李有德问李文祺借据的事情如何解决，要不然崔锁孩也拦住不让他们走。李文举则一直在嘟囔："原来以为借的一万块大洋，能够赢回来，结果我与老三在福居园赌桌上……"只要进入福居园八号赌场，李文举和李文起兄弟俩就摆起了谱，毕竟是李府的两个老爷，一出手，筹码就是两千大洋，整整有半年，他们不停地下注，有赢有输。八号赌场的客人都是有身份有脸面的人，一旦入场，就享受六免服务，吃、穿、用、吸、喝，另外每个客人还有一个美貌妙龄的女伺全程服务。而且，坐私家马车来的，马夫都可以有小费补贴。李文起还忍不住把一个十五六岁的青楼小妮子带回家，其实也是八号赌场安排服务他的，他就上瘾一般带她去到处显摆。那次，把李有德老太爷气得三天没有下炕。这个小妮子叫小菁。

"小菁，我娶你回家吧？"

"我倒巴不得呢，可是你家老太爷答应吗？估计不把老太爷气死你不罢休吧？"

李文起吹了一口烟管里的烟出来，还吹到小菁脸蛋上的描红上。"恨不得亲你个够……"

"你当着你家刚过门的小夫人崔巧巧，敢这样放肆吗？怕会把你的牙茬帮子打下来……"

李文起没来由地叽叽咕咕笑得弯下腰。他突然想起侄女小月莺刚回来时差点把李老太爷的牙茬帮子扳下来，不由得直乐。这事还是听老夫人说的。

"你咋啦？你在笑我？你再笑，小心我把你的牙茬帮子打下来！"

"你敢！小心我娶你进了家门，让你一天一顿，好活不尽，三天不打，你会上房揭瓦！"说着，李文起又笑了。

一边打牌的李文举说：

"老三，你笑啥笑，没完了，这一圈，又输了。"

"输了怕啥，再和吴有财赊账呀，反正，虱……虱子多了不咬人……"

"不咬人？吴有财不咬人，宋老大的菜刀队可不是吃素的。"

"我会怕个龟儿子的菜刀队，我二哥可是晋军上校团长，这次从太原回来养伤有小半年啦。"

"啊，你二哥？就是那个一身戎装整天骑着一匹英武的黑马，还有一把左轮手枪，啧啧啧……"

"那是，我二哥可厉害啦，曾经在雁门关打退一个师的人马……"

"一个师？你也真敢吹牛！不过，看你二哥带回来一个很漂亮的北路女子，是你的嫂子吗？"

"我二嫂叫吴秀兰，而这个——我听二哥说……"

"这个骚狐狸精，是你二哥的小老婆吧？"

然而，李文起弯下腰，把小菁拉到自己腿上坐着，不再搭这个茬了，对李文举说："大哥，你别怕，继续打牌，快点下赌注吧！"

现在，李府一大家子祭祖的半路上，却被劫道了。当崔锁孩的来复枪逼住李文举和李文起时，兄弟俩立马就认尿了。

李文起用胳膊戳戳李文祺的腰："二哥，现在就靠你和爹啦！"

"唉，这两个败家子呀，要气死我了……"李有德在一旁嘟囔着。

李文祺悄悄把李有德扶在马车旁。

"爹，回去再说吧，家丑不可外扬！"

"外扬不外扬，看是甚的家丑，老大、老三这是要让李府整个一哈（下）子塌火呢。"

幸亏，李文祺比崔锁孩还要威猛，单打独斗，这个崔锁孩肯定不是李文祺的对手。但是，如果只让李文举和李文起上，恐怕兄弟俩真的会被这个拿着来复枪的家伙打得满地找牙的。这时候，李文起就不会笑老太爷的牙茬帮（假牙）被小月莺扳下来的事情了。

小菁如果在场的话，李文起的脑袋会更加抬不起来。不过，小菁真的进了李府的门，恐怕他就处理不好崔巧巧与小菁的关系了。如果，这两个女的在李府里打起来，事情会翻转，或许，下半场，她们会合起来打他，到那时会比现如今还要尴尬万分。整个李府又要翻天了。不过，李文起还是喜爱小菁身上的那股子骚劲儿，妖媚溜眼的模样弄得他浑身上下发痒，恨不得生剥了她。听听她在他的怀里咿咿呜呜直呻唤，就把崔巧巧比到爪哇国去了。嗨，难怪，他没命地撺掇大哥李文举向吴有财赊账呢。李文举当然晓得老三李文起的这一软肋，问题是老大自己也是在吸赌抽上五迷三道的，更何况福居园里每天会给大家一个大大的惊喜，甚至还有吴有财不晓得从哪儿弄来的一个个比小菁更销魂的小妮子，让不断到来而又能一掷千金的新客人竞折腰。吴有财总是对李府的这两位老爷恭敬地拜几拜，然后说道："好好要，不要考虑钱凑不凑手的事，咱家这儿有我哩！"原本兄弟俩还有些心神不定，但吴有财这么一说，就让他们吃了定心丸。李文举说道："耍吧，咱李府不缺的就是大洋！"

李有德虽年已七十，但眼不花，耳不聋，就是牙口不好，假牙在关键时候老掉链子。上次，小月莺把他的假牙扳下来，就让他吃东西时更加小心翼翼，假牙摔变形，现在说话都有些走风漏气了。

李有德给福居园的老板吴有财和担保人宋老大打了一个新的借据，换回了老大李文举和老三李文起一年多前打的借据，然后说：

"拿着这个我打的借据，三天头上来找我。今日我还要急着带一大家子祭祖呢。"

6

曾姨娘在官道上下来，看到在一个涵洞口，小月莺聚精会神地趴在那儿，不晓得在干什么。

原来，就在李府的车队停下来，前头被崔锁孩堵住的当口，小月莺却悄悄下了车，跳下官道的一个坡坎，在涵洞那儿看到了几只爬来爬去的粪把牛，一下子被吸引住了。当官道上曾姨娘在找她时，她正拿着半截短树枝在扒拉着玩粪把牛。所谓粪把牛，当地的叫法，也就是一种昆虫，外表美丽，颜色却呈现暗黑的粪土色。一只虫子很威猛，头顶的壳很硬，却是两侧伸出两只非常有力的尖须，并且紧紧抓住小月莺伸出短树枝的尖头，企图蚍蜉撼大树一般晃动着。

曾姨娘没有惊动小月莺，而是从一个口袋里掏出半块石头饼，然后碾碎，把饼渣渣自空中丢落下去。粪把牛松开了短树枝的尖头，用两只触须来捕捉食物。小月莺还不觉得这种变化，直到云莺动静挺大地跑下坡来，她才转过头来。

"曾姨娘，云莺姐，快来看，我要这粪把牛……"

"快走吧，马上祭祖的车队要走了。你娘还以为你被坏人抓走了呢。"

"咱们走了，粪把牛怎么办？"

"这个时候，还顾得上甚的粪把牛，神坡山上有的是。"

"唔，曾姨娘，真的吗？"

曾姨娘看着小月莺依依不舍的模样，就从另一个口袋里掏出一个胭脂盒子，盒子里也没多少胭脂了，就抠出来，抹到小月莺的两颊上。

"这一下，我们小月莺快成了唱榆林道情戏的何彩花了。"

"我长大唱道情戏，还要像潇民哥一样出国留洋，回来当教授……"

"快走吧。"说着，曾姨娘已经把一只最为活跃的粪把牛装在了空出的胭脂盒子里，然后拉着小月莺，和云莺一起上了官道。

"我的猴七祖，小月莺你跑哪儿了？我还以为你丢了……"吴秀兰正在马车那儿焦急地向这边张望，一见到小月莺就问道。

"欸，走吧，赶紧走，别再浪费时间了。"

等小月莺与曾姨娘、云莺姐上了后面的厢轿马车，整个李府车队又向神坡山飞驰而去。

过了李家湾，再走过柳林镇，然后就远远地看到神坡山了。绿树成荫，遍布整个大山，而半山腰有一个观音庙，再往上走，就到了祭祖的地方。

李有德让李文祺把潇民和小月莺两个孙辈喊到他跟前。"芽（你）们老爷爷老娘娘（老奶奶）都在上头埋着呢。记住。"

神坡山位于薛村，一条清澈的冒着热气的抖气河从山下流过，氤氲缭绕，颇有几许仙气。"爷爷，这河水为何会冒仙气呢？"小月莺突然想起李府戏园子里唱戏唱的《天仙配》，然后又问："唱大戏的何彩花是七仙女吗？"这都哪搭跟哪搭啊？小孙女把李有德绕晕了。"潇民，你来答为何河里会飘仙气。"神坡山处于黄河边宋家川、薛村和穆村的交界之地。所以，李潇民说道："这河里的氤氲之气，我在美国的黄石公园里也看到过。这个黄石公园与神坡山差不多，也处于三地交界，它们是怀俄明州、蒙大拿州和爱达荷州……"他又谈起了远洋轮渡上的见闻，对面驶过来一艘不晓得哪个国家的军舰，甲板上几个穿着蓝白制服、戴着飘带的无檐帽和肥大喇叭裤的水兵，在向客轮招手。这艘军舰显示了一种昂扬推进的姿态，让客轮不得不放缓速度，并向那边鸣笛示意。

正说着，李文举和李文起也从坡下爬上来了。他们由于常年与烟管陪伴，偶尔出来一趟，已经是虚汗直冒、两腿直打战了。

"爹，还有多高啊？我们快爬挖不动了……"

李有德粗暴地打断李文起的话，呵斥："这才爬了多大一会儿，就累得跌东倒西了？我七十岁的人了，还没爬够呢。对，还有老大，你——老三，也好好听着，继续往上爬挖吧！"

李文祺说道："三弟呀，你也不识一点眼力见儿，爹让你好好爬挖，你就爬挖得了。"

李文举埋着头，呼哧呼哧跟在潇民和小月莺屁股后面继续爬山，偷偷扫了一眼李有德，不敢再有任何懈怠。

李府一大家子先在半山腰观音庙拜祭，然后就在后山祭祖的老坟地。高祖李罡的墓碑上爬满了青苔，李有德把文明棍递给了李文祺，然后就准备跪拜。杨栓大拿了一只麻袋片垫到李有德脚下。

"老太爷，满地的灰土，垫到脚下，别脏了膝盖。"

"说甚嘞，在高祖面前不能打一丁点马虎眼儿，跪在灰土上，这才叫接地气。"

"老太爷，祭祖前，先得敬一敬土地爷吧。这都是老规矩。"杨栓大一边说，一边在高祖坟头十步开外的地方，点燃一炷香，先向土地爷拜了三拜。

"好，咱杨管家提得对，怎么就把这个给忘了。"说着，李有德就也跪下，手里拿着一炷香，一连给土地爷磕了三个头。

李有德又说："再放上一挂鞭炮吧。鞭炮带来了吗？"

"带来了。"

鞭炮在祭祖的远处炸响。然后，李有德才转向高祖坟头，跪下来，又磕了三个头。

"爹，这次没把离石城的阴阳先生叫来，也应该给咱家祖坟看看。"李文祺说。

"唉，你爷爷活着时就看过了。再要看，就等下回啦。"

梁慕秀则在给李府的女眷们说古道今："有一回，你爹做梦，祖坟下雨进了水。你爹梦里听到他也未曾见过面的高祖说，下雨了，住的房子漏雨，也没有人来修。等雨停了，你爹选择一个好天，专门去神坡山的祖坟查看，果然高祖托梦的这档子事，就是祖坟跟前塌陷了一大块，被雨水冲开一个大洞。那次，你爹专门找了咱家的佃农进行修整。后来，你爹就又梦到高祖笑眯眯地说，房子修补好了，不出几年，李府家要出一龙一凤。你爹起来对我说这事，我说，这龙肯定是咱那清华大学毕业出国留洋哈佛的潇民孙儿，可是——这凤又会是谁呢？"

李文祺给高祖的坟上上香烧纸，然后，等李有德磕完头，就招呼着李文举、李文起他们，兄弟三个一起跪下。

这个时候，李有德——李老太爷，刚站起身来，又把腰弯下，随即，声音低沉地叫道：

"高祖在上，不孝子李有德，教子无方，祈望恕罪！"

老太爷用如此威严的声音，向高祖请罪，尤其今日借据风波，让他依然很生气，周围的李府上下人众都有些惊诧。或见李文举、李文起这两个借据当事人，自知在高祖和老太爷面前做下了亏心事，突然就伏倒在地，如同两摊泥，在弯下腰的那一刻，如同抽走了脊梁骨，又像是落汤鸡，一直在嗦嗦地抖动着。

李老太爷从李文祺手里拿过文明棍，不断地拨拉着伏倒在地的兄弟俩，然后从走风漏气的假牙里说道：

"两位老爷，大老爷，三老爷——不，都是大老爷，快请起来吧，高祖不用你们下跪，该下跪的应该是我——教子无方呀……"

"爹，爹——"跪在高祖坟前的李文举和李文起，已经是冷汗涔涔。

"两位大老爷，可是牛炸天了，出来进去的莫不是当年高祖的派头，行必车，衣必贵，食必肉，赌必嫖，没有你们干不了的！"

这兄弟俩，在高祖坟前爬来爬去，狼狈不堪。

"爹，还是让他们起来吧。"

李有德这才看看李文祺身后的李潇民，才说："让老大、老三起来，让潇民孙儿过来，见见咱们地底下的高祖，出国留洋回来是多么光宗耀祖的一件事情呀！"

刚爬上坡来的小月莺，一下子挣脱曾姨娘拉自己的手，就小跑着跑到李潇民跟前，说道："我和潇民哥哥一起给老祖宗磕头吧！"

磕完头，李潇民把小月莺抱在怀里，然后问："早上刷牙了吗？"小月莺是看到李潇民回家刷牙的时候也来模仿，可是没有牙刷，也没有牙膏。李潇民就把备用的一根没用过的牙刷给了她，可她用力过猛，来回在上下牙之间拉着牙刷，像拉锯一般，还有点疼，结果出血了。李潇民让小月莺别使用那么大的劲，轻轻地刷，上下刷，就可以了，刷牙的时候注意门牙和下切牙，还有里面的智齿。

"潇民哥，刷牙还有这么多道道呀？"

"当然了，刷完牙，还要用温水漱口，饭前要洗手，也不要随地吐痰。对了，还有上茅房，擦屁纸也不能乱丢。我思量着你还需要养成良好的卫生习惯哩。"

仅仅学李潇民刷牙，就让七岁的小月莺学得满头大汗，再去跟上他学《弟子规》，确实让她有些应接不暇。

站到神坡山上眺望山下氤氲的河水，小月莺不由得想起李文祺讲的孔子故事。

"两千多年前，孔子也就是坐着驴车去黄河……"

李潇民说道："你这听谁说的？"

"爹告诉我的……"

"喔，以后上学，尽量别说土话，离石话说我我的，不明白的，还以为你是鹅鹅鹅的骆宾王呢。"

"骆宾王？"

"唐朝的骆宾王。"

"唐朝？糖——潇民哥，我最喜欢吃你从门外带回来的糖了……"

"不是糖，是唐朝，一千多年前的唐朝，就像现在的民国，是一个年代的名称，一个叫骆宾王的诗人，写的诗歌《咏鹅》……"

"潇民哥，你给我读读好吗？"

"鹅鹅鹅，曲项向天歌。白毛浮绿水，红掌拨清波。"

"诗人是干啥的，和爹一样，也在雁门关打仗吗？认识曾姨娘吗？"

提到曾姨娘，李潇民就把小月莺从怀里放下来，也没再回答小月莺的问话。然后，他捡拾散落在祖坟前未燃尽的黄表纸，祭祖前放鞭炮的碎纸屑，还有族亲丢弃的其他用品。

"潇民哥，神坡山下的河水为何会冒仙气？"

"这个，一句半句也说不清。这河水里有一种矿物质，提到它，就会提到你夜来黑间（昨晚）问到的火车，还会提到一个叫詹天佑工程师的故事呢。以后再和你细细说吧。"

小月莺还从来没见过火车，火车是什么？潇民哥回来的时候坐过轮船，坐过火车，又坐过大汽车。她就很神往地想了很久，然后又问："潇民哥，你捡拾这些干甚用嘞？"

李潇民说道："无论走到哪儿，都不要乱丢弃东西，把这些归置到一起，放在一个统一处理垃圾的地方。"

"那——那这些垃圾又去了啥的地方？"

小月莺跟在李潇民身后，有着问不完的问题，她跟着他捡拾起废弃不用的丢弃品，然后都放在一个统一的袋子里。李潇民还给她背诵先秦时期的《葛覃》，并讲解着其中的内容。这是《诗经·国风》里的一首诗歌。

葛之覃兮，施于中谷，维叶萋萋。黄鸟于飞，集于灌木，其鸣喈喈。葛之覃兮，施于中谷，维叶莫莫。

葛藤生长，草木繁盛，黄雀喳喳，生生不息。然后，李潇民又给小月莺讲述后半段的内容，一字一句，竟然暗合了她的心思。比如潇民哥念念有词："是刈是濩，为絺为绤，服之无斁。言告师氏，言告言归。薄污我私，薄浣我衣。害浣害否？归宁父母。"

小月莺说道："潇民哥，归宁父母这个我嗨开（懂）哩。咱娘娘（奶奶）说，高祖托梦说李府要出一龙一凤，龙是你，不晓得谁会是那只凤呢？"

李潇民就哈哈笑了。"那只凤？还用问吗？我看就是咱家的小莺子嘞！小莺子，你听好了，我突然想起要起一个官名，等你考到北平，就用这个官名。"

"啥名？"

"李潇丽。"

"甚的意思嘞？"

"你如果将来有一天叫潇丽的话，就和哥叫潇民一样了。潇丽，潇民，就是报潇（效）丽（黎）民百姓的意思呗。潇丽，潇民，也有追求美丽（黎）光明（民）之意。"

小月莺拍着手连连说："欸，太好啦，我要现在改名字。"

"等你长大吧。"

"等到多大呀？都等不及了……"

"等到你上大学。"

吴秀兰与曾姨娘走在一起。"潇民，别乱起名，看护好莺子，小心别再跑丢了。"

"唉，孩子她姨娘，如果不是你下了官道，在涵洞那儿找到莺子，还不晓得被拐卖到甚地方呢。"

少精没神的李文起这时也插了一嘴："像小月莺这样的猴娃娃，落到贩卖童奴的贼人手里，怕是能卖个一千大洋吧？"

云莺从后面追上来，听到李文起这句话，就吓吓着，说道："三叔，不是我说你，你就这么怕别人好吗？小月可是你的亲侄女，她缺胳膊少腿，能对你有啥好处？"

"那是那是。我这不是开玩笑嘞。"

"啥的玩笑，也别再拿自家人开，更何况祭祖的时候……"

"嗨，这不是刚祭完祖嘛。"

云莺不依不饶："三叔，祭完祖也不行。开玩笑也要分个场合，以后别拿自家人开涮。"

"这大侄女还没完没了，我可要和你爹你娘说道说道，别这么没大没小的，缺教少养……"

"三叔，你这说甚嘞，谁缺教少养啦，看看你和大伯一天离开洋烟袋就活不成了，还有那个啥的妖溜欺世的小菁，又是怎么回事？"

二十大几的三老爷李文起只是比大侄女李云莺大个七八岁，要比光宗耀祖留洋回来的大侄儿李潇民大个三四岁，说起来他还是老太爷老夫人的正宗家宝宝呢。

崔巧巧和许飞燕上来拉住不依不饶的云莺，加之后面还有老太爷老夫人。见此情景的李文举连忙转移了话题，啧啧着嘴，对李潇民又说道："潇民贤侄不愧是留洋回来，把洋人爱干净的习惯都带回国内了。"

李文祺不吭一声，但目光里透射出某种对李潇民行为的肯定。上山容易，下山难。从一条崎岖的羊肠小道下去，李有德的文明棍就失去了作用，只好让李文祺背着他下了山。

第三章
龙凤呈祥

1

老夫人梁慕秀进入李府的时候，正是后花园里争奇斗艳的时候。

那年她才十四岁。

相比整个大院来说，灰蒙蒙的建筑让人很压抑，但唯有这个后花园却是生长着一种别出心裁的力量。那些黄色的花瓣，有蜡梅、迎春和月季，组成一个奇妙的图案，倒是与前厅高祖李罡旁边的天煞星图有一比。后花园还有一排齐整整的松柏，相对的是另一排杨树，而花园里还有两个葡萄架，间或种有石榴树。尤其紫丁香开放着鲜亮的红紫色，让斑斓的色彩有了更多的叠加效果。她与李老太爷待的时间一长，心里就会有一些烦闷，走到后花园里，就会想起年轻的时候，还刚刚过门，李老太爷还是一个生龙活虎的小伙子。梁慕秀是李老太爷的正房夫人，但她也晓得自己只是他明媒正娶的二婚正房。当时，李有德提亲的时候并不隐瞒头房夫人邢硕梅的情况。据说，邢硕梅过门的时候，李有德不到十五岁。男人十五独夫子。可是，李有德在还未成为老太爷的时候，只是一个不谙世事的少年掌柜。邢硕梅原本是米家塔的一枝花，刚刚十三岁，就与李有德圆房。只是还没结婚一个月，邢硕梅就在茅厕道里突然羊癫风发作。据说，她在接下来的两年里又发作了十多次，老太爷没法只好把邢硕梅休回家去了。休回家之后的两年里，邢硕梅的羊癫风更加严重了。邢家说是来到李府家才坐下的这病，整个李府阴森森的，前院中院后院，侧院和其他小院，大大小小套在一起，刚来的新媳妇都有可能迷路。据说，在一个吼雷打闪的夜晚，邢硕梅去前厅叫李有德吃夜宵，结果李有德没找到，却被在闪烁的闪电和雷声中的高祖李罡画像里的目光所吓倒——自此，已有了身孕的邢硕梅就开始疯疯癫癫，直到终于在茅厕道里一头栽倒。

梁慕秀进入李府之前，到处走村串乡做木活的她爹，还喜滋滋地总是夸着十三岁的女儿找了一个好人家，李府可是离石城里远近闻名的大户豪门。梁慕秀第一次看到比自己大一岁的李有德，身子还没长开，当时的个头还没她爹高，年纪还这么小，腰间就别有一根旱烟袋。李有德到了二十来岁时，身子骨一下子长开了，人高马大，还颇有高祖的气势。原本，梁慕秀有些不大愿意，可是，十五岁多一点的李有德还故意把旱烟袋在她眼前挥舞个不停，其实他就是在她跟前充作成熟的模样。李有德当着介绍人的面，还问梁慕秀："你没有羊癫风吧？"这一问，就让梁慕秀很生气，感觉如同受到了羞辱。她爹却不觉得，替她回答了。"咋会有那种病呢？呸呸呸！我女子长得甚样，谁不夸赞？长了这么大，家里的女人活计都得靠她，一般的头痛脑热呀，都不歇一歇。"

梁慕秀后来才晓得李有德是害怕她再与邢硕梅一般，所以婚期推迟了有两次，每次都是临到结婚时没来由地推迟。梁慕秀对她爹说："别攀高结贵，不晓得图甚嘞？"她爹反唇相讥："你说图甚嘞？还不是图我闺女过门后享福呀！"梁慕秀就是觉得她爹好面子，还不是把她嫁给大户人家，他脸上有光嘛。李府上下都在忙着李有德的婚事。梁慕秀在闺房里扯扯衣领，整整头发，梳妆打扮。她的脸是满月形的，一双富有神采的眼睛，而鼻子却是希腊人鼻型，一张微翘的小嘴，整体组成一种梦幻的色彩和表情。出门子的装扮也是温柔朴实的古典情调，大红大绿，又配之以飘逸的盖头，李有德磕磕绊绊地牵着她盲人摸象般上了李府家的大红花轿。

"你为何不用八抬大轿来抬我？"多年之后，梁慕秀质问李有德。

"我爹娶亲也没用过八抬大轿呢。"

"那你在我爹面前吹甚的八抬大轿呢？"

"三品以上的京官，也才可以四人抬，八抬大轿，我爹说太刺眼了。"

也就是梁慕秀出门子的那日，被李府休回家的邢硕梅，在李有德大喜之日的前一天用剪刀抹脖子自杀了。梁慕秀意外地从李府管家杨栓大那儿听到了这一消息。杨栓大与邢硕梅同村。邢硕梅的娘家在米家塔里也算是殷实的人家。她爹是私塾先生，她娘是裁缝。那时的杨栓大还不是管家，他只是一个牵牲口的小伙计。头顶盖头的梁慕秀在被两个丫头牵到后花园时，路经牲口棚，才听到杨栓大与其他几个伙计在议论这事。杨栓大是从村里拉骆驼进城的弟弟杨栓小那儿听来的消息。走过后花园时，就快要进入新房时，天上突然噼里啪啦地下起了雨。刚开始还是雨点点，到后来就是一股股的水柱子从天而降，屋檐上流成了瀑布，低洼处的水道里快要流成河了。新房里一下子变得很幽暗，两个丫头也到前厅忙碌去了。梁慕秀听到窗玻璃上黑乎乎的有个什么身影一闪，还没等她去掉盖头，就听身边有一个怪异的声音在耳边回响，仿佛很遥远，却又近在咫尺。

"你是——"

新房里一片漆黑，新郎李有德不知所终——可能在前厅里照护着婚宴上的亲眷，但不晓得为何梁慕秀竟然在这儿。

"欸，你不认得我，我晓得你是谁。你就是李有德新娶的十四岁小夫人——"

"可是，你怎么会晓得？"

梁慕秀有些发抖："你是谁？"

"邢硕梅！"

"啊——"

"不会吧？"

"回来看看，找找我的猴娃子……"

梁慕秀觉得屋外电光一闪，这个眼前的黑影飘忽着，一晃眼就不见了。她一直没敢把盖头揭起来。

那一刻，就在木格子的窗外，她都不敢看，闭着眼，也不敢听，两只手捂住耳朵，用绸缎被子紧裹着，脑子里一片空白。接着，她的嘴里发出呜嗷呜嗷的呻吟，而窗外仿若有着邢硕梅那母猿般的吼喊，越来越急促，却又一浪滚过一浪，反倒哗啦啦的下雨声成了一种远去的背景。她后悔没有拉上木格子窗中间的玻璃上方的帘子，这就使得屋外漆黑黑的一片无限地放大，让她在一阵阵抽搐的惊愕之中，增加了更多的恐慌和害怕，神经末梢不由自主地感受到这种震颤，以及杂乱的瓢盆锅碗碎裂的声音。她就想哭，却又不敢，只能煎熬着，祈盼着，让窗外的那个乱跳的母猿赶紧离开，就算是她求它了。可是，电光一闪，邢硕梅的脸一下子放大在玻璃窗的外面，两只眼珠子只剩下翻白后的痛苦，甚至还在滴着一点一点的血……

也正是在自称邢硕梅的这个黑影来到李府后花园李有德新房，见到新娘梁慕秀的时候，距离邢硕梅抹脖子自杀也就是前后脚一天的时间。

2

戴着大红花、身穿着大红裤褂的新郎官李有德一脸沮丧地回到新房，满嘴酒气，一头栽倒在披着红盖头的梁慕秀身旁呼呼大睡。梁慕秀先还是怔怔地坐着，屋外开始了风雨大作。她穿的是一件绣花的对襟小红袄，下身是一件绣有喜鹊登枝的密褶子裙，显得身姿妖娆。胸前戴着一个心形的玉坠子，上面刻的是明月照天宫的图案。李有德鼾声大作，她推推他，问："咱家油灯在哪儿？"李有德睡得很瓷实，背对着她一动不动。后来，梁慕秀把红盖头自己摘下了，然后喊了一句："邢硕梅来过了。"一听邢硕梅的名字，李有德一激灵，梦醒了，就呼地坐了起来，还一脸惊慌，东张西望。

"谁——谁来过？"

"你说谁来过？你应该晓得，为人不做亏心事……"

李有德着急了，一着急就结巴："谁……谁做亏心事……谁……做了？"

"我……我……问你，邢硕梅是不是……"

"你别说这事，我不想听，不……不……听……"

"邢硕梅来找你——"

李有德吓坏了："你别吓唬我，我吃不住吓唬，再说，她咋会来？"

"她来不来，你害怕甚嘞？"

梁慕秀翻腿坐在炕棱畔上，然后向李有德示意："你别出声，听西跨院里有啥动静？"

"能有甚的动静？那儿空着，不住人。老以前，邢硕梅住在那儿。"

"邢硕梅在隔壁的西跨院……"

"胡说八道。邢硕梅休回家也快一年了，怎么会在隔壁西跨院？"

"你听，你细听——"

再继续听，只是隐约有西跨院里门框的响声。梁慕秀突然一跳，就下了脚地，赤着脚站在门边细听，却是又没有了动静。这时，外面的风雨更加飘摇了。李有德吓得把被子裹在了头上，如同鸵鸟，多半个屁股翘起来，他也顾不得了。

十四岁的梁慕秀也不知哪儿来的胆量，决心与这个从未见过面的前任夫人邢硕梅比个高低，她不能这个时候下了软蛋。西跨院里空无一人，仿佛一直在召唤着她。这个时候，梁慕秀终于找到了李有德刚才进来时拿的一盏有灯罩的马灯，然后用洋火点着，提着马灯出了院子。只听西跨院里传来轧轧轧的响声。西跨院门半开着，被雨打湿了。进了院子，只见地下都是积水，一不小心就差点摔了一跤。有两棵石榴树在风雨中摇晃着，马灯照上去，竟然发现一只有着贼溜溜眼睛的黑猫从避雨的树上蹿了下来，从她两腿之间的缝隙里跑了。

西跨院里的正窑要比梁慕秀现在的新房还要宽敞，只是黑乎乎的，门搭子上也不挂锁。梁慕秀打开正窑的门，就看到当年李有德与邢硕梅结婚时的一张大炕。大炕上原样铺就的新婚被褥等用品一应俱全。窗外的雨开始变小了，嘀嗒嘀嗒的声响却是变得更加诡异了。她一抬头，却发现了一张年轻女子的画像，不用猜测，就能断定是邢硕梅。邢硕梅脸上的笑容是不露声色的，却又有一种变化，仿佛在对梁慕秀说："你就是梁慕秀。"梁慕秀仿佛听到了邢硕梅的冷笑，甚至是从窗外飘进来的，抑或更加遥远。

"我的猴狗儿呀——"

梁慕秀是在多年之后才听说李有德与邢硕梅怀的孩子小名叫"猴狗儿"，只是还不到一岁，就因为白喉病而夭折了。

"啊呀呀……我的猴狗狗呀……娘这就去找你，你等着娘，娘这就去……"

李有德一直讳莫如深，从未提到这个夭折的孩子，邢硕梅失去孩子，随后羊癫风发作，使得她最终被休。

梁慕秀发现自己产生了幻觉。她看到邢硕梅正在拿着一把笤帚在扫地，从正窑扫到院子外面，而雨还在下着。邢硕梅倚靠在门框上，还用一只手在擦眼睛，而且变得越来越烦躁，她甚至在低吼着，暴怒着……

"我要我的猴狗狗……你一个猴丫丫上路，没娘跟着，你会迷路的呀……"

梁慕秀跌跌撞撞地坐在西跨院里的石榴树下，想起小时候用石榴红来染指甲。她怎么也站不起来，直到李有德来到西跨院。

"你来干甚？"

李有德听到西跨院正窑旁边有轧轧轧的响声，而且还亮着一盏马灯。

"谁在侧窑里嘞？"

只听一声闷响，侧窑的门开了，是杨栓大。

"这么晚，干甚嘞？"

"给牲口铡草料呢。"

"铡完草料，早些睡吧，熬油费灯的。"

杨栓大前来扶梁慕秀，李有德说道："你忙吧，我来扶。"杨栓大凑到他耳边说，昨日邢夫人殁了。他还有些狐疑地用目光扫着杨栓大，似乎在问：哪个邢夫人？杨栓大说是他弟弟杨栓小来了，就是被他休回去的邢硕梅，昨日抹脖子自杀了。

李有德愣住了。过了一会儿，他才把梁慕秀扶回到后花园的新房。这个新房很洋气，有些类似教堂的尖顶结构，然而屋顶上又盖有一层仿古的金黄色的琉璃瓦。

这也就是梁慕秀出门子第一天所经历的事情，说惊奇也不惊奇，说平淡也不平淡。现而今回想起来，也有些觉得不可思议。

3

云莺的婚期已经确定，就在这个月的初九。提到这件事情，吴秀兰总要征求老夫人梁慕秀的意见。而梁慕秀则是陷入她当年十四岁出门子时老太爷李有德承诺的八抬大轿落空的回忆之中。人家猴女子长这么大容易吗？为了这一天，再没有别的想头，还不是盼着出门子，遇到一个好女婿，过上望不到头的幸福生活。可是，梁慕秀她幸福吗？记得生老大李文举时，胎位不正，刚怀上两个月，本来可以调整的，可他整天不着家，梁慕秀也是没有任何经验，结果难产，差点让她憋过气去，无论怎么想招都生不出来。李有德却还笑呵呵地在前厅与碛口来的客商打麻将。临时抱佛脚，找来一个接生婆手忙脚乱，弄得梁慕秀更加疼痛难忍。后来，找到一个旧城的妇产科大夫，却是一个秃顶的男人，目光如炬，真是羞煞人也。梁慕秀只得任人摆布，还得接受剃毛备皮，简直让她苦不堪言。

"娘娘（奶奶），您这是怎么啦，长吁短叹的，又想起那些陈芝麻烂谷子的事情了？"云莺抬起头来的表情，真让梁慕秀想起自己出门子时的情景。

"云莺她娘娘，现如今不像您那个时候了，云莺这次出门子，亲家就是八抬大轿来抬，咱李府家不能松这个口子……"

"咳咳咳，秀兰呀，你过门的时候也没八抬大轿，这一哈（下）让云莺赶上了。你生小月莺时可不像我，甚的条件呢。"

"是呀，莺子在太原出生的。不像您那会儿，大炕上撒一把燃尽的料灰就生哈（下）了她爹……"

梁慕秀这才注意到小月莺不在屋里。"小月莺呢？干甚去嘞？"

"嗨，在潇民房里读《弟子规》呢。"

"你们别看小月莺才七岁的一个人儿，却是爱学习，见了她哥带回来的书，就埋着头在油灯哈（下）看。"

"娘，你当年生文祺时，比生他哥时顺当多了。"

梁慕秀抬起两只手来，合掌，闭眼，说道："全靠神灵护佑呀……"

一提到神灵，吴秀兰也回想起李文祺的团部设在观音庙里的事情，要不然那个一岁左右的猴男娃也不会夭折。

云莺舞动着织针，手指灵巧地给小月莺织一顶帽子："娘娘，你会讲古嘞，给我说道说道……"

这个夜晚里，有些神秘的味道。小月莺帮着大人们在整理铺盖被褥。炕上有些凌乱，刚才她还与云莺打闹着玩耍，现而今一下子就严肃起来，围在梁慕秀跟前听讲古。不过，小月莺总是要插嘴，戏仿一两句大黑、小黑被李文祺牵出牲口棚时的叫声，逗得她们直乐。不过，云莺让她别再闹腾了，还是静下心来听听曾经发生在李府里的一些奇奇怪怪的事情。

梁慕秀出门子的故事，尤其那个吼雷打闪的夜晚，而且隔壁西跨院的一场虚惊，隐约中出现了邢硕梅灵异的身影。由于梁慕秀在生大儿子李文举时胎位不正，一波三折，这使得梁慕秀心有余悸。一日，梁慕秀让杨栓大赶着一挂厢轿马车，直奔米家塔，在邢硕梅的坟地上，摆上一些供品，然后上香烧纸。"硕梅姐姐呀，我来看看你，我也晓得你冤屈，可是李有德也不是有意要休你，都是造化弄人。我过门第一天，你就在咱西跨院里显灵了……求求你，姐姐，求你别再来吓唬妹妹来了……我……我会给你立碑……"梁慕秀说完，又把芳草萋萋的坟头整修了一番。她从杨栓大手里接过一把备好的铁锹，把一些新土培到邢硕梅的坟头。然后，又说了一句："硕梅姐姐，我一定说到做到，兑现我给你的承诺。求姐姐高抬贵手放妹妹一马！"随即就把给邢硕梅立碑的事情又与李有德说了。李有德说，邢硕梅的碑要汉白玉的，又让杨栓大安排给了东关的工匠，后来就在邢硕梅坟前立好了汉白玉的碑。说也奇怪，从此之后，邢硕梅的魂魄就再也没有跑来李府吓唬过梁慕秀。所以，她现在更加相信二儿媳吴秀兰说的这个文祺团部设在观音庙里惊动神灵的事情了。

"唉，我的小孙孙呀，活着的话，准定还比潇民孙儿强！"

云莺故意转移了话题："娘娘，我爷爷对您多么忠诚呀，他可对您真是言听计从……"

"猴丫丫晓得个甚嘞。芽（你）爷爷年轻时脾气可是挺倔的，你说东，他偏要往西……"

"现在可是见天听到爷爷在说娘娘的好话呢，说是娘娘遇事冷静，识大体，顾大局，每每遇到七灾八难，都能逢凶化吉。爷爷还说，娘娘是咱李府的福气呀！"

"那还用说，你爷爷年轻时老做噩梦，还不是我尽力地拉巴他，把他从恐怖的泥坑里拉出来……"

这个恐怖的泥坑是什么，云莺想晓得，可是她不敢细问。李老爷子和梁老夫人年轻时的故事，个中究竟，只是听母亲吴秀兰偶尔说起过那么一两句，所以，云莺只能去猜测。

4

掌灯时分，李府前厅里一片灯火通明。七十岁的李有德还在接待讨债的宋老大。一大早，他就换了一件新定做的黑细布长衫，外面又套了一件金黄色的马甲，然而慌乱间长衫的立领翻在了里面，露出凌乱的白衬衣领子，显得有些不伦不类。幸亏，梁慕秀先看到了，忙着给他整理好衣领子。随后，李有德和宋老大各坐一把太师椅，他们身边站着李文祺和崔锁孩。曾姨娘则在一旁不停地沏茶。李有德手中握着祭祖那天他自己亲笔写的借据时，手指有点抖，看看宋老大一直盯着自己，然后就用商榷的口气与宋老大进行下一步的交流。

"我田家会的一亩水浇地还不值五块大洋吗？"

宋老大甩开绣着金边的黑长袍，跷起二郎腿："一亩地五块大洋，当真是诳我外行嘞，一亩两块半大洋顶塌天了。"

"我那田家会川道里三千亩水浇地，还不值一万大洋？"

"那利息呢？利息就不还了，我的老太爷哟……"

李有德晚饭也没顾上吃，只是与宋老大斟酌着措辞，一脸谦和的神情。唉，谁让家门不幸，生下这两个孽子。他甚至还有几分悲恸欲绝，让宋老大也感同身受。然后，字字血，声声泪，李老太爷在这个时候又痛说着李府一次次起死回生的奋斗家史。高祖李罡活到今天的话，肯定大不一样，他的威势，他的气场，那是无人能比的。

"也不能说无人能比，听说文祺兄的少公子潇民从美国回来，有他高祖的风范……"

李有德问曾姨娘："杨管家呢？把他叫来吧！"

曾姨娘就看了李文祺一眼，李文祺就示意了一下，她就点点头下去到后院叫人了。

"李老太爷，你的水浇地，我宋老大可不太毬感兴趣。"

李有德看到步步紧逼的宋老大，顿然觉得李府的家业要败到自己的手里了。可是，又有甚的其他好法子呢？虽然，潇民孙儿是李府的希望，但也无法挽回这种颓势了。现在，想起老大李文举和老三李文起的所作所为，才觉得当初的自己是管束不严，监管不力，以至于跌下了这么巨大的窟窿。正像有看笑话的出了"五服"的个别族亲，会说李府家高祖李罡的棺材板快要压不住了。这一万块大洋，去哪儿淘弄去呀？不卖水浇地，还能卖毬甚嘞？走到这一步，让他倍感羞愧和绝望，就是跳深涧的心都有了。前两日祭祖下山，李文祺背着他的时候，就想挣脱开来，从神坡山上一跃而下。现而今，只能卖掉高祖留下的命根子，以解这燃眉之急。

杨栓大一进来，就向李有德作了一个揖："老太爷，有何吩咐？"

"这两日，大老爷和三老爷，怎么样了？"

杨栓大用眼睛的余光扫了一下宋老大，然后说道："这两日，大老爷和三老爷各自关在西跨院里的偏窑里戒毒呢。"

曾姨娘也听老夫人唠叨，说是西跨院里一到夜里就不太清静，说是要去米家塔一趟呢。没想到是大老爷和三老爷被老太爷关了禁闭戒毒呢。可是，这俩兄弟能戒掉吗？有一次，曾姨娘问李文祺，李文祺就说李府里的有些事情不必多问，要不然老夫人会怎么想，疑神疑鬼的，对曾姨娘自己也不太好。一边踢毽子的小月莺插嘴："有甚的不好——我觉得曾姨娘甚也好！"李文祺只是觉得小月莺有些可爱的傻劲。"没问你，你总是插嘴。快去找你潇民哥玩去。你潇民哥等你云莺姐出门子后，恐怕就要去太原上班去了。"小月莺从李文祺腿旮旯里一钻就跑了。

"宋老大呀宋老大，人们说离石城里没你看上的，果然名不虚传，你连我东川河道里的三千亩水浇地也看不上呀。"

"那些水浇地，你李有德营务起来最在行，而且李府家东川里还有这么多佃农，你给了我那么多地，我也不会务业，舞弄菜刀队，上门收保护费倒是我的长项哩……"

"那你要甚嘞——你是不是还想要我的这把老骨头？"

"鬼毬要你的这把老骨头，倒贴上我也不要！"

"那你要甚？"

"明人不说暗话，也不做暗事，更不会对你老哥背后去下黑手，我宋老大就想要你李府家东关的前半条街。归了我哩，你家老大老三的新账旧账一笔勾销。"

"啊——"李有德的嘴张大成一个大大的"O"形。记得小月莺上次和李有德索要老夫人手里的祖母绿戒指时，就让李有德的嘴张大成如此形状。小月莺就说，潇民哥哥说她回答他问题老是打个零蛋。于是，小月莺就说："爷爷的嘴张开像零蛋！"李有德很生气地说："甚的零蛋呀，鸡蛋的，小月莺你说，你要你娘娘（奶奶）的祖母绿戒指做甚嘞？"说着，就白了她一眼。吴秀兰就说："爹，这么大点的猴娃子，嗨开（懂）甚呀？您老别太计较！"李有德唠叨："还不是你们做大人的撺掇的！"

宋老大菜刀队的一彪人马站满了李府前厅外头的大门道，个个如同黑脸关公似的吓人。李文祺大步走出来，就把菜刀队的人马给惊退到大门外了。即便如此，李有德从前厅走出来时，还是用梁慕秀递过来的手帕擦着虚汗。等宋老大领着菜刀队的人马走了，李文祺才关上李府的大门，然后吩咐曾姨娘去后厨准备饭菜。

"我，我……我……吃不哈（下）呀……啊哈哈……爹呀，娘呀，老天爷呀，李府家的东关半条街这就姓宋了……"

"爹，您老也别生气，这不还留下了半条街嘛！"

李有德罪着脖子说道："好我个猴七祖，难道整条街都让宋老大霸占走吗？"

梁慕秀对杨栓柱说："给老太爷端上来吃吧！"

"还吃个甚毬呀，快，去，西跨院里，老大和老三，今黑底里也别吃啦，就饿着，好好反省反省吧！"

李文祺上来扶李有德，李有德一边涕泪横流，一边期期艾艾地说道："我有甚不能行的嘞，还不是为了老祖宗，为了支撑这个越来越破败的家业——啊呀呀，文祺，快扶我到中院，我回去躺一会儿，这会儿头疼得不行啦！"

李文祺刚扶扯着老太爷，就见小月莺也跑过来，也要嚷着帮爹来拉扶着爷爷进了中院。

5

晌午头，喧闹的东城门口人来人往，却是能够听到远处东川河水的轰鸣。听说，上游发大水下来了水头子，但天气是晴朗的，也没有下雨。其实，小月莺很早就起来了。李府里打鸣的公鸡一叫，她就坐起身来，透过窗帘子看到天微微有了亮色，朦胧中感觉到星星在高远处向着自己打招呼，然后逐渐地消隐。残余的下弦月，反倒是离得她更近了。爹娘还在睡着觉，而她一个人下了炕头，打开房门走出去。她看到院子里的草地上滚动着晶晶发亮的露珠，含苞欲放的花朵在摆动着手向她问候。朵朵的云絮在随心所欲地变化着各种造型，装点着龙凤虎山的边沿部分。站在东城门口，她把一只指头吮吸到嘴里，却与周围的喧闹格格不入。

小月莺总想与潇民哥去东关街里溜达一圈。早上还好，无论走到绸衣店，还是走到东门饭馆，那儿的伙计都认识潇民哥，并叫他李家少爷，或者直接叫潇民少爷。小月莺想不通的是比她大十几岁乃至好几十岁的伙计为何叫潇民哥为少爷，而她这么小的七岁孩子却是叫他哥，这辈分里的规矩瞬间让她凌乱了。她真的搞不懂。到下午的时候，小月莺与潇民哥又去东关街里买绘画用的纸笔，却是得到伙计们另外的一副嘴脸。原来东关的前街已经不属于李府的了，而换了新的主人，就是昨晚来李府与李老太爷交谈的宋老大。到下午，潇民哥就不是前街的少爷了，而她也不是小姐了。天上万里无云，艳阳高照，却是让她体会到凛冽的寒风。

"潇民哥，你怎么啦？"

这个时候，李潇民在瑟瑟发抖。

小月莺拉着潇民哥的手，感受到了这一变化。她还想再问，却是想起大伯李文举和叔叔李文起戒毒之后，大嫂许飞燕和三嫂崔巧巧的话。"小莺子，我们都不喜欢爱提问爱多嘴的猴娃子，更何况你自从回到李府以来，就没有太平过。不要看到啥事都张嘴，刨根问底，对你没甚的好处。"

李潇民的房间里有一个书架。小月莺对那些写满字的大书不太感兴趣，她都是在找那些五颜六色的画册，比如《西游记》里孙悟空一个筋斗十万八千里，如果她能够那样的话，一个筋斗就从李府翻到美国，想看到潇民哥就能看到他了。

猴鬼孙，上灯台，

偷油吃，哈（下）不来，

喵喵喵，找你来，

好吃懒做滚哈（下）来。

小月莺翻着一本儿童画册的《西游记》，一边翻着，一边念叨着顺口溜。闷闷不乐的李潇民被她逗乐了。

"莺子，谁教你的呀？"

小月莺不假思索地说："曾姨娘！"

一提到曾姨娘，李潇民的脸又沉下去了。这个时候，云莺走进来了。云莺一脸喜悦，然后问："潇民哥，刚才小月唱甚的儿歌？"

"云莺姐，你猜猜，那个上灯台的小家伙，是甚嘞？"

云莺就与小月莺说："这个还不好说呀，偷吃灯油的小老鼠呗！"

李潇民从书桌上站起来，说道："难怪，婶子说西跨院闹鬼呢，敢情是老鼠在作怪吧？"

"哥，你也听说了，是不是多嘴的巧巧婶子说的。"

"我倒是小的时候听咱娘娘也说起过。"

"这个别瞎说。这两日吧，是西跨院里关着大伯和叔叔两个闹腾的，戒毒戒不掉，日夜在窑里嘶吼呢。"

"为了大伯和叔叔，爷爷为他们填补一万块大洋的大窟窿，东关赔掉半条街……"

"啧啧啧，潇民哥，反正你过几日就去太原教书呀，山西大学堂，正是初九过门的夫婿所读过的学校哩。"

提到云莺出门子，潇民的心情一下子变得开朗起来了。小月莺听着哥哥姐姐在正经地聊天，就觉得没什么意思，于是便走出去了。她说不清有一种什么样的情调弥漫在孤寂的李府：闹鬼的西跨院、前厅的神秘高祖李罡画像、后花园的石榴树，以及高大威武的东西塔楼，客房里唱榆林道情的女伶人何彩花，深宅大院的高高围墙，一轮初升的新月，宛若小月莺此时此刻的心情一般惆怅。

每一页画册里都有一个人物，还有一个背后的故事，但小月莺弄不懂，需要李潇民来给她讲解，可是，现在云莺在和他商量出门子的事情。小月莺觉得整个李府上下，显得颇为神秘费解，又有某种蛊惑人心的东西在撕扯着她的好奇心。

"嗨，我看到你啦——快过来……"

黄昏中，后花园里，李文举的女儿李宝珍，一个十三岁左右的胖丫头，长得比小月莺高出一头，又高又壮，穿一双趿拉板，手里挥舞着的马鞭却是很熟悉——李文祺惯常在骑着大黑和小黑时才用的。

"李月莺，你爹的马鞭！快把你爹的大黑、小黑赶出来，咱们去跑马场耍！"

李府上下也只有李宝珍这么直通通地叫小月莺为李月莺。不过，这没什么，只是李宝珍挥舞着马鞭要去牲口棚里吆喝大黑、小黑，就有些不自量力了。大黑、小黑绝对不会听李宝珍的话。李宝珍脸色灰暗，曾陪着她爹抽大烟的病容还没消退。她尤为喜欢吃铜火锅，她娘许飞燕老说女儿营养不良，都已经长成巨婴了，还说身材太苗条，吃成个弥勒佛才好了，喜兴！李宝珍在旧城国民小学就读，却三天两头地逃学，只要院子里碰到，就会走到小月莺跟前来奚落一顿。有一次，小月莺在花台前学潇民哥刷牙时，李宝珍就悄没声息地背后一推，把她推一个趔趄，就跑得无影无踪了。这次，李宝珍不推她了，是有求于她，让她偷偷牵出大黑、小黑。

"你在看甚的书嘞？"

"孙悟空。"

"啥？孙悟空——明明白白地写的是《西游记》，连这个也嗨不开（不懂）？你和你爹你娘，还有你哥你姐，都得离开李府。李府的家产是属于我爹的，你爹干甚嘞，长年累月刮野鬼，分家产了，就跑回来啦！"

"你给我牵不牵马？牵不牵大黑、小黑？"

小月莺咬住嘴唇，一动不动。

"不牵就滚出李府，李府不属于你，你爹你娘，你哥你姐，还有你，都得去讨饭！大黑、小黑是我的，连你手里的《西游记》也是我的，整个院子和东关街里，都属于我的，滚，你滚！"

李宝珍一马鞭抽过来时，曾姨娘出现了。她夺过了李宝珍的马鞭，然后说："小莺子，这马鞭不是你爹的吗？如何到了李宝珍的手里呀？我们从介休带回来的一只小铜牛，是不是也被你拿走了？"

"咋啦？马鞭是我从我爷爷屋子里拿的。小铜牛是我娘娘给我的。"

曾姨娘一把抱住了小月莺，李宝珍扔下马鞭就撒起脚丫子，跑没影了。

6

为了迎娶新娘，云莺的夫婿套了三挂马车不说，还真的弄来了八抬大轿。李府家门前热热闹闹，聚集了四方亲朋好友。迎亲的队伍一来，就开始放起了一千鞭的鞭炮。炸开的碎纸屑铺满了一地，新郎身旁的男傧相，穿着一身喜庆的浅色皂衫，戴着颇具有幽默感的幞头即折上巾。小月莺一直追寻着新郎，却是只看到一个穿着大红马褂的背影。不过，云莺姐作为新娘打扮确是十分惊艳，只见一身红艳艳的镶着蓝边的旗袍，下穿着紧腿的西裤，脚蹬着曾姨娘熬了两夜做好的绣着彩色蝴蝶的红缎布面的襻带布鞋。

"云莺，别低着头，挺起胸来，步子大一点！你为何一脸忧戚之色？"母亲吴秀兰握着云莺的手，悄悄鼓励着她。

"娘，小月呢？我怎么看不到她？"

"嗨，这个时候了，还操心你妹妹干甚嘞？"厢轿车旁边闹哄哄的，好像是在找着伴娘。

"伴娘呢？伴娘去哪儿啦？到了该走的时候，趁现在还不到巳时。"新郎家那边的人大呼小叫着。

曾姨娘穿着一件浅红色的凤仙领的长袖旗袍，手里拉着小月莺从李府正门走出来了。

"伴娘坐这挂厢轿车吧。"

小月莺钻到云莺怀里，一身潇民从北平带回来的童装，很洋气，也很符合云莺出门子的气氛。

"云莺姐，我和曾姨娘去送你到姐夫家吧！"

云莺擦鼻抹泪的，生怕小月莺看到，抱住吴秀兰，说道："娘，我这就走了！"

"等等你爹！"

李文祺和杨栓大走了过来。"云莺今天做新娘了，真漂亮！"

"爹——"

李文祺举起杨栓大端着茶盘上的一只斟满酒的杯子："云莺，爹敬你一杯！"

"爹，娘，应该是我敬你们一杯！"

"宴席上已经敬了，云莺要出门子走了，爹敬你！"

小月莺拽着李文祺的衣襟，说道："爹，我也要喝！"

"你一个猴丫丫，也来凑甚热闹呀。"

"我要跟着曾姨娘去送云莺姐……"

李文祺只是看着云莺，她的装扮像童话里的公主，穿着的长礼服拖拽在地下，小月莺觉得是潇民哥讲到的美人鱼的尾巴。

"云莺，酒舔一舔就可以了，别都喝掉。"

云莺已经是泪流满面，看看李文祺，又看看吴秀兰，然后一饮而尽。

"盖上红盖头吧！"

说着，披上红盖头的云莺转身上了八抬大轿。

小月莺跟着曾姨娘则上了八抬大轿后面的厢轿车。

"玉芬，带着小月莺早点回来！"李文祺招招手，吴秀兰则在低着头擦眼泪。

　　这个时候，李潇民也出现了。他手里拿着一本邹容的《革命军》，很薄的一本小册子，密密麻麻写满了小月莺根本看不懂的字。李潇民站在李文祺和吴秀兰旁边，拼命地向着这边招手，嘴里在喊着什么，却一句也听不清。

　　八抬大轿在光绪年间是一种身份的象征，一般老百姓不敢僭越，三品以上官员出城才可以八抬大轿，一般官员用绿呢或蓝呢官轿，很少敢用皇亲国戚的银顶黄盖红帏官轿，但到了民国，大户人家结婚用大红花轿的八人抬就多了起来。先头领队的是一顶四人抬的彩呢花轿，后面才是更加威武的八抬大轿，两边站着八个身穿天蓝色青布衫的壮后生，只见胳膊和腰上缠着红缎子布条，穿着亮灰色的缎子做的大裆裤，脚上是软底圆口黑布鞋，花团锦簇的鞋面上彩绣颇见功底。他们脚下虎虎生风，八抬大轿后面还有两顶送客备用的小轿。

　　"潇民他爹，云莺出门子八抬大轿，她娘娘和我出门子时都没用过这八抬大轿。"

　　"那是甚的年代嘞，不一样啦！"

　　李有德和梁慕秀也来到大门口送云莺出嫁。云莺专门跳下花轿来，向他们一拜："爷爷，娘娘，我走了！"

　　迎娶新娘子的车队经过东门口，在东关街里绕一圈，又回来，再到旧城，然后继续疾驰。

　　小月莺坐在曾姨娘身旁，只觉得上坡时一阵剧烈的颠簸之后，整个身体会在座椅上跳起来。她倒是不害怕，却觉得八抬大轿里的云莺会很孤独。这个从未见过面的姐夫，会对云莺姐好吗？虽然新郎一早就来到李府，但小月莺一直没看到他的正面，每次都是一个远远的背影，就是刚才也是如此。她总觉得云莺姐在离开爹娘时哭了，虽然没顾上与自己说话，但能够感觉到一种无法言说的情绪。她一个七岁的孩子不理解的一种东西，不断地让自己困惑着。

　　再后来的事情，小月莺不记得了，只是听曾姨娘说，她们离开云莺的新家时，她哭得很厉害。

　　"姐——"

　　一声撕心裂肺的叫喊声中，小月莺从厢轿的车窗里望见云莺披上了红盖头，从一处高门大院里跑出来。挂着红灯笼的院墙，还有两扇黑油大门上的红对联，以及迎娶新人的响器乐队还在敲打着。一支唢呐划破天空的黑夜，开始丝丝扯扯地吹了起来。

　　　　嘟的哇，嘟的哇，

　　　　大红花轿抬起来筛，

　　　　亲家公背着的是哪个谁？

儿嫂子（新娘）头上顶着一只面口袋，
猴娃娃们呀，你说奇怪不奇怪？

　　小月莺跳下了厢轿车，一头扑到云莺的怀里，放声大哭。这个时候，她才发现云莺的眼睛有些红肿，上嘴唇可能上火了，也有些红肿，甚至还把薄薄的下嘴唇给罩住了。小月莺要和曾姨娘回李府去了。"云莺姐，我舍不得你留在这儿！"云莺说："小月，听话，姐过几天就回去啦！路上要听曾姨娘的话！"云莺又和曾姨娘说了几句话，让她帮助她娘看护好小月莺。小月莺看见云莺姐两面脸蛋上的红胭脂也不晓得被谁抹乱了，一头与曾姨娘一般漆黑的长发，原本是盘起来的，却在这个时候又散落开了。白皙的脖子上有一圈新郎的牙印，可能是从八抬大轿上抱下来时被新郎啃的。小月莺只记得自己恼火地看着新郎家那些吧嗒着嘴胡吃海喝的宾客们。整个婚宴上吵吵嚷嚷，让她不由得用两个指头堵住自己的耳朵。等到宾客散尽的时候，她看到云莺姐脖子上多了一条闹洞房的年轻人递过来的面口袋，在胸前晃来荡去。新郎被挤在一边，而懵懵懂懂的新郎爹——戴一顶瓜皮帽，留着遗老遗少才有的大清辫子——被推到新娘身边，然后脖子上也和新娘一样挂着一条面口袋，他背后还有一些年轻宾客的吼喊声："亲家公吃炒面哩……"

第四章

不期而至

1

这些日子，天气有些不正常，风一股，雨一股，都是没来由的来无踪、去无影。小月莺也病了一场，每次醒来都要喊："云莺姐——"她眼泪汪汪，只是想起云莺姐抱着自己去旧城买棉花糖吃，还有山楂片、果丹皮之类。那时，老夫人梁慕秀常常给云莺零花钱，所以，小月莺从小就能从云莺姐手里吃到一些好吃的零食，反倒吃饭时却没胃口了。现而今，云莺的新家离李府有点远，小月莺没法找云莺姐要零食吃了，只能让李潇民给自己一遍又一遍地讲神话故事。

"风筝，花凤凰风筝。"可是，小月莺这个样子怎么能出去放风筝呀？

"小莺子，我是曾姨娘，我这就去给你拿风筝……"

吴秀兰在旁边说："今天这天气风太大，再说，小莺子今天也不能哈（下）脚地来，她的额头还是这么烫哩！"

小月莺把两只手伸起来，胡乱抓挖着，仿佛真有一只花蝴蝶风筝在她的眼前晃动着。她兴奋地睁大着眼睛，然后一心想坐起来，结果费了老大劲也没法坐起来，只是不停地喘着气。

"娘，你看，你让曾姨娘也过来看，窗子外面，花凤凰风筝在哗啦啦地飘舞着，飞得真高呀！"

曾姨娘觉得小月莺一向是一个非常懂事的孩子，虽然才七岁，却是有一颗纯真的心。窗户纸被风拍打得直响，睡在前炕的小月莺只觉得一会儿燥热难耐，一会儿又阵阵发冷。

这是一场无法想象的瘟疫，如同冬天的霜降一般，突然降临在李府的院落。那个晚上，大雨如注，小月莺与曾姨娘从云莺出门子的新家一回来就病倒了。西跨院里正在戒毒的老大李文举和老三李文起也莫名其妙地中招了，与小月莺的症状差不多，发烧，说胡话，有时会从炕上滚到脚地，撕心裂肺地哭喊着。看这个架势，他们比小月莺还要病情严重。本来前两日，他们戒毒的效果很明显，眼看就能从被囚禁的西跨院出来了，但没想到一夜之间，会变成这样，痴痴傻傻，性情大变。

"来，小莺子，起来把药喝了，过两日，病就没了，喝完这碗药，给你吃芝麻糖！"

小月莺起来端着药碗，皱着眉头，喝了一口："娘，这药怎么又黑又苦，想吐——"

"别吐在枕头上，快到炕棱畔跟前来。"曾姨娘把小月莺扶到炕棱畔那儿，一只手拍着她的后背。

这时候，院子里传来吵嚷声，只是风呼呼地刮，听不清谁在争吵。李潇民给李府私塾的学童补课间隙，拿着一只热水袋进来了。

"用热水袋给小莺子捂捂肚子。"然后，李潇民给小月莺唱着儿歌，"嗷嗷，嗷吧吧——鸡叫狗咬，肚子开了……"

吴秀兰问道："潇民，谁在中院里吵架嘞？"

"我刚才路过中院，也没注意在吵什么，是伯母和婶子在跳着脚骂……"

"你伯母和你婶子打架了？"

"伯母、婶子在和我爷爷吵架……"

李潇民不想参与到李府的这些纠纷里，这些杂七杂八的烦心事每天都会发生。即便有谁指责他，他也都忍着，反正他就要去太原上班了。伯母许飞燕和婶子崔巧巧总是说爷爷李有德和奶奶梁慕秀偏心，这么折腾大伯李文举和叔叔李文起，就是想为了给他爹李文祺立威开路了。

"开啥路呀？爹，你也救不了李府这个烂摊子，还不如甩给大伯和叔叔他们呢，也落个顺水人情，现在这个样子，爷爷的态度明显是让你接掌他的班，可是大伯和叔叔私下都不服气你来管他们。"

李潇民早就针对这个问题，与李文祺有过交流。他们的对话不大像父子，却更像是朋友。每次回到家，都有上门做媒的，甚至福居园的老板吴有财有意把自己的千金说合给少公子。吴秀兰总是想让儿子订婚甚至结婚之后再走，但李文祺一直反对包办婚姻，这事还是让孩子自己做主。这一点，李潇民很感激父亲，而母亲就不一样，总想在老家找一个好的儿媳子（媳妇），走到哪儿，都要说起儿子留洋的事情。人前提起他，母亲就会一脸骄傲，面上有光。她一边很有兴头地说着，一边学未来儿媳子蹀手蹀脚地走路。

"潇民他爹哟，咱家的儿媳子要挑就挑一个缠裹了足的女娃娃，走起来像被放在杆子上，一步三摇，格扎新的红缎子裤褂，粉红色的鞋面让我来做，绣线全用元宝色的，穿金戴银，又素又靓，两只小脚玲珑剔透，要配得上咱家潇民……"

"潇民他娘，潇民的事情，咱们都不要插手了。小脚有甚的好嘞，不能光为了让人看你的儿媳子，还得跟上潇民出入很多大场合哩。小脚有很多的说道，坐有坐相，站有站相，抬腿跷脚跟的事情，潇民能要呀？潇民不是云莺，云莺的命好，找了一个好人家，听说女婿在山西大学堂读过书，人家也是大户人家，云莺嫁过去之后，还要送她到太原读书呢。小莺子也快要上学了，合适的时候也去太原读书，姐妹俩还又能在一起有个照应。再说，潇民也在太原嘛。今后还不定去哪儿，听说他早就结交了一个北平的对象。到时，咱俩就随着孩子们吧。尽量不要去干涉他们的个人生活。"

2

李有德一大早就来到前厅，发现高祖李罡的画像有点歪了。这可是一个不好的兆头。他就大声呵责了杨栓大的妻子常翠花，打扫前厅时总是粗手大脚，这不又出现了如此低级错误。常翠花就放下手中擦着青花瓷的抹布，然后走到画像旁去修正。"唉，好我个栓大家的，说过多少遍了，画像不要用鸡毛掸子随便去掸，还是要用干净的抹布擦，不要用大力，不要浸湿抹布，你以为那是后院推磨呢？"常翠花点点头："好的，老太爷！"然后，李有德让她去叫其他三个老爷，她不太明白，就问一句，三个老爷的夫人叫不叫？李有德说："老大家李文举和许飞燕，老二家李文祺和吴秀兰，老三家李文起和崔巧巧——对了，老二家，再叫上曾玉芬和李潇民，都一块儿叫来吧……"常翠花刚从前厅走出去，却是又返回来了。

"老太爷，叫他们来，做甚哩？"

李有德的文明棍在脚地咚咚敲个直响。也不晓得脚腕处绊了一下，身子一晃，感觉自己在大风地里走，摇摇晃晃，脚下发空又发紧，赶紧把拄着文明棍的手收拢，却是脚尖收不住，人就往另一边倒，差点来了一个后滚翻。唉，老汉的砍柴，一日不如一日了。常翠花就啪地打开一个礼盒，说是县商会送的，听说留美回来的潇民孙儿要找一个缠足的大户人家的闺女，送来边角包着银色喜鹊子的镀金礼盒里有一双做工精细的绣花鞋，鞋面里层还放着一些缠缠绕绕的金色线。

"趁着这些天一大家子人都全乎，开会，开个家庭会议。对了，把老夫人也叫上——"

常翠花头垂下来，点了点，把礼盒搁在箱柜上，转身就出去了。刚到下院里，就看到杨福武蹲在石榴树下打弹弓，只听嗖的一声，一颗小石子射出去，打到了东侧院房顶的琉璃瓦上了。房下李宝珍就是一声呵斥："福武娘，你得管管猴贪（顽皮）的福武呀，弹弓不长眼，小心打到我身上！"常翠花赔着笑，并说："这不是还没打上嘛！"杨福武赶紧藏在了常翠花背后。

"福武娘，别把我的话当耳旁风，小心我爷爷辞退了你！"

"大老爷家的宝珍小姐，还是快回家叫你爹和你娘，去前厅吧，老太爷在那儿候着呢。我还要去二老爷和三老爷家呢。"

李宝珍虽然很横，但也害怕老太爷的文明棍，她可不敢像二老爷家没人敢管教的小月莺那样——敢于把李有德的假牙扳下来。她眼珠子滴溜溜地直转，又打起了什么坏主意。

"要不然这样，让杨福武跟我去叫我爹我娘吧。"

常翠花说："这个能行嘞，福武跟着你宝珍姐去吧！"

杨福武不乐意地跟着李宝珍去了。常翠花就去了二老爷李文祺家。这是东跨院的三间正房。常翠花先是敲门，然后等吴秀兰里面答应声，随即就推门进去了。她看到小月莺还在炕上躺着，抚拭额头，还是有些烫的感觉。

"这烧还没退？"

"已经好多了。"

"我留下看着，你和月莺她爹到前厅开会去吧，老太爷在候着呢。"

"让曾姨娘照看吧。"

"老太爷说了，让曾姨娘也去，记得再叫上潇民。"

"也不晓得是甚事嘞。"

吴秀兰就要出去时，小月莺抬起头来说："娘，咱甚会儿去太原呀，我想去念书嘞！"

"你和翠花婶子待一会，娘去前厅开完会后回来。"

常翠花说着，到灶台上揭开一个小铁锅的锅盖，里面还熬着一些红豆小米稀饭，还热乎乎的，就立马舀了一小碗。"小月莺，喝点稀饭吧。"

"刚才娘给我喂了两口，不想吃。"

"再吃一点。"

常翠花端过来稀饭，舀了一小勺，喂到小月莺嘴里。

"过些天，我带你到小东川的水浇地里摘甜瓜。"

小月莺说："好呀，我和云莺姐去过，一大片的庄稼地，还能……听、听到河滩里的蛙鸣声呢……"

"你云莺姐享福了。"

"我看到云莺姐哭了……"

"猴丫丫，你嗨不开（不懂），那是你云莺姐高兴得哭嘞，一个猴女子，出门子是一件大事。将来你长大就会晓得，你也会出门子。"

小月莺翕动着苍白干涩的嘴唇说："翠花婶子，我长大也不会出门子，我不想嫁人……"

"嫁人多好，八抬大轿，那个势派，像你云莺姐，怕是方圆几百里，无人能比！"

"嫁给一个不相干的男人，那算怎么回事呀？大不了，我让爹娘给我娶一个回来……"

"啊呀，我的猴七祖，你这是想要一个上门女婿哩，看把你能耐的，这不是给你爹娘出难题吗？"

"我不会给爹娘出难题的，大不了我一个人伺奉爹娘一辈子。"

常翠花心里一动。这猴丫丫总是这么懂事，懂事得让人揪心。自入夏以来，有了瘟疫流行，听说旧城里福居园吴有财的女儿比小月莺的病更重，依然昏迷不醒。甚至听说有福居园的客人也躺倒了。还有街头随地倒的路人，躺下去之后再没有起来。她不能与小月莺谈这些，只能讲神农尝百草的故事。常翠花一边给小月莺讲故事，一边把她的头发束起来，梳成了两个小鬏鬏。她倒是不觉得饿，只是肚腹间空落落的，却又感觉到有点鼓胀，放了一天屁。

"欸，尕娃呀，这是肚子里钻入凉气了。来让婶子给你揉揉肚子。金擀杖银擀杖，一擀擀到屁眼上……"

"翠花婶子，你的这些故事，怎么和我潇民哥讲的不一样呀？"

3

红盖头在下马车时就被新郎陈保忠给不小心碰下来了。云莺被陈保忠一个公主抱时，还忘不了扭着头去看小月莺，还不经意间说了一句话，好像是盖头外面的耀亮让她眩晕。云莺抓住小月莺的小手，拉着一起走到高门大院的新房。曾姨娘跌跌撞撞地跟在后面。再后来，云莺还跑出去送她们时哭了。虽然，她的公公陈善仁是离城十里路的陈家庄唯一的富户，一大家子有四五十号人了，光这南川河道里的水浇地就不亚于李府，而且交口镇里还有商铺和钱庄。陈保忠在山西大学堂里读书，这段时间正在假期，于是就把云莺娶回了家门。到时云莺也去太原读书，这样子就能在太原常在一起了。

"你还没过门时，我爹就答应让你和我一起去太原……"

云莺忘不了那条羞辱人的面口袋，而且还把亲家公陈善仁推到她跟前，尤其亲家公的面口袋比她的还大。反倒新郎陈保忠离她很远，尤其亲家母，还有两个女佣，都在站着，挡住门口。请客的八仙桌摆满了一院，甚至一直摆到了门外土场子里，划拳行令，吵成一锅热粥。送来的红布喜幛挂满了客厅，有保长，有族长，还有县城里的大户人家老太爷，更有前清的一位老举人，满满当当，让云莺眼晕。院子和土场子都搭着棚子，还在后院搭着一个戏台子，正在唱着折子戏。

"我爹答应让你去太原女子师范学校读书……"

云莺仿佛看见小月莺含泪的眼睛，而且不停地喊着姐姐，可是，她发现陈保忠并不注意这一切。

"我和我妹小月，小莺子，一起去太原读书……"

"这个……随你……"

陈保忠急不可耐地盯住怀里的云莺："李云莺，今黑底里（今晚上）你就是我的女人了！这一哈（下），我可以好好咥一顿啦！"

一种新的生活就要开始了。云莺总是有些不知所措。

"今日这么大的风，在八抬大轿里，也没埋汰了个你。你这身白色的长礼服，不用说陈家庄，就是离石城里也少见……"

"还不是潇民哥给我置办的。他很有一些西洋眼光。潇民哥马上要去山西大学堂法学院当教授了。"

陈保忠很兴奋，一下子坐起身来："是嘛，这么巧呀，我虽不是法学院的，但也听过相关的法学课。他具体代甚的课嘞？"

云莺被他的情绪调动起来了，于是给他脱掉鞋子，然后又说："我给你焐焐脚！"

"还是我给你焐焐吧。"说着，陈保忠把云莺的一双脚放到他自己怀里。这个时候，亲家公陈善仁笑眯眯地拉着亲家母和两个女佣下去了，只听门呼哒一声从外面推上了。

"我去把门从里面插上——"

"还是我去插！"

插好门，陈保忠又来捉摸着她的一双脚。"你这是外八字！"

"你才里八字呢。"

"一里一外，这算是绝配！"

"谁和你绝配啦！"

"快说说，你哥会代甚课嘞？"

"我哥说了，可能讲授国际关系和英美法……"

"我的老天爷呀，李府出来这样的人才，不愧为人中龙凤，马中良驹。"

"瞧你说的，还人中吕布、马中赤兔呢。"

陈保忠还在把玩着云莺的一双脚，看上去并不是很完美，但却别有一种味道。云莺甚至没顾上洗脚。他把她的棉质袜子脱下来，还闻了闻，然后就在她的左右两只脚面上亲了两口。

"你不嫌臭呀！"

"你拉哈（下）的屁屁也是香的！"

"又开始胡说八道了……"

陈保忠示意云莺别说话，然后就正经地说："我爹特别喜欢有学问的人，他一直说李府出了留洋的人才，不得了。"

云莺的心情却是突然地低沉下来了，她在担心一万块大洋落下的窟窿会让李府不堪重负……

那时候，云莺迷蒙间就听到一声响，仿佛是屋外，却又不像，因为又觉得是婚床下。她侧头看，只见陈保忠已经脱得光溜溜的了，手忙脚乱中，踢翻了尿盆。幸亏，谁还没去尿，要不然臭气熏天了。云莺去放下帷幕，陈保忠却是拉住她的手，说是拉开帷幕更透气、更敞亮。正在陈保忠呼地压向她的时候，只听屋外花坛上的一只花盆落地的声音。

"这是谁在外面？"

"别说话，这是爹娘在外面听房。这也是咱陈家庄的习俗。儿子新婚之夜，做父母的要来听听儿子新房动静。如果能听到动静，那就会有一个好的兆头。"

这等于儿子儿媳在当着父母在做新婚行房的事情。于是，云莺推着上面的陈保忠，却是推不动，宛若一堵墙一般压下来。对于一个新婚的女子来说，这是多么沉重的男人之墙！而且，这新婚的大床仿佛在这个时候成为李府家戏园子的舞台。她不是李云莺，她成了那个唱榆林道情的女伶何彩花了。这一下，她才理解了何彩花被大伯李文举欺负之后的号啕了。

"我出去看看……"

"好云莺嘞，你出去干甚？你这是要我爹娘的好看呀？别出去！"

只听窗外，故作镇静的陈善仁干咳两声，然后隔着窗户说："保忠家的，黑咕隆咚的，早些吹灯睡吧，记住放下帷幔……"说话声越来越远，已经到下院了。"保忠娘，你还愣在那儿干甚，赶紧的，回屋睡觉！"云莺这才听到老两口出了小院，去了他们住的跨院里。

自从新婚之夜，陈保忠对她的态度一下子改变了，说不清是一种什么样的状态，反正有些脉脉深情，却又在陈府的日常事务中离她很远，若即若离，只是到了夜晚又完全不一样了，判若两人。相反，高高在上的陈善仁变得和善了许多，嘘寒问暖，甚至还与她谈到娘家近期发生的一些事情。陈保忠把离炕头不远箱柜上的煤油灯盏吹灭了，云莺能够闻到一股熄灭的黑烟味儿，一阵脚地下的响动让她不由得一慌，倒在了他的怀里。

"你爹李文祺是一个有眼光又有本事的人，李府三个老爷里就数他了……"陈善仁还安排了云莺接下来回门的事情，并说，"这个，老夫自有打算哩……"

云莺羞涩地说了一句："谢谢爹。"

4

戒毒成功之后的李文举如同从鬼门关里走了一遭。他现在一闻到烟味就恶心想吐。所以，他从被窝子里抽出身子来，赤条条地穿着一条裤衩就蹲在后炕头，手里拿起久违的烟枪，凑上鼻子闻了闻，然后对李宝珍说："闺女，你也别学爹了，以后不能再抽了，好好上学，说不定将来能接你爷爷的班。"

"这班才轮不上我呢，爷爷说是咱李府还得靠老二家……"

"老二也是你叫的？我是李府的老大，见了他，你得叫二叔。"

李宝珍对二老爷李文祺一家心怀不满，经常和许飞燕一起骂骂咧咧。有时，李文举也参与进来一起声讨。一家三口在这件事情上是同仇敌忾一致对外的。

"你爷爷看不起你爹，还不是因为咱家没男丁……"

提到这档子伤心事，许飞燕就又开始破口大骂。不过，这个骂的不是别人，竟然是李文举。

"你骂我干甚？又不是我害死的咱儿子……"

"就得骂你，不是你整天地吸赌抽，儿子怎能就要水没人救呢？你这当爹的呀，比起老二家，真的是天壤之别。"

"怎么就成了天壤之别？儿子都那样了，难道你这当娘的没责任？"

说到这儿，李文举不说了，因为他看到许飞燕一屁股坐在脚地，哭得稀里哗啦，而且还没完没了。没心没肺的李宝珍却是没事人似的在箱柜里翻找着什么。许飞燕一边哭着，一边就想起崔巧巧那张狂的模样。那次，让她不由得就向着崔巧巧叫嚣："耶耶，看把你能耐成个甚了，有本事你让老娘也管管账，这个有甚难的嘞，哟，要不咱两个当着众人打一架，看谁能拿住谁嘞？"那时，李有德站在崔巧巧旁边，下巴那引人尊敬的灰白胡须也气得一抖一抖的，脚板底却差点被许飞燕扔过来的一只小板凳绊倒。这是光天化日之下欺负人了，还有没有王法？李府上下的人欺负也就罢了，回了家又得受李文举和李宝珍的气。她真想扑上去，一把抱住欺负自己的老公公一阵乱咬，让他体会一下摘别人心肝宝贝的滋味。别以为她这老大家的没男娃好欺负，她能抱住老家伙的腿，敢把老家伙的毬咬住了。"你信不信？"她在屋里这一说，竟然把旁边的父女两个逗得哈哈哈一阵大笑，说是她真敢这样，李府里待住待不住都不好说了。只要李老太爷还活着，这李府就有李府的章法，即便她代表着老大家也不行。李文举说，再别由着她自个儿的性子胡毬闹了。

"你在翻找毬甚嘞？"

"我在翻找我娘娘（奶奶）送给我娘的项链……"

李宝珍翻找了半天，就不翻找了，手里拿着杨福武的弹弓，比画着，向屋顶拉开了弓："爹，你是我爷爷的长子，怎么说也应该轮上你来继承家业……"

许飞燕不哭了，还在抽泣着说："还……还是咱闺女……懂得规矩嘞！李府的败落就是因为失去了这个规矩……"

"你这个败家的娘们，懂得甚嘞？不要瞎嚷嚷，如果这家业交给我，怕是外面很多事情都难以摆平。你看菜刀队的宋老大，总是张牙舞爪，见了咱爹也是如此，见了我和老三就更是狂野得不得了，我看还是老二可以，宋老大就服他，老二毕竟上过保定陆军军官学校，现而今又是晋军上校团长……"

"可是他也常年在外呀，再厉害顶屁用，鞭长莫及。这次回来住的时间长，也是回来养伤，过段时间又得走……"

"爹，还是我娘说得对，你就是不敢在爷爷面前提，行不行你得在爷爷跟前争取自个儿的权利，最少也得摆明立场。"

"一个国民小学的猴鬼学生，这些话谁教你的，看来咱家宝珍还懂得不少门道道哩。"

李文举却看了李宝珍一眼，就又来气了："这孩娃子，嗨开（明白）甚嘞？就是到了学校不争气，不好好学习，也不听大人的话。都是你惯的！"

许飞燕说："你这人就是这样，甚的事情都给我身上推？我惯，起码还在她身边，哪像你根本不着家的，长年累月待在福居园——这回，跌哈（下）这么多的亏空，看你还有脸去那儿不？她懂甚，很多话还不是从潇民那儿听来的，囫囵吞枣鹦鹉学舌罢了。你看她手里拿着福武的弹弓到处乱射，出了乱子，就晚了。唉，就是不让大人省心。"

李文举一边从后炕头跳下脚地，一边抓了一瓶许飞燕喝剩下的半瓶老白汾，刚要举起喝一口，被许飞燕给夺了下来。

"还喝呀，喝死个你拉毬倒！"

李文举只好在躺椅上喝茶，一边问李宝珍："你三叔在家干甚嘞？"

"谁晓得了？对了，刚才翠花婶子半路上说让爹和娘去前厅开会。福武没敢进咱家来，我就把这事忘得一干二净了……"

李文举一听，呼地站起身来。是呀，李府去年的红利还没分，是不是要分钱了？他眼睛滴溜溜地转着。

"是不是分钱呢？不过，咱爹刚把你与老三借的一万大洋的亏空填上，不可能分钱，怕是又要教训你和老三……"

李文举一听，又灰心丧气了，重新坐在躺椅上，继续喝茶，却发现没茶水了："宝珍，给你爹茶壶里加点热水。"

"我娘没事，让她加吧。我还要去打乌摆（鸽子）去嘞！"说着，李宝珍刚出去，又弯回来了，"爹，我三叔三婶来了。"

这次老太爷对老大老三强行戒毒，确实还起到了作用。这不，李文起一进来，也是怕闻到烟味，要喝李文举的茶水，脱胎换骨了。前些日，戒毒后的老大和老三突然病倒，却又一下子好了，可是，小月莺的病症反倒更显得严重起来。这是咋回事呀？

"大哥，刚才杨栓大家的叫大家去前厅开会，你晓得爹这是要作甚嘞？不会拿我俩再开刀吧？"

李文举沉吟了半晌，才说道："说不准，看你二哥倒是风生水起，咱李府的顶梁柱呀！"

"大哥，听你这话，倒是有些酸溜溜的，怎么了？莫不是喝的不是茶，是清徐的老陈醋吧？"

听了这话，李文举有些不以为然。按理说，老二是他们兄弟三人中最为出挑的，外人那儿都觉得老二是有李府高祖李罡的将军风范了。这个，他们也见识了，如果不是老二在祭祖那天掏出左轮手枪与崔锁孩的来复枪硬扛，怕是他们两个会被绑票，到时是死是活就不好说了。外面谬传老二能够爬屋上墙，如履平地，飞檐走壁，日行千里，取敌酋之头，如探囊取物。也有一种说法，说李府家二老爷四十出头，有德，有才，有品，有善心，宅心仁厚，就是对女人，也是不像他们两个，而是用情专一——虽然，这次也带回来一个不明来路的什么曾姨娘，却是与大嫂吴秀兰相处融洽、开明通达。

"瞧瞧，二哥家云莺嫁给陈家庄陈善仁做儿媳，那可也是远近闻名的大户人家。听说，今日回门，马车上拉来一口沉甸甸的大扣箱……"

"看来，今日前厅，与这事有关？"

说着，这哥俩一起不约而同地走出来，向前厅飞步而去。

5

李府前厅。只穿一件纽襻夹袄和蓬松宽裆裤的李有德，坐在太师椅上等了老半天，依然看不到一个人影。他就对老夫人梁慕秀发起了牢骚："看你生养的这几个儿子，一个个都是脸大得门神似的，我召集个家庭会议也召集不起来了。这一大家子眼看就要散架了。"

这时，门帘揭开了，打进来一道光。乍看还以为是宋老大那帮子人又来了，让李有德心里一抽，就陡然间站起来。万里晴空陡然响起了旱天雷，有点不太寻常。旁边梁慕秀却是笑着迎过去，说道："是咱出门子的孙女云莺回家来了！"

"娘娘（奶奶），没看到我娘我爹呀？"云莺问了一句。随即，她又把孙女婿陈保忠让了进来，并让几个用人把一只铜扣箱抬了进来。

"这是甚呀？"

陈保忠说道："刚才进来时听老太爷说甚的快要散架了的丧气话，我看还不至于，我爹说了，李府跌下了大窟窿，但毕竟瘦死的骆驼比马大，这家底还在着呢。"

李有德看到杨栓大进来了，随即问道："我让你家婆子叫的人呢？"

"老太爷，她都通知到了，一会儿到。"

"再去催催，让二老爷家快点过来，云莺今日回门嘞！"

杨栓大打量了云莺一眼，接着说："小月莺病了。二老爷与二夫人都很着急，估计马上就来了……"

正说着，李文祺和吴秀兰也进来了。云莺把陈保忠拉到老太爷和老夫人跟前先拜了拜，叫了爷爷娘娘。然后，陈保忠又叫了李文祺一声爹，又叫了吴秀兰一声娘。虽然不是很自然，但是大面上还能过得去。云莺则问起小月莺的病来，吴秀兰便是一阵长吁短叹。

李有德把水烟袋在几案上磕了磕，然后说道："这段日子，外面不太平，听说绥远一带有甚的瘟疫，就连离石旧城，也出现了随地倒的现象。福居园吴有财的闺女也染疾病重。不过，咱家的小月莺——这个，还只是……是——发烧……"

云莺则声调里带上了哭音："小月——怎么了？这才没几天，她怎么会就染疾……"

杨栓大说道："别太难受，刚才听你爹说，我家福武娘正在帮着看护小月莺呢。"

这时候，大老爷和三老爷也进来了。随后来的还有许飞燕、崔巧巧。他们刚在前厅坐定，却是大老爷李文举的三个小妾——陈香香、于晓梅和杨爱爱也进来了。这三个小妾却是一副兴师问罪的模样。

云莺先让几个用人把铜扣箱从前厅抬到了内厅的会客室。然后，她又扯着陈保忠衣袖，然后与李文祺、吴秀兰一起，也到了里面。她又对李文祺说："爹，你把爷爷和娘娘也叫进来。"等李有德、梁慕秀和李文祺进来了，才简单地说了一下原委。

前厅里剩下的人面面相觑，不知所措。不是要开会吗？不开会了咱们抬腿走吧？正在狐疑间，李有德先出来了，威严地说了一句："慢——"然后，摆摆手："肃静！"

三老爷李文起先不淡定了："爹，您这是与二哥家搞甚嘞，把我们叫来不是看西洋镜吧？"

"放肆，给老子住嘴！"

李文祺一家重新出现在前厅里，但那口神秘的铜扣箱却是不见了——放在内厅会客室里了？

"爹，那只铜扣箱，是云莺回门送的吧？为何不打开让大家看看？"

李有德没有答话，只是又干咳两声："铜扣箱的事情接下来再说。今天开会，就是要先说说李府上下刮骨疗毒的问题。"

"啥的刮骨疗毒——这个与我们又有甚关系？"许飞燕叉着腰问。

崔巧巧嗑着瓜子说："爹，今天是不是要分红嘞？"

李文举的三个小妾也插话了。先是长得像个洋学生的于晓梅说："我倒是无所谓，李府里吃喝拉撒睡都不要钱，可是没有几个体己钱也不行，出来进去的，也不能时时处处靠男人吧？"

李文举向于晓梅使着眼色，却是于晓梅刚住了嘴，手里挥舞着方手帕的川妹子陈香香则是不依不饶："啥子哟，老家那边闹饥荒，我也想着能够分点钱财救济救济老家的爹娘！"

真的是按住葫芦起来瓢，这不，还没等李文举反应过来，一口岚城话的杨爱爱说："谁也别觉得咋样？和谁过不去，也别和大洋过不去，要能分个五十块大洋，我家卖了五十块大洋做童养媳的七岁妹妹杨花花就有救了！"

这时，李有德问杨爱爱："你家七岁妹妹杨花花真就做了童养媳？这不与我的孙女小月莺同岁呀？"

云莺听了杨爱爱的话，也唏嘘不已："这都是甚的事情呀，把七岁女儿卖给有钱人做童养媳，你父母也太狠心了！"

"你们大户人家，站着说话不腰疼，不把五十块大洋当作一回事，可是这在乡下，我爹娘一年也挣不到这么多钱呀！不卖儿卖女，还靠甚活呀？"

李文举冒火了："靠甚活？我看还是闭上你的嘴，你家的那些烂事，拿到我们李府的家庭会议上讨论，看我回去不收拾你？"

"你收拾呀，你有本事就在这里收拾，不收拾你就不是你爹娘生养的？"说着，杨爱爱也豁出去了，声调也高亢起来。

这个时候李有德不怒自威，只是在脚地顿顿文明棍，整个大厅里就鸦雀无声了。"今日把大家叫来，有这么几件事情，需要说说。一是听从外面回来的人说，口外的瘟疫很厉害，据说也已传到了咱们这儿，旧街里就有随地倒的人，光看到整个人在抽搐，一会儿工夫就没气了。所以，从今日开始，李府各个大门都要守护好嘞，不相干的陌生人不能随便放进来。各房子孙都要注意，千万别染上这类可怕的疾病。听说老二家的小月莺发烧，已经在炕上躺了好几天，得马上去请医生。这事让管家快去。"

正说到这儿，云莺很着急，就想去东跨院看看生病的小月莺。一直不吭气的曾姨娘拉着云莺到东跨院看正在生病的小月莺去了。李文祺让她快去快回，她说反正她也插不上嘴，不如走开更好。

李有德向门口望了望，然后继续说："让杨管家去请城里最好的张大夫吧！张大夫中医和西医都懂一点嘞！上次还看好了老夫的胸闷……对了，刚才，说到哪儿了？嗯——欸，对，第二，就是这么大的家业，不能光靠我，为了不至于让李府衰落，保住这份家业，就得有一个当家人。我是老了，老二，你看由谁来当这个家呢？再不能互相拆台，搞不团结，让外人笑话。祭祖的时候，被宋老大的菜刀队拦截住，老大和老三捅哈（下）这么大的窟窿，也是家门不幸，我的失职呀。"

李文祺说："爹，这个家不好当。爹有意让我撑起这个家，我也不是不想撑，是这么一大家子，还得靠爹的威势呢。我细想了一哈（下），临时一段时间可以，给咱家招呼招呼，都可以，关键是队伍上让养完伤再回去。另外，潇民在太原教书，山西大学堂当教授，云莺也随着女婿去太原读书，顺便小月莺也到了上小学的年纪，我准备让她在太原女子师范附小上学呀。这样的话，我和潇民他娘都要一起走的。"

李文起也说："爹，既然二哥一家要走，这个，谁也拦不住。趁你的身体还硬朗，顺便把我大哥带着，让他以后当这个家吧。反正，他也戒毒了……"

事情到了这一步，李文举反倒有些不好意思了，刚才的咄咄逼人不见了，手指在头上不停地挠挠着。"爹，我还是当您的跟班吧。我先向您学着点，爹也多传帮带，我一定尽量往正道上走，福居园是再不去耍了。捅哈（下）这么大的窟窿，打死也不去了……"

李有德一锤定音的时候，叹了一口气说："唉，这就是命了。古人说，时也，命也。时命不可违。文举能当着我的面发誓，也让我多多少少有些宽慰。就算花钱买个教训。对了，还有老三，你也听好了，别老出去惹事。咱李府城里谁不晓得，树大招风，该着低调的时候就得低调。人肯说，吃亏是福。不要和人争强斗胜，没好处。赚小便宜，往往会吃大亏。你看，吾家潇民孙儿，十年寒窗苦读，跑到美国哈佛读博，双料博士，也才有今天的光宗耀祖。唉，潇民呢？怎么没看到？南关街里开过蛋厂的吴有财还要给咱潇民说媒哩，这不，县商会送来的礼盒就是冲着这档子事来的……"

吴秀兰说："爹，潇民在补课嘞，李府私塾先生这两天请病假了，潇民给孩子们上课呢。"

李文祺站起身来，向着李有德作了一个揖，然后才说："爹，潇民的事情不能太急，还容再缓缓吧。"

李有德扫视了一下大家，然后喝了一口茶水，又说："这，欸，潇民孙儿的事情下来再议吧。这第三嘛，就是杨管家和潇民他娘几次去田家会佃户那儿收账，他们那儿有一个账目表，到时各家各户会分到一部分现大洋。另外，就是从庄园里取得了猪肉和羊肉，磨坊磨的面粉，果园里的苹果、西瓜、甜瓜、红枣和葡萄等，山药蛋、红薯和南瓜，也很快由佃户送来。其他，宋老大拿走东关前街，填补一万大洋的窟窿，咱李府剩下的东关后街一早也送来了白糖、食盐和煤油。除了李府大灶上公用外，各家各户用都可以去领，但都要入账。各家各户吃小灶可以，吃李府公用大灶也可以，但得提前向大灶报饭，这个，直接报到福武娘那儿就可以了。"

李文举看了一眼李文祺，然后说："文祺，你还在家的这些日子，还是要多担待一些，大哥我这个死性不改，还得你多提点，多明示哩。"

没等李文祺说话，李有德又说："刚才，听到那个——老大家……对，岚城的，杨爱爱，说她妹妹杨花花当童养媳的事情，既然老夫晓得了，就得要管，咱李府家一向是一视同仁，平易待人的。我看，这五十大洋从我这儿出，赎回杨爱爱的妹妹，来李府私塾读书，也算是积德行善吧。"

杨爱爱冲过来，一头就跪下了，连连道："谢谢老太爷！我也替我妹妹杨花花谢谢您！"

"这个不用谢，都是一家人，根子上还是在维护咱府上的利益嘛。"

6

小月莺坐起身来，惊喜地望着云莺和陈保忠，仿佛隔得很远，又似乎近在咫尺。她伸出手去，却是什么也没有抓住，哆嗦得如冬日里落水的兔子，怎么扑腾也上不了岸，只是徒劳地挣扎着，只在空中舞动了两下，然后又躺下了。常翠花放下药碗，说："你们来看小莺子了，她才刚喝了药躺哈（下）。"云莺就走过来，给小月莺盖上被子。虽然，天气并不冷，但对于这么小的病人来说，最怕着凉。

"云莺大小姐回门来了！敢情好，快坐！"常翠花走起路来不紧不慢，面带着笑容说。

小月莺身上感觉到一阵轻快，甚或是飞起来，飞在东塔楼之上，比曾姨娘的花凤凰风筝飞得还要高。她仿佛听到云莺在叫自己，别飞得太高，等等别人。云莺说的别人是谁呢？爹娘，还是潇民哥、曾姨娘？云莺出门子之后，已经离她很远了。即便此时此刻云莺就在她的跟前，她还是有了一种不确定的感觉。云莺穿着一双女式凉鞋，一身紫色的裙衣，腰间有一根巴掌宽的腰带扎着，一顶洋气的草帽斜戴在头上，手里拎着一个十分小巧的女式坤包。小月莺发现云莺和出门子前是完全变样了，装束打扮就是一个新婚少妇的感觉，原有的青涩一下子消失了，几近于一种更为成熟的做派，让她觉得有些陌生的距离感。记得有一次去李府的果园里摘葡萄，一边摘，一边吃，小月莺和云莺在比赛，旁边的吴秀兰在打趣道："姐姐属兔，这妹妹属龙，姐姐再快，也追不上会漫天飞的妹妹……"

"我在东塔楼上站着往哈（下）飞，就能逮着花凤凰风筝了。"

"这个时候了，还在想着曾姨娘的花凤凰风筝，小月，等病好了，姐姐到果园里再去摘葡萄……"

小月莺认真地说："我病好了，就是冬天，哪儿还有甚的葡萄可摘呀！"

这话让云莺与陈保忠相视一笑。正说着，李文祺和吴秀兰也进来了。小月莺感觉到屋子里又开始闹腾，只觉得很烦乱，又有一阵让她感到恶心的东西翻上来。她在李府虽然不至于众星捧月，但大多数人对她充满了善意。她随着爹娘从太原搬到介休，又从介休回到离石，也就是一年半载，老家话都会说了，但她觉得自己跟谁都不像，和孩子们一起耍，总是不合群。她总觉得自己不属于现在，不属于此时此地，而是一直心系着远方。当那次爬到东塔楼上向远处瞭望的时候，她就一直对天的尽头充满了想象。她和周边的一切有些格格不入。这一点，小月莺能够在曾姨娘那儿找到某种共同的语言，只是无法用她自己幼小的感知来捕捉住这一切，并能够一五一十地说出来。即便是云莺身上，也有这样一种特点，只是她比起小月莺和曾姨娘来说，更能够融入现实的世界里。这一融入，既让小月莺感到一种疏离，又感到一种莫名的高兴——为云莺姐的角色转换而高兴。也只有如此去适应，但在个性、角色和经历都无法与周边一切完全趋同的情况下，甚至于在与李宝珍的碰撞中，感受到更多的是某种撕扯和断裂。这就让她陷入郁郁寡欢之中，闷闷不乐是因为曾姨娘的情绪感染正如她。可是，小月莺猜不透曾姨娘的心思，无法理解她的苦楚。

李宝珍总是这么对小月莺说："你爹你娘，你哥你姐，还有你，赶紧离开李府，别以为我不晓得，你们回来，就是要分家产的……"

东跨院的正房里，一到下午，阳光就会转场，瞬间在西塔楼上驻足。可是不一会儿，飞沙走石的黄昏转为幽暗的夜晚。

"云莺，你和保忠就住这儿吧，反正也有空房。"吴秀兰说。

只是没听到云莺姐说了一句什么。小月莺用被子捂住整个头，狂风在她的整个心里头吼喊着，奔走着，撕扯着，蹂躏着。她在梦魇里看到一阵比一阵热烈地燃烧着的大火。我，我看到了火？啥火？哪来的火？我看到了，看到窗子外面，就在远处——不，东塔楼，是东塔楼着火了！火势蔓延开来，越烧越旺，而且整个东塔楼被火柱照亮了。可是，我看到了，别人却不为所动。他们可是什么也看不到。云莺姐把被子给她揭开了。她还是感到了热。我看到了大火，都烧着了，烧成了灰烬。啊——可是，又有一会儿，她不再发烧，而是浑身冷得如同一块冰炭。东塔楼还好好的，并没有什么大火。她从东塔楼上一跃而下的勇气消失得无影无踪。

但小月莺仿佛看到曾姨娘的假装的笑脸上有点苦涩，然后她就摇摇头，眼眸里有了晶亮的泪光。谁说曾姨娘坏，谁就是王八蛋，谁就会不得好死。小月莺不理解曾姨娘，但曾姨娘就是愿意和小月莺说话。记得那次放烟火，是一个大大的南瓜一般的形状，里面点着灯，不晓得啥地方点着捻子，南瓜就飞到天上，炸出了满天星，飞落下来的小炮仗就像南瓜子。其中还有"梅开二度"，更有"连升三级"之后的"六六大顺"。曾姨娘与她一起数着夜空里炸开的朵朵烟花。她曾悄悄对小月莺说过许多话，在东塔楼上，瞭望着曾姨娘的老家，尤其曾姨娘上过的大同女子师范学校，只上了一年，就辍学回到老家，在充满两军对垒的雁门关，曾姨娘的爹娘被炮弹炸死了。紧接着，曾姨娘就当了李文祺手下团卫生所的一名卫生兵。"小月莺，你是不是觉得曾姨娘很坏呀！"小月莺躲在被子里一直在哭。

"才不是呢。李府里不少人说曾姨娘坏，说曾姨娘笑起来两面三刀，不安好心，可我觉得曾姨娘比谁都好！"

在氤氲缭绕中飞升，小月莺仿佛听到曾姨娘缓缓地说："小月莺，我只告诉你，你可别告诉别人，你爹你娘也别告诉。你曾姨娘一直谋划着去死，去找我的爹娘，可是一直舍不得离开……又不得不离开……你曾姨娘快要去赎罪了……你曾姨娘就是你爷爷常说的庄稼地里那些个没用的莠草和稗子……这是我的恶孽呀……我就要去一个谁也找不到的地方……"

"曾姨娘，你等等我，你爬楼梯那么快……"

曾姨娘一步步从螺旋形的楼梯上从容地走着，越走越远了，逐渐地走出了小月莺的视线……

也正在这个时候，小月莺把裹在头上的被子掀开，然后哭着对不明就里的云莺说："姐，姐——咱爹咱娘呢，快去东塔楼，血……血，流了好多血……曾姨娘……曾姨娘……划破手腕……从东塔楼上……跳……跳下去了……"

说完这话，小月莺不顾一切地跪着爬到玻璃窗户那儿。果然，在东塔楼上似乎真的有着什么动静，只是黑乎乎的看不清，却是在月光中，有一个人影在高处吼喊，接着听到高空传来又一声猛烈的吼喊，一个人影在水银般的月光下轻飘飘地坠落……

"二老爷，不好了，曾姨娘从塔楼上跳下来了……"杨栓大跑进来对李文祺说这话的时候，小月莺又晕过去了。

第五章

星星点灯

1

　　曾姨娘永远地走了。小月莺的病却陡然间好起来。她忘不了东塔楼下那一摊殷红的血迹斑斑，一直保留了很久。这一日，李潇民从李府私塾上完课，还领回来一个五岁的小女娃，留着一个学生娃头型，名叫水崎秀子。水崎秀子现在是一个孤儿，至于她爹娘在哪儿，有没有兄弟姐妹，都还不晓得。她把两只紧握的小拳头递了过来，让小月莺有些不明就里。眼看着水崎秀子脖子下还有一个没有来得及摘下的花绦子边的米黄色围嘴布。据说，这是旧城福音堂美国传教士白瑞德收养孩娃的招牌，由于幼稚园人手太少，解散了，便临时把她送到李府私塾里来了，但围嘴布还没摘。她那两只穿红绒布小鞋的脚，在青石板地面跺得咚咚直响。李潇民看到这个怀里总是抱着一个洋娃娃玩具的水崎秀子，就特别照顾。这不，下课了，还把她带回来与小月莺玩。

　　"潇民哥，她是谁呀？"

　　"她叫水崎秀子。"

　　水崎秀子？小月莺长这么大第一次听说有这样一个洋名。潇民哥还说起了一个很遥远的扶桑岛国，而且水崎秀子除了会说一些半懂不懂的中国话以外，还说一些岛国的语言。水崎秀子以前是和她一样有爹娘的，据说也有兄弟姐妹好几个，但后来就出了变故——至于啥的变故，潇民哥却不肯说，而水崎秀子也不爱说这事。她的睫毛长长的，遮住眼睛，穿着的衣服有点像旗人家庭出来的小姐，可是又不像。小月莺甚至还没听说过旗人，只是潇民哥这么说而已，她也就跟上鹦鹉学舌。水崎秀子留着娃娃头，刘海遮住额头，露出两只大大的眼睛，很忧郁地远远望着她，不时地哈依哈依着，弯腰鞠躬，让她也忙不迭地还礼。脚上刚让潇民哥给她换了一双全新的小靴子一直在向后缩，尤其水崎秀子那讳莫如深的身世，更增加了她的好奇心。她把常玩捞捞饭煮公鸡的一把破笊篱递给了水崎秀子。

　　"听懂吗？捞捞饭？"

　　"捞捞饭，煮公鸡，煮的公鸡屹蹴起……"

　　小月莺与水崎秀子有一句没一句地聊着，看着水崎秀子只是被动地摇摇头。小月莺只是觉得一早起来，仿佛那场关于曾姨娘和东塔楼的可怕噩梦还没有醒，看到窗外的阳光下的石榴树发出惨淡的红光。自从曾姨娘从东塔楼一跃而下，小月莺就再没有爬上去过，那些木质楼梯叽咕叽咕的响声只有存活在梦魇里了。一根根横七竖八的木板条子把东塔楼下的门给堵死了。但小月莺依然还能听到东塔楼里传来一阵阵沉闷的嚷叫声，仿佛有什么人在里面吵架。一阵风卷起尘土的喧嚣，紧接着有了从遥远岛国带来的海涛声，这是水崎秀子给小月莺带来的幻象，躁动不安，却又汹涌澎湃，翻江倒海的颠簸感，让一切变得难以捉摸。

"你看到天上的星星吗？"

水崎秀子摇摇头："白天是看不到星星的，只有夜晚才能看到……"

"大太阳底下，也能看到很多很多的星星……"

李潇民哈哈笑着说："小月莺又在说梦话嘞喀！"

"我没有说梦话，我……我、我……还看到了曾姨娘……"

一说到曾姨娘，李潇民就有些卡壳了："小莺子，咱们不说这个了……"

"不，我就要说，曾姨娘走了，曾姨娘去找她死去的爹娘了。我就是晓得。"

李潇民对曾姨娘一直很冷漠，一直在回避父母之间还有一个叫曾姨娘的年轻女子。曾姨娘比云莺还要小两岁，属马的，李潇民亲耳听父亲李文祺教曾姨娘骑马时说她就是他的小马驹。所以，李潇民就对曾姨娘的态度是刻薄的，这个就连小月莺也看出来了。他不能对曾姨娘这样，就像小月莺说的，曾姨娘是一个好人。可是，他做不到。他能够理解这件事情，但就是在感情上没法接受。他心疼他娘。吴秀兰说："潇民，你心疼娘，你就要对曾姨娘改变态度。"李潇民一直想改变，但每次话到嘴边，就改了口，而且一回比一回扎人心窝子。就在李潇民决心带着爹娘和小月莺一起到自己任教的太原时，就和曾姨娘说——其实也是一种变相的最后通牒——"曾姨娘，我和爹娘带着小月莺一起到太原，你会到哪儿呀？"那时，李潇民第一次叫出曾姨娘这个称谓，却是等同于宣判她和爹之间关系的死刑。

这个时候，李潇民去扶小月莺，给她披上衫子，然后抱起她来。小月莺却盯住水崎秀子，然后说："水崎秀子，跟着潇民哥一起学《论语》。"

"小莺子，你别难过了，你的病已经好了。咱们就快要离开这个地方。"

"我们去哪里？"

小月莺突然想起传教士白瑞德的面孔来了，一双温和慈善的目光，让她感到了一阵无法言状的轻松，一种确实受到某种神秘庇护的深情，让她一下子从梦魇中回到了现实。有一次，曾姨娘拉着小月莺去过旧城的福音堂，见过白瑞德先生。他就像一位潇民哥所说的绅士一般端坐在礼拜堂的椅子上，俯身望着她们。

"潇民哥，你不能这样对待曾姨娘……"

李潇民背对着小月莺不说话，而旁边的水崎秀子有些不知所措，她把手指头含到了嘴里，只是惊奇地看一眼小月莺，再转过头看一眼李潇民。

"谁——谁叫曾姨娘？"

"你看到了吗？曾姨娘变成了天上的一颗最亮的星星……"

"你怎么晓得的呀？"

小月莺在李潇民怀里还是感到发冷。她情不自禁地落泪。她不晓得为何又落泪，或许是因为水崎秀子不晓得曾姨娘是谁而落泪。她非常难过。小月莺坐在曾姨娘曾经坐过的石榴花坛上想起很多事情，她记得自己手指都用树叶裹满捣碎的石榴红，曾姨娘给她染指甲。她坐在曾姨娘坐过的地方，竟然会觉得又温暖又欣慰。可是，小月莺早就听曾姨娘自己说，有一天曾姨娘会变成天上的一颗最亮的星星，只要抬头就能看到她。

"我看到天上的曾姨娘了。"

"小莺子，别哭了，是我错了，不该对曾姨娘说那些话……"

"潇民哥，你别说了。"

"我并没有其他意思，是我对不起曾姨娘……"

小月莺就从李潇民怀里挣脱，然后与水崎秀子玩起了游戏。水崎秀子说："空你切哇。"小月莺就有些迷惑，李潇民说："就是你好的意思。"

"我想你——"

小月莺对着东塔楼那儿喊了这么一句，水崎秀子马上说岛国话："二姨太。"

"谁是二姨太？"

水崎秀子说："中国话就是，我想你！"

小月莺突然就嘘了一声，背对着水崎秀子，盯住了脚下正在行走着的粪把牛。喔——喔——喔，咯旦——咕——咕！远处的老母鸡在叫着小鸡崽，然后屏住气息，背后水崎秀子出气声却越来越大。整个院子上空又有蜂鸣的声音，一群白色的鸽子从东塔楼边沿掠过。这种干燥的空气里有新鲜香草的味道，夹杂着李府大灶做饭的煤烟味，谛听着老母牛大花的哞哞叫声，还有小牛崽子撒欢的喧闹，以及潇民哥的手风琴拉响时的高低起落，宛若这时小月莺两手提住粪把牛时高喊：喔——嗷，喔——嗷——嗷！

"我也想你！"

小月莺和水崎秀子就抱在一起跳了起来，一起抱住大笑。后来，她们一起吃晌午饭，常翠花专门端过来四样菜，放在了葡萄架下的石桌上，其中有鸡蛋炒木耳、地皮菜炒豆腐、西红柿拌莜面卷、凉拌土豆丝儿、小米绿豆稀饭，还有两片软米面枣糕。水崎秀子吃得很饱，吃完了，与小月莺一起荡秋千。

2

梁慕秀被打更的声音惊醒了。天还没亮，却是让她感觉到窗帘在没来由地摇晃。她的脖子有点酸疼，压在枕头上的胳膊也发麻，血脉不周流了。她试图推醒仰天八叉呼呼大睡的李有德，但又有些不忍，毕竟年纪大了，睡觉轻，一旦叫醒，就再也睡不着了。虽然，她的心脏在怦怦跳动着，而且她下意识地把被子向上拉了拉，又把老头子露在外面的一只脚重新盖住。这个时候，窗帘后面仿佛有一个影影绰绰的黑影。

这些年来，邢硕梅的灵魂已经很少来看梁慕秀了。隔了这么多年，李府大院里并不太平，前一阵子，老二李文祺家的曾姨娘竟然从东塔楼跳下去了。梁慕秀就觉得邢硕梅是不是又回来作祟了。飘飘逸逸，在中院的石榴树间游走。李府家的大大小小的院子里都种着石榴树。虽然，李老太爷年轻时喜欢石榴树，尤其石榴花捣碎染的红指甲就是邢硕梅最爱，甚至曾姨娘也依然，形成了一种传统，以至于小月莺也喜欢石榴花再加上喇叭花碾碎来染指甲。

"邢硕梅活着的话，也和你年龄差不多了。"

李有德到了这把年纪也不忌讳再提邢硕梅了，反正梁慕秀也变成了名副其实的老夫人，不仅老成持重，而且完全没有了年轻时的那种血脉偾张。他们之间也很少争论了。

昨晚临睡前，梁慕秀就问李有德："云莺回门的那只铜扣箱里都有些甚嘞？"

"老大和老三家都在打听这事呢……"

早在道光年间，平遥第一家晋商票号的前身是一家染料庄。云莺的亲家公陈善仁在交口镇有了三河川票庄的基础和实力。所以，借着云莺与陈保忠回门李府的机会，铜扣箱里装着一万大洋，试图与李府在东关剩下的半条街上开办新的三河川分店。铜扣箱里的一万大洋，比开一张同等价值的银票更具有诚意。陈善仁得知李府跌下了一万大洋的大窟窿，为了还账，还赔掉东关前街。这一万块大洋，一方面是为了云莺这次回门，另一方面是为了赢得与李府在东关后街合作票庄的商机。当然，即便票庄合作不成功，这一万大洋也是为了李府的东山再起，毕竟，云莺是陈善仁的儿媳。

"老大和老三两家晓得凭空飞来一万块大洋，肯定会惦记分钱。这次家庭会议上，老三家崔巧巧就提到分红的事情嘞！"

梁慕秀说："凭啥呀？这一万大洋是云莺回门带回来的，不能说分就分了。云莺是老二的闺女……"

"是老二的闺女，不也是咱俩的孙女嘛！这事情先搁着，把这一万块大洋的铜扣箱搬到文祺的东跨院吧。"

"那杨爱爱的妹妹杨花花做童养媳的赎金谁来出？"

"就从我的年金里拿吧。杨花花才六七岁，与小月莺差不多的年纪，赎回来就留在李府吧。"

"你让常翠花把杨爱爱叫来，这五十块大洋直接给到她手里，经过老大的手，怕是又要打折扣嘞。"

梁慕秀下去不久，杨爱爱就来到李有德的斋房里。身为女人真是无助，多半的命运掌握在男人的手里。这不，李有德给她几分好颜色看，就让她感恩不尽。刚出了斋房，就与常翠花撞了一个满怀，也撞响了杨爱爱一只袋子里的大洋。这是甚嘞？常翠花话到嘴边，却是改成了这么一句："这是笑甚嘞？"杨爱爱有些一怔："我笑了吗？"梁慕秀从另一个厢房里走了出来，把常翠花叫过去了。

"翠花呀，来李府这么些年了，还是爱嚼舌根子，不该打听的就别打听。"

常翠花低下头："是，老夫人。"

梁慕秀又对杨爱爱说道："你也快去吧，记得把你妹妹尽快赎回来。"

3

天气虽然在转凉，但小月莺的病好了起来，甚至于恢复如初。这可能得益于云莺回门时与她的一番交谈。至于说她们谈了一些什么，却是都忘了。小月莺只是盯住云莺的眼睛，然后说："我也要与姐姐一起去太原上学。"云莺说带着她一起走。说到上学，她就会去李府私塾，听到李潇民在讲解《论语》。这就使得小月莺信心增加了，也就有了新的盼头。

"别想那些不愉快的事情。"

小月莺听着云莺的规劝，然后认真地点点头。再过一些日子，她就要离开李府了，内心里多多少少有些不舍，或许再也看不到东西塔楼了。她一直在期待，那个日子很快就要临近的时候，她对李府的所有人都给予了笑容。甚至，小月莺也与李宝珍和好了。

当然，这一点，得益于李潇民。李潇民在李府私塾上课的时候总是笑容可掬。即便有顽皮捣蛋的学生，他也从来没有用教鞭打过他们，只是让他们罚着在算盘上多算几道题、多写几张毛笔字仿。

"潇民哥，我也要写字仿。"

旧城国民小学还未开学，但李府私塾依然还在假期补课。南关药王庙举行古庙会，东关街里也闻风而动。吸引一些外来的客商，活跃市场，还得靠李府戏班子来挑大梁。这样的事情，李有德很重视。而李潇民在去山西大学堂上班前，李有德就尽量让他给李府私塾多上几天课。国民小学上学的李宝珍也就来到了李潇民的课堂上。李文举有时也在教室外面探探头，饶有兴趣地陪着许飞燕给李宝珍送热乎乎的鸡汤。

"潇民，你讲课费嗓子，也喝点吧。"

李潇民对学生一视同仁，不喜欢个别人搞特殊，但他又没有办法，李文举毕竟是他的大伯，而李宝珍说起来还得叫他哥呢。

记得小月莺刚回到李府时，李宝珍可不是这样对她的。现在的变化，也是李潇民的面子，还是什么原因，小月莺总是有些疑惑。当时的李宝珍总是向小月莺做鬼脸，有一回还朝她和曾姨娘脊背上扬过灰土，和那个讨厌的三猴子一样。那次，小月莺怒不可遏，也是忍无可忍了，一头向李宝珍撞去。那次，李宝珍见曾姨娘站在跟前，就溜之大吉了。不过，她并不罢休，跑到她家门口，又转过头来破口大骂。

"小莺子，你家甚会儿去太原呀？"

这个时候，李宝珍出奇的和颜悦色，一脸大大咧咧，并把盛有鸡汤的瓦罐给小月莺递过来。

"我不喝，我的病刚好，我娘说，还不能吃油腻的东西。"

"我娘熬的鸡汤可好喝了，一点也不油腻，就是有点咸。"

小月莺就摇摇头。她也不爱吃太咸的东西。这一点，随曾姨娘，就是那么清清淡淡，来去自如，两袖带来的都是春风。可是，现在快秋天了，曾姨娘却是永远地走了。小月莺下意识地抬头望望东塔楼的高处。她每天早上都起得很早，醒来就在家门口小板凳上孤坐着，一动不动。远远地能够看到东跨院的门房，还有隔壁仓房里筛豆子的声音。雇工们都起来了。她也想去仓房里看看，但她娘不让去，说是每次从仓房回来就落一身灰土。不过，她倒是听到牲口棚里大黑、小黑的叫声。她很久没有看到它们了。

"爹，大黑、小黑，会跟着我们走吗？"

小月莺背后没有人影，李文祺一大早去了七里滩。他带着李府的家丁去操练。每天如此，雷打不动。小月莺也想去，可是李文祺不答应。因为，一路上，大人们都在跑，她一个小孩娃，根本跑不过他们，还得李文祺背着。可是，小月莺在黄昏的时候，去过七里滩，一片庄稼地里，还有稻草人，猛地一看，还真吓人一大跳。那次，云莺吓得坐在了地下。小月莺就不怕，还趴在稻草人的背上，假装着稻草人在吼喊，赶跑吃谷物的麻雀。麻雀很好玩，李宝珍和三猴子逮住一只落单的麻雀，然后用泥土糊住点着火。他们吃着烧熟的麻雀肉，还津津有味地吧唧着嘴。

"小莺子，叫我三猴子一声爹，给你一块麻雀肉吃！"

小月莺摇摇头，只是被三猴子的这个交易惊呆了。旁边的云莺拉住她，然后说："小月，咱们回家，别理睬三猴子这样的猴贪（顽皮）孩子。"

4

李有德从县商会回家的时候已经很晚了。今天的县商会活动是吴有财、宋老大他们组织的，不去不行，要不然会说他李有德不给县商会面子。原来李有德想让老二李文祺去，可是一早李文祺就出门了。让老大、老三去吧，他们一听吴有财和宋老大的名字就直打怵。再说，李有德也害怕老大、老三被吴有财再蛊惑着去了福居园，李府再也经不住折腾了。开完会，又吃饭，一吃饭就喝酒，李有德便有些醉意。管家杨栓大亲自赶着厢轿马车接他回家，下车时，打了一个趔趄，一低头看到阴影处有两三个人影。

"谁？"李有德的酒就醒了多一半。

"老太爷，那是从东关前街那儿打烊的过路人，没甚稀奇的，赶紧回去吧！"

杨栓大还要回到李府卸牲口，帮着下人切草料，等到睡时比谁都晚。所以，他回到那间下院耳房时，常翠花与儿子杨福武早已睡下了。不一会儿，杨栓大也上了炕，也没顾上洗漱，就打起了呼噜。

李有德回到正房，脱下外面穿的绸缎布的黑大褂，解开腰里扎的蓝布腰带，松开脚腕处扁带扎的裤脚，把软底黑绒布鞋让丫鬟脱得放在门口外的鞋架上。丫鬟放好鞋，又进了门，还要来服侍他，却被他不耐烦地挥手打发走了。然后，他转头看到梁慕秀的哮喘病又开始犯了。她的虚浮的脸上充满了难言的痛苦之情。她背靠在两卷交叠在一起的花丝绸被面的棉花被子上，两腿弯曲起来，两只胳膊支在膝盖上，油灯放在窗台上。一听到老太爷熟悉的脚步声，老夫人就抬起头来看着他。

"又喝酒啦？"

"没法子呀，活到七十古来稀，还得出去应酬，谁让你养的几个儿子不争气呢。"

梁慕秀犀利的目光盯住李有德和下巴长髯上面毛毛渣渣勾连在一起、潮湿的、上嘴唇的短胡子上，就不由得把鼻子抽了抽，胸腹间又开始了猛烈的急喘。

"咳咳咳——老二家要去太原，你……你就真的愿意他们走吗？"

"老婆子，你咳成这样，还不早点睡，等我干吗？至于老二家，你也别操那个闲心啦，出去对孙子辈们好就可以啦。"

"那就眼看着李府就这么败落了？"

"咱们都是混吃等死的老头老太了，老二一家走后，李府这一大家子还是得让老大先撑起来吧。"

"宋老大的闺女宋猴汝三一回五一回地跑咱李府私塾，还不是来追咱留洋回来的潇民孙儿的。"

"这事肯定靠不住，一是潇民不一定愿意，二是这宋老大甚的人嘞，咱能和他家做亲？"

提到宋老大，李有德觉得李文举在经见过这么大的窟窿之后，应该会改恶从善，至少现在他也已经戒毒了，也体现了他的决心。梁慕秀长吁短叹一阵之后，也只好承认了这种现实。尤其，潇民的婚事也不好再去管了。

"我给老大家的杨爱爱五十块大洋，让她赎买回当童养媳的妹妹，还不是为了笼络老大的心呀！"

梁慕秀心底里总是有着一片挥之不去的阴影，但还是能够理解李有德的一举一动，毕竟，维持这一大家子不容易呀。他们老两口，不能和老二一样，一拍屁股就走人，他们没有地方可去，他们唯一去的地方就是祖坟的墓圪堆。老两口一天不死，这一天就要为李府操着一份心。眼下看来老三家的崔巧巧，一直开不了怀，三个儿子，也只有老二家的潇民算是李府的唯一男丁。

"唉——天不早了，吹灯睡吧！"

大约快到五更时分，窗外传来一片纷乱的声音，紧接着是中院里有了动静。李有德还在呼噜呼噜地酣睡着，而梁慕秀则醒了，猛地坐起身来。她觉得打更的声音不对劲儿，莫不是这么久没来李府骚扰的邢硕梅又来了。唉，也怨她呀，这两年来也未去过米家塔邢硕梅的坟头看看，烧烧香，唠唠话。不过，梁慕秀觉得又有另外的可能，是不是那个从东塔楼一跃而下的曾玉芬呢？问题是，曾玉芬来了，也是会找东跨院的老二李文祺，怎么会找到中院的梁慕秀这儿来了？

也正在这时，门外面有人在砰砰敲着，很响，这一下，李有德也醒来了。

"这天还不亮，怎么回事？"

"老太爷呀，咱家来了盗贼……"

　　一听盗贼，老太爷和老夫人急忙披衣起来，开了门，见是杨栓大和两个守夜的家丁。杨栓大一边套着祆袖子，一边说，守夜的家丁原本在西塔楼上，后来下来，刚走到下院的牲口棚，就见有两个黑影，一人拿着一把斧头，后面还跟着一个穿红戏装的女子，轻飘飘的，宛若一股青烟。乍看上去，还以为是老早李府里传说的老夫人邢硕梅，但又不像，或者又有二老爷家原来曾姨娘的感觉，只是人影走过去之后，家丁才说，想起来了，像是常住李府贵宾楼的唱榆林道情的女伶何彩花。

　　"怎么回事？何彩花被歹人绑票了？"

　　杨栓大正要说话，却见李文祺从前厅那边急匆匆地跑过来了。李文祺穿着一身藏青色的晋军制服，头戴着硬壳有皮帽舌的大盖帽，腰里扎着一根棕色的皮带，一把左轮手枪拎在手里。

　　"爹，我大哥文举和女伶何彩花都被掳走啦。"

　　"出了这么大的事情，这得要报官呀……"

　　"爹，千万别报官，一旦报官就会撕票。我倒是看到两个绑匪的身影并不陌生，就是一哈（下）想不起是谁……"

　　梁慕秀用拳头在自己后背上捣了捣，一着急，就又有一些气喘："文……文祺，你看……看清了？想想……那会……会是甚的个人嘞？"

　　"还是我去解决，我看那个领头的像是崔锁孩……"

　　"你看清了？"

　　李文祺整整自己的宽皮带，重新紧了紧，低着头沉默片刻，然后才说："应该不会有错，虽然，他们蒙面，但走路的步态能看出谁来，另一个是六指的……"

　　"怎么还有六指？"

　　"爹，你记得吗？上次祭祖时，就是崔锁孩，手里拎着一把来复枪，看到这枪，就晓得是谁了。另外，挥舞斧头的一个，看到是六指，就是那次祭祖时把福武从厢轿车里吓坏的崔锁孩的手下……"

　　到吃早饭时，李有德提早来到李府的大灶上，看到李文祺也来了。父子之间交换了一个眼神，就坐在平时的那张八仙桌上，等着用人端上小米粥和咸菜，还有煮鸡蛋、馒头片、油糕、莜面卷。他们吃着饭菜，却是像什么事情也没发生。

　　"老太爷，老夫人怎么没来吃早饭？"围着白裙布的常翠花问李有德。

　　"一会儿给她送房里吧，她气喘的老毛病又犯了。对了，记得把凉了的蒸馒熥一熥再端过去让她吃。"

　　"那我这会儿就去灶房看看，再用火炷把灶火捅开。蒸馍很快就可以熥好了。"

5

唱榆林道情的女伶何彩花，也被绑架，其实，是属于周瑜打黄盖——一个愿打，一个愿挨。

说起来，这个故事就有点长。何彩花的戏班子里她的徒子徒孙倒是不少，但论她的年龄也才二十出头，才貌出众。原来在榆林道情剧团时，何彩花就是台柱子。她那时还刚十八岁，与剧团的孔鸿盛团长也刚订婚。孔鸿盛三十大几，比何彩花大十来岁，长得五大三粗，人也很仗义。一般知根打底的人，都晓得这剧团实际上是何彩花与孔鸿盛的夫妻店。虽然还未大婚，但也已八九不离十了，由于台口多，剧团整年的演出都排得满当当的。

孔鸿盛的爹娘在乡下，据说有着很大的一片庄园，他从小就喜欢唱戏，也爱看旧小说，后来上过教会学校，又到国立中学读书，会写一手很好的毛笔字。演出间隙，他依然坐在何彩花的对面，听着她咿咿呀呀地哼唱，便打着拍子，也跟着伴唱，只是有些走调了。何彩花会扭头看他一眼，让他心底一凛，呼之欲出一种热烈的情愫，不能自已，两腿一股劲打战、发软。她问他怎么了，他说没怎么，只是有点冷，太晚了，该睡了。她要站起来，被他拉住了，然后他用手指在膝盖上敲着刚才唱的拍子，让她再哼唱一段，台子上没听够。这个时候，她在给他一个人唱，感觉就真不一样。他的脸憋得通红，有点想尿尿的冲动，后来还真的要尿了。她问他怎么了，他说他想上茅房。她也要去，他让她先去上，他在茅房外面护着她。这种关系越加巩固，也让他们须臾不能分离。

这一日，榆林城里来了一支队伍，领头的是一个叫穆占山的旅长。人们都说，穆旅长是属于那种不笑不说话的笑面虎。他一向说一不二。那日，他与两个警卫员出来逛街，只是在剧团的海报上看到何彩花的名头，就兴致勃勃地赶来剧场看戏。穆占山还没等戏演完，就带着两个挎着双枪的警卫员要拿走《天仙配》里的七仙女。大家都说七仙女心早有所属，孔鸿盛就是七仙女的董永。穆旅长说："老子有枪！这个年头，谁有枪，谁就是董永！七仙女跟上穆旅长，今后就可以吃香的喝辣的！"孔鸿盛好话说尽，也没有办法，拦挡不住穆旅长带人。孔鸿盛没法，就说每唱一出戏都是有合同的，中途停演，违约要赔钱的。然后，他先在剧院的贵宾座稳住了穆旅长。然后，跑到后台，赶快让何彩花换装，让其他姐妹替她完成接下来的演出。孔鸿盛马上让何彩花女扮男装上了一挂重金雇来的厢轿马车，让她赶紧逃命。

"鸿盛，你也一块儿跑吧。我俩一起跑喀！"

孔鸿盛说："彩花你先走，你到山西离石那边再联系，那边有我的发小，叫宋老大，到时我去找你吧。"

何彩花还想说什么，孔鸿盛就给她怀抱里塞了一个沉甸甸的包袱。她没来得及问，猜测这是他们这些年来唱戏挣的大洋。何彩花就这样跑路了。直到辗转过了黄河，何彩花好不容易重新搭建了一个临时的戏班子时，才听说孔鸿盛因为蒙骗穆旅长，偷放台柱子七仙女何彩花，被穆旅长当场开枪打死了。穆旅长朝着孔鸿盛连着开了三枪，然后对着冒着蓝烟的枪口吹了吹，说道："敢和我穆旅长抢女人玩心眼，都会是这个下场！"说完，看看戏台下趴着后背冒血的孔鸿盛，又吩咐身后的马弁道："哼，老子看这孔班主还是一条敢爱敢恨的汉子，快去买一口上好的柏木棺材厚葬他。"随即，穆占山又让副官一同去料理这事，然后才挺挺腰杆，扬长而去。

原来在黄河这边，离石城里，又是过了一两年，何彩花总算立下足。尤其她的戏班子在李府里扎了根。但李府家大老爷李文举时不时要来骚扰一下她。这个李文举有了一个正室夫人许飞燕不说，又有三个小妾，陈香香、于晓梅、杨爱爱。尤其，杨爱爱以前也是唱戏的，于是她常来戏班子过过嘴瘾。李府老太爷也认可何彩花的本事，并作为李府专属的戏班子来使用。李有德通过戏班子来作为结交城里达官显贵的一个平台。何彩花作为台柱子也很卖力。

这一日，下雨天，何彩花没有去戏园子排戏，只在李府的贵宾楼一间卧室里躺着休息。她身体不太舒服。而李文举酒气熏天地跑来了。

"大老爷，有事吗？"

"没事就不能来看看干妹妹吗？"

"谁是你的干妹妹，你有许飞燕这样的正室厉害老婆，还有三个不省心的小姨娘，小心她们一块来撕烂你的嘴！"

何彩花有点讨厌这个李文举，咋咋呼呼，比那个穆旅长还要让人讨厌。李文举虽是大老爷了，但还是没有老太爷那种城府和气度。李文举这个人是一肚子坏水，心胸狭窄，小肚鸡肠，睚眦必报。

"干妹妹，你怕鬼吗？"

"大天白日的，你扯这个干啥？"

李文举诡异地一笑："大天白日？这不，外面不是下雨了，你这间屋子里，早以前有过一个冤死的女鬼……"

谈到闹鬼，何彩花也是听说过，只是老夫人梁慕秀前面有一个邢硕梅，被老太爷莫名其妙地休回家之后，竟然在李府新娶梁慕秀的前一日用剪子抹脖自杀了。后来，李府上下就开始闹鬼了。可是，李文举又说到何彩花住的这间屋子也闹鬼，竟然把她吓得坐起身来，瑟瑟发抖。

"别怕，有你的干哥哥呢。"

"去你的，老太爷晓得了，小心关你禁闭呀？"

"李府的家由我当啦！"

"不是那个在晋军当团长的二老爷当家吗？我看，你家二老爷是一个正派人……"

"老二一家都要去太原了。"

说着，李文举一把搂住了何彩花。何彩花推拒，但让李文举更加疯狂。何彩花说她自己来了"大姨妈"，李文举则说"二姨妈"来了也没关系。窗外，雨下大了，而且还吼雷打闪的，让何彩花想退，却无处可退了。

这件事情，让何彩花在一次交口镇的演出中，认识了一个很讲义气的六指。六指听说何彩花被李府大老爷李文举欺负，当场拍案而起。于是，这才有了绑架李文举的事件。而何彩花也佯装被绑架，只是为了迷惑李文举及李府的人，也是六指想出的招。这次绑架，六指还带来几个菜刀队的人，其中牵头的是崔锁孩，也是六指的大哥。

6

李府戏台子常常排戏，小月莺总会跑来观看。她会盯住何彩花的行头看，并非主角的光环，而是唱、念、做、打形成的一整套戏路，眼花缭乱而又井然有序。何彩花所具有的灵动，以及整体的带动和铺展，行云流水，一气呵成。

小月莺是拉着水崎秀子的手一起来的。来之前，小月莺怎么也找不到自己的一只袜子。水崎秀子弯下腰帮她在箱柜底下看着，却意外地跑出来一只眼睛贼亮的小老鼠，伸手去抓，没抓到。小月莺就想起爷爷屋里头养着的那只老打瞌睡的猫来了。可是，爷爷的瞌睡猫也不怎么抓老鼠。水崎秀子说："袜子怎么会长着腿自己跑了呢？"忽然，常翠花拿着鸡毛掸子进来了，在窗台上放的针线盒下找到了，只是那只袜子被水浸湿了。常翠花给她拿出一件小孩娃穿的长袍子，一件小坎肩，一条蓝裤子，一双绣花鞋。有一个比水崎秀子大三五岁的小丫鬟进来，替常翠花给小月莺换下旧衣服去洗。

"你的名字有点奇怪？"

"不是告诉过你，水崎秀子啊，特别好记。小月莺，记住我的名字，可以只叫我秀子。"

"这个名字，还是四个字的，比较少见。你——你为何那么喜欢唱戏？"

水崎秀子有一双极具魅力的凤眼，很有神，也很灵动。她面对何彩花的问话，只是坚定地点点头。

"秀子，你想学戏？"一旁的小月莺问。

水崎秀子转过身来看着小月莺，然后走到何彩花身边，开始舞动起两只长袖，做了几个唱戏的基本动作。

> 张天师留符四门粘，
> 马王爷留下放马场，
> 姜太公留下钓鱼钩，
> 放马童留下放马杆，
> 桃花女留下来破关。

水崎秀子在戏台上一点也不怯场，迈开大步走了几个圈，而且唱功了得。小月莺都看呆了。何彩花做主就要收下她。水崎秀子没有爹娘，收养她的旧城福音堂的传教士白瑞德也早就希望这样一个结果。白瑞德无力收养太多的孩子。李潇民也为水崎秀子找到一个新的活路而为她高兴，只有小月莺有些失落。她穿上了新换的长袍子，有些不太习惯，总是磕磕碰碰。她想问水崎秀子，这新换的长袍子好看吗？

可是，她突然向一边的潇民哥摆了摆手，然后说：

"潇民哥，让秀子也跟上我们去太原吧。"

李潇民当初答应了小月莺的这一要求，但现在看到水崎秀子执意要跟上何彩花唱戏，也就同意了。

"我也要唱戏！"

这个时候，半路上杀出一个程咬金，大老爷李文举的闺女李宝珍也跑来凑这个热闹。

"为何外人能唱，我不能唱？"

李宝珍的模样一看就不是唱戏的这块料，身材胖大不说，唱起来也是左嗓子，再说，她还在旧城国民小学上学呢。随即，李宝珍就唱起了学校里学到的《国民革命歌》："打倒勒（列）墙（强）！打倒勒（列）墙（强）！出（除）军阀！出（除）军阀！国民革命成功！国民革命成功！去（齐）奋斗！去（齐）奋斗！"

"你不上学了？"

"水崎秀子能唱，我也要唱……"

小月莺插话："你都唱错了，是列强，不是勒墙；是除军阀，不是出军阀……"

"就你能，李府里就你能，我在学校里学过，就是出军阀，气死你！咱李府里就出了你爹这样一个无法无天的大军阀……"

许飞燕来了，一把拽住李宝珍，没好气地看了小月莺一眼，然后对台子上的何彩花说道："好人不唱戏，好铁不打钉。"

"你骂谁嘞？"

"骂你又咋样？"

李文举也赶来了，被许飞燕一把推开。"怎么了大老爷？骂你的小娼妇，你心疼啦？"

李文举尴尬地辩解："你说甚嘞？"然后，转向戏台子上的何彩花，"有事没事别招惹我们家的宝珍，唱戏拍镲的都是下等人……"

"你说谁是下等人？"

何彩花从戏台上跳下来，一头向李文举撞去。李文举被撞了一个屁股蹲，恼羞成怒，随手从墙角旮旯里抽出一根废弃的辕杆就打。何彩花当头挨了一下，当场晕了过去……

李文举拉着许飞燕和李宝珍扬长而去。小月莺怯生生地拦住他们一家三口，然后质问道："你们打了何姨，不能就这么跑了！"

"起开！有你甚事嘞？"

"不能走——"

李文举嗨嗨笑了两声，说道："小月莺呀，你可别学你那多管闲事的爹呀！"

"这不是多管闲事，何姨是咱李府戏班子的人……"

"你何姨死了，我给她买黑油柏木棺材！"

水崎秀子从戏台上下来，拉着小月莺的手跑去叫来了吴秀兰。在小月莺家里，何彩花才醒了过来，然后扎在吴秀兰怀里哭了……

何彩花结识六指是后来的事情了。这日，交口镇兴盛昌商号掌柜冯兴堂正逢五十大寿，请何彩花的戏班子去助兴。原本还请了李府老太爷李有德，但他没来。戏唱了一半，交口镇的几个泼皮无赖来砸场子，被从李家湾跑来看戏的六指及时制止住了。冯兴堂要给六指赏钱，六指拒绝了。

自从何彩花的第一个男人孔鸿盛不明不白地被旅长穆占山开枪打死之后，她的心里面就留有了浓重的阴影。她虽然没有怒沉百宝箱的杜十娘那样决绝，但也晓得自己再去暗中结识一个情投意合的男人，根本是想也不敢再想的奢望了。何彩花甚至觉得自己命硬，克死了风华正茂的孔鸿盛。曾经终身相靠的男人已经是那样的不堪，其他野男人怎么能再去搭讪。而李府大老爷李文举是在何彩花不情愿的时候强行污辱了她。说到这儿，何彩花就失声痛哭。

在兴盛昌商号演出结束之后，何彩花上了六指的厢轿马车，戏班子其他成员则上了另外李府派来的大车。

六指说："我早在福居园就见过李文举，一个欺软怕硬的喝尿货！"

郁郁寡欢的何彩花，一直觉得孔鸿盛有才有貌，以这个为标杆，她怕是今后别再想找男人了。虽然，她觉得这个李家湾的六指很仗义，声言要教训教训曾经祸害她的李文举，但仍然觉得六指并非她要终生依靠的男人。

"做一票大的！有钱有势的李文举不能如此张狂，一手遮天……"

"六指，千万别莽撞……"

"虽然是为你出这口气，但这事我来谋划……"

于是，李文举与何彩花一起被绑票的大戏上演了。这一出，让何彩花对六指刮目相看了。

这次绑架之后，李文举受到了惊吓。李文祺找到宋老大，宋老大再找到崔锁孩，而崔锁孩才让六指放人。全程没有报官，李文祺明知怎么一回事，但也装得什么也不晓得。大老爷李文举放回来了，老太爷李有德也就不再追究了。

"以后再给我惹是生非，我打断你的腿！"

"爹，再也不敢了，以后多向文祺学习！"

"学个毬，你以后不惹事，就给李府先人烧了高香啦！"

又过了一些日子，何彩花带着水崎秀子投奔六指去了。这已是后话。

第六章

白云苍狗

1

半前晌那会儿，李有德在中院的葡萄架下干坐着。很多年后，小月莺依然记得这个时刻，太阳很大，蝉声无处不在，一阵比一阵更刺耳。天上飘过来一朵白云，无牵无挂地游走着。她又到戏场子去了。那里空无一人。何彩花走后，也不排戏了。小月莺看不到水崎秀子在戏台上翻筋斗，就有些失落。爬到戏台上，她从一只没有带走的戏箱里翻找出一顶丝绸做的丑角帽子，然后戴在了自己的头上。小月莺走到李有德跟前，李有德竟然不认识她了。这是谁家的孩娃子？来李府院子里作甚？他脱下一只鞋子，一只手在布袜子里不停地挠动着。脚板心总是痒痒的，反倒是越挠越痒了。也可能是天气要有啥的变化了。就怕下雨，东川河里翻滚的水漫卷上来，冲了离着南岸不远的水浇地，跌下年成（年馑），那就够这一大家子喝一壶了。这时，小月莺从李有德那狐疑的眼神里读出了这样的意思，于是就说："爷爷，我是您的孙女月莺。"

李有德像小月莺这么大的时候，也一度迷上了唱戏。李府每次唱戏，李有德都要钻到后台去咚咚地敲鼓玩。排练还可以，戏班子班主还可以让李有德瞎胡闹，但正式演出就不干了。七八岁的李有德虽敲不到鼓点上，但毕竟是排练，大家都由着他的性子折腾。李有德出生于咸丰年间，当时他爹李罡还未打出将军的威名，不过，也是说一不二，把他拉到茅厕道里打了一顿。从此，李有德就落下了一个怕爹尿炕的毛病。李罡再要打他时，当时的高祖夫人就会成为他的保护神。所以，李有德有一次偷偷跟着戏班子，跑到了交口镇，并又一次钻到戏台子上拿起鼓槌一顿乱敲。戏班子的人都认识他，不敢对他怎么样。那次，还是邢硕梅的爹把穿着开裆裤的李有德送回李府。高祖夫人看着邢硕梅的爹很面善，人也挺好，又与高祖有着过命的交情，就送了他一把杨栓大刚做的笊篱子，还用李府的大车送他回米家塔。一来二去，老夫人看上了邢硕梅，就给李有德定下了娃娃亲。

"这猴贪女子，唱戏的帽子你也戴？像甚嘞？"

"爷爷，你看我像甚嘞？"

李有德仿佛又看到了第一次见十三岁的邢硕梅的情景。当年她就戴着这么一顶帽子，被他歪打正着地相中了。其实，相中不相中也没有关系，关键是这邢来旺不仅绵善，让高祖夫人相中，更重要的是他还在战场上给李罡将军牵过马。邢来旺与高祖李罡将军有了这过命的交情，就让高祖念念不忘。李有德喜欢戏中的花木兰，而十三岁的邢硕梅戴了一顶花木兰的帽子，就让他爱屋及乌地对她产生了好感。

"爷爷，你在想甚嘞？"

李有德在葡萄架下的竹藤椅上闭目养神，突然睁开眼。他竟然就直挺挺地站起来，披着一件花里胡哨的戏装，宛若男扮女装版刀马旦的威风凛凛，仿佛脚底下是在神奇的古老氍毹上，健步如飞。

> 花木兰心如麻无心纺织，
> 我唧唧复唧唧心系边关。
> 巾帼女扮男装梦牵远方，
> 提缰催马一路奔赴战场。

李有德的模样，让小月莺一下子拍手叫绝："爷爷，再来一个！"可惜，李有德也就会唱这么几句，再唱就只能咿咿呜呜地瞎哼哼了。他记得邢硕梅在没过门的时候，也会唱花木兰，比他要唱得好多了。

"爷爷，邢硕梅是谁？"

"这个……嗯……邢硕梅的爹是邢来旺……给你老爷爷牵过马……"

小月莺挠挠头，又问："牵马？栓大伯伯还给咱家的黄母牛大花接过生嘞……"

"这个，不一样……"

李有德陡然想起邢硕梅的更多故事来了。一对大黑眼睛没有一丝儿光亮，却是时时刻刻在刺痛着他的心。他和她不说一句话，却是有千言万语通过眼神来交流着。她一碰见他的目光，就连忙往旁边一闪，门帘子一晃，人影就不见了。这也就是他李有德与邢硕梅的一段极为短促的孽缘。正在胡思乱想的时候，伛偻着腰身、拄着一根长长放羊铲的老夫人梁慕秀一晃三摇地挪动着步子来了。

"别给小月莺讲那些陈谷子烂芝麻的闹鬼故事……"

"娘娘，我喜欢听闹鬼的故事……"

梁慕秀说："小月莺，你怎么总是哪壶不开提哪壶？听了闹鬼故事，你不害怕吗？"

"我不怕！"小月莺说是不怕，但晚上到茅房，还得爹娘照看着才敢去。

"娘娘，这个邢硕梅是谁呀？"

"是你娘娘。"

小月莺迷惑了："你才是我的娘娘，邢硕梅不是……"

李有德插嘴道："瞧，你也和小月莺说这些。你来有事吗？"

梁慕秀沉吟了一会儿，说道："这放羊铲谁扔到花坛里的？咳咳！"随即她没等人答话，就又说："小月莺一家要去太原，云莺回门时铜扣箱里有一万块大洋，说是给咱李府的。他们一家走时，这大洋该怎么处理？"

"文祺和秀兰的意见呢？"

"他们说让你做主。云莺虽然是文祺的女子，但回门时陈府老太爷陈善仁说是这一万块大洋支持李府渡过难关的。"

李有德咳了咳，然后说："这事我和文祺也商量了。一万块大洋入李府的账，但不白入，陈善仁在交口镇的钱庄可以无偿在咱东关后街开分店。运营五年，有了收益之后，李府可以入股……"

李有德闷闷不乐，其实也是因为这事。李府大老爷李文举、三老爷李文起也在盯着这笔钱，甚至还想分钱。梁慕秀说："老大、老三这个就别想了，李府现在这么困难，入不敷出，他们还惦记每一笔进项。这成甚嘞？"

"这个先不说，文祺一家去太原，要在那边安家，先在这笔钱里支出两千大洋给他们……"

李有德的腰疼病又犯了，他用自己的拳头捶捶背。小月莺自告奋勇给他捶。梁慕秀说："还是我给你爷爷捶吧，七岁的猴丫丫捶上去不顶事！"说着，她给老太爷捶起来。

"老夫人呀，一晃五十三年过去了，你一个小夫人变为老夫人喽！"

往事不堪回首。说起来一年又一年，今年的事情特别多，前两日老大李文举和女伶何彩花被绑票，还是亏得老二李文祺的魄力，这事解决得很圆满，报官的话撕票是肯定的。这事之后，老大家的许飞燕也别再咋咋呼呼的，她老公能够被解救，还不是得靠老二。如今这个民国世道，国气大衰，民生凋敝，这打不完的仗，让人心涣散，也不晓得下一步怎么办？许飞燕的表情木然，脸上发出如同水银一般的光泽，一副软硬不吃油盐不进的样子。李有德总是力不从心，他用拐杖头把脚底下烂泥塘里自个儿的倒影搅碎了。他脖子上的褶皱松弛着，露出大筋，眼睑里发红，隐约着看到早上擦脸没擦干净的眼屎，眼袋下面的皮肤鼓胀着水泡。难怪，小月莺前日故意对着他吹着肥皂泡时，嘲弄他的肿眼睛。他的嘴角上的两撇法令线，有着永远无法对称的弯度，似乎在暗示着什么。一张长脸向横向里发展，开始显得虚胖了。胸脯子上的肉也在萎缩，两只肩膀越来越下垂，高低不一，摇摇晃晃地夹着一颗生了芽的山药蛋脑袋。他的头发白了，甚或脑门心那儿有一块寸草不生的盐碱地，阳光打在上面时闪闪发亮。不过，他不服老，是脚底下的烂泥塘放大了他的衰老。这样想着，他就甩掉了手中的拐杖，又要学着何彩花唱个两嗓子，提提气。

"老二队伍上又来了信催，这次老二是不是还得领兵去和军阀打仗……"

"这打来打去的，有甚用嘞？老二还不如辞官……"

"我看老二有辞官的意思，打来打去，昨日的敌人，今日又成了友军，他都不晓得是为了谁在打仗。"梁慕秀叹了一口气。

"不用说老二了，就是阎总督也不晓得在为谁打仗嘞。北洋军阀与南方的革命军在不停地打，各路军阀你打我、我打你，这何时是个头呀。"

"这年月，过一天，说一天吧。"

"不管咋说，李府上下还得靠着我这个老头子强撑着嘞。"

2

这一日，李潇民提早出发了。山西大学堂那边催得紧。他原本要和全家人一起走的，迫不得已，只好先随着碛口过来的驼队走了。小月莺蹦蹦跳跳地拉着李文祺的手，出了李府送李潇民。吴秀兰没有出门，她在家里哭，只有云莺陪着她。云莺隔三岔五回来一趟。这次回家，也正好碰到潇民出门。云莺想和潇民说几句话的，可惜匆忙间，还得忙着招呼吴秀兰，就只有挥挥手，算是作别。李潇民坐在大车上了，李文祺就把一个包裹递给他，让他一路小心。小月莺则叫喊着，只是让他一到太原就写信。李潇民则笑了，小月莺还晓得写信呀，大字不识一箩筐，却充作有学问的小博士。

"潇民哥，我和你一样做个留洋博士。"

"好，咱家很快又要出一个女博士啦。"

"潇民哥，你笑我，你不相信？"

"我信，我信还不成吗？"

小月莺看到大车上坐着的李潇民又像刚回来时的模样，不过，这次头上戴着一顶遮阳的宽边凉帽。这顶宽边凉帽还是云莺回家时带回来的，云莺让李文祺戴，李文祺不戴，就给了李潇民。你不说，这一戴，李潇民显得很洋气了。他的皮肤有些黝黑，在哈佛大学时常常爬山游泳，鼻梁和李文祺一般高挺，嘴角微露笑意，雪白的衬衣，打着红色的领带，看上去就是一个货真价实的留洋双料博士。

"和你爷爷娘娘作别了吗？"

李潇民正要回答李文祺的问话时，穿着褐色罗纱大褂儿外套黑绒坎肩的李有德拄着文明棍出来了，后面还跟着穿一身青色的丝绸褂子和锦缎裤子的梁慕秀在嘴里嘟囔着什么。

"爷爷，娘娘——"

李潇民跳下大车就是一拜。老太爷和老夫人一把抱住就要出门远行的孙儿，唏嘘不已。

"爹，我娘躲在屋里难受啥嘞，潇民是去太原上班，又不是不回来了？"

李有德咳咳两声，白了李文祺一眼："文祺呀，你这晓得甚嘞？潇民孙儿和你搭话怎么不应一声哩？潇民孙儿是咱李府唯一的孙辈男娃，而且这么有出挑，咱李府将来还得靠着他发达嘞！"

正说着，穿着竹布大褂儿的李文举也来到李有德身后。"你又来作甚嘞？"李有德没好气地问。

李文举有些灰溜溜的模样。这次被六指绑票，有些莫名其妙，直到被蒙着眼睛拉到东川河滩挖开的大坑里要活埋时才吓坏了。李文举不明白的是活埋的人里为何只有他自己一个人，而另一个当事人何彩花呢？一直看到六指对她反倒没事人似的，好像六指还对她尊敬有加。这是怎么回事？李文举还想反驳，就被六指一脚踢在大坑里。

"这种祸害，活埋了算啦！"

李文举在大坑里哭喊着，两只胳膊被反绑在身后，两条腿还能自由踢腾。

"你再吼喊，把你说话家什割掉……"

李文举不敢吼喊了，乖乖地让六指给嘴里填塞进一只臭袜子。他的头顶已经落了好几锹土，后来被何彩花拦住了。

"你还祸害人家女子不？"

李文举的脑袋肿得像一只簸箩，不停地摇动着，支支吾吾着什么。六指把他嘴里的臭袜子拉出来时，他还辩解："我祸害，祸害谁哩？"

"你还狡辩是吧？"

何彩花走过来甩了李文举好几个耳光，这才让他豁然明白了……

当李文祺带着左轮手枪来救李文举的时候，李文举被反绑着扔在田家会官道下的涵洞里一天一夜了。据说，还是宋老大告诉了李文举的下落。毕竟，宋老大对李府家二老爷李文祺不敢小觑。在这之前，李文举被拉到一个黑乎乎的棺材铺的库房里，只见一口口黑油棺材呈放在支架上，那么阴冷，那么恐怖。他被绑住扔在一口还未做好盖板的棺材里，仿若周围每一口棺材里都藏着一个黑白无常的怪物，要不然就是吱吱的抽动声，一块块锯开的棺材板还没打制好，只是散落在靠近门口一侧的旮旯里。还有就是花圈和黑纱，一些个呼啦啦作响的挽联，更让他冷汗直冒，大气都不敢出一口。这个叫六指的蛮汉呼地扑过来，撕扯着李文举的衣服，然后把他连人带衣服地托举起来，棺材旮旯里四处游动着，然后一下凌空甩了出去。嗖嗖的风声里，李文举听到墙旮旯里的老鼠在吱扭吱扭地叫着，赶紧求饶。六指还放话要挑断他的脚筋。"老子就挑断你这喝尿货的脚筋咋了？"说着，六指挥舞一把明晃晃的杀猪刀，被何彩花拦挡住了。这让他吓得魂不附体。以至于后来的两个月里，他的右脚跟被豁开的一条口子，一直包扎着白纱布，拄着拐杖走路，每向前迈出一步，右脚还得在地下画一个圆圈，上半身跟着顺时针地转悠半圈。而且，他当时还以为自己真的被挑断了脚筋，后来伤好了，又能健步如飞地走路了，才晓得是六指吓唬他，也是何彩花手下留情，放他一马。那次，李文举记得自己的绸缎长衫被撕扯成一条条形状怪异的门帘子一般，随后就是一阵比一阵激烈的捶打，宛若咚咚的破鼓众人捶。一拳，又一脚，左一下，右一下，刚抬起头，就又是一巴掌扇过来，眼前一黑，人就晕过去了。当他再醒来时，发现自己不是躺着，而是靠在墙旮旯儿站着，下身不穿裤子，尤其那个男人的物件上被绳子套住，绳子下边还吊着两块方砖，让他疼得都站立不稳。他后来睡着了，却也是撕心裂肺，噩梦连连，甚至飘逸着被黑白无常带到了一块无主的野坟地，遍布着的金娃娃萱草、山桃草、蓝花鼠尾草、荆芥、八宝景天、松果菊、鸢尾花和葡枝委陵菜，摇曳着的松柏树上有一只黑色长尾巴的老鸦在凄厉地尖叫……

这时，李文举出门送李潇民，其实也是为了感谢老二李文祺。假如李府没有这个上校团长老二保驾，估计他李文举早就没命了。所以，李文举眼睁睁地看着何彩花拉着五岁水崎秀子的手离开李府时，就没敢再造次了。他晓得这一切都是自己造的孽呀。

3

离石梨园界都在说，何彩花认了一个干闺女，会是谁呢？其实，大家不用问，一猜就能猜出来。何彩花的戏班子有了六指的保护，就不会再有一些村镇的泼皮无赖骚扰了。

何彩花的干闺女就是五岁的水崎秀子。这孩子与唱戏有缘，而且天分和悟性都很高。她一开始练劈叉，两腿就很软，胳膊伸展开来，整个身段就弯成一张弓，无论是踢腿，还是拿大顶，都让何彩花感到惊讶。尤其，她一亮嗓子，就听出了一种纯天然的完美质地。何彩花想收她为徒。这就使得何彩花在离开李府之后有了重起炉灶的想法，再加上还有六指支持她。

"水崎秀子，当我的干闺女，愿意吗？"

水崎秀子有一双水灵灵的大眼睛，扑棱扑棱着眉毛，然后说："我愿意。"

"叫我一声娘——"

水崎秀子有些犹豫，望望身后的六指，然后悄悄地趴在何彩花的耳边，轻轻叫了一声："娘！"

何彩花又把六指从前屋拉到后屋，然后对水崎秀子说："这是你干爹，以后就叫爹……"

这次，水崎秀子痛快淋漓地叫了一声："爹！"

"以后咱们就是一家人了。"

六指很激动，以前老跟上崔锁孩打家劫舍，现而今有了一个家，不由自主地哭了。

何彩花忽然也情难自禁地掩面抽泣起来。她觉得自己能够走到如今这一步，真的太难了，简直步步惊心！原本她与孔鸿盛是郎才女貌的天仙配，那时的他堪比董永——不，应该是传说的柳下惠，而且在折子戏里出演一掷千金的沈万三，那扮相，那走台，那声调，没人看出他还是剧团的老板。从榆林逃到了离石，刚进入李府时，何彩花还觉得老太爷李有德懂戏，堪称她的知己。但大老爷李文举分明是时时处处在使坏，费尽各种心思和手段，直到有一次半夜三更喝醉后，竟然钻到她的被窝里来了。那个电闪雷鸣的雨夜，李文举的面孔一下子在忽明忽暗中发出狰狞的蓝光。

"有鬼！"

李文举的整个身体压过来，那种恶狠狠的模样，让她想起来开枪打死孔鸿盛的穆旅长。

"你是谁？"

又一次震耳欲聋的霹雳打雷声响过之后，大雨如注。李文举浑身湿淋淋的一大片，如同老汉推车似的骑入她的身体里。何彩花不愿意这样，她想号啕，可是怎么也发不出声音——他用毛巾捂住了她的嘴巴。

那时，李文举的身子宛若不受控制的灯影戏里的木偶，脸色涨红，呼哧呼哧，一张一合，一扭一摆，大雨如注下的一面即将坍塌的土围子，四崩五裂；他又如驮满货物的骆驼，抽风般地在川道上癫狂着跑个不停，然后就一头栽倒在"泥窟子（深积水）"里；他满是酒气的嘴里喷出一股腐烂炕席子的味道，粗声大气，飞沫四溅，犹如一只溺水的纸风筝，膏药般粘贴在她的身上，怎么也剥不下来。刚才还一扑立岔，兴头十足，随即宛若被谁在后腰砸了一闷棍似的，身子抽一次，嘴里就叫一声，一会儿叫彩彩彩，彩儿小嫩娘呀，一会儿却又叫花花花，花儿猴妹子呀……

"你是大老爷——"

仿若断气了一般，没了声息。过了许久，才听到宛若老鼠洞里细若游丝的吱吱扭扭。

"你……你……错了，我……我……是穆旅长的人……"

"哼——你就是大老爷……"

李府戏园子的贵宾楼上下两层，何彩花住在二层紧靠戏台东侧的一间卧室里，戏班子其他人都住在一层，而她旁边一溜五间房都是库房。在这样一个吼雷打闪的雨夜里，你就是喊破天也没人听到。

何彩花在交口镇那次唱戏时，六指替她赶跑了几个砸场子的泼皮无赖。就这样，好长一段时间再没有见到他。那次，也不晓得是怎么一回事，六指帮助她装台卸台，总是让她有些不大好意思，满脸羞涩。他倒是若无其事。

"我可付不起你工钱啊！"

"不用付工钱，就听你唱一嗓子，浑身上下喝了蜜一般地舒坦……"

这天，要加场，临了，连夜卸台，还要给李府戏园子的库房里运。李府戏园子用的库房，就在何彩花住的卧室隔壁。库房里什么样的戏装都有，每穿上一件，都会让人体会到不同的朝代，尤其何彩花的扮相和唱腔，站在氍毹上，一下子让六指穿越到了戏中人的角色之中。

> 想当年在书院弦歌教礼，
> 种兰花遇山伯心有灵犀；
> 倚朱栏凝眼望乱花迷离，
> 情切切意深深盼定佳期。

这一下，恍然间，何彩花成为光彩照人的祝英台。所以，六指一想到自己有可能是梁山伯的时候，就有些心慌意乱。因为，他虽然很喜欢《梁祝》里的浪漫情境，但他不喜欢悲剧性的结局。尤其，梁祝幻化成两只蝴蝶飞走的画面，让六指绝望。不过，他不是梁山伯，何彩花也不是祝英台。至少他不会成为穆旅长枪下的孔鸿盛。

"听说穆旅长也从榆林打到山西这边来了……"

"你怕啦？"

"鬼才怕他嘞！"

虽然这么说，六指还是从站着的戏箱上一脚踩空了。何彩花去扶他，却是扛不住这种下坠的冲劲，两人就势倒在地下铺着的一块翻跟头用的厚垫子上了。

"六指，你慌甚哩？"

"我……我……不慌……"

六指手忙脚乱了，还说不慌，总是在"玄谎（骗人）"。

"你玄谎——"

"我可没玄谎！"

六指眼睛直勾勾地盯住何彩花起伏的胸口，刚才踩空时他压住了她的一条胳膊，然后去拽她，结果这一拽，戏装拽开了，露出了光溜溜的身子，而且胸前尖翘的两只小山，没有任何植被，却是刺中了他的眼睛，让他不由自主地簌簌发抖。

4

穆占山的旅长身份有些虚张声势，即便在他的队伍鼎盛时期也没有达到一万人马，更不用说跑到离石这边，已经是落架的凤凰不如鸡了。原来在三秦地界上，穆占山就是拉杆子舞弄起来的一帮子乌合之众，只是爷爷不亲姥姥不爱，竟然又与杨虎城的十七路军交火，只能亡命走天涯了。过了晋地，阎总督这边倒是收留了他，人马也就仅剩两三千，但却得不到一点军饷，遂只有谋划着去走劫富济贫的老路子了。这劫富是真的，还有过两回，交口镇千人煤炭厂因手续不全被罚了五千大洋，而一家远近闻名的醋坊直接罚得倾家荡产；但济贫也得装装样子，花上仨瓜俩枣，让宋老大在北门关帝庙支起两口大铁锅，免费的粥棚招摇了半个月，也就树立起穆占山这个城防司令的威望。

吴有财福居园里一处曲径通幽的内厅，一幅猛虎下山的国画挂在北墙的正中，左右各一副对联：虎踞龙蟠今胜昔，月明风动故人来。横批：五福临门。对联的上款是吴有财的大名，这还是向新来的袁国良县长求来的字幅。穆占山拍拍腰里的德国毛瑟手枪，然后骂骂咧咧："袁县长算个屁！"吴有财把穆占山让到一张太师椅上，另一边坐着的宋老大也站了起来。一张红木方桌则摆在那张猛虎下山的国画下面。

"你今天叫我穆某人来有何贵干？"

宋老大毕恭毕敬地说："约你见几个人，都是这一带有名的富户，让他们出一点血，您穆旅长的日子就好过多了……"

吴有财打断宋老大的话，连忙说："甚的旅长，从今日起，我们得改叫穆司令了。"

宋老大忙改口道："是是是，穆司令，穆司令！"

这个时候，暮霭降临，黑暗笼罩着离石城区上空。刚才还是一片金黄的晚霞，四射着红红的亮光，而现在福居园外面已经成为一片灰褐，遮盖着大地。朵朵白云游荡着飘向更高的天际，在奔忙了一天之后，开始栖息归巢。四周龙凤虎三山孤立如夜海中的小岛。大自然日出而作，日落而息。这种天道轮回，形成夜与昼的平和秩序，却又暗合着一种宇宙森林的不变法则，让人既遵守而又敬畏的可能还有某种社会生存的铁律。

福居园外迎宾的朱红牌楼下站着一身披着彩带的旗袍小姐，挂着的红纱灯让一身戎装的李文祺驻足观看着。李文祺骑来的大黑被福居园的马夫牵到圈圈场子不远的拴马石上了。李文祺不像宋老大和吴有财，总让穆占山觉得他们有些萎靡之气。李文祺一进来，就带来一阵清风，让穆占山心里不由一怔。穿堂两侧是饭庄的散座，而楼上是打牌和听曲的地方，站在方砖铺地的大堂，能听到楼上弹着琵琶和三弦，还有歌伎的唱腔，不过，比起李府曾经的戏班子花魁何彩花来算是差太远了。通过一条木板铺就的甬道后，撩开一号雅座的帘子，离远就看到李文祺明亮的宽额颅，虽然有拔过火罐的暗色圆印，但挺直的鼻梁上闪动着滚滚风尘的汗珠，嘴唇翘起，嘴角上有火泡，但一双鹞鹰般锐利的大眼珠子，依然是神采逼人。他肩膀上的枪伤还未好利落，却是一身藏青色的军制服，走起路来嗖嗖生风。

"穆司令？哪个是穆司令？"

穆占山不怒自威，一双眼睛盯住李文祺，仿佛也在问他这个不速之客是谁。吴有财连忙让李文祺进来。

"啊呀，文祺——不，李团长，快进来！"

穆占山还要说什么，却是看到李文祺腰间的左轮手枪，而且来者不善。

"大家都别站着，好说好商量，都是自家人嘛！"

"什么自家人，我可从来没见过这个野鹊子。"

"穆司令，你把谁当作野鹊子哩？这可是李府的二老爷，现而今还是阎总督手下的上校团长。曾经带着一个团的人马在雁门关打退冯玉祥的一个师！"

"真的假的？我在秦地时，还活捉过十七路军的杨虎城呢！云山雾罩的邪人见得多了！怎么着，不相信？不相信的话我就这里给你说道说道！"

刚坐下开始喝茶，李文祺与穆占山却是谁也不先和谁说一句软和话，这可忙坏了主家吴有财。

"穆司令，你抽一袋水烟，还是盒装的香烟，这儿有进口的洋雪茄，抽一根败败火啦！"

"我抽不惯那洋玩意儿，还是更喜欢福居园的老牌水烟枪！"

吴有财不断地鞠躬，然后说："穆司令驾到，福居园不胜荣幸！"

李文祺不嗜烟酒，却是操心着门外他骑来的大黑："我的大黑拴在外面没事吧？"

"你放心，有专门牵下去喂草料的。丢不了。"

"丢了，我赔你十匹汗血宝马！"

"你这是说笑嘞，我这大黑你赔得起吗？"

穆占山却是不高兴了，还有坐骑能盖过他的风头，这让他忽地站起来："我倒要用我的赤兔和你的大黑比试比试！"

李文祺并不想比试，感觉这次来福居园也是为了李府而来的。李府的东关前半条街让宋老大占去了，而这背后应该是还有吴有财的一股子——假如没有吴有财的设局，他宋老大也不可能当这个借据人的担保人。

"李团长呀，这可不是我们设局呀，要怨就怨你们家大老爷、三老爷手气不好，一输再输……"

李文祺说："那件事情已经过去了，就那样了。我是说，上次宋老大菜刀队的两个人绑票，绑了我家大老爷，还绑了我家戏班子的头牌花魁何彩花——我家老太爷苦心经营多年的戏班子就这样散摊子了，老太爷不甘心呀！"

一旁的穆占山说话了："甚嘞？咋我的女人跑你李府家唱戏，这是咋回事？"

"你的女人？"

"别装糊涂，何彩花是我的女人！"

穆占山正要掏毛瑟手枪，却是李文祺比他掏得更快，一支左轮手枪的枪口对准了他的太阳穴。

"咱们最好还是别动枪，枪子儿不长眼睛，穆司令到时后悔都来不及……"

县长袁国良和交口镇钱庄老板陈善仁也来了。穆占山听吴有财说袁国良是阎总督手下的县长，强龙不压地头蛇，加之，队伍的军饷还得靠着县长来张罗。于是，他就突然哈哈笑着说："李团长，还是让袁县长做见证人，咱们在外面比试比试！"

李文祺也连忙收了枪，因为随袁县长进来的陈善仁是他大女儿云莺的公公，这就使得他收起了刚才的那股子杀气。

"袁县长，我们交口镇的钱庄要在东关设立分店，您没什么意见吧？"

穿着一身灰色中山装的袁县长喝退了身后跟着的两个戴着红黑帽子手拿鞭子的衙役，然后才说："现而今，都民国了，实行三民主义，商界的事情你们商量着办，我作为县长不会干预，咱县是太原阎总督亲自审定的模范县，大家做生意就是讲的一个诚信友善，公平待客，和气生财，只要遵纪守法，照章纳税，有利于全县发展的好事，都要大力支持哩！"

宋老大喜形于色地说："陈老太爷，你这设立钱庄分店，就放在我们的东关前街吧。门面由你挑。"

"对对对，大好事，东关前街可是全城的商业中心。"吴有财附和着宋老大说。

李文祺看了一眼吴有财和宋老大，觉得他们都是一些投机钻营的人，这个时候又来见缝插针了。他低下头沉默不语时，陈善仁却答道："宋总和吴总呀，你们说得有点晚了。你们也晓得，文祺是我家儿媳的爹，有这层关系，再加上我们陈家已经和李老太爷商量好用东关后街的门面房了。"

5

福居园后院有一大片空场子，这个时候早已被四周木柱子上的大气灯照得比白天还要亮堂。原来是穆占山的新兵来此操练的，能看到临时竖立了一些拼杀用的木桩和沙袋子。李文祺和袁国良一边走一边聊天，谈到了老县长尹学成的去向。当年上保定陆军军官学校时，李文祺还有些犹豫不定，却是尹学成一股劲撺掇他去，好男儿志在四方，李府还能出李罡这样威名远扬的将军。

"守着李府的这一亩三分地，一眼就望到头啦……"

李文祺笑了："李府拥有的可不止一千个一亩三分地哟。我家老太爷可是让我接他的班呢。"

"这个，不是我说你，能够有多大出息呀，一眼望到头的人生，有甚的意思？你得为自己，也为李府，拼一把！我相信你的眼界不止于此吧。"尹学成沉吟着说，而且还给保定陆军军官学校的老同学写了一份推荐李文祺的信。

袁国良说："没想到还有这么档子事情呀。我听人说，老县长爱惜人才，还常常在人前夸你哩。"

"哪里都有好人呀，也不晓得现而今老县长去了哪里？"

这个话题，一下子把袁国良和李文祺的距离拉近了。一边的穆占山插嘴说："怎么比赛？我的赤兔准定比你的大黑跑得快，你现在认㞞还来得及……"

李文祺一听这话，就有些抓急，毕竟当着亲家公陈善仁的面，就有些下不来台。再加上县长袁国良，还有宋老大、吴有财等都在后面听着。大黑让福居园的伙计刚牵到操练场，就离老远嘚嘚地跑到李文祺面前。

"怎么比赛，你说个章程！"

李文祺一跃而上，骑在大黑身上英姿焕发。刚骑上去，李文祺突然想起了曾玉芬。不晓得为何这个时候想起她来，他心里一阵酸楚，一阵揪痛，望望李府方向的东塔楼。他望不到那儿，但却仿佛听到曾玉芬的天籁之音："文祺，你去哪儿，我这辈子也就跟着你去哪儿。"当然，他也想起磨坊里自己对她说的一句话："玉芬呀，我和你这辈子撅不开！"可是，现在他与穆占山比试的时候，仿佛听到曾玉芬在鼓劲："文祺，你最棒！"

穆占山也骑上了他的赤兔马，从那架势看也是咄咄逼人。"要不然这样吧，你赢了，我这赤兔归你；我赢了，你家府上的女伶何彩花归我穆占山？"

"穆司令，这何彩花是人，不是赤兔，她怎么和牲口相比嘞？"

"怎么不能比？"

穆占山振振有词，却是自从那次他连着三枪把何彩花的男人孔鸿盛毙命之后，依然对这个在戏台上光彩照人的女伶何彩花一往情深。

"穆司令呀，你那不叫一往情深，应该是霸王硬上弓！"

"你胡咧咧甚嘞？信不信老子立马就给你打两只野鹊子哈（下）来呀？"穆占山把那把毛瑟手枪掏出来，就要对着就近的木桩开枪。

"别乱开枪，咱们一边骑马快跑，一边对着同时飞出去的两只瓷碗开枪！"

只见赤兔和大黑载着各自的主人在练兵场上飞跑，跑完一圈，跑到这边的时候，福居园的伙计同时给练兵场地中心扔出去两只青花瓷碗，只见没等落地，就听到同时两声枪响，青花瓷碗在半空中就被子弹击碎了。

"好枪法！"

第一个回合，两人打了一个平手。第二个回合，就是要比拼谁的马快、谁的马更勇猛了。可是究竟鹿死谁手，就看接下来的比拼了。

眼见得赤兔一开始要比大黑反应更快，尤其在袁国良县长同时发出号令之后，虽然两匹战马同时迈开了四蹄，但很明显还是赤兔的步子更大一点，甚至一跃就攀登上了一根根木桩组成的梅花桩。

穆占山有些自鸣得意，不屑地打量了落在后面的李文祺一眼。大黑不紧不慢地在木桩上行走着，却是一步步开始加快，而且在变化莫测的梅花桩中走出了灵巧自如的步伐。

"文祺，你得加油啦！"

李文祺看看场子外紧张观看比试的亲家公陈善仁，倒是有些上了心。但他得适应大黑的节奏。大黑摸索着梅花桩的布阵规律，大约走了七八步，它就超过了赤兔。

穆占山的骄傲只保持了一个闪亮登场，后来的比拼速度和灵活中，大黑逐渐地占了上风。周围站立着圈圈场子里维持秩序的几个家丁，头戴纱帽，身穿圆领罩衫，脚下粉底皂靴，手里拿着盾牌和警棍。

主家吴有财和宋老大在指指点点，而袁县长则毕竟见多识广，只说了一句："出水才看两腿泥！"

大黑并不怯场，赤兔也灵活多变，在战阵中形成你追我赶的态势。穆占山额头上已经渗出汗水，而李文祺两眼盯住前方，这一场比试超过了福居园每一次的掷骰子。梅花桩的尽头处还有一道坎，就是继续向上一蹿，然后上了更高的木桩上，再飞身一跃，从一个挖开的七八米宽的壕沟上蹿过去，然后掉头再蹿回来，谁先面对着大家站定就算是赢了。

结果，赤兔出乎意料的干净利落，而大黑也一直奋勇直追，直到第一次跳过壕沟时都比赤兔慢半拍。但大黑转弯快，侧身一跃就再次跳过壕沟。赤兔在转身的时候滑了一下，第二次越过壕沟时立足未稳，差点把穆占山给甩到壕沟里。幸亏穆占山紧紧拉住缰绳，才保住了司令的一点颜面。

"李文祺和我有仇，这赤兔今日也和我作对嘞！"

"我李文祺能和你有甚仇哩？"

穆占山跳下马，要和李文祺继续比赛枪法。李文祺觉得还是见好就收，便声称家里还有事呢。也正在这时，七岁小月莺骑着没有备马鞍子的小黑出现在比赛场里。

"小莺子，你怎么晓得我在这儿嘞？你咋不备鞍子？谁让你这么骑小黑的？"

"谁也没让骑，是我自个儿骑来的。"

小月莺无邪地笑着，高处的大气灯下映照着她的小虎牙雪白刺亮，然后歪着小脑袋说："爹，离老远小黑就闻到大黑的味道了。"

穆占山说："也是邪门了，有了一个大黑不说，还有一个这么厉害的小黑，今日又把我的赤兔也赢给你哩，我走败运了。"

"你的赤兔还是属于你的，我不要！"

"唔，你看不上呀！"

"不是看不上，我不想夺人之美！"

"你牵走吧，今日这一比试，我看我和赤兔的缘分也尽了。"

"赤兔也很不错啦！"

"如果你不要，我今天就一枪毙了它……"

小月莺着急了："别打死赤兔，多好的马呀，你看它的蹄子，迈开步子多么威武呀！"

穆占山摆开司令的威风，今日就要对赤兔就地正法，说着，毛瑟手枪的子弹上膛了。

李文祺推托不过，但还在犹豫不决。小月莺骑到小黑身上又驾驾驾地喊着，跟在李文祺身后。

"爹，我喜欢赤兔……"

"咱们不要人家的东西……"

"爹，那是你赢来的呀。"

穆占山连放两枪，竟然当场把赤兔打死了。赤兔一直挣扎了好一会儿才死的，充满了痛苦的眼神，不时盯住穆占山，满是不解的追问。赤兔胸脯子上有一个枪眼，血水咕噜咕噜地冒了出来；而另一枪打在了脑袋上，血把棕黄的鬃毛都染红了，四蹄在来回蹬踏着不停。一边骑在小黑身上的小月莺吓得放声大哭。

这个时候，小月莺仿若听到潺潺的流水声，来自遥远的某一处，忽明忽暗，忽近忽远，飘忽不定。她想起了更加久远的前世记忆。不确定的，摇摆的风中才会有的晃眼，她置身于三猴子他们中间，不停地争吵着刚捡到弹珠子的归属问题。

"莺子，你屁股上咋啦？"

"爹，我也不晓得。"小月莺说着，从小黑身上下来，只见早上刚换的一条青色的裤腿上有了新鲜的血迹。

"疼不疼呀，闺女？"

"爹，一点也不疼。"

刚才没有马鞍子垫着，骑在小黑背上一硌一硌的，只觉得马鞍下小黑的骨背如同一只男人的手背在小月莺两腿之间摩擦着，可不晓得怎么会流血了？小月莺骑着小黑跑出来时，福武拿着马鞍子追出来，不停地喊着："马鞍子！马鞍子！"可是，她也顾不上了，只觉得福武太烦人，杂粮店当学徒不好好当，非要跟着栓大伯赶牲口。他们父子俩倒是不嫌事多，经常拉住她说道说道，让她别撩逗小黑，小心惊了马就不得了。可是，她就不服这口气，不备马鞍子，照样不也骑在小黑身上了，而且她还要让爹好好看看。她要挥舞着爹的左轮手枪，让三猴子也来好好看看她的厉害哩。看他还霸不霸道，看他还服不服气？

李文祺赶紧把小月莺抱下小黑，然后，一直抱在怀里，骑在大黑身上，赶回李府，正是二更天。见到打着红灯笼的崔巧巧时，小月莺才说：

"三婶，我……我……裤子里流血了……"

崔巧巧便问李文祺："二哥，这是咋回事？"愣神的工夫，她才又说了一句："这孩子，是不是身上的来了？疼吗？"

"甚的身上的来了？嗯？是刚才没备放马鞍子，骑在小黑身上，颠动得厉害……"

崔巧巧这才笑着说："这是我们女人之间的事情。"也就是小月莺来了初潮，说明她的身体开始发育了。等崔巧巧带小月莺回屋换上了一个自制的卫生巾，把带有血迹的裤子也换了，小月莺才有了懵懂的感觉。回想着骑在小黑的光身子上，没有马鞍子，却不停地在颠动的石板街道上摩擦下体的时候，就有一些异样感觉了，倒还不是特别厉害的疼痛，却是莫名其妙的有一些瘙痒，抑或一阵突然而来的火烧火燎。但小月莺并不晓得是怎么一回事，稀里糊涂地来了她人生的第一次初潮。也就是曾姨娘活着时告诉过她："大姨妈来了。"

"大姨妈？"

小月莺有些不解。听娘说，大姨妈在十三岁时就被一个赶骆驼的商贩拐跑了，再也没有回来。所以，要来也是来二姨妈呀？可是，现在，她总算才晓得，这是她自己的初潮来了。小黑在一旁的牲口棚里低着头吃草料，而她似乎一下子明白了很多。

6

　　小月莺与水崎秀子在东川河的水车旁坐着。又是夕阳西去的时候，河上是胭脂一般的光亮，一波又一波，密匝匝的梭织一般的岁月在流淌，呜咽着远去，哀鸣着消散。逆着光坐在水车的对面，仿若又有一种婉转的执拗声响，却又是徘徊的轻唱。正如此时此刻，她们两个女娃子一起唱着春天的歌谣。有时一个拉起嗓子单唱，一个歪着头倾听；有时两个合唱，跳到河沿上，对着下滩里钓鱼的三猴子等几个光屁股的男娃子招招手。

　　水崎秀子问："这是你家的水车吗？"

　　小月莺点点头，却是有些闷闷不乐。

　　"你怎么啦？"

　　小月莺说："没意思，甚也没意思，回来老家一年了，尽发生一些不开心的事情……"

　　"是曾姨娘的事情吗？莺子姐，我也很难过，可是，再难过，人也活不过来了。也不晓得曾姨娘为何会那样……"

　　曾姨娘的死是让小月莺很难过，可是，她看到赤兔马被穆占山开枪打死，受到了更大的刺激。人为何会这么残忍呀，人与人之间为何不能好好相处？还有赤兔马有甚的错，会遭到这样不公平的对待？为什么？

　　"莺子姐，我也不晓得这是怎么一回事情？就像我也不晓得我的父母为何被穿着皇军制服的人枪杀……"

　　小月莺就更不明白了。水崎秀子的父母与穿皇军制服的人都是扶桑岛国人，却为何自相残杀？听水崎秀子说，她们一家是比后来九一八后岛国开拓团更早的移民了。只是她年龄小，父母双双被杀的记忆里已经没有了前因后果，只记得是她从小就跟着父母说的是扶桑岛国话。她还不时地习惯性哈依哈依着弯腰鞠着躬，礼数还倒挺多的。

　　"我不懂岛国话……"

　　"我……我……我也快忘光了……"

　　"真的都忘了吗？"

　　"斯密纳塞！"水崎秀子向她鞠着躬。

　　"这是什么意思呀？"

　　"翻译过来，就是说对不起！"

小月莺看着水崎秀子羞涩的表情，突然就想起了曾姨娘，也想起已经嫁人的云莺姐，还有潇民哥，他们有时都会有这样一种表情，只是在这个时候看到的更加凝重。她突然发现水崎秀子在偷偷地哭泣。小月莺就拉着她看天上的云朵，飘来飘去，站在水车旁却向往着一起飞翔。她还听潇民哥说起过恒星和流星，甚至有一些星球和地球一样是绕着太阳在飞行。太阳的光线照耀在地球上需要一百年，乃至上千年。所以，她们身上照射的阳光，都是特别遥远年代的阳光。小月莺还认识一些标志着地球正在太空中飞行的轨道，丝毫不差的速度，一天需要二十四小时，那就是踩在云朵的氍毹上才能看到的银河。她在讲述这些的时候，总觉得一切是那么遥远和圣洁。或许，她们出生时的阳光，可能等到死的那一天都无法接收到吗？但她们的孩子可能接收到。她们无法想象阳光穿越遥远的太空来到她们身边的景象。

"我们身上的阳光，早在那些老祖宗还活着时就开始从太阳那儿出发了……"

水崎秀子听不懂她的话，过了许久，喃喃地说："我的父母都死了，我……我……还有一个哥哥，一个姐姐，不晓得他们在哪里……以后，以后……我不叫水崎秀子了……"

"那你要改名叫什么？"只要回到现实里，就让小月莺有了一种沉重感和无助感。

"何秀子。跟我干娘何彩花姓，说是好养活，也会很安全……"

水崎秀子一下子变成何秀子，竟然让小月莺有些不适应。但她悄悄附在水崎秀子——不，是何秀子的耳边，说道："我告诉你一个秘密——"

"甚的秘密？"

"潇民哥说，等我长大，也会改名……"

"改名？为甚嘞？"

"李月莺这个名字，会改为李潇丽。"

"李潇丽？离石的离？"

"潇民哥说，黎民百姓的黎，黎的谐音字'丽'。"

说出了这个秘密，小月莺有些不放心，又嘱咐何秀子说："你可别告诉你干娘啊……"

何秀子不停地点头，哈依哈依地说个不停。"斯国一（厉害），斯国一（厉害）。不说的，不说的。"

"也别告诉你干爹。"

何秀子摇摇头。平日里她只和干娘好，干爹凶巴巴的，干娘总叫他啥的六指，确实他右手有六根指头。

"你干爹干娘不会管你出来的事情吗？你出来可时间长了吧？"

"他们一大早就出去了，还没回来。"

小月莺就坐起身来，搂住她的一条胳膊，而她靠近小月莺，偏过脸来笑个不停。

"你干爹真的有六根指头吗？"

何秀子盯住水车里的水从河里抽上来，又流到岸边的水田里了。她两手伸出去，从水槽里舀起来的水里有两只黑色的蝌蚪。

"啊——莺子姐，你看蝌蚪！卡哇伊（好可爱）！"

小月莺就与何秀子玩起了蝌蚪，可是，蝌蚪活蹦乱跳，手里放不住，就在脚下挖开一个小坑，然后又放入水，再把蝌蚪放进去。

何秀子玩起来的时候，就有些忘乎所以，她嘴里竟然像她干娘何彩花一样哼唱了起来。"秀才张生来退兵，莺莺貌美……"何秀子唱了半截子就卡壳了，却是扭着小腰，舞动着花手帕，朝着小月莺不停地笑着。

河水有些疲倦了，起伏的波涛也没有刚才那么喧闹，天色还未暗淡下来，月儿却浮上了天空。那么高冷的模样，被纤弱的云朵儿托举着，一直在攀升。可是，为何我们走，她也跟着走呢？归途的声声叹息里，响着沉重的脚步，小月莺拉着何秀子的手渐渐远去，仿若天上的那轮圆月与她们越来越近了。从来处来，从去处去，可是这来处和去处，也让她们不明就里，只是久久地望着天空的圆月出神。冉冉地升腾，展开双臂，仿若她们也能在这个时候腾空而起，交荧互染，眼神里满是向往。

走在东关街里，听到耍把戏的小锣的当啷声中，又有盲人说书的三弦在吱呀吱呀作响；随即飘来一阵街头艺人咚咚的鼓点，还有围观者的喝彩声，分不清谁是谁，看不清哪儿是哪儿，只有整个街市的喧嚣在把她们飞走的心拽回现实。看到那个耍把戏的汉子赤着脊背，倒栽着悬浮在半空，估计腰里拴着细细的绳子。这种悬空地吊着，让小月莺想起被绑票时的大伯李文举——至少在她的梦魇里出现想象的画面：她仿佛看到他被悬吊在半空，两只鞋子掉落的时候碰在他的眉眼上，编织得很精巧的袜子被脱下来塞到他嘴里，过了一会儿，袜子又从他嘴里拉了出来，让他透透气。不过，他的裤子被剥下来，只露出里面的半腿子裤，大腿两侧黑绒绒的毛发散发着一股酸涩的味道。她在梦魇中翻了一个身，可是半睡半醒之间，依然看到烧红的烙铁在他两腿之间男人的器官附近游动，从屁沟到后腰再到两肩，然后揪住了那长长的头发，袜子又一次塞进了他的嘴里……

穿着黑布大褂的六指不晓得什么时候出现在她们眼前了。这让她们有些无措的样子。这时，在李府大门口看到李文祺在朝着小月莺打招呼，离得还远，听不清他在说什么。何秀子把一只手放在六指手里，走到李文祺跟前时，她站住了。先叫了一声二老爷，然后朝着他鞠了一个躬，什么也没说，她就跟着六指走了。六指没和李文祺说话，只是挥舞了一下手中的二胡，却是埋怨何秀子在家不好好练功，到处乱跑，弄丢了怎么办。

何秀子有些不舍地看着小月莺，然后说："我要回去了。"小月莺刚要拉着李文祺的手进院门，却又回头跑到何秀子跟前给她拍拍袖口上的灰土，又弯下腰给她拍拍裤腿上粘的柴草，然后两人互相搂住对方的脖子作别。何秀子轻轻地对她说了一声："撒由那拉！"却让六指听到了，没好气地呵斥了一句："说了多少回，别再说你们东洋话了。"然后，没好气地紧拉扯着她消失在街巷的尽头。

张生是谁？莺莺是谁？当时的小月莺晓不得，可是一直在琢磨着。何秀子可能也一点也不明白，却是不影响她们那时在东川河水车旁时唱呀跳呀的好心情。而这个六指，让她们一下子回到了幻灭的现实之中。而小月莺觉得她们之间也只有童年才能体会到的快乐，大人们不理解，而她们长大之后也会觉得不可思议。只是这一切确曾实实在在地发生过，并且在她们幼小的心灵里刻下了深深的印记。

第七章

日月昆吾

1

从沉睡的黑夜中醒来时，眼前的一切并不陌生，却又唤起了小月莺久违的懵懂记忆。尤其远山黛影，能看到城市的标志性建筑的宏伟双塔，砖砌仿木构筑，南北对峙。有阵阵寒凉的山风刮过来，双塔上的小风铃在叮叮当当地响着，显得清脆而又辽远。然后是大雄宝殿里轰然响起的钟声划破天际，远处一轮红日磅礴而出。小月莺坐在厢轿马车里依然听到西山尽头传来的沉闷而又悠长的回音。千百年来就是这样走过来的，日日夜夜，宛若这脚下的汾河，悄然流淌，绵延不绝。抑或过了很久，时间一下子停滞住了，宛若陷入泥塘里难以自拔。一种不确定的感觉总是幽灵般地浮现在她的心底，或如老家离石李府在晚间时油灯里冒着的黑烟，突然会笼罩住她的每一个部分，施展了魔法一般，让她不敢独自去上茅房。接着，她的脉搏一下子跳得很微弱。这时，她的耳边会传来逝去的曾姨娘在东塔楼顶哭泣声。她的肩膀一阵阵地抽动着，仿佛陷入一个巨大的天坑里，四周没有任何攀缘和依附的东西，只是不断地下滑着，而且能感觉到一直在向下出溜——很多年前与三猴子他们在李府大门外的高台阶上玩耍着一种叫"溜坡坡"的游戏。七岁那一年，她的裤子都磨烂了，还让曾姨娘在屁股开缝处补过两块补丁。

水崎秀子，不，是何秀子，作别时，她哭了。小月莺也很难过。这次走后，还不晓得何时才能再见面。五岁的何秀子显得很赢弱，眼睛里的泪水涌淌成两条小河沟，却是一股劲说着扶桑岛国的话："撒由那拉（再见），撒由那拉！"可是，这一别之后还能够再见面吗？何彩花说是会带着何秀子去太原看小月莺的，六指也点点头，向她友好地招招手。六指是大伯李文举的死对头，却是与小月莺的父亲李文祺关系很好。何彩花也说，李府里她最认可二老爷李文祺的人品。李文祺一家这一走，李府就失去了顶梁柱。李文祺走之前把小叔李文起的媳妇崔巧巧叫过来，让吴秀兰与她交代一些日常事务，李府上下的门户和田亩租金，都一一委托给她来料理。

崔巧巧是老太爷李有德也勉强能够认可的人选。原来有意把大权交给李文举和许飞燕，可是吴秀兰觉得崔巧巧上下人缘还不错，许飞燕有些骄横跋扈，无论与谁处，都是剑拔弩张，反倒会把事情搞砸。崔巧巧为人尚可，尤其还很年轻，一双丹凤眼里却有一种沉稳的干练，有点王熙凤的特点。再说，吴秀兰还是崔巧巧的姨母，有了这一层关系还是不一样。崔巧巧自幼就按照男孩来抚养，却是在自家私塾里学过琴棋书画，虽然这人有一些无伤大雅的缺点，偶尔会发一点牢骚，但让她出面主事就比她男人要好，应该是可以造就的人才，只是需要多加历练罢了。李文起平时就没甚的主意，随风倒，遇上事还不如巧巧能决断哩。让她来接过李府这一大摊子事情，也是眼下的不二人选。李有德与崔巧巧关系要比许飞燕要好，尤其与老夫人梁慕秀的相处也是如此。

"是呀，自打老三娶了巧巧后，两口子没吵过几回架，不像老大家的许飞燕，动不动就一扑立岔，还要吃个人哩。老大扛不住事，不像咱巧巧，那也是老三的福气哟！"

李有德认可梁慕秀说的这话，尤其在这次经历李文举被绑票之后，想让李文举来为李府出头的想法打消了。不得不说，吴秀兰举贤不避亲，把崔巧巧推出来时，李文祺还有点惊诧，不过，看老太爷和老夫人认可，也就放心了。

"爹，娘，你们回去吧！"

李有德望着李文祺一家上了厢轿马车，他们揭开车帘子又对崔巧巧嘱咐了一番。梁慕秀还想拉着吴秀兰絮絮叨叨，去太原女子师范学校上学的云莺则把小月莺抱在怀里。当时，小月莺迷迷蒙蒙间快要睡着了。

李文祺想推小月莺起来，还没推，小月莺就睁开眼，然后挥着手说："爷爷，娘娘，撒由那拉——"

"这孩子，说甚梦话？"

"不是梦话，水崎秀子说的话，就是再见的意思。"

李有德却被小月莺逗乐了。一旁刚来李府的杨花花，与小月莺同岁，却是怯生生的，见什么都新鲜。杨爱爱拉着杨花花的手，很羡慕小月莺的远行。

"姐，我也要去太原！"

"小妹呀，你是李老太爷花五十块大洋赎回来的。给人当童养媳，看给打成甚样嘞？等你长大后，我带你去太原找小月莺耍……"

杨爱爱让杨花花给老太爷下跪，被老夫人上前给拉起来了。

"以后让花花在李府的私塾里读书吧。"

小月莺觉得杨花花害怕李有德，就悄悄对她说："别害怕，这里就是你的家啦！"杨花花有点像何秀子，可是她没有何秀子身上那种出挑的气质，多多少少还是有一些当童养媳留下的畏畏缩缩。杨花花心有余悸，来李府前曾经挨过许多回打，说她当了人家的儿媳妇就得鞍前马后地伺候，不能整天说说笑笑，没心没肺，还以为自个儿是没出阁的小闺女哩。虽然她太小，还不能圆房，但自从她做了童养媳，妨碍得她小丈夫病病恹恹，哭哭啼啼，以至于请来了神婆跳大神。

> 捏哈（下）个扁食（饺子），吹干了皮，
>
> 不见额（我）孩从炕上爬起来，
>
> 锅开了一回又一回，添了一瓢又一瓢凉水，

左盼右盼不见额孩的病好起来，叫人好焦心……

"你害怕甚嘞？"

"我害怕再给人家去当童养媳……"

"不会啦，这里就是你的家……"

"我没有家了，我都找不到回家的路了。"

"你不是还有你姐吗？"

"我……我姐……想让我去学唱戏……"

"这样的话，你说不定在何姨的戏班子里就要见到秀子啦。"

"唔，谁是秀子？"

"你不认识她，她是我的好朋友，和你差不多吧，比你还小，可是她唱戏可好啦，可惜她跟着咱们李府的头牌花魁刀马旦何彩花走了。"

记得上次在幽暗的磨房里，半前晌后，不透一点阳光，很憋闷，有一股麦麸子搅和着稻草味儿的气息。杨花花给小月莺看她脊背上的伤疤，都是用火柱烫的。那时，只要杨花花撕心裂肺地哭喊，主家就更加疯狂地用红火柱烫，以后她都不敢大声哭了。

杨花花的眼睛里总是迷蒙着泪光，又要与刚结识的小月莺别了，所以她很难过。何秀子也是如此。小月莺没法改变这一切，只能眼睁睁地看着何秀子和杨花花在各自的命运轨道上行走着，不晓得接下来还会发生什么。其实，小月莺也无法把握自己的命运，某种意义上她们都一样，但至少小月莺此时此刻要去太原上小学了。倘若我们身边有相濡以沫的人遇到了难以言说的困难，甚或命悬一线，而我们总是帮不上什么忙。这种撕扯的感觉，总是让人揪心，嗓子眼里发紧，浑身打着战。有时候，人的命运总是像在噩梦里那样，从高高的悬崖上不断地往下掉落，无论你两手如何挣扎，两条腿如何踢腾，都无法改变下坠的过程。比起她们两个，小月莺觉得自己还算是幸福的。

2

小月莺正在太原女子师范学校附小面试的时候，杨花花被姐姐杨爱爱抱到交口镇庙会上，在那儿竟然遇到了何秀子。杨花花听小月莺谈起过何秀子，说是会唱戏，跟着她干娘何彩花走台像模像样。她们还没说几句话，何秀子的干爹六指就来凶巴巴地催着何秀子上台。杨花花就离开后台走到下边大场子里面转悠。

咯溜咯弯黄瓜灯，

七棱八瓣云瓜灯。

葱儿灯呀圪筒筒，

韭菜灯啊翠蓁蓁，

白菜灯哟撇澄澄，

茄子灯哪紫莹莹。

老婆灯龙头拐棍拄一根……

只见戏台上不仅有何秀子，还有杨爱爱，而何秀子干娘何彩花则是咿咿呀呀地唱着，刀马旦的形象占据着主场。而在正戏间隙，只见小小的何秀子跑上台临时唱了一段刚学的正月里的秧歌调，台下戏场子里一下子又一次活跃了起来。杨花花走到场子边一个卖碗托的摊子跟前，肚子里咕咕叫着，她有点饿了。

"猴女子，哪儿来的？"

杨花花一口岚城土话，引起崔锁孩的注意。崔锁孩陪着宋老大来看戏，顺便想会会交口镇钱庄老板陈善仁。听宋老大说，真不巧，陈善仁随其子陈保忠和儿媳李云莺去太原了。宋老大很没趣地坐在台口下的贵宾座上看戏，崔锁孩却与杨花花搭上了话。

穆占山拉杆子，又新招了大几百人马，正在搞扩充。据说，还有县长袁国良的支持。崔锁孩顺便还给穆占山揽下了招兵买马的生意。不过，他看到杨花花，就想到了另一出买卖。

"猴女子，跟我走，我给你买香喷喷的油旋饼吃！"

杨花花警觉地拒绝了这个陌生的汉子，觉得对方眼神游移不定，不安好心。"不，我不去，我等我姐！"

"你姐？"

杨花花指了指台上正在唱戏的杨爱爱，然后就向台口走去。闹哄哄的戏台下，乌烟瘴气，站在下边，听不清台上在唱什么。

"原来你姐是杨爱爱呀，李府家大老爷李文举的小妾……"

"我姐不是小妾！"

"你姐是李文举的小老婆……"

说着，崔锁孩在另一个饼子摊上买了两个刚出炉的油旋饼递给一旁愣怔着的杨花花。

"我姐不让吃别人给的东西……"

"你姐又不在，吃吧，想吃就吃。"

杨花花肚子里饿得叽叽咕咕直叫，正在犹豫着，准备伸出手去接过崔锁孩手里的油旋饼吃，却被刚下台的何秀子拦住了。

"跟我走吧，到后台上去，那里我给你好吃的东西。"

崔锁孩一把拦住何秀子，问道："哪来的一根野辫子？"

何秀子甩甩脑后的辫子，愤怒地说："谁是野辫子？你不安好心，小心让我干爹打你！"

"你干爹谁呀？"

六指出现了，向崔锁孩赔着小心。不知者不为罪，大人不记小人过，何况小孩娃呀？

"你这插进一股子干啥？你没看杨爱爱的这个猴妹子杨花花，正是宋老大要的童养媳呀，反正咱给杨爱爱一百块大洋咋样？五十块赎买回来，咱双倍价还上，不就是一个钱的事情嘛。"

台上的戏告一段落，上半场的间隙，大场子里在这个时候有了此起彼伏的叫卖声。"油旋（饼），刚出锅的油旋！"不晓得什么时候不见了的何秀子又出现了，手里拿着一个油旋饼递到杨花花手里。

"吃吧吃吧，吃了，还有……"

崔锁孩又要拉着杨花花走时，杨爱爱还穿着戏装，就出现在何秀子背后。

"啊，主家出现了。对，杨爱爱呀，你的这个猴妹妹杨花花，我家宋老大看上了，出一百块大洋……"

杨爱爱一把拉住杨花花，然后看了崔锁孩一眼："不卖，我妹子刚出了狼窝再入你这虎口，你就是出一千大洋，也不卖！"

宋老大从围着的人群后面挤了进来，声色俱厉地说："卖不卖，由不得你吧，上次你家大老爷和三老爷欠的一万块大洋是还上了，但利息还没还清哩，这个俊丹丹的猴女娃就是这利息了。"

杨爱爱急了："你们这是大天白日明抢嘞！"

崔锁孩却说："你杨爱爱看看，谁来了。"

"谁来不谁来的，也不能明抢吧。"

膀大腰圆的穆占山出现了。有人叫他旅长，他说旅长是老皇历了。现而今别看没有从前人马多，但却是名副其实的城防司令了。杨爱爱年方十八，是李府大老爷的小妾，却有一个刚刚赎买回来的七岁小妹，就是被崔锁孩拉住的杨花花。

"本司令今日专程从城里赶到交口镇看何彩花的彩头，没想到竟然遇到杨爱爱这样的俊闺女……"

"穆司令，这杨爱爱早已不是闺女了，身份是李府大老爷的小妾……"

"我说闺女就是闺女，我说小妾就是小妾。对了，既然有李府大老爷的夫人许飞燕和杨花花的姐姐杨爱爱作保，这档子买卖，宋老大就别再提了。"说着，穆占山竟然哼唱了起来："美嫦娥哪，啊呀嗨，帐下拉喽，梦成双哟，度良宵啊，盖缎被嗯啊！"

3

小月莺半夜三更就惊叫一声，差点滚落在脚地，然后就醒了。一旁的云莺翻了一个身，继续睡，却是被惊了觉后一下子睡不着了。她把落在地下的枕头捡到床上，然后就发现小月莺一个人坐起来怔怔地望着窗外。于是，下床，点燃了一截蜡烛。"小月，你咋啦？"说着，要去拉电灯。那时的太原有了电灯，而离石的李府还在点油灯。不过，小月莺不喜欢拉电灯，太亮了。随着一些过往的回忆在她脑海里闪现，一种比世俗力量更加强大的天性，还有一种执拗的本能，让她在睡梦里都有一种不同寻常的追索和奔跑。在她心中迅速滋长起来的就是这样一种极其微妙而又充满离心力的叛逆。她已经看到了自己，在未来的某一条路上前行着。她在梦中一直祷告着。

"姐，我梦到水崎秀子了。"

"谁是水崎秀子？"

"就是何彩花的干闺女。不过，现在不叫水崎秀子了，叫何秀子。"

"梦到甚嘞？"

小月莺只是穿着一件短袖圆领内衫，不答话，也不怕受凉，只是对着自己墙上放大的影子出神。她似乎听到窗外院子里有秋虫的叫声，有可能听岔了，这个早春的季节哪来的秋虫呀？撩开窗帘，看到一轮圆月正在高远的天上悬挂着。她梦到自己和水崎秀子一起骑在大黑身上。大黑脾气总是出奇的好，不像小黑像一个猴尕娃一般使着小性子。小月莺甩开缰绳时，水崎秀子紧张地啊了一声，紧紧靠在她的怀里。后来，在大黑的奔跑中，水崎秀子抱住了大黑的脖子，然后身子软软地倒在她怀里。小月莺也弯下腰来贴着她，一直护着她。她俩尽可能低着脑袋，用手拽住大黑的鬃毛，风嗖嗖在耳边回响。大黑在奔跑着，马蹄嗒嗒嗒响着，整个道路都在向后退着，不断地向前延伸。道路前面还是道路。

"姐，为何月亮不穿衣裳呢？曾姨娘会不会是那天上的月亮呀，总觉得她在和我说话。"

"月亮又不是人，穿不穿衣服不是咱操心的事情，快睡吧。"

云莺把被子裹在小月莺身上，她晓得曾姨娘和小月莺关系甚好，但她和潇民一样，总在曾姨娘跟前不那么自在。这仅仅是因为曾姨娘比云莺小两岁吗？曾姨娘从李府东塔楼一跃而下之后，吴秀兰难过很长时间，李文祺也是唉声叹气，只有潇民和云莺好像是什么事也没发生似的。一夜之间，李文祺苍老了许多，反倒是吴秀兰总来安慰他。

"快睡吧，再睡一会儿，早点起床，今天上午还要去太原女子师范学校面试呢。"

"姐，我梦到了做过童养媳的杨花花又丢了。"

"谁说的？别净瞎想啦！"

"云莺姐，是何秀子在梦里告诉我的……"

云莺把小月莺拉进被子里，姐妹俩又睡过去了。再次醒来时，天就大亮了。小月莺就想起太原的首义门要比离石的东城门巍峨高大多了，还有省公署门前的"文武为宪"的牌坊，让她想起李府的大门题字。小月莺看到云莺在厨房帮助吴秀兰做饭，李文祺在院子里打拳，就自己一个人穿好衣服，去洗了脸。一会儿，李文祺和吴秀兰两口子要赶着马车一起去送云莺、月莺到太原女子师范学校面试。

"你觉得面试能通过吗？"

"我的心跳得嗵嗵的。姐，你呢？"

云莺毕竟比小月莺大很多，像个大人——不，已经是一个大人了。

"别害怕，有姐嘞！"

小月莺吃了一口吴秀兰做的馅饼，喝了一口油茶，又摇摇头。她望着炉台前的云莺，心里一阵兴奋，却又有一种莫名的恐慌。她感觉不到四季的变化，只是凝滞在早春二月的气息里。院子里那些新栽种的树木还是光秃秃的，只是过了一些天你或许才会发现一滴滴豆芽般的新绿，散落开来，却又有一种网状的力量。正是这种东西，才使得春天一下子在逐渐的嫩芽生长中腾升起遍布的绿荫。小月莺一直忐忑不安，总觉得一切都不是那么很确定。她想起小时候与云莺姐一起去离石旧城的铁匠铺，旁边就是肉铺子，许多看客盯住一张大案板上绑着的一头大牛。烧红的烙铁在牛背上烫着。小月莺至今想不明白人为何会如此残忍，大牛在痛苦地呻吟着，两只牛眼里流出了止不住的泪水，反倒引得看客们哄笑。她不晓得他们在笑什么，杀牛有什么好笑的。她一直不明白。大牛虽然明白杀牛的人很歹毒，但却也没有任何办法，只能向着刽子手求饶。它一声一声地哀号着。小月莺挣脱开云莺姐的手，冲上前去理论。小月莺记不得自己说了一些什么，只是记得让他们放过它，结果是引起更大的哄笑。后来，小月莺求着李文祺，让李文祺救救它。"爹，你救救它吧！"李文祺见人们一股劲笑，就郑重其事地从肉铺老板手里高价买回了这头大牛。它就是后来让母黄牛大花怀上猴儿子（牛崽子）的大郎。

"莺子，把煮鸡蛋吃了。"

"不，不想吃。"

这个地段位于太原的尖草坪，赶着马车去太原女子师范学校，也就半个多小时。大门外套好马车，拉车的就是大黑和小黑，李文祺招呼姐妹两个上车，而吴秀兰让小月莺吃一个热馅饼都没吃完，油茶倒是喝光了。

"别着急，误不了事的。"

吴秀兰让姐妹俩一人带一个石头饼，可是她们都不带，只是穿上长外套和戴上宽边女帽，远看不像从离石那样的小地方来的，倒是像两个十分光鲜的太原洋学生。

尖草坪的这处院子很宽敞，原来是属于李府的会馆，现在却是做了小月莺一家的驿站。反正，这里也不会长住，听父亲李文祺说，他说不定还要回到队伍上任职，继续干下去，能够当到师长。可是李文祺到了四十岁之后就心生退役的想法。军阀混战，昨天的敌人，今天又成了朋友，明天不晓得又会是怎么回事？所以，他不想干了。尤其李潇民哈佛留洋回来在山西大学堂当了大教授之后，李文祺就更加坚定了退出队伍的想法。

"爹，他们会让你退吗？"

李文祺背对着她们，没有回答小月莺的问话，只是等她们姐妹俩上了马车，才说："好好上学，别的就不用去操心！云莺成了陈家的媳妇，月莺你可要像你哥一样好好学习，给爹娘争口气！"

坐在马车上抬头望天。小月莺发现一大堆云絮聚集在太原的钟楼上空，一方从双塔那边飘来，一方从汾河那边激越飞升而上。低空的风并不大，但却在高空有了一种风的撕扯和绞杀。有时幻化成一辆古代的兵车，有时幻化成飘飘欲仙的嫦娥，随后跟来一大群千变万化的绵羊，甚或是一只又一只的鲲鹏展翅。你不晓得接下来还会变成什么，而且抬头望得时间长了，脖子都酸了，还是想不通，甚或你自己也跟着一起飞腾，一起撕扯，一起鏖战。于是，你伸出手，向上举着，想抓住高空中的云絮，只是隔得太远，你根本够不着。在你的想象里，仿佛幻化成手拿着长戟的古代武士，勇猛地冲杀着，一往无前。

"我就是花木兰……"小月莺在用手继续够着高空的云絮，只是够不着。

"你够不着！"

"我够得着！"

"你还太猴（小）……"

小月莺和云莺在争执，却在哈哈笑着。这样转移视线，内心里对面试的压力会减轻。

4

　　小月莺的身体有些僵硬，久坐一个姿势的缘故，两腿发麻。马车厢轿里云莺抱着她，吴秀兰则靠着窗口，突然说了一句："哈（下）雨啦！"环顾一下四周，揭开车帘子，看到李文祺在淋雨，吴秀兰就递给他一个雨披。风把雨撕扯开来，雨丝斜着打进了厢轿里面。小月莺觉得这雨一定是刚才飘在天空上的那些飘来荡去的云絮。刚才还想着怎么捉住它们，现在竟然降落在地面，伸出小小的手掌，就能接住雨花。吴秀兰还说，哈（下）雨天不好呢。可是小月莺觉得云絮飞落下来变成雨滴，让她有了心想事成的感觉。

　　"云莺姐，你变成雨滴，凉丝丝的……"

　　"半夜三更醒来，爬到窗上看月亮，月亮上又有甚嘞？"

　　"月亮一天到晚不穿衣裳，还从不睡觉哩。"

　　姐妹俩说话间，马车停下来了。只见眼前有一堵高墙，比李府的墙要花哨一点，上面爬满了爬山虎，然后看到里面极为洋气的圆顶形建筑，随即一扇铁栅栏的大门打开了，然后姐妹俩就在大门口与父母作别。她们进去考试的地方是一个校长办公室，里面有一个笑吟吟的老太太就是女校的校长。只见这年轻的老太太戴着发箍，留着短发，精干，利索，一件绸缎的大袄，却是腰间束了一条带子，套着浅灰色的裤子，一双擦得铮亮的黑皮鞋，一个小包里放的全是教材。金校长的大名叫金燮心，一直低着头翻看学生卡，没吭声，却是她身后一个腼腆的高个女生迎了过来。这个高个女生穿着浅淡蓝色的布上衣，斜着的襻扣，领口却是旗袍式，衣襟下摆是一条深色的百褶裙，脚上穿着一双轻快的盘带软底布鞋。

　　"你们是李潇民教授的妹妹吧？"

　　"我哥来了吗？"

　　"你哥没来，但他上次专门从山西大学堂跑来介绍过你们姐妹俩的情况。这次你们俩都考上了。今天的面试，就是按照你们考的国文课目，把各自写的作文复述一遍即可。"

　　"谁先来？"这个穿着女师校服的学生接待姐妹俩。后来，小月莺才晓得她的名字叫舒苣圆，十三岁了，在中学部。听老校长说，她是招新生时来帮忙，一看就比云莺还小，做起事来却堪比大人，前前后后忙着递表，做记录，拿东西，张罗着新生。

　　云莺看了看小月莺，就先开始背诵她写的作文《采莲记》。她写的是与妹妹小月莺一起在老家离石城外莲花池采莲的故事……

她——女校的金燮心校长——听完云莺的朗读之后，又把脸转向了小月莺。那是一种专注而又温和的目光。幽暗的星光中，眼前一亮，让小月莺的心底里陡然间踏实了许多。浮沉的昏云遮住了天日，却在这一刻变得晴朗，未来的路仿佛铺展开来，如同金燮心向她伸出的手掌，远远地感受到一种温润如玉的情感力量。这让小月莺又想起昨晚那轮圆月，天还未完全黑下来，月亮就出来了。虽没有照进屋子，却让院子里一片亮堂。她还能听到窗外昆虫的叫声，仿若离得很近，却又很远，根本看不到它在什么地方。这就让她有了很多的猜测，只是门前的槐树叶子发出阵阵响声，间或还有一两声狗叫，引起了大黑、小黑的呼应，不时地在下院的马槽里打着响鼻。

"她看上去有些拘谨，几岁了？"

"八岁。"

云莺替小月莺回答，却让金燮心更加疑虑了："该是上学的年龄了。认过字吗？"

"我家私塾读过百家姓、千字文。"

金校长蹲下身来问小月莺："读过千字文呀？小姑娘，叫什么名字？"

"李，木子李，月，月亮的月，莺，草长莺飞的莺。"小月莺说着还背诵了一段"赵钱孙李"之后，又继续念念有词："天地玄黄，宇宙洪荒。日月盈昃，辰宿列张。寒来暑往，秋收冬藏。闰余成岁，律吕调阳。云腾致雨，露结为霜。金生丽水，玉出昆冈。剑号巨阙，珠称夜光。果珍李柰，菜重芥姜……"

背诵这些东西的时候，她的眼前仿若摆着一本充满谶语和象征的奇异古书。这是潇民哥给她的。她甚至能看到一个背着箭袋拉着弓射日的后羿，一跃而起的后羿，宛若后背上长出了一双翅膀，腾空而上。她的心被这一个臆想的画面所牵动着，呼吸越来越急促，面色通红。她感到自己的身体被一种外部的力量所控制，突然之间发不出任何声音来了。那日夜追随着她的脚步，那始终围绕着她的声音，如同魔法一般缠绕着，让她从里到外都有了一种沐日浴月的感觉。她的血液在燃烧，她心底的歌声要脱口而出，她甚至能够体会到一种类似嫦娥奔月的义无反顾。

"背了这么多，还会啥哩？"

小月莺停顿了一下，说："我，我会的可多了，我可不是我爷爷说的东川庄稼地里那些个没用的莠草和稗子。"

金燮心却站起身来，显得像是一位老成持重的佘太君。不过，小月莺只是嘴唇动了动，没敢说出来。因为，她和云莺的面试生杀大权就在这位金校长手里。小月莺突然想起潇民哥总喜欢站在李府后院垴畔上望着天空。他从哈佛带回来的一个神奇的望远镜，立着支架，让她去看黑夜里的星星。她一开始看不明白，后来就琢磨出一些门道。他还让她辨认月亮上的环形山，以及一圈又一圈的暗影，太阳投射在月亮表面上的一些不均匀的光线。她觉得比小人书里的孙悟空更好看，也更刺激。她想像传说里的嫦娥一样飞到月亮上去。她想让潇民哥带着自己一起飞。可是，想了半天，却让她很沮丧。她和潇民哥都没有翅膀，这可怎么办呀？有时候，她会与潇民哥一起欢呼，那是一颗拖着扫帚尾巴的流星从眼前划过。拿爷爷李有德的话说，流星就是扫帚星，一旦从眼底下划过，总是不吉利的。可是，为何不吉利，爷爷也说不出个所以然，只是摇摇头。潇民哥却是笑了笑。这让一直恐慌不安的小月莺也笑了。

小月莺不由得想起一大早穿好衣服，又裹了李文祺带回来的军毯。这件军毯是在曾姨娘房里找到的，然后又带到太原的。小月莺坐在靠近窗前的床头，感觉五内俱焚，几乎就要崩溃了。她最大的痛楚是一种难以言说的回忆在缠绕着自己，不仅仅是已经离去的曾姨娘，还有改名为何秀子的水崎秀子，刚刚被赎回到李府的杨花花，以及种种梦魇，让她不由得暗自垂泪。小月莺是一个早熟聪慧而又多愁善感的孩子，即便云莺和她住一起，聊天的机会都不很多。云莺要准备的课业比她繁重，她上的是中学，压力比小月莺小学要大些。吴秀兰在另一间屋子里做针线活，幸亏母亲不识字，否则看着小月莺在练习本上画的那些字符，就会头大。云莺准备好应考的行装，一面帮助小月莺把玩具收拾起来，将乱哄哄的桌面清理干净，一面对她说一两句鼓励的话。

"你说我是什么？"

小月莺吐吐舌头："佘太君。"

"不得了，你还晓得佘太君呀。"

小月莺随即接着背诵："海咸河淡，鳞潜羽翔。龙师火帝，鸟官人皇。始制文字，乃服衣裳。推位让国，有虞陶唐……"

眼前是吕梁山圪垯里的三川河畔，只见水面上漂浮着一些鲜艳的女人衣物，而天空晴朗，并未下雨，估计是上游水头子猛，河里洗衣服的女人们来不及收衣服，然后被冲到了下游。春华秋实，小月莺总是会看到更久远的风景。那些往事，如同叠放在一起的纸船，一只一只地被她放在静静流淌的小溪里。她觉得金燮心的声音如同小溪的流淌，带着她的纸船流向遥远的希望。她喜欢曾姨娘活着时穿的府绸衫和手里挥舞的一把折扇。在更加细小和柔韧中体会到一种力量，这也是她突然感受到的。

金燮心再次蹲下身来问小月莺："谁教你的《千字文》呀？"

"云莺姐和潇民哥教我《百家姓》《千字文》《弟子规》。我爹还教会我骑马。"

"你还会《弟子规》？"

"对呀。"

"你爹会骑马？"

"我爹领兵打仗呢。"

"你爹干什么的？"

"上校团长，我爹带着一个团挡住一个师的人马……"

"会背《弟子规》吗？"

小月莺摆脱了刚开始的羞涩，整整乱了的海昌蓝衣衫，大声背诵道："弟子规，圣人训。首孝悌，次谨信。泛爱众，而亲仁。有余力，则学文。父母呼，应勿缓。父母命，行勿懒。"

"李月莺同学，你还会做什么？"

"这个问题可以不回答吗？"犹犹豫豫间，小月莺低着头想了想，然后又说，"我还跟着爷爷捡拾过牛粪、羊粪，去老家凤山上摘过酸枣哩，还有很多的地皮菜，一篮子一篮子地卖到我家东关后街里的饭铺……"

"啊，那你写过仿吗？"

金燮心的笑容让小月莺有些想逃避，但又试探着去接近。这是因为老太太身上有一股与梁慕秀完全不同的气场。直到后来，小月莺才听说金校长以前的职业是仁爱医院的妇产科大夫，亲手接生过成千上万个婴儿。她由于颈椎疼痛和无法弯腰，就不能再做妇产科大夫了，提前退休之后才做了女师的校长。金燮心从前厅走到另一边，一副若有所思的模样。她来到两个向阳窗户的一侧，向外眺望着校园左侧不远处的图书馆那栋明黄色的建筑物，带着尖顶的欧式风格，楼下玻璃门那儿出出进进着借书还书的师生。室内和室外的光线不一样，反差强烈。院子外和室内的环境不同，但是继续向远处眺望，她会找到一种与整座城市的疏离感，不过，她依然有信心让所有师生体会到与整个人世间的生活有了更多的联系。既然有了这白天和黑夜的转换，四季的更迭，一年又一年的变化，那这希望还是孕育在这一切的自然规律之中了。

刚开春的校园里，草木开始发芽了，远远能看到一层让人惊喜的新绿。汾河两岸，一片开阔的视野，天蓝水亮，风轻云淡，透明的空气里飘着纯白的柳絮。可是，小月莺总是噘着嘴，想起在李府的一年多里，有很多比她大的孩子对她出言不逊，并持相反的看法。比如李宝珍，都上离石旧城国民小学了，老是和小月莺过不去。虽然，她还有两个好朋友，比如水崎秀子，即后来改名何秀子，就与她很投缘；还有李府新来的杨花花，与她同岁，一见面，就很有眼缘，不需要多来往，不晓得为什么，两人就是很交心。当然，云莺姐从小就与小月莺关系很好，无话不谈，而潇民哥也一样，给她带来很多新鲜的事物，比如讲卫生、刷牙、不随地扔垃圾，等等。再然后，爹娘也是，再就是曾姨娘——可是，曾姨娘已经到了另一个世界，说不定就在天上，变成了窗外遥远处那轮孤独的不穿衣裳的裸月亮。

"你怎么啦？为啥哭啦？"舒苢圆就悄悄问小月莺，还把一块手帕塞给她。

　　窗口亮晃晃的，寝室里总是把帘子拉起来，幽暗中各自拥有着一个个细小的空间。我可不喜欢白天的阳光在这个时候长驱直入。或许，有时候，我会喜欢阳光里的那种亮堂和干净，但大多时候她却愿意独自在床上分享着那份自由自在的孤独。这一点，舒苣圆和她一样。无论在床上，还是在床下，只要是她和舒苣圆在一起，就会彼此在交谈中寻找到更多共同的话题。被子、枕头和布娃娃，以及头顶的一溜书，还有窗外有一只麻雀窝，一大早就叽叽喳喳地把她们叫醒。

　　小月莺一直很敏感，尤其对某种没来由的自信，让她感到了更多的危机。她很早就不能够容许自己有些许的狂喜和狂妄。她的虔诚来自她的纯真，却是对一些事情无力改变的悲悯，比如曾姨娘，比如水崎秀子，比如杨花花，等等。她无力改变身边人们的命运，甚或那些不幸，都会让她感同身受，让她觉得自己也仿若并非无辜，可是她不能够，只因为这颗拳拳的赤子之心。她无意使自己陷入这种矛盾之中，除了纯真之外，她不晓得自己还能去做什么。她推开那一扇沉重的门，幽暗中洞见一种光明，陡然间让她的精神为之一振。

　　小月莺走过那张考桌，然后盯住了校长金燮心的眼睛，面对面，大胆地走到她的脚下。

　　不仅仅是容颜、身材和气质，而是一系列的细节动作、步态和神韵。黑亮的短发干净利落，两只小肩膀是灵动飞舞的翅膀，然后是嘴角的笑意和两个小酒窝，尤其眼眸里的清澈如水，绽放着一如校园里蔷薇和月季的光彩。她的穿着也是极其简朴的式样，看不出大户人家的一点傲娇，却是时时刻刻谦恭地弯下腰来，说出她心里此时此刻的真实想法，毫不掩饰。浑身上下的每一根线条都是恰如其分的，并不是刻意去渲染，反倒是在浅淡和质朴中突出她的个性特点。你甚至能够在很远就能感受到这一点。

　　这时，小月莺与金校长的目光交汇在空中的某一个点上。谁又能晓得会是咋样的结果，那是一张多大的考桌呀，漫无边际，仿佛在莲花池上，她与云莺姐在划船，又像她一个人第一次骑在小黑身上驰骋在东川河畔上。她的耳边是呼呼的风声。她又想起了某个祭祖的日子，李府大门外的旗杆下的正中安放着神龛，遥远处听到东川河的流水声，以及旗杆上的两只黑尾巴喜鹊的叫声，而另一边则是管家杨栓大指挥着拉粪车从西门走过，随即飘来一股粪臭和烂菜叶的味道，不一而足。

　　"你看过《杨门女将》？"金校长出去了，舒苣圆就走过来问了一句。

　　小月莺点点头。那次，潇民哥回到李府探亲，就在自家戏园子里唱过《杨门女将》，而分别扮演过佘太君、穆桂英的就是何彩花——水崎秀子（何秀子）的干娘。出身梨园世家的榆林女伶何彩花，虽然开始唱的是道情，但来到李府之后唱起了晋剧，佘太君的功夫了得，无论是刀马旦，还是台步，枪花飞舞，靠旗灵动，无不体现了杨门女将的风采。现而今，何秀子开始学起了穆桂英的台步，但她年龄毕竟还小，离正式上台至少也得好些年，反正她比小月莺还小两岁呢。

舒苜圆问小月莺的时候，就让她想起了很多，也扯开来讲了很多。聊着聊着，她们两个就成了好朋友。她们还谈起了金校长，悄悄说到金校长到现在还没结婚，一直一个人单过，住在学校澡堂不远的图书馆的隔间里。金校长听到送舒苜圆入学的兔娃介绍，就欣然免收了她的学费。小月莺晓得舒苜圆是一个孤儿之后，心里不是滋味。听舒苜圆讲起了杠子爷爷，还有山圪崂窑洞里的破炕席遮不住塌了半边的土炕。舒苜圆不想来城里上学，但杠子爷爷非得让她来。他那一双毫无生气的眼睛里没有了任何反应。他看不到她，只能听着她说话。那一个画面，让小月莺觉得仿若在梦里，或如她的灵魂在随着舒苜圆的讲述而飘忽不定，一直在海浪里颠簸。从此以后，舒苜圆还常常跑来寝室看她，她们两个人无话不谈。

5

离石城东关后街陈善仁钱庄分店却是一直未开张。看好的门面，原来是一家李府的酿醋坊，早已搬迁了。前一阵子，东关石牌坊附近闹起了匪，不太平。后半夜里，来了一个蒙面的、挥舞着两把盒子枪的外号叫"痞眉僧"的土匪排长，带着几个吊着胳膊挂着拐杖的伤兵，有背着长枪的，有挥舞着棍棒的，胡子拉碴，凶眉霸眼，挨个街里的住家户敲门子，雷鸣击鼓般吼喊个不停，不开门，就翻墙跳院，一闯进来就一阵子瞎拾翻，搜罗金银首饰，见了人家猴女子就扑上炕去剥裤子，然后就紧紧盯住人家腿旮儿里就是一阵子猛瞧，甚至连鞋带袜地折腾。听说他们把挂在门窗外的一挂挂红辣椒串摘下来后，又一根一根往人家十六七岁的猴闺女私处硬塞。"痞眉僧"还花样繁多，不给人家还未出阁的猴闺女的"抿溜子"（土话为女性生殖器官）里放传说的大枣了，也就是俗称"泡枣"——而是夹放着一根根长溜溜、亮丝丝的红辣椒。据说，被这未出阁猴闺女夹放过的红辣椒比大枣更要大补，一边大口大口地吃着被这据说由"抿溜子"夹放过会大补的红辣椒，一边津津有味地喝着老白汾。壮不壮阳单说，补不补肾单说，却是让这豪横的"痞眉僧"见了猴闺女一开口就是啥的咥"抿溜子"或咥"板子"（当地脏话）之类，让他越发地刺激、越发地过瘾了。这样闹了好多天，闹得鸡飞狗跳嚎哇哭叫人仰马翻不说，就连东关前街和后街的店铺也有几日都一家接一家地关门歇业了。东关石牌坊巷口铁匠铺郝大个刚十二岁的猴闺女就被吓疯了，脏兮兮地光着身子在街巷里跑出跑进的，嘴里嘟囔着"痞眉僧来了"，手里挥舞着两根红辣椒，后来就跑没影了。郝大个也没心思打铁了，铁匠铺关门。

据说，他在很多年之后就跟着李信诚的八路游击队去了神坡山。

这一天晌午头刚过，李有德拄着文明棍，走到这儿来转悠。看到此情此景，不由得叹了一口气。自从老二李文祺一家去太原之后，李府就不太平静了。先是穆占山派人来李府收什么平安税，看那架势，不交税就会再出现上次绑架老大李文举和女伶何彩花的事情——到现在，何彩花已经不知去向，李府的戏班子也散摊子了。这不，前两日，李府门前的两只石狮子遭受污损，其中一个被人扳倒在地。李有德觉得这是奇耻大辱，但眼下不比从前，只能忍气吞声了。问题是，外面有人找事也就罢了，家里也不太平。老大家的许飞燕和李有德叫板。

一大早，李有德就让管家杨栓大的妻子常翠花把许飞燕叫到前厅里来了。不晓得老太爷和她说了一些什么，反正是常翠花听到的是吵翻了天，紧接着噼里啪啦的一阵响，八仙桌上的青花瓷瓶也打碎了。过了一会儿，常翠花看到许飞燕披散着头发，嘴巴里流着血，骂骂咧咧地跑出来了。只见她抖索着肩膀，两条倒竖的眉毛夸张地扯成两条飞舞的毛毛虫，泪流满面的模样却是嘿嘿一阵冷笑。

"这一碗水，你个老东西，如何能端平呀？"

说着，伸出一条被鞭打的胳膊，如同孤立的一条血旗杆，然后，许飞燕一头与急匆匆赶来的崔巧巧撞上了。

"好哇，咱整个李府上下都得听你老三家的了，凭甚哩？凭你崔巧巧那身娇嫩嫩的白肉肉？"

"老大家的，不管怎么说，你也是李府家的大夫人了，看你说的做的，这算是啥呀，有悖祖宗的三纲五常……"

"甚的三纲五常，都是骗人的没用玩意儿，还不得靠老三家的那身白肉肉——这个我也有，就看你这老公公要不要？"

李有德步履依然沉稳，虽然头发花白，但却精神矍铄，手里拿着马鞭，一出门，就又要向许飞燕身上抽去。马鞭还没飞过来，就让许飞燕眼前一黑，她身子一软就往地下倒，只是鞭子没抽到，却是鞭梢子上蘸着的水，立马甩了她一脸。湿漉漉，黏糊糊，这鞭子上粘的是一些啥呀，哪一只牲口发情了，让她闻到了公牛大郎迎战母黄牛大花时配种的气息。她亲眼看到过配种，离老远看到大郎后臀摇啊摇，晃啊晃，一颤一抖间，完成了男女人之间的那种事。可是，这黑大郎却完事后，一脸释然，走起来闲庭信步的模样，可是与着急红眼的公公不太一样。这人可倒好，还不如牲口坦坦荡荡嘞。她还正愣神着，忽地又一马鞭飞了过来，她就稀里哗啦地哭了。

"爹，算啦，老大家的拎不清，您老还拎不清？别和小的们一般见识……"

"不是我要一般见识，你看她做的甚事嘞？引狼入室，这个穆司令的人，左一回右一回，来咱李府，不找别人，为何就找许飞燕去福居园喝后晌茶？老大才改好了，遭到绑架放出来，这又出了许飞燕上杆子的这事？"

崔巧巧听着老太爷的声音：

"你母狗不摇尾巴，会有哪只公狗敢尥蹄子嘞？"

崔巧巧脸红了。虽然，李有德在骂许飞燕，但她觉得自己脸上也有些挂不住。本来她还想拉许飞燕赶紧走，不料，许飞燕反过来骂起了她。

"你崔巧巧谁不晓得呀，在老太爷跟前舔溜沟子，这一哈（下），成了贾府里威风八面的王熙凤喽，别人叼你，可老娘还就不尿你！"

崔巧巧没有吭声，却是扶住了气急败坏的李有德。这个时候，大老爷李文举赶来了。他这段时间一直闷在家里不敢出去，早先福居园赊账一万大洋，后来又被绑票——只有他自己晓得是因为自己早先欺负何彩花，六指才出此下策，所以，他一下子低调了许多，甚至还有时跟上母亲梁慕秀吃斋念佛。甚至，他被刚放回来的一段日子里，还有些幻听，怕光，怕风，一有风吹草动，就转身躲到屋后高高的箱柜后面。他紧紧地抱住头，弯下腰，钻到箱柜旮旯里不肯出来。窗外有牲口哞哞地叫，他都被吓得瑟瑟发抖。有一次，他还给后花园里跑，浑身上下沾满柴草和灰土。他的鞋跑丢一只，被丫鬟找到后给他穿上。他抽搐着的下体，连眼前的丫鬟都害怕，因为这让他对自己那个男人物件上被六指曾用麻绳吊着两块大方砖的事情记忆犹新。

而现在，李文举见自己的老婆许飞燕如此胡闹，竟然没来由地冲上去就是左右开弓两个耳光，直打得许飞燕眼冒金星，老半天都不晓得怎么回事，哭都不会哭了。

梁慕秀来了。许飞燕一头扑在老夫人怀里，咿咿呜呜又是一阵干号。

东关后街有些冷冷清清。这些日子穆司令的兵总是来各个店铺白吃白拿，闹腾得离石城鸡飞狗跳。才半后晌，天还大亮着，店铺就关门歇业了。李有德用文明棍敲敲几家店铺的门板，却是里面刚还听到有声音，这一下，反倒没动静了。人们都很害怕。唉，文祺在的话，他一个晋军上校团长，虽然不一定压服住这个野路子来的穆司令，但至少也不用这么被骑在李府头上撒尿呀，老大家的媳妇许飞燕也不至于跟上这个穆司令，明目张胆地给老大戴绿帽子吧？

来到李府的一家杂粮店，却是半开着门，里面戴着瓜皮帽的小男孩很面熟，细一看，原来是管家杨栓大的儿子杨福武。杨福武也就七八岁，与李有德的孙女小月莺同岁，没想到杨栓大送到杂粮店里来学徒了。

"这么小，还可以在李府私塾读几年书的，你爹舍得让你受这份罪呀？"

杨福武向李有德一拜："老太爷，我爹说能在李府的杂粮店里学徒，是我的福气！"

这穷人的孩子早当家，可是杨栓大毕竟是李府的管家，他妻子常翠花也在磨坊里做帮工，也不至于因为生计问题让福武过早进入社会呀。李有德觉得杨栓大一家三口都在李府里效力，年底适当地增加一点福利是应该的，只是这几年李府越来越不济了。再想起文祺一家，以及李府里一些前前后后的变化，还有很多烦心事，李有德不由得叹了一口气。

"福武，学徒就要好好学出个样子，为你爹娘争气！"

6

再后来又发生了一件事情，闹得李府上下沸沸扬扬。虽然李有德在前厅教训许飞燕之后，李文举似有些微词，但也不敢公开挑战老太爷的权威。刚过七十的李有德还很硬朗，甚至隔三岔五还要去正在秋收的七里滩庄稼地里看看。许飞燕一下子变得安静如斯，好像也对老太爷服服帖帖了，见面时低下头，还叫一声爹，但对崔巧巧依然是一声接一声的冷笑，一边用笤帚扫着院子，一边跺着脚。

"老大家的，这院子不是常翠花扫过了吗？黄尘动天的，也不洒水？"梁慕秀问道。

"娘，这个您也要管呀，那您李府管的可就多了，瞧瞧我爹一大早就拧了一碗炒面。"

梁慕秀愣住了。说扫院洒水怎么就扯到老太爷吃炒面的事情上了？"老大家的，你这甚的意思哩？"

"娘，我能有甚意思，我爹都七十的人了，吃炒面也不喝一口水，您怎么不说，偏挑我扫院不洒水的理？"

"这扫院和吃炒面能一样吗？"

"怎么不一样？老三家给了我爹甚的好处，怎么会处处护着老三家的？"

"你说崔巧巧呀，崔巧巧自从接管了老二家掌管李府上下吃喝拉撒的权力，起早贪黑，可没睡过一个囫囵觉，你不晓得吗？"

有好些天，崔巧巧早早就与杨栓大赶着马车去七里滩收割玉米去了。李有德会站到李府东塔楼上眺望。自从老二家的曾姨娘从这儿自杀之后，东塔楼就封闭过一段时间，后来又由于李有德时不时地想上去看看，就不得不放开了。曾姨娘跌落在东跨院的石榴树杈上，血糊狼藉的模样不忍目睹。这一幕，让李有德想起了被他休回去的邢硕梅。按道理说，邢硕梅的羊癫风时好时坏，刚娶进李府时还好好的，也不晓得是受到了什么刺激。或许，李府前院中院后院东跨院西跨院，还有牲口棚的下院和磨坊的侧院，拐拐弯弯，宛若迷宫，把邢硕梅真的转悠迷糊了。邢硕梅是被李有德休回娘家后才自刎而死的，但她的魂魄经常出没在李府里，尤其刮风下雨天的夜晚，在邢硕梅之后娶进李府的梁慕秀时不时遇到她的魂魄在走动。曾姨娘的自杀对老二家是一个沉重的打击。这也是老二家搬到太原的原因之一。老婆子——不，应该叫老夫人梁慕秀，她也唠叨过曾姨娘的事情，说是比他们老两口的孙女云莺还小两岁，作孽呀！邢硕梅在前，好像是一个什么药引子，又引爆了曾姨娘的这个火药桶。即便二者没有任何联系，但却让李府上下的人不得不产生很多联想。李文祺一下子也耷拉下脑袋，与吴秀兰一样整天吃斋念佛了。有好长一段时间，梁慕秀总是睡不踏实，隔三岔五的梦魇，让他不仅去了一趟米家塔邢硕梅的坟头，又到了红眼川埋着曾姨娘的乱坟岗。老二家也没办法，没有任何名分的曾姨娘也不可能让埋到神坡山的祖坟里。老辈子也没这个规矩。梁慕秀看到孙女小月莺在曾姨娘的棺椁前哭得泪人似的。李有德也被梁慕秀的异动所感染，老两口都想找那个刘家沟跳大神的老巫婆来李府驱驱鬼。

现在，从东塔楼上能望到一片一片成熟的庄稼，玉米地绿莹莹的，高粱地红彤彤的，谷子地一片金黄，糜子地一片浅黄，再加上五颜六色的菜地和蓝天白云，倒是让他神清气爽。李府上下的雇工和牲口都会随着崔巧巧一起去秋收。收割、脱粒、晾晒和打场，而崔巧巧则主要是完成计件、称重和入库的督促工作。

"巧巧，我和你娘也去吧。"一大早，李有德和梁慕秀把崔巧巧送出李府的大门。

"爹，您说甚哩，这秋收的活儿有我嘞！再说，还有栓大伯呢！"

"唉，老三家的受累了。"梁慕秀说，"大灶做好午饭后，到时就让常翠花送喀，快去吧。"

崔巧巧走后，李有德问梁慕秀："老大和老三这些天都老实多了，秋收农忙季节，他们不干活也就罢了，别再给老子出去惹事啦。"

"听说，穆司令的队伍在抓丁，两丁抽一，他们说是让老三去当兵呢。"

"他们这是要干甚嘞？他们不晓得咱李府家老二不就在队伍上吗？"

"谁晓得嘞？老二家这一走，麻烦还真不少。"

"老三出去躲躲吧。"

"给哪儿躲，穆司令托人说，可以花钱免灾嘞。不行，找个伙计顶替老三去当兵吧。"

"兵荒马乱的，这年头，谁肯去呀？"

李有德神情呆滞，失魂落魄地在中院里走着。老三可以出去躲一躲，可是老大家的许飞燕却是天天得去面对，这个硬茬子不好对付，看她那个模样，还要与他作对个不休，可是这事又不能与老太婆絮叨，怕反倒起了疑心。就在前厅高祖李罡的画像前，李有德都不知所措，心里有些发虚，不敢说出其中究竟。他都七十的人了，与三十几的老大家媳妇许飞燕的矛盾由来已久，尤其这次在前厅用文明棍（后来又用马鞭）惩罚了她之后，她就越发地古怪了，在他面前故意抖落着腰腿，弄不清她想干什么。

李有德见了老大，就会含沙射影地说："文举呀，你整天躺在后炕里琢磨甚嘞，你媳妇欠收拾，你也不去管管？"

"爹，还是你管吧，我这段时间心口疼得不行了……"

"咋啦？身上不舒服，要不叫来郎中瞧瞧。"

"爹，前两日，已经瞧过了，郎中开了两服中药，慢慢熬着喝吧。您也别惯着她许飞燕，要她像老三家崔巧巧一样多干点秋收农忙的活儿。整天忙着，就没工夫和您叫阵了。要不然，那个穆司令老要和她推牌九……"

李有德一听这个就来气："那是在推牌九吗？恐怕你头上的帽子绿了都不晓得……"

"爹，您说甚哩，飞燕去福居园应酬还不是为了咱李府，要不然穆司令总想找咱家的碴，老二在还好，老二全家到了太原，这不穆司令要抓老三去当兵嘞！"

"唉，听说杨花花又让宋老大看中了，要算咱家亏欠的利息，这杨花花才多大呀，与小月莺同岁……"

"爹，说起这事，我就来气，你要多管闲事嘛，五十块大洋赎回来，还没消停几日，现在又遇到这麻烦。许飞燕不出去顶着，陈香香、于晓梅保不住也要惹祸。还有杨花花的事情，飞燕也在穆司令那儿说过话，顶住没让宋老大买走。"

李有德干咳两声，没再说什么，但他也觉得对大儿媳许飞燕的态度可以柔和一些了。剑拔弩张，太紧张，老婆子梁慕秀笑话并不怕，让外人晓得指指戳戳，就有好看的了。这让他在来李府拜访的旧城福音堂牧师白瑞德面前有些手忙脚乱。家丑不能外扬呀，李有德甚至总想闪烁其词地掩饰自己内心的真实想法。李有德对白瑞德奉行的洋神将信将疑，他反倒更相信土地爷，这些涉及日月星辰、山川湖海、风雨雷电的自然神，更让他有了一种敬畏之心。他的所作所为，都要在这些神面前说出来，尤其祷告的时候，念念有词，正是为了在神面前得到宽恕。

李有德正在思谋间，就听到窗外李文举在哼唱着秧歌调："二月里来嘞，十五价闹，山神爷爷的寿辰到。纠首主家摆出供品哩，哥哥我跑得欢实嘞个，只为了妹妹一口吃的呢……"听到这样不伦不类的秧歌调，李有德不晓得是哭还是笑，李府里的许多烦心事，让他不住地摇头。

"蒸糊（发糕）摊糊（煎饼）放干哩，雀雀鸟鸟都飞走哩，妹妹走了，哥哥心锤疼，芽子（豆芽）放得死蔫了……"

听到这儿，又让他一阵失笑。这老大身上也有他喜爱唱戏的基因了。可是，老大这个脱汤露馅，尽出乱子，这一点又像谁了？思谋来思谋去，他就感到一阵不自在。

第八章

飞越园圃

1

日头平西。李文祺又要走了。重返雁门关，开战在即，他的心里却很不平静。物是人非。又到了战场上，他却很麻木。一切都是寂静的，却又暗含了危机。他又想起了曾姨娘，仿佛她还活着，活在背包里带来的那一个日记本里。曾姨娘——不，那时，李文祺一直叫她曾玉芬，曾医护。她的爹娘双亡之后，就跟着李文祺的团，一直从雁门关开拔到了介休洪山新的驻扎地。每到一个陌生的驻扎地，曾玉芬都要与李文祺说话，从她的帐篷里来到团部，不是很远，却是让她微微喘息着。李文祺每次看到她从一个山坡下爬上来，就会责备她。警卫员小姜躲出去了，李文祺会拉住她的手。她的手心微微地出汗。他记得有一次在帐篷里，只有他和她的时候，一头把沾满雁北风沙而粗糙的脸贴在那软溜溜、光蛋蛋、白腾腾、热乎乎的胸脯子上，宛若回到了初遇的那一刻，她的旗袍被不小心出溜下来时的模样。他轻轻捧着她的脸蛋，近在咫尺地吸吮着她的气息，如同李府老太爷收藏的一件千年珍宝，小心翼翼，观摩，欣赏，拥吻，抚摸，宛若冰天雪地在春暖花开中融化时的杏树发芽。他又一头扎进了温暖的醉人春色里，使自己的匍匐向前有了一个着落，随即在寂静的等待中一跃而起，开始了蹀躞，不停地蠕动，却是一阵抽搐间的咿咿呜呜，再然后就是一阵冲天的喊山号叫，应和着的是绵延不绝的低吟浅唱……

"玉芬，你怎么啦？感冒啦？"

"没有呀，团长，我只是见到你特别紧张……"

"你紧张什么？"

"我怕你会把我赶回雁北老家去。老家没有一个亲人了。我能够想象到自己被你赶回老家时的处境，我的两腿会直打哆嗦的。"

"哪能呢。不会，我向你保证，让你一直跟着我的团。"

"那以后呢？"

"啥的以后？"

"你离开队伍呢，我去哪里？"

"你那么年轻，那么好看，还愁找不到一个爱你的人……"

"不会有这样一个人。"

"会有的。"

"唉——除非你带我走……"

曾玉芬的幽暗眼眸里总是在这个时候发出了亮光。她总是不敢正视他，说话也是闪烁其词，但却让他感受到了一种恒定的梦幻色彩。

"这个世界上，我已经没有什么亲人了。"

"有我呢。"

"你是团长，你结婚了，我看到嫂子和你很好，还有潇民，还有云莺，还有小月莺，多么让人羡慕的一个家哩。"

"你也会有家的。"

"我没有家，永远也没有一个归宿……"

"咱们团就是你的家。"

"我不会一辈子当兵的。我这么笨，我就是庄稼地里那些个没用的莠草和稗子……"

李文祺平时很忙，团里的事情杂七杂八，虽然不打仗的时候会好一些，但也不能经常跑去团里医疗队去看她。医疗队就在团部的坡底下，可是李文祺还是很少去医疗队的帐篷里找她。

"我就不该来到这个世界上……"

曾玉芬说这话的时候，手心里不冒汗了，却还是没把手从李文祺手里抽出来。直到警卫员小姜不停地干咳着，她才生硬地把手抽出来。

"团长，该吃饭了！"

小姜给李文祺打好饭，李文祺就当着众人面问曾玉芬："曾医护，你吃饭了吗？"

"我……我没胃口……"

"没胃口，这怎么能行呢？小姜，快去，给曾医护打一份饭去！"

说着，李文祺见小姜拿着饭盒出去打饭，就先给曾玉芬倒了一杯茶水，翻开抽屉，拿出一包奶油蛋糕和麻花薄脆让她吃。

"你先垫补垫补，这奶油蛋糕和麻花薄脆是潇民从北平让人专门带来的。"

"唔，你咋不让云莺她们吃呢？"

"云莺比你还大两岁哩。"

一阵尴尬的冷场。曾玉芬不太会说话，有时态度会很冲，可是李文祺也已经习惯了。

"那就带回去让小月莺吃吧。"

"小月莺想吃早就吃了，她有很多好吃的东西……"

"团长，我听说，你要离开队伍……"

李文祺抬抬左臂，说是他受伤了。可是，这并非离开队伍的理由，只要他再干两年，太原总督府会提拔他当师长了。可是，他不愿意这么做，每一次打仗，身边一个个生龙活虎的好兄弟都倒在了血泊之中，而且昨天的敌人，今天又成了朋友，明天不晓得又会成为什么。他想不通。天光大亮，迷蒙间睡了一会儿，仿若听到曾玉芬在他耳边唱着一首雁北民歌。他的灵魂都被浸染了。他一直匍匐着，耳边回荡着曾玉芬的轻吟，一些飞蛾在眼前飞来飞去，似乎在传递着什么讯息。

"团长，让我跟你走吧！"

"我也没地方去，不跟着你跟谁呀？谁让你当初救了我？"

李文祺觉得很为难。曾玉芬跟着他，准定不行。上次妻子吴秀兰来介休就说起这事，感觉他和曾玉芬之间有什么不对——反正，吴秀兰也说不清，如果李文祺把比云莺还小两岁的曾玉芬带回家，李府上下会怎么看？

"管他们怎么看，我就跟定了你。"

"我不太相信你说的话，你这个就是使性子嘞，睡一觉就忘记你说过了什么，承诺过什么。玉芬，我是过来人，这个，不能耽误你，更不能害你！"

曾玉芬也跟着李文祺在战场上救护过负伤的战士，有的胳膊腿都找不到了，人却还活着，只是疼痛难忍，麻药和吗啡都用光了。她压住一个重伤员的身体让医生把他的腿锯掉。那个画面惨不忍睹，她闭住眼睛都能听到重伤员嘶哑的哭喊声。她想起了被炮弹击中的爹娘，瞬间就消失在一片火海之中。而现在，只是在看着爹娘一般的重伤员，宛若凌迟的锯腿，还得去事后包扎。这个重伤员，手术两天之后，趁着曾玉芬不在身边的工夫，竟然开枪自杀了。

曾玉芬哭了："团长，你救了我，也是害了我。我还不如跟着爹娘一起去死了呢。"

"好，以后跟着我，回家了，别再叫我团长，就叫我文祺吧。"

李文祺策马向前冲去。他真的不想再打仗了，他觉得这是毫无意义的自相残杀。那次，他带曾玉芬回李府，还有大黑和小黑呢。一晃又是两年过去了。他这次来到雁门关，也待不了几日，就是来向上峰辞官的。不能说告老还乡，但也是去意已定，以后就与老妻吴秀兰一起照顾儿女们了。在雁门关的日日夜夜，让他噩梦连连，总是会想到死去的曾玉芬。因为他们的关系，实际上就是从雁门关那儿开始的。曾玉芬从李府东塔楼一跃而下，已经让李文祺心灰意冷了。曾玉芬跳下东塔楼时说的最后一句话："爹，娘，我这就去找你们啦！"李文祺跑出屋子时，曾玉芬已经跳下去了。他本来要冲上东塔楼的，可是为时已晚。他也不想再去追求什么功名了。一切希望都寄托在儿女们身上了。他可不想再折腾了。

"文祺，你真的这么想吗？"

"唉，也说不好，有时又身不由己，想退，也退不了。"

2

除了云莺之外，就是这个在金校长身边的舒苢圆了。舒苢圆不再让她觉得太原女子师范学校压抑、封闭，反倒聊着聊着就觉得豁然一亮，会开心很多。因为有了舒苢圆，小月莺在后来就好多了，能够适应新的住校生活。小月莺与云莺分属于不同的宿舍区，不过能够经常见到，也就有了一种心理的依靠。不过，更重要的是有了舒苢圆这个师姐做朋友，让小月莺漂泊不定的心有了更多的精神加持。举目望去，整个房间里干净素雅，铺着木质的地板，有了一张床头靠窗的床，想起舒苢圆说的一句话："在家靠娘，出门靠墙！"其实，这句话等于没说，因为宿舍里每一个学生的床都靠着墙，床头靠窗的位置则靠运气了。舒苢圆宿舍里的床，就靠着门口。站在门外，只要门未关，就能看到舒苢圆在床上干什么。舒苢圆总是这么与世无争，脸上带着温和的笑意，眼神里却有一种不易察觉的忧郁。

"苢圆姐，如果能和你睡在一个寝室里就好啦。"

"我这是中学部，你是附小，怎么会让我们住在一起呀？"

舒苢圆的老家在吕梁山圪崂里，从小就是一个孤儿，被一个又聋又瞎的杠子爷爷收养长大的。她能来女师上学，纯属偶然。一次，过继给杠子爷爷当儿子的兔娃来了，看她年纪小，又灵动，就把她带到城里。四十岁左右的兔娃在省城做土特产的门店，城里娶了一房太太，有一双儿女，还在上小学。兔娃要接杠子爷爷一起来城里生活的，可是杠子爷爷不愿意来城里，一直住在年轻时自个儿盘的两孔土窑里，还天天下地干活了。至于亲生爹娘为何抛弃她，她就不说了，只是听杠子爷爷也很少提起，直到她要去城里读书时，才说起当年拾捡到她时，他的双眼还有一些微弱的视力，没有全瞎掉。那时，她还是一个不到满月的粉嫩嫩的婴儿，咯哇咯哇地一个人在褯褓里号哭，一抽一抽的，估计是饿坏了。褯褓里放着一张纸条，上面写着她的生辰八字，小名叫欢欢，旁边还放着一块大洋，长大后在女师读书时她才叫舒苢圆了。她就是吃百家奶长大的。

那次，云莺给小月莺铺床的时候，金燮心校长又进来查房了。金校长身后还跟着小月莺的班主任——一个个头高挑的女子，戴着眼镜，一脸肃然，看上去比金校长还要厉害。大家都叫班主任为"铁扇公主"。她刚才在楼道里就呵斥过一个乱丢垃圾的女生，一直呵斥到女生哭了为止。舒苢圆把那个正在哭着的女生拉回别的寝室里了。金校长则又把这个哭着的女生叫出来在楼道口聊了一些什么，结果女生就眉开眼笑了。金校长早年上过协和医学堂，又去伦敦医学院和曼彻斯特医学院进修过，后来到芝加哥大学医学院当研究生。回国后，她一直没结婚，无儿无女，却是那些从她手中接生下来的孩子比女师的学生还要多。

"李月莺同学，你年纪这么小，晚上睡觉不会尿床吧？"

云莺站到小月莺前面说："我妹妹从小就没这个尿床的毛病……"

"你是谁？"班主任问。

小月莺骄傲地说："她是我姐李云莺，在咱们学校中学部哩。"

"累了吧？"金燮心见过云莺，点点头，然后把手放在小月莺的肩膀上，温和地问。

"一点也不累。"

"一会儿让你班主任齐老师带去自修室里看看。"

对于附小的学生来说，自修室也是玩耍室，还未进去，在楼道口就能听到自修室里传来嗡嗡的嘈杂声音。这是一个既宽且长的大房间，门口靠墙的地方是一块大黑板，讲台下是一排排的课桌，一群年龄与小月莺相仿的小姑娘在叽叽喳喳地说着什么。有的在聊天，有的在朗读课文，但她们一看到齐老师领着小月莺进来，就全都抬起头来，然后瞬间就鸦雀无声了。

小月莺回头去找云莺，却是不见了。那天她就编入一个新的班级，第一天上课之后，还布置了作业，课本上重点的段落还画了标记，并交代了明天讲课的要点，提前温习。起先，小月莺回到寝室里，也是烦躁不安，恐怕第二天齐老师要检查她的作业。于是，她偷偷去找云莺，可是云莺所在的寝室楼层管理员不让附小的学生进去，于是只好灰溜溜地自己回来了。小月莺试图依葫芦画瓢，学着同一寝室里的同学去应付作业，结果弄得她更加晕晕乎乎了。熄灯之后，小月莺躺在床上翻来覆去睡不着，对床的包娜娜却睡得很香，呼噜声让她更加难以入睡了。

也不晓得什么时候小月莺进入梦乡，却是看到了久违的曾姨娘，一会儿笑，一会儿哭，满脸血污，也不穿着衣裳，她说她找不到自己的爹娘了。可是，又有一会儿，梦里来了几个吹手，一个戴着新方巾的相公要带着曾姨娘远去，不由分说拉扯着。小月莺就拽住了他披着红的绸衫袖子，胸前簪着的花被扯下来了。曾姨娘不愿意跟着相公走。小月莺就说："曾姨娘，你为何不穿新娘的衣裳？你是天上的裸月亮吗？你不跟着这个相公，是不是要去找我爹呀？"曾姨娘不搭话，仿佛根本没听到小月莺的声音。而且，过了一会儿，小月莺只听到李文祺的声音："快让你栓大伯过去传吹打的。"杨栓大说："今日是一个好日子，两块大洋叫一班吹手还叫不动哩。"不晓得啥时候，梦里的小月莺和曾姨娘一起从李府东塔楼上腾空而起，那只很洋气的花凤凰大风筝在头顶牵引着她们越飞越高。"曾姨娘，我们飞向哪儿呀？"曾姨娘依旧不搭话，小月莺就害怕得快要哭了。正要擦眼泪，却是云莺在拽着她，说是该起床了，要去食堂打饭，吃饭后又要开课了。

"包娜娜，你夜来黑间（昨晚）打呼噜了。"

包娜娜是太原人，父母开着纱厂，他们开着一辆雪铁龙送女儿来。所以，包娜娜在班级里还是很有话语权。不过，小月莺并不觉得包娜娜了不起，毕竟来到学校，主要还是靠学习成绩的。

"啥叫夜来黑间呀？昨夜就是昨夜，别说什么夜来黑间，谁能听懂？"

"这，这是我的老家话……"

开始上课时，齐老师让小月莺坐在第一排，让包娜娜坐在后排。但由于读课文时老家口音太重，引起了哄堂大笑。而且，由于小月莺有点紧张，国文课的一篇课文还读得跳了行，这就使得齐老师当场调换了座位。也就是包娜娜坐在了第一排小月莺的位置，而小月莺则被发落到后排包娜娜原来的位置。不过，即便到了后排，这个齐老师依然不放过小月莺，一次次让她成为全班的新闻焦点。

"小月莺，你身子坐正，别耷拉着脑袋，没睡醒呀？"

小月莺刚坐正，做出全神贯注的模样，齐老师的声音又飘了过来。但小月莺听不到她在说什么，反正她也不想听。她的内心有着一种莫名的悲凉，却是回想着昨夜的那个梦，曾姨娘在说什么，一直在天上飞的时候，小月莺却看到了何秀子，看到了杨花花……

下了课，有些内疚的包娜娜来到小月莺课桌前，没话找话。她说："月莺，铁扇公主批评你了？这个周六，你坐我家的雪铁龙一起回家吧。"

"我和你家不是一路。"

"你家不也住在尖草坪吗？"

小月莺低着头看书，不太想搭理包娜娜，包娜娜转而和旁边的刘佳慧说话去了。刘佳慧长得挺可爱，一双灵动的眼眸里总是闪烁着明媚的亮光。

"刘佳慧，你家住哪儿？"

"下元。"

"那么远呀，坐我家的雪铁龙吧。"

"我不，我要和李月莺一起骑她家的小黑。"

"小黑？李月莺会骑马？"

刘佳慧就滔滔不绝地说起小月莺家的小黑。骑在马上的感觉就是不一般，尤其去赛马场上骑，小月莺的父亲李文祺骑马更是厉害，奔跑起来特别快……

"骑在马上要比你家雪铁龙都快。"

包娜娜有些半信半疑，先看着刘佳慧，转而将问询的目光投向小月莺："这会是真的吗？"

小月莺有些不太自信，摇摇头说："没有刘佳慧说的那么神奇，等改天让我爹带着我们去骑兵训练场上玩。让莒圆姐也去。"

"真的吗？你别骗我啊。"

但后来，没过两天，女师就发生了一起意外事件。这在小月莺的心里留下了浓重的阴影。

那一段时间，一直看不到舒莒圆，也不晓得她去哪儿了。后来，小月莺几次找她，她也不在寝室。她还去金校长那儿找，没找到。金燮心校长一个人在图书馆隔断间里忙着整理旧书。小月莺站在她旁边半天不敢吭声。一张书桌上放着一盏罩着灯罩的马灯，却是停电时以备应急才用的，还放着一盒洋人用的海盗牌黄头洋火。小月莺刚拿起洋火盒子来看，金校长就抬起头来，微微笑着说："这儿别擦洋火，都是书，小心防火。"

小月莺记得金校长也在纳闷，舒莒圆说是请两天假，这不走了一个礼拜了还没回来。金校长又说，舒莒圆有甚的心事了，还一个人躲在澡堂里哭。不是洗澡时间，她竟然在里面哭。金校长说，等舒莒圆回来她得好好谈一谈。又过了好多天，终于见到舒莒圆时，发现她整个人都变了。小月莺问她不在学校的原因，她也一直不说。她不想说，只是紧紧咬住下唇，凝视着窗外。也不晓得过了多久，舒莒圆才缓缓地对小月莺说，她不能继续在女师读书了。为啥呀？她只是说，供她上学的兔娃做烟土生意时被官家扣住了，人也落入大狱。而且，更可怕的是警署来人还说兔娃暗通匪党，有可能要判决死刑。从小养她长大的杠子爷爷听到这消息，也病倒了。可是，金校长不是说过了，免除舒莒圆的学费吗？金校长还专门把舒莒圆叫去，说是有何困难，就和她说。金校长还给她手里放了两块大洋，充作这月生活费。舒莒圆却说，她不能再要金校长的钱了。再说，她也不需要了。说着，舒莒圆还把一个刚从老家带回来的包袱寄存在金校长这儿了。

金燮心还想再问问舒莒圆这次外出的情况，可是没有问出来。直到出事之后，才晓得舒莒圆还是有些事情隐瞒着她。其实，从小收养舒莒圆长大的杠子爷爷，已经死了。据说，老人家刚开始还能吃能喝能睡，后来就越来越不行了。他一个孤老爷爷，又没人照顾，也不给她捎话，自作主张就把一群羊和两垧地卖了，住的两孔土窑也转给了村里的财主家，得到了八十五块大洋，托人捎给她。听到这一消息之后，她就着急了，非得要赶回老家去看看不可。结果，她和金校长请了两天假，回去却发现老爷爷已经躺在村外的一口无主的破窑里，土坯砖和秫秸秆子拦挡住结满了蜘蛛网的门和窗户，人仰躺在铺盖卷上早已硬邦邦的了。整个半边炕上嘤嘤嗡嗡地飞着苍蝇，一些蛀虫密密麻麻地爬蜒在杠子爷爷裸露的胳膊肘和小腿上。他就这样把自个儿饿死在这孔无主的破窑里了。

"小月莺，我书架上的书你都拿去看吧。"

"莒圆姐，看完，我就还给你。"

舒莒圆悠悠地说："看完，替我收起来，不用还。"

"莒圆姐，金校长那儿不是还有你的一个包袱卷儿吗？"

舒莒圆却是没有再吭声，悄没声息地就离开小月莺，不见了。在这种没有任何征兆的沉默中，蕴含着更多不确定的未来。春天的鲜花绽放着，芳香飘散，仿佛一朵不为人知的鲜花以极为隐蔽的方式释放力量，然后在瞬间的释放之后突然凋零，甚或枯萎。她把所有神性的美展现出来，却是用痛苦完成了接下来的壮举。

梦境里的舒莒圆吗？却又不像，完全是陌生的。她透过小月莺的头顶在打量着星空……

她脸上是一道又一道的划痕，嘴边还沾着蒲公英的花瓣，我向她说我是小月莺，可是她听不见……

她的一双眼睛一眨不眨地盯住窗外的圆塔，却是轻言轻语说，能够爬到上面多好啊。可是，我头晕，恐高，我和她的影子连接在一起，但她就是不让我走过去……

你看到了吗？看到了吗？看到啥了？看到一只游泳的鸟？就在那里，在楼下的水池里。我看到了，可是那只鸟不是在游泳，它是在挣扎，它是不小心掉落进去的。根本不是。说到这儿，她看着我，还瞪了我一眼。你为何瞪我呀？我又没有说错。你说错了。你就是说错了。你，她指着我的鼻子，让我不寒而栗。你看到了在更高处，就在圆塔上，有着几个女师的姑娘穿着白衫和百褶裙跳舞。谁在跳舞？怎么我看不着？圆塔那么高，谁敢爬上去呀，爬上去又谁敢跳舞？她就对着我吹气，她说小月莺，小莺子，瞧你地上的影子，你就是晃来晃去，你怕啥？别怕，有我嘞。那么多的姑娘围成一个大圈——对了，围成一个大圈圈，跳着跳着就飞起来了，都在飞着，一直飞，飞得很高很高……

我看到她们向咱这边飞来了，就在窗户这儿呢。你看，她们一个个都有着两只翅膀，她们和我说话哩。她们让我和她们一起去，去晚了就没有门票了。可是，我怎么听不到你们说话？一句也听不到，我的耳朵里嗡嗡直响，是灌进水了吗？她们一直在花坛里跳舞。花坛？刚才，不是圆塔上吗？怎么又到了花坛？她不看我，但却回答着我的问话。小月莺，你看不到吗？就在图书馆的花坛，不——是浴室外面的花坛……

舒莒圆在埋头抽泣着，肩膀在颤动着……

汾河里的水咋会这么深？我，我就要没脖子了……

小月莺就想：我下去拉你上来。

舒莒圆仿若一下洞悉了她的心思：你别下来，你根本就拉不动我，你能拉动命运的火车吗？

舒莒圆在梦中神秘莫测地向小月莺笑着。她浑身的衣衫都湿淋淋的，却是把她的身形显露得更加扑朔迷离了。

　　小月莺，我梦到杠子爷爷了。他向我走来了。我看到了。他拉我，他也要拉着兔娃，拉着你。我不让拉你。小月莺你快回去吧，我就要走了。小月莺，你顺着河边，沿路返回，你不会迷路的。我真的很高兴，我能与他们在一起——即便他们都死了，却是我和他们永远在一起。我就要走了，伸开双臂去拥抱，就要挣脱开这个痛苦和黑暗的世界了。小月莺记住，我去的那里没有任何痛苦，我就要与那里的一切融为一体了。飘过山川和河流，然后飘向更遥远的未来……

　　明晃晃的汾河上有一些光着身子耍水的猴孩娃，河岸上有一些紫色的野花开放着。我给你吧，小月莺。我伸开双臂的时候就能环抱住她的后腰。蜿蜒着牵牛花一般的思绪，让我体会到花朵的芬芳。谁让我是姐姐呢？谁的姐姐？就是你的姐姐，小月莺呀！我弯下腰来凑到风口处，零零落落的雨滴，扑面打来。我为妹妹遮风挡雨，可是她还不让，脱下一件衫子披在我的身上。小月莺叫着我，叫着苣圆姐，却让我觉得仿若叫一个天上的仙女，可是我不是天上的仙女——我只是人间的一朵不起眼的小花，刚出生时连爹娘也没有，连名字都没有。你不是有名字吗？听金校长说，你一出生时就叫欢欢。是吗？是吗？是金校长对你说的吗？我老是觉得，这一切和我无关。四周传来蝉声的叫声，一会儿很近，一会儿又很远。苣圆姐，咱们回去吧，雨哈（下）大了……

　　舒苣圆湿透的衣服，让她发抖，却又从容地提起了百褶裙的下摆，然后疾步离去。黑夜的天，云层压得很低，没有任何气息，只有更多的草虫与夏蝉在一起鸣叫着，却是此伏彼起，又从咫尺间跳到了更远。她仿佛与小月莺之间隔着一层敲不碎的玻璃。她腾空而起的时候，眼里的泪水是那么清澈，宛若小溪里流淌的声音……

　　“小月莺，你别哭了，你看你把大家都哭醒了。”

　　“谁哭了？”

　　“看，你哭湿了枕巾，你还不承认。”

　　小月莺睁开眼睛看，原来刘佳慧正在摇着她的肩膀。而她在寻觅着舒苣圆，可是什么也没有，只有刘佳慧疑惑的样子……

　　也就是过了五六日，小月莺没看到舒苣圆去食堂打过一次饭。后来，一天晚饭后，澡堂里炸营了一般跑出来七八个刚刚进去洗澡的女生。她们还没洗，就都跑出来了。

　　这是发生啥事了？小月莺一头扎了进去，大着胆子挤进了浴室，却一抬头就看到光溜溜着身子的舒苣圆，愣怔怔地站在烧着木炭的铁盆前，旁边还放着一只木桶，整个人就如一尊雕塑般挺立在那儿，眼睛里没有了过往的温和，目光完全凝滞住了。她的左臂环绕着放在头顶，抓住半空晾衣杆上的吊绳，而右臂伸出去，似乎要去提脚下的木桶，却够不着。舒苣圆就这样没有留下任何片言只语，前一天半夜三更偷偷潜入浴室，自个儿烧木炭自杀了。

3

李文祺还能记得那场恶战之后发生的事情，耳边响起纷乱的叫喊声："抓住，抓住他！"还没等他反应过来，就见团部指挥所坡下的护理所帐篷里响起两声枪响，紧接着就跑出一个脑袋上裹着绷带挥舞马刀的俘虏。这个俘虏正是曾玉芬护理过的重伤号，起了一个外号叫尥蹶子。李文祺曾与他聊过天，早些时候参加过孙传芳的队伍，后来就跑到冯玉祥的队伍里当中尉。在那场恶战之后，尥蹶子被俘，疗伤，让他与李文祺敞开心扉聊到了民国十三年九月的江浙战争。曾玉芬说，这个俘虏叫尥蹶子，就是因为他多次逃跑未遂，不过，他从孙传芳的队伍里逃跑，是不想与皖系的卢永祥部打仗。那里有他的老乡。可是，刚逃出来，就又被另一支队伍抓住当了炮灰。这不，现如今，又被派到这儿与李文祺所在的晋军干上了。他又要跑，结果被李文祺的警卫员小姜逮住了。

尥蹶子双手举得老高，他怕死，只要能活着，什么都愿意做。他看到李文祺是这儿最大的长官，就扑通跪在地下，求饶命。

"把你的裤带解下来！"

尥蹶子先看看李文祺，然后再看看让他解下裤带的小姜，跪在地下一动未动。小姜就用马鞭在他背上抽了几下。

"快！解下你的裤带！"

尥蹶子不情愿地解下了裤带——那是一根质地很好的宽皮带。小姜下意识地摸摸自己的裤带，就三把两下把自己的换下来，然后再把他的宽皮带换上了。

"系上——"

尥蹶子不情愿地从地下捡起小姜的布腰带要往裤子上系，却被后面踢了一脚。

"谁让你系在腰上了，我让你自己提着裤子，腰带就挂在你的脖子上吧。"

李文祺问："尥蹶子的枪呢？"

小姜说："在我这儿。团长，这个尥蹶子，怎么处理？"

"派你送到县城的师部吧。"

小姜不大情愿，嫌麻烦，还不如一枪毙毙了拉倒。可是，他又不能这么说，只好嘟囔道："三十来里路呢。再跑了怎么办？"

"炝蹶子的勃朗宁撸子不在你手里吗？害怕啥？"

"不是怕，我走了，你身边没人不行呀？"

"这个你放心，不是还有六秃子嘛。"

小姜不情不愿地押着炝蹶子走了。刚走没几步，炝蹶子不走了，说是左腿疼，有伤口。小姜不信，以为他耍滑头，就用枪刺在他背上拍了几下。结果，炝蹶子干脆躺在地下不动了。

"你这咋回事？装死？老子这就让你去见阎王！"

小姜吼喊着，一下子拉开枪栓，做出射击的动作。

"小姜，让你把炝蹶子带到师部，不是让你带去一具尸体。快去快回！"

炝蹶子却说："长官，我的绑腿里疼得很厉害，流血了！"

"怎么回事？护理所没给包扎吗？"

炝蹶子自己解开绑腿，只见左小腿里面伤口化脓了，流出污血。正好曾玉芬背着医疗箱路过，就给他把化脓的伤口做了简单的处理，然后重新用消过毒的绷带包扎好。

"我能去护理所拿我的东西吗？"

李文祺问道："炝蹶子，都到这个时候了，你还有什么重要的东西值得去拿？"

"我不叫炝蹶子，我的名字叫秦大福。我……我想……想拿我丢在护理所的背包……"

小姜不耐烦地说："背包早给你扔了。"

"扔了呀？背包里有我的全家福照片……"

"你老家是哪儿的？"

"岚城。"

"啊，岚城，我还以为你是福建人，长得尖嘴猴腮的。"

站在一旁还没走的曾玉芬对李文祺说："团长，要不然我带他去拿背包吧！"

"快去快回！"

走到护理所那儿，炝蹶子撒开双腿就跑，曾玉芬追了几步没追上，赶紧就喊小姜，结果小姜抬起一杆汉阳造，老半天拉不开枪栓。小姜从团部门口解下大黑的缰绳，随即就骑上了大黑，向炝蹶子逃跑的一片玉米地旁的官道上追去。

4

李文祺回到太原的那个夜晚，总会想起炮蹶子逃跑引起的火拼事件。小姜骑着大黑追炮蹶子时走岔了路，以至于还是被偷奸耍懒的六秃子追上了。六秃子手中拿着一把马刀，就冲炮蹶子后背斜刺里砍去，没想到没砍中。虽然没砍中，却是把炮蹶子吓到了，他在地下滚了几滚，竟然装死。曾玉芬气喘吁吁地赶上来了。

"六秃子，你把秦大福砍死了？"

"啥的秦大福，他是炮蹶子，咱们的俘虏！"

曾玉芬据理力争："俘虏？我告诉你，俘虏也是人，再说，秦大福还是我的伤号……"

"伤号怎么啦？我上次腰上负伤了，你曾医护也没这么上心过。"

"你把秦大福砍死，看到了团长跟前怎么交代？"

他们两人正在争吵着，炮蹶子呼地蹿起身来，一头栽入旁边的易水河里，只是河水齐小腿深，没有游出去多远，就被骑着大黑赶来的小姜给堵在河中间。

"老子非毙了你不可，你这偷跑多少回了？还真的不愧为炮蹶子的称号！"

小姜二话不说，就要开枪，还是曾玉芬跑到河里拦住了他。这次，炮蹶子不敢再跑了。因为就在河岸上他看到一具尸体。那具尸体没有炮蹶子幸运，和他一般的俘虏，却是被就地砍死了。只见这个被砍死的俘虏仰面躺在河岸上，两条腿蹬踏在水里，而多半个身体露在水草外面，一只胳膊伸展开，却是脱臼，扭向另一侧，另一只胳膊竟然抬起来指向天空时，突然就僵硬住了，半边脸埋在沙土里，血水还在冒着泡，整个身子被马刀横着切开，大概是迎着刀口被砍的。看到这一幕，炮蹶子再也不敢跑了，脚一软，主动用挂在脖子里的腰带把自己两腕捆扎在一起，裤子早已掉落下来，他看到曾玉芬过来，连忙背转身。

"你跑呀，你怎么不跑了？"

炮蹶子一下子瘫软在河岸上，双眼无神地盯住那具尸体，瑟瑟发抖。这次，李文祺看到小姜和六秃子把炮蹶子绑住，绑成一个粽子。

"秦大福，送你到师部，是因为师部电台急需你这样的人才。你别再跑啦！"

李文祺在后来想起炮蹶子的时候，就感觉到仿佛过了很久，如同发黄的老照片，一切渐渐淡去，唯有曾玉芬的面容一直驻留在他的心间。

"玉芬呀，你不该从东塔楼上跳下去。你跳下去，一了百了，我可怎么办？"

这一日，李文祺刚起来，就对吴秀兰说："周六了，云莺和月莺都要回来，潇民估计也能回来，大家一起过个周末。"

吴秀兰刚要应和着，就听有人敲门。打开门，一看来人，很面熟，竟然想不到的是尥蹶子——不，是师部电台技术顾问秦大福。他的衣着打扮像一个儒雅的先生，穿着绸缎大褂，迈起步子来也有了一种不同于从前的气质。他的两肩很宽，腰杆子笔直，一看就是军人的做派，两鬓间的头发还是黑丝丝的，一笑露出一口大板牙。

这是太原位于尖草坪的李府会馆。三间正房前有一片空地，绿莹莹的草坪，还有两棵梧桐树。每到周末，李潇民与云莺、月莺一起跟着李文祺在草坪上练一阵子骑马。而一边的吴秀兰则坐在小桌旁给他们沏茶。当时的教育厅纪公泉厅长的儿子纪朝轩博士也来了。

李月莺已经十四岁了，豆蔻年华，穿着太原女子师范学校中学部的制式校服，显得聪慧过人、落落大方。

"咱家人这一哈（下）全都聚在一起，文祺，儿女都到了咱们的身边。"

吴秀兰一边看看出国留洋回来的李潇民——自从在山西大学堂里担任政治学院财政贸易系教授之后，就有了更多学者的风范和涵养。

秦大福进门的时候，李文祺差点就脱口叫出他的绰号，不过，犹豫了一下，他还是拉了拉秦大福的胳膊。

"尥蹶子——"

"谁是尥蹶子？"

十四岁的李月莺越来越像曾玉芬了。以至于秦大福走上前来，面对着李月莺，却说："你，你不是曾护理吧？"

吴秀兰有些诧异地问："曾护理？"

李文祺则尴尬地说："尥蹶子，不，秦大福呀，你啥眼神？这是我的二闺女李月莺，刚刚十四岁，快升高中了。"

"对不起呀，李团长，我看着像曾护理，原来是您常说的小月莺，长这么高啦！"

"秦大福，你来太原干甚嘞？"

秦大福的话匣子打开就没完没了。他说起与李文祺分别之后在师部电台的经历，虽然让他当技术顾问，但一直受到排挤，遂脱掉军装，来到太原开了一家商号。

"商号谁给你投资入股呀？"

秦大福就说了他自己的近况。细看他的相貌，与李文祺在战场上见到那个狼狈模样完全不同了。又浓又黑的眉毛下，一双斗鸡眼竟然充满了神采。秦大福的商号还是靠着从皖北逃来的老丈人支助，他的妻子和一双儿女也都从皖北过来了。

"不回岚城老家了？"

"老家也没甚的人了……"

秦大福又说自己就在太原安家了。还是上周，在下元碰到李文祺的老师长，才晓得了李文祺也在太原。秦大福说着，从门外的马车上让车夫抬进来一箱老白汾。

"你这是干甚嘞？还给我行贿？我现在可是无官一身轻了呀！"

"老团长呀，没有你，我这个俘虏，早就怕变成白骨了。"

5

吴秀兰说："咱现而今住的这院子处于柳巷的最边沿，就像一只青花瓷的腰眼处。"

十七岁的舒苣圆死了。金燮心校长在澡堂门口打开寄存在她那儿的包袱卷儿。这是舒苣圆留下来的，包袱卷儿里夹着一块大红的小棉被，还留着一张纸条，说是大红的小棉被是十七年前仁爱医院一位妇产科大夫给刚出生的舒苣圆盖在身上的。当时，接生她的妇产科大夫竟然就是金燮心。这块大红的小棉被再次盖在了舒苣圆的身上，却是太小，盖不住，大半个身子还露在外面。金校长就把她的厚棉被拿出来了。这是当年金燮心在仁爱医院当妇产科大夫时接生的孩子呀。大红的小棉被是她送给这个刚出生的孩子的。当时孩子的小名还是她给起的。"舒苣圆，就是我接生的孩子欢欢呀。"金燮心记得是一对在大户人家里当保姆的小夫妻生下欢欢来的，至于后来被遗弃，杠子爷爷捡拾到收养大，她到现在才了解了舒苣圆的整个身世。

小月莺不愿意接受舒苣圆离开的事实，很长时间都不怎么说话。但这个时候，她却说："娘，我觉得不在腰眼那儿，恐怕到了脚板底啦。"

"甚的脚板底呢？多难听呀……"

"有甚难听的，苣圆姐姐就是一直活在这个世道的脚板底……"

秦大福坐在一旁，只是一边吃着碗里的米饭，一边用筷子夹着一块红烧肉。而李文祺说："小莺子，吃饭时尽量少说话，你看你吃肉时老吧唧嘴，让人家来的客人笑话……"

云莺在后厨忙活着，李潇民则在端菜时，看了一眼小月莺，就笑了。

"爹，咱家就数小莺子年纪小呢，你还老当着客人数落她。她都初中快要毕业了。"

"唉，这孩子初中毕业，也不晓得高中在哪儿读。"

李潇民的好友纪朝轩博士对李文祺说道："伯父，听家父说，太谷铭贤中学是美国教会办的学校，孔祥熙就是从那儿毕业，后来在美国留学遇到宋霭龄并结婚的。孔博士现在担任铭贤中学的名誉校长。我看小月莺去那里读高中，应该会很不错！"

李潇民插嘴："那不是还要考吗？"

"咱家小月莺考试一向名列前茅，应该会录取的。"云莺说。

纪朝轩又介绍铭贤中学和美国教会在南京办的金陵大学有着密切的联系。小月莺原本早点吃完饭去大门口迎迎包娜娜、刘佳慧这两个同学。因为一会儿她们会来找小月莺，一起在附近公园里学骑马。她们还想让李文祺一起去。可是，纪朝轩谈到铭贤中学，就让小月莺充满了好奇。由于从小在介休洪山生活过，尤其七岁那年又在老家离石李府的难忘经历，让小月莺选择铭贤中学读高中，然后在金陵大学读农业方面的专业。她将来大学毕业之后还要回农村。她要想办法在吕梁山圪垯的土窑洞里过夜，而且还要不害怕老鼠，并学会与它们周旋。她会做一个老鼠夹子，就像李府杨栓大做的那样，他还会用一只锥子支撑一只半扣着的碗，碗下放着老鼠喜欢吃的食物。她会与众人分享捕捉老鼠的快乐。

这时候，小月莺能体会到这种奇妙的感觉，李府东塔楼上曾姨娘的花凤凰风筝依然飘动在她的眼前，宛若她现在伸手可触的铭贤中学。她把那只风筝紧紧拉住，就不再孤独了。小月莺与包娜娜最先熟悉，不打不相识，但她还是不喜欢包娜娜炫耀的雪铁龙。就这一点而言，小月莺更喜欢花凤凰风筝。后来熟识的刘佳慧，反倒与小月莺无话不谈。面对面，贴在她的耳轮边轻声聊天，尤其熄灯之后，一起畅想着未来。而且，刘佳慧要与小月莺一起考铭贤中学。

"我就想当一个普普通通的农艺师！"

刘佳慧说："我也和你一样。将来咱们工作在一起。"

包娜娜则不然，要接她父亲的班，当个女老板。不过，以她现在的性格，倒也有点像，加之她长得粗壮，平日里也是外向型性格，估计遗传了父亲的基因。

李文祺与纪朝轩谈到入学铭贤中学的具体事宜，纪朝轩说："这个事情就包在我身上了。我回去与家父打一声招呼吧。"

小月莺插嘴说："纪朝轩大哥，你既然是我哥最好的朋友，推荐了铭贤中学，还是我自己去考，我与刘佳慧一起去考。至于何时考，你告潇民哥一声就可以啦。至于投门子找关系就不需要啦。我要凭着实力考！"

刘佳慧看了小月莺一眼，说道："我也要凭着自个儿的实力考！"

纪朝轩与李潇民相视一笑："小莺子的脾性还真随你哥呀。你哥考到清华，又到西北大学，再到哈佛读博，都是凭着自己的实力，而且都是走的公费！"

小月莺眼前浮现的是这样一幅画面：李潇民西装革履，白衬衫，打领带，黑皮鞋，半蹲在留洋的轮船甲板上。那是浩瀚无垠的太平洋上，天津码头出发，然后到美国旧金山，再到纽约，远远就望见了举着火炬的女神雕塑。李潇民半蹲在一群男同学们之间，其中里面还有纪朝轩，还有几个女同学身着腰身窄小的大襟袄，摆长不过臀，袖口足有七寸，圆弧形的下摆，还在领子处镶有花边，裙子刚刚到膝盖处，长长的白袜子，抑或还有穿着紧身的旗袍，又有拉链和亮片的西式装饰，显得青春洋溢、风采迷人。

6

纪朝轩两手小心翼翼地拿着一只瓦罐，如同变戏法地给小月莺又展开一张白纸，上面放着褐黑色的粉末。她看到他雪白的衬衣袖口比潇民哥的衬衣领子还干净，一件西式的夹克衫，一条镶着白边的灯笼裤子，脚穿双脸的黑缎子软底布鞋。一绺头发垂下来，遮住了半边脸，他时不时地把头发朝上甩上一甩，显得潇洒极了。

"这是什么？"

李潇民朝着小月莺笑笑，没有回答，只是说："一个小实验。"

旁边的包娜娜一惊一乍，而刘佳慧充满好奇，甚至秦大福也凑上来了。

"尥蹶子，给你小黑，你骑上去看看！"

这一片湖边的空场地上，李文祺牵着大黑，又把小黑的缰绳递给了秦大福。

"谁是尥蹶子？"

秦大福假装生气地说："你爹在叫我呢。我就是尥蹶子。"

小月莺说："你不是秦伯伯吗？"

李潇民骑在了大黑身上，原本小月莺要骑小黑，但她这个时候更愿意看纪朝轩变戏法。可是，小月莺总是看不明白，李潇民就说，这个变戏法，实际上就和她骑马一样，只要她骑在小黑身上，就想要飞越圈圈。纪朝轩也附和着说，只有跳出她现有的圈圈，就会发现更多让她眼前一亮的东西。小月莺晓得离石城里钟楼那儿一个叫作圈圈的赛马场，而就在附近邻近的临县城里也有一个差不多的圈圈哩。

李潇民想起归国的那个早晨，一艘从旧金山开往天津的远洋客轮上，呈现着一番汽笛长鸣解缆开船人头攒动的热闹景象。岸上有送客的人们在招手呐喊，客轮甲板上的人们也在挥手依依作别。歪戴制式帽的服务人员在休息大厅来回穿梭，为客人送上咖啡和甜点；孩子们在客轮内厅扶梯上上下下奔波玩耍；而客轮上专业乐队在甲板上演奏着送别的曲目。一身西装的李潇民与同样打扮的纪朝轩在甲板的另一侧交谈着，畅想教育救国的梦想。忽然，在他们近旁，有一大帮踌躇满志的年轻留学生聚集在甲板上合影。李潇民拉着纪朝轩也凑进去一起合影。

"教育救国，还仅仅是一个方面。"

李潇民在纪朝轩耳边问："怎么你不同意？"

镁光灯闪了两下，他们已经同框，与这些归国的学子一起满怀着理想，如同这轮在太平洋里乘风破浪的巨船，驶向日思夜想的神州大地。或许，也正在那时，十三岁少女朱星桦的背影出现在李潇民的眼帘，像一幅写意的水彩画一般，若即若离，难以捉摸。她的腿细长，膝盖并在一处，而两只穿拖鞋的脚叉开，身子微微倾斜，一只脚尖踏着甲板，一只脚跷起来，像是要从栏杆上踩上去。她的双眼在回头时扫向了他，虽是不经意的，却是让他心里一抖，一下子看到她的乳房宛若枝蔓上尖翘的两只小甜瓜，身子在微微前倾着，后腰在颤动时被海风吹起了衣裙的下摆。

"教育救国，实业救国，治标不治本。"

李潇民收回了看向朱星桦的目光，然后又与纪朝轩交谈着："那……那你以为呢？"

纪朝轩就伸胳膊动腿，在他面前跳了几跳，如同一条大海里的鲸鱼，不时地跃出水面，与这条巨大的客轮比试个高低。然后，他沉思良久，对李潇民说："治标治本的良方在这儿。"然后，他递给李潇民一本邹容的《革命军》，还有新出的陈独秀主编的《新青年》。其实，李潇民早已读过《革命军》了，而这本散发油墨香味的《新青年》让他想起纪朝轩在清华时参加过五四运动。这一期《新青年》是李大钊编辑的专刊。纪朝轩在哥伦比亚大学读博时常给哈佛读博的他写信。

现在，李潇民看到小月莺注视着纪朝轩的这个小实验，悄悄地对她说："你纪朝轩大哥手中瓦罐里的火药能把整个公园给炸掉。"

纪朝轩从古代神州四大发明的火药讲到了冷兵器时代和热兵器时代的战争，然后，话锋一转，讲到了一些救国救民的道理。为了让小实验达到圆满的效果，纪朝轩还把手中的一座华丽的宫殿模型给炸掉了。小月莺看到纪朝轩只是把手里的按钮一按，华丽的宫殿模型便化为齑粉。她的眼前幻化出无数条交叉的道路，每一条道路都通向远方。可是，她不确定自己想要去的远方是哪里，只是透过这个被炸毁的宫殿模型，把目光投向更远的地方。仿若李府的洋油灯与传说中的神灯反射在窗格子玻璃上，分割成更多的星光灿烂。在这个笼罩着阴霾的龙城，依然有着纪朝轩这样的人，在从事着隐秘的事业，带着她见识到更多的新奇事物。他伸出的手掌是空的，却如同会变戏法的魔术师，总能变出她想要的礼物。

纪朝轩斩钉截铁地说："只有砸烂一个旧世界，才能创造一个新世界。"

刘佳慧为那个被毁灭的宫殿模型而长叹一声："太可惜了。"

"一点也不可惜，砸烂的是一个黑暗无道的旧世界，迎来的则是一个红彤彤的新世界。"

小月莺握紧小拳头说："对着嘞，把这个害死舒苣圆姐姐的世道打翻在地！"

李潇民则说："天地玄黄，宇宙洪荒。"

小月莺马上又接着说："潇民哥，下面接着是——日月盈昃，辰宿列张……"

纪朝轩则继续讲着那些深奥的改变旧世界的理论。一时间，小月莺和李潇民都听呆了。可是，砸烂一个旧世界，真的能够得到一个全新的世界吗？李潇民虽然有些疑惑，但看到纪朝轩那么坚定地做出镰刀和斧头的手势，并且在不断地挥舞着，砍杀着，身后的阳光照射在他的年轻脸庞上，他也就有些释然了。

"朝轩，你真的是地下党？"

纪朝轩不说是，也不说不是，只是在李潇民耳边悄悄地嘘了一声，并且让他忘记是谁告诉他的这些话。

随后，小月莺带着包娜娜、刘佳慧一起去骑马。李文祺跳下马来，让小月莺骑上去。包娜娜躲在一边，害怕骑在马上危险。刘佳慧就被李文祺抱在小月莺前面，让她们共骑一匹马。这大黑脾性好，她们骑在上面，它走的就没有李文祺骑着的时候那么快了。小月莺似乎感觉到一种富有节奏感的波涛在汹涌着，骑着马却仿若是在小船上，不停地翻卷在波涛的最高处时突然再降落下来，这样不停地反复的过程，让她又有了一种保护刘佳慧的冲动。

李潇民和纪朝轩一起轮换着骑另一匹马小黑。旁边李文祺说："潇民，捎带着看护好小莺子和她的同学，小心从大黑身上摔下来。"

"怎么会呢？爹，我能行嘞。"

小月莺骑在大黑身上，紧紧抱住自己前面的刘佳慧。刘佳慧则很紧张，额头上的冷汗也冒出来了。那模样，让小月莺想起离石旧城"大楼底哈（下）"的那口老铜钟，附近四里八乡的人们来了，都喜欢伸出手去摸摸。或许，年代久了，反正人们摸得多了，铜钟的边沿部分都被摸得锃亮，甚至在阳光的照耀下，还能看到反射的人影。如果趴在钟下朝着里面喊，会发出嗡嗡的回声，响彻四野。钟楼的木梁上绘着花纹，还有一些图案，其中有老虎下山，有龙凤呈祥，有河流山川，有亭台楼阁，有后羿射日，有嫦娥奔月，等等。这时，小月莺就发现刘佳慧脸上有一种老铜钟般反光的亮色。

"佳慧，你别怕。我在老家就学会了骑马，尤其大黑、小黑，都很听我的话。你比包娜娜强，你别瞧包娜娜平时咋咋呼呼，想来我家学骑马就数她叫得最凶，反倒来了，下软蛋了。"

刘佳慧在马上还朝着湖边戏水的包娜娜挥挥手。小月莺拉拉缰绳，在与大黑大声交谈着。大黑走起路来很平稳，生怕把小主人不小心摔下来。

李文祺与秦大福交谈着什么，是大黑、小黑与曾玉芬之间的故事吗？

"唉，玉芬活着的话，多好哇！"

"团长，你这长吁短叹的还想啥子呀，古人说了，鱼和熊掌不可得兼，曾玉芬选择那样走，也是迫不得已，她的心思太重，再说，当时实在也没办法啦……"

"唉，这也怨我嘞！福不住呀！你想想，玉芬走的那一刻一定是痛苦万分，我是无法想象她当时的心情，唉，我为何让她置身于一种不堪的境地呢？我这也是浑球一个……"

"啥福不住，啥浑球，别再自责啦。一切都是命。再说，您也就知足吧，儿女都很有出息，潇民都是山西大学堂的正牌子教授啦。像我这个在战场上被您俘获过，还称作炮蹶子的逃兵，不也苟活了一天是一天嘛。您放心，曾医护的在天之灵，一定不会埋怨您的，也一定会保佑您一大家子的。"

"但愿吧。我这辈子真的是愧对玉芬呀。"

第九章

龙城遇险

1

在太原女子师范附中读到三年级时，已到了考高中的时节。十四岁的小月莺已经长成了一个成熟少女的模样和身段。她与云莺姐站在一起，无论从身体发育，还是心智的变化上，都有一种后来者居上的感觉。这对姐妹花站在跟前，也不由得让李文祺惊叹："怎么会这么像呀！"五行里的金、木、水、火、土这五种元素，孕育在天地之间，对应着东、西、南、北、中的五方概念，更与每个人的模样和表情有着某种神秘的联系。比如这对姐妹花，云莺的眼睛比小月莺的更灵动，只是小月莺更富有特点，有一种既纯真又深邃的亮光，五官端正，眉清目秀间，有一种潜藏着梦幻般的少女魅力。云莺的脸蛋更圆，也更有生活的质感，皮肤白嫩，有一种趋向于朴实和平稳的气质。

"像谁呢？"

"还能像谁？"

"爹，像你吧？"

"像我？像我，你们姐妹俩应该长胡子呀？"

这时，吴秀兰走过来了："文祺，这，自家的闺女和你一般长上了胡子，这成甚嘞？"

"你说成甚嘞？反正，云莺也嫁给陈家了。对了，保忠这段时间怎么不见呢？"

"你问我，我问谁。这话，你要问云莺哩。"

小月莺就问："姐，姐夫最近是作甚呢？咱家到了太原，也没见来几次，把你寄存在娘家了吧？"

云莺看了一眼小月莺，摸摸她的头，没理她的打趣，对爹娘说："听保忠来信说，他爹老寒腿，夜里交口镇看戏时摔了一跤，这段时间躺在炕上，保忠回家半月多了。"

"那你还不和他一起回呀？"

"保忠说，用不着我回去，有那么多伺候的丫头和下人呢。"

吴秀兰说："按道理说，应该回去看看公公的。"

李文祺接住吴秀兰的话，赶紧说："要不要爹送你回去，顺便回咱离石东关李府去看看。"

小月莺拉住李文祺的衣袖说："爹，我也想回去走走。"

"你回去作甚？云莺是回她婆家，你又没婆家？"

李文祺这话把云莺逗乐了。"爹，小月才十四，还要读高中，读大学，谈甚的婆家哩。我不回去，保忠怕耽误我毕业考试。"

小月莺有些羞涩地低下头，然后像小羊羔一般用头抵住她爹的后腰："爹，你是让我尽早出嫁了吗？"

"说笑归说笑，你爹只是开玩笑，娘偶尔流露这种想法，你爹还责备我呢，说我没念一天书，净想着这些事情。你爹把你上高中上大学的费用都准备好了，就是没准备好你的嫁妆。咱家的小莺子不能像她娘娘（奶奶）那个时代了，十三四岁的猴女娃就嫁过去开怀当娘了。小莺子，你爱读书，爹娘就随你，远天远地随你的性子……"

小月莺记得李文祺经常与吴秀兰谈子女的教育问题，尤其女子天足不裹脚、男女平等、西洋现代的文明理念，等等。虽然，吴秀兰不识字，李文祺的很多话听上去似懂非懂，但也让开通的母亲有了比离石一般家户里女人不一般的见识和眼光。

小月莺读书比较杂，课余也受到李文祺的影响，比如《三国演义》《七侠五义》《水浒传》《红楼梦》《西游记》等等，被父亲的藏书所感动，一本本读下去，竟然一心想学李文祺的一身好武艺。不仅仅是骑马，这骑马早在她七岁在离石的李府就学会了。每到周末回家，她就要跟上父亲练拳舞剑。

在她的记忆里，父亲有一副宽肩膀，四肢健壮，目光如炬。尤其，他的头发也是乱蓬蓬的，骑在马上被风一吹就更是显得波涛汹涌的感觉。每一次她坐在父亲的前面都能感受到他的心脏在搏动着，让她也一瞬间产生了共振，仿佛父女两个不是骑在马上，而是在天空中飞翔。父亲不是穿着藏青色的军装，相反是她想象成一件兽皮做成的坎肩，穿着一条宽松的裤子，在飞驰中两条裤腿宛若两只鼓胀的灯笼，照耀着他们一起在黑暗中前行。马蹄声越来越激烈，宛若轰隆隆的雷声划破天际，使得飞驰中向后直退的道路和高处无法探及的树梢都在一起颤动着，飞舞着。

小月莺还记得自己七岁那年刚回离石李府没几日，李有德、梁慕秀就与李文祺、吴秀兰在前厅高祖李罡画像下谈起小月莺缠足的事情。老太爷李有德郑重其事地说："趁着小月莺的脚还没发育，骨头软，多用一些明矾和白市布，能像离石其他的大户人家的小姐一般缠足，缠成了，三寸金莲，大一些了，也可以找一个好人家哩。"

梁慕秀也附和着老太爷的建议，但也只是说："老二家呀，孩子是你们的，缠不缠足，你们定，我们当老人的，也只是建议。"

吴秀兰看看一边的小月莺，然后说："小莺子还这么小，骨头还很嫩，怕是会很疼哩。"

小月莺则抬起头来，对梁慕秀说道："娘娘（奶奶），爹娘让我缠足，缠就缠，多用一些明矾和白市布，我还就不怕疼哩！"

李文祺站起来对李有德、梁慕秀说："爹，娘，小月莺缠足的事情以后就别再提啦。咱家的云莺就没缠足，小月莺就更不缠足了！缠了足，人受克制不说，一步三摇，还怎么去门外读书……"

李有德咳咳了两声，然后说："咱李家，就数老二文祺家的两个闺女爱读书，有这个条件，再有潇民留洋的示范，他们全家也就有了这个理念哩。"

梁慕秀说："老二家做主吧，我和你爹也不会强迫自己的孙女非要缠足。毕竟，三寸金莲好看，但不中用，像文祺说的那样，走起来多不方便呀。我这当娘娘的小时候不也没缠足嘛，随孩子们吧。"

"是呀，咱李府是离石第一家办私塾的，也是大户人家里率先不缠足的。清华毕业哈佛读博的潇民孙儿，就是一个示范，我看小月莺这孩子将来也不得了。我们当长辈的不能耽误孩子们的前程，有些老观念也得变变啦。"李有德难得在家庭会议上发挥了一次民主，老大和老三家却不以为然。

李文举心里有气，许飞燕也叉着腰："我家宝珍就不是老太爷、老夫人的亲孙女了？想当初，宝珍还那么小，就缠足，虽缠了一道工序，看到孩子痛苦，才作罢了，但也让孩子有了一个轻微的跛脚毛病。现在轮上老二家小月莺了，却不用缠足，咱家宝珍命苦呀！"

李文起说："宝珍缠足，不是没缠成嘛，缠了一次，说是跛脚，有些夸张，不细看根本看不出来。这不，宝珍还自己背着书包天天到旧城国民小学上学呢。"

"说甚嘞，这是说甚嘞，看不出来，不等于脚没受罪，你细看，我家宝珍走起来总是走三步就会停一步，缓一缓，才再走，就是缠足缠的。幸亏，没再缠下去，没缠成。"

崔巧巧一声不吭，忙前忙后地与常翠花一起倒茶。她还特意给李有德熄火的纯白银水烟袋重新点上火。李有德除了老二家吴秀兰之外，就是认可老三家的崔巧巧，无论做什么，都有一个眼力见儿。老大家许飞燕最让李有德头疼。唉，这是一个没事找抽、油瓶跌倒也不扶的货色。他都不晓得再说什么了。

"宝珍当初缠足，我和你娘都没强迫吧，是老大家许飞燕坚决要给宝珍缠足的。我们也看着宝珍缠足的第二天脚就肿胀得像发面团，可是，那又如何？原来缠足缠到七天头上才解开缠布的，结果不到一黑夜就解开了。坚决要缠足的是老大家媳妇，最后反对的也是她，你让我和你娘都不晓得再说甚哩？"

"爹，说老二家就是说老二家，咋又扯到我家宝珍身上了，那都是好几年前的事情了，提这个干甚嘞？提这个，能让我家宝珍健步如飞吗？"李文举拉住了许飞燕，然后抢白道。

2

冀公馆后花园有一个网球场，四周的灰砖围墙高耸着，站到里面是看不到外面景色的，总让人感到有些恐慌，也有些压抑。小月莺与刘佳慧一起跟着李潇民来到冀公馆，不仅见到了上次见到的纪朝轩，还见到了他那当着教育厅的厅长父亲纪公泉。

这是一个高个子的中年人，却颇有长者风范。他宽脑门，脸色红润，目光柔和，嘴角和下巴的胡须都刮得很干净。他头戴一顶西式礼帽，穿着织着暗花纹的黑色马褂，内穿藏青色的长袍，齐领对襟，丝麻棉毛的质地。他离客人老远就摘掉礼帽，挥舞致意，露出了剃光的头，眼睛和五官与他儿子纪朝轩很相像。这个时候，父子之间竟然有一种极为默契的眼神。当时小月莺没觉得这对父子怎么样，能够同情参加活动的女师学生，可能是某种出于人性的本能良善，加上潇民哥与纪朝轩之间多少年的友好关系，直到过了很多年，她才知道他们父子都是中共的地下党。尤其潇民哥也是一直就参与左翼知识分子的一些秘密活动。

后花园中间有一条带顶的回廊，两边是分割成不同小块的花圃。走到尽头有一个凉亭，然后就是一个铁网封闭的小型网球场了。

小月莺有些拘谨地站在球场边上，看着五十来岁的纪公泉脱掉长衫，穿着休闲的猎装与李潇民打球。刘佳慧则旁若无人地与二十大几的纪朝轩在谈论着会考的事情。说句实话，这个会考，只是民国政府教育部的一种借口而已，以此牵制学生们的精力，别再关心九一八事变带来急转直下的形势。当时，小月莺参加了反对会考制度的活动，而且还是各校组成代表团向教育厅陈述看法和意见的学生代表之一。

"你就是李月莺？"

小月莺点点头。她突然回想起那次在教育厅门口问她话的正是纪公泉。她在开始还不认识他，还以为是一个不知从哪儿冒出来的糟老头子。虽说是糟老头子，给她的印象却很深刻：长得很精壮，戴着一顶八角帽，穿着一身中山装，走起来慢慢腾腾，说话也很和气，但还是有着一种居高临下的不怒自威。

"你的哥哥叫李潇民？"

"对呀，您怎么晓得的？"

那次，这个中山装老头却又是认真地问："为什么反对会考制度呀？"

小月莺连珠炮似的说道："学校已经有了毕业考试，现在加上了会考，这不是增加学生们的负担吗？"

纪公泉不由得啊了一声，自言自语："原来如此。"然后，沉吟一会儿，又与小月莺说："这些日子的活动，有没有什么坏人在背后指使呢？"

小月莺一听就来气，整个太原女子师范学校的所有师生都起来了，都在关注着九一八带来民族危亡的问题。如果说，背后真的有坏人指使，那他们也铁定就都是坏人了。那么举国掀起的抗战呼声，又算是什么呢？她的耳边依然是街头的喧闹声，还有夹杂着的口号响了起来。她带头吼喊的时候，总是站在高处，要不然就是跳起来，站在其他男校两个小伙子的胳膊上，让那汾河哗啦啦的流水声变成狂风中的浪涛。那是北风卷入圜圈马场时的呼啸，以及马蹄在大地上的拍打，还有轰隆隆的高空滚雷，席卷而过。可是，她有些疲惫，身子酸麻，后背倾斜，一如跃马扬鞭的模样。头顶上的阳光随着狂风在飞舞，一轮初升的太阳，还没有太过耀眼的明亮，却是红彤彤的，让天际处充满希望。她陡然觉得一切暂停了，背后的喧闹变得十分遥远。无论你身处何方，生命之光依然在支撑着你的世界，即便此时此刻只是需要你的这一声吼喊。

"我们的背后就是四万万五千万同胞。"

纪公泉看着小月莺一只手里各舞动的一面小旗，只见一面小旗上写着"救亡"，一面小旗上写着"爱国"。

一个在教育厅大门外的中年胖子巡警，不由分说想抓小月莺，被纪公泉挡住了。

"这些都是一些十四五的小孩娃，一个个还在读书的学生，别在教育厅门口抓人！"

中年胖子巡警转身对纪公泉毕恭毕敬地说："纪厅长，您怎么也关注这种事情呀，学生背后肯定有匪党势力……"

纪公泉立马说："这么小的孩娃，听都没听说过什么匪党。"然后，他转而对小月莺说，"赶快回家吧，你看你哥李潇民来接你来啦！"

小月莺还想分辩，甚至还想做一个长篇大论的即兴演讲，可惜，李潇民气喘吁吁地赶来了。他骑着一辆十分洋气的自行车，背后还挎着一只鼓囊囊的大皮包。他的高高脑门上，有一绺头发飘飞着，从轻快的上身到双肩，以及胳膊腿都是充满力量的，一件白衫在风中鼓起来，却是有了一种迟滞感，仿若有些话无法与她说。他的双手扶住车把，脚尖踮在地下，一双闪烁不定的眼睛在打量着她，仿若完全不认识似的。

"哥，你来干什么？"

"爹娘晓得你随着学联代表团来到教育厅门口闹事，急得都不行了，我刚回家，他们就追着我来找你，赶快回家！"

"哥，我不回去，我又不是三岁小孩了，我们这是在争取自己的权利……"

纪公泉身后又出现了纪朝轩，一身洋衫，飘飘欲仙，一脸笑吟吟地与李潇民打了招呼，然后才对小月莺说："听你哥的话，赶快回家，形势会急转直下的。"

李潇民问："朝轩，怎么了？"

"很快又要抓人了，阎锡山的总督府下令，凡是参加活动的，不管明面上的人，还是背后的人，都得除恶务尽，一网打尽。"

小月莺质问："除恶务尽，我们是代表着恶势力吗？"

"这个，没人和你们学生讲道理的，主要是要抓你们背后的共产党……"

小月莺有些狐疑地问："谁是共产党？我吗？"

纪朝轩看看李潇民，然后说："情况要比你想象的复杂……"

冀公馆后花园网球场上，纪公泉与李潇民打完球之后，走到小月莺跟前，开门见山地说："小月莺，你已经上了总督府的黑名单了。我再三担保下，他们才没抓你，先让你哥带你到冀公馆，你立马跑路才是上上策。"

"跑路？往哪儿跑哩？"

3

正说着，冀公馆的管家赵叔带来一个戴着礼帽墨镜和穿着长风衣的男子，先与纪公泉紧紧握手，然后又与纪朝轩点点头。紧接着，他看着李潇民，感觉有些面熟，但又确定未曾见过。纪公泉连忙说："这是我家犬子朝轩经常说起的李潇民，哈佛双料博士，现在山西大学堂里当教授呢。"

李潇民有些狐疑，就听纪朝轩向他介绍："潇民，这位就是我向你推荐过的中国银行总裁张公权博士。"

旁边的小月莺和刘佳慧向来客点点头。张公权摘掉礼帽之后，露出光溜溜的脑门，一张方脸，目光如炬，却是憨实的表情。

"早有耳闻，早有耳闻。我在东京庆应大学时就与纪公泉老先生有了来往，民国十七年，我在担任中国银行总经理时，纪公泉老先生就推荐你啦。你与朝轩又是好朋友，听说你在太原这边高校里干得不太如意，是不是呀？"

李潇民见张公权说话直截了当，不绕一点弯子，也是求贤若渴。虽然如此，李潇民并不想离开太原，毕竟这里离爹娘近，两个妹妹也都在太原；再说，离石的李府遇上大事，还得他和爹去照应。纪朝轩一直在向张公权推荐李潇民，今日一见这个经济和法律专业的哈佛双科博士，果然了得，两人一见如故，竟然确定让李潇民去天津分行当一个管事的常务副经理。与此同时，张公权这次来太原也是为了一大笔省里的贷款。他随着专家组过来有两日，而这次忙中偷闲来冀公馆，也是为了把李潇民招到他的麾下而来。

李潇民在高校里任职之后，一开始就按照哈佛的专业课来设置流程的，可惜，他所带的班级里有不少新生跟不上，说是根本听不懂。这就尴尬了，一个堂堂的哈佛双料博士，简直应该是在高校里当教授如鱼得水、探囊取物，可是偏偏还就是不行，反倒是那些海外回来的野鸡大学的假博士一个个比他能钻营，获得校方的赏识，甚至也能与一些个喜欢搞钻营的学生同流合污。这就让李潇民很苦恼。他面对张公权的邀约，还是犹豫不定，反倒是张公权已经把一份早已准备好的任职聘书从皮包里掏出来。

"还在犹豫什么呀？天津分行的待遇是你现在的两倍，入职半年后，还可以再提高……"

李潇民接过了任职聘书，然后递给了小月莺。"这是我的妹妹李月莺，我想将来让她去北平读大学。"

"唔，好呀，天津离北平很近的，也就个把来小时的车程，方便得很，到时也可以把你父母都一起接过去嘛。"

李潇民听了张公权这话，就一下子像是吃了定心丸。张公权还专门跑去山西大学堂听了李潇民的半节课，中间休息几分钟就告辞了。李潇民的经济课视野开阔，观点独到，有着扎实、严谨的学风，这让张公权很欣慰。加之，由于有了纪公泉厅长对小月莺的担保，还可以缓和几日，甚至有可能取消对他妹妹的抓捕。这就让他次日还有去上课的时间，张公权跑去山西大学堂听他课的佳话，也有口皆碑了。

小月莺先还很紧张，但由于年龄太小，也只是听从爹娘和潇民哥的安排。纪朝轩也说，他父亲又向警察局打电话，好像小月莺上黑名单的事情暂时能缓缓，不过，也说不好，随时有变，等通知吧。

"等通知？"

李潇民看到小月莺还是不放心，就说："一旦有变，哥会带你先离开太原的。去北平见你嫂子，然后我去天津任职。"

"哥，我还想考太谷铭贤中学。"

"那就考吧。"

"哥，你觉得我能考上吗？"

李潇民看着稚气未脱的小月莺，就说："我觉得能考上，你的基础课很扎实，再说，考不上也没关系，有哥养活你呢。"

一旁的刘佳慧也说："不要犹豫，现在还没考，就患得患失，我相信咱两个都能考上……"

"是的，听说包娜娜也要考，不如一起去吧。"

"包娜娜有她爹的雪铁龙，咱俩和她相跟不在一块。咱们走咱们的。"

就这样，小月莺的逃离计划暂时推迟了。接下来，她与刘佳慧一起去了一趟太谷铭贤中学参加高中的入学考试。结果她与刘佳慧都考上了。包娜娜倒是兴师动众地由她爹开着雪铁龙去送到太谷的，结果没能考上。而李文祺和吴秀兰夫妇得知小月莺考上铭贤中学，九月入学，到时他们就回离石的李府老宅去住。

于是，这才有了接下来柳巷大戏院里惊险的一幕……

4

在绥西垦业银行不远，还有晋美大百货、龙城书局、晋阳饭庄，尤其在柳巷的一座明清牌楼下，小月莺和刘佳慧一起转悠，等着看晚场的晋凯大戏院里的《玉堂春》。这出戏，小月莺听爹娘谈起过，尤其曾姨娘还常常给她唱几句，不过，不如何彩花在李府戏园子里时唱起来更有韵味。小月莺还是喜欢曾姨娘唱的版本，有着北路梆子的味儿。而何彩花虽是唱的晋戏，却在唱腔里有了几许榆林道情的成分。小月莺拉着刘佳慧的手，从龙城书局走出来，就哼唱起了几句曾姨娘当年哼唱过的唱词。那还是在李府里的小姐楼，从后窗户望出去，能看到李府戏园子里后台的布景。刘佳慧也觉得小月莺发痴的模样，有点梨园伶人的气质。

> 苏三离了洪洞县，
> 一路起解赴太原。
> 阳春三月花似锦，
> 我的心底如冰炭。
> 久居监禁不知暖，
> 骤见明媚更心酸。
> 鸟儿啊呀，鸟儿，
> 能否为我把信传？

十四岁的小月莺想起了七岁时在李府与曾姨娘在一起唱《玉堂春》的情景。唱着，唱着，后窗户戏园子里后台排练的何彩花则接着曾姨娘的唱段又续上了继续唱，直唱得曾姨娘眼泪汪汪。她与曾姨娘在那架雕刻着牡丹花和月季花的大床上坐着，四个角上有立柱，上了新漆，床的边侧还有橱柜，拉开抽屉，里面放着胭脂膏子、小圆镜子、小剪刀，还发现一个有着曾姨娘的爹娘的小相框。小月莺两手把住靠近外面的床柱子，来回晃悠着。窗户上贴着两张一左一右的红剪纸，一边是猪八戒背媳妇，一边是鸳鸯戏水。她兴奋地听着曾姨娘讲着雁北娶亲拜堂的一些奇闻逸事。

"曾姨娘，你哭了？"

"小莺子，我就要不是你的曾姨娘了……"

"为甚嘞？"

"曾姨娘要走了……"

"曾姨娘也要和苏三起解一样被押往太原府了吗？"

"小莺子，你就叫我一回姐姐吧，你要晓得，我比你的云莺姐，还要小……小两岁……"

"可是，爹娘说，你是我的曾姨娘呀。"

"我就要走了，这次走了，就再也看不到小月莺了……"

小月莺见流泪的曾姨娘这样说，突然心里很痛。她们互相依偎的身体分开了。幽暗中闻到一股梦幻的气息。冬日荒草和冰雪的气息弥散着。头顶上的天窗突然被一阵大风掀开了。小月莺迷蒙中仿若又回到那次磨坊里看到的情景。爹的双手抱住曾姨娘，仿若抱住的是刚满月的一个婴儿——而那个婴儿，应该是小月莺，而不应该是她。她在那时突然间变成了一个不谙世事的婴儿。在更远处的川道里，一片开阔的原野上，有着红蔷薇和黄菊花，还有粉嘟嘟的紫色喇叭花。东川河里的青蛙一直在叫个不停。

"姐姐，姐姐，曾姨娘姐姐……"

小月莺这样叫的时候，竟然又把曾姨娘逗乐了："姨娘是姨娘，姐姐是姐姐，不是一回事。"

"姐姐，那你答应我，不要走，永远也不要走。"

那时曾姨娘可能早已抱定跳东塔楼的决心了。可是，她这决绝的一跳，让小月莺心痛不已，以至于一年多都没能走出这个阴影。后来，爹娘不晓得从啥地方给她抱来一只流浪狗，看上去毛色说白不白，说灰不灰，眼神里流露着一种祈求，但伸出的一只前爪满是伤痕，右后腿有点一瘸一拐，尾巴却卷起来，不时还摇几下。这让小月莺想起了在洪山村放走的鬈毛小狼。最初常翠花来照料这只流浪狗，后来就跟在小月莺身后形影不离了。有时，它会跑到大灶上偷着吃东西，老太爷李有德让常翠花在南关集市上买的两只鸡，还没下锅，就被叼走一只。有时，它会独自跑出去好几天不着家，小月莺给它起了一个叫来福的名字，可是它并不安分。来福在李府里折腾得鸡飞狗跳，引得外面的流浪狗在后院柴房里上蹿下跳，没多久就生下了五六只杂毛小狗。后来，爹娘偷偷把来福送人了。可能这也是爹娘要带着她离开李府到太原上学的原因之一。当时的曾姨娘就像一个来福一般，或如没爹没娘的水崎秀子（何秀子），或如被卖过童养媳又被小月莺爷爷李有德赎回来的杨花花。她们两个，当年一个五岁，一个和小月莺同岁。如果现在遇到，估计何秀子十二了，杨花花和她同龄，长得不能说超过她的高个头，但也和刘佳慧差不多了。这样想着，小月莺就让刘佳慧站住，当街和她比试个头。刘佳慧比她矮一寸左右。

刘佳慧则不干了，嘟着嘴："干什么？干什么？有话不在干吼，有理不在身高……"

"你这又是强词夺理，不过，你还是比我矮，估计你一天多吃一顿饭，多吃二两肉，会很快追上我的。"

"看把你能的，刚才还哭眉竖眼地唱《玉堂春》，现在又开始忘不了讽刺挖苦人啦？你也晓得我不吃肉，只吃素，故意气我吧？"

小月莺赶紧赔不是，看到大戏院门口开始有人检票陆续进场了，就立马也进去了。没想到，一开锣，主角一上场，又让小月莺惊呆了。台上出场的苏三竟然是何彩花扮演的。这让小月莺有些激动。

原本唱完戏，李文祺在大戏院外等着小月莺，但左等右等还是没出来。小月莺与刘佳慧钻到了后台与何彩花见面去了。何彩花在这里见到小月莺，也是很高兴，把何秀子与杨花花叫出来了。

"秀子，花花，你们看，谁来啦？"

何秀子、杨花花一上来就抱住了小月莺。刘佳慧站在一边看到何秀子、杨花花都是戏装打扮，不由得感叹："这么小，就会唱戏了。"

何彩花就说："当年秦国甘茂之孙甘罗十二岁就出使赵国，秦王嬴政授他上卿啦。何秀子、杨花花虽然是碎娃娃的脾性，但学戏上路，一穿上戏装就入戏了，比烧火棍的劲头还大，蛮实诚的。她们学旦角折子戏很快的。"

小月莺没想到何秀子这么快就上了戏路。曾记得何秀子还叫水崎秀子的时候很胆怯的，不用上去走台了，就是让她与小月莺一起见李文祺和吴秀兰，都会瑟瑟发抖。

"秀子，你害怕甚嘞？"

何秀子给小月莺讲过白瑞德收养她之前的故事。这个故事也是白瑞德目睹法尔定牧师夫妇和他们三个幼小的孩子被杀的情景之后，才到处游走不定，也才有机会收养了水崎秀子（何秀子）。而现在水崎秀子改名何秀子之后，不仅成为何彩花和六指的养女，还开始走台学戏，像模像样，让小月莺一时间刮目相看。

"秀子，你以后有何打算？"

何秀子看看何彩花，然后答道："以后跟着干娘和干爹回陕西呀。"

杨花花说："我也要去陕西。"

"你姐答应吗？"

杨花花又说："我姐连她自己也顾不上，还能顾我，我跟着何姨学唱戏比给财主当童养媳强。"

何彩花的花魁形象，让小月莺觉得舞台很魔幻，它可以把一切现实变得浪漫化，甚至在一阵比一阵激烈的鼓点和敲打中感受到一种震撼心灵的力量。

"这次见罢，也不晓得甚时候再见面嘞。"

5

穆占山从穆旅长一跃成为穆司令之后，仍然对何彩花抱着一种执拗的想法。何彩花前夫孔鸿盛被穆占山当场击毙，依然没有解去他的心头之恨。何彩花逃到离石李府戏园子唱戏，让他不是滋味。随后，穆占山听说何彩花离开李府单干了，这次在太原柳巷的晋凯大戏院里唱《玉堂春》，更让他觉得何彩花已经成为梨园界里的头牌花魁了。

穆占山在前排看戏的时候，有意引起何彩花在唱苏三时的注意力，可惜何彩花太投入了。台子上灯光一打，她看到台下是黑压压的一片，根本看不到是谁又给她打赏，甚或穆占山派勤务兵把白花花的大洋送到了后台，她根本不晓得。何彩花的化妆间里已经有了穆占山送来的一个最大的花篮，而且还有一个热气腾腾的夜宵瓦罐汤。一开始，何彩花并不晓得是谁送的，每场戏都有这样的票友来捧场子，而直接送上来五千大洋，还是很少见的。这夜宵罐子里是何彩花最爱吃的绵羊肉加黄萝卜馅儿包的榆林汤扁食。

小月莺与刘佳慧走到后台化妆室门外，就见穆占山带着两个勤务兵迎面而来。她俩站在一旁，盯住穆占山的两个勤务兵守在化妆室的门口，一会儿工夫，穆占山就一只手揽住何彩花，一只手拿着一把勃朗宁手枪，嘴里叫嚣："敬酒不吃吃罚酒，这次就不客气了，陪老子走一趟吧，不会影响你明后日的演出。"看到这一幕，小月莺就惊呆了，连忙拉着刘佳慧到戏院大门口找李文祺，可是没看到，等看戏的人走得差不多了，才发现李文祺从检票口那儿出来。

"爹，何姨要被坏人抓走了？"

李文祺看到小月莺这么着急，就问："这是怎么回事？"

"爹，你先别问了，救人要紧，坏人手里有枪。"

正在这时，猛听到后台那边传来一声枪响。李文祺是职业军人出身，不由得发出一声："不好——"然后，就赶忙向后台那儿跑去。

穿透这凝重的夜幕，闻到一股烧茄子烧煳了的味道，却又不像，仿若七岁那年三猴子们烧麻雀时的混乱感觉。头顶的天空有几颗很遥远很稀疏的星星，却是看不到让人心动的月亮，脚底下如同碎裂的水银，咂咂响着，让人揪心，跑起来摇摇晃晃。再往远处看，李文祺的背影带着一股神奇的旋风，甚或有着星火一般的光亮，在这凄清的空气中轻轻地抖动着，宛若幽暗中有一只巨大的手掌在不停地托举着跳动的心脏。

小月莺和刘佳慧跟在后面追，不一会儿，就在前面不远看到了穆占山依然搂住何彩花，地下则倒着一个人。

"六指，六指，你醒醒！"

何彩花挣脱开穆占山的胳膊，弯下腰扶着六指起来。

"穆旅长——不，穆司令，上次在榆林，你就打死了我的未婚夫孔鸿盛，这次你又对六指下了黑手，你休想让我屈服！"

穆占山嘿嘿两声，抬头望望黑沉沉的天，又在地上跺了两脚，然后才说道："甚的六指，老子还正儿八经的十指哥嘞，你的这只右手是六指吧？好，我这就给你扳掉一根，让你右手的六指立马恢复到正常人的五指，成为五指不好吗？老子这就积德行善一回。还就问你服不服？"

六指左腿中了一枪，穆占山这次只是吓唬吓唬他，并不想像上次打死孔鸿盛那样把事情做绝。他上去又狠劲扳住六指的那只右手，只听嘎巴一声，一条小拇指旁边多长出来的指头被嘎巴一下就扳断了。还没等六指反应过来，穆占山就在手指扳断的地方手起刀落，一截小拇指旁边多余出来的弯指头就飞落出去，血淋淋地掉落在脚板底。六指忍受着剧痛，用牙齿撕掉一截衣袖来包扎好断了指头的伤口，又摇摇晃晃地站立起来，护住了瑟瑟发抖的何彩花。

"穆司令，你有本事就再开枪呀，往致命处打呀，反正我今儿个也豁出去啦！——你为何要一次次伤害何彩花？"

"你问老子，这话你应该去问何彩花哩，如果她早一点识相的话，你也不会做这种替死鬼。"

何彩花嗫嚅着说："穆司令，你放过六指吧，我不让身边的人做我的替死鬼，你要我走，我……我……这就跟你走……"

"我要让你今黑间陪老子睡……"

"你让我陪也可以，但你必须放过六指……"何彩花的心很痛，只要是她爱的男人，都会遭到穆占山的一次次报复。她的眼前一阵发黑，仿若所有的路都消失不见了，一直下坠着，通向了黑暗的深渊。她伸出手去死死拽住一条飘荡过来的藤蔓，可是没有拉住，一下子脱了手。她感觉到拉脱时手掌刺辣辣的疼痛，皮肤被拉开后一道道血印子在不断地洇开，而且扩散着。她清晰地看到了自己童年时打柴遇险的一次画面，差点被饿急了的老狼给吃掉。她跳入深涧时一下子抓住了一根意外飘来的藤蔓……

"当初在榆林，你听上你那死鬼未婚夫孔鸿盛瞎跑甚嘞？跑来跑去，你终究也跑不出如来佛的手掌心，再说你也没有孙猴子的七十二变，一个筋斗也翻不了十万八千里，隔着一个黄河，从榆林追到离石，再追到龙城太原，对于老子穆司令来说，如同探囊取物。嘿嘿，你早听我的话，也不至于闹到现在这么难看……"

六指拉住何彩花说："彩花，你别听他的，你走了，还能再回来吗？"

正在这个当口，李文祺赶到了。他首先趁着穆占山不注意，把旁边发愣的一个勤务兵的盒子枪下了。勤务兵想从李文祺胳膊弯下滑脱，但还是被一把抓住了。李文祺用枪口对准穆占山。

"嘿嘿，离石李府家的二老爷呀，你怎么也跑到太原来了，怜香惜玉、打抱不平啊？"

"穆司令，在总督府所在的太原，你一个地方的城防司令，这样蛮横无理，不觉得有失身份吗？你跑到太原来干甚？"

"我怎么就有失身份了，你管我来太原干甚嘞？我这是新账旧账一块算，你晓得甚嘞？我与何彩花的那层关系，你也想听听？别再多管闲事啦！小心老子对你不客气！"

李文祺厉声道："何彩花曾是我家李府戏班子里的旦角，你光天化日之下欺负她，还不让我管管吗？"

"你管可以，你要掂量掂量你自己几斤几两？"穆占山说着，挥枪照着六指旁边的台阶又是两枪，碎石飞溅。

李文祺没开枪，而是趁着穆占山拉何彩花的工夫，一把就从侧后打掉穆占山的勃朗宁手枪，然后又三两下就把何彩花拉到了他的身边。何彩花则去呼喊地下的六指，而六指快要不行了，下腹大腿根儿中枪处直往出冒血，用头巾捂住伤口还是不行，人已经开始直捯气了。

六指说的话，竟然与当年孔鸿盛说的话一样："别管我啦，彩花，你快跑！"

何秀子和杨花花也从后台跑了出来，也是吓呆了，不知所措。小月莺和刘佳慧过来，安抚着她们。

6

刘佳慧记得在太谷福来客栈的那可怕的一幕，原本小月莺起夜，去上茅房的时候，虚掩的门上偷偷溜进一个偷儿来。这个偷儿不仅仅是偷取财物，大概趁着客房里只有她一个还企图偷人呢。刘佳慧沉睡间，却感觉有一个什么东西在压着自己的腿，而且越来越沉重，有一种窒息的感觉。也不晓得是怎么回事，她只是在重压间感觉到两腿之间挠动着，如同一只猫爪子在捕捉，就觉得是小月莺睡觉不踏实，压到了她这边。刘佳慧翻了一个身，倒是稍微能够好一些，可是又突然感觉大腿内侧处被捏了两下，紧接着又是不停地捏着，竟然让她陡然间梦到了白天送她和小月莺来铭贤中学考试的李潇民。正在捏着捏着，刘佳慧听到了粗重的呼吸声音，这让她迷蒙间更觉得不可思议。李潇民不是住在隔壁房间吗？昨晚临睡前，他还嘱咐了她和小月莺一句："有啥事情，就起来喊一声，我就在隔壁房间。"刘佳慧和李潇民早就确认过眼神，正要再说什么，李潇民却是与小月莺说："莺子，黑间睡觉要当心点，出了门，出来进去都要关好门。"

粗重的呼吸就在刘佳慧耳边，而且一张厚实的大嘴一下就堵住了她的嘴。她发现有一个男人说话声发着颤抖，而且结结巴巴，根本就不是李潇民——那会是谁呢？这一激灵，让刘佳慧呼地一跃而起。一个陌生男子竟然上了她的床，而且硬拉着她的一双手向他的两腿间塞去。这时，灯亮了，门外进来刚上完茅房回来的小月莺。见此情景，她就哇哇大叫："潇民哥，潇民哥，快来呀，有坏人闯入我们的房间了。"这一叫喊，让刘佳慧也完全清醒过来了。她看到那个陌生男子褪下裤子，裸露着下身，还想抓住她的手去摸那黑幽幽的裸露处，被刘佳慧猛地挣脱他压住的双腿，然后就是一脚踢了过去。只听一声惨叫，那个陌生男子跳下床，妄图夺路而逃，结果被赶来的李潇民给堵住了去路。这个家伙又返回来，竟然扯下窗帘，一把罩在李潇民头上，然后趁机就侧身跑了。

小月莺把罩在李潇民头顶上的窗帘给拉下来。李潇民又要去追，被小月莺拉住了。穿着睡衣的刘佳慧竟然跳下床，一头扑到李潇民怀里，哭道："潇民哥，你别追，我害怕！"旁边的小月莺则回头张望，那个偷儿却早已不见了踪影。小月莺看到李潇民有些不自在，回头看着什么。于是，小月莺就对刘佳慧说："佳慧，让我哥回屋睡觉吧，明早还要赶路呢。"刘佳慧这才明白过来，但她体会到一种异样的感觉。等李潇民回屋之后，小月莺悄悄问她："佳慧，你是不是喜欢上我哥了？"刘佳慧吞吞吐吐，却不说喜欢，也不说不喜欢。过了一会儿，小月莺从随身带的挎包里拿出了未来嫂子朱星桦新近从北平给她写的一封书信让刘佳慧看。

原本刘佳慧的性格很活泼，有一双忽闪着长睫毛的丹凤眼，刚进入太原女子师范学校初中班的时候，她就和小月莺自来熟。而在今晚，她穿着紫色的紧身睡衣，腰里束着一根长带子，显得身材灵动。在危难之际，她竟然突兀地钻到李潇民怀里。"潇民哥，不会生我的气吧？"小月莺对刘佳慧说："怎么会呢？潇民哥当然不会生气。我的嫂子在北平女子文理学院经济系读大三，给我写过两三回信哩。"小月莺不由自主地用了曾姨娘的口头禅："怎么会呢？"也就叹了一口气。刘佳慧垂下头来想，那次在小月莺家，后来又在纪公泉厅长家，都见到过李潇民，这让她不能自已。

"小月莺，你叹气了。"

"我不是为你叹气的。"

"那你为谁？"

"说了你也不晓得，有空我再给你讲讲曾姨娘的故事……"

"曾姨娘？"

"曾姨娘和我，和你，都有点像……"

"那你讲呀，讲细点，我想听……"

"可是，曾姨娘又和我，和你，不完全像，只是我觉得过了很久很久，却一直缠绕在我的心头。"

"为何会这样？"

"我们可能还小，无法体会曾姨娘的这种绝望……"

"可是，我早已体会到了。"

"那你是早熟……"

"小月莺，你在笑话我吗？"

"我不笑话你，虽然，我和你都考上太谷铭贤中学，可是，我总是觉得有很多难以把握的东西……"

"是命运吗？"

"也是，也不是。"

"小月莺，我觉得你很像一个人……"

"谁呢？曾姨娘吗？"

"不全是曾姨娘，我觉得你会是简·爱。"

是简·爱吗？是曾姨娘的奢望吗？能体会到这种曼妙的感觉，仿佛做梦，却又是实实在在的触手可及。不是李潇民搂住她的，不是！但刘佳慧还是在那一刻感受到浑身的灼热难忍。她扑到自己所爱的人的怀抱里就不再孤独了，可是她对小月莺说过，她那小业主的爹娘让她续弦给刚死了太太的包娜娜的爹，包娜娜对刘佳慧的态度一下子变了，由以前的热络变为冰冷，甚至充满了敌意。

那时候，屋外响起了拉二胡的声音，吱吱呀呀地叫着，仿若她们心底的吼喊。每一声都是那么尖锐而又平缓、痛切而又忧愤，随着激越的高调，展开的是不紧不慢地行进，然后是来回拉动时的相互更迭的频率提升。就像一轮新月升起来，在夜空中发出清洁的光芒。即便黑夜是如此漫长，也会让你不再害怕，反倒又有了更多燃烧不尽的心火，应和着四周的天籁之音。你会听到万籁俱静时的窃窃私语，汹涌的汾河在奔腾而下，以及耳边呼啦呼啦的风声盖过了二胡的演奏……

"娜娜，我也不想给你爹做小……"

"佳慧，你别说了，下元你家我也去过，大冬天的进去你家，如同进到冰窖里，数九天也不生炉火……"

刘佳慧并不是羡慕包娜娜她爹的雪铁龙。相反，她是喜欢一种脱俗的浪漫生活。尤其刘佳慧在认识李潇民的时候，就有了一见钟情的感觉。小月莺晓得这只是刘佳慧的一厢情愿，她都把未来嫂子的照片拿给刘佳慧看过。

刘佳慧总是在梦里体会到这种爱的震撼。那时刻，她与他紧紧贴在一起。这个他，萦绕在她的睡梦里，每时每刻，有点像李潇民，却又完全不像，只是真实中的李潇民很突兀地被她搂在那儿。

这个画面完全不真实，只是一种梦魇。可是，刘佳慧并不能够肯定这一点。

"小月莺，你晓得吗？我就在下元的家里，辗转反侧的时候，都是潇民哥的影子……"

那是一种紧紧贴在一起就能融为一体的感觉。脸贴着脸，然后就吻住了。这是最为甜蜜的时候，心跳加速了。他抚摸她的脸，然后一只手搂住她的脖子，一只手搂住她的后腰，不停地摇来晃去。她喜欢这种只有睡梦中的默契，可惜，她就要给一个五十多岁的有钱老头续弦了。这就是一种宿命。潇民哥并不属于刘佳慧的生活轨道，他属于另一种让她可望而不可即的可能。这就让她绝望。

"潇民哥，你等等我！"

可是，梦中的李潇民没有听到刘佳慧的呼唤。他有着他的方向。然后呢？

"小月莺，你哥说你越来越好看了。"

"好看什么呀，好看又不能当饭吃。"

"潇民哥说，吃饭是为了活着，可是活着不是为了吃饭。"

"不为了吃饭，还会为了什么？"

"爱。爱的信仰。"

"佳慧呀，你这个，想得越来越深奥了。你是不是要做女版的尼采呀。"

"什么尼采，那个疯疯癫癫说上帝死了的尼采吗？我才不喜欢，我还是喜欢简·爱。"

"说来说去，绕了一大圈，又回到了原地。"

"人生就是原地踏步。"

"别这么悲观。"

"我就要悲观，我考上铭贤中学，我爹我娘也不会让我上的，让我给包娜娜的爹做小，我还不如去死呀。"

"什么死呀、活的，佳慧你可别吓唬我？"

"谁吓唬你了，我说的是真的。"

小月莺就在刘佳慧的额头上拍了拍，有些发烧，却又不像，手上沾了一些热热的汗水。她突然想起在家吃饭的时候，李文祺严肃的模样，总是不让她敲筷子。怎么不让敲筷子？吴秀兰说，敲筷子讨吃一辈子。小月莺就说迷信，她不相信爹会这样。李文祺就说，爹这不是迷信，是吃饭敲筷子，哪儿像一个姑娘家呀。他还说她嘴里嚼东西时别出声，老这么吧唧嘴，习惯成自然，到时怎么嫁出去呀。她说爹也这么看呀，那我还就不嫁呀。嫁给谁呀？爹你说嫁给谁？谁会要你这个想着上天入地的疯闺女？李文祺就笑了，说没人要，爹养你一辈子。咋啦？不过，爹还是觉得闺女家要站有站相、坐有坐相，要不然就不是我李文祺的闺女了。说到这些，刘佳慧就跟着小月莺一起哈哈大笑。

"假作真时真亦假，无为有处有还无。"

"你快成女版的曹雪芹了。"

"我不愿意自个儿是简·爱，我也不愿意自个儿是女版曹雪芹，我只愿意做独立的自己。"

"可是，我都无法把握自己的命运。"

正好小月莺拿起了一本书，上面有一段高尔基的《海燕》，就大声读了起来：

"这是勇敢的海燕，在闪电中间，高傲地飞翔；这是胜利的预言家在叫喊……"

小月莺在屋子里走着，高声朗读《海燕》。而她记得在家每次喂养的三只小鸡见到主人如此，也忙着不睡觉了，竟然从一旁角落的鞋盒子里突然跳跃了出来，一如她现在朗诵的海燕，在她脚板底扑腾扑腾着，像要飞起来，却是飞不动。它们跟在小月莺的身后，咯咕咯咕地叫着，啄着鞋后跟的泥点子，就如它们白天在院门口吃水沟里的小虫子一般。它们做着她的跟班，甚至任何时候都不怕她，甚至还在她端着饭碗蹲在院子里时，呼啦展开翅膀跳将起来，与她争吃筷子上夹的一根青菜抑或一片炒肉。一顿饭吃下来，小月莺自己没吃多少，倒是端出来的一碗饭菜把三只小鸡给喂饱了。然后，她还很有耐心地喂它们喝水。当她嬉闹着和它们玩耍时，就一下子忘记了所有的烦闷。可惜，这三只小鸡被炖熟了，有一天端在了饭桌上。小月莺不愿意下筷子。她看到自己养的三只小鸡被炖成了香嫩的鸡块，就难受极了。

"让暴风雨来得更猛烈些吧！"

"然后呢？"

那时，天已大亮。李潇民在屋外敲门。小月莺要过去开门，刘佳慧抢在了她的前面。

"潇民哥，你起来了。"

李潇民有些不自然地笑了笑，然后说："一直没睡，怕你们这屋再发生甚的事情哩。"

"潇民哥，给你添麻烦了，让你后半夜没睡好。"

"这个，没啥呀，莺子和你都是我的妹妹，应该的。"

一边的小月莺不干了，连忙插嘴："哥，你啥时又认了妹妹啦？"

李潇民就莞尔一笑，露出白牙："佳慧第一次来咱家，我就把她当作和你一样的妹妹了，怎么？莺子，你嫉妒呀？"

"怎么会呢？哥，你这么大度的人，难怪我星桦嫂子那么崇拜你呢。"

刘佳慧低着头，过了一会儿，竟然双眼注满泪水："潇民哥，谢谢你，我也和星桦嫂子一样，很崇拜你！"

李潇民有些不好意思了，说了一句："现在，别一股劲叫星桦嫂子，还没结婚呢，叫星桦姐吧。"

"好的，那我们一起吃早饭去吧。"

只是这种隐秘的默契仅仅存在于刘佳慧的虚幻想象之中。无尽的玉兰芬芳，浸染了春天的温度，粉红色的花蕊里有了微微的震颤和清澈的流淌，只能在稍纵即逝的梦幻里驻留着刻骨铭心的销魂和幸福瞬间。她在春梦里醒来，却又回望那些曾有过的凝视，她闭紧了双唇，贝壳一般地开启，却是云海里的别有洞天。在她的想象里，他总是紧紧追随着她。她闭着双眼张开嘴巴地深呼吸，腰身被突然间托举，听到他喉咙处发出嘶嘶的叫声。他贪婪地呼吸着，却是无法体会到的一种渐行渐远，让她还未说出自己的心事就已经诀别。

第十章

李府内外

1

农历七月十五，也是离石城东关街里赶庙会的日子。

说是庙会，其实就是一个大卖场，四方来客熙熙攘攘，而且李府还要在东关后半截子街尾搭台唱大戏。这次免不了何彩花的戏班子出来挑大梁。

何彩花的戏班子从龙城太原的晋凯大戏院回来之后，一蹶不振。六指被无法无天的穆占山接连两次开枪，都未能击中致命处，送到柳巷附近的仁爱医院救治，也很快就出院了。穆占山也不想再像上次在榆林那样闹出人命。上次何彩花的未婚夫孔鸿盛就被穆占山打死的，这次在晋凯大戏院闹了那一出之后，他就销声匿迹了。不过，也得多亏李府二老爷李文祺及时出面，六指下腹大腿根儿虽然中枪，右手也被扳掉一截指头，但是未殃及要害部位，只是流了不少血，当时的捯气，也是心里为何彩花担心所致。穆占山领教了李文祺的好枪法，见他出面，也就没再骚扰何彩花了。天下那么多女人，为何他穆占山要看上何彩花这样一个女伶呢？六指能够起死回生，也是因为李文祺家的马车正好停在晋凯大戏院门外停车场上，原来是要接送小月莺和刘佳慧看戏后回家的，却是在这种时候派上了用场。李潇民的好友纪朝轩帮了大忙，联系到就近的仁爱医院的柳大夫，对六指的伤口及时进行了手术处理，才得以转危为安。

何彩花对李文祺说："人们都说，李府里就数二老爷仁义了，今日发生的事情，让我感激不尽！"

"说甚嘞，一家人不说两家话，毕竟你在李府戏园子里待了那么多年，没有功劳，也有苦劳……"

"唱戏挣生活，那叫个甚的功劳呀，只是你的仁义与大老爷比，怕是天壤之别哩。"

李文祺也早已得知老大李文举早些时候隔三岔五骚扰何彩花的恶行。何彩花当着他的面这么一说，他却不好意思了："也是我当老二的，没能及时制止老大的荒唐行为……"

"二老爷，你说甚嘞，那些事，也怪不得谁，只能怨我自己不小心。再说，你也经常不在家。"

所以，这次离石城东关庙会唱大戏，何彩花原本没有一点心情，六指虽然中枪没有大碍，但也需要一段时间静养。当李府三老爷的小夫人崔巧巧专门坐了一乘软轿来交口镇请她的时候，她开始是推拒的。

崔巧巧问道："彩花姐，这次在龙城晋凯大戏院的演出，我在《晋阳日报》上看到你的大照片啦！"

何彩花连忙把崔巧巧拉到她的会客间，也就是里屋睡觉的外面一个小隔间。六指则在另一个屋里养伤。

"这次幸亏你家二老爷，要不然能不能回来，还两说哩。"

"发生甚事了？"

何彩花没有细说，只是对崔巧巧表达了感谢。然后，就是难堪的沉默。过了许久，何彩花才问："老太爷和老夫人的身体怎么样？"

"老太爷还好，腿脚不利索了，但身体并无大碍。老夫人受到风寒，倒是这段时间一直躺在炕上，需要下人服侍。"

"可能年纪大了，身体抵抗力比年轻人差一些，多吃一点补品，多调养些日子就好了。"何彩花推拒不过，后来就答应了演出。

崔巧巧说："这次府上唱大戏，老太爷就是想让我来找你，让你唱一出拿手的《花木兰》呢。"

"唱戏好说，只是六指这次在太原受伤，估计得将养一阵子，不过，不影响戏班子的演出。再说，戏班子又添加了新人，像何秀子、杨花花，这些都可以上台了，有些唱段不比我差的。杨花花十四岁，与小月莺同岁，个头也一般高了，同龄孩子中属于身材高了的，何秀子十二岁了，看上去也有了吾家有女初长成的风范。她的扮相也很受欢迎，虽然年龄小，但扮演少女花木兰的前半场，那就比我这个二十大几的老演员还要出色……"

"这就好，彩花姐一提到唱戏就滔滔不绝，有说不完的话，毕竟是行道里的人，你这一说，让我心里就踏实了。府上唱大戏的这件事情就算是落实了。"崔巧巧说着，就想去隔壁看看六指，何彩花就把何秀子叫过来，让把刚熬的一锅豆腐白菜汤端过去，让六指趁热喝一碗。

"养伤光喝豆腐白菜汤可不行，我外面大车上带来中阳的五斤柏籽羊肉，又称土人参、补心丸，做成的肉菜、肉馅、肉汤，不膻不腻，有一种松柏的清香味儿。还有一些府上庄园里自己种的胡萝卜、南瓜和山药蛋……"

隔壁屋里，六指也从炕上坐起身来，对前来看望的崔巧巧表示谢意。"这些柏籽羊肉和菜蔬，让府上老夫人熬汤喝，不是更好吗？我还年轻，用不着费心。"

"老夫人有了，府上庄园今年又是一个好收成，有吃的用的，尽管说。每台戏，你都是拉大幕，而且还在乐队里拉二胡，彩花姐说，戏班子后勤一摊子全靠你六指嘞。"

"你别听彩花的，戏班子有了她，才能支撑到现在，不容易呀，每回换台口，都要发生一两件不愉快的事情。这次太原，遇到穆占山来挑事，也是习以为常了，再说，我这不也还好好的嘛。"

何彩花走过来，紧紧握住六指少了一节指头的右手。这一个画面，让崔巧巧百感交集。在李府里，崔巧巧回了家，总是感觉到一种冷冷清清。她的丈夫李文起还是一个二十来岁的大孩子，说重了不行，说轻了又不当回事，整天由她撑着一大家子，也是受二老爷李文祺家吴秀兰嫂子的委托，更重要的是老太爷李有德对她的信任。崔巧巧每天的日子不比何彩花和六指好多少，李府上下的人表面上一团和气，暗地里总有人使绊子。大老爷李文举家的许飞燕大嫂就常常给她一个下马威，表面笑面虎，暗里煽风点火，甚或有时就直接跳出来和她崔巧巧叫板。所以，从何彩花戏班子的院子里出来，坐在大车上回去的时候，崔巧巧竟然还偷偷哭了一鼻子。

"他婶子，你这是哭甚嘞？"到了李府大门口，正在择豆角的常翠花问道。

"没甚事，只是想起了娘家的愁肠事……"

2

这在有枪就是草头王的民国年代，何彩花的命运是司空见惯。反倒是穆占山的从军之路，却有着几大看点。

一是这穆占山的身世。坊间传说穆占山小名虎子，还没满月就被一只饿极了的短尾巴老母狼给叼走了。整个屯子里的人漫山遍野出来找虎子，却是找不着。随后，屯子里又下雪了，一连下了三天三夜，人们都对虎子的爹娘说，虎子没救了，被老母狼叼走，已无生还的希望。

阳光投射到森林里的时候，虎子爹被张作霖的队伍抓了丁，虎子娘头年还好好的，因思儿心切，钻到林子里再也没能回来。冰雪消融的时节，树木开始疯长，浓密的叶子为大地撑起一把又一把的巨伞。山上的各种草木钻出泥土，百花开放，蜂飞蝶舞。

这一年，失踪了的虎子娘回到屯子，却是手里拉着一个毛茸茸的狼孩。那个狼孩除了会发出老母狼一样的嚎叫之外，就是直勾勾地盯住屯子里的每一个人。虎子娘说，狼孩就是她丢失的虎子娃。

狼孩虎子长到十岁时，他的爹领着一彪人马回到屯子里。这支队伍给屯子里每个人家分发了一份山里打来的新鲜狍子肉。狼孩虎子回到屯子里逐渐地开始牙牙学语，跟着屯子里的私塾先生学文化，别看他块头不大，却是有一股子彪悍劲儿，很像他爹，进步很快，还能写了毛笔字，粗通文墨。他长得有点像当年叼走他的老母狼。老母狼当时虽然饿极了，但也没吃他，反倒是把他当作儿子来喂养。不吃虎子不等于它不想吃，它那时刚要对嫩生生、亮晶晶、红彤彤的小虎子下嘴，却是被另一只饿极了的年轻公狼一口夺走了。还没等年轻公狼下嘴，又被老母狼的丈夫，也是刚出生狼儿子的父亲——老公狼，一脚踹倒年轻公狼，把虎子夺过来了。为了取悦老母狼，它就又把这个新鲜婴儿重新叼给老母狼。老母狼刚要下嘴，却是襁褓里的婴儿突然哭了起来，它被吓了一跳，婴儿就掉落在它的腿旮旯里。这时，婴儿就一嘴叼住老母狼的毛茸茸的奶头吸吮起来。这一热烈的吸吮，让正处在哺乳期的老母狼，心里一颤动，就像被电击了一般，刚消失了的母性又突然回到了它的体内，最初想吃掉婴儿的打算就再也没了。老母狼到后来还成了狼群里虎子的唯一保护神。所以，虎子没被吃掉，有太多的偶然性，比如老母狼正好处于哺乳期，再比如在吃虎子的时候，虎子正好掉落在它的腿旮旯里，而且正好一嘴叼住它的奶头，更不可思议的是它恰恰在那一时刻母性大发，虎子身上有了它的气味。

这一系列偶然，估计只是人与狼之间对峙的不到万分之一的概率。否则，虎子被吃掉的可能性占比百分之九十九点九九，正因为老母狼母性复活，遂铸成了虎子变成了一个奇形怪状的狼孩，性情大变，一直生活在狼群里也罢了，可是虎子却又被到处寻找他的虎子娘带回到屯子里了。这又是很偶然地让他措手不及地回归到了人类的社会。

虎子回到屯子里时，老母狼还曾专门来看过他两次。老母狼看见虎子回归到屯子里吃得白白胖胖，也就依依不舍地独自走了。虎子一个人冲出院门外，匍匐着，仰起头，向短尾巴老母狼发出嗷嗷嗷的嚎叫。

那时候的穆占山就是傻乎乎的虎子，也就是十岁的模样，却一直蹲在屯子外头，等着老母狼第二次或也是最后一次走到他跟前。虎子激动地扑到老母狼的怀抱里，熟练地撩开它的前爪，然后一口吸住它的奶子吃奶。虎子一边吸吮老母狼的奶，一边扭头看了看虎子娘。

这一个震悚的画面，让虎子娘心都提到嗓子眼上了，她都不敢走过来，一直躲在屯子外的老爷庙里偷偷观望着。老母狼看着怀里的虎子，只是有些不知所措，没有了一开始的凶恶，甚或还有一种母性的柔情，让虎子娘有些诧异。旁边冲出来一只老公狼，一扑一扑地想撕扯虎子，被老母狼伸出前爪赶开了。在大雪之中，老母狼的眼睛里还有了依依惜别的泪光在闪烁。但也只是一瞬间，当它看到有屯子里的猎人围猎过来时，它就目露凶光，头低下来，一边护着怀里的十岁虎子，一边发出低吼，一阵一阵的嚎叫声响彻四野。

老母狼与虎子依依不舍。毕竟，在一起有了两三年，建立了深厚的母子感情。虎子是老母狼难以割舍的干儿子，即便狼群里任何一只公狼想挑战这种亲子关系，它都要誓死捍卫，没有半点妥协的余地，晚上它还会与虎子睡在一起，其他狼儿子都被它丢开了。老公狼对此情景都显得很无奈，几只小狼儿子退而求其次地围在了老公狼身边睡觉。无论刮风下雨，还是大雪漫漫，大家都挤在一个山洞里，其他几只狼儿子，只要凑到老母狼身边，就会受到母亲的一次次的冷落和呵斥。老母狼却对这只从屯子里叼来的虎子情有独钟。大热天的，它还常常给虎子扣痒痒、赶蚊子。

它的母性焕发出从未有的爱意，当公狼带着稍大一些的狼儿子们去外头觅食时，山洞里就会被老母狼收拾得干干净净，它把虎子的头发梳理得光光滑滑，还用舌头给他洗脸。但其他几只狼儿子回来后就不干了，醋意大发，蹬蹄踏脚。它们嫉妒老母狼对这只怪物的偏爱，于是，在洞内到处乱刨挖，乱撕咬，随便放屁，随便拉屎，随便撒尿，还伸出爪子撕扯虎子。

虎子的脸上有了血印，老母狼就会愤愤不平，毫不客气地一个个收拾着它的狼儿子们，把它们赶到洞口的边沿。那些个狼儿子一个个冻得嗷嗷嗷叫着，不停地向狼爸爸求救。

也就在虎子回到屯子里，当老母狼第二次看望虎子并让他吃完最后一次奶之后，就不幸地掉入了屯子里猎人们挖开的一个伪装很好的陷阱里。老母狼被从天而降的绳套、锋利的夹子和尖刺，又夹又勒又扎，几乎奄奄一息了。在老母狼临死前，依然盯住陷阱外头的虎子，嘴里不停地呜咽着，让它的养儿子赶快逃命要紧。见此情景，虎子向打死老母狼的几个猎人发疯地冲过去，嘴里不停地嗷嗷嗷叫着狼的语言，眼里放射着仇恨的怒火。

快过来，过干娘跟前来。老母狼冲着他叫。我的干儿呀，你可不能相信那些猎人呀。他们狠起来你根本想不到。虎子就冲着它嗷嗷嗷直叫着，意思就是：娘，我恨他们，我要杀了这些挖陷阱的猎人，他们没一个好东西。天上落着雪花，头顶上的树枝在摇晃，老母狼在大坑里无声地落着泪，却是久久盯住了干儿子。它又一连串地叫着，意思是：干儿呀，快离开大坑，离开干娘远远的。大坑跟前危险。这些不要命的猎人会下狠手，他们要你干娘的皮了。狼皮穿在身上，暖融融的，还能迷惑其他的狼群。这些猎人要斩草除根了。虎子就在坑边游走着，一阵呜咽，然后是号啕，不远的猎人里竟然传来一阵开怀的大笑。落雪的声音像是拉大锯，锯末子稀稀拉拉地落了下来。

过娘跟前来。啊呀，你别过来。我想让你摸摸我。可是你摸不到。干娘看你一眼就行了。你赶紧走吧。我的干儿呀。说着，老母狼又是一阵呜咽，它的头皮被猎人打破了，流着血，一会儿就冻住了。伤口能好吗？以往老母狼受伤，总是能够自愈，但愿这次也能脱离险境。这样想着，虎子就想求求猎人，把老母狼用长绳拉出来。虎子就把长绳扔下坑里，可是它不为所动。它抱定了决死的想法。它已明白长绳也改变不了它的命运。它在大坑里，还是被长绳吊上去关在猎人的笼子里，对狼群来说，都是一个诱饵。它不如让他们断了这个想头。干儿呀，你快走吧。说着，它就一头撞在大坑里的一根突出的铁尖刺上，血流如注，身子歪在一边，立马就死了。

这时，从老爷庙跑出来的虎子娘死紧拉住了他，不让他走到猎人们跟前。那几个猎人根本不理睬他，还朝着他嘿嘿直乐。虎子娘根本感受不到虎子的痛苦，那种深入骨髓的撕扯，痛彻心扉，也只有亲眼见到残酷的这一幕才能感同身受。他号啕大哭一场，从此性情大变，与刚从狼窝里回到屯子里的漠然完全不同，尤其他的爹娘随着全屯子里的人们都被关东军打死之后，他的目光里总是有着对周围每一个陌生人的莫名凶狠和厌恶。这也是他长大之后，投奔关内军阀，终于有一天成为穆旅长、穆司令之后，行事方式就开始与众不同，有时竟然会一下子变得凶狠异常，以至于让人们感到不可理喻。

老母狼死去后，虎子不吃不喝，一连睡了三天三夜。直到有一天他自己醒来，屯子四周被素有皇军之花之称的关东军的一个步兵师团所包围，虎子爹的队伍在屯子外阻击战中全军覆灭，随后虎子娘也在给虎子爹送饭途中被流弹击中，虎子命大，刚好要在路边拉屎，躲过了劫难，却眼睁睁地看到屯子里大多数人没跑出来，无论是大人小孩，都在一顿歪把子机枪的扫射下尽数倒在血泊之中。

虎子只身逃到关内，先是跟着直奉两军入京，当了一个混吃等死的小兵。直奉战争中，他从长辛店阵地一路狂奔，又被孙传芳南下的队伍抓丁。在联省自治的呼声中，虎子背着他爹留下来的一杆老套筒步枪，竟然鬼使神差地跑到了陕西榆林地界，拉杆子当旅长的时候，为了获得下属的尊敬，他也就有了一个大名——穆占山。

二就是穆占山的名头。穆占山的这个旅长名头，明面上是属于西北军，实际上就是占山为王的土匪，后来他不想受到各方势力的打压，遂又跑到晋地，在离石城里又摇身一变成了城防司令。原本他在榆林时整天过着提心吊胆的日子，怕被调到省外干仗，当炮灰。那时，说是旅长，但一旦遇到战事，他这个杂牌军旅长就得首先送死。所以，穆占山是今朝有酒今朝醉，隔三岔五要去看何彩花的榆林道情，直到迷恋到不能自拔，生生把假想的情敌孔鸿盛给做掉了。这就使得他与何彩花的关系更为紧张了。

原本何彩花还把穆占山当作一个不敢得罪的铁杆票友，而自从孔鸿盛遭此劫难，她也就一夜之间消失不见了。直到穆占山找人打听到何彩花去了离石李府戏班子里挑大梁，不仅唱榆林道情，还能唱晋戏，梆子戏，而且越发出挑得不得了啦。据说，何彩花在梨园界也是一个刀马旦的名角。这就让穆占山又一次跃跃欲试。穆占山的血液里早已流淌着他的奶娘短尾巴老母狼一不做，二不休的血性，而且这种狼性的偾张使得他有了更多不可一世的性格。

这日，穆占山亲率一彪人马赶到交口镇何彩花戏班子的驻地，来看望养伤的六指，被何彩花迎面挡在了门口。

"穆司令，你这又来干啥嘞？莫不是要赶尽杀绝吧？"

"这是说的哪里话呀，我来看看六指兄弟……"

"你不看还不要紧，再来看，怕又要出人命呢。"

"怎么会呢？"

"这伤口还不是你开枪打的呀？你还扳哈（下）他的一截指头，你说你这有多狠呀。你这是猫哭耗子假慈悲……"

"你这说甚嘞，我不也觉得对不起六指兄弟呀。"

穆占山跳下战马，把缰绳扔给了随从，摘下头顶的官帽，不停地搧着风。他敞开怀，露出胸口窝毛茸茸的杂毛，然后一挥手，让把带来的专门治疗枪伤的名贵膏药快点端上来，说着他让手下递来了一个红木匣子。"这里是我托人从西安捎来的，由野山花蜜和天山雪莲等多种珍贵药材配制而成，很管用……"

"用不着，你拿回去吧，六指的伤口好多了。托你的福，手底下留情，差点成为第二个孔鸿盛。"

"孔，孔……孔鸿盛……怎么会呢？六指兄弟可是命大福大哟……"

"我一个梨园伶人，虽然唱刀马旦，但哪能比得上你穆司令真刀实枪，说开火就开火。你这一次次找上门来，想让我一个小女子从你，就是八抬大轿抬着，我也不稀罕！"

穆占山尴尬地呵呵着，皮笑肉不笑，让戏班子的其他人都越加发怵了。

"穆司令，你是不是要逼着我去跳黄河呀？"

"不敢不敢，本司令早就领教了你这九头牛也拉不回来的犟驴脾气。不过……不过……黄河离这儿……离，离这儿个还有百十里路哩。这次六指兄弟中枪，是一个意外，我总是无法控制住自己的情绪。我确乎对你抱有非分之想，也正在火头子上……但现而今……"

"现而今？现而今你还想开枪打死何彩花吗？"这时，六指撑着半截子身子，拄着双拐，披着一件长衫子，从那间养伤的屋子里走出来，一直在怒视着穆占山。

"你再开枪呀，我就在这里给你穆司令当靶子，你再要欺负彩花，我这一腔子血就都倒给你，老子还真就不怕啦。"

穆占山多年在军阀征战中养成了欺软怕硬的性格，也使得他越发觉得手心里痒痒的，有事没事就想摆弄一下腰间的勃朗宁。可是，他有时也忌讳，并不想把每件事情都做绝，要不然他这个城防司令还怎么在离石这个地面上混呀。他不能再像早些年枪击孔鸿盛那样动辄来硬的，一言不合就掏枪，只能把事情搞砸。这一点，还是离石新来的县长袁国良告诉他的。什么一心为公，什么三民主义，穆占山听得都头大，只是袁县长说的话——"能动嘴的就不要动枪，要人家的命容易，但你要征服人心，就不那么容易了。交心，以心换心，将心比心。"——穆占山不是听不进大道理的粗人，他恰恰粗中有细，能够体会到袁县长的用心良苦。他这个城防司令终究要和全城百姓的关系不能弄得太僵，只有以理服人，用心去设身处地，很多事情，很多人际关系，原本会是另外一种面貌。这些话，他听懂了一些，不一定都能够心领神会，但也慢慢在触动着这个从小作为狼孩的穆占山的冰冷之心。

"彩花妹子，我做事一向不过脑子，我亏心，可是我现在想做出改变，以后不会再来骚扰你……"

"你说甚，我不管，就看你怎么做，你如果一而再，再而三，我就一头撞死给你看……"

"别，别，我……我……这就走……"

穆占山突然想起了悲壮的老母狼，心里一酸，也就头一回在何彩花这儿下了软蛋，把红木匣子撂下，转身就和自己的一彪人马绝尘而去。

3

穆占山的改变来自李文祺。

这次中枪的与其说是六指，不如说是始作俑者穆占山。

因为，身体中枪固然让六指应声倒下，但与此同时，却是让穆占山背负上了更大的精神包袱。穆占山的心上却同时中了致命一击。

这两枪，打在了六指身上，疼在何彩花心上。李文祺的这次出手相救，以及之前的几回打交道，都在突然间让穆占山感觉到了一种不同的力量。他一直在踱着步，四处乱转，能闻到远处一股呛人的泔水味道。他突然间一阵反胃，就想趁着一股酒劲儿，去寻觅捉摸不定的它。

这会是一种什么样的力量呢？

穆占山打小就是在短尾巴老母狼的呵护下长大，随后他娘从狼窝中找到他，趁着老母狼外出觅食时，把他带回屯子，随后他爹带回的一彪人马，连同整个屯子里的人都被关东军一阵机关枪突突突了。刚刚立冬，但整个林海雪原里是异常的寒冷。冬至过后，是小寒，却是凌厉的北风在树梢子上吼叫着，变过一回天之后，天气更是急转直下，刚刚半天工夫，落下的雪就能把整个屯子埋起来。尤其屯子里没有了一个人，四处走了走，能够体会到一种刺骨的寒冷和绝望。

穆占山就是那时候的虎子。虎子也就是后来的穆占山。

穆占山肩扛着他爹留下的那杆老套筒，一路走南闯北，在各地的军阀混战中游走，从一个小兵混到了旅长，又混到了现而今的城防司令。从炊事班的帮厨到拉杆子的胡子头儿，再到现在的离石城防司令，与李文祺早先福居园的比试，然后又在龙城太原遭遇上了，差点因为何彩花火拼，这才认识到一个道理：克敌制胜，不在于硬碰硬，更在于上善若水，以柔克刚。更何况人在社会上混，并不是在打打杀杀的战场上，而是要与各种各样三教九流的人打交道。所以说，穆占山以前的法子肯定不灵了，要灵活多变，从善如流，以理服人，以德取胜。

"你说的这套我都懂，可就是遇事的时候就会耍横，火冒三丈就拔枪解决，一搂火拉倒。"

李文祺哈哈一笑："上了战场，怎么都好说，你放枪打死敌人，打得越多，你就越是英雄。但下了战场，与人打交道，就不能动辄拔枪来解决问题。你这样不仅解决不了问题，反而把你自己推向了绝路。"

"谁是敌人呢？啥样的绝路？老子就不明白了，战场上今天的敌人，明日又成了盟友，颠三倒四，也不晓得这是打毬的啥仗嘞！"

"打仗的事咱先搁在一边不说。这你应该晓得嘞，你开枪打死人家何彩花的未婚夫孔鸿盛，已经就结下了杀夫之仇的梁子，你这是滥杀无辜，你懂吗？你现在还想让人家和你好，这可能吗？强扭的瓜是永远不会甜的，你在何彩花那儿，在众人心目中，已经就是一个杀人犯了。"

穆占山的脑瓜门上就渗透出了如注的冷汗，两眼里发着冷冷的光，佝偻着腰身，竟然嗫嚅着问："文祺，你说，我该咋办哩？那个……那个……孔鸿盛，不是我有意的……顶、顶多是过失……我是觉得他和我在争抢女人……"

"甚的争抢女人，你晓得不晓得，人家都订婚了呀？你这个过失不过失，反正这件事，已经牢牢刻在了何彩花的心口上了，永远也不可能抹去。这次你又打了六指，还扳断了他的一根手指头——虽然是六指里多余出的一根，但也是做得太过了，你这一点余地也不留呀。何彩花算是与你的冤仇又加深了一层……"

"好我的祖宗呀，文祺，那我真的该怎么办呀？"

李文祺看着一向威风八面的穆占山也会如此狼狈不堪，也就继续教训着说道："三十年河东到河西，风水轮流转，凡事都不能做太绝，一定要有个分寸。这在世上做人难嘞，所以，现在你有了这样的歉意，虽说对受害者来说为时已晚，但也还是说明你的一份恻隐之心。浪子回头金不换哩。你这个心思，可不能光溜嘴皮子，主要还得看你接下来怎么做哩，要看你的实际行动啦。"

"文祺呀，我和你没法比，同样带兵打仗，你是儒将，我算毬啥呀？以前我还不信，后来听说你的公子——对，就是潇民，留洋回来，清华毕业，又到那个美国的啥子哈佛读博，归国在山西大学堂当了教授，而且还是讲啥法律的学科，对我这个无法无天的胡子出身的军头来说，这触动可就不是一般的大啦……"

李文祺并不想与穆占山多谈论这些话题。道不同，不相为谋；志不同，不相为友。可是，穆占山既然真的对他自己曾经的荒唐事有了悔意，也就站下来和他交谈了几句。

"不管听懂听不懂，我都要听听，你是在保定上过陆军军官学校的，听说老蒋也在那儿读过书，科班出身，毕竟和我不一样，你说的话，我是洗耳恭听，听不懂，也会闲下来，细细琢磨的。"

"军阀之间打仗谁对谁错，谁是敌人，谁是盟友，咱且不说它。但你从现在开始，无论是对何彩花也好，对别人也好，你得做出改变。你在城防司令这个位置上多做几件有利于百姓的好事，就善莫大焉。你平时为人处世，就像女人做针线，慢工出细活，心急可吃不得这热豆腐哩。"

"那是那是。"

这番对话是在太原仁爱医院外的草坪上谈的。那时，六指刚做完手术，从腿里取出了子弹。这个主刀大夫是李文祺找的，但手术费是穆占山给付了。

"除了手术费，还有六指兄弟的营养费、误工费，我都愿意支付。"

何彩花原本想经过官府来处理这件事情的。李文祺考虑到穆占山的这种情况，估计官府也是睁一只眼闭一只眼，不会秉公处理的。虽然，李文祺在省府里有一些关系，但这穆占山的身份，也正是有着总督府的支持，现而今兵荒马乱的军阀混战年代，估计阎总督还是要力保穆占山的。加之，穆占山也借坡下驴，有了反省之意，遂在这件事情上临时起意，和了稀泥。

十四五岁的少女小月莺有些不高兴了。回了家，李文祺顺便与吴秀兰说起这件事情，小月莺就说："爹，你不能向黑恶势力低头，要和坏人作坚决的斗争。"

李文祺就笑了："小月莺长大了，这次考上了铭贤中学，我看就和你潇民哥有一比。都学会斗争哲学了。"

"爹，你总是和坏人打交道，还替他们说话。"

吴秀兰插嘴："莺子，说甚嘞，你爹能是那样的人，今天的事情不是你爹出面，六指兄弟怕是活不过来了。"

"我不是说六指是坏人，我是说那个开枪的穆司令……"

"孩子，这件事，只能如此了，社会上活成个人难嘞。你不这样处理，把你说的坏人送入官府，又能咋样？不仅解决不了问题，可能还会给你彩花姑带来更大的麻烦。唉，社会上，水深得很呀。就像你前一阵子参加什么请愿团，还到教育厅门前抗议，要不是你哥的好朋友纪朝轩的爹是教育厅厅长，怕是你早就进局子里啦。"

"爹，你又说这话。"小月莺嘟着嘴，转向了吴秀兰，"娘，你看我爹，总是常有理。"

吴秀兰看着认真的小月莺，然后开玩笑说："那你以后就别叫他爹了。"

"那叫甚嘞？"

吴秀兰又看看李文祺，忍俊不禁地说道："常有理。"

"嗨，那我爹就不姓李了，改姓常了，还常有理……"

李文祺佯装生气地说："甚的常有理，我还常胜利呢。如果没有教育厅纪公泉厅长的公子纪朝轩博士与你哥这层关系，我这常胜利怕也要对莺子爱莫能助了。"

一家三口正在说笑的工夫，李潇民却推门进来了。他穿着一件龙城学界里流行的长衫，围着红围巾。这红围巾是李潇民未婚妻朱星桦寄来的。小月莺还上太原女子师范学校初中部的时候，就曾给比她大六岁的朱星桦写过信。朱星桦从北平女子文理学院寄来的牛皮长信封会让小月莺寝室里的刘佳慧和包娜娜惊喜不已，也对远方充满了憧憬。这不由得让她想起包娜娜这次考学落榜，而刘佳慧和她一样考上铭贤中学时，又不得不给包娜娜的父亲做小。

"哥，你回来了？你晓得不？刘佳慧要嫁人了……"

李潇民把红围巾摘下要往身后的衣架上挂，小月莺说："哥，这星桦嫂寄来的红围巾，你围上像甚嘞，天还不冷，你围着，红彤彤的，真鲜艳！"

"你说像甚嘞？"

"像一只红狐狸。"

"莺子，那围巾给你围吧。"

"我才不呢。哥，你可不能拂了星桦嫂子的一片心意。"

吴秀兰溺爱的目光打量着儿子潇民，然后拿起一把扫炕笤帚要给他去门口扫扫衣服上的尘土。

"这小莺子没大没小，连你当教授的哥也这么编排……"

"爹，你看我娘，只要哥一回来，就是这么偏心，我从学校回来，娘也没给我扫过一回衣服。"

"看看，你自己有手有脚，潇民讲课累了一天，回家理应娘来伺候。你看你哥比你费鞋，不是前边开了缝，就是后边向外歪，脱哈（下）来娘给你补补……"

李潇民不好意思地看了吴秀兰一眼，然后说："娘，我都多大了，还用你伺候我，你又不是咱家的老妈子。我们学校门口有钉鞋匠哩。花不了几个钱，就是忙得没时间……"

"唉，一个大教授，鞋穿成这个样子，能够一哈（下）子踢倒牛啦，也怨娘哩。"

"这怎么能埋怨娘呢。"说着，李潇民挤挤眼睛，笑了。

"哥，我又收到星桦嫂给我的一封信了。"

李潇民笑着说："一会儿拿给我看看。唉，对了，你这次考上了，准备甚会儿与刘佳慧去报到呢？"

小月莺等李潇民在屋门口扫完身上的灰尘回来，就有些抱怨地说："哥，你这是能一哈（下）子踢倒山啦！我刚才告诉你了，你没听见呀，刘佳慧要嫁人了……"

刘佳慧嫁人，而且要给包娜娜的父亲做小。这件事情，一时间让屋子里沉闷了起来。窗外响起了风铃的声音，却也无法吸引小月莺的注意力了。天气明显地变得不确定起来。现在的天还很亮，可是就在刚才还是阴云密布，像是要下雨的样子。云朵散去之后，会有晴朗的天气吗？即便阳光射进来，小月莺仍然感到了一种冷飕飕的风，仿若刘佳慧嫁人的消息给她带来了更多不安的情绪。有一次，小月莺紧紧地与刘佳慧一起并肩行走着，弯弯曲曲的街巷铺着石板路，细雨打得发亮，却看不到什么人，空荡荡的寂静中进入一条废弃的死胡同。只见一孔没有门窗的窑洞里，黑乎乎的什么也看不见。当她们走近时，才发现走错了路，只见窑洞后掌子上放着一口没有油漆的棺材。她们两个手拉手一起啪啦啪啦跑出巷道。记得那次，刘佳慧从小月莺家里回去时，天快黑了。只见她站在路边，有些怯弱，却眼神里有一种坚定。

李文祺说："莺子，这次你报到，你哥还要忙他的几门课，好几门专业都得让他备课嘞，这次你去铭贤中学报到，到时爹去送你吧。"

小月莺就上前抱住李文祺，然后说："爹，我还想骑马呢，有空和你与咱家的大黑、小黑玩一天。"

一旁的李潇民则是想起小月莺刚才提到刘佳慧嫁人的事情，这如同李文祺用马鞭抽打大黑、小黑时的情景浮现，却是如同抽打在他的心上。他突然脸上一阵阵发热，想起了远在北平的未婚妻朱星桦的青春脸庞。李潇民想起那次太谷福来旅馆里刘佳慧猛然扑到他怀里，以及那场被坏人骚扰后刘佳慧所受到的惊吓，还有小月莺在一旁的态度反应。他很想替刘佳慧理论几句，可是又让他欲言又止。他不想让妹妹误解。他与刘佳慧的关系是清白的。他站在门外，才想起刚扫完衣服上的灰尘，竟然又拿了扫炕笤帚走出来了，真有些好笑。他不作声地站在幽暗的夜里，凝望星空，仿佛看到刘佳慧的一双无辜的眼睛在回望他。他不晓得包娜娜的父亲是一个怎样的人，是续弦，还是做小，这个重要吗？

朱星桦现在忙什么呢？在北平的家中吗？她在想他吗？而刘佳慧那美丽的脸上，总是有一种幽怨的表情，欲说还羞，只是埋着头，摆弄手里李潇民送给她的一本卷了边的《新青年》。民国四年九月十五日创刊，到民国十五年七月终刊，《新青年》共出九卷五十四期。这本很多年前出刊的《新青年》在这位民国少女刘佳慧的胸口上下起伏着，如同他在赴美远轮上看到的太平洋一般，慢慢地承受着一切的捶打，就连浪涛的怒吼声也听不到。她和小月莺一般，叫他潇民哥，却是没有小月莺那种脆生生的亮堂和明朗，只是蚊子般的轻盈，微弱的声音……

4

赶庙会的日子，让一向暮气沉沉的李府也一下子热闹活络了起来。

一大早，李有德挥舞着文明棍就来到了东关后半截子街，只见人如穿梭，马车辚辚，驼队迎面而来。一个又一个席棚子前的大人小孩都在为驼队让路。一个吹着唢呐的汉子骑在高高的驼峰上，吸引了人们去围观，一时间驼队走得更慢了。

打饼子的，卖碗托的，炒山药丝擦擦的，热气腾腾的调豆腐摊后面是一个四川峨眉山来的耍猴的，还有敲锣的、拍镲的、擂大鼓的、开饭馆的、卖东北人参的，还有瓜果梨桃的一溜子摆开，冲着李有德不停地吆喝的，都是一脸的笑模样。临出来时，与老夫人梁慕秀谈到老大家的媳妇许飞燕时斗起气来，他争不过她，就甩门而去。现在出来走走，让他神清气爽。

"老东家，您出来遛弯呢？"

李有德回头看去，竟然是崔锁孩的爹，也就是打交道几十年没有红过脸的老佃户崔灰娃，比他李有德还大两岁，却不用拄拐棍，走起来是健步如飞。

"老伙计，今年收成怎么样？"

"您说呢？今年收成这么好，前一阵子三老爷家的崔巧巧收租子的时候还比往年让了我家一成嘞。老东家这可是摊上了一个仁义的好儿媳啦。"

东关后半截子街上叮叮当当作响，乍一听，还以为是打铁的，细细听着，才听出来是陈善仁家的钱庄门前在唱秧歌呢。那些饭馆，火烧店，煎饼摊，兴县冒汤铺，莜面馆，啜啜面馆，饺子馆，全开张了。李府周围的骡马店、客栈、旅馆，以及沿街的各种临时搭建的赶集帐篷里，也都是四乡八里的商贩和做生意的人。当然，也有九州十八县来的人，不仅仅是几十里，上百里，还有千里迢迢赶来的人，都一块聚集在这离石东关了。这种闹哄哄的烦躁感，让李有德想起一个人钻在七里滩菜地里的喜悦。这倒不仅仅是丰收的缘故，而是置入大自然的怀抱里，有了一种开阔无垠的视野，颜色鲜亮的果实，绿莹莹的草地，满眼都是一些粉红、嫩黄和紫色的花朵。阳光四射，白色的蝴蝶在翻飞着。他只看到自己的影子踩在脚下，一步步行走着追逐童年时的梦想。

我打死你大郎，你这个驴日的杂种！你抬蹄动脚做那种事，也不分时候，不分地方，大花刚拉粪回来，累得都嚼不动草料了，你还要和它干那事？丢脸不丢脸？再说，还在李府人来人往的大门口，这是要我李有德的好看嘞？阉割了你个驴日的大郎你就老实了，死蔫了，软蛋毬了。你这样作，像谁了？李有德一边说着，一边用鞭子抽着大郎。是真抽。他把大郎的头拧过来，不让它靠近大花，它嘴边还沾着一根草梗，不动声色地慢慢嚼动着。大郎一扑立岔地扑到大花后背上，引来一些围观的看客。他鞭笞着它，让大花先走，然后牵住大郎的笼头，把缰绳递给了杨栓大。哎呀，大花后背上被大郎扑出一道血印子，一瘸一瘸地行走在扬起的黄尘之中。缭乱的光影里，有一只家禽从大郎腿旮旯里跑过去了，荡起一串类似顶盔挂甲刀马旦何彩花走台时起跳开打的伴奏音乐。这种不协调的响动过后，大郎也被杨栓大灰溜溜地牵到了李府的牲口棚。

"爹，光赶集这几天，李府的进项就超过前半年加起来的收益。"

李有德想起了崔巧巧一大早对他说的这话，他还有些半信半疑，直到走出来，看到离石东关后半截子街的这个阵势，再加上碰到田家会的老佃户崔灰娃时，心里才一下子乐开了花。

"你那儿子崔锁孩可是一个练家子啊。"

崔灰娃低下头来，连忙说："他那是甚的练家子呀？比起老东家的二老爷，上军校，当团长上校，那是差太远了。"

"崔锁孩还在替人收账？"

"嗨，收账？那还不是给我老脸上抹黑嘞。他那个收账，还不是跟上宋老大瞎混，收黑钱，讹诈人，上次还收到您老人家头上了……"

"上次那档子事情，也怪不得崔锁孩，我家老大和老三，那是不成器呀，李府有多少家产，都能让这两个败家子给祸害了。"

"您也别那么说啦，听说大老爷和三老爷都戒毒了。有一段日子，没听说他们去旧城吴有财开的福居园了。少去那种地方，就会好多了。"

"我听巧巧说，你家拖家带口，除了锁孩这个大小子，其余五个都是闺女，负担不轻。李府在田家会南沟里有一块坡地，算是七分地，你家一直在种着，这次我和巧巧说了，那块地就给你崔灰娃了。这块七分地的租子不用交，就送给你啦，过两日有时间来我家拿地契。你是李府最年长的老佃户了。"

"是呀，在老太爷还十来岁的时候，就与李府签订了合约。差不多四五十年吧。"

"这块七分坡地，就赠送给你了，我做主吧，趁着我还能做主，地契会给你。"

崔灰娃千恩万谢的模样。他也晓得李有德一向节俭，甚至在每年的租子上，也是锱铢必较，今日突然发了善心，也让他一时间颇为感动。

"唉，你也别谢我，这几十年来，你为李府勤勤恳恳，营务十三亩水浇地，还年年丰产，这块七分地是你应该得的。"

说着，李有德就走进了陈善仁的钱庄，与陈善仁的儿子陈保忠打起了招呼。

这陈保忠是李有德的孙女婿，说话自然有些不一样，没有对崔灰娃那样客客气气。自家人毕竟算是自家人。前些日，孙女云莺还给他送来一个狍皮垫子，怕他坐在户外着凉。同样是孙女，老大家的宝珍，就不让他省心，老来他和老夫人屋里拿东西。这不，隔三岔五，不仅把老夫人早年的万金油盒子和嫁妆首饰给顺走了，还把屋里炕上的貂皮褥子也搬到李文举和许飞燕的屋里了。

"飞燕呀，宝珍这个毛病得改嘞。"

"我家宝珍有甚的毛病呢？"

"你的闺女你还晓不得呀？"

"我晓得甚，是我的闺女，不也是您的孙女吗？"

"嘿，文举，文举在吗？你这媳妇，我说一句，她能顶一百句……"

李文举躺在炕上，见院子里李有德与许飞燕在争论。李文举的身下正是铺着宝珍从李有德和梁慕秀房里拿过来的貂皮褥子，连忙翻了一个身，把貂皮褥子顺手拿起来扔在对面的高立柜上面。

"爹，你们吵甚嘞？吵来吵去，吵得我头疼……"

"你头疼，我还心口疼呢，你们老大家管过吗？你娘还有风湿病呢，你们两口子问过一句话没有？"

宝珍说话了。宝珍今年十六了，却不爱读书，城里国民小学读完了，就一直待在家里。国民中学开始上学，她又逃学了，又有好几天没去，也不会做女红，更不会像崔巧巧那样里里外外是一把好手。

"爷爷，你让我像三婶那样做活计，我才多大呀！您想累死您的孙女呀？"

"你说你多大了，你都十六的人了，你娘娘（奶奶）来咱李府家当少夫人时比你还小两岁呢。明日就去上学吧。"

"爷爷，我还想再歇两天，上学太累，没甚的意思，脑仁疼了。您疼疼您的孙女吧。云莺也好，月莺也罢，我才是您的大孙女！"

"我偏心甚嘞，李府三个老爷，我这老太爷还不是一碗水端平……"

许飞燕叉着腰，插嘴说："爹，你这话可是说得太可笑了，还一碗水端平呀，老二家的潇民，就因为是你的孙子，不是孙女，你就亲得不行，还继承李府这么大的家业，提前写好了合约，凭甚呢？我们都还活着呢，您就把家产给了潇民，他常年不在家，先在清华大学读书还不算，后来还跑到美国啥的貂皮哈佛大学，读完博士回来了，又在山西大学堂当教授，现而今他在太原来遥控指挥老三家的崔巧巧，他这凭甚嘞？"

梁慕秀见到李有德气白了脸，便对着许飞燕说："这是咱李府祖宗定的规矩，传大不传小，传男不传女。你们老大家倒是给我生出一个男娃来呀？李府唯一的男娃，就是咱老二家的潇民了。你们倒是也考北平留洋，成龙成凤一个呀？"

想起这些杂七杂八的琐碎事端，李有德不由得叹了一口气。这个时候，门外闯进来一个挑着担子的赊刀人，看不出多大年纪，却是显得很有一股子气势，手里还拿一个正在摇动着的拨浪鼓，对着李有德就开始念叨："牛上千，羊上万，瓜果梨桃吃不了，垫马圈，发大财……"从外表上看，赊刀人的头上裹着白头巾，一件对襟夹袄和老汉裤，穿着一双露着脚丫子的破布鞋。李有德让孙女婿陈保忠替他赊了一把菜刀，来年再兑现赊账，而且预言还要准定应验。

太阳已经偏向西侧，但还是很热乎，映照在人头攒动的街市上。细细瞧，能够分辨出空中飘动着一些浮尘和树丫上的花粉，还有各种各样路边小吃的味道。骡马巷里有做生意的白头巾和猪牛羊的喧叫，以及笼筐里的活鸡扑棱着翅膀，混合着附近钉马掌和打铁的声响，阳光打在这一切上面，映照着一抹亮闪闪的金光。

李有德站在东关后半截子街陈善仁的钱庄门口，与孙女婿陈保忠目送赊刀人远去。他这个孙女婿，刚从山西大学堂毕业，还曾在大四听过他孙子潇民的几天课，佩服得不行。钱庄外有一些看热闹的人，其中还有两个匠人在窗口整修防盗用的铁栏杆子，这儿敲敲，那儿捣捣，还用尺子量着，把接口的地方弄得更牢靠一些。大堂里挂着关公像，还有一些陈保忠家人们送来的红绸子和牌匾，店门口贴着对联，上写：开门见喜紫气东来，黄道吉日和气生财。横批是：吉星高照。出出进进的顾客里有戴着礼帽的，也有戴着毡帽的，更有包着白头巾和花头巾的脑袋，大大小小，晃晃悠悠，有留着发髻的，有梳着长辫子的，还有留着短发，甚或光着脑袋的，各种各样，奇形怪状，只是人们的表情都是充满新奇和兴奋。

"保忠，你在太原见过潇民？"

暑假从太原回来的云莺拉住爷爷的胳膊，亲热地说："爷爷，您想潇民哥，为何不想我和小月呢？"

"都想，都想嘞。"说着，李有德把自己的长袍向上提了提，又接着问他们钱庄的经营状况，还问陈善仁的去向，近来身体怎么样，云云。说着，他只是咧开长胡须的嘴巴，露出一口扭曲着的假牙，眯着一双大小不一的肿泡眼，有一搭没一搭地摸摸这，又用文明棍戳戳那，然后听听门外街市上的喧嚷声。有一会儿，他还拽拽孙女婿的脖领子，让一边的云莺也不好意思了。

"爷爷，您是担心我们的钱庄付不起您的房租吧？"

陈保忠看看李有德有些尴尬之色，连忙说："云莺，你说甚了，爷爷是这种人吗？再说，咱们上次可是带来的一扣箱大洋，够付三十年的房租了。"

保忠一开口，更让李有德有点支支吾吾，他们怎么会想到房租的事情上了。"云莺，我是说，这两日东关后半截子街要唱戏嘞，让你公公和公婆有时间的话去看看戏，大家一块聚聚，亲戚家也得经常走动走动才好。"

"爷爷说得对。"云莺弯下腰，扶着李有德下了钱庄的高台阶。笃笃笃，笃笃，笃笃笃，文明棍在高台阶上发出笃笃声，宛若东关街里戏台子上一种响不起来的乐器，执拗地敲击着，然后不远铁匠铺里杂乱的声音，咚咚咚，嗒嗒嗒，啪啪啪，咔咔咔。这让李有德一步步下台阶更加不自然了。下了台阶，云莺还要扶他，却被一把推开了。两三个歪戴着凉帽的年轻车夫，没活了，停下车，与远处站在大车店的两个接客女搭着话。李有德老了，听不清他们说什么，只好背转身，走了几步，又回过头来看看钱庄那边。

"招呼好门户，晚上庙会人杂，钱庄尤其得注意安全。"

5

这一日，天气忽阴忽晴，晌午还日头当头，到后晌了，却又阴了天。李府磨坊里突然没了动静。抬头看天，只见灶房那儿升起了做晚饭的烟柱，缭缭绕绕，绵延不绝。正在炕头做针线的梁慕秀抬起头来对在箱柜里瞎拾翻的李有德说："咱巧巧太实诚了。这些日子忙死忙活，挺让人心疼的。老大家的许飞燕也不做活，整天游手好闲。你要叫她多干点活，要不然她就像栓大喂的那匹不下崽子的母骡子，光吃不干甚的活……"

"说的也是，不过，这段日子不见她去福居园打牌了。那个穆司令从太原回来了，也没再来找她。"

"找她干甚嘞，还不是穆司令有了其他的女人，听说一个叫小菁的，跟了他。"

"你这个，又听谁说的，不靠谱。我看许飞燕规矩多了。上次，我教训她之后，她果然听话多了。"

为此，李有德让许飞燕与杨栓大的媳妇常翠花去磨坊里磨豆面。磨豆面前，要从下院牲口棚旁的谷仓里抬豆子。李有德站在院子里的葡萄架下照料着一旁太阳下晒的玉米棒。到黄昏时，常翠花要去大灶做饭，就剩下许飞燕在忙活着。

"爹，您过来一哈（下）！"

李有德干咳两声，就在屋里头问："作甚嘞？"

"爹，这个，磨坊里的驴为何不听吆喝呀？"许飞燕站在门外当院里，正冲着屋里头的老两口。

"用不着怎么去吆喝，你给驴眼睛蒙上一块黑布就可以啦。"

"我蒙上了，可是这犟驴就是不动呀，怎么吆喝就是不听使唤，爹来一哈（下）嘛！"

　　许飞燕把头上的纱罩摘下，抖抖上面的灰土，然后用笤帚扫扫身上的衣服。从谷仓到磨坊得经过院子里晒的玉米棒，许飞燕又在当院里站着说："这翠花嫂子不会做活，还没磨完面，就晒玉米棒，颠三倒四，一天从谷仓到磨坊来回得跑多少趟啊，晒在当院里的玉米棒，让人都多走多绕好多的路哩。"

　　李有德穿着一条府绸的白衫和一条黑棉布裤子，脚穿圆口手工布鞋，出了屋。他这布鞋是崔巧巧做的，穿上正合适。他这脚后跟疼了好些日子，穿上这布鞋竟然就不疼了。他带着一脸笑意，专门在院子里跺跺脚，掸掸鞋面上的浮尘。

　　磨坊里再没有其他人，李有德有些不自在，他拉住那只犟驴，然后吆喝着。说也怪了，犟驴不听许飞燕的口令，却是听李有德的。毕竟是一家之主，就连这犟驴也嫌贫爱富。这样想着，许飞燕就用鞭子抽它。

　　"你抽牲口干甚？"

　　"爹，它不听话……"

　　"不是不听话，这使唤牲口，也和人一样是有灵性的，你对它好，它也会对你好。你总是鞭笞它，它当然不听你的话了。"

　　一会儿，梁慕秀就到了中院正屋的窗台前忙活缝补李有德的一件冬天里的棉袍。原本李有德不让她干这些活，常翠花也主动请缨几次，但梁慕秀觉得闲着也是闲着，不如手里有这样的一件活计，坐在院子里，做几针算几针，心里倒是踏实。

　　"黑间饭吃甚呀？"

　　那时，常翠花忙着去大灶做饭，路过中院，梁慕秀问她，她就答："熬大锅菜，还有炒山药擦擦，出工的人还有蒸馍、红豆稀饭。"

　　"老太爷吃的鸡蛋羹不要火太大，小火上煽一煽就可以了。别再煳了。"

　　李府西塔楼那儿映红的晚霞，让整个院落都变成一种耀眼的亮色，然后逐渐地暗淡下来。旧城福音堂的钟声在咚咚咚地敲着。头顶的天空上白色的云朵也被霞光映红了。一些叽叽喳喳的麻雀在东塔楼那儿飞来飞去，落在了李府戏园子的空台子上。幽暗的黄昏，有着片刻的寂静，却是让突然间牲口棚骒马的叫声更加清晰，传送很远。

　　磨坊里，许飞燕把磨好的豆面从石碾上扫到簸箩里，然后对站在牲畜旁的李有德说："爹，你过来。"

　　"又咋啦？"

　　许飞燕走到上次李文祺和曾姨娘待过的地方，那儿铺着一些干草和布褥垫子。那是为了黑间做活累了的雇工临时休息用的。穿着大襟袄的许飞燕腋下侧面的襻扣解开了。

　　"就是这儿，怎么也扣不上，爹你来扣一哈（下）。"

　　"去中院让你娘去扣……"

"爹，耽误做活哩。"

李有德刚走到许飞燕跟前，许飞燕就踉跄着奔过来说："爹，你看谁又来磨坊了？"还没等他反应过来，她就一头栽到他的怀里了。老大家的这个浪娘们儿又玩的哪一出呀？他都不晓得怎么回事，就看到她美丽如花的脸上露出一阵神秘莫测的笑容，她的经期来了，所以才这么骚动，这么浮躁，这么磨磨叽叽，但她身上确实有一股香胰子混合着磨坊里豆面的味道，让他后退两步之后又不由得向前走了三五步。

"爹，这可不是刚磨的豆面，是热乎乎的炒面嘞……您不是喜欢吃老三家媳妇的炒面吗？我……我……这老大家媳妇这儿——这疙瘩，也可不赖嘞！"

"许飞燕，你这个，你……"

李有德一时间栽倒在铺着干草和布褥子垫子的地铺上了。大天白日，又没有一丝黑天半夜的朦胧月光。这女人的经期与月圆又有甚的关系？李有德耳边嗡嗡响着圐圙戏园子那边晋剧的唱腔，那时仿若何彩花还在排戏，其实那里早已空落落的了，只有几只黑老鸦在哇哇哇地惨叫，应和了他此时此刻陷入一种进退维谷处境时的尴尬心情。磨坊外的院子里一片静谧，方砖的地面上，有一些杨柳树的影子在飘来飘去。一只黑老鸦飞过时，牲口棚里的小白牛在哞哞叫着，呼唤在东川水浇地里干活的大花，而大郎却是去旧城拉粪去了。他还以为磨好的豆面要箩一箩，可是筛面的箩子放哪儿嘞？对了，笸箩、簸箕和箩子都让许飞燕扔出去了。她这是要干毬甚？啪啦，咚咚，挤轧，落幕，寂静，消失……

"这儿也是二老爷和曾姨娘一起快活过的地方。"

"老大家的，你再一股劲儿瞎说八道，小心我抽你……"

"你抽呀，我脱光衣服让你抽个够……"

"你……你……你这是想干毬甚嘞？"

"我想顶替老三家崔巧巧，做咱李府的大总管！"

"你……你……你有人家崔巧巧的那本事吗？"

"啥呀，她能做的我都能做，她不能做的，我也能做嘞！您这公公太偏心啦！"

"我咋偏心？我做的还不是为了咱整个李府的摊子呀……"

"这么大的摊子，为何也不和您大儿子大儿媳商量商量……您就是……您太偏心了。"

"许飞燕，你在胡说些甚嘞……"

"我胡说，您这不声不响的胡做嘞，我就看不惯。"

许飞燕抱着李有德，让李有德一时间瑟瑟发抖。

"爹，我让你在磨坊里吃新鲜的炒面……"

说着，许飞燕一只手伸到簸箩里抓起一把刚磨好的豆面向老太爷嘴里塞着……

"呸呸——这是作甚嘞，老大家的，扤痒痒也不是你这么弄的，你——你这是造孽呀！"

6

这时，梁慕秀在修补那件旧棉袍的时候脱了线，就重新给针眼里穿线。由于她眼花了，怎么也纫不上线，就想让后厨的常翠花帮自己一下，赶天黑时再抢着敫上几针，可是叫了两声，没叫到人，却是看到崔巧巧从下院里走进中院，于是就叫住她。

"巧巧，你忙甚嘞？还不过娘跟前坐坐，也来敫上几针。"

"娘，我这会儿正想学着敫两针哩。"

崔巧巧这几日在陈善仁的东关钱庄里帮着收账，与云莺也一下子熟惯了，甚至保忠也说："李府上下就数三老爷家三夫人辛苦啦。"可是，崔巧巧不觉得，只是说二老爷一家到太原时把这一大摊子委托给她了。老太爷和老夫人既然确定了二老爷家的潇民为第一继承人，崔巧巧只是一个老太爷、老夫人和第一继承人之间都认可的代理人而已。虽然出力不讨好，李文起有些微词，但崔巧巧却也认了。谁让她与三老爷结婚好多年了，还是不开怀。原因何在？有的把责任归咎于她，有的则把狐疑的目光盯住了李文起。

"娘，缝缝补补的这些活计，可以让下人去做，您多受累呀。再说，这么破的旧棉袍，扔掉算了。看后襟子上拉开两拃长的口子，多费眼呀。这可不是敫几针的事情。"

梁慕秀笑眯眯的也不生气，抬头看看天色还早，只是缓缓地抬起一只胳膊来，手掌放在眼睛上方，随即向西塔楼望了望。"这天还早着嘞，赶得紧，能缝上一条新换的棉里子。这都是絮的新棉花，你爹今冬里穿上就暖和多了……"然后，把针线递给崔巧巧，又说，"巧巧，你来帮娘纫纫针，我这眼花的，瞎眉眨眼的，一天天的，丢三落四，哎哟，快要不行哩。"

"娘，您的老花镜呢？"

"在嘞，早就摔坏了，也没再配。"

"谁摔坏的？"

梁慕秀反倒笑得更开心了，说："还能有谁？老二家的小月莺在离石的那年吧……"

"娘，这都多少个年头了。我这就去给您再配一副新的老花镜。"

"配这个作甚？也很少用了，也是这几日闲得慌，就找点活计干。可是，老是脱线，看来人真的老了。给娘掬一马勺水来，浇浇这窗台上的花……"

崔巧巧看了一眼梁慕秀，然后说："娘，您还不老，比我爹活泛多了。"崔巧巧一边与梁慕秀说着话，一边到院子的水缸里掬了一马勺水，一边给花盆里浇着水。

"你爹还行，到磨坊里还干活呢。"

"这么大的岁数了，他去磨坊干甚嘞，老胳膊老腿，连拉磨的绳子都拽不直。再说有那么多雇工，还用得着爹来忙活呀。"

"你爹和我一样，年龄大了，却总是闲得慌，总想找点事情干干吧。让他给我纫针，他怕是还不如我嘞。"

"原来这样呀，我说呢，爹早上吃饭的时候总是翻来覆去地问磨豆面的事情……"

梁慕秀好多年里过着很平静的日子，不能说相夫教子，但也在李府里过得很幸福。虽然，经常有些争吵，甚至也会因为某些利益来平衡老大和老三两家的关系。老二家就不说了，一家子在太原，但一旦有了争吵，就会牵涉到老人小孩及大大小小的各方利益。许飞燕的心理很不平衡，每次见了崔巧巧，都是以一种恶狠狠的目光来扫视着她。崔巧巧也觉得许飞燕对她的意见很大。无论你态度再谦卑、再谦和，许飞燕都能在鸡蛋里挑出骨头来。

梁慕秀时不时也会想起最早被李有德休回家后自杀的邢硕梅。邢硕梅的形象模糊而又清晰，永远停留在一个十四五岁小夫人的模样。邢硕梅的父亲邢来旺对李有德始终耿耿于怀，甚至于他在将预感到自己即离开人世之前来过一趟李府，他只是在前厅一直坐着，一言不发。李有德也想招待邢来旺，让他到上席，梁慕秀还给他斟酒，可他就是置若罔闻，仿佛就当李有德夫妇不存在一般。这让李有德很尴尬，但又不好生气。邢来旺可是给高祖李罡牵过马的，还代高祖下过大狱。饭菜凉了，梁慕秀让常翠花再热热，来来回回，端给邢来旺，反复好几次，就是不吃。也就是那次，邢来旺走后没几天，人就在米家塔死了。这让李有德很震惊。于是，梁慕秀建议，去一趟米家塔，不仅给邢硕梅烧纸，也给邢来旺烧了纸。虽然，在梁慕秀的梦中，也时不时会看到邢硕梅，而且每次都是背对着，能够听到她在抽泣。梁慕秀每一次都会被这个相同的梦惊醒。一会儿，她与李有德面面相觑，不知所措，六神无主。

"硕梅妹妹，你有冤，你就痛痛快快地说出来吧。"

可是，邢硕梅一声不吭，与她爹邢来旺一样，一闷棍打不出一个响屁来。一到夜晚，李府就会变得一片诡异，不是说有什么灵异的现象，而是梁慕秀总是内心有着悸动。在这种半梦半醒之间，邢硕梅的身影总是飘忽不定着，即便在梁慕秀半夜三更上茅房时都会撞脸。这些画面，来自梦魇，却也与现实有着牵扯，说不清，道不明，只是当初的某个因，导致了现在这个错乱的果。

"巧儿，扶着娘去磨坊里看看。"

"好，咱们这就走……"

磨坊在牲口棚的下院里，尤其在晚饭时分，黄昏的凝重夕照中，远远地看到小风吹拂中的变化莫测的云片不断地织成各种各样的图案，时而如同嫦娥奔月，时而如同后羿射日，时而如同万马奔腾，时而如同飞蛾扑火，等等。

"娘，看你脚底哈（下），慢慢往头里圪溜（走）。"

"还是巧儿，那么善解人意的猴孩娃哟。"

"娘，扎裤子的带子开了，我给您扎上吧。"

崔巧巧低着头正在用带子扎着梁慕秀的裤脚，只听磨坊里传来一声怪异的叫喊，还没听清是在叫喊什么，就见许飞燕披头散发地窜了出来，而且张牙舞爪，还在撕裂着刚才的叫喊。听不到许飞燕在喊什么，却是看到她的两只纤巧的耳朵很威风地耸立起来，一只大，一只小，一只发红，一只发白，外圈和内圈都不是很对称，宛若她现在一跳一跳的动作，或高或低，如同马戏团的驯兽女郎一般。从她那突出的奔颅上看到圆圆的鼻头，眉毛尖翘着，仿佛就要倒竖起来，两只眼睛瞪着，凶巴巴的，一只胳膊向上挥舞，一只胳膊向下摆动，两条罗圈腿跳来跳去，仿佛脚下有一个热滚滚的大火盆。

"老大家的，你在咋咋呼呼跳天竖地的作甚嘞？"

许飞燕一个屁股蹲坐在梁慕秀脚下，一把鼻涕，一把泪，然后仰头呼天抢地："娘，娘要为我做主啊。"

"这是咋了？谁又惹下你啦？"

"娘呀，我这个干干净净的妇道人家，不能活了……"

梁慕秀突然觉得许飞燕是邢硕梅附体了，竟然变得这么诡异、这么癫狂。这时，李有德有些狼狈地一瘸一拐地挂着文明棍从磨坊里走了出来，衣服上还沾着一些不伦不类的干草。这时，梁慕秀气鼓鼓的，抬头看天，却是下起了雨，斜对面磨坊屋顶上的油皮毡发出啪啦啪啦的响声。她看到李有德扔开了文明棍，有意坐在雨地里翻滚着，衣衫也湿透了，腰带也散开来，显得十分狼狈。这还不算，他看到老婆子惊愕的表情，更是夸张地一头栽倒在黄母牛喝水的大瓮里，幸亏崔巧巧手疾眼快，用力拉他时，福武正好赶来，才合力把老太爷拉了出来。梁慕秀转过身来背对着他，只是盯住头顶大喊大叫，然后对来扶她的许飞燕说：

"你，你——邢硕梅？"

"娘呀，您睁开眼看个仔细，我是许飞燕……"

"许飞燕，是你，我还以为是邢硕梅呢。"

"谁是邢硕梅？娘，您可晓得我是崔巧巧……"

李有德尴尬地瞧了一眼梁慕秀："你来干甚哩？"

许飞燕用两手把解开的大襟袄像两扇李府的大门一般张开，如同跃跃欲试的一直没长尾巴的老母鸡，一心要在这个时候腾空而起。梁慕秀没有理会老头子的疯疯癫癫，却是抓住了许飞燕。她刚才与老头子在磨坊里做了个甚，这个没人看见，但她倒是想让许飞燕在雨地里陪着老太爷多待一会儿。衣衫淋湿了再换洗，说着，她就站立不稳，谁也扶不住。老头子这是做给谁看嘞，还给大瓮里栽，这是吓唬谁了？雨水流了一地，低洼处的积水差点把她滑倒。老头子不在乎，可我老婆子在乎。这公公不像公公，儿嗦子（儿媳妇）不像儿嗦子，妯娌不像妯娌，公婆也不像个公婆——这做公婆的，还要忍受到何年何月呀。这样想着，她就故意跌跌撞撞地走到李有德跟前，花坛前拾起刚才老头子掉落的文明棍，照着他的身影子就在地下戳了一下。

"这是作甚哩？"

许飞燕还在一边不停地嘟囔："我……我爹……要吃我的炒面……"

"吃甚的炒面嘞？"

"这话您是在问您大儿媳我呀，还是去问问爱吃炒面的我公公哩？"说着，许飞燕朝着身后的李有德一指，宛若给李有德施展了定身法。

梁慕秀刚开始还有些不大明白，后来渐渐想起了昨晚的噩梦，仿佛又听到耳边邢硕梅在夜半三更时嘎嘎嘎的笑声。一股股寒气逼人，宛若脚底下是结成坚固冷硬的冰壳，擦滑泼溜的，差点就一个屁股蹲坐在了一堆料灰上。她拿起一根过年燃放鞭炮用的长长的引火香，鼓起嘴巴吹着，一吹就是一明一灭的火光一闪一闪。她的嘴里念念有词，仿若在施展着什么法术。这究竟是怎么回事？她一年四季地操忙，没白没黑，忙前忙后，操心了锅前，再操心着锅后，操心了锅后，又要忙着收账、放账，还要和七里滩、田家会的佃农们商谈春耕秋收农闲的事情。哪一坰地，哪一铺子，不需要她来盯着——虽然，现而今交给了崔巧巧，但逢遇到大事，老太爷还不得要与她这个老夫人商量？

"我就是邢硕梅……你们把我休回家……李家大院迟早会出事的……嘎嘎嘎……"

那时，许飞燕还在闹腾的时候，梁慕秀突然两眼盯住头顶的某一处出神，然后就惊叫一声，人事不省，一头就栽倒在地了……

第十一章

世事难料

1

———

那日晚上，福居园大开盛宴。吴有财做东。原本单请的是城防司令穆占山，结果县长袁国良也到了。看来还是离石县商会的面子大呀。小菁出现在雅间里时，还真是不一般，把个穆占山看得有些愣怔住了。连一向谦恭谨慎的县长袁国良，也顺着穆占山的目光不由得顾盼了几次。吴有财一边殷勤地给穆占山夹菜，一边还要照顾席上的其他客人，对李府大老爷家的夫人许飞燕更是笑脸相迎。许飞燕却是有些心不在焉。

"许飞燕，你今日怎么有空过来啦？"

"哟，穆司令，您这是贵人多忘事呀，还能记得我这个不起眼的李府家的许夫人呀！"

穆占山的目光依然盯住小菁。这小菁对于许飞燕来说并不陌生，曾经是李府三老爷的一道菜，怎么现在是被穆占山看上了？

"听贵府里的管家杨栓大说，你家老夫人被你气晕过去之后醒来就半身不遂了？"

"甚呀？这哪是我给气的呀？我也没那么大的气性，是老夫人岁数到了这个份上，一头就栽倒在地，我都晓不得是怎么一回事……"

这一年正好二十出头的小菁，可是比六七年前她与李文起一起到李府的时候更加出挑了，宛若宴会的中心人物。小菁坐在穆占山的腿上，然后说："大名鼎鼎的许夫人，走到哪儿都是要压一头的，怎么今日这么低调啦？"

与小菁相比，许飞燕有些黯然失色了。小菁的心灵像她红润的脸蛋一般朝气蓬勃。她的眼睛像她合身的无袖旗袍一般诱人。许飞燕只是稍微动了动筷子，就觉得食之无味，再看看小菁被穆占山恩宠的模样，简直是光彩夺目，而且是上上下下浑然天成了。唉，一个三十大几的女人，怎么和二十岁的小女子比，顾盼的眸子里有着美不胜收的神韵，细如编贝的皓齿，闪烁着刺亮的光泽，颊间透射出嫩果的红润和芬芳，两腿的膝盖在穆占山的手掌间微微抖动着。上一次穆占山的手掌可是在许飞燕的膝盖间婉转着一个个灵活的勾魂动作。

"哟，穆司令可是一向不好女色的，听人说，您只钟爱榆林过来的一个梨园界花魁何彩花的……"

"少给我提甚的何彩花，你这是当着瘸子说短话，当着秃子说头发，想干甚嘞？你们李府，我最佩服一个人……"

"谁呀？佩服李老太爷？"吴有财插了话。

"许夫人，你来猜猜？"穆占山盯住许飞燕，然后眯着眼睛说。他还想说什么，小菁就给他嘴里夹了一筷子炖鸡块，把他嘴给堵上了。她无袖的窄身旗袍露出两条光溜溜的诱人白胳膊，更让许飞燕嫉恨。

"哟——我这妇道人家见识浅，又不是穆司令肚子里的蛔虫，哪晓得您最佩服谁呀？还是让您旁边的袁县长说道说道吧。"

袁国良则低头喝着一小碗银耳汤，一脸漠然的表情。虽然，他是太原阎总督亲自委任的县长，却是苦于财政收入捉襟见肘，县府不仅在某些方面要受制于国民党县党部，还在一些工作上受制于县商会和城防司令——按道理说，李府老太爷李有德是县商会的老会长，但由于年事已高，大权旁落。陈家庄的陈善仁是李有德的亲家，只是一个商会挂名的副会长，这两年商会的运作早已由常务副会长吴有财和秘书长宋老大负责运作，也就是他们掌管着全城的钱袋子；而这个离石的城防司令也是阎总督任命的，所以穆占山掌握着离石城的枪杆子；另外，离石警署的常来宝署长掌握着刀把子。对于整个县府来说，没有了钱袋子，没有了刀把子，也没有了这枪杆子，那就注定了寸步难行。而他这个县长，如果没有了这三样东西，也就狗屁不是了。前两日，这李府三老爷的崔夫人代表老太爷给袁国良送来两件稀罕物件，一件是明代的青花将军罐，一件是磁州窑白釉刻花网纹枕。这后一件，也是李老太爷听到他操劳县政事务过度导致了失眠，才让崔夫人专程送给他的。想到这儿，不胜酒力的县长袁国良，看看一旁的许夫人，硬着头皮摇摇晃晃地站了起来。

"来，我袁某单独与吴会长、穆司令喝一杯！"

吴有财哂笑道："袁县长酒量不如上一任的尹学成县长呀，那可是一个海量。您这还没打通关，就已跌东倒西了。"

"说甚嘞，今天好好喝个够，舍醉陪君子，但你们商会上次答应给县府的那笔款子，何时兑现呢？县府急等着款子修缮国民中学的校舍哩。"

"那个，不是省上有拨款吗？"

"县府的钱总是不够用，寅吃卯粮，那笔拨款还不够给县府添置办公用品哩。警察局也得添置枪支。所以，县府的工作还需要商会积极支持！"

"支持可以，那您得喝酒，不能偷奸脱懒……"

袁国良也豁出去了，一连与吴有财干了三杯，倒是惊动了一旁正在与小菁窃窃私语的穆占山。

"袁县长，你这不怎么喝酒的人也与吴会长连干三杯，是瞧不起兄弟吧？"

袁国良小心翼翼地站起来，重新把酒满上，然后说道："穆司令，你说吧，咱俩怎么喝，定个章程？"

"你怎么不把警署的常来宝署长叫上来了？他可是负责的刀把子，不敢小觑呀。"

"穆司令的枪杆子老是与常署长的刀把子在东关街里公开扯皮打架嘞。这个不太好吧？蒋委员长一向要求我们，精……精……诚团……结呀……可是，乃至于……这次常署长一听穆司令的大名，就，就不愿意来赴宴……"

"怕是他警署的常署长不是不愿意，是他害怕我穆司令的两把王八盒子不长眼睛吧？"

"那是那是。"

"常署长今日没来，一定是不尿你这个袁县长吧？"

袁国良有些难看的脸是极为难堪的猪肝色，只是吞吞吐吐地说道："没有的事，没有的事。精诚团结，咱县可是总督府连年颁奖的模范县哩。"

穆占山随即让小菁来斟酒，然后说："袁县长，别讲那些没用的骗人官话，你也晓得，兄弟我就是耍枪杆子的。如果也像你一样，县府里寅吃卯粮，不干正事，那我还打啥的狗屁仗呀？没钱买子弹，你让我们这些当兵的跑到战场上，拿着没子弹的枪当烧火棍呀？让我们见了敌人，亮起嗓子穷嗖嗖的干吼吗？如果瞧得起兄弟就吃一口这道菜——吴老板哟，这道菜叫啥的金钱万贯……"

"是叫金钱万贯，也叫梅开二度哦……"

"啥子梅开二度？"

"就是干那事不行，吃了这个金钱万贯，就又能火力冲天梅开二度啦。"

"既然如此，让袁县长先尝一尝。"

袁国良伸出筷子夹了一片，看看，有些像猪大肠，摇摇头，然后就一口吃到嘴里了。

"袁县长哟，这是李府许飞燕刚送来的新鲜牛鞭……"

袁国良脸色大变，嘴里的一片嚼碎的粉红肉末差点吐出来："这个，怎么回事？"

"许夫人说李府刚把那头叫大郎的公牛杀了，专门带来了新鲜的牛鞭，让穆司令和您来品尝……"

袁国良有些反胃，但还是强自打起了精神："穆司令呀，当着许飞燕的面，咱也不打诳语。县府虽然没钱，但是咱县有十来家出了名的豪门大户。这数得见的像李府呀，陈善仁的钱庄呀，都会出这个大头的。"袁国良一边与穆占山干杯，一边向许飞燕这边看了一眼，又说："听说城外的马茂庄，流窜来了一帮外路被打散的兵匪，就全靠穆司令来剿灭了。这剿匪的款子让李府出个大头，许夫人呀，你回去和李老太爷说一声，看捐助穆司令多少现大洋？"

许飞燕听了袁国良的话，吓了一大跳。这话不是不敢递给李老太爷，关键是她前日刚与李老太爷闹过矛盾，而且还把老夫人梁慕秀给整得当场昏厥过去了。不过，她又不好拒绝，只好说："这种事，李老太爷不管，现而今李府管事的是三夫人……"

"三夫人？"

"对，三夫人崔巧巧。"

"那就妥了。咱就找这个李府的三夫人崔巧巧。吃大户也要吃得人家心服口服呀。"

"崔巧巧就是我们李府里的王熙凤一般的人物。"

穆占山喝酒喝红的眼睛，直勾勾地盯住许飞燕，然后嘀咕道："王熙凤？我认识吗？是男是女？哎，你不是叫许飞燕，怎么又出来个王熙凤，让我脑仁疼呀……"

这时，许飞燕不敢再吱声了。过了半晌，她才说："这拌凉皮有点咸，齁嗓子！"

而袁国良与穆占山换了老碗喝酒，一碗就干了下去。一瓶茅台和两瓶老白汾已经见底了。吴有财又打开了一瓶陈酿的吕梁香。芬芳的酒香弥散在酒桌上，让不知所措的许飞燕和坐在穆占山腿上的小菁各自打了一个喷嚏。这袁县长在半醉半醒之间，首先一头就歪在桌子上了。穆占山因为要与李府讨要现大洋的事情，就转过来又与许飞燕干杯。

"我穆占山最佩服李府的二老爷李文祺……"

"呵呵呵，穆司令还有怕的人呀，说给鬼也不信嘞！"

吴有财插嘴说："福居园新来了几个亮眼的小妹，让几位贵宾开开眼！"说着，他伸出两只手拍了两拍，门口有一个笔挺地站着的班头就马上出去了。一会儿，就上来七八个穿着开衩旗袍的猴女子，一个个长得端溜俊，先把个穆占山给看傻眼了。他刚要说什么，却见县长袁国良站起身来要走，被刚进来的宋老大一把拉住了。

"袁县长，在咱家的地皮上，你装啥装？快告诉宋某人，你看上哪个猴女子啦？说一声，立马去给你解解乏！"

袁国良站也不是，坐也不是，直接面对着两个来搀扶自己的福居园新来的猴女子，就有些站不稳了。

"你这个，年龄多大嘞？"然后，顿了顿，他又问另一个，"你呢？说话不像本乡本土的呀？"

这时，刚进来不久的宋老大才开始脱掉一件紧身的襻扣黑绸子上衣，穿着白色灯笼裤，绑着护腰带，一看就是一个练家子。他先神气活现地晃晃脑袋，然后像一只野鹊子般咯咕咕咕地笑着，在头顶彩灯的照耀下，壮硕的肥脸上挤出一丝兴奋的表情。他从怀里拿出一个纸包，然后举着两根萝卜形状的长白山人参在大家的头顶摆动着炫耀。随即，他顺手又向着桌上放着的一个盛放老白汾圆筒器皿里面一戳一戳，浸过老白汾的长白山人参一下子变得粗大和红壮了。"看看这像根什么？"他朝着饭桌上的各位拜了拜，哈哈笑着说："袁县长，你就别给我装了，我让吴掌柜派三个福居园的招牌俊女子来服侍一哈（下）你，快到后面套间里歇一歇，别整天为了工作穷忙。现在去解解乏，让她们姊妹三个给你好好按摩按摩！这两根长白山人参先用老白汾泡泡，保证让县长大人金枪不倒，夜夜做新郎！"

穆占山也附和着说："是啊，是啊，见天价穷忙个甚喀嘞。整天开那个啥子狗屁没用的会，能忙哈（下）金子啦，还是忙哈银子？别整天假假溜溜，一大套哄鬼的空话大话假话，人脱光了，还不一毬一样？到了咱这地面子上，就要来硬的嘞，见实的喀！你看人家泥腿子共产党，走到哪儿都有人追随，那个才算真本事，一出手就是两把厉害刷子！咱们倒好，别他娘的总是手来，腿不来；腿来，毬不来！日弄成个甚哩？要不然底哈（下）的老百姓都说了，这国民党也快成了刮民党、刮命党啦！"

"我，我……喝醉了，真喝得有点多……"

"喝多了，那不行，就用撅子使劲撅一撅喽……"

县长袁国良一边嘟囔着，一边垂着头，脸上见红了，羞羞答答着，被宋老大安排的三个外路来的穿着大开衩旗袍的猴女子扶到隔壁套间里去了。

"袁县长，套间里有暖暖的水床，好好洗洗，好好享受享受！"

穆占山看看这位国民党县长袁国良的背影，然后指指跟着的三个猴女子说："后面的这个，怕不是猴女子了吧？"

宋老大笑了笑，说："不瞒你说，吴掌柜，吴会长也晓得了。后面这个有三十六了，老家西路价；左边那个有二十大几，还不晓得老家哪儿的；只有右手那边是一个从江浙那儿来的一个嫩女子，长得能掐出水水，前日才来，刚十六……"

"唔，真没想到，袁县长的口味不低呀，这是老中青三结合哩。"

"啥的三结合？怕是让兄弟见笑哩。"

"宋老大呀宋老大，我怕我穆某人有一天会栽倒在你这只老骚狐手里……"

"说甚哩，咱们亲哥儿弟兄的！快，袁县长不在了，咱们继续放开喝！各位把身子骨儿抟直了，不把这三瓶老白汾喝了，谁也别想走。喝完，打牌时再给各位抽两袋上等的水烟……"

"先别喝呀，我手下的千把个弟兄熬煎着，一个个没有媳妇，这可怎么办？这个问题不解决，士气不振，还怎么出城剿匪喀？你和吴、吴啥的……福居园的……"

"福居园的吴掌柜，也是咱县里商会的常务副会长，会长是李府老太爷李有德……"

"不提这个李有德还好，一提这赫赫有名的李府，他家老二李文祺，我穆某人佩服。可惜，这些日子，穷鬼们在山圪塄里闹腾得欢，那个柳林镇薛村寺沟的李延忠——不，听说改名了，叫啥的李信诚，我把他的一个泥腿子庄稼汉，领料上一帮穷鬼折腾也就罢了，有咱的千把弟兄的队伍随时出城剿匪哩。这穷鬼们折腾还情有可原，是日子过得太枯焦，没饭吃，没活的路了，这才专门起来与官家作对嘞。可是，这有钱人，大户人家的小姐，也跟着共产党跑，是不是脑子进水了吧？一旦有一天匪党得势了，那是要打土豪分田地，共产共妻哩，到时怕连后悔药也没处买！"

"穆司令，这是在说谁哩？我宋老大可是坚决反共的……"

"谁说你菜刀队的宋老大呀，别心虚，我穆某人说的是李府二老爷李文祺的二闺女李月莺……"

"欸，我还以为你在说我的闺女宋猴汝哩。我想这也不能够呀。我家宋猴汝可是整天待在闺房里不出来，也就是潇民回来那阵子跑过几回李府。你说这个李月莺咋啦？她哥潇民不在山西大学堂里当先生嘞，这还管不哈（下）个她？她咋啦？她又不在离石，一直在太原读啥的女子师范学校读书，不可能与咱这儿山圪塄里闹红的李信诚有啥牵连，你这是在说笑了吧？"

"鬼毬和你说笑，改天也给我来两根泡过老白汾的长白山人参，我也来享受享受！别用假的长白山人参来糊弄我！欸——对了，我刚才说到哪儿啦？嗯，咳咳咳……这——这可是真的，前日省警厅里来人说的。李府里一个大户人家的小姐，一天到晚尽给那些个穷鬼当炮灰哩。警厅的人还说，这些猴女子不好好读书了，在省城潜伏的共产党煽惑哈（下），都跑到教育厅抗议啥子全国统一会考制度，还要去省总督府门前抗议哩。还说，李府的大小姐李月莺是挑头的，你说这个气人不气人？"

许飞燕披上一件严实的外套，站起来正要告辞，却又插了一嘴说："穆司令，这是哪个警厅来的人说的？我咋就不信呢？我们李府二老爷家的小月莺，不是这种行事做派呀，她在离石的时候胆子其实很小的……"

穆占山忽地站起来，冲着许飞燕说："咋的？她在离石那会儿才多大来点呀，现而今嫩翅膀开始硬了。你这个李府家的大夫人，连这个也嗨不开（不懂）？是不是想包庇匪党吗？你们这大户人家的小姐不好好读书，整天价不干正事，参加这类匪党活动，这是要阎锡山大总督的难看了吧？我看这个教育厅里就有某个高官在包庇这些学生的非法抗议活动哩？唉，这省城里肯定有潜伏着的共产党，要不然大户人家的小姐不会这么上蹿下跳地起劲闹腾哩。"

许飞燕心底里也有些害怕，只好唯唯诺诺地说："穆司令担心得对着嘞，可这也得拿出人赃俱获的铁证来呀？"

"会拿出来的，你放心。不过，到时候，你家李府俊丹丹嫩溜溜的大小姐可是要落个吃牢饭了，大刑伺候喽。你回去告诉你家老太爷，让他一定要对府上所有在家和不在家的子孙严加管教……"

许飞燕不断地点着头，回头看看宋老大和吴有财，把外套的领子立起来，头一缩，先自溜出雅间，打道回府了。

穆司令这才又把话题转到他刚才与宋老大、吴有财商量的事情上来了。

"这个，城里千把弟兄的士气全靠此举，事关整个剿匪的大局哩，二位要担待一些嘞……"

"你说怎么办就怎么办，难不成让咱福居园的妹子们给千把兄弟做一回免费的一夜新娘啊？这个，恐怕不行……"

穆占山牛眼一瞪，解开武装带，把两把王八盒子枪放在饭桌上。早些的毛瑟手枪是一把老旧的家伙，这不，刚换了两把新制式的毛瑟手枪，也叫王八盒子，甩开双枪，那个威风劲儿就甭提了。"千把弟兄们的这个……这个生理需求不解决，没法出城剿匪，更不能确保这一方平安……"

"满打满算，咱福居园的妹子也就三十七个，但不一定都接客睡觉……这，穆司令这个，又给不了钱，卖了身子还得倒贴，我宋老大啥时干过这事……"

"这样吧，接下来会让你生意兴隆的，别在咱剿匪的城里千把个弟兄上谋发财，要放远了看。这样吧，轮开来，营团以上在福居园发个特许证，哈（下）面的弟兄们就抓阄了，或者摇号，发个临时的供应票啥的，按照日子排队……"

宋老大皱着眉，沉思良久，也就替福居园掌柜吴有财做主拍板了。于是，隔上几日，福居园就会三五成群地来一伙子穆占山队伍里的愣头兵们，也有一些从后门进来的营团干部，在暗间里开小灶。一到礼拜天，半夜三更里，在福居园外面都能听到一阵胜过一阵的鬼哭狼号。有的上钟的窑姐连轴转，一个个接待下来，开衩旗袍早已被当兵的撕得稀巴烂，咬得遍体鳞伤。还有的兵油子把盖着福居园印章的供应票撕开，一张当两张用，更有的干脆弄张假票来糊弄，被吴有财当场戳穿，差点在门口干起仗来。幸亏，宋老大眼明手快，拉住了当兵的二杆子，才没有酿成火拼惨剧。可是，一个晚上折腾下来，一个个窑姐已经是瘸着腿走路，眉眼歪斜，面色蜡黄，鼻青脸肿，疲惫不堪，跌跌撞撞。她们由上钟时的矜持高冷的白天鹅式的里八字走路，一下子出来时变成了企鹅式外八字的左右晃荡，似乎从炎热的赤道瞬间就飞到寒冷的北极，冰火两重天，一个个变成了难看的罗圈腿，仿若在稀里糊涂的做梦间过了一道鬼门关。

一边的吴有财面有难色，宋老大却说："吴掌柜，你看我给咱福居园揽拾的生意不错吧？"

吴有财看看四周没什么人，就没好气地说道："这是甚的生意呀？赔本赚吆喝哩。那些个福居园的妹子受不住这些当兵的来夜夜笙歌，差不多跑了一多半。唉，这福居园也怕是快要塌火了……"

"咋会塌火？吴掌柜，你放心，有了这些枪杆子来光顾，不愁没生意，我让穆司令取缔城区里所有的窑子，独留福居园一家，别无分号。物以稀为贵。我会让那些个跑掉的窑姐，怎么走的，再怎么回来喀。你看怎么样？她们回来也要看咱们的心情，到时候还要又挑又拣，那些个歪瓜裂枣的货色，咱还不要哩。"

"这，这，这个有点……太那个了吧？太损，别的同行会骂死咱们的……"

2

刮了一天大风，梁慕秀一直躺在后炕，盖紧了被子。一大早，陈香香进了门，手里端着一碗热气腾腾的红枣粥，撩开帘子，就叫了一声："老夫人！"然后，她就直愣愣地站在当脚地。黑乎乎的什么也看不到，梁慕秀就问："甚时候啦？"陈香香就说："晚饭时分。"说着，她点燃老夫人屋里足有三拃高的洋油灯树。

"你是老三家的巧巧吧？"

"不是，我是老大家的陈香香。"

梁慕秀一听老大家的，就忽地坐起身来，然后问："你是许飞燕派来的？"

陈香香摇摇头，然后向身后看去，只见于晓梅端着一个盛着热水的铜盆进来了。陈香香把毛巾放进去，来来回回揉了一圈，然后拧出来。于晓梅夺过陈香香的热毛巾，三把两下地给老夫人擦脸。

"老夫人，我给您擦一把脸吧。"

梁慕秀受到了许飞燕的刺激，一头栽倒后当场昏厥。醒来之后，她就对老大家的人都有了一种逆反心理。

"许夫人呢？"

陈香香和于晓梅都不吭一声。只听门上一响，杨爱爱也进来了。杨爱爱与老夫人有着共同的话题。

"戏园子不是今黑间唱戏吗？"

杨爱爱的妹妹杨花花在戏班子里已经开始唱起了旦角。这一方面是因为杨爱爱的耳濡目染，另一方面是拜师学艺中得到梨园花魁何彩花的多年指点。杨花花、何秀子与小月莺都是同辈人。

"我倒是也想去看戏哩。"

杨爱爱就说："老夫人，您的身体还没好利索，再说也下不了地，夜里风大，怕是再招感冒了。现在，戏还没开演，我让杨花花、何秀子来看您了。"

"这两个孩子在哪儿？"

洋油灯下，一片明亮。这在好多天里，老夫人房间是没有过的。老夫人与老太爷各有自己的房间，平日里互不打扰了。杨花花出落得已经是一个十四岁的姑娘了，个头与小月莺差不多。而何秀子，其实就是水崎秀子，看上去长势喜人，到了戏台上也是主角何彩花的一个不可或缺的配角。

"看到这两个俊闺女，就会想起我那在太原读书的孙女小月莺。来，过大娘这儿来，让我好好瞧瞧！"

杨爱爱让常翠花去老夫人门外石头台阶下迎候其他各房的客人，她自己陪着老夫人说话。

"许夫人呢？"

这次，梁慕秀又问许飞燕的去向。于晓梅欲言又止，而陈香香撇撇嘴，还是杨爱爱说："许夫人去福居园啦。"

"福居园？老大和老三都不去了，这许夫人去干甚嘞？"

"这谁晓得了，前两日许夫人就去过福居园，说是穆司令让咱李府捐款呢。听说让捐一万块大洋。"

"捐一万块大洋？这件事，倒是没听老太爷说起过呀。"

"老太爷可能也不晓得，这件事，许夫人找的三老爷家崔夫人……"

"崔夫人答应了？"

大老爷家的三个小妾陈香香、于晓梅和杨爱爱面面相觑，不晓得如何应答。早几年，大老爷和三老爷就在福居园赊账一万块大洋，那次就让老太爷很生气。这次，又该如何应对？

老夫人的屋里大家正在聊着，只听常翠花在门外叫了一声："崔夫人来了！"大家听到崔巧巧在屋外的说话声，好像还有何彩花。紧接着，屋里头站着的杨爱爱去搀扶崔巧巧时，崔巧巧扑哧一声笑了。

"别搀扶我，你把我当老夫人了，我还没到走不动路的时候……"

梁慕秀在炕上被陈香香和于晓梅左右扶着，又坐起身来，说道："离老远就听到是咱家的穆桂英挂帅哩。"

"娘，您身体怎么样啦？"崔巧巧凑上身来问。

"娘这身体不还那样呀，只是不晓得这两日你爹可好？"

崔巧巧拿起洋油灯来打量着梁慕秀，然后说道："娘，您也别操那么多心了，很多事情，就由我们小的来承担吧。您和爹还有甚的不放心的。"

"老大家的陈香香、于晓梅和杨爱爱都在跟前了。你们说说，那日许夫人究竟与老太爷在磨坊里怎么回事？"

问到这个问题，大家都不想刺激老夫人。毕竟，那天大家都不在现场，只能听着许飞燕的一面之词。老太爷也是灰头土脸，被新磨好的豆面撒了一头一脸。也不晓得许飞燕为何如此对待老太爷？

何彩花见到大家谈论的这个问题很敏感，涉及李府上上下下盘根错节的矛盾，于是就想拉着何秀子和杨花花要走。毕竟，晚上唱戏就要开始了。梁慕秀本来想和何彩花谈谈新排练的折子戏《二进宫》，但心神不定，总觉得李府又会发生什么事情，可是，身边的这些人都对她避而不谈。

"花花，《二进宫》的唱词是咋样的？"

杨花花有些不好意思，却是何秀子突然从角落里站了出来，竟然给老夫人开唱道：

刘秀十二走南阳，
大刀苏显赶驾忙，
马武邢期双救驾，
才扶光武坐洛阳。

何秀子这一唱，就把老夫人的愁闷吹跑了。崔巧巧也乘机说："娘，别操那些闲心，家里还有我们哩。"

而杨爱爱也说："老夫人，那天的事，准是一个误会，许夫人还受到大老爷的斥责，说是别再没事找事，原本外人都在盯住李府，盼着咱们家出点事嘞。"

"大老爷，最近身体如何？"

陈香香说："他呀，都好着呢，还是您老要多注意自己的身体吧。这些事情还得娘多担待着哩。做小的们就是有千错万错，娘也不要记挂在心里。您就当我们这些小辈瞎说八道，无心之举。娘要大人大量，多多包涵嘞。"

3

快到晌午头，东门口的大车路上，在树木、壕沟和商铺的中间，突然出现了一头没精打采的黑驴。黑驴背上坐着的是一个戴着大礼帽和穿着黑袍子的洋人老头。一大早就站在李府大门口向西瞭望，李有德一只手齐眉遮着阳光眯缝着眼睛又确认了一下：是哩！骑在黑驴上的正是离石旧城福音堂洋教士白瑞德。他还是穿着通常那件黑色的长袍子，显得松松垮垮，却是一脸威严。头戴着一顶老旧的上了年纪才会出门戴的宽边礼帽。黑硬的胡须下面，围着洋人才有的那种精致的花式立领，使得他的脑袋更像是一枚餐后甜点时最后一道水果，摇摇欲坠。他的外貌有些做作，却又有一种认真的表情，滑稽中又让人感觉到一种不协调的平衡感。正因此，他骑在黑驴上才昂着头，挺着胸，还不时打着拍子，嘴里念念有词，时时刻刻地在不停地祷告。

而自从前两日磨坊里与老大家媳妇许飞燕有了那么一段不清不白的关系之后，李有德就很少与老夫人梁慕秀照面了。甚至，他大门不出，二门不迈，一直关在自己的书房里反省。李府里怎么会发生这种事情？老太爷只是感觉到自己太冤屈了。再说，他都七十大几的人了，怎么会这样不检点呢？可是，许飞燕一口咬定公公非礼儿媳的事情之后，就把梁慕秀也意外地给击倒了。他本来不想告诉老夫人的，可是许飞燕不这么想，她为了与三夫人崔巧巧抢班夺权，竟然给老公公精心设置了这样一个险恶的圈套往里钻。这一下，李有德差不多一世清名都要被许飞燕毁掉了。这不，旧城福音堂里的传教士白瑞德来拜访，李有德就遮遮掩掩地提到这件事情。他原本想撇清自己与大儿媳之间这层不伦关系，却是让白瑞德也有些疑惑了。

"白先生，您也晓得我不是……也不会……更不能……没有办法……完全没可能……"

"老太爷，您在说什么？我、我不大明白……"

李有德急得老脸都通红了，原本走起路来不能说健步如飞，但也是一步一个脚印，看上去还是很坚实，也是很有力的。怎么现在突然改变了画风，竟然有些跌跌撞撞，还一头把书房的雕花屏风给掀倒了。他还惊魂未定地在木格子窗户上向外望了望。

"那天，就是那天……磨坊……"

白瑞德身穿黑色的传教长袍，一脸惊诧地问："磨坊？哪一天？老太爷，李府里究竟发生了什么事情？"

然而，李有德低垂着脑袋，很久不吭声，关闭在一个自己的世界里，无法走出来。这样的乖张，这样的阴冷，多多少少有些反常。李有德以往并非如此，无论有什么事情，都能坦然应对，可是这次却乱了分寸。谁也体会不到李府里有一种无形之中的暗黑力量，不停地宛若悬在空中的木偶，一动不动，只有背后有一种牵引，让他茫然失措。傲慢和贪婪的欲望之门一旦打开，就会让兽行畅通无阻。如果一旦说出真相，那是会让白瑞德这样的理想家和慈善家失望的，其或会改变他对李府最初的印象。传统道德的楷模倒是谈不上，一旦沦为丑陋和肮脏的代名词，那让他这个李府的老太爷情何以堪？天上飘忽不定的云彩是没有任何归宿的，随便卷过来一阵狂风，就会让一切烟消云散。人是不可救赎的，至少对他李有德现而今来说，这种世俗的欲望，来自人性的自私，导致了无法从白瑞德的祷告中得到任何救赎。相反，李有德一时间浑身感到了发冷，两条腿都不听使唤地摇晃着，整个人都站不稳。

"我有愧呀……我要忏悔……"

"既然发生的事情与你无关，你忏悔什么？"

"与我老夫无关，但与李府有关呀？"

"这二者之间有什么关联吗？"

"白先生，这怎么能没关联呢？这件事情不大不小，却如同一座铁塔一般压在我的心上……"

"啥事情？说来听听……"

李有德却又是三缄其口了。李有德晓得这做活人太难了。这一辈子至少要经历两种疼痛，一种是身体的，生老病死，在一步步衰老中疾病缠身；一种是心病找不到发泄的出口，与谁都不能说，包括现在和白瑞德也没法张口。他张不出口来呀。他仿若一个危重的病人，只剩下的是绝望了。他挤挤眼睛，欲言又止。那日磨坊里的事情，说起来没人会相信，可是对他来说就是一块心病。他都不好意思再去提，不晓得从何说起。尤其，老太婆受到刺激，一头栽倒，比他栽到大瓮里寻死觅活更严重哩。他是有作秀的成分，而老太婆是真想不开，竟然当场晕过去还不算，等于是半瘫在炕上了。啊呀，这李府虽说是大户人家，老大家的人却也饭饱生外事。按道理说，许飞燕做了老大的嗪子（媳妇），大门不出，小门不迈，肩不担担，手不纺花，整天有她吃的，也有她喝的，可就是不消停。绫罗绸缎，里外套间，出门有车，还不满足，整天跟老二家比。老二家到太原了，又跟老三家比，还要与崔巧巧争夺李府的控制权。这个权力不是不给她，是她立不住，扶不起，脱汤露馅，迟早要出大麻烦。这不，还没让她掌管了，就弄得李府鸡飞狗跳，老夫人也被气得卧病在炕了。

"那就别说了。"

"唉，我要多冤有多冤……"

"那就痛痛快快地说吧。"

"怕是败坏了李府的名声……"

"怎么说呢，用你们中国人的老话，就是解铃还须系铃人。您老要说就说，说出来就会轻松很多了，也才是忏悔的开始……"

"可是，我没错呀。"

"没错怎么会出这种事情？"

"千错万错，我老夫不该信任不该信任的人呀……"

"谁是不该信任的人？"

"谁？谁是不该信任的人？唉，说出来，我老夫脸上无光呀……"

"嗨，说了半天，又绕回来了。"

白瑞德走进李府时，并没有觉得不同寻常，还和他每次来时一样，管家杨栓大总会给他接驾。白瑞德骑着一头慢腾腾的驴子来的。这头驴是白瑞德在南关的一个屠夫手里花高价买的。屠夫人称六十一，也就是他爹六十一的时候才生下了他，所以从小他爹给他起名六十一。六十一原本想杀了这头瘦弱的驴子卖给驴肉火烧店，可是白瑞德动了恻隐之心，就买回福音堂拉柴草用，偶尔出门也骑着它。白瑞德还给这驴子起了一个叫约翰逊的洋名。白瑞德眼馋李有德手里的几件珍贵的瓷器，就想让他送自己一两件。

"约翰逊？谁是约翰逊？"

白瑞德就指着院子里的那头瘦弱的驴子，然后说："它就是约翰逊。"

李有德看着院子里的约翰逊，一副油盐不进的模样，而且目空一切，有一种傲视群雄的威武和淡定。但约翰逊能够解决他现在面临的尴尬处境吗？

李有德想起自己年轻时候的一股豪气冲天，不仅喜欢唱戏，还爱做木工活。那时，他只要来了精神头儿，就脱下长袍，光着脊背，穿着半腿子裤，趿拉着一双棉布鞋，看准一块木料就会细心地丈量。量尺寸，画墨线，推刨子，锯板子。李府里的人只要听见拉锯推刨子的声音，就会猜到年轻的老太爷闲不住了，要活动活动腿脚，展现他的木活手艺了。挥舞斧子砍，拿起锯子锯，两手把住刨子推，忙了不到半晌午，一块木料就会变出新的花样来了。他喜欢做板凳，也喜欢打柜子，方方正正，光光溜溜，然后晾干，上油漆。世上过瘾的事情很多，年轻时的李有德就两样，唱戏和做木工活。亮起嗓子一吼喊，然后一个个木工活动作多利索，两手里捧着一团闻起来异常新鲜的刨子刚推出来的木刨花，那时他心底里多亮堂，也多通透呀！

"我要向列祖列宗下跪祷告，我要向观音菩萨下跪祷告……"

白瑞德拿出一本密密麻麻写满洋文的厚厚经书念念有词，让李有德听得更加糊涂了，都是洋文字符，一句也听不懂。唉，老二家留洋回来的潇民孙儿在的话，肯定能给李有德翻译。可是现在，白瑞德一说洋文，李有德就有些麻爪了，不晓得自己该说什么。也许，家丑不可外扬。对了，还有这老三也是不听话，有时拿着一把木锯在锯一块厚厚的木板——可是，这不是木板呀，是一尊贞洁烈女的木雕塑像，被这不孝子给拦腰锯断了。是可忍，孰不可忍？

"对，家丑不可外扬。"

"明白了，这是贵国的传统文化……"

李有德记得潇民能说一口洋文。上次潇民回到李府时，曾经与白瑞德用洋文叽里哇啦地说个不停。甚至，由于潇民这样的留洋博士，白瑞德才把那个当时才仅仅五岁的水崎秀子交给了李府的私塾，后来才跟上戏班子学戏，并且认梨园花魁何彩花为干娘，改名何秀子。以往进了李府大门，白瑞德就先绕到戏园子排练戏的后台去看望何秀子。那年十二岁的何秀子，单从个头看，简直是一个十六七的大姑娘了，但眉宇间却还是一个纯真少女的模样。

"水崎秀子，你看我是谁呀？"

记得是上次，何秀子一直低着头在压腿，练大劈叉。白瑞德静静地看了一会儿，都看呆了。他想起小时候喂她吃饭时的不熟练动作，她咕噜咕噜地喝着羊奶。她流着鼻涕，鼻炎又犯了，小嘴巴里嘟囔着什么，刚来时一直躲在角落里，如同一只小奶猫一般，眼睛里透射着慌乱和犹豫。那个朦胧着薄雾的清晨，他在福音堂大门外的水沟里发现了她。她是被一个从关外回来的商贩遗弃在这儿的。冷凉的空气里有一种秋雨的气息，她裹着一件不合身的成年人衣服在攀爬着，每次攀爬一半都会滑落到沟底。他刚开始没注意到她，只是盯住了水沟旁的一丛野菊花出神，一夜之间野菊花就吐出了浓郁的芬芳。头顶的槐树上有着野鹊子在叫着，仿若在报喜。他竟然就这样捡拾到她。她又一次滑落到水沟底部，她的脑袋在竭力趴在边沿部分的土坎上，而整个小腿部分已经淹没在臭水里了。她的两只小胳膊在挥舞着，拍打着，小脸上溅满了水滴。她的衣服已经浸染在水里，并漫开来，腰带松开，两只眼睛无邪地盯住水沟上面的他。细一看，她脖子里竟然又被拴上了一条狗链子，上着铜锁的脖子上还有伤痕。

"是白先生……"

记得那年，何秀子怯生生地抬起头来，一双眼睛特别明亮，露出白牙一闪一闪的，穿着练功服，身段修长，妖娆灵动。何秀子当然记得婴儿时期，白瑞德牵着一只母羊喂她羊奶的情境。羊奶挤到一只花碗里，他然后用小勺一下一下地喂给她喝。他的动作很不熟练，有一次把滚热的羊奶泼洒在她小腿上，她疼得哇哇大哭。

"啊，是的。"白瑞德看了一眼何彩花，然后对何秀子说，"你现在叫何秀子了。好，你继续练功吧。"

何秀子站起身来，向白瑞德弯下腰鞠了一个躬，然后说："谢谢白先生。"

而现在，白瑞德在李有德书房里，却是充满了疑惑。何秀子跟随何彩花早已搬出了李府。李老太爷有什么心事想说又不想说，吞吞吐吐，究竟发生了什么事情呢？白瑞德其实也不想再做探究了，正像大多数中国人的想法，多一事不如少一事，尤其这种兵荒马乱的年代，比如在更加靠前的那个庚子年间，也就是光绪二十六年，八国联军打进京城的前夕，法尔定传教士及夫人和三个孩子命丧当时清廷巡抚毓贤的刀下。

这时，白瑞德站起身来向李有德告辞时，眼前一亮，看到了侧后箱柜上放着的蓝釉凤尾尊和乌金釉葫芦瓶。"破丝碗 porcelain（瓷器）。"

"甚的破碗？这可不是一般的破碗。这是老一辈置办的，蓝釉色的是嘉庆年间的，而乌金釉色的是道光年间的，都是文物。"

白瑞德拍拍手掌，就一边爱不释手地抚摸着嘉庆蓝釉凤尾尊，一边又盯住道光的乌金釉葫芦瓶。李有德见白瑞德如此，就当场做主送给他了，并让杨栓大派人送到旧城福音堂去。入伏过后，天变长了，晚上睡觉还得盖被子，但是日头偏西的时候，把西塔楼映照得红彤彤的，宛若穿了一身金衣裳。

白瑞德笑了。"老太爷，还是要想开点，这年头，能够活下去，就会有我主来保佑的。阿门。"

李有德用腰里头的白毛巾打打身子上的浮尘，然后也虔诚地垂下头来，双掌合十，念念有词。但李有德心里念叨的和白瑞德不一样，他念的是观音菩萨保佑。南无阿弥陀佛。

4

在李府大老爷李文举的房里，却是另外一番景象。一盏洋油灯放在小炕桌后面的灯树上，李文举一个人自饮自斟着想心事。许飞燕在磨坊里讹诈公公的事情，让他很不舒服。他也觉得这里面多有可能是无风不起浪。于是，李文举趁着许飞燕去了福居园的空隙，就把他房里的陈香香、于晓梅、杨爱爱这三个小妾都召集到他的屋里头，然后面授机宜，让她们去老夫人屋里头探听虚实。于是，这才有了老大家的三个小妾走马灯似的在老太太屋里头瞎转悠，让老太太更加眼晕了。不仅眼晕，老太太半身不遂也没法下炕了。这并非空穴来风，但也好像没有盛传的那么邪乎——至少，老太太还能坐起身来和来客打招呼。听常翠花说，用不了几日，老夫人或许就能下炕活动了。

"这常翠花的话也是有水分，明明老太太这几日都不怎么吃饭，只喝红枣粥，也只吃煮鸡蛋。"

李文举从体态上看并不像大户人家那种心宽体胖者，恰恰相反，他总是在戒毒之后有了居安思危的感觉。他虽然没有三头六臂，却拥有大太太和三个小妾，一个已经十六七岁的闺女，她们在关键时刻倒也都能维护着他。他一看就是那种精干而又傲慢的中年人，具有离石当地人才有的某种黄土气息。这一点，在李府三老爷身上反而不见了，感觉反差很大。二老爷则更加不同，由于他的履历使得他具有高祖李罡的将军风范。

"老三，你家巧巧给咱爹灌了甚的迷魂汤，怎么李府里甚的事情都得听她的嘞？"

"大哥，你也别咸吃萝卜淡操心了，我家巧巧是二哥、二嫂去太原前委托代管咱家里里外外事务的，也是得到咱爹的认可。"

"明面上是如此，可是，谁晓得这里面还有没有其他弯弯绕？"

一向对大老爷言听计从的李文起也不高兴了："大哥，你这是说甚嘞？巧巧可是你的弟媳妇啊，你快留点口德吧。"

"老三，你咋这口气呢，从前我咋对你的？啥叫留点口德？我的口德很好……"

"你咋对我的，你自己晓得。没有你，我很小就不会赌钱，更不会抱着烟枪形影不离。如果我到二哥队伍上当兵，也不至于让爹娘瞧不起。"

"你还当兵？就你这身板，两个肩膀夹个脑袋，一杆汉阳造就把你压塌火啦。"

"你对我的看法无所谓，现在你对巧巧有看法这也无所谓，关键是许飞燕这样对爹，让爹咋做人嘞？"

"咋做人？身正不怕影子斜，爹既然没做甚的亏心事，他还怕甚嘞？"

大老爷毕竟是大老爷，你看他李文举穿的马褂是从天津买的丝绸布料，他穿的圆口布鞋也是从太原柳巷买的老牌子。他的无名指上戴着一枚沉甸甸、金灿灿的金戒指，堪比老太太屋里祖传下来的祖母绿足金戒指。李文举给老三倒酒的时候，眼睛里投射着一种锐利的余光。

"我也不想说大嫂，大哥你也晓得咱娘好几天不能哈（下）炕了，还不是大嫂给气的……"

"这能怨你大嫂吗？论说嫁到李府的年头，你大嫂要比巧巧来的时间长十几个年头，巧巧这才嫁来多少年呀，就一人之下万人之上的地位，还时不时敲打你嫂子，你嫂子咋能受得了这个气？"

"这个，我得承认，但巧巧是得到咱爹咱娘认可的，大嫂想管一摊子，应该公开提出来嘛，为何要在磨坊里给爹身上撒那么多豆面？"

李文举想说老太爷非礼大儿媳，但他在老三面前说不出口。老三也能体会到这一点，便说："大哥，那种事情，你也相信大嫂的一面之词呀？咱爹都七十大几的人了……"

"七十大几咋啦，七十大几就不动歪心思啦？你看咱爹把你家巧巧疼得那样，老三你真就看不出来一些啥吗？"

"看出啥来着？"

"咱爹，咱爹……这是在吃巧巧的炒面……"

"你这是胡咧咧嘞。我不相信。"

兄弟两个正在争吵间，陈香香先进来了。随后，又是于晓梅、杨爱爱，也一起进来了。她们都觉得很好笑。

"于晓梅，你笑甚呀？"

陈香香接住说："她笑甚，你难道看不出来吗？"

杨爱爱则说了一句："我得去戏台，还有一个折子戏需要排练呢。"

这时，许飞燕推门进来了。正室夫人一回来，三个叽叽喳喳的小妾就不再吭声了。毕竟这做小的地位不比原配。许飞燕虽然没有三个小妾年轻，但依然风姿犹存，圆圆如满月的脸庞，一闪一闪的眼眸间有一种娇媚劲儿，一张嘴张开来宛若开启了两片贝壳，保持凸凹有致的身段，使得围绕着她的那些没影的传说有了一个有力的依据。

"咋啦？一进家门，就是一副兴师问罪的模样？"

许飞燕没好气地说："穆司令让咱李府捐款一万现大洋。"

三个小妾如同老鼠见了猫似的，一溜烟都走了，只剩下李文起杵在当脚地，不识眼色，留也不是，走也不是。

"哟，这不是三老爷嘛，敢情有了一个好媳妇，眼看就要大闹这李府的天宫了……"

"啥大闹李府的天宫？我都不晓得你说甚嘞？我不明白这天宫在哪儿嘞？李府眼看火烧眉毛啦，一万块现大洋，你让我家的崔巧巧从哪儿掏弄去呀？"

"哟，崔巧巧可是穆桂英挂帅，有的是办法。"

"大嫂，现如今了，还能有甚的办法？记得上一回，为了还上我和大哥欠下的一万块大洋的亏空，硬生生地卖了东关半条街。这次，又能想出啥的法子，难不成还能把东关的后半截子街再卖掉不成？唉，这次不晓得又要卖甚呀？人心齐泰山移，咱李府看上去很威势，却是一个空架子，晓不得还能再倒腾啥呀？也晓不得李府还有啥值钱的家当嘞？"

"这个就不是我这不管事的大嫂子能够管得了的，没有三头六臂，但也可是瘦死的骆驼比马大。李府的家底可不是一般的厚，随随便便刮蹭一点油，足以养活这一大家子了。卖甚不卖甚，这还用得着我咸吃萝卜淡操心吗？"

"大嫂，你也别说风凉话，也别再给咱爹身上泼脏水了。你看看，咱爹屋里头的一件元代青花云龙纹玉壶春瓶，咋会跑在大哥这儿？这东西是长了胳膊，还是长了飞毛腿哩？"

"老三，别再泼脏水了。你们泼脏水，却说别人在泼脏水？你说清楚，别睁着眼说瞎话。"

"我说甚的瞎话了，先不说这些稀罕物件，且说你那天不那样，娘也不会气得昏厥过去……"

"娘是我气的吗？娘是被爹气的。"

李文举这才插嘴说："你们都少说两句吧。除了吵还是吵，这接下来，就看怎么应对穆司令的敲诈了……"说着，他停住了，然后盯住许飞燕，"你倒是说说，你一天到晚去福居园拉关系，你和穆司令的都这么熟了，为何还要让咱府上出血呢？你不是说能够摆平外面的这些复杂关系吗？"

这话一下子把许飞燕呛住了。过了半天，许飞燕才辩解着说："这穆司令不是个东西，早些他看中的是何彩花，可是最近却和福居园的小菁搞上了……"

李文起不太相信许飞燕的话，就说："大嫂，你不是又在编故事吧？"

这个小菁原本是与李文起有过一腿。现而今，小菁攀上了穆司令，是不是穆司令因为李文起与小菁的这层关系，而报复李府呢？这可说不好。如果二老爷在家的话，穆司令可能也会投鼠忌器，也不会这么无的放矢吧？想当初，小菁一见到穆司令，就闪躲在李文起身后，感到一阵瑟瑟发抖。他嘴上说不害怕穆司令，却脚下不听话地一软，反倒躲在了小菁后面。她因为他的闪躲而有了一种韧性的反弹。她握住了他正在冒着虚汗的双手……

5

一过黄芦岭，就感觉到阵阵山风扑面而来。李文祺这次从太原回来，只让潇民和小月莺跟来了。前些日，收到老家的来信，说是老夫人身体不大好，一直躺在炕上下不了地。所以，这次从太原回来主要是看看老夫人，当然还要顺便处理李府上下的一些事务。另外，来信也提到穆司令要求李府捐助一万块现大洋的事情，这次回来也是要与穆司令会会面的。原本李文祺并不想与穆司令这种人打交道，但涉及这样大的一笔款子，即便李府是离石城的首富，恐怕也经不住这一次次的层层剥皮。听说，警署的常来宝署长也放了话，既然李府能够捐助穆司令，那常署长也要求一视同仁，保一方平安。难道说枪杆子重要，他这刀把子就不重要了？

"常署长，我这常年出门在外，李府上上下下都得打点，但这么大的一笔捐助款，而且都得要李府来出，恐怕是杀鸡取卵吧？"

常来宝也深知凭着警署的两杆破枪和二三十号弟兄，根本就不是拥有一个杂牌旅的城防司令穆占山的对手。可是，面对李府的二老爷李文祺时，常署长依然保持着一种居高临下的盛气凌人。他只是在李文祺面前做做样子，其实一见到他，就让人头疼。尤其，当他背对着李府家二老爷时就如同有一把锤子在他后脑上敲打，这让他不自在。他一边走，一边回头看，脸上露出不自然的笑容。早就听说穆占山都害怕李文祺，今天他这撞见就感到浑身不自在。他以往是对李府老太爷不太客气。所以，他现在就有点底虚。尤其，他没话找话，扯一些省城的闲里淡话。他在迈过一个沟坎时，滑了一跤，还是李文祺扶了他一把。他觉得李文祺这人挺大度的。他就夸了一句，宰相肚子里能行船。李文祺笑笑，然后说了一句，肚子里行船也好，开飞机也罢，关键还是要看跟谁嘞。

尤其，常来宝也料到了这一点。李文祺又打了一声哈哈。昨晚见到李有德时，李文祺其实就已体会到他神情里的焦虑不安了。

"爹，您也别着急上火了。车到山前必有路，天塌下来有高个子顶着哩。咱家就数我的个子高。这事就由我来处理吧。您别管啦。"

"唉，老二呀，你回来又能住几天？家有千口，主事一人。我这是躲得过初一，躲不过十五，树大招风，这就像唐僧肉，谁都想吃一口了。欸，谁让咱家是离石城里的首富哩……"

"爹，首富就首富吧。咱啥时怕过别人嚼舌根子。您这年龄也一天天地大了，有些事情就不要太着急上火的，也不必为了捐助款愁眉不展。没有这个必要嘛。"

这次，潇民和小月莺回来，让梁慕秀很高兴。她都想硬撑着下地，可是不能够。老夫人这是怎么了？她一只手爬扶着炕棱畔，一只手伸向潇民和小月莺，嘴里想说什么却没能说出来，只是心锤跳得如同挥舞着的铁榔头在打铁，嘀嗒着，冷汗直冒。潇民和小月莺转头看看四周，李府上下的人似乎都在回避这个话题。潇民也不好问，小月莺则直接问梁慕秀。

"娘娘，您怎么就突然不能下地啦？摔了一跤，还是发生了什么？"

一片冷场，大家都面面相觑。梁慕秀只是说她的身体并无大碍，让老二家的人都不要担心。反正她的年龄也大了，李府里又有这么多服侍的下人，让他们该干吗还是干吗吧。

"娘，我常年在外，照顾不上，您和爹一定要注意身体呀。老大和老三也要找点正事去做，不能老是待在家里。"

"老大、老三不用你管。老大的身体也向来不好，戒毒是戒毒了，只是整天还是昏昏悠悠，不能做事；老三还年轻，戒毒后比老大强点，就协助他媳妇收账，管这一摊子吧。"

李文祺也觉得梁慕秀说得有道理，就没再吭声。潇民回来之后，旧城国立中学校长刘茂才就来邀请他做讲座，而小月莺则总是去南关戏园子找排练的何秀子、杨花花聊得很开心。这两个小伙伴听说小月莺下半年要去太谷县的铭贤中学上高中，既羡慕，又自豪。

"秀子，还是学唱戏辛苦呀！"

"是呀，你没看到秀子压腿、劈叉时，彩花姨压住她两腿时，她都疼哭了……"

何秀子还是从前那样的圆脸盘，宽奔颅，后脑勺梳着两把可爱的小刷子，与当年的娃娃头完全不一样了。看模样，一下子有点陌生感，成熟少女的气质，让小月莺都有些刮目相看了。

这时，何秀子有些不好意思地说："别听花花的，压腿一点也不疼的。"她也发现小月莺和从前一样，两只眼眸里充满了清纯灵动的光芒，甚至还有一些太原女师特有的傲岸气质。有好长时间，她都不敢看，只是远远地站着，有些生分的样子，反倒让小月莺更加心疼。当小月莺拉住她的双手的时候，还是有些不自然地笑笑，却是什么话也说不出来了。

"不疼，现在来压一遍？"

何秀子还真就当着小月莺的面就一个劈叉地倒在地上，而且还不断翻转着腰身，小月莺只觉得一阵眼花缭乱，顿时觉得这几年何秀子的变化很大。她长大了，个头几乎和小月莺差不多。

一大早，小月莺就跟着李文祺去了黄芦岭打猎。她原来还以为出行的只有自己和父亲，可是没想到竟然还有袁县长、穆司令和常署长等县里的头面人物。小月莺总觉得父亲要和他们谈什么事情，但既然来到这一望无垠的赛马场上，就在一种极为凝重的气氛里，又有了一种放马奔腾的欢欣。穆占山曾经挑战过父亲，但真正在如此辽阔的四十里跑马场上尽情驰骋并决一胜负，还是第一次。这就让穆占山又有了一洗从前雪耻的想法。而常来宝也是行伍出身的警署署长，当着袁国良县长的面，也想显示一下他跃马扬鞭的本事。袁国良平时不怎么骑马，他算是学国文的科班，笔杆子出身，洋洋洒洒谈古论今下笔千言是他的强项，骑马打枪就是他的弱项了。所以，袁国良开展工作，固然也倚重科学文化教育，但对县里这些控制钱袋子、枪杆子和刀把子的头面人物也是倚重有加。这不，一有应酬，总是想着尽量来参加。他一听穆占山有意和李文祺、常来宝比试比试，就来了兴趣。离着大老远你就会听到战马嘶吼和马鞭在空中发出叭叭叭的响声，然后心驰神往中，会想起遥远的匈奴时代圐圙马场上的神奇传说。跃马扬鞭的匈奴美女勇士，一旦遇到她们相中的情人，就会一个个伸胳膊露大腿，毫不犹豫地掠到战马上，然后在圆顶帐篷里一下子按倒，用一种母亲奶孩子的方式让其屈服，直到掳走战利口后发出了原始状态下的嗷嗷嗷叫声。

"我袁某人给你们当裁判吧。就在脚下这片圐圙里比试比试。"

小月莺插嘴道："爹，我也要在圐圙骑马哩。"

"我穆某人对文祺兄的大小姐李月莺可是刮目相看嘞。听说，她参加省里学生啥的抗议活动……"

李文祺看看小月莺，然后直接打断了穆占山的话："我家大小姐是云莺，月莺是我家二小姐。晓得了不？"然后，他没有再说什么，只是拉着她的手去前面的坡上，然后向远处眺望。

站在驿城口的圆拱形古寨堡前，一览无余。坡顶上是在风口，小月莺站立不稳，额头的发梢吹起来，让她的眼睛有些迷离。漫山遍野的苹果树、核桃树和梨树，更远处是白杨树和白桦树，时不时地跑过来一只小松鼠，眼睛贼溜溜地发亮，毛发是灰白的，噌噌地就爬上了树，然后前爪捉住松果吃了起来。脚底下是一阵淙淙的流水声，清澈见底，喝一口，沁人心脾。

"喔——我来啦——"小月莺两只手放在嘴边喊着。

"喔——我——来——啦——"对面的薛公岭那儿发出了回声，嗡嗡直响，经久不息。

绵延的坡度让赛马场上有了一些起伏，但也在生长的草坪中有了一种清越的亮色。芳草萋萋鹦鹉洲，而这儿却是风吹草低见牛羊——不仅仅是牛羊，还有一匹匹膘肥体壮的战马，昂首挺胸，时刻等待着主人的召唤。据说，这儿的四十里跑马滩与黄河麒麟送子的传说也有着某种关联。眼前一大片的草滩，宛若经过黄河冲洗的沙滩，绿莹莹的一片连着一片。如果说要有什么不同，那就是绿的颜色有深浅，绿中又有红、白、紫、蓝、黄的野花，放马奔驰的时候，就体会到一种不同寻常的力量。古老的麒麟是从这四十里跑马滩开始出发，然后在软溜溜的黄河沙滩岸上一飞冲天。

"袁县长，你也晓得，我们李府虽然称得上全县的首富，但其实也只是空架子，摊子大，养的人也多，加之县里各种赋税都不少缴。您看这个捐赠一万块现大洋给穆司令的队伍，能不能再做一些酌情的减免呢？"李文祺先征询袁国良，并看了看旁边的穆占山和常来宝。

"这个，这个嘛。"袁国良看看穆占山，然后说，"主要还是看穆司令。这是他的主意。"

穆占山有些不悦地说："袁县长，你这笔杆子就是笔杆子，没有一点担当哟。袁县长，人家李团长问的是你，为何把球踢到我这边来啦？还不嫌我的摊子乱呀？是不是上次李府老太爷让三老爷家崔夫人送你两件稀罕宝物，你撇不开面子喽？"

"你这是说甚话了？那会是啥的稀罕宝物，只不过就是两件便宜的赝品罢了……"

"那可不是啥的赝品，我看是地地道道的真货，李府那样的大户人家，能收藏假货啊。一件是宋代磁州窑白釉刻花网纹枕，一件青花将军罐——对了，至少还是明代的稀罕物件哩。对了，袁县长，你枕上这样的宋代枕头，还失眠吗？"

这时，常来宝插了一嘴："穆司令呀，别总是整那些个没用的！您手底下的城防队伍与我们警署的人总在争地盘，前两日，你的人马还打了我手下的一个警长……"

"你那个警长该打，耀武扬威，欺负人家东关街里的一个钉鞋匠，算毬啥本事？"

袁国良摆摆手，说道："别吵了。刚才文祺提的这个捐助款的问题怎么解决？"

"这个，哇他娘抿溜子了。捐助款不是给我穆占山一个人的。虽说我是城防司令，有着一两千多人的队伍，但并没有几杆好枪，也缺子弹，真的去剿匪，说不定打两枪就歇菜了。你说没钱能行？没枪没子弹能行？一人发两发子弹，这仗都没法打，更不用说，五个人平均一杆汉阳造，一杆枪才平均两发子弹，打起仗来光用大刀长矛去拼，管用吗？"

"你说的这个情况，真的能把人愁死。不过，土匪手里也没枪呀，除非与有枪有炮的北洋军阀打起来……"

"我的个袁县长呀，你要懂得防患于未然。目前看来，县城里十几家大户还有现大洋，普通老百姓身上也榨不下一点油水。这件事情，李府应该带个头，不过，看在李文祺的面子上，可以减免……"

李文祺迫不及待地问道："如何减免？"

"这个，我看，先赛马，如果你这次又赢了我，一万块现大洋，暂时就一次性先给两千大洋吧。你家作为全县首富，应该带这个头。其余大头就由其他大户们分摊吧。"

"对了，还有我们警署呢，我们警署也缺钱，也需要李府捐助三千大洋……"

袁国良说："警署的经费，县府里先解决一部分吧。"

6

五十三岁的常来宝并不想续弦，他的原配已撒手人寰多年，但他一直走不出阴影。他早已见惯了生死，尤其在两次直奉战争中那些双方士兵的残肢断臂，甚至炮火连天中的短兵相接刺刀见红，都没能让他害怕。但最终大局已定的时候，他还是从俘虏营里逃跑出来，然后就坚决要求退役了。回到老家之后，先在县府当过一阵子杂役，后来得到上峰的赏识，被破格录用到了警署。常来宝在警署一连破获几个大案，随后从警长一路跃升为副署长、署长。

赛马回来的第二日，常来宝又在福居园见到李府大老爷家的许飞燕，就顺便提到了捐助现大洋的事情。许飞燕的心一抖，一早刚给脸上打的粉底就掉落了下来。她不像崔巧巧，很少舞弄一些虚假的做派，而你要在社会上活人，就得学会掩饰，甚至做一些伪装来保护自己。其实，也可以说是她有她的面具。以前她一直学不会，与老太爷硬杠，反倒是南辕北辙，而面对常来宝，许飞燕晓得如何去应对这种麻烦事，倒不是为李府管事的崔巧巧减轻负担。不，她是在为了她自己。因为只有通过某种迂回的方式，她才能在李府里找到属于自己的位置。乍看上去，许飞燕好像没甚的心眼子，可是她那双有些重瞳的双眼里却是看到了更多的风险。所以，她一下子就洞悉了常来宝的想法，并一下子就做出了决断。她觉得只能这么办。

许飞燕说："穆司令都减免了李府的捐助，怎么警署也来凑这个热闹？"

"什么叫凑热闹，警署没钱呀，县府说是给钱，但总是寅吃卯粮，入不敷出，有甚的办法。"

"李府这次得到减免，全亏了老二家的李文祺，听说赛马又赢了穆司令啦？"

常来宝连忙岔开这个话题。说到赛马，他比穆司令还要输得惨。赛马一是比的速度，谁比谁跑得快；二是在飞驰的马上让黄芦岭的猎人预先把猎鹰叼回来的猎物放在不同的区域，其中有一只黄鼠狼，其次是一只野兔，再就是一只褐马鸡。穆司令和常来宝的枪法都没说的，不能说百发百中，但也是十拿九稳了。不过，骑着战马，去打移动的靶位，他们就比不上李文祺了。结果，穆司令原本让李府捐助一万块现大洋的事情就搁浅了。

这次见到李文祺时，许飞燕明显感到了他对她的冷淡。也许，老夫人被许飞燕气倒在炕的事情，李文祺已略知一二。加之，李文祺又处理了好多棘手的遗留问题，可以说又给他自己加分不少。生得壮硕的高身板，肩宽膀圆，四十岁却依然三十岁的精气神儿，穿着干净的藏青色军棉衣，立领上镶嵌着晋军上校徽章，傲然地站在当脚地，一脸肃然之色。老三家的崔巧巧一向对李文祺钦佩有加，也影响了李府上下人等。这就让许飞燕感到了李府上下对她的孤立。她也向那个窝囊的丈夫哭诉，也是毫无办法。现在，常来宝又要作难李府，索要大笔捐助款，遂让她动了其他的心思。许飞燕先是主动向李有德认错，痛哭流涕，自打嘴巴。

"爹，原谅您的儿媳吧，我这人做事一向不过脑子。"

"你还晓得你有脑子呀，你为了出一口气，为了与老三家媳妇较劲，把你的公公架到火上烤呀？"

"爹，我请罪……"

"请罪？你看你把你婆婆气成甚了，都要快瘫痪了……"

"爹，我要向高祖的牌位请罪……"

"你还有这个脸吗？颠三倒四，你看你干的这叫甚的事情嘞？你拍拍你的良心，你说我吃炒面……"

"爹，您别再提这事啦，羞煞人啦，我，我现在也很懊悔，真恨不得抽自己两下……"

"抽死你又能有啥用场啊？"

后来，等到李有德缄默不语的时候，许飞燕才提出了让杨爱爱的妹妹杨花花给常来宝续弦的建议。这是她早就思谋好的。她刚说出来，就怕李有德不同意，但她相信他在权衡各种利弊之后，会接受这样的安排。这可能对杨花花来说不公平，但为了李府的整体利益也是没办法的下下策了。

"爹，杨花花是您花了大洋赎回来的，续弦的事情，杨花花的姐姐杨爱爱还不听您的呀。"

"为何要续弦给警署的常署长？"

"您要晓得，这件事情要成了，咱府上捐助警署的款项就有可能减免了，而且以后也会好办事。"

"这个常来宝，要李府出多少现大洋？"

"一万块有点多，但至少三千大洋吧。杨花花续弦成功，常署长答应减免……"

李有德忽地一跃而起，大声道："这是要吃人嘞！这是要吃人嘞！咱李府的钱也不是刮风逮的，是勤勤恳恳，硬着头皮，雇着长短工，没日没夜地干出来的。每次新来一个什么署长呀，司令的，都要剥层皮。上次这个常署长看上咱家大门顶子上彩绘浮雕飞天了，非要拆哈（下）来……唉，李府迟早要在我的手里塌火呀！"

虽然，李有德也反对杨花花续弦给常来宝，但也是为了保住李府的家业，后来就不得不在这件事情上睁一只眼闭一只眼。他盘腿坐在炕头，一直焦虑不安，两手搓着赤脚片子，大脸盘上阴郁而又忧戚，下巴上的胡茬子向一边倾歪着，虚浮的小腿上能压出凹痕来，他不时地唉声叹气。而许飞燕在做成这件保媒的事情之前，李文祺一直不知情，否则他会坚决反对。现而今，生米做成熟饭，他也只能陪着老太爷叹气了。等到常来宝新婚那日的时候，也是很低调地用一乘暖轿从李府戏园子抬走了。当时，何彩花带着杨爱爱和何秀子去乡下唱折子戏去了，留守的人员里也对这件事情无可奈何。

这一日，李府上下都在前厅忙忙碌碌地安排老夫人的丧事。老夫人梁慕秀昨日还好好的，甚至还在常翠花和崔巧巧一左一右的扶持下到院子里坐了坐，一连喝了两小碗莲子羹，吃了两个小笼包，还有说有笑地与大家聊着戏园子里为即将到来的中秋节排练的几出折子戏。当晚睡下，到了五更时分，窗外的天还黑沉沉的，就听到常翠花在院子里的叫喊声。李文祺第一个起来，随即潇民、小月莺也起来了。老夫人呼叫身边的人，正好常翠花陪在跟前，老夫人也没说什么，就是一阵比一阵紧促的捯气声，很快断气了。老夫人就这样殁了。

杨花花这日低调地被悄悄抬到常来宝的新房时，小月莺根本就不知情。小月莺穿着一身孝衣，紧跟着父亲和潇民哥，在前厅里拜祭。

常来宝挑的日子也是正好这一天。这让他觉得有些不吉利，不过，这耄耋之年的李府老夫人过世，也算是喜丧吧。反正，他也顾不得许多了。

五十三岁的常来宝娶回十四岁的杨花花，让他心底里掩饰不住的喜悦之外，还有几许不安。杨花花的身子已经长开了，发育早，加之又是学戏出身，还在李府里做过很多活计，自然浑身上下有一种说不出的曼妙气息。她的衣服如同香蕉皮一般剥开，尤其那种带着一种云雾缭绕的感觉，让他一时间如梦如醉。可是，他有些心有余而力不足，下边总是跟不上上边的心思，软溜溜的如同一团坨了的剩面条，馋归馋，可就是怎么也放不进去，吃不到嘴里，塞不到正经去处，只是胡七八搞，一阵折腾，弄得这猴女子的身子痒痒的，却没有一点办法抓挠。他只有退下坡来，一股劲垂头丧气。

杨花花曾经当过童养媳，后来被李有德赎买回来，一直就在李府的戏园子里学戏。虽然，何彩花曾经一度带着戏班子离开过李府，但这些日子又回来，且在东关的七月古会上大显身手，演出了不少深受观众欢迎的折子戏。杨花花来到李府之后，不仅与小月莺很投缘，而且与管家杨栓大的儿子杨福武也建立了某种只有他们两个人才晓得的关系。虽然，杨花花与杨福武很少说话，但只要他们两个人都在场，就会有一种说不出的默契，彼此的眼光无所不在。杨花花有一阵子不去学戏了，她想去，但李有德放话不让她去了。有几日，她就只好跟着李府去七里滩收麦的大车嘻嘻哈哈地往附近沟里采地皮菜。杨福武赶着大车，顺便帮助她采摘一些槐花。树太高，她探不着，他就赤脚片子帮她爬到树上去摘。有一次，李有德撞见了这一幕，把树下福武的两只烂鞋一脚踢飞，然后呵斥道："像甚话嘞，男娃不像男娃，女娃不像女娃，说逗搞笑，没有一个正形。"杨花花连忙挎着篮子刚想走，就被李有德喊住了。"猴乳子（小女子），别和男娃子一起逗笑嘞，要记得在人面前懂得规矩哩。这可不是你姐杨爱爱跟着何彩花学唱戏，要站有站相，坐有坐相，将来还要找婆家哩。"杨花花红着脸，看看树上的杨福武，赶紧低了头，独自跑了。李有德又向她喊："记得晌午帮助翠花婶子给地里做活的人送水送饭。"杨花花远远地又站在了，然后转过身，对着李有德一弯腰，赶紧哎了一声。

最让杨花花难忘的是一次去田家会的坡地送饭，常翠花去了另外一块坡地。杨花花刚走到一块阴坡塬下的树棵子跟前，突然就窜出一条吐着舌头的大狼狗来了。她一下子吓得就趴在地下。大狼狗的主人出现了，是一个扛着猎枪的、赤裸着脊背的赤脚大汉。他穿着一件多年没拆洗过的破大氅，脏得看不清颜色，尤其一张黑沉沉的大长脸，凶巴巴的模样。外表虽看上去邋里邋遢，但从他那走步和行动的利落劲儿上，一眼看出强悍的身体里蕴藏着原始的生命力。那件破大氅的袖子拉开了口子，黑洞洞地露出两双粗壮的大手，腰间的裤腰带垂吊下来，破布条一般脏兮兮地发着恶臭的味道。她抬起头刚想喊救命，只见汉子竟然把她拦腰抱起来，径直向树棵子里跑，还没等她反应过来就一股劲撕扯她的衣服。杨花花不停地挣扎着的时候，杨福武正好赶着大车路过，挥舞着马鞭把她从汉子手里救了出来。她也是受到惊吓，一见到杨福武，就一头扑到他怀里呜呜哭了起来。而那个赤脚大汉则一眨眼不见了。后来，过了很多年，杨福武见到崔锁孩时，总觉得崔锁孩很像那个赤脚大汉，但又不好去细问。杨福武对杨花花说："我和我爹说一声，我要娶你哩。"她摇摇头，晓得福武说这话也是没把握，要不然他的眼睛老闪烁个不停。她低着头，听他突然唱道：

　　　　俊丹丹的花花妹，
　　　　水灵灵的大花眼，
　　　　白天做活想着你，
　　　　走着站着想你嗷，
　　　　哥哥梦里才得见……

　　春天了，耕种，就是春耕忙，种高粱，种玉米，种谷子；夏季叫夏收，大忙季，收麦打场；秋里，就是收获季节，瓜果梨桃，扳玉茭子，割谷子，推磨，磨面；冬天了，闲下来，李有德还召集一帮年轻的帮工和李府的家丁班，一边搞训练，一边学文化，俗称读冬学。当年十二三岁的李信诚给李府担炭时，就学过冬学。后来，他参加游击队，一有空隙就看书读报，因而进步就很快。

　　牲口棚里，大花和新来的公牛在你一声我一声地哞哞叫着，驴槽边的驴也不吃草了，也在跟着嗷和嗷和地叫着，而拦羊的崔二娃还没走，羊们在咩咩地呼朋唤友。杨栓大先让崔二娃拦羊前先给大灶上担两担水，只听扁担钩子和水桶之间的碰撞声，夹杂着东西塔楼上鸽群的嗡嗡蜂鸣声，一些半大的孩娃在玩耍着纸风车，在大门洞里跑进跑出，脚底下发出嗒嗒嗒的声响。四周走了一遭，抬头细瞧，只见风儿在高处的树梢子上不停地摇晃着枝叶，哗啦哗啦作响。

　　这一年，李有德蹲在李府下院与警署常来宝署长交谈着什么。他们的手指在袖筒里比画着什么。当时，杨福武就感觉到他们鬼鬼祟祟，像是东关后街里牲口市场上卖主和买主在讨价还价。李有德圪蹴下来，让旁边的管家杨栓大拿出水烟袋给自己点上，悠然地吧嗒着。常来宝不动声色地站在一边，狮子大张口，要李府立马捐款一万大洋。李有德一袋烟接一袋烟地抽着，到后来，手抖得连水烟袋也把不住了，哆哆嗦嗦地让杨栓大扶起来。可是，李有德到底是见过大阵势的人，只是低下头与常来宝耳语了三五句，常来宝就一下子眉开眼笑了。

　　小月莺有一次就发现杨福武看到杨花花就触电般神魂不定，闷着头只顾吆喝牲口。那时候，杨福武已经不在东关后街杂粮店里当学徒了。他觉得那里没意思，还不如在李府里跟着马车做活敞亮。她发现他不敢触碰杨花花颤动的目光，只要瞬间一碰，两个人都仿若被打了一闷棍似的。小月莺看到他们两个一前一后走进了牲口棚。一个在槽头拌草料，一个在牲口脚下清理牛粪。后来，她就看到他们两个身影一下子重叠在一起。她以为自己看花了眼，却是突然发现他们不见了，只是远远传来一阵异样的呻唤。她跑过去，趴在槽头看，就看到杨花花把埋在杨福武怀里的脸抬起来，突然掏出一个新崭崭的荷包，碰碰杨福武的胳膊递过去。杨福武扭身，憨憨地笑了一声。

　　不过，后来杨花花能够与常来宝走到一起，也是机缘巧合的造化了。她的个头比他的五短身材要高多了，虽然有些稚嫩，甚至还有些哭哭啼啼，但他还是敢于在新婚夜晚如同自己参加的两次直奉战争一般硬生生地刺刀见红。这个时候，常来宝也是为了他八十岁的乡下老娘——老娘一心想抱一个大孙子，看来她老人家命好，这个夙愿就要实现了。虽然，常来宝比杨花花大三十九岁，这让他觉得自己有些暴殄天物，但一想到春秋时期的宋国贵族叔梁纥在七十二岁时续弦那个十六岁的颜征在小美女后还能生下名满天下的孔子，就让他有些释然了。

　　叔梁纥与颜征在相差五十六岁。这么一比较，常来宝似乎就没有了刚开始的那种为老不尊的自卑，他甚至也没有了那种霸王硬上弓的负罪感了。

第十二章
月下仙子

1

在离石城一百多公里的地方，有一个叫洪山的村庄。洪山属于介休县。这是一个四面环山的平坦谷地，既有农田，也有果园，还有一个活水池，池边有源神庙，池水不仅能够灌溉农田，还能用来推磨。村子里的陶器和线香在介休一带很出名。

那时小月莺才两三岁，家里头把驱蚊的线香点燃后，飘飘逸逸的香烟，还会把灰烬打成一个个圆卷儿挂在香头，这让她拍手大叫。屋子里各种陶瓷器皿里盛着大人们淘来的一些宝物，比如手串、笔架、铜弹壳、玉如意、玉玺之类。小月莺对这些都不怎么感兴趣，就整天随着她娘吴秀兰在村中的源神大庙里求神拜佛，而她爹李文祺则有空就给她讲孔子和孟子的故事，还让她跟着学校里的大孩子们去上课，听懂听不懂先放一边，也让她有枣没枣先打一竿子再说。所以，她也是三天打鱼两天晒网地跟着上学。由于她年龄太小了，反倒对大庙旁边院子里的大戏台更感兴趣，早早就拿着小板凳去看戏班子演出的折子戏《花木兰》《苏三起解》等。月下看戏。村里看戏的人们还没来，小月莺却拿着小板凳来了。她才两三岁，就这么积极看戏，引起了台上刀马旦的注意。这个刀马旦，正是唱榆林道情出名的何彩花，当时也才十五六岁。这个戏班子是从榆林专门跑来晋地走台的，班主是风流儒雅的孔鸿盛，当时他还未遭到穆占山的枪杀。何彩花当时也才是初出茅庐，只是在乡下走台的时候初试牛刀，唱一些折子戏而已。

"你叫个甚名哩？"

"李月莺。人们都叫我小月，莺子，你叫我小月莺，都可以。"

临近中秋的月下，十分凉爽，远远从台上看到下面只坐着一个两三岁的小观众，宛若月下仙子。

"我叫你月下仙子吧。"

"甚呀？"

小月莺似懂非懂。然后，她站起来，伸开两只小胳膊，如同一只幼年的鹞鹰般，嘴里呜哇呜哇地叫喊着。穿着花格子绸布的薄底小鞋在地下吧嗒吧嗒直响，她一脸好奇的模样。她突然停住的时候，如同青铜铸就的一般，穿越了千百年，走过了风风雨雨。所以，她觉得自己是花木兰……

"我是花木兰，我是花木兰！"

当年才十五六岁的何彩花笑眯眯地说："你是一个月下仙子！"

小月莺开始一蹦一蹦地跳着，然后抬头望着天上的一轮圆月，那么遥远，那么清亮，那么真切，那么曼妙……

"爹，爹，我是月下仙子！"

那时候的何彩花，正像后来给常来宝续弦的杨花花。这让小月莺在跟着李文祺和李潇民回太原的大车上时，有了更多对过往的遐想。她在回望自己的童年。那是大黑和小黑拉着的大车，一直颠簸在黄芦岭的山道上，继续往东，就是逐渐低落的丘陵地带，更遥远处是晋中平原。这个时候，十四岁的小月莺却是让自己一下子穿越到了曾经生活在洪山村的日日夜夜。幼小的心灵里，有着朦朦胧胧的梦境，总是能够感觉到一种广阔久远而又近在咫尺的行进状态，而且她的头顶一直有一轮新月在照亮着身边的一切。仿若消失的一切是梦，却又是真切地发生过，在她的心窗上划过一道道印迹。

还是被何彩花叫小月莺为月下仙子的那个晚上，小月莺听不清戏台上花木兰的唱腔，涌动在心间的是一浪高过一浪的潮涌，让她在戏台前翩翩起舞。人们不是在看戏台上的何彩花，反倒是把目光聚焦在台下的小月莺身上了。戏台上飘来一阵锣鼓的敲打，落幕之后反而让小月莺有了更多的即兴动作。她把自己想象成一个远古年代的女王，头戴着蓝紫色鸢尾花的宽边帽子，穿着一件很是气派的绣着金边的红袍子。她也想着自己会当一个传说中的白雪公主，但她更喜欢灰姑娘。她把娘想象成自己的后娘。娘是她的亲娘吗？这还用问吗？她挥舞着沾着自己鼻涕的手帕，不敢让爹看——也就是怕他笑话，甚或会说她长不大，一如白雪公主和七个小矮人。可是，她既不愿意做白雪公主，也不愿意做七个小矮人。

"爹，快到汾阳城了吧？"

李文祺沉浸在梁慕秀离去的悲痛之中，半天没有回应。小月莺也突然想到梁慕秀，那是小月莺在太原的家中梦到过娘娘（奶奶），很迷糊的睡梦中，娘娘向她走来，却是怎么也走不到她的跟前。小月莺叫喊着娘娘，枕巾都被眼泪浸湿了，可是她都不晓得自己在梦里为何如此伤心。一阵阵的抽泣，惊动了吴秀兰。吴秀兰晓得小月莺这是做了噩梦，可是她被惊醒之后，怎么也想不起梦中的情景了。只要一旦再睡着，一旦再回到梦里，就会与刚刚断开的梦境再次接上，并有了更加清晰却无法掌控的发展。这一点，让小月莺害怕。她在梦里挣扎着，想醒来把这一切告诉爹娘，可就是无法醒来。等到第二天醒来，却是昨晚那些活灵活现的梦境都消失得无影无踪了。她的耳边只有梦中的娘娘对自己说的话："小月莺呀，好好读书，像你潇民哥一样，考到北平的大学，出国留洋，光宗耀祖，我的小孙女不比男娃子差！"

一阵阵的凉风从枕头边吹来，让小月莺情不自禁地把被子捂住了脑袋，可是没有一会儿，吴秀兰把被子又给小月莺揭开了。那是洪山村的遍地丰收的景象，五颜六色的庄稼和水果铺满在脚下，而且还有各种各样的花朵在梦中簇拥着她，清越的月亮悬挂在高远的天际，却是月亮走，她也在走。

"小莺子，睡觉别用被子捂住脑袋，出不上气来。"

小月莺听到吴秀兰在这样说着，而她只是嘟囔着什么，一歪头，又睡过去了。这次，小月莺梦到了李文祺给她送的一只叫鬈毛的小幼崽子，只会嗷嗷嗷叫，没有奶吃，就让鬈毛吃邻居家母狗的奶。邻居家母狗刚生下七八只小崽子，不差鬈毛这一只的吃食。鬈毛再大点，爹娘就让小月莺自己去喂鬈毛吃肉骨头。

等到鬈毛再大时，李文祺觉得鬈毛不对劲，突然对吴秀兰说："鬈毛不是狗崽子，是狼崽子。"

"不会吧？狼崽子要张口咬人的，鬈毛见了莺子，可是那么温顺……"

"你看鬈毛的尾巴，与一般的狗崽子不一样，狗尾巴总是卷起来的，只有狼尾巴才拖在地下……"

李文祺这么一说，把吴秀兰吓了一大跳："哎呀，敢情养了一年的鬈毛是狼崽子呀。"

随后，小月莺和爹娘一起把鬈毛放到了洪山村的后山岗上，让野狼来收养它。整个山坳里，都被白雪覆盖，看不到一棵树。甚至以往的季节绿莹莹的山头也一下子白了头，光秃秃的，与天相接了。细看那些树，都被雪罩住了，如同一个个携着手的雪地娃娃，一个个白白净净，远看可不是啥都没有呀。当时的李文祺也就三十来岁，有着孔武有力的身板，穿着的制服外面套着一件白茬羊皮大衣，脚上套着的靴子都被厚厚的雪埋住了。小月莺则钻在他怀里，静静地看着不远处的鬈毛久久不愿离去，回过头来，嘴张开，吐着热气。漫天白茫茫的一片，只有小月莺脖子里围着的红围巾显得异常突出，她紧紧抱住鬈毛，依依难舍。可是，又有什么办法呢？鬈毛的眼睛里有了泪光在闪动着，两只前爪子抬起来，一扑一扑。后来，李文祺在洪山村见到何彩花时，又让他想起这一个画面。

那时，何彩花说："小月莺是月下仙子。"

突然想起这个放生鬈毛的画面，让李文祺不由应和了一句："我看更像是狼仙子。"

小月莺就问："爹，谁是狼仙子？"

李文祺刮刮小月莺的鼻子，说道："你呀，你就是狼仙子了。"

"我才不是呢。我是月下仙子。"

小月莺与何彩花相视一笑。月夜的洪山村就在一个世外桃源的山谷里。她记得那儿总是鲜花盛开，烟波浩渺，周围的山峰耸立在夜空之中，源神大庙外的小湖就是一面镜子，把天空的一切倒映在水面上，却是若隐若现地听到远处山岗上传来鬈毛的嗥叫声。

"鬈毛哭了。"

"你怎么晓得鬈毛哭了？"

"你听，后山岗上，鬃毛想家了……"

何彩花一把抱住多愁善感的小月莺时，让她多年之后遇到水崎秀子时依然想起这段关于鬃毛的对话，她就有了要认水崎秀子为干闺女的冲动。山坡坡上有着弯弯曲曲的羊肠小道，却是在高高低低的分岔中又有着随着山势的不同路径。山神庙就在三岔路的中间，不管从哪个方向来的人，都可以在这儿歇息，有心的信徒也会趁着这个工夫上香烧纸，膜拜神灵。灶火上坐着一锅水，烧开了，哆噜哆噜地直响。她便向着里屋的娘喊着灌水，却是何彩花说是她来吧，然后就麻利地帮娘做活。娘就很喜欢何彩花，并让小月莺叫彩花姨。四周有一种冷凉的气息，尤其夜色笼罩下，能够听到远处信狐的嚎叫，以及伴随着黑老鸦的哇哇声。小月莺就拽住何彩花的手，不让她回戏班子，就住在她家里。娘一股劲向着小月莺使着眼色，但是也不管用。她从小就是这个率直的性子。如果天还亮着的话，她还想拉着何彩花到处去走走呢。

"彩花姨，我爹说，让你到李府去唱戏……"

那时，二十来岁的戏班子班主孔鸿盛，风华正茂地站到何彩花的身后，微微一笑。她晓得孔鸿盛是自己的坚强后盾。

"鸿盛，我想去离石李府唱戏。"

"好呀，等咱们回榆林安顿一下，再出来……"

"不，听文祺二老爷说，老太爷特别喜欢折子戏，全本戏太累，一出一出的折子戏很过瘾。"

李文祺说："你们戏班子东奔西颠的，吃了上顿，还不晓得下顿饭在哪儿吃嘞，干脆就住在李府算了，一切应用花销开支都包了……"

何彩花看一眼孔鸿盛，然后说："我们会考虑的。"然后，她又和小月莺说，"我很喜欢这个孩子，月下仙子……"

2

那个梁慕秀离开的夜晚，与平日里别无二致，但小月莺的梦里却出现了娘娘的身影。听不到娘娘说话，只是拉扯着小月莺的手，去一个伸手不见五指的地方，从来也没有来过。至少不是她白天看到的李府里的情境。她仿若在梦游一般，赤着脚，听不到脚步响，脚底下一次次踏空，恍然想到洪山村的源神主庙外的那片明镜般的小湖里升腾起一股青烟，然后幻化出娘娘正在向她挥手的模样。小月莺在挣扎着，摆脱娘娘冰冷的手掌，一心想跑到爹娘的怀里，可是爹娘不晓得去了哪里。于是，她就哭湿了枕巾。

放着梁慕秀棺木的前厅里，一片幽暗，墙壁上挂满了黑色的布幔，还有白色的花圈，还有一张张似哭非哭的脸，在小月莺眼前晃动着。棺椁正对着门口，一进来就是一个个穿着白色孝服的脊背在即将要钉子钉上棺材前轮流向着逝者的遗容做最后的告别。李有德排在最前面，依依地向棺椁里悄无声息的老伴叙说着什么，一句也听不清。

或许，小月莺还能记得更为久远的事情，抑或是在混沌的黑暗空间里，作为一个幼婴在倾听娘胎外面的声音。她甚至能够听到爹娘在吵架，似乎是为了她之前夭折小哥哥的事情，异常清晰，却又稀奇古怪。以她一个待在娘胎里的幼婴智慧，无法听懂他们争吵的细节，却是让她恐慌。爹的一声吼叫，就让娘胎里的她感到海啸地震一般的山崩地裂。小月莺总觉得自己的智力在娘胎里已经发育完成，要不然不会记得她伸出两只小手拉住脐带向上攀登的画面，而且她的双脚在娘肚子里踩着羊水，发出啪啦啪啦的声音。她用两只小拳头捶打着娘的肚皮。这些隐隐约约的记忆如同前世一般刻印在小月莺的脑海里。这就导致她一出生就打量着爹娘的表情，感觉到一种陌生的疏离，却又有一种本能的探寻，她甚至能够捕捉到娘的奶头。那一刻，小月莺并不会开口说话，但却睁开双眼，突然感觉到与在娘胎里羊水的温暖完全不一样，空间一下子变得无边无际，缺少了更多的安全感。她学会了以一种审视的眼光来打量着身边的一切。她感觉爹身上的气味是有着不熟悉的男人味道，而只有在娘的怀抱里，她才会变得安静如斯，要不然就放声大哭。小月莺不相信外部世界刺眼的光亮，长期待在娘胎里隐秘温暖的空间，一下子突然离开，并剪断了脐带，让她一下子勃然大怒。她看着那把剪断脐带的剪刀，再次哇哇抗议。只是爹娘都不理睬她，只是说着一些大人们才有的话题，听上去和她有关，却是听不懂，好像在一直争论着她的奶水问题。小月莺的两只小耳朵会耸动着，耳垂还能不停地收缩。这让爹娘停止讨论，奇怪地看着她。而小月莺抬起头，一直听着他们在说着什么，一句一句很真切，尤其爹的声音很大，娘的声音总是很低，并且每说一句，就会看她一眼。"一个女孩，一个与云莺一般的女孩。"爹似乎不太满意。而娘则说："云离月最近，不如就叫月莺吧。"于是，她一出生就有了一个自己的名字。云莺当时十二岁，走过来抱住她，还在她的小脸蛋上亲了亲。

站在那儿，凝滞住的是她的表情。不远的灯柱上的火苗在风中摇曳着身姿。她屏住气息，呼出一口气之后，等待许久之后再慢慢吸进去一口气。她感到吸进去的气里让喉咙发痒，于是又接着打了一个喷嚏。她伸出两个指头，在灯柱火苗上烤着，一会儿就感觉到疼痛。她需要这种刺痛的触摸。她的泪水不晓得啥时候就流了出来，无声无息，却是撕心裂肺。她不想惊扰任何人。她把云莺递过来的手帕遮在眼睛上，闻到了一种香胰子的味道。那一刻，她不知所措，只是把云莺的袄袖子揪住，却是一直在发抖。她并不是害怕，其实是由于近在咫尺地看到了这种亲人离去的情景，有些格格不入的感觉。她听不到周围的任何声音，仿若完全静默了一般，其实时不时一直有声音在远远近近中起起落落。背景是摇曳着的灯影，还有一些人的脊背，脚步声也是不同寻常的。那些点香烧纸的味道一直通过鼻孔钻到她的五脏六腑，钻到她身体里的四肢百骸。

"小月莺，你怎么了？"

小月莺愣怔着一直不说话，但她发现云莺端来半盆热水，把干毛巾浸湿捂住她的鼻孔。

"姐，我怎么了？"

"你鼻子流血了……"

这个时候，李有德拄着拐杖从自己的书房赶到梁慕秀的房里时，已经晚了。他没能见到老婆子活着时的最后一面。一只嗡嗡乱叫的苍蝇却是在李有德的脸上叮了一下。他抬起手来拍没拍上，一下子又飞到小月莺的手背上。小月莺不敢动，只觉得这只苍蝇的两只翅膀很薄，一飞到她的手背上，就把翅膀收了起来。这让小月莺有些不自在，尤其手背处还痒痒的，可是，这个时候她不敢动。她晓得大家都在操心着娘娘（奶奶）。娘娘怎么啦？她想问，只是不敢插嘴，却是想起自己在娘胎里的模糊记忆。这只苍蝇飞来飞去，感觉到很无聊，没人关注，它就又飞到了另一边，围绕着娘手里端着的灯柱上，很小的苍蝇却是在火苗上映照出巨大的暗影，在对面墙上拉了老长老长。李有德一颤一颤地挪动着步伐，只是心情显得更加沉重，大家的影子都拉在了后墙上，显得鬼影幢幢，让小月莺有些害怕。

"老婆子呀，昨日里你精神还那么好，咋就说走就走了，也不等等我这个老头子呀……"

紧接着，老大、老二和老三都来了，一起站在脚地看着李有德在哭诉。随后，许飞燕、崔巧巧帮衬着常翠花给老夫人换寿衣。李有德张罗着老大、老二和老三在院子里布置灵棚，提前预备的寿木也从下院的仓房里抬到了中院。正在忙碌着，小月莺却慌慌张张地跑过来，说道："爷爷，翠……翠花婶子……疯……疯了……"

管家杨栓大刚忙着抬完寿木，就听小月莺来了这么一句，连忙说："不可能。看错了吧？"

李文祺严肃地说："莺子，你别瞎说！"

李有德愣怔着，反倒说是一起去看看。到了梁慕秀的屋里，只见正在下炕给老夫人换鞋的时候，常翠花却一反常态，竟然摇身一变为梁慕秀的性状了。也就是俗称的撞客了，灵魂附体了。

"老大家的，你听好了，你这样无中生有地整你爹，这是你的不对！我走了，不放心家里一大摊子落在你爹头上。"

从常翠花嘴里说出了梁慕秀的话，而且，那声调，那口吻，那做派，都是一个老夫人无疑。让一边的李有德听得呆了。喳喳喳，嚓嚓嚓！听着这声音，炕上折腾了多半天，额头上绑着一块浸了药酒的红绸布，身子四下里翻滚着，胳膊腿乱舞，嘴里发出异样的呻吟，感觉像磨坊里蒙上黑布的驴在蹬蹄踏脚。李有德突然想起了那个来无踪去无影的赊刀人，现在去哪儿找他呢？不过，或许找"大楼底哈（下）"那个跳大神的姜老婆子，施展一些天灵灵、地灵灵的法术，或许会管用，只是要去现请，又怕是来不及了。这么晚了，还不如先让常翠花由着性子闹去吧，总有她闹腾累了的时候。许飞燕则吓得魂不附体，立马就匍匐在地，不停地叫着："娘，娘，我错了，千不该，万不该，我不该那样与爹闹……"

"你这个不仅仅是闹了，你是在栽赃诬陷，你还不怕咱家闹腾成这样，让世人耻笑吗？唉，报应呀，邢硕梅妹子呀，我这就来找你，你也别三番五次来吓唬我，我这就走……"

小月莺一边看着炕上躺着的娘娘，一边却是常翠花在后炕里一个人念念有词，就说："翠花婶，翠花婶，你怎么了？"

李有德慌了神，就问道："你晓得我是谁？"

"你这个老头子，鬼迷心窍了，与大儿媳闹腾甚嘞？还不嫌李府上下事多呀？年轻时你对不住邢硕梅，岁数大了，又对不住我……"

"我……我……我没做对不住你的事情……"

"这些天，我病倒在炕上，你一次也没来照过面，我心寒呀。老二家从太原回来，还在我房里一天都能来三回，满民孙儿给我买来了北平的稻香村糕点，小月莺孙女说是她考上了太谷的铭贤中学……"

李文举连忙让许飞燕把女儿李宝珍拉过来，让和她娘娘说话，可是李宝珍早已吓得哆嗦着说不成一句整话了。

李宝珍扑通跪下，说道："娘娘，你房里的绿宝石戒指，是我拿走了……"

常翠花嘴里发出梁慕秀的声音逐渐微弱了，也不理睬李宝珍，而是对李有德说："老头子，我这就走了，不再回来了……"

作为大户人家出来的李有德，从小就讲究仁义礼智信，从不做为富不仁的事情。尤其对李府上下的长短工都是一视同仁，逢年过节里每个下人都能吃到新麦磨成面粉之后的第一顿喷噔面，而且他们的碗里都会卧着一颗荷包蛋。这也早已被十里八乡传为佳话。李有德与邢硕梅第一次婚姻失败之后，尤其在邢硕梅突然发作疯疯癫癫的毛病被休回娘家自刎之后，让他一度萎靡不振。幸亏，十四岁的梁慕秀在邢硕梅自刎那日娶进了家门，李有德的精神状态才逐渐地有了明显的恢复。他的病症主要还是因第一次婚姻失败导致的心理疾病。大户人家的当家人爱在东关街里和南关集市上转悠，一方面排解心底的烦闷，另一方面眼头子要放灵活一些，更何况半后晌那会儿，一些卖粮食的庄稼人就要赶黑回去，粮价就比一大早刚开市时跌下去一大截子。李有德就在这个时候出手，把成色好的粮食籴回去，然后再让驼队贩到太原。

再遥想当年，高祖传到李有德手里的家产，账簿上主要有水田三千八百亩，旱地七千亩，东关街里的大大小小的商铺一百零九间，窑屋五百八十六孔（间），马两百三十一匹，驴五百四十八匹，骡子七十头，羊一千一百零五只，金条一百二十两，现大洋五万八千个。可是，到了如今，李有德手里还能落下多少家产呢？

李府的家产，不仅老大李文举的媳妇许飞燕在惦记，还有其他直系的亲眷们也挂念着。老二家这次回来，说到了李有德守业的不容易。不过，老二李文祺并不像老大李文举那样提到分家时，总是有着一种迫不及待的态度。老三李文起则听媳妇崔巧巧的话。而崔巧巧是识大体顾大局的，从不在老太爷和老夫人跟前提分家的事情，而且是一直任劳任怨地负责料理李府上下的事务。上次，老大和老三赊下福居园一万块大洋，李有德也一下子拿不出一万块现大洋。原来有的金条呀，大洋呀，都投资在方圆二三十里的地界，比如碛口、柳林、吴城、宋家川、三交和交口这六个镇，都有李府的投资，摊子摊得太大，很多大洋扔进商海里就打了水漂。为了还上老大和老三在外头的赌债，已经把东关前半截子街赔进去了，被宋老大、吴有财硬生生地拿走了，也就等于拿走了李有德的心尖尖肉。虽然，这东关前半条街是改姓别人，亏欠是亏欠了，但也没办法呀。等到云莺的公公陈善仁拿出一万块现大洋来时，为时已晚了。属于李府的东关商号和骡子号，以及经营日用杂货店和粮油、茶叶、布匹的店铺，在如今兵荒马乱的年月里，只能保本经营，不赔钱就好了，根本谈不上赚钱。

这些年来，支撑着李府的运转，老夫人梁慕秀的辛劳也是有目共睹。她曾与账房去田家会收账，亮红晌午去七里滩的水田里看收成如何，她还与李有德一起去李家湾赎买土地差点与地头蛇火拼。当李有德带着自家的骡子队去碛口拉货的时候，梁慕秀就像现在的崔巧巧一般扑下身子操持着这个家。她下地时，换下手腕上的首饰，穿上补着补丁的粗布衣服去下地，甚至还忙活着李府大灶一大家子的伙食，几十年来，吃喝拉撒睡，她都是操心个遍。直到梁慕秀年纪大了，崔巧巧也能独当一面的时候，才开始放了手。可是，没享受几天福，这人怎么就说走就走了呢？

李府鼎盛的时候，也曾给神坡山观音庙捐过钱，还给三川河交叉处盖过一座龙王庙，修过旧城的小学堂，为中街钟楼添置过木料，也给安国寺定期的香火钱。李有德经常到地里做活，不是把洋柿子蔓儿用绳子绑扎好，就是拎着筐子摘南瓜和豆角，要不然就会换上千补百衲的破衫子，腰里扎着一根烂草绳，背着背篓拎着铲子去拾粪。他还一有空就教训三个儿子要积德行善，夹着尾巴做人，不能出去摆出大户人家子弟的臭架子——那个臭架子不值甚的钱，要时时刻刻晓得自个儿几斤几两重，要懂得山外有山、人外有人的道理，耀武扬威，以强凌弱，算不上李府的子孙。

这个时候，常翠花从后炕以骇人的速度扑到炕棱畔上，一头栽下地昏迷不醒。杨栓大扶起她来，崔巧巧掐着她的人中，没一会儿，常翠花就醒来了。

"翠花婶，你怎么了？"

常翠花摸了一下小月莺的头，说道："我没怎么呀，刚才是不是睡着了？"

杨栓大说："你这是睡着了，你吓人一跳……"

"我怎么啦？"

小月莺说："你刚才变成我娘娘在说话哩……"

李文祺拉了一下小月莺，让她别再提这事了。"没事，没事了。"

常翠花只是盯住炕上穿好寿衣的梁慕秀，哭喊起来："啊，啊呀呀——老夫人，您这一走，今后我还找谁去拉话呀……"

杨栓大拉了常翠花一下，说道："别光顾哭，还有很多事情需要忙活，赶紧的。"

木格子窗户外的天空上有一些黄褐色的风沙，窗户纸啪嗒啪嗒地响着。东川河两岸呈现出灰黑和幽暗的底色，宛若一块巨大的布幔在移动着，甚或能够听到川道里的大风在啸叫着。整个东关街里也开始游走着一些收摊子的商贩，正在打烊的店铺也是一家挨着一家上门板。李府大灶里开始起火做饭，大灶的高烟筒里冒出的炊烟与旧城里无数股子炊烟汇集到一起，飘到了大风刮过的下河滩。

李有德老泪纵横地说道："慕秀，你走吧，你放心走吧。潇民孙儿和小月莺孙女，也从太原回来看你啦。你放心走吧。我李有德一定也会追随你而去的，但不是现在，你先在地下等着我，等我过几年就会去见你的……"

3

到了太原，小月莺的心情一直很低落。她去找过一次刘佳慧，但人并不在家。

黄昏的时刻，西山那边漫起了无边无际的火烧云，红彤彤的，把整个山峦都点着了。整个汾河水都涌动着灿烂的流火，把城市的屋檐和窗玻璃都映衬成一片五光十色。小月莺的脸上也是红扑扑的，兴冲冲的。小蠓虫在她的眼跟前卷成团，吱呀吱呀地叫着。

那栋房子处于一个幽暗的街巷里，大门只是虚掩着，所以她就走了进去，进了楼门，是一段木质的楼梯，推左边的门推不开，又去推右边的门，推开了，却是没有人。过道里是一些旧家具、大镜框和停摆的钟。屋内滴答滴答的声音不晓得从何处传来。走进去一看，是刚刚洗过的衣服没有拧干，所以有了这滴水声。

小月莺急切地想见到刘佳慧，就想倾吐她在老家李府的所见所闻。尤其娘娘的去世，让小月莺觉得心里空落落的，就想找一个人倾诉。另外，这次回到老家，竟然前院中院后院地跑个遍，都没看到她曾救过的公黑牛大郎。它去了哪里？小月莺问杨栓大，杨栓大却不答话，谎称丢了。这么大的一头公牛还能弄丢？她不太相信。后来，杨福武才告诉她，大郎去红眼川拉石头时连牛带车摔到深沟里，摔断了腿，后来就被杀了。于是，这才有了许飞燕给福居园送牛鞭的事情。这道牛鞭做的菜叫金钱万贯，又叫甚的梅开二度。这是多么残忍呀？小月莺在木楼梯的台阶上蹲下来，想到这些不开心的事情，气哭了。她低声抽泣着，过了许久，心里又在想着刘佳慧不在家，她干什么去了？一旦有了一个决定，小月莺就想一吐为快，可是不能够，一直找不到一个合适的倾诉人选。当小月莺晓得刘佳慧的处境之后，就想尽量帮助她，可是能够做什么呢？除了安慰几句，还能有什么作用呢？

远处有木料工场传来刺耳的拉锯声音顺风吹到这儿楼房里，还有隔壁传来一声声二胡的演奏，听上去是《梁祝》，又像是某种晋地风情的自度曲目，甚或还似有呜呜咽咽哭泣的变调传来。就在这时，小月莺听到木楼梯有了响动，脚步声匀称、缓慢、沉闷。这让她有了七上八下的感觉。

来人正是刘佳慧的母亲。

只见来人一手搂着一只面口袋，一只手拎着一个菜篓子。她穿着大襟袄和棉布裤，脚穿一双平底布鞋，气喘吁吁地掏钥匙时，看见了小月莺，然后也显得很麻木，仿佛不认识似的。小月莺来过好几次刘佳慧的家，她母亲以前热情好客，但今日显得不冷不热，脸上还有些疲累的样子。掏钥匙时，掉出来一块大洋，小月莺帮她去捡拾时，与她弯腰时撞头了。她这才不自然地笑了笑，与小月莺打了招呼。

"楼门口还有一个油篓子，能帮我下去拎上来吗？"

小月莺点点头，就飞奔而去，木楼梯发出与刚才完全不同的声音："咯吱，咯吱。"到了楼门口，她拎着油篓子就往上跑。在家里她很少干粗活，爹娘总是宠着她，不让她干，只一心让她看书学习。拎着油篓子上楼梯就故意放慢了步子，她在琢磨着怎么问讯刘佳慧的近况。小月莺觉得刘佳慧母亲不想提这件事情，尤其刘佳慧无法与她一起去铭贤中学上学了。

"伯母，佳慧呢？"

"佳慧，现在随着包庆功住在钟楼街，这些日子又去平遥了。"

"去平遥干什么？"

"平遥是包庆功的老家，大概在那儿还要办一场婚礼嘞。"

"您为何没一起去呀？"

"我这走不了呀。"说着，她向屋里一指，只见床上还躺着一个二十来岁的小伙子，两条腿都绑着绷带，吊在半空中。小伙子看着小月莺，充满了无助的眼神。

"你是佳慧的哥哥吧？"

小伙子没说话，刘佳慧母亲点点头。"你还不晓得吧？佳慧原本并不想嫁给比她大二十多岁的包庆功，可是，她为了给哥哥治疗摔伤的腿，只好嫁了，至少，这治疗的费用不愁了。"

刘佳慧的哥哥叫刘佳明，本来是太原某个工业学校中专毕业，为了给他和妹妹挣上学的费用，暑假在翻砂厂打零工，结果被拉材料的大车给轧住了。医疗费没人管，只好父母想办法，结果刘佳慧决定给包娜娜父亲做小……

"伯母，这个，是什么？"

小月莺看到刘佳慧母亲在把床头柜上一个灰色封皮的笔记本收起来，感觉正是刘佳慧常常在寝室里不断书写的那个本子。

"你是佳慧的好友，你看看，这上面都是写的一些啥？"

刘佳明已经敷完药后睡着了。小月莺坐在一个角落里翻看着刘佳慧的日记。

天色大亮。记得今日要去包娜娜家。他在书房里和娜娜讲话。娜娜看我的眼神有些复杂，说不上是嫌弃，还是某种仇恨的心理。反正，我体会不到。我也不晓得这层窗户纸是如何捅破的。那是发生在多半年前的事情了。我一个人在寝室里，大家都周末回家了。包娜娜在楼下叫我，说是带我到钟楼街玩，然后一起到龙城大剧院看电影《情海重吻》。

包娜娜的父亲包庆功开着雪铁龙。他见我心不在焉的模样，就问："有啥的心事？"我就说出了家里面临哥哥手术费用无处筹集的困难。包庆功并未吭声，但后来就不假思索地给了五百大洋先做前期治疗使用，并说后续费用他也都包了。这么慷慨解囊，让我改变了曾经对包庆功的偏见。于是，又过了一个周末，包娜娜去了外婆家，而包庆功一个人开车带我去晋祠玩。

五百块大洋改变了我在家里的地位，以往除了哥哥支持我报考铭贤中学，并声明要供我以后上大学之外，爹娘都是主张我尽早嫁人的。而包庆功的五百块大洋，解了筹集哥哥手术费的燃眉之急。爹娘对我又寄予了更多不切实际的想法，这让我感到恐惧。我的无助感，我的困境，每一次都想张口与上铺的李月莺说一说，但一看到她无邪的眼神，看到她开怀大笑的模样，就每一次都于心不忍，没有开口说出我所面临的困境。开着纱厂的包庆功比我的父亲年龄还要大，与焦太太一直关系紧张。焦太太不能给包庆功生一个传宗接代接掌纱厂的男娃，关系一直很紧张。这件事情，却也影响到包娜娜与父亲包先生的关系，这就使得我与包娜娜的关系也出现了某种芥蒂，甚至还有了深深的裂痕。

"你这个五百块大洋就能收买的小婊子！"

"你骂谁？"

"我就骂你啦，不要脸，不要逼眉眼，贱货……"

包娜娜一直在夸耀着自己将来要接父亲的班，可是结果没想到与自己同一寝室的女同学竟然要做自己父亲的小老婆——而且，如果，我与她父亲生下一个男娃子的话，就会动摇她包娜娜原本接班人的位置。

"别想着我会承认你这个后妈，你胆敢给我生下一个小弟弟，我就立马掐死他……"

我总是当着众人的面，欲言又止。包娜娜恨得咬牙切齿，但也不好当着整个寝室女生的面抖落这件她父亲要娶我的丑事，她只是气得不停地歇斯底里地砸东西。谁也不敢阻拦她这样做，只有李月莺好言相劝着，并说包娜娜的脾性越来越邪性了，这是怎么回事呀？李月莺还看看我，似乎在我身上寻找答案，结果我脚底抹油，赶紧溜了……

我不由自主地来到了浴室。对面的镜子里映出了包庆功的尊容。"你可不能脏兮兮地这么回家去。你放水洗个澡。我会给你把新衣服准备到浴室外的衣架上等你洗好出来穿。"说着，包庆功走到浴桶旁边，把一盆热水倒在里面，热气从桶沿冒了出来，我的身体都被热气包围住了。我犹豫着把内衣脱了下来，浴桶里的热水都快要涨满了。

"你想穿着裤子和拖鞋洗澡吗？"

"我……我……"

我都不晓得该说什么好了。当我把他推出浴室之后，脱掉裤子的时候，就发现他又推开浴室的门了。他的双眼就像黑夜里的两只探照灯，让我无处躲藏。我唰地脸红得如同秋天的苹果，赶紧跳进浴桶里，让自己不断地下沉，整个沉没。

"你用香皂洗，还有洗头液呢。慢慢洗。"

我使劲擦洗着，可是总觉得自己很脏，浑身上下脏，把每一寸皮肤都用浴巾擦得通红。我感觉皮肤被浴巾拉动时的疼痛，但却很舒服，因为体会到热水的冲洗里有一种暖意流淌。这是一种让人激动的时刻。

我似乎失去了任何记忆。我仿佛回到婴儿时期的懵懂状态，但又不全是——甚或有了一种恐惧的震颤之后的猛烈冲动，乃至剧烈的反弹和离心力，使得一切都处于一种静止而又热烈的撕扯状态。他吼喊着，两眼瞪得如同两只洋油灯盏。我整个人都被热水所覆盖，视线里也是热气氤氲着的飘飘欲仙。我感觉到他的两只手掌罩住了我的两只胸前的小山，赤条条的挺拔而又战栗的时刻，相互触摸而又充满了不确定的飞升感，头顶似乎有着一轮新月……

那种气息，确是太原女子师范学校寝室里上铺李月莺传来的，而从没有遮严的窗户外投射进来银色的月光，让她成为一个传说中的月亮仙子。在我的记忆里头，总会能看到这样的画面：她在公众场合下发言，滔滔不绝，既没有太多的咄咄逼人，也没有任何害怕怯场。她一开始总是善于倾听其他同学的发言，很少插话，等到别人说完，她才娓娓道来，而且总是能够说出一些别人无法说出的、特别有分量的话，让大家刮目相看。每到这个时候，大家都从各自的床铺上伸出脑袋，宛若明晃晃的河水上漂浮的西瓜。我需要这种床铺上的交流，而她们也需要。她们在黑暗里坐起身来。拉灭灯后，谁也看不见谁。这倒能够敞开心扉了。我不愿意孤单着，更不愿意突然老去。或许，有那么一天，大家都会老去。我能听到每一个人的呼吸，却各自不同，宛若奏鸣曲。在夜深人静，在这种奏鸣曲中，我却感觉到自己是在大漠里。在广袤的苍穹下，涌动着马群。我记得她曾给我讲过她家的大黑、小黑。在那里，没有任何痛苦和烦恼，也没有这么无穷的压力，只有这旷野的风声在啸叫着。她有时和我说，她想哭。她身边发生了很多的事情。其中，就有舒苣圆，与李月莺特别投缘。我也认识，可是没有说过几次话，甚至可以说是那种见了面点头问好的关系，没有深交。不过，舒苣圆的悲剧，对李月莺触动很大。生命仿佛在那一刻停止了。谁也不再衰老，也不会死去。在舒苣圆死去之后，时间一下子停滞了很久。不过，大家的呼噜声都在。我一直能够听到后半夜。我能听到她不停地翻身。她在我的上铺，正如此时此刻，我却在浪朵的上面，包庆功的双眼直视着我，而我紧闭着眼睛，极力想要控制住自己，但却喊出了声音……

"莺子，你怎么了？你在喊什么？"

上铺的李月莺坐起来，然后向着被惊醒的同寝室的姑娘们说着她在梦里看到她奶奶长出两只翅膀的古怪样子。她高声地叫喊，让我不由自主地跳起来，摸着上铺受到惊吓的她，让她轻声点，大家还在睡梦里，别惊醒其他寝室女生的好梦……

4

吴秀兰懊悔没能回老家去，听到李文祺提到梁慕秀离去的事情，也不由得叹息起来。

小月莺从刘佳慧家里出来，叫了一辆三轮车，用了半个钟头到了家门口。那儿离海子边公园不远。她回到自己的房里，听到母亲房里有骰子发出的声响。她半前晌走的时候，就见母亲与邻居几个女人打麻将，没想到现在还没有打完。她能够听到那边房里高声讲话，还有出牌的叭叭声，以及咳嗽吐痰声，根本无法让自己安静下来。天色开始转暗下来，可是那边依然方兴未艾。

小月莺重重地推开门，然后对母亲说："娘，我饿了。"

吴秀兰这才抬起头来，说："莺子回来了，看到你的同学刘佳慧了吗？"

小月莺就跺了跺脚，有些不耐烦地说："娘，您还有心思玩牌呀？"

"怎么了？猴孩子家，管起大人的事来啦。"

"我爹呢？"

"你爹与秦大福一起出去了。"

吴秀兰收拾了牌局，送走客人，来到了小月莺的房里。她不说话，就在窗前的椅子上坐着。

"娘，您赢了吗？"

"也不算赢，只是比开局前多了七八块大洋。"

"那就是赢了。娘，您晓得吗？刘佳慧的哥哥刘佳明在翻砂厂打零工，一个月也就挣个六块大洋。您没用一天就挣了这么多，这七八块大洋就给我吧。"

"给你作甚嘞？你过几日去太谷铭贤中学带上用吧。"

"我不用，您给我，我把这两年自己攒的六十八块大洋也拿出来……"

"拿出来，干甚嘞？"

小月莺抬起脸，一双眼睛有了泪光。她那满月形的脸蛋上红红的，锃亮的脑门，整齐的短发，挺刚强的手势，浆洗得很干净的浅色海昌蓝学生制服和绣着梅花的方口软底布鞋，使得她更加激情昂扬。"我想捐给刘佳慧的哥哥刘佳明……"

"这个，随你。可是，谁欺负你啦？你哭甚嘞？"

"娘，我哥呢？"

"他在自己的屋里备课呢。你别去打扰他。"

"娘，您答应我，您以后别再玩牌了。好不好？"

吴秀兰有些不好意思地直视小月莺的眼睛，然后说道："你爹也这么说，主要是我烦闷得不行，你娘娘也殁了，有时候觉得没意思……"

"没意思还玩，以后别玩了，可以干点别的事情。"

"打麻将也没甚意思，可是不玩又很不好活。每次赢了，也是后悔，可是过了一天，这些打牌的人再来，就又由不得了。人就是这么奇怪。我想在堂屋把你娘娘的牌位敬上，这个，你爹不反对。"

小月莺怀里抱着刘佳慧的日记本。小月莺记得自己大多时候是住在靠着窗户的下铺，而刘佳慧的日记里总是把她写在上铺。这没错，她有半个多月，只是在一张空出的上铺睡过而已，就被刘佳慧写在了日记里。这是刘佳慧母亲在小月莺走时给她的。刘佳慧搬到钟楼街之后，就决绝地与过去告别了。所以，她在与包庆功去平遥前，就把这个灰皮日记本托母亲转给小月莺了。

院子里，抬起头来，就能看见幽蓝色的天，有微亮的星光，有新月在向着小月莺微微致意。谁能读懂她的心事呢？所以，她迫不及待地去李潇民的房里。她突然想到了娘娘，在老家李府的前厅，一张八仙桌上摆满了各种花瓷碗里放的吃食，常翠花、杨栓大、狗剩子、齐富、辛明等都在忙活着，祭奠老太太。各种吃的喝的都摆上来了，老太爷站在老夫人的画像下弯腰拜了拜。

"潇民哥，你还记得这个画面吗？"

李潇民坐在窗前沉思，不仅仅在遐想着什么，或许和小月莺一样，也在想着娘娘吗？

"我在想着你未来的嫂子……"

"朱星桦。星桦嫂子。她比我大六岁。北平女子文理学院经济系，就要毕业了……"

"这么说，你们之间的通信很频繁呀。"

"我看看她写给你的信。"

小月莺却把刘佳慧的灰皮日记本递给了李潇民。于是，一个与以往更加不同的刘佳慧出现在他的眼前……

那次游泳，我一开始并不敢下水，只是后来，李月莺拉着我下去。长方形的泳池里波光粼粼，池边还有遮阳伞，不下水的话能体会到灼热的阳光。我一步步从池边的梯子上下去，只是看着李月莺在游动着。更远处是李潇民在自由自在地仰泳。

初先，我只是坐在池边踢水玩，后来就在李月莺的撺掇下，也蹑手蹑脚地下了水。我双手把住池子的边缘处，身子一直沉到池底，一直没到脖子处，再然后就没顶了。我屏住气息，只能在水里沉个十几秒，然后就冒出水面。我的双脚用力在池底一蹬，人就整个蹿出水面，两手就能紧紧抓住池壁。于是，我逐渐放松了警惕，包括李月莺也自顾自游向池中，而我的心情也一下子好了起来。

这是海子边公园的一处游泳池。池子里也没有别人，只有李月莺和李潇民兄妹两个。我原本不想来，但架不住他们的热情邀约。这样玩了许久，竟然又有一次，双脚一蹬，浮出水面时，伸出的手未能抓住池壁，反倒是在半空中挥舞了几下，整个身体就失去了平衡，一下子沉到水底。我跌入水里时，心一慌，就感觉完了，双脚蹬开来，感觉不到池底的力量，反倒如同踩到棉花上了。不好，我竟然到了深水区，而且还滑向更加深不可测的边缘，水底的幽暗却是无边的深邃，那是另外一个世界的入口处，耳边嗖嗖作响的暗流涌动。我睁大眼睛看水面，却是发现李月莺如同一条巨鲸一般在我头顶划过，她可能根本没有察觉我的困境。

我先是乱踢乱抓，但却是什么也够不到，也抓不到。我张开口想喊，却是发不出任何声音，咕噜咕噜喝了好几口水，喘不上气来，人就一直在下坠。脚尖在探究着水底的世界，总是有一阵错乱的滑脱感和无力感。我都想哭，却是眼泪都流不出来了。伸出两只手，一直在扑腾，一直在挣扎，一直在求救。四周的水是无边无际，一切都是寂静的、幽暗的，甚至是无可奈何的。我已经绝望了，脑子里一片凝滞的空白，时间突然也静止了。

我的整个身体缓缓地降落在水底，然后让我的脚尖体会到池底的坚硬。然后我蹲下来，随之本能地一蹬，再用力向上，然后呼地飞起一般，嘴巴和鼻子探出了水面。我一边大声呼吸，一边大喊："潇民哥，快救我……"刚露出头，张口喊了一句，趁机呼吸了一口空气，人却又沉下去了。这次，我有了一种头重脚轻之感，上半身先触及池底。我两手抓住池底的水泥地面，然后不停地划动着，如同潜水员在寻觅着什么宝物。

也正在那个时候，我有些晕晕乎乎，却感觉到身后伸过来一只有力的手抓住我。仿佛是上帝之手，可明显感觉到不是——对了，那是某种神奇的力量在扶助着我，很快就被托举起，浮出水面。我看到李月莺向我游来。托举我的人却还在水面之下。我大口喘息着，两眼里有了泪水在闪烁着。

"佳慧，快抓住我！"

我伸出手，却没能抓住李月莺的小手。我离她的距离近在咫尺，可是伸出手去，还是抓不住，水面在晃动着，如同摇曳的小船奔向前方的灯塔，可是，又够不着，宛若隔着千山万水。这让人绝望。

幸好，水底的一双手一直在托举着我，我却问李月莺："莺子，潇民哥呢？"

"是呀，潇民哥呢？"

我和她面面相觑，水面上不见了潇民哥，让我一时间没有了主心骨。喘了喘气，我突然一激灵，对她说道："潇民哥，在水底……"

当我抓住池壁，被李月莺推着上岸的时候，才看到水面上浮出一个戴着蓝色游泳帽的男子，却正是李潇民。

"潇民哥，是你在水底托举着我？"

然后，我与潇民哥通过眼神有过这样的对话——

"是你自己救了自己……"

"潇民哥，是你救了我……"

"我没有救你，是碰巧搭了一把手。"

"哪儿有那么碰巧的事呀？"

"潇民哥，我以前就总是想着你……"

"别总是胡思乱想……"

"我晓得，可是，我总是由不得自己……"

"你现在正是上学的阶段……"

"我不管，我就要想……"

"你很快就要去铭贤中学上学了。"

"不是的，我……我……去不了啦……"

"怎么会呢？"

"我就要嫁人了。"

"嫁给谁？"

"我……我……我也不想嫁，可是没办法……"

"怎么会这样？"

我远远看着潇民哥，而他却没事人似的，游到一边去了，然后转过头来说："佳慧，没事的，让莺子照顾一下你。"

我上了岸，在遮阳伞下的躺椅上软软地倒下来，累得够呛，也吓得够呛。不过，还好，李月莺上岸后陪着我。潇民哥远远地在一边，自始至终没提刚才水底托举我的事情。平静的水面上，很难想象刚才经历了一场生死的搏斗。如果，这次没有潇民哥的托举救人，估计恐怕我会没命。

"莺子，我……我……喜欢潇民哥……"

"我晓得。"

"可是，我不晓得怎么和他说……"

"潇民哥快要与北平的朱星桦嫂子结婚了。"

"我早就晓得，可是总是幻想……"

"我也幻想，上了铭贤中学，再去金陵大学，将来当一个农艺师……"

"我将来能与自己爱的人在一起就好了。"

我想起来很后怕，虽然，过了很长时间，我都在潇民哥前什么也没再说，但我的内心里充满感激，甚或也有了某种萌动的感情。难怪，小月莺常在我跟前唠叨着甚的救亡呀，爱国呀，手里拿的那些子进步书籍，我一本也没看过，她却背得滚瓜烂熟。我一直在想，她怎么会晓得这么多世事呢？她哪儿听来的？我常常偷偷问她，她却愣是不说谁给的书。原来都是潇民哥给她的呀！她有个潇民哥，可是我哥却躺在床上下不来，成了全家的负担。唉！听潇民哥说省里总督府抓走了好多共产党的人，看上去都一个个很年轻，五花大绑着，都是人生父母养的，脑袋瓜子都是肉长的，就这样拉出去枪毙，谁能受得了呀。可是，那些个共产党的人，一个个都是挺着脖子，昂着头，被拉走了，再也看不到了。说起这事，小月莺就再也按捺不住了，从床上一跃而起，竟然当着全寝室的姐妹絮叨起来……

记得有无数个夜晚，我一个人把自己关起来，两只手捂住自己胀胀的胸口，说不上是痒，还是疼，总觉得自个儿身体里有一种奇异的野性力量在横冲直撞，上下翻腾，以至于让我不停地揉摸着自己不断涨起来的胸口，嘴里不由得嗷嗷嗷地喊叫了起来。我想听到另外一种回声，可是不能够，宛若站在大山背后呐喊时，只有自己嗡嗡嗡的回声，被一次次放大……

我的心里一直潜藏着这个秘密，但就是没有地方去倾诉，这只能偷偷写在日记本上……

5

小月莺始终忘不了童年里的某一天。放生鬈毛的那一刻，瞬间感觉到了一些什么，白茫茫的一片大地真干净，却是只有鬈毛一个，边走边回头看，一步三摇，只是渐行渐远。小月莺有些不舍，然后问李文祺："爹，为何送鬈毛上路？让它去干什么？白茫茫的一片，去找谁呀？"李文祺则一言不发，手里端着一支长杆的双筒步枪，只是目视着洪山村后山的远处。她被他拉着趴在一棵枣树下面，等了半晌，就见白雪皑皑的天尽头来了两三只老母狼，鬈毛一点也不害怕，向着它们奔去。"爹，它们不会吃掉鬈毛吧？"李文祺抱住她，然后悄悄说："不会的。你细看，鬈毛会跟着它们走的。"它们带鬈毛去哪里？小月莺一脸狐疑，而李文祺则又说："它们带鬈毛回家。"可是，鬈毛的家不就是洪山村小月莺家吗？这么追问下去，小月莺就要哭了。

鬈毛从此就被老母狼带走了。有一阵子，小月莺的心里空落落的，总是忘不了鬈毛回头时看她的眼神，有着几许留恋，又有着几许决绝。鬈毛走的那天夜里，小月莺不让李文祺晚上去关院子的大门，等着鬈毛再回来。可是，鬈毛跟着老母狼走了之后再未回来。鬈毛从来就不是一条杂毛小狗，而是一只被遗弃的小狼崽子，只是被李文祺碰巧给认出来，才把鬈毛送回狼群里去的。那里才是鬈毛的家。小月莺多么想着没有碰巧这种事情呀，要不然鬈毛就能一直待在她的身边。从那一刻起，也就是三岁的年纪，小月莺的心里就埋下了一颗开始长大的种子。

"我不恨爹把鬈毛送走……"

"那你恨谁？"

"我……我恨爹说的这个——碰巧……"

爹就笑了。所有关于鬈毛的画面都忘记了，但鬈毛蓦然回首的最后一刻，让小月莺心里一揪，无法忘怀。她甚至难以忘怀它回望时前爪子抽动犹豫的细微动作。

再然后，空荡荡的舞台下，只坐着小月莺，然后听着何彩花在台上咿咿呀呀地唱着榆林道情。折子戏告一段落了，何彩花下了台，与小月莺说话。

"莺子，你的鬈毛呢？咋不跟着你来看戏？"

何彩花以前见过几次鬈毛，可是这次她见不到了。"鬈毛回家了。"

"回家？"

就连何彩花也感到疑惑，有些不知所措。她根本没想到那只可怜巴巴的叫作鬈毛的小土狗，竟然会是一只狼崽子。狼崽子回归狼群是早晚的事情。

正因为童年里的这一幕，不断缠绕在小月莺的成长梦魇里，甚或还停留在她考上铭贤中学时的整个暑假的日日夜夜里。

太原女子师范学校的操场上，三五成群，议论纷纷。人声嘈杂中，仿佛整个校园都沸腾起来了。西伯利亚的寒流早已过去了，只是这大风天气却让人烦。汾河两岸的旷野里席卷起的黄沙，弥漫在整个天空上。黄尘动天中，带起了操场上的尘土，无情地把墙边杨树上的细枝折断了。咔嚓咔嚓的响声，很刺耳。风力不断在升高，远处的灰黑云朵在大风中翻滚。小月莺并不想伤害任何人，但她又不得不防备。迎风行走，大家手拉手，只能倒退着往前走，抑或就是横着迂回行进。风声在耳边作响。于是，她从历史老师余达成那儿搞到一包刀片。余达成犹豫了一下，但还是没有问到她拿刀片的用途。事实上，她在后来去总督府抗议的现场也没有派上用场。这个刀片的作用还是从曾姨娘那儿得到启示的。她像曾姨娘一般随身带着刀片，以防不测。刀片如同总督府门前狰狞的枪口一般展现着它的力量。她还用手指试试刀刃处，轻轻一划，就有殷红的血渗透了出来。此时此刻，她需要用疼痛来转移自己的焦虑不安。刀片划过皮肤，却如同在锯末上划过，疼痛过后就是一阵麻木。先前封闭的皮肤组织上一下子卷来一条很小很窄的缝隙，如同干裂的树杈露出外皮里面的内瓤一般，接着被按压住的血液涓涓沁出。她想起当年曾姨娘就是这样从容淡定，仿若划破的并不是自己的手腕，也就是那个时刻，她举着流着血的手指，写下了血书。血液还带着她的体温，在洁白的布幔上展现着耀眼的光芒。那些温暖的血在布幔上变化出一个个硕大的字体，也就是女师学校师生们呐喊的口号。

小月莺是第一个站出来并提出去总督府抗议的人。她三步并作两步地跳到高高的户外讲台上，面对着一张张热切的青春面容，激情澎湃，慷慨陈词，声泪俱下。如果我们的家园被侵占，如果我们所热爱的人已经到了生死的边缘，而我们无能为力，我们总是揪心、着急、烦恼、翻江倒海、七上八下。这个时候，如何去改变当下出现的惨痛呢？心急如焚，各种各样的凌乱意绪不断在脑海里飘荡，这就使得小月莺血脉偾张，意气风发。心在向着无底的深渊下坠，热烈的情绪必须找到一个宣泄的突破口。还有什么样的事情比这一切更急迫的呢？还有什么样的办法能让大家的担心得到更多的宽慰呢？此时此刻，让她有了奋不顾身登高一呼的冲动。

"东北不能亡，中华民族不能亡，可是，我们的整个龙城也快放不下一张书桌了……"

说到这儿，小月莺哽咽了。她说还有女师的同学被总督府派兵抓走了，只因为她们向当局提出了疑问，并呼吁龙城各个学校的师生来响应……

"反对陈腐的会考制度！"

"打倒不作为的总督府！"

女师校长金爕心也来了。她脸上有一种说不出的光芒，而且腰板挺起来，站得很笔直。她的脊椎一直不好，却从来没有流露出任何不安和痛苦，穿戴整洁、大方，传统的大襟袄却又有着西式的立领，一条白纱巾体现着民国时尚的口味。无论是在教室，还是在操场上，她都能展现着她的神性和母性。难怪舒苣圆曾对小月莺说，金爕心校长就是大家心目中的圣母玛利亚。尤其她的并不因为沧桑岁月而衰老的一双眼睛里，满满的是正直和慈祥。她劝阻同学们回去，可是——平日里都言听计从的女师同学们，这个时候则没人听她的话了。一些学生把老太太抬起来轻轻放到了路边。她望着这些单纯的孩子，一时间流下了热泪。

由于是假期，呼吁去总督府抗议的学生队伍要比预想的要少了很多，而且越到目的地人也越少了。原本浩浩荡荡的一两千人的师生队伍，走到总督府门前时也就剩下三四百人。这时，天已经暗下来了。学生队伍被晋军从外围拦截住了。领队的怎么会是秦大福，也就是李文祺从前被俘虏过的炮蹶子。他不是在龙城做生意吗？

四周更加幽暗了，这让小月莺感觉到一阵恐慌。不过，她看到不远处有了一点火光，却是秦大福在点烟卷。她就更加紧张。年轻的学生和晋军士兵之间，有着龙城市民在围观，并不停地喝彩。就在刚才她还宛若一尊高举着水坛沐浴的少女雕像，一只手高抬起，另一只手摸着自己的黑发。她仿若要经历火刑一般，向前走了两步。她把头埋在膝盖上，一直在思谋着。她为何现在不站起来呢？她害怕啥？她不怕火刑，更不怕被抓走，但她决不会像曾姨娘、舒苣圆那样死去。她和大家一起合唱一首《国民革命歌》，歌声飘荡在总督府的上空，发出的颤音让围堵着他们的晋军士兵不断地向后倒退。

"打呀，快打呀，怎么不喊打倒了？"

一个戴毡帽的年轻三轮车夫在一旁看热闹，还嫌不乱，在吼喊着。不料，秦大福走到他身边，推搡着，让他别起哄。

"再瞎起哄，先把你抓起来……"

"凭啥乱抓人？"

"抓的就是你……"

三轮车夫被一旁伸出的警棍给打掉了毡帽，两个晋军士兵抓住他的胳膊，当场就被押走了。

"让阎总督出来面见我们的学生代表，别想糊弄我们，别整那些没用的花样……"

"不行，就冲进去，怕啥呀，现而今谁怕谁呀？"

总督府门前的马路被士兵们团团围住，学生队伍首尾无法呼应，被截住，分割成好几节，眼看就要被各个击破了。小月莺一下冲到最前面，秦大福拽她没拽住，却是被她冲到总督府的高台阶上，振臂高呼，让学生、市民和军警士兵们都惊呆了。

"老师们，同学们，朋友们，阎总督的晋绥军拦住不让我们进去，我们找谁说理去？阎总督不肯出来见我们，一定是心里有鬼，他们想干什么？他们勒令我们回去上课，让我们执行南京教育部统一的会考制度，居心何在？无锡东林书院有一副明朝顾宪成所撰的对联：'风声雨声读书声，声声入耳；家事国事天下事，事事关心。'天下兴亡匹夫有责，我们读书是为了什么？我们读书是为了救国，尤其在民族危亡的时候，我们更应该有一颗修家治国平天下的雄心壮志……"

秦大福一直站在小月莺所站的台阶下面，听着这番演讲，也不由得点点头，却又摇摇头。他内心在为她担忧着。欸，还是孩娃不懂事呀，非得要参加啥的抗议，你这个不是鸡蛋碰石头的事情嘛。再说，也是不讨好，不仅上峰会怪罪他，也会让这些闹事的女师学生吃不了兜着走，这是要蹲大狱的，一旦进去，他也救不了她。这些孩娃子总是这样，你一说，她还和你顶嘴。你看她演讲起来，能够讲出千条万条理由。可是，谁又能听你讲理，这世道是谁有枪杆子谁占理，没理也有理。小月莺无辜的眼神里还在追问为什么，其实没有为什么，只有服服帖帖回去上课。上课？她都毕业了，还上啥课呀？既然没课了，就不是学生了，那就更严重，社会上的闲杂人员，性质就不一样了。如果是女师的学生，可能还放你一马，既然你都不是人家的学生了，你打着人家的旗号闹事，这不是不自量力地非得要往枪口上撞吗？别这样好不好？就算是你秦叔求你啦！这个时候，你要赶紧跑路，要不然擦枪走火，都有可能酿成血案嘞。不相信，不相信你就待着，一直待到天黑了，就会出乱子了。

这时，总督府里突然冲出两个全副武装的士兵把小月莺一把给拎了起来，向后面的府里连拉带拖而去。

"安静，安静。卑职受阎总督的委托，告诫各位，别受匪党的蛊惑，安分守己，赶紧返校上课，就会既往不咎。如果违反上峰禁令，就会与匪党同罪，奉劝……"

小月莺被两个士兵拉住的时候，秦大福拔出腰间配枪就冲上台阶去交涉了一番，然后他又与正在训话的阎总督手下的副官说情，这才把抓住的小月莺松开了。秦大福把小月莺带到人群侧后，然后说："李府小姐，赶紧回家吧，我派马队送你回家！"

　　小月莺还是很执拗，继续要冲上去，被秦大福拦住了。"这种时候，你，你还是赶紧快走吧！"说着，让她上了一辆密封的马车，疾驰而去。而有的学生去拦住，大喊："你们把我们的代表弄哪儿去了？"

　　"你们这是要干啥呀？"

　　又是一阵喧闹声，一个穿着长衫的中年老师冲到小月莺刚才站着的台阶上，还没等他发表演说，就被一拥而上的军警给抓走了。后来，她才晓得这个被抓走的老师就是余达成。女师校长金燮心听说小月莺被抓，就急急忙忙与军警交涉着，甚至吼叫起来。她心里一凛，舒苜圆的悲剧不能再在小月莺和其她同学身上重演了。一伙冲上来的军警把金燮心当作一个疯魔了的老太太抓走了。

　　记得舒苜圆活着的时候曾对小月莺说："金校长是一个爽快人，一点也不摆架子。她有一张菩萨脸，金子心，热心肠，拿得起，放得下。她常说，朽坏的大梁撑不起屋架子，做甚事情都得要个有始有终哩。金校长看人很准，她有一双会做活的仙姑圣手。你不相信吧？我告诉你……"

　　后来，小月莺听说，金校长被强制关了三天。据说，她在里头面壁思过了三天。这让小月莺想起小时候离石旧城福音堂里白瑞德的祷告。白瑞德端着一碗水，然后把手指在水碗里浸湿之后，用手指头挥洒开来。他给每一个孩娃子的头上洒着圣水。小月莺记得白瑞德在祷告的时候，三猴子竟然把水碗偷偷拿在手里，舀满水后学着白瑞德给她衣服上都洒满水。她曾学着白瑞德跪在一块垫子上，一边祷告，一边歪着小脑袋看他袍子下的一本很厚的硬皮书。她发现金燮心校长的屋里也有这本硬皮厚书。金燮心校长放出来之后，她就辞去了校长职务，不知所踪。一说是老太太看破红尘，独自奔了五台山，削发为尼；一说是有女师学生在多年后看到一个很像金燮心校长的老太太在忻口战役的队伍里救治伤员；另一说是太原沦陷之后，她去了绥远，在冰天雪地的草滩上办了一座流动的蒙古包学校，小月莺的班主任"铁扇公主"和几个师姐跟着老太太去了一块儿支教。直到多年之后，小月莺与迈可一起从英国回北京，见到了她。当时老人家的脊椎反倒不怎么疼了，而且腰腿也比以往好起来了，这可能是当年在仁爱医院做妇产科大夫时长期站着弯腰超负荷工作导致的颈椎腰腿职业病，退休转行做了女师校长以后，反倒逐渐好起来。可是，却又发生她亲手接生的婴儿——舒苜圆在女师澡堂烧炭自杀和小月莺带头带领女师学生们到总督府抗议的事件。

　　多年之后，她依然精神头儿十足，却是谈到十七岁的舒苜圆时，老泪纵横。舒苜圆是老人家在仁爱医院当妇产科大夫时接生的两万五千八百八十七名婴儿中的一个，后来竟然在女师又成为她的学生，相处甚好，如同己出。金燮心耿耿于怀，为何舒苜圆有了那么重的心事不和自己交谈呢？这是她作为校长的失职呀，她在以后的岁月里时不时地念叨着舒苜圆和李月莺的名字，从光绪元年直到二十世纪八十年代初，活了一百零七岁的老人家，在平遥城的一处明清小院里孤独离世，一辈子未婚。

那时，小月莺在马车上看不到外面的情景，只觉得夜空里有了风雨的声音。电闪雷鸣间，她听到总督府门前马路上仍然传来一片浪涛般的喧嚣声。她不时地擦擦眼睛，虔诚地跪在马车厢轿里的座位下，面对着总督府方向祷告起来，可是不争气的眼泪却是如注地倾泻而下。她走了，那些跟着她一起来的师生们怎么办呢？她能想象到他们愤怒的表情，也似乎看到总督府门外挂起的一长溜灯笼突然间熄灭了，是要对这些手无寸铁的女师姑娘们下手了吗？小月莺没法压住自己心底里的激愤，只想大声呐喊，她觉得自己快要透不过气来了。可是，又有什么办法呢？

她总是有一种想要跳下马车的冲动，这个时候她应该和女师的师生们一起呐喊、一起歌唱。在多年以后回忆这总督府一幕的时候，她想起自己在高唱着一首自度曲，而且滔滔不绝的句子脱颖而出，仿若自己是一个行吟诗人，抑或流浪歌手。总之，她大声唱着，那些激昂的旋律和节奏占据了她的整个视野，让她对眼前的撕扯和棍棒视若无物。她的面容变得无比从容和宁静。现在，她在疾驰的马车上在一个笔记本上狂热地记录着什么。她对刚才发生的一切有了更深的感受。她拉开马车厢轿里的帘子，泪流满面地望着消失在远处的一切，感觉到一种被迫逃离的耻辱。黑暗中，能够闻到遥远处汾河的气息，汨汨流淌的却是女师姐妹们身上被雨滴打湿的声响，还有心底里的呐喊，还有草叶和花蕊里的芬芳。

只有她闭着眼睛在审视这一切的时候，才会被之前刀片划破手指的那一幕所震惊。而此时此刻，她的脸上是有些惶惑，却又有些像蔑视。她把自己的感觉一下子放大，如同一跃而起，飞到了总督府的上空，如同观察一株植物，一颗核桃被砸开的横切面，她从中看到一个完整的世界，乃至更加无边无际的宇宙太空。她用一个刀片来触摸整个身体，正如她看到过历史老师余达成用刀片刮胡须。她仿若看到了童年时的李府东塔楼下那一棵枝繁叶茂的海棠，在冬日的大雪天里堆积成白茫茫的一片沉重。她的睫毛上有一滴眼泪，一直悬在眼睛的边沿，却是让她有了一种耀亮的神采。她的额头上有一个拔罐的印记，披着的秀发在风中飘起。她迷恋的钢琴曲，一如整个事件的背景音乐，让压抑的气氛有了一种昂扬亢奋的成分。

喧嚷的总督府已经远去，融入幽暗的厢轿马车之后，布帘后面的天宇放射着更加无限的空间。一个人的灵魂就这样沉默在一处，随着身体而在街巷里游荡。生生不息的只是一种超于身体的存在，一种无限的可能。漆黑的夜色里有一些灯火，影影绰绰间，一如小月莺在七岁的李府大院里挥舞着马鞭让大黑和小黑在圈圈场子里转圈，越来越快，却是不断地重复着一种跃动的姿态。吁——嗻——逗儿，驾！曾姨娘的蓝围巾在风中飘扬，五颜六色，后花园的石榴树，以及西红柿和烤红薯的味道，幽暗的天空上，有着青幽幽的蓝、亮闪闪的橙、繁星耀眼的银、灯火明媚的晃……

月亮上的君主乃是太阳系游星阿尔法用飞船送来的橘黄色火焰。不凭着灵气来再现自己，以第二星座之红玉色的自我为化身……

黑夜已经完全降临。四周没有了任何声音，这让小月莺不寒而栗。可是，她晓得那些女师的同学们依然在挣扎着，喧嚷着，甚至是来回撕扯混战中夹杂着双方的嘈杂的、嘶哑的对骂声，更有拳打脚踢的声音。她只好双手合十地祷告着。为了躲避这种内心的撕裂感，只好放下帘子，一个人埋头啜泣。她只想把自己的脑袋蒙住，可是脑海里依然是那些红色的浪花和飞舞的标语。她极力在用自己刚才总督府的演讲来转换这种离开现场的痛苦。一阵从窗外刮来的大风使得马车有些摇晃，宛若行驶在多年之后的黄河渡船上。冷汗从后脖子流到后背上，她甚至有些哆嗦着，不停地在笔记本上写着一些诗句。她已不记得马车里哪儿来的光线，只是在一阵忽明忽暗的颠簸中，让她回忆起自己刚才强作镇定时的苍白脸色。作为一个为理想献身的美丽少女，她的眼神里充满了受到羞辱之后的胆怯和绝望。有一些被抹去的记忆，可能是因为各种原因，要么是一种羞耻，要么是一种原罪，抑或更多的是你不想再回想的一切，却总是时时刻刻在你命运处于低谷，甚或灵魂处于虚弱，被诬陷之后陷入孤立逃亡的时候，就会纠缠着你，并不断地腐蚀着你的嗅觉和自信。在你所有逃避现实的虚幻和梦魇里，总是如影相随着它们狰狞的面容，而爹娘的话语、曾姨娘的大同民歌和潇民哥的手风琴声，在抚慰着你受到惊吓的心灵，你仿若跳出幽暗的马车，而是在龙城的迷雾上空无可奈何地无目标地游荡。然后，小月莺眼前出现了龙城的剧场，马车在颠簸中拐了一个大弯，然后攀爬着一个高坡，剧场里的人声鼎沸，而她寻找着什么，一时间忘记了今夕是何年。

也不知走了有多久，快到柳巷的尽头了。马车在小月莺家门口停下来了。大门前站在那儿的是李文祺。

"爹，你怎么会在这儿？"

李文祺看看马车上押送小月莺下来的晋军士兵，欲言又止。等到了家，回到堂屋里，他才说："听说你去总督府抗议去了？"

"爹，你怎么晓得？"

"包娜娜和刘佳慧刚才来过了。"

小月莺还想说刚才差点被抓走，幸亏秦大福及时派人把她护送回来了。

"爹，我看到秦大福了……"

"秦大福？"

"就是上次来过咱家，不是还当过你的俘虏吗？"

"啊，是……是尥蹶子呀，对了，他一个做生意的人，怎么也去总督府凑热闹？"

"您还不晓得呀，他又高升了。不开商铺了，在直属总督府的晋绥军里当了一个了不起的官……"

"尥蹶子当啥了不起的官呀？"

"不晓得，反正，今天不是秦叔，我可能就被他们抓走了……"

6

这一夜，李文祺睡不踏实。他操心着在龙城里的买卖，柴米油盐酱醋茶的行情，以及李府龙城会馆里的诸多事务。崔巧巧派来的送货驼队捎来话，离石老家那边百十来口子的家道用度，他都得提出必要的建议和办法。光闷着脑袋过安分日子不行了，凡事都要早做决定，未雨绸缪，尤其，一些兄弟呀，妯娌啦，孩娃哩，都得要手掌抠紧点。崔巧巧总说二老爷李文祺点子多，办法稠嘞。光卡住不开支，也是不行，这就让崔巧巧两难，所以这李府的驼队带来她的口信，让他隔一段时间就回去处理。

而身边的吴秀兰则在担心小月莺参加女师抗议活动会不会出事的问题，她问他道："莺子不会有甚事情吧？"他看看她，叹了一口气说："不好说，我在晋军——嗯，现而今叫晋绥军了，我在那里面待过，谁都可以得罪，但上峰不敢得罪。莺子这次是在太皇头上动土了。"吴秀兰起来撩开窗帘，外面黑乎乎的，雨倒是停了，只是寂静得可怕呀。"文祺呀，我心里总是不踏实。也不晓得莺子睡得咋样？"

又过了一个时辰，就听门上轻轻敲击声，打开门一看，是小月莺。"爹，娘，我可咋办呀？总督府不会派人来抓我吧？"吴秀兰只是看着身后的李文祺。李文祺也感觉到一阵慌乱，但嘴里却说："莺子，别怕，有爹嘞。再说，你潇民哥昨晚回来时，也没说甚，估计这些学生闹一闹，也就过去了。这些都还是一些孩娃子，你才多大呀，刚过十四岁生日。"

谈到小月莺的生日，吴秀兰就说："莺子的生日是民国五年七月十七日。那时咱家住在下元的陆军赛马场，你爹才是一个指挥骑兵的晋军中尉……"

"嘿，我爹，那时是中尉，后来没几年就是上校团长，可是又能咋样呀？"

李文祺不吭气了。他盯住小月莺，突然紧紧抓住她的双手，然后说道："月莺呀，这次恐怕你爹你娘也保护不了你啦，你趁着你哥潇民要去天津银行当副行长的这个当口，你去北平躲躲吧。"

"爹，我不去。我又没杀人放火，干吗要逃离呀，到了北平，让我干甚嘞？"

吴秀兰有些舍不得，一把抱住小月莺，然后说："没事的，等等看，让你潇民哥出去探听一下消息。没必要这么慌里慌张的，这成了甚啦？你爹大小也是一个晋军里的上校团长嘞。"

"别拿这个上校团长再说事哩。这个差事，我早就不想干了。两个肩膀架个脑袋，舞刀弄枪，每次开仗，都不晓得是为了甚？这不，我回家养伤也快一年了，我都要打个退役报告啦。"

提心吊胆熬到天大亮，又是多半个前晌过去了。到下午时，李潇民领来一个客人到家。这个客人就是上次来过他们家的纪朝轩博士。大家都晓得他父亲是教育厅的纪公泉厅长。纪朝轩一脸严肃，然后拉住李文祺的手说："小月莺的名字上了总督府要抓的黑名单啦。"这个消息，让吴秀兰脑子里轰地一响，连忙去小月莺的房里叫她。

"我不能就这样跑了，我跑了，那些跟着我去总督府抗议的老师和同学们咋办呀？"

"别管那么多了，快跟着你爹去一趟纪朝轩博士家里，看还能想出甚的法子……"

说着，小月莺与李文祺跟着纪朝轩上了大门外的福特汽车，然后直奔冀公馆。李潇民坐在副驾位置，开车的是纪朝轩，小月莺与李文祺坐在后座上，忧心如焚。李文祺时不时地拍拍小月莺的肩膀，然后说："别怕，有爹在嘞。"

小月莺心里说不上的紧张还是难受，甚或是恐惧——其实，她早已下定决心，如同屠格涅夫《前夜》里的叶琳娜一般，深切地对弱小者给予某种同情，可是她又没有办法。她找不到弱小者贫穷的根源，这就让她这个大户人家的富贵小姐有了某种原罪心理。那些弱小者就是来自她老家离石李府那一块，他们的爹娘，他们的兄弟姐妹，他们的老婆孩娃子，他们租种的地，他们的牲畜，以及所有一切，她在七岁那一年就感同身受了。白皙的脸上有一种粉嫩的红光，两只胳膊伸展开来，使得她学生蓝布褂鼓胀成一只风帆。小月莺不晓得如何改变这种痛苦、不幸、贫穷和堕落，她有时在潇民哥那儿寻求某种帮助，尤其纪朝轩的一些谈吐中得知一些关于对社会变革的片言只语。这些同情，被潇民哥归类为小资情调，她甚至无法容忍童年中见到三猴子他们把逮住的麻雀用泥巴糊住然后用火烤着吃掉——这些残忍的画面，让她有了对粪把牛和蚂蚁等小虫子命运的同情。她见不得三猴子他们伤害它们，更见不得三猴子给曾姨娘身上扬灰土。

在冀公馆里，小月莺见到了和蔼可亲的纪公泉老先生。他长得比李文祺要老成一点，但年纪还要更大几岁。从纪公泉的打扮上看，如同一位前清的举人，只不过穿着一件深色的长衫，戴着一顶礼帽，鼻梁上架着一副圆框的眼镜，双目有神。李文祺有些客套寒暄，礼节性地作揖什么的，老先生都让免了。纪公泉错开李文祺的肩膀，直接就对小月莺开门见山地说："你上了总督府的黑名单，说你勾结匪党，试图闹事，一两天内就抓你。"

李文祺的一只胳膊护住小月莺，生怕她过不去这道坎。他的脸上因激动泛着红光。脸上的皮肤紧紧绷着，眼睛里全是关切，挺直的腰板显示他依然保持着军人的冷静和干练。他一定看出了闺女的处境，眉宇间没有任何责备，只有那种经历风雨之后过来人的特有的豁达和宽厚。这一点让小月莺的心逐渐地平静下来了。他的脚步依然是沉稳的，但一只手的动作有一些犹豫，他只能让她赶快离开龙城，所以他的心里头莫名地难受着，难以抑制地产生了一种父女之间才会有的惜别之情。那时，他抬起头来，故意不看她的眼睛，却是烦乱地摆弄着衣角，眼睛视而不见地望着对面墙上的装饰物。

小月莺觉得整个冀公馆的客厅是空旷深邃的，她自己一下子显得软弱无力。明明窗明几净，还能听到院子外面的麻雀欢叫，但她只是耳边感到嗡嗡直响。四周一片黑暗，如同昨晚总督府门前的大雨如注、雷电交加。她恨不得长出两只翅膀，然后直接就从客厅窗户上飞向蓝天白云。她仿佛看到了远去的娘娘和曾姨娘，以及很多张陌生而又熟悉的面孔。她甚至看到《前夜》里的叶琳娜，那是想象中的模样，只是那么亭亭玉立地站在她的眼前。或许，她那时耳边响起泰戈尔的诗歌《生如夏花》。

> 般若菠萝蜜，一声一声
> 生如夏花之绚烂，死如秋叶之静美
> 还在乎拥有什么

原本瑟瑟发抖的小月莺抬起头来，眼睛里出现了坚定的亮光。然后，望着纪公泉老先生在和她说着什么。他的嘴唇在嚅动着，有着很多的词吐出来，她却没听，只是一下子明白了自己肩上的职责。她要活下去，她不仅仅是为了自己，为了爹娘，为了奶奶和曾姨娘，为了很多关心她的陌生而又熟悉的面孔……

"总督府认为你们女师的学生并非害怕会考，而是受到匪党的蛊惑，但我相信你是无辜的。"

一旁的纪朝轩也向着小月莺挥挥手，说道："还有我们的人在帮助你……"说着，从侧门走出来了秦大福。秦大福一身裤褂短打打扮，腰里别着一支德国制式手枪。他一进来，就紧紧握住李文祺的手，叫了一声："老团长！"

"我可不是你的啥老团长呀。听莺子说，昨晚是你救了她呀，派人把她送回来的……"

"比起你当年救我这个俘虏，这个不足挂齿，也是昨晚正好遇上了。就这么巧。"

纪公泉立马建议小月莺马上离开太原，甚至也不要去太谷铭贤中学报到了，直接出省外，去北平。正好李潇民也去天津，兄妹二人赶紧走，不能超过明天……

李文祺也是军人出身，所以雷厉风行惯了，动作异常迅速。纪朝轩开着车路过家门时，吴秀兰听说小月莺要很快离开太原，当场就哭了。她给小月莺准备出发时的衣服包裹，被李文祺制止住了。

"快走吧，有潇民路上照顾她呢。"

小月莺还是焦虑不安。她苦思冥想着，也没想出自个儿啥时与匪党有过接触。她根本不认识，更不用说更加深入地交流了。再说，她也没干什么违法的事情，只是去总督府抗议会考，也就是演讲了一番，前前后后就像一场噩梦一般。她在整个过程中，也是不由自主地挑头，可是她真的没有干过什么呀。这个，真的很倒霉，她真的甚都没做，铭贤中学上不成了，前途就被葬送了。去了北平，何去何从，都说不好，只好走一步，说一步了。不过，眼前有潇民哥，小月莺的心里也就踏实了一些。她不由得会想起自己小时候，每当家里就剩下她一个人的时候，就开始躲藏，不是躲在大衣柜里，就是跳到大瓮里，要不然就爬到炕上，用被子把自己整个遮罩起来。小月莺在七岁的时候总是神游在东塔楼顶层，然后向远处眺望个没完没了。她不晓得大人们为何从不在自己跟前提起死去的曾姨娘，仿佛没有这档子事，但她常常会想起来。曾姨娘总是早晚给她穿衣服和脱衣服，难得地看到那一切，甚或每一个笑容、每一个动作，还有不被人察觉的眼神里的忧郁。这个，谁也不晓得，但小月莺却看出来了。当年曾姨娘身上有一种干净的香草味和胰子的香味。她细密的白牙咬着下嘴唇，咬出一圈牙印。她把一双没日没夜织好的毛线袜子递到她手里。"曾姨娘，你不疼吗？为甚要见天黑间总一个人躲在牲口棚里哭？"当曾姨娘在轻轻拍打着她的肩膀，既没说为何哭，也没说她咬自己的嘴唇疼不疼。小月莺只是困惑着，一会儿，就顿然间有了睡意。之前，曾姨娘一直在给七岁时的小月莺唱着大同医专学到的民谣："正月里来初上弦，就数十五的月儿圆，三月里来桃花开，手拿着荷包包等着小哥哥来……"小月莺听到这儿就会问："小哥哥，是潇民哥哥吗？"曾姨娘苦涩地摇摇头，遥望着窗外的一轮沐月，却什么也没有说。等小月莺睡了，还要帮衬着大灶上用细筛子筛常翠花磨好的玉茭子面和莜面，筛好的面再放在簸箕里晾晒。

第十三章

北平记忆

1

初夏的夜晚，没有了春寒的大风天气，而炎热还得过一些时日。阵阵清风从晋中汾河的平原上，掠过正在拔节抽穗扬花灌浆的庄稼地，一路吹了过来，倒也清爽。风把白日的闷热带到了南面的临汾和长治。而吕梁山离石城的李府院子里，依然有闻风而动的蚊子，尤其还能听到东川河下河滩里蛤蟆的叫声，在寂静的夜色里最为嘹亮。

人在路上，总会有很多不确定的想法。小月莺从未去过北平，只是在心里想象着那些紫禁城呀，红墙绿瓦呀，东四西四牌楼呀，以及天坛地坛，前门楼子，天桥和剧场，京剧和晋剧有什么区别？离石梨园界台柱子何彩花会唱各种剧种，她会唱京戏吗？那些亭台楼阁，那些雕梁画栋，那些城门楼子，一定也和她以往看到的完全不一样。北海公园、白塔寺、皇城根儿、护城河，还有万里长城，大运河，蜿蜒的燕山山脉，以及潇民哥给她一路上讲述的种种城市风景。

这个晚上，小月莺是在太原前往北平的火车硬座上坐着睡觉的。潇民哥让她放心睡觉，可是她一直睡得不踏实，总是觉得有什么人在盯着自己。其实是她太紧张了。黑乎乎的车窗外深不可测，不时听到火车轮和铁轨之间发出嘎哒嘎哒的响声。要进入隧洞时，就听到汽笛一声长鸣，轰隆隆的声音在隧道里放大了。她甚至在梦里又回到了总督府门前演讲的情境之中。她那时正在逐渐地长大，模样和身段也和以往不一样了。她的眼眸里有一种清澈灵动的光，皮肤也越来越显得娇嫩白皙，一张嘴就能看到她的牙齿一闪一闪的刺亮，圆润婀娜的体态里饱含着一种青春和健康的活力。一身掐腰的碎花旗袍，仰着的脖子里时不时涌动着一声叹息，体现了她绵密的惆怅和各种心思。

小月莺下意识地叫了一声："爹——"可是，父亲李文祺早已下车了。旁边却是李潇民，睡得仰天八叉，口里还有梦呓，又有涎水流出来了。她这才意识到父亲李文祺送她和潇民哥上车，找到座位，就和厨师老张回去了。李文祺转身的时候，小月莺一把又拉住他，然后说："爹，回去时，路上小心点。"厨师老张是随后赶来的，他说："家里来了警署的人，点名要抓莺子呢。这还真是前后脚的事情。"

一大早，警署就派来几个人到家里抓人。他们先在小月莺的房里翻找着什么。只见床头和柜子里的东西都翻了出来，书架也被掀翻，地下都是四散的书报杂志。其中，有一篇是小月莺写的演讲稿，但内容并没有什么问题，警察却认为是赤化的东西，煽动学生闹事，云云。吴秀兰哪儿经见过这种事情呀，先就吓得话都说不利索了。她一个不识字的家庭妇女，想不明白的是这识文断字为何也有罪？搜查了半天，警察还搜出了一本从上海寄来的叫作 *Communist Manifesto* 的英文小册子，也就是早先民国八年陈望道从日文版和英文版翻译的中文版《共产党宣言》（又译《共产主义宣言》）。这还是小月莺从潇民哥屋子里偷偷拿过来翻看了个开头的英文小册子，她对照着字典还没有来得及细读，就出了这么一档子事情。女师学运或许只是阎总督打压龙城共产党地下活动的一个由头而已。

"警署的人不会来火车站抓人吧？"

吴秀兰想起小月莺说起过这本英文小册子，好像叫啥的"卡你密撕拉泛斯舟"，也不晓得甚意思。她就赶紧跑到厨房，让厨师老张别忙着做饭了，赶紧去火车站，看看小月莺怎么样了？究竟走了没有？老张刚要出门，被警察拦住了。吴秀兰说："厨师要出去买菜哩。"

"买菜？别是找借口通风报信去吧？"

"你们究竟要干甚嘞？"

"吴夫人，我们是来抓匪党分子李月莺的。"

"你们凭甚抓人？我闺女那么规矩的一个学生娃娃，她哪能杀人放火呀？"

"吴夫人，我们有拘捕状，有署长盖的大印哩，抓的就是你闺女……"

吴秀兰纠缠住警察的工夫，厨师老张就连忙从后门溜了。他叫了一辆三轮，直奔火车站。在进站口却碰见了全副武装的秦大福和他一个班的人马。秦大福去过几次柳巷李公馆吃过饭，认识老张。老张说了这一紧急情况，秦大福下令注意车站外的动向，一旦看到警署的人先堵住再说，不能让小月莺落在警署的人手里。后来，警署的人也赶到火车站，急眼了，与秦大福的人马剑拔弩张，差点打起来。开往北平的火车就要开了，警署的人动了粗，秦大福胳膊上还中了一枪。

而这个时候的火车上，李文祺也听到枪声，心里一紧，却是摸摸小月莺的头，平静地说道："没事的，昨天救你的秦大福在车站外警戒着，他带着晋绥军的一个班在外面，警署的人肯定冲不进来……"

李潇民也很着急，这火车一直不发车，耽搁在轨道上，等了半个钟头还不开。"莺子算你命大呀，纪朝轩也在车站外面呢。他说，秦大福也是他们那边的人……"说到这儿，他看看车厢里的其他乘客，不再说话了。不过，他这说半句留半句的习惯，让小月莺更着急了。

"他们那边的人？潇民哥，你这话甚意思呀？纪朝轩博士也和秦叔都在车站外面吗？"

李潇民只是默默地点了点头。李文祺则说："莺子，你就别问了。看来这次事情真的闹大了。咱家也被搜了，在你房间里抄走不少书稿，也不晓得你平时都在写些甚嘞？你去不成太谷铭贤中学，就跟着你哥，你先在北平你嫂家住一阵子……"

"潇民哥，你让我在还没过门的星桦嫂子家里住着，多不好意思呀。"

"唉，现在也没别的办法，去了先住着，以后再想办法。这次全靠了你哥的好友纪朝轩，还有他爹纪公泉老先生以教育厅厅长名义担保你。可是，警署的人也插手了，却还在抓你。"

小月莺望着李文祺和老张走出车厢，又在站台上向自己招手。打开车窗，李文祺一边嘱托了李潇民，再安抚小月莺。他的表情很坚毅，一双慈祥的眼睛目送着兄妹俩。

火车过了娘子关之后，进入河北地界。天大亮的时候，窗外已经是一片平展展的华北平原了。火车车轮摩擦铁轨的响声似乎也由剧烈的嘎哒嘎哒转换为平缓的咯噔咯噔了。李潇民的脸上有了轻松的笑意，拿出吴秀兰让厨师老张给他们路上带的煮鸡蛋和石头饼来吃。小月莺也饿极了，看到食品，脸上有了笑模样。她穿着一身白底碎花的紧身旗袍，外面又套一件橘黄色的开衫，显得很像比她大六岁的星桦嫂的惯常打扮。

"莺子，你见了星桦，可不要一口一个星桦嫂啊。"

"为啥呀？"

"还没过门，你就叫她姐吧。"

李潇民把剥好的一个鸡蛋给小月莺递过来，然后说："不上铭贤中学也好，来了北平，而我又在中行的天津分行上班，离得也不远。你以后就别去金陵大学了，就考燕京大学吧。"

小月莺憧憬地望着窗外不断变化着的原野，既陌生，又新奇，就不由得一阵咯咯大笑。潇民哥对她的影响很大，宛若蚕茧中孪生的一对蛹一般破茧而出。由热烈、亢奋、勇敢、决心而形成的外壳重新生长出来，使得她的愿望和梦幻得到了升华。一阵无法想象到的内心风暴席卷而起，一如巨大的手掌把她托举，在颠簸的车厢中，她的心火与窗玻璃辉映的光线对撞，涅槃着一种飞翔的姿态。天空上飘荡着一团又一团的云絮，边上闪耀着亮色，在风中它没有确定的方向。她怀着尊敬和信任去望着潇民哥。她在任何时候都需要这样一个榜样。身边坐着他，她就不会乱了阵脚。

她已经摆脱了被列入黑名单的恐怖心理，一如放飞的鹞鹰——不，她想起了自己七岁时在老家离石李府院子里曾与曾姨娘放飞的那只花凤凰风筝——她畅想着，一心要飞到更远更远的远方。她想到了尼采的一句话："每一个不曾起舞的日子，都是对生命的辜负。"只是突然觉得自己没钱了，到时怎么办呀？她的眼前汹涌起严寒冬天里的暴风雪天气，西伯利亚的冷风把一片片轻飘飘的雪花卷起来，四处飞舞，在高远的天空抖动着、翱翔着。她的脚下已经不再是晴空万里，而是崎岖曲折，她记得自己在梦里都是骑在小黑马的背上，身后是爹娘在叫喊。

而她在悬崖之上，一直在攀升，一直在挣扎，一直在行进，一直在祈望……

"没钱了怎么办呀？"

"什么没钱了怎么办呀，有哥来供你，再说还有爹娘嘞。他们也会过一阵子来北平的。记住尼采还有一句话呢。"

"什么话？"

"你不是看过他的《查拉图斯特拉如是说》吗？"

"看过呀，你留洋带回来的一大帮外文书里有。"

小月莺沉浸在自我的世界里，不时眺望着飞快地掠过的窗外风景。她在女师的那些个姑娘中，唯独对舒苢圆的记忆更为深刻。这是因为苢圆姐姐那最后决绝的命运，不由得想起了曾姨娘的那一跃，凡是见过女师浴室那一幕的都会留下浓重的阴影。纤弱的身材里，却是藏有一颗刚烈的心，那个挺立的姿态使得其面容中更加显得惨白，却透射着一种傲然的风骨。

"那些没有消灭你的东西，会使你变得更强壮。"

"这句话好熟悉。"

可是，真能够那样吗？真能够变得更强壮吗？纯白无瑕的模样里，一如冰雕的圣洁，两瓣嘴唇微微张开，露出的白牙，仿若从前，一股劲叫她猴鬼孙、毛鬼神。只有舒苢圆这样叫小月莺时，才不会让小月莺生气，别的女师姑娘都不行。舒苢圆和潇民哥一样，总是要刮刮她的鼻子。女师姑娘们一起跟着金燮心校长合唱《彩云追月》。波、波、波，波涛，滚、滚、滚，绵延无边，边、边、边。小月莺唱的时候，突然就结结巴巴，唱不出下一句了。何日相聚在堂前？就这一句，她唱不出来，两眼里汪着晶亮亮的泪水，抽泣不止。亲人啊，亲人你可听见？

"是呀，一个叫尼采的哲学家说的。"说着，潇民哥从随身带着的一个提兜子里拿出一本包着《国际关系》封皮的厚书，却是英文版 *Das Kapial*，即中译本《资本论》（全称《资本论：政治经济学批判》）。

"哥，你怎么拿一本《国际关系》的封皮包着这本英文书呢？"

李潇民吐吐舌头，有些自嘲地摇摇头，嘘了一声，然后看看别处，又聊起了别的话题。"记得吗，昨黑了，火车上，外面竟然看到了一轮月亮，一直跟着我们行走……"

"明月几时有，把酒问青天。不知天上宫阙，今夕是何年？"

这趟火车，分三等座位，一等车厢里为软座，铺着地毯，有化妆室和卫生间；二等车厢也是软座，材质较头等差一些；三等车厢，就是硬座了，木质座位，刚坐在上面冷飕飕的。三等车厢里太挤，时间紧，订购了三等座，却是人太多，推搡中连座位都没有，只能站在过道里。后来，李潇民上车后加钱才换到二等车厢，这才有了座位。

　　她却在想：这种把人分为三六九等的民国社会迟早得改变，她和潇民哥一样希望将来有一天会建立一个能够把所有人当人的公平社会。她在那一本很久的《新青年》里仿若看到过，未来似乎总是在眼前呼唤着她，让她心里总是充满了热望……

　　李潇民看看小月莺，把《资本论》重新塞进了提兜子里，然后假装轻松地接住朗诵道："转朱阁，低绮户，照无眠。不应有恨，何事长向别时圆？……"

　　小月莺晓得潇民哥在火车上看禁书很危险，于是她与他同时故意高声亮嗓地朗诵最后一句："但愿人长久，千里共婵娟。"朗诵完，她的心还在怦怦跳着。他却又说要读外文版原著经典的重要性。

　　"哥，也不晓得咱爹娘咋样了？不会有事吧？"

　　小月莺仿若看到老家离石李府院子外旗杆下的空场地那儿，有几棵钻天的白杨树，树干下拉着粗麻绳荡秋千。她哥在后面推着她在秋千上飞来荡去，让她时不时地叫喊着，惊动了爹拴在一旁的大黑、小黑。它们惊奇地望着她。而更远处，干活回来的牛呀、骡子，还有几头不听话的驴，总是蹬蹄踏脚。爹帮着栓大伯在给它们刷皮毛。有的牲口爱在牲口棚里最肮脏的角落里滚卧，爹还要帮着下人们收拾干净，才能把牲口牵进槽里。大黑、小黑的地位很高，拌好的草料里还要打几颗鸡蛋，它们一边吃，一边感激地咴咴叫着。

　　"应该没事，走前，我就委托纪朝轩博士了，加上咱爹的那个熟人，叫啥炮蹶子……"

　　"哥，别乱叫人家甚的炮蹶子，人家的官名叫秦大福，总督府里当差，带着一个班的兵到车站来呢。要不然，让警署抓回去，那就不仅仅是大刑伺候的问题了。唉，也不晓得刘佳慧现在怎么样？听厨师老张说，一大早，她与包娜娜来咱家……这以后再见到，也不晓得何年何月呀？"

　　"莺子，这以后你也得改名了，叫李潇丽吧。"

　　"李潇丽？"

　　"木子李，潇民的潇，美丽的丽。一到北平，以后外出作甚，都得叫这个名儿，也是为了安全起见吧。一定要记住。"

　　那些杂乱的意绪让小月莺不再担忧，甚或一种比后天努力更重要的本体在支撑着她的选择。她在向新的生活一步步靠近，却在心底里有了一种屏障，仿若一种叛逆中行进在不可逆的道路上，甚或原来想都没想过，却是更加执拗，也体现着她内心的一种反抗。车窗外掠过的树木、庄稼和房屋，以及平展展的原野，使得她的眼前更加开阔，也更加明朗了。在更加遥远的天际处，有着曙色的亮光，而且逐渐地由橘黄色变成亮红色。她觉得自己一下子变得坦坦荡荡了，竟然想从潇民哥的身边挣脱开来，站起身伸展了一下两条胳膊，深深呼了一口气，竟然还不由自主地笑了。

小月莺憋了一夜没去上茅房，一看到太阳已经抬头老高了，没来得及回答潇民哥的话，便嚷着要去茅房。但没过一会儿，她又气喘吁吁地跑回来了，还不时向后慌乱地张望着。在这些充满着窒息的人体气味中穿行而过，她的目光游离着投向凌乱中移动着风景的窗外，站在通风的位置才能喘一口气。她觉得只有站在车厢连接处才能感受到自由的风声在跳动，那些慰藉和提神的风景在晃来晃去。她需要一个稳定和坚强的依靠……

"你上茅房这么快呀？"

"不是，"小月莺紧张地说，"哥，那边过道口有一个戴着墨镜的长衫男子，老是盯着我……"

"老盯着你？"

"哥，我觉得不会是警署派人来抓我的吧？"

李潇民站起身来，向过道前面张望。果然，车厢那边站着一个戴墨镜的长衫男子，而且依然在盯着这面。听小月莺这么一说，他的心里也有些发毛，心里一顿，刚要迎着走过去。

墨镜男却向这边走了过来。李潇民就感觉到小月莺紧紧地抓着他的肩膀，然后说："哥，我要是被抓走了。你可别先告诉咱爹咱娘，不要让他们太操心……"

"别慌，莺子，别慌，不会有事的。"

墨镜男走到他们这儿的时候，竟然站下来了。

"你是李月莺吧？"

小月莺用李潇民的礼帽来遮住自己的半张脸，假装没有听到。

"你认错人了吧？"

墨镜男只是对李潇民似笑非笑，然后，摘下墨镜，却又叫了一声："李月莺——"

小月莺兀张着嘴，一时间还没反应过来。墨镜男那边逆光，一直看不清他的脸。她还是不敢答应，等待着最坏的结果出现。

"啊呀，李月莺同学呀，我是你的历史老师余达成呀。"

小月莺这才转过身来，不好意思地抬起头："原来是余老师呀。您也在这趟火车上，我还以为您是……"

"我也是被抓后，又在金校长与警署的交涉下放了，这才坐上这趟火车……"

"那些同学放了吗？"

"金校长夜撞总督府，要求释放被捕的师生，放了几个，还有的没放。金校长愤怒之下，辞职不干了……"

这个余达成，太原女师的师生们对他并不陌生。小月莺一直喜欢听他讲司马迁，以及曹雪芹写《红楼梦》时的一些逸事。不过，她想起的是另一件尴尬的往事，说来也就是一次野营踏青。小月莺到处找一个小解的地方找不到，冒打冒撞，闯入一处长满水草的湿地里。只见前面有一块一人多高的巨石，刚想绕到后面，却是逆光中看到一个男子对着这边，再一细看，竟然是站在那里撒尿。她看见这个男子某个不该看的部位，一件汗衫湿淋淋地贴在他身上，而那个部位在发现穿着蓝底白花罩裙的她时陡然间挺立起来。她一瞬间感受到了初潮般的热烈和鼓胀。她看到了不该看的一幕，宛若自己七岁时磨坊里传来爹对曾姨娘说的"撅不开"，以及种种相关的画面，让她变得惊惧。即便如此，她都无法接受的一种处境，几乎让她崩溃的心理防线，在逆光中眯缝着眼睛，然后大叫一声就跑了。随后，刘佳慧问起她来怎么回事，她只是瑟瑟发抖，说不出话来。直到多少年过去，再后来小月莺认识林迈可，在委身于他的那一刻，倒是依然会想起这一幕，竟然有些不确定的感受，让她一心投入他的怀抱里。她想与林迈可一起在沐月的池塘里重新获得彻底相许的幸福和安稳。

而现在，车厢里看到的余达成，墨镜背后的眼睛里隐藏着更多的秘密。小月莺一下子想起了这件沉睡在心底里的往事。那个逆光中的男子正是余达成。一旁也很紧张的李潇民，却在这个时候把心放松了下来。他只是拉住余达成的手，有一搭没一搭地聊起了一些闲话。

"余老师这是去哪儿呢？"

"石家庄转车，回无锡，老家在太湖边上……"

"欸，太湖很美。"

"是很美，太湖边上盛开着芙蓉花。我做梦都会梦到自己一边戴芙蓉，一边唱着《无锡景》……"

小月莺说："我会唱几句呢。"说着，她就哼唱了起来……

小小无锡景，盘古到如今，
东南西北共有四城门呀，
一到（仔）民国初年份呀，
新造（那）一座（模），光（呀）光复门呀，
一轮明月升呀，心里乐欢腾，
还有一个年轻美貌女学生呀，名叫戴呀戴芙蓉……

唱了几句，一下子有了一种江南小调的情韵。至于谁是小月莺歌中唱到的戴芙蓉，也就只有编歌的人晓得了。他们哈哈一笑，就又谈起了太原近来发生的一些变化，感慨着，忧叹着。这时候，小月莺才重新上茅房去了。

等她再回到座位的时候，余达成已经下车。他下车的时候，摘下了墨镜，怔怔地望着穿着一件花旗袍的小月莺，并还向着这边招招手，就一下子消失在车门外了。火车继续飞驰着，又过了很长时间，北平就要到了。

李潇民还讲到天体的运行，比如这人类所在的地球处于太阳系，而太阳系与银河系相比，就是一个可以忽略不计的小数点而已。而地球就是太阳系的一分子，远古里女娲补天，水神共工氏与火神祝融氏大战而败，随即怒撞不周山，天就塌了，然后炼了三万六千五百零一块石头来补天，还剩一颗石头。这块石头后来被写到了《红楼梦》里，成了一块通灵宝玉。尤其月亮的来历，可能就是女娲补天传说中的另一部分，月亮阻挡了很多砸向地球的天外陨石。而老家叫作离石，早在春秋战国时期就驰名，就与这女娲补天和天外陨石有关，城郊某处就有陨石坑，所以这离石城因此而得名。战国名将吴起屯兵的吴城，西晋匈奴遗族刘渊建都离石则是另外的故事了。李潇民还曾给小月莺看过从哈佛带来的一张天体运行的照片，整个银河系里，那个标注的小数点是地球所在的太阳系。一旦探究到人类科学无法探究的边界，就连牛顿、爱因斯坦这样的神人，也是力不从心，人类的全部智慧和力量在这样巨大的天体面前就是有点智慧的细菌而已。所以，牛顿、爱因斯坦在探究中或多或少地流露出了宗教和神学的苗头。或许，人类现有的科学无法解释天体的运行，在揣测和臆想中甚至把这一切归于"神"的主导和掌控……

"欸，可是这神的背后又会有谁？银河系外面，又有什么？"

窗外已经是北平的房屋建筑，宽阔的马路，五彩缤纷的公园，一泓泓碧绿的湖水，曲曲弯弯的护城河，古老的紫禁城和宫殿，以及无轨电车，拉洋车的，行走的北平市民，等等。火车还在行驶，只是明显减速了，她闻到了北平的气息。这时，列车员对大家说："正阳门火车站就要到了。"

2

有一只损兵折将之后依然健壮的头狼，孤独地站在巨轮甲板上向更加深邃的太平洋眺望。热烈的阳光打在海面上，明晃晃的一片，直刺眼睛。小月莺的耳边回荡着李潇民的鼾声，却是梦里回响着头狼的怒吼，仿佛回到了老家离石城李府，在龙凤虎三山上，在介休县洪山村的后山岗，白雪皑皑中，鬈毛拖着尾巴远去。可是，这甲板上的头狼又是谁？鬈毛的爹吗？那么，谁又是鬈毛的娘？甲板上的头狼旁边有一个戴着遮阳帽又穿着超短裙的年轻女郎，仿佛是《美女与野兽》的另一个版本。

"爷爷，您怕狼吗？"

"你说呢，我的傻孙女哟。"

梦里幻化出李有德的狡黠表情，然后吓唬着七岁的小月莺，说是拿着双筒猎枪，去过庞泉沟打过狼，但没打着，狼吓跑了。那时候的李府大院里的磨坊，点着一盏洋油提灯。她听着爷爷说古，那口水津津的大舌头嘴巴里，一边吸一口烟锅，喷出一股浓烟，一边唾沫星子四溅地说着高祖李罡的传奇故事。小月莺有些难以置信。当时的她摇摇头。因为这让她想起两三岁时跟着自己长大的小狼崽子鬈毛。而甲板上的头狼在铁笼子里让乘客们观看。头狼很疲累了，没精打采地低垂着脑袋。波浪是一卷一卷的，如同小月莺记忆中的鬈毛。这只甲板上的头狼已经是孤家寡人了，没有了跟随的队伍，没有了一呼百应的气势。它只能是遮阳帽女郎手里的玩物而已。铁丝网分为六块，上下各两块，左中右后各有一块，形成一个矩形的铁笼子，每一个切面都有二十个方格，共一百二十个方格，透过它们可以看到头狼和美女的各个侧面。头狼具有深浅不一的褐黄色，与海洋里蓝色的波浪形成比照。

这是李潇民反复给小月莺讲过的所有归国故事里的一个画面，却让人难忘。正因此，它才翻来覆去地出现在小月莺的梦魇里无法消除。尤其，他的身边还有十三岁的华裔少女朱星桦。朱星桦不是一个人，她是与父母一起归国，但与他一样，都是从旧金山登船的。大概是朱星桦被铁笼里的头狼吓坏了，突然惊叫一声，一个浪头打来，甲板上的人们慌了。一头披肩发的朱星桦站立不稳，就要在李潇民跟前倒下的时候，被他出手拉拽住了。这是一个朴实的女孩子，虽然一头披肩发显得桀骜不驯，但却在老学究的父母身边长大，国外生活多年，依然保持着中式教育的某些习惯和礼节。也可以说，朱星桦身上既有西式教育的开放，又有中式教育的淑静和腼腆。

在李潇民扶起朱星桦的时候，就发现她的手腕上戴着一串碎珠子，眼眸间有一种清澈见底的神采，尤其一款浅蓝色的大襟袄上襻扣小立领，腰身窄小，袖短，呈喇叭状，缀有花边，而下穿一条宽松的裤子，风中吹得猎猎响。她的一只鞋掉落了，抬起来，单脚在甲板上跳着。幸亏有李潇民出手相扶，才没有摔倒。直到朱星桦的父母也随后走来，李潇民才有些尴尬地点点头。朱星桦只是微微一笑，向着他回首，也点点头。两人的脑袋又碰撞在一起，倒是把朱星桦的父母逗笑了。

甲板一度倾斜，一波大浪打上来，把铁笼子里的头狼和驯兽女郎都浇透了。李潇民伸开双臂把朱星桦和她的父母都护住了，并向后退着。等浪头打过去之后，他才对朱星桦说："别待在甲板上。"随即，他们就一起到了餐厅，从餐厅玻璃窗上能够看到甲板。小月莺想起这些凌乱的画面，都是因为朱星桦曾经给她写过信。潇民哥与星桦嫂的认识就是那样的平淡无奇。驯兽女郎从铁笼子里出来，与一旁的大副交谈着。大副是一个高大的非裔男子，单腿跪下，亲吻驯兽女郎的衣摆。原本待在甲板上的一只德国牧羊犬，不时望着铁笼子里的头狼，有些害怕，所以跑进了餐厅。朱星桦就蹲下去喂它一块烤肉。

　　小月莺在朱星桦的来信中看到这样的描写，就在回信中谈到小时候的鬃毛。小月莺没想到鬃毛会是一只小狼崽子，在与父亲李文祺送它走的那一刻，心里就特别难过。她对朱星桦说到自己的心情。原来她们都喜欢小动物。当朱星桦在关注牧羊犬的时候，李潇民则与她的父母喝着啤酒，吃着热狗。他们都吃不惯，就又要了意大利面。李潇民对朱星桦说："没有老家的噔噔面好吃。"而出生在北平东城棉花胡同的朱星桦说："老北京炸酱面更筋道。"两人虽然在争执不下，但却达成了一个共识，就是都喜欢吃面食。所以，她在给小月莺的信里又说，专门来一趟山西，吃地道的手擀面。

　　小月莺看着火车就要进站了。李潇民则是趴在车窗玻璃上寻找着月台上专程跑来接站的朱星桦。

　　"星桦，星桦，我们在这儿哩。"

　　下了车，李潇民一身咖啡色西服套装，白色的衬衣和红色的领带，脚穿一双运动鞋，看上去与那次归国的远轮甲板上第一次相见的行头差不多，只是更显得精神了。朱星桦远远地就看到他的身影，充满喜悦地奔走了过来。

　　"潇民，你不是前儿个（前些日）写信说与莺子一起来吗？莺子呢？"

　　朱星桦正在询问李潇民，就见身后出现了一个穿着碎花紧身旗袍的秀气少女主动向她扑过来。

　　"星桦姐，让你久等了吧？"

　　朱星桦有些嗔怪地说："叫啥姐呀，太生分，应该叫星桦嫂。昨儿个就收到爹从太原发来的电报啦。就晓得了你们的车次。一家人，甭这么客气。"

　　小月莺笑盈盈地看了一眼李潇民，然后说："这得怨我哥，我要叫星桦嫂的，可是我哥非要让我叫姐……"

　　朱星桦已经是北平女子文理学院三年级的学生了。她长得个头比小月莺要高一点，一双又大又亮的眼眸，一张满月形的脸上投射着笑意。她上身穿着乳白色的紧身大襟袄褂，极宽大的袖口露出白皙的手腕，细皮嫩肉的，却又一点也不显得娇气，鸭蛋青色的锦缎裤子，一双与李潇民差不多同样颜色的运动女鞋。虽然他们不是情侣装，但却算是难得的情侣鞋了。

　　"星桦嫂，你与我哥的鞋子是同一种牌子的吧？"

　　"真也巧了呐，有的人撞衫，我和你嫂子是撞鞋了。"

　　小月莺也把从太原出逃的恐慌心理抛到九霄云外去了。她第一次来北平，看什么都很新鲜。耳边到处是北平口音，与太原话完全不同，说快了，似乎有了一种说不出的跳脱感。不过，看到星桦嫂，就让她有了宾至如归的感觉，更何况还有潇民哥一直陪着她。他只是觉得小月莺突然一下子变得陌生了，宛若一夜之间成为一个大人。你看她那忽闪忽闪的睫毛下一双被阴影追跑着的黑眼睛里充满了更多的警觉和机敏，却是依然投射着东躲西藏导致的一丝暗淡的忧伤。她甚至看到眼前在突然一黑之后，就有密密麻麻的茅蛆在翻滚着，从茅厕里爬出来，就爬动在她的脚下。她忙不迭地一跳，一闪，让一旁的潇民哥和星桦嫂感觉挺奇怪的。这是怎么啦？光溜溜的水泥地面上，小月莺怎么就跳起舞来了？

这时，李潇民却还是接住前面小月莺说的话，而且是立马认错了。他说："那，这个，莺子就还是叫嫂子吧。反正，早晚是一家人。"

"谁和你是一家人呢。恐怕我穿的这鞋子和你的鞋子才是一家人……"

小月莺也插话："潇民哥总是打马后炮。人家星桦嫂可是心有灵犀一点通。你看看星桦嫂的这双鞋——和我潇民哥是心有鞋子一点通哩……"

"这说什么嘞，莺子可闹了一路，怎么一下车，还有心思编排开我来啦？"

朱星桦赶忙看看小月莺的脸色，然后问李潇民："莺子这是怎么了？脸色不大好……"

"星桦嫂，没什么。我哥尽瞎说嘞。"

三个人围在一起都笑了，然后又一边聊着话一边提着行李一起出站。

3

一群蓬头垢面胡子拉茬的囚犯，穿着颜色深灰的服装，戴着圆顶的囚帽，男女混杂在一起，女的都多了一条围巾，大家都拥挤在一个被高墙围着的空地上听着训话。

小月莺的梦魇里怎么会出现这样一个画面呢？虽然，她现在睡在朱星桦的房里，而潇民哥则在客厅的长凳上将就着睡一夜，明日一早就要去天津的银行上班。星桦嫂则在小月莺的旁边睡得正酣。

然而，小月莺在梦里看到李文祺出现在囚犯的队伍里。四处晃荡着的是幽暗的牢房，不仅仅是李文祺，还有秦大福，以及太原女师的姑娘们。再就是一片墓地，密密麻麻的坟头，还有梁慕秀飘忽不定的身影。

通往墓地的路曲曲弯弯，然后就是李府的东塔楼，曾姨娘一跃而下时的决绝表情。再往小东川望去，有一片草地，疯长着野蒿、狗尾巴草、牛蒡草，以及各种各样的树木和花草。更远处就是一片片的庄稼地了。然后是抬着梁慕秀的棺木，送葬的队伍，披麻戴孝，哭哭啼啼，蜿蜒在一条官道上，大黑、小黑也出来了，李文祺牵着它们。

梦里的情境是随机性的浮现，一些人的面容和不连贯的记忆勾连在一起，使得小月莺惊惧地叫了一声"爹"，然后再看看身边的星桦嫂只是翻了一个身，紧接着听到隔壁朱伯伯和朱伯母起夜的声音。或许，朱伯伯是兽医学院细菌学的教授，在与潇民哥见面之后一高兴多喝了几杯，然后谈到与细菌学有关的话题，他还提到医院太平间里惊悚吓人的故事，被朱伯母把话头给打住了。

"朱教授，你见了未来的女婿也是三句不离本行，你总谈那些医院里阴森恐怖的事情做什么？"

朱伯伯不谈了，却是让原本提心吊胆逃到北平来的小月莺，更加敏感和忧虑了。以至于当晚睡下，小月莺依然是心神不定，忧心忡忡，最终进入梦乡也是一个又一个惊悚的场景和画面。虽然，梁慕秀活着时曾经给她讲过李府东跨院里邢硕梅种种显灵故事，或许有着很多添油加醋的成分，但总是让她一个人黑夜里走在李府东跨院时不由得打一个寒战。在门槛处，却有一丛野生的喇叭花在静悄悄地开放着。当然，还有蔷薇花立在墙头上，被窜来窜去的野猫所袭扰。

小月莺在太原火车站时听到的一声枪声，使得她能够想象到进站口外面有要抓她和保护她的两股人马在对峙着。秦大福身后不远是厅长的公子纪朝轩博士，一直同情这些闹事的学生，自然与秦大福身后的一班晋军士兵似乎有着某种默契。这种默契是如何形成的，小月莺不得而知。是否与李文祺有关，毕竟秦大福觉得自己的命是李文祺救的。可是，纪朝轩一方面是潇民哥的铁哥们，另一方面又是有着地下党身份的人（只是这个身份，潇民哥总是不明确，吞吞吐吐，不告诉她而已）。纪公泉厅长出面担保小月莺，可是警署的人为何又非得把她捉拿归案？围绕着她的命运，背后的角力牵涉到更高的上峰，她作为当事人也真的看不懂，稀里糊涂，一路狂奔，竟然逃到了省外千里之远的北平。

"爹，您回去没事吧？"

"别为我担心，我和你娘又没干犯法的事情，没人会把我们怎么样的……"

"可是……"

小月莺的一颗心扑通扑通地直跳着，也对那些跟随她的女师姑娘受到这样的牵连，有些过不去。她哭了。

"爹，您想办法告诉刘佳慧，让她通知那些女师的同学们，能跑的，就和我一样跑吧。"

当时，李文祺一口答应了。小月莺的耳边仿佛又听到一阵激烈的枪声。她在星桦嫂的房里，一直在黑暗中大睁着眼睛，仿佛看到秦大福胳膊上中了那一枪之后，人就整个倒下去了。他还哎哟地叫喊了一声。他一只手捂住伤口，鲜血不停地往出直冒，然后纪朝轩跑过来给他包扎伤口。随即，从他背后的挎包里拉出一条绷带来，纪朝轩立马就是给他一番不熟练的包扎。秦大福大口大口地喘着气，又有一股热血从袖子里头的肘弯处挤压出来了。这使得他有些头晕，眼前发黑。他趴下来，在地下匍匐着，走到一个花坛前作为屏障，拔出枪来回击。他哆哆嗦嗦地换着弹夹，却是怎么也换不上。四周人声嘈杂，警署的人形成一个半圆形的扇面，向前推进着。那种极为恐怖的枪栓声和杂乱的脚步声，让他的脑袋发木、发麻。

　　这些场景模糊而又清晰，一幕幕出现在李文祺后来给小月莺的信件里，只是信中的内容很含蓄，至于如何结束那场对峙的，父亲却只字未提。反正是，在小月莺和潇民的火车走后不久，一切也就显得风平浪静了。不过，这种反常的寂静，总是让远在北平的她依然是提心吊胆，甚或心里对那些帮助自己的亲人和朋友充满着说不出的感激和歉疚。再以后，李文祺给小月莺的信里再未提这件事情，而是鼓励她好好完成学业，不必担忧，要注意身体健康，不管别人说什么，爹娘都支持她继续读书，寻找到自己的出路。

　　梦中崎岖的山路，正好与李文祺给小月莺寄来的一幅镶嵌着简单画框的小油画有关。这是刘佳慧画给她的。画上没有留下片言只语，只是根据小月莺的讲述和提供的照片，刘佳慧画出了小月莺老家东川河边的一些景色。极为质朴的色调中，虽然有些灰暗，但是却又有着灰蒙天际处的亮光。那儿不仅仅有着小月莺和李文祺骑着大黑、小黑的跑马场，还有绵绵密密的吕梁山脉中的疾风吹动的劲草，还有上方的云朵，再近处是蜿蜒的河流和岸边的水草，以及一片片隐没在水池里的莲花，一条有着两道马车轨迹的官道上还有一个独自行走的穿着红衣服的小姑娘。这个小姑娘是谁呢？画面上只是一个熟悉而又陌生的背影而已，却是一次次潜伏在小月莺的梦里，这使得她生长起更大的希望和无边的力量。这幅叫作《无题》的油画，让她在接下来的日子里不再做噩梦了。她从绝望的困苦中决然地摆脱了出来。她要做一个全新的自己。

4

　　次日一大早，小月莺在厨房帮着朱伯母做早饭，而朱星桦则进了朱教授的书房，看着父亲在书桌旁忙着备课，还一边写着教案。其实，他做这些都是一种习惯性动作，真的到了讲台上并不会按照教案上写的那样讲，甚至完全甩开预定的条条框框，即兴发挥，会讲出一些出乎意料的新看法。父亲只要沉浸在学术的世界里就会有一种进入桃花源境地的迷醉感，尤其嘴里还念念叨叨，一会儿埋头查资料，一会儿在笔记本上写东西，一会儿又站起来陷入苦思冥想之中。这个时候是不能打扰他的，否则他会大发雷霆。所以，朱星桦悄悄进来，默默注视着父亲的一举一动。

"星桦，你在这儿盯住我干什么？还不快去厨房帮你妈熬粥去呀？"

"爸，米粥早熬上了。"朱星桦只是木木地摇着头，然后皱着眉，一反平日里的嘻嘻哈哈。

"唉，怎么了？我的闺女，有啥事情你就说，是不是你要与潇民结婚哩？"

朱星桦靠在父亲背后的书架上，翻找着什么，却是毫无目标，随便拿起一本，看也不看，就放下，然后再拿起一本，周而复始地折腾着。

朱教授有些纳闷，突然站起来扳起来女儿的脸，然后看着她。

"星桦，你能有啥的烦心事呢。你要与潇民结婚，我与你妈并不反对，只是等你文理学院毕业了就可以跟着潇民去天津安家啦。这点时间都等不及了吗？"

"爸，您说啥呢。不是为了这事，但您和妈一定要帮助我。"朱星桦脸上充满了忧心忡忡。

"潇民呢？"

"潇民在洗手间里，他一会儿吃了早饭就走，上午十点的火车。"

朱教授放下手中的一本厚厚的药典，然后摘下眼镜，转过头来望着女儿。

"说吧，孩子，有啥事让你这么犯难？"

"爸，潇民的妹妹小月莺，原本考上了她老家那边的名牌中学，却叫太原总督府逼得她亡命省外，来到北平，听说西城的平民中学招生，想让您这个大教授出面说一下，哪怕写个推荐信啥的……"朱星桦说着，向外屋看了一眼，潇民正在客厅里收拾去天津的行李，不由又叹了一口气。

朱教授有些诧异地望着女儿，然后又翻翻桌上的《京报》上的平民中学的招生广告，然后说道："平民中学新任的这个校长叫俞必夫，确实是我的学生，可是……"

"爸，小月莺来到北平，也没啥亲人，只能投奔到咱家，咱家不帮忙，谁来帮这个忙？"

李潇民从客厅里走到书房门口，敲敲门，然后也进来了。"伯父，给您添麻烦了，就让小月莺自己去考吧，我觉得她一定能考上，犯不着走这个后门……"

朱教授连忙与李潇民打着招呼。这个清华考到哈佛的年轻博士，早在当年归国的远轮甲板上就看到过他，那也是他与星桦的第一次见面。虽然，当时星桦才是十三岁的少女，但归国后，李潇民一直与她保持着联系，直到有了这层关系。朱教授对李潇民做他未来的女婿是满意的，而且在极力促成这桩好事。朱伯母也自然喜不自胜，佩服女儿有这样挑女婿的眼光。

朱家的房子有五间正房，院子里还有东西厢房，靠大门的南房是一处里外隔间，放着朱教授的藏书，西厢房是夏天的厨房，冬天做饭就移到了正房外间里，洗手间——也是茅房，就在院子的西南拐角。这处东城的小院落，是朱家祖产，虽不能与大的府邸相比，但也简朴实在，自成一格。

　　"嗨，如今这世道，竟然会为难这样一个女孩子，小月莺才十四岁，她参加那些抗争活动，也就是代表女师的学生维权而已，怎么就扣了那么一顶谋乱的大帽子还不算，这还要赶尽杀绝啊？"朱教授看看星桦，又看看潇民，然后又说："潇民，你也别为你妹妹的事情着急上火。这不，还有星桦，还有我呢。不要着急，对你妹妹说，千万不要着急，改名就改名吧。我看叫李潇丽这个名字，挺好的。办法总会有的。"

　　朱星桦说："潇民，别这么说，爹出面，妥妥儿的，妥妥儿的。"

　　小月莺在厨房里帮助朱伯母做饭的空隙，就谈起朱星桦的弟弟朱新康。朱伯母说："新康刚上大一，北大住校呢。要不然，回来住在南房的隔断间里，爱看书。"小月莺就说："赶明儿，与星桦嫂一起去北大红楼看看新康。"朱伯母也是这样想的，让小月莺别认生，与星桦一起多出去遛遛，熟悉熟悉北平的模样。两人一边聊着，一边就把饭菜端到客厅，大家就围在一起边吃边聊小月莺改名的事情。小月莺总会想起那次考太谷铭贤中学时进出的旅馆院子。那个院子里不停地有洗菜和洗刷马桶的声音，甚至她还端着一盆洗脸水倒在旁边的一条污水沟里。这样的一条恶气喧天的污水沟，总是让小月莺想起当年水崎秀子就是被白瑞德这样发现的。水崎秀子一直滚爬在离石旧城福音堂外面的一条污水沟里，一张小脸上沾满了粪便和发馊的食物，她在吃着一根脏兮兮的滑不溜秋的宽粉条。小月莺把一盆脏水倒在沟里，就见一摊黑乎乎的东西溅开来，差点就溅到旅馆掌柜的绸大褂上。她回到旅馆房间又刷了一遍牙。而现在她没吃完饭，就觉得胃里一阵翻涌，就想立马去刷牙，恨不得把牙缝里的菜叶和饭粒都刷出来。她虽然这样想，但还是坐着没动。

　　"潇民呀，昨晚把南房隔断收拾一下就能住，在客厅里凑合一夜，真难为你啦。"

　　"妈，昨晚潇民刚来，也累了，客厅里凑合一夜，没关系，又不是外人。"

　　李潇民看了一眼朱星桦，相视一笑："星桦说得对嘞。"

　　"莺子，快吃菜——"

　　朱教授看了夫人一眼，纠正说："家里叫莺子没关系，以后外面改叫潇丽了。"说着，朱教授特意强调了一下，"潇丽，再喝一碗刚又熬好的豆汁，就着这驴肉火烧。"

　　"不了，刚喝一口，味道喝不惯……"小月莺把喝了一口的豆汁碗都给潇民哥了。

　　饭后，小月莺与朱星桦一起去正阳门火车站送李潇民到天津上班。李潇民说："太麻烦了，你们别去送啦，还不如去平民中学看看招生情况吧。"

　　"哥，不着急，这不才来嘛，也不差这一两天。我和星桦嫂去送你，送完你，我们在正阳门大街附近转转。"

　　李潇民就把目光转向了朱星桦，到了前门站月台上，他抱住她的时候，小月莺故意背转身过去。小月莺还对男女之情不甚明了，还从来没有过这方面的经验。她不像同龄的刘佳慧，已经给包娜娜的父亲做小了；也不像那个被李有德赎回来的杨花花，竟然也嫁给了五十来岁的常来宝。小月莺一直梦想着继续去求学，在精神世界里自由自在地遨游，要比世俗的恋爱更让她充实和快乐。心安是归处，小月莺在李府里就向往着远方，一直向前地行进，让她在不确定的陌生和新奇中找到了归宿感。

　　所以，小月莺正在转过身来遐想的时候，李潇民紧紧抱住朱星桦，众目睽睽之下，两人亲吻着。他和她之间是那么默契，甚至于不说一句话，就能心领神会，一下子理解对方的意思。两个人的身体也是陡然间有了一种呼应，甚至是一种来自生理性的反弹，反倒让他们两个人有些尴尬、有些慌乱、有些迷茫。不过，他们很快沉浸在这种迷醉里不能自拔。即便在当年的归国远轮甲板上第一次见面，依然如此。人与人之间的关系，有时很复杂，有时很单纯，有时却像李潇民和朱星桦这样珠联璧合，而且能够抓住属于他们的每一个瞬间，并一步步加深这种牢不可破的关系。小月莺能够理解，却又无法想象，在李潇民和朱星桦之间这些年来的交往，竟然是在一开始的暗度陈仓中畅通无阻，直到逐渐地公开彼此之间的心心相印，得到彼此父母的祝福和呼应。这一点，得益于彼此父母跨越地域的宽容和开通。小月莺曾在李府时抓过很多类似粪把牛的昆虫，而朱星桦则不同，她连蛐蛐和麻雀都害怕。老早以前，新康捉来蛐蛐，怕父母看到扔掉，便偷偷把装有蛐蛐的小笼子放在她的床下。听到蛐蛐在床下叫，把她吓得花容失色。不过，潇民却改变了她。潇民第一次来她家里时，新康把蛐蛐笼子放在潇民的脚下，她竟然把蛐蛐笼子提起来，然后走到院子放到新康的南屋隔断间里，竟然没有流露一点胆怯之色。新康就不认识地望着她，然后说："姐，你还是我姐吗？"潇民晓得星桦为了他，竟然把她最害怕的蛐蛐笼子亲手拿起来，还拿到下院南房隔断间里。这是一个不小的进步。

　　"星桦，你没那么胆小了。"

　　"谁说我胆小了，你去天津后，妹妹就交给我吧。她基础那么好，肯定能考上。"

　　"谢谢，我也有这个信心。"

　　李潇民上了去天津的火车。小月莺与朱星桦一起向着他招手，并追着火车还跑了好几步，嘱咐他别太劳累，注意身体，下次她们两个会一起去天津看望他。星桦还掏出一个小手帕扔进了车窗，而潇民接住手帕后，继续向她们挥手，嘴里还着急地喊着什么。

5

就在正阳门大街，到处是熙熙攘攘的人流，有当街耍空竹的把戏，也有唱京韵大鼓的，更有耍猴玩变戏法的，还有街边立着摊子卖卤煮火烧的，等等。小月莺走着走着，却碰到一个差不多八十岁的老爷爷，听口音竟然还是老乡。当老爷爷得知她是李府的大小姐时，竟然说认识她的爷爷李有德。他怎么会认识她爷爷呢？老爷爷说："我是李府的老佃农呢。"他的话，让小月莺吃了一惊："老爷爷是谁？来北平干甚嘞？"

一旁的朱星桦，却走进正阳门大街的一家绸布店里，一边走，一边对小月莺说："潇丽，你可别走远呀？"

"不会的，我就在这儿与老爷爷说一会儿话。"

老爷爷打量着小月莺眉清目秀的模样，仿佛不敢相信在北平能够看到李府家二老爷的二小姐，抬起头来惊讶地说："啊，你就是大小姐潇丽呀，你不是叫月莺吗？"

"大小姐是我姐云莺，我是二小姐月莺……"

小月莺看到老爷爷背着一个脏兮兮的褡裢，一屁股坐在烤鸭店门外的迎客雕像下。他腿跟前铺着一块脏得看不清颜色的包袱皮，上头放着一只掉落了漆皮的大瓷缸，里面有几个散碎的银毫子、铜圆，也就是有个七八十文的样子，不到一个大洋。他腰背佝偻，老态龙钟，想不起来在李府时是否见过，只是觉得口音很熟悉。

"大小姐，我是李府的老佃农崔灰娃呀，家在田家会……"老爷爷还是叫小月莺为大小姐。唉，谁让她现如今长成一个亭亭玉立的漂亮大姑娘了？不叫大小姐，让他叫甚的二小姐呀？

"田家会？啊……想起来了……您是崔锁孩的爹……"

"怎么？大小姐认得锁孩？唉，这个不孝子啊，跟着山上的土匪，还不晓得疯跑到哪儿去了。李府老太爷，也是你爷爷，还给过我七分地呀，都被锁孩在城里福居园赌钱赌输了，七分地算了不到十块大洋呀……"

崔灰娃瞪着两只满是眼屎的脏眼睛，有些灰暗的目光里充满了小月莺到来之后又给他点燃的希望。他一直是李府的老佃户，地地道道的庄稼人。这可不是两垧地，一头牛，两眼窑洞就能解决的事情。关键是老人家的儿子崔锁孩不着家，好不容易说了一门媳妇，还不愿意，跑得没影了。儿子不着家了，就低着头过光景，忍一忍，让一让。可是老两口总是坐不住，动不动就嚷叫，说是儿子不着家，受人欺负。老两口以为儿子被抓丁了。老婆子死后，崔灰娃去龙城总督府要人，把门的不让进。拿出两块袁大头，也不起作用。他们给儿子找的是一个带着两个猴娃子的寡妇，圆脸盘，亮蹦颅，后脑勺梳着干净利落的发髻，围着花头巾，穿着对襟小袄，走起来步步生风。可惜呀，锁孩这娃没这个福分。崔灰娃托人给锁孩回家成亲，怕不回来，谎称自己病重了，立马不行了。锁孩回来一看，竟然是让他与拖着两个猴娃子的寡妇成亲，就愤然走了。再后来，没有音讯，只是听说被抓丁，甚至说被抓到总督府当兵去了。

可是，现而今，小月莺又能帮上老爷爷什么呢？她都失学了，跑到北平来寻求新的出路，也不晓得何时有一个落脚之地？虽然现在算是住在星桦嫂家里，但并非长久之计，还得赶紧去平民中学住校，需要潇民哥的接济。她望着崔灰娃，又问了几句，他只是断断续续地叙述着这些日子的乞讨生涯。小月莺把潇民哥给她留下的五块大洋，掏出两块给了崔灰娃。

"这怎么可以呀，相当于孩他娘一个月的工钱了。"

"孩他娘？我该是叫老奶奶吗？"

"唉，是呀，五个闺女嫁人了，锁孩跑了，她……她……也死了……"

"死了？"

"孩他娘不死，七分地不被锁孩赌输，再加上东川河发了两场大水，水头子冲走了租种大小姐家的两垧水浇地，颗粒无收呀。那一日，圪蹴在南岸山梁上，水汪汪的一大片。浪涛上还漂浮着上河里冲来的西瓜，一大群黑老鸦在啃吃着冲到岸边的牲畜肉……整个家都没了，老太婆走了，锁孩也跑得没个影……老家但凡有一点办法，我……我说啥也不会跑出来，实在是、是……没，没活的路了，路路断绝呀！金贵的大小姐呀，你说还有甚的法子哩……"

小月莺还能记得李府里那个五十多岁的老婆婆，长得很凶，一些诸如三猴子之类东关街里的孩娃子要跑进李府里耍，准定要被这个老婆婆拦住不让进来。有时，也只有七岁的小月莺出面，三猴子他们才能进李府戏园子里来看戏。这个做粗活的老妈子，也捎带着住在李府后门一间小房里看护大门，李府的下人们都叫她柳大嫂。

"柳大嫂是不是您老人家的夫人？"

"什么夫人？我们庄户人家都叫老婆嘞，大小姐说的柳大嫂，正是我那苦命的老婆子喀。"

"她是怎么死的？"

"这个，受苦人的肚量有时也很小。三大碗炒山药丝擦擦都能装哈（下），却装不哈（下）一口气。唉，说来可就话长了……"

从崔灰娃的嘴里，小月莺得知了柳大嫂的凄惨命运。柳大嫂除了看管李府后门之外，也专管扫院、喂牲畜、磨面，与常翠花一起从伙房里给老太爷老夫人及太太少爷小姐们打饭打水。几十年的辛劳，与崔灰娃也是隔三岔五见一面，大多时候是农闲的时候崔灰娃来李府门房与她团聚。年轻的时候，刚进来李府，柳大嫂当时应该叫柳小妹，与模样端正、性情乖僻的邢硕梅非常要好，一见面就有说不完的话。这让李有德觉得邢硕梅更加疯疯癫癫了。李有德越反对，邢硕梅越要与下人走得近，甚至与柳小妹义结金兰，专门一起相跟着去凤山道观，磕头烧香，拜了干姐妹。邢硕梅成了李府里唯一能让她觉得胜过亲骨肉的人。可是，邢硕梅在茅厕道里晕倒，疯疯癫癫，就被李有德休回老家。当李有德新娶梁慕秀的那一日，邢硕梅在米家塔的她娘家割颈自杀了。自从邢硕梅死后，柳小妹一夜之间变成了柳大嫂，与老公崔灰娃见了面也不大说话，只是闷坐着。甚至于李府跨院里也在闹鬼。新娶回来的梁慕秀几次在茅厕道里看到过邢硕梅站在那儿笑，也不说话，只是呆呆地望着她。柳小妹一直被这件事情缠绕着，崔灰娃劝她说："老婆子，你这是怎么啦？你老头子死了，你都不会这么难过，干吗为这件事情一直耿耿于怀呢？忍着吧，你要在李府继续待下去，就得跟没事人一样，别哭哭啼啼，被老太爷误认为你也和邢硕梅一样魔怔了。"劝归劝，可柳大嫂自此就那样了，即便与崔灰娃又生下了崔锁孩，可是依然无法改变她的性情。

那日，柳大嫂已经摸摸索索从磨坊里忙完了，回到李府后门的门洞里看到一个黑乎乎的人影。微弱的星光下，那个人影在来回走动着，然后就伏在墙根放的乘凉用的长条石上。她的心就突然一揪，抽搐的疼痛感，让她也蹲在地下。过了一会儿，柳大嫂蹦起来，竟然拍着崔灰娃的肩膀，摸摸他下巴的一长绺胡须，轻声说："硕梅，邢硕梅，你回来了？别想三想四的，你看老太爷和老夫人都操心搅肺的，你就别一次次往李府的院子里跑了？还不回米家塔好好歇歇去……"

崔灰娃忽地站起身来，怒气冲冲地说："你这说甚嘞？老婆子，锁孩没回来吧？他把老太爷给咱家的那七分地给卖了，人也跑没影了，何彩花家的六指兄弟说咱锁孩上米家塔的山上当了土匪咯……"

"唉，三十多年了，老头子，硕梅刚才回来叫我嘞。这些日子，我咋也睡不着，烧心呀，这不成器的儿呀……想起咱俩年轻时坐在这石头上乘凉，小锁孩那时才三岁呀，现而今咱的五个闺女也嫁人了，我跟你……"

这块乘凉用的长条石，被柳大嫂用门房里存放的管家杨栓大的大锤一下子给砸碎了。为何要砸碎它呢？这块长条石，也曾做过洗衣石，当年可是洗过小锁孩的许多尿布，她拿着大锤的那股子力气让崔灰娃感到吃惊，她拿起衣襟的一角擦眼抹泪，甚至让他不以为然。

"别哭了，"崔灰娃说，"我的心比你硬，你哭给谁看呢，邢硕梅早就死了，儿子锁孩也跑没影了，七分地也让他卖了。这都什么事情呀，唉……"

"我，我不是哭你，我是哭我自个儿……"

"你自个儿有甚好哭的？"

"你嗨不开（不懂）我们女人家，你嗨不开，你根本嗨不开呀……"

高远的天际上，有无数的小星星闪烁着一双又一双的眼睛。这些眼睛里，有邢硕梅吗？有梁慕秀吗？有那个甚么曾姨娘吗？唉，崔灰娃想着，拉住柳大嫂的手说："老夫老妻了，你还是这样愁眉不展的，像甚嘞？这会儿倒想亲热一哈（下），可是咋又觉得这么别扭呢？"

柳大嫂双眼涌出了泪水，眼前一下子变得一片模糊不清，幽暗中又有着一种天上星光的亮色。她又笑了，嘎嘎嘎的三声，有点信狐和猫头鹰的感觉，他不敢这么说她。一会儿，他扶着她的肩膀，进了门房。靠近后炕的箱柜上敬着观音的画像，箱柜上点燃几炷香，然后跪拜下来许愿。

"菩萨啊，大慈大悲的观世音菩萨，保佑！保佑一哈（下）吧，救救我们这些受苦受难的人吧……"

崔灰娃扶起柳大嫂，然后说："老婆子，别许愿了，有人说是太原的总督府把锁孩抓走了，到了官家的队伍上，不是当了杀人越货的土匪……"

"真的吗？锁孩她爹，我要去太原总督府门前要回儿子，你说这可以吗？"

"我的心里也在盘算着这件事情该怎么办呢。"崔灰娃捶捶后背，然后过来扶着她到了炕头。

"点上油灯吧，再唠一会儿，现在睡还早点……"

"唠甚嘞，省点灯油，早点睡吧。"

"唉，老婆子，如果锁孩真能回家，把咱家那七分地赎回来，那我可就乐得要笑醒了。你说，就连那些像邢硕梅那样的屈死鬼们，也会笑得合不拢嘴……"

"你别再提死去的硕梅姐了。老头子，你老提她干吗呀？"

"我没提她，我难受呀，想起这几十岁了还打着光棍的崔二娃……"

怪了，这话说完，崔灰娃再未听到柳大嫂吭声。到了半夜醒来，他一摸被窝，少了一个人——哎呀，老婆子不见了……

次日，李府上下的人们才发现柳大嫂跳李府小西门的水井死了。这件事情对崔灰娃打击很大，以至于他变卖掉家里值钱的东西，去太原总督府门口要人。如果能够找到儿子，他就有救了。可是，他跑到太原，又辗转乞讨到北平，在正阳门大街又碰到了李府家的大小姐……

小月莺听到这儿，就又把潇民哥给她的大洋掏出来，把剩下的三块都给了崔灰娃。他说他在这个世上就是一个没多大用处的老头子，讨人嫌弃，不如死了好，早死早转生。他说着还看看她的表情，木然的眼珠子仿佛看到更远处。他两眼前面瞬间模糊起来，泪水止也止不住地直流……

6

平民中学录取了小月莺。这日趁着报到前的空隙，她去西郊爬颐和园的万寿山去了。

夜如何其？夜未央，庭燎之光。小月莺从平民中学出来，一路沉思着：我坚持下去会发生啥事情？每天都活在自我的洞穴里，只能看到头顶的一片亮光。我打小就不爱总是过同一种刻板的生活。尽管很多时候，喜欢深居简出，但有时总想冲到外面的世界里去闹一把。或许，我会碰到一个另一个对应的自己，而且无话不谈，相见恨晚。但我想不起来那个对应的自己会在何时何地出现，千头万绪里，我只是奔着一个目标冲去。巨大的城市里，有一股浪潮把我推向不确定的地方。那些曾经的一切，以一种随机性的方式闯入我的记忆，让我不停地发掘过往，也让那些所有的时间节点和人的面孔不停地闪现在北平的街市上。

小月莺继续想：我总是如此，每一回我都选择了相信，选择了跳出圈圈之后另一个不同的方向。她的生命之根就在自己奔走的脚下，她的心里升腾着新生的热烈。她大口大口地呼吸着，然后挥舞着两条胳膊，在这个陌生的城市里游走着、哭喊着。风儿总是拍打着她的双肩，不对称的压力让她的身体向着另一边倾斜，宛若在快跑时突然转弯，以防惯性的力量，总是如此，险象环生中一次次安然无恙，仿若有神的护佑。抬头凝望着天穹，心里的烦闷一下子就会全部释放，继续行走在这亘古不变的旅程之中。

朱星桦要去女子文理学院上课，小月莺就和她作别，然后自己走了一段，在缸瓦市教堂附近叫了一辆洋车。不一会儿，就到了西直门外，她心里就开始不踏实，便问车夫："拉到颐和园还有多远呢？"车夫看上去很年轻，河北邢台人，个头不太高，但拉起车来飞快。小月莺让他注意来往的车辆行人，拉得稳当一些。说起来这个叫佟吉良的二十来岁后生还真有一把子力气，让她不由得想起了那个绰号叫尥蹶子的秦大福来——说来也巧，长相上有点像，走起来也是甩开膀子的那种帅劲儿，可惜拉起洋车来就只能擎着上身往前倾，两只手拉住车把，依然是一扭一扭的，煞是好看。

"小姐，你放心坐着吧，捎带着洋车上看看景，嫌热的话，座位下有一把扇子，专门让客人用的。"

小月莺没说什么，只是觉得这个佟吉良还真的会拉客，打开扇子扇了扇，望着沿路的景致，确也使得她心里的烦乱一下子被迎面的小风给吹走了。虽然，有着秋日的阳光，但车座上面有一个凉棚，正好遮住小月莺的多半个身子，倒也逍遥自在。想起爹娘担心害怕的模样，小月莺觉得恍若隔世，不久前在太原逃避抓捕的那些画面一下子消失得无影无踪了。曾在火车上梦见秦大福血肉模糊的模样，让她出了一身冷汗，吃不好饭，睡不好觉。尤其，昨日在正阳门大街遇到了老家李府里的老佃农崔灰娃，让她心里五味杂陈，不由得触景生情、泪流满面。这样像崔灰娃一家的老佃农，也不晓得还有多少？小月莺真的不敢去想，也不敢去问。她真的什么也改变不了。

前面就要到五道口了。看到路口的巡警，不由得让小月莺想起了在太原时的教育厅门口与女师姑娘们对峙的巡警，还有总督府门口列队的晋军士兵，幸亏遇到了秦大福，才没让被当场抓走。想起无路可走只好去给包娜娜父亲做小的刘佳慧，还有杨花花被迫嫁给五十来岁的常来宝。也就是昨日，在正阳门大街上，小月莺问到杨花花的情况时，崔灰娃愣住了："哪个杨花花？"

"还有哪个呀？我大伯家的小妾杨爱爱的妹妹……"

崔灰娃已八十大几的人了，耳朵倒是没聋，还很好使，连忙接着说："啊，是那个嫁给警署常署长的杨花花吗？"

"对呀，您晓得她怎么样了？"

"唉，大小姐，我也不想瞒着你，你也别伤心……"

"她怎么了？"

"苦命的娃呀，小时候当过童养媳，十来岁又被那么大年龄的常署长一顶暖轿抬走了……"

"抬走后呢？"

"大小姐，你还不晓得吧？抬走后，虽然过的是富贵的日子，可惜苦命的娃福不住啊，没几天，就一口一口地吐血，而且咳嗽个不停。听说是肺病……"

"后来呢？"

"后来就病死了喀。唉，这就是命。天命难违，人肯说，天官赐福，人的福分都是老天和官家给安排的，命里有一分，不敢想一丈哩。家产和子女都是一种命里的定数，命里有就有，没有的莫强求。庄户人家只有服服帖帖在地里动弹就成了，不能有任何非分之想。我那个不孝的儿锁孩呀，就是扑腾坏了，招灾惹祸，替人收债，劫道害人，才落到这一步呀！我说过，可他不听，犟得很！咱能随便要府上的地吗？无缘无故得了七分地，这不是让咱造哈（下）恶孽了吗？唉，老祖辈子留下的两眼土窑还留不住，租种的水浇地被水推了，就是得了报应嘞！咱要府上七分地做啥呢？这大小姐又给这几块大洋，猴乳子（小女子）——不，大小姐呀，这账可啥时能还得上呀……"

小月莺虽然在正阳门的大太阳底下，但还是感到了一阵刺骨的寒冷。她哭都哭不出来了。她埋在朱星桦肩膀上一阵比一阵激烈地抽泣着。于是，朱星桦就来劝住她，她只是摇摇头。小月莺很害怕身边的人都一个个离她而去。看三国落泪，替古人担忧。你这是何必呢？小月莺做不到朱星桦那样的硬气。她有时就无法忍受身边的人一个个去受苦受难，而她却什么也帮不上。她真的是什么也帮不上。

"小姐，前面就是燕京大学，这里面都是和你一般的女大学生。"佟吉良一边拉着车，一边用袄襟子擦汗，还忘不了回过头来提醒着她。"你看那两扇很气派的红油大门，出来进去的都是一个又一个的洋学生、洋小姐。"

小月莺扑哧地笑了："在你眼里，我也是洋学生、洋小姐了？"

佟吉良又回头看看她，只是笑着，然后把洋车拉得更快了。燕京大学一晃而过，再后面就是西苑，一片远郊区的模样，感觉有点像刘佳慧家所在的太原下元一带。小月莺听到他在拉车呼哧呼哧的喘气声越来越大了。"要不然你歇一歇再来，不着急的。"他却答："不要紧，马上快要到颐和园的东门了。"

小月莺只是急着想看看万寿山和十七孔桥，但她一个人没有一点划船的兴致。小月莺下车买了两串糖葫芦，分给佟吉良一串。佟吉良竟然脸红了，不敢接住，她就把一串糖葫芦强塞进他的手里。然后，她说让佟吉良的洋车在外面等等自己，说是进去一个多小时就能出来了，车钱加倍，然后把她再送回东城棉花胡同朱星桦家。佟吉良也很高兴遇上这么一个出手大方的好主顾，不假思索地痛快答应了。

万寿山前面的昆明湖宛若一颗天然生长的寿桃形状，十七孔桥横跨在上面，让小月莺不由得产生了更多的遐想。又一次想起了杨花花的离去，其实早在娘娘离去的那日，她被抬上暖轿的时刻，命运已经注定了。人生的剧本就这样写好了。想起这一点，就让小月莺悲从中来。物伤其类，每一个在地上死去的人，都将会回到天上，变成一颗颗小星星。她抬起头来看着，沿着重翠亭走，高处只能看到澄净的天，还有排云殿佛香阁，袅袅婷婷的缭绕香火，以及低吟浅唱，体会到一种不同寻常的力量。

那些梦魇般的记忆在缠绕着小月莺。那是七岁的她在李府上院里的葡萄架下奔跑着。吴秀兰坐在旁边不远的一把藤椅上一动不动，突然惊叫了一声："文祺，你看，那个是谁？"李文祺什么也看不到，一片幽暗的夜色里，却是飞起来一只尖声厉叫的斑鸠，尤其扑棱翅膀的动作很是恐怖。"是斑鸠吗？"吴秀兰回答不上来，李文祺却是一口咬定说："杜鹃。"随即，吴秀兰说起了梁慕秀前一晚碰到死去邢硕梅的事情来了。李文祺让她别再说了，别吓着孩子。可是，吴秀兰依然在唠唠叨叨着前一晚闹鬼的事。

"爹，我也看到了，既不是斑鸠，也不是杜鹃，是我曾姨娘来了。"

"在哪儿嘞？"

李文祺说："这孩子一惊一乍的总是吓唬大人，也快成你翠花婶子了，风一股雨一股，变成你娘娘吓唬人哩……"

"人家是大人吓唬小孩，咱家倒是好了，小孩吓唬大人，什么事情都颠倒过来了。"

小月莺在晴空万里的颐和园里闭上眼睛，却是在眼前出现了幽暗夜里的李府院落里，仿佛是杨花花穿着一身大红的衣衫在飘动游走着，先是朝着她走来，后来就又划过她身边，向着缥缈的远处走去。

"文祺，我总觉得心里有啥事情，可是又想不起来，一张口，就忘了要对你说甚嘞。"

"即便开玩笑，也不要再提起曾玉芬了。"李文祺做了一个不耐烦的手势。事情已经如此了。曾玉芬的悲剧给李文祺的心里留下了巨大的阴影。小月莺只是想能让这个悲剧避免了就好，可是，终归还是不能够。

面对着此情此景，在颐和园里，背对着万寿山，还有更远的香山，却是突然有些时空错乱，仿若是龙凤虎三山之间的离石城里行走着。蜿蜿蜒蜒的山路上，到处是马蔺、鸢尾花、荆芥、葡枝委陵菜，越爬越高，站在一棵白蜡树旁，回望多半个城区，炊烟袅袅，置身在世俗生活之外，有了一种被抛弃之感。记得从离石东关街道，到东门口，再到新关街，然后是旧城十字街，一路走下来，也花不了多少工夫。在这些圪里圪弯的街巷中，顿然有了一种空闷，甚或惆怅，满地上都是幽暗的阴影。那些低矮凌乱的房屋背后是"大楼底哈（下）"的高大威武，人走在下面，就觉得有些自卑。这些景色，让小月莺想起在潇民哥的望远镜里看到的月亮——那上面是如此荒凉，没有一个人影，传说中的嫦娥也没有看到，宛若离石城的幽暗而又狭窄的街巷，坑坑洼洼的石板路，隔着老远能看到一棵老榆树，伸出它长长的手臂。

抬头看看远处，在西山的尽头，一直走很远，龙城的爹娘还好吗？她在为他们担心，有时会突然间火烧火燎，让她的脚步瞬间就凌乱了。她的手里拿着一本破烂的英文版《呼啸山庄》。她总是忧心忡忡，陷入对往昔的追忆之中。尤其那种书中阴森诡异的山庄气氛对应着眼前的景象。记得她小时候曾经用一些五颜六色的粉连纸折叠各种图案，有的像小船，有的像飞机，还有的像马车，更有的像各种人物造型。

下午三四点钟，小月莺从颐和园出来，就把在洋车旁打盹的佟吉良叫醒，然后就一路飞奔向东城而去。

第十四章
烽烟四起

1

东川河边，春回大地。

李府老太爷李有德一边举着文明棍指指点点，一边对三儿媳崔巧巧絮絮叨叨。人一老，话就多。

"哟，巧巧，咱府上不仅出过高祖李罡这样能打仗的威武将军，还出过前清的举人，后来有报中了进士哩。那时节，要在大堂摆起公座来升座，长班参堂磕头，吾祖天榜有名。巧巧，你看下河里的水，势头很猛。去年就发过大水。入春以来哈（下）了两场雨，只盼望今年夏天秋天别发洪水，咱们水浇地可都靠着河畔哩。记得民国十一年的那场大雨吧？下了好几天，河道里的水都涨满了，咱家水浇地都淹了，水头子还冲上岸，冲到东关街里。"

记得民国十一年的时候，崔巧巧还未来到李府，可是她也晓得东川和北川的河流交汇在一起，到了南川，那个势头更猛了。她小时候与孩娃子们一起捞过河柴。猛涨的河水在南川里夹带着黄酱般的泥沙，浑浊的黄汤子向两边的岸上漫过去，卷过来，冲倒了庄稼，毁坏了房屋，连根拔起树木，还有水里被淹的牲畜和死人的尸体，等到洪水退走，满眼的支离破碎、一片狼藉。

"巧巧，你还年轻，不晓得世事艰难，人心难测。你想这穷人一拍屁股就走了，没有甚的可留恋。可是咱家的人去哪里呀，走到哪里是个头儿呀，也不能把这些个地、这些个房，背着走吧？老二文祺家出去倒是松快了，可现而今，又不太平了，听说在太原老二家的小月莺，就连总督府也要拿她哩，不晓得跑那个北平去闹甚啦？你说这都是甚事嘞，日子不好好地过，这是瞎胡闹甚哩？"

崔巧巧一直不说话，也是由于上次许飞燕的闹腾，让她也有些尴尬。她原本是不愿意想这种事情的，可是许飞燕不干了，总是话语里零敲碎打，暗含着对她的不满。一大清早就沥沥淅淅下了一场小雨，早饭那会儿就停了。天晴后，阳光格外温和，空气清新，没有了随风扬起的灰土，只是看到眼前一片嫩绿。崔巧巧张开口吸了好几口新鲜空气，手里在忙着水浇地里的活儿，全身都感受到一种快活的力量。不管相处有多难，心里有多苦，人这还不是得一天天地活着吗？再看，小东川里那一大片庄稼地，满耳满目的鸟语花香，七里滩村子那儿鸡鸣狗叫，一片炊烟的祥和。

李有德对三儿媳扫了一眼，忽然手扶着文明棍，走到路边拉粪的驴车旁，也不嫌臭，就嚷嚷着说：

"施肥的时候要注意了，把这大块的干粪敲碎了施，吩咐那些佃农，干活别老走神……"

"爹，您快坐栓大伯的大车回去吧，地里的活儿有我们嘞。"崔巧巧头也不抬地说。

"唉，回去房里，也是一个人坐不住了。老夫人走了这么久，还是不习惯，总要找个人出来说会儿话……"

"爹，我也晓得，回了府上，一天到晚锅碗瓢盆，磕磕碰碰，就怕我那大嫂再找您的茬嘞。上次，她在磨坊里硬要诬陷您吃她的炒面，可是谁也没看见哪。"

"别提你那个大嫂了，尽给咱家惹事，这不，上次竟然把穆司令的人又领回府上，说是让老三去服役。你说，她这是胳膊肘往外拐，干得毬甚事了。"

一会儿，杨栓大站在远处的官道上喊："老太爷！老太爷！该是回去的时候了，晌午云莺家的女婿在东关钱庄结完账要来府上见您了。"

李有德这才离开崔巧巧干活的地头，还一边嘱咐她锄苗时注意下手的轻重，别让佃农们把长得壮实的好苗儿也给锄掉了，别让其他做活的行家里手笑话，也让他在地头看着心疼嘞。

"唉，心疼有甚用哩。一年四季里祸害了的牲畜粮食还少呀。"

刚上了官道，李有德正要往杨栓大赶着的大车上坐，就见不远处赶来了一辆熟悉的厢轿车，上面跳下两个人，定睛一看，一个是大老爷李文举，一个是三老爷李文起。他们这是干吗来了？为何如此狼狈？从老大脸上看到了一种惊恐不安，大褂上还沾着灰土，而老三眼睛里还有眼屎，这是早上到现在还没洗脸哩。他不时地回头向来路望望，生怕有甚的歹人追上来。

"老大，老三，你们这是着哩着急的慌甚哩？大天白日的害怕甚呀？李府的脸面都让你们快丢尽了，说吧，出了甚事？"

李文举哭丧着脸说："爹，不好了，咱府上家丁班的十杆枪，被穆司令的人抢走了。"

"这是甚时候的事哩？"

李文起也结结巴巴地说："爹，爹……是这样……您一大早出来之后，没一会儿，就来一帮人，我看不像是穆司令的人……是从刘家庄沟里哈（下）来的一股子土匪……说……说……说李府不出丁也可以，那就出枪吧……"

"这不出丁就出枪的，我可是甚也不晓得。老三，究竟怎么回事啊？"

李有德就有些纳闷了。原本李府家丁班一个班的人，有十杆枪，平日里人不离枪，枪不离手，怎么会就把枪从家丁手里弄走的？这是咋回事哩？

"这……这……这是咋回事哩？"

李文举倒是不结巴，但说话也是颠三倒四，听了半天也弄不清究竟发生了什么。

"爹，是崔锁孩带着七八十号穿着晋军衣服的土匪，明目张胆地喊着报仇，找老太爷您要人……"

"要甚人？报甚仇？"

"崔锁孩还说，是咱李府的人把他娘逼死的，还说要与您报仇哩。家丁班的人刚吃早饭，正在戏园子里操练，就被他们进来包围住，下了枪，还从草料库里搜走三千发子弹。"

李有德大声吼喊："岂有此理，岂有此理。他娘是跳井自杀的，与李府的人何干？"

"他说他娘跳的是李府小西门的水井，肯定是老太爷逼死的，还说……"

"崔锁孩他人呢？"

"飞燕还跑出去追了几步，远远看到他们打马从对面的刘家庄沟里跑了。"

李有德一屁股坐在大车上，一股劲地唉声叹气。他看看杨栓大正在点燃起一锅旱烟吸，就一把抢过来先自吸了几大口，却呛得他直咳嗽。

杨栓大说："老太爷，我这旱烟叶子很冲，您吸不惯，不如我给您再点一锅？"

"算了，我也没心思吸，只是憋得慌。唉！压住葫芦，起来瓢，上一次绑票的时候就有这个崔锁孩吧？原本要报官的，可是硬让老二压下去私了，这不，有了后遗症。咱李府的日子往后就更不好过啦！这都是摊的甚事嘞！"

"老太爷您也别上火，不是说二老爷又要回来了吗？我看他回来就好办了。别说十杆枪，就是一百杆枪，他也有的是办法哩。"

这时，李有德嘟囔道："欸，他能有甚的办法了。这老二不在，就得按照不在的情况来办。栓大呀，快跟我回去。"他一边走，一边想：这个崔锁孩不是被抓丁了吗？还有人说当了土匪，更有人说是被阎总督的晋军抓到了龙城。看来他是又跑回来啦？可李府的人当时还不太敢相信，总是安慰崔锁孩的娘，可是这柳大嫂就想不开，竟然跳井了。跳井也罢，哪儿的水井不跳，偏偏挑中了李府小西门的水井，这不是有损李府的形象嘛。李有德把他爹崔灰娃当作自己的老伙计，李府几十年的老佃农，没有功劳也有苦劳，上次送给他家七分地，虽然算不上多大的好事，但也不至于反目成仇吧？为何崔锁孩这次能光天化日之下跑到李府来明抢呢？细琢磨，他觉得这可能有以下一些原因：一是崔锁孩肯定听说了他爹因为他娘自杀而想不开，离家出走，一直下落不明；二是七分地被崔锁孩卖了，家破人亡，走投无路下，反咬一口，怪罪于李府；三是崔锁孩明抢李府背后，可能有穆司令的影子；四是早些年在李家湾劫道时的过结；五是崔锁孩自身的吃大户心态；等等。李有德想来想去，也觉得崔锁孩这样突然来袭，有些蹊跷，背后是不是还有更深层的原因呢？这个，就不得而知了。

2

　　那时，杨花花还没得痨病的时候，总要抽空独自个儿去凤山道观里烧香。一日，她在回来的路上遇到了崔锁孩。

　　"喂，你不是李府老太爷赎回来的童养媳杨花花吗？听说，你又嫁给了警署的常头儿，你上凤山干甚哩？"

　　杨花花提着一个空篮子，并不想理睬这个二流子。她穿着的裤褂都是半新的，一直舍不得穿上常来宝给她订购的绸缎衣服。上面的褂子太过于宽大，她就系上常来宝不用的一条旧皮带，显得有些扎眼，但反倒让她柔弱中又有了一种英武之气。她穿着平底的布鞋，走起路来也很有精神，只是爬山的时候就会走一阵歇一阵，扶住路旁的松树，微微地喘几口气。她认识崔锁孩的娘，也就是人很爽快的柳大嫂。柳大嫂一直在李府看护大门，与杨花花倒是走得很近。当年在柳大嫂嘴里听说过她这个儿子，也在李府里见过一两次，不太熟。现在，崔锁孩主动与杨花花打招呼，就想避开他，可是山路太窄，也避不开，再加上天色转阴，一阵风刮来，就下起了雨。没有地方躲雨，崔锁孩把他头顶上的草帽摘下戴在她头上。她还想走，被他一把拉住了。她还想挣扎，却看到他腰间别着一把毛瑟手枪，心里一抖，就稀里糊涂被他拉到一个后山的山圈窑窑里面了。说话间，他又拿出一个酒壶，一扬脖子，喝了两口，然后把酒壶递给她。她不敢不接，就慌乱间接住了。

　　"喝一口，暖暖身子。你看看外面，雨下大了。"

　　杨花花自从跟了常来宝，虽然不算是明媒正娶，原配殁了，做填房，但也算是一呼百应的署长夫人。可是，她一直郁郁寡欢。这倒不是常署长年纪太大，也不是一乘暖轿抬到旧城的常公馆里总能体会到原配留下来三个女儿的冷眼，而是她一直很麻木，无法主宰自己命运导致的心灰意冷。再加上常署长一直盼着她生一个永续香火的儿子，可是总是无法如愿，她的肚子总是不见任何动静，没有开怀的迹象。难道说，他娶回的是一个无法生养的"二尾子"？时间一长，常署长也就对她失望至极，甚至有了再娶一房的打算，只是碍于原配留下三个女儿的反对，只好暂时按下不表，等待合适的时机，再梅开三度。面对这种处境，杨花花越来越抑郁，于是一有时间就跑到凤山道观里烧香求子保平安。现而今，她落到了崔锁孩手里，也就无所谓了。她需要痛快，需要解气，需要放松，就举起酒壶喝了一口，火辣辣的，直呛喉咙，心里发毛，身上冒汗，一冲一冲的，接连咳嗽了好几声。

"哎哟，好妹子呀，你可别呛住喽。"

说着，崔锁孩在后面用两只手把住杨花花的双肩，就让她体会到与常来宝在一起完全不同的力道。惶惑间，抑或是一阵抖颤间，她竟然倒在了他的怀里。他起初还很冷，如同一块巨大的冰雕，随后就开始打起了摆子，两只把住她双肩的手掌突然就火烫火烫的，她不敢看他的双眼，脑袋一软，就倒在了他的怀里。山圈窑窑外的雨声更大了，他们一时半会儿下不了山，只是依偎着，随后就见他先把自己脱了一个精光。然后，他要脱她的衣服，被她推了一下。

"我自己来……"

杨花花就把自己的裤褂一件一件地脱去了。然后，光溜溜地挣脱开他，坐到另一侧，只是对望着。也不晓得过了多久，他就带着一股子暗光，整个就把她罩住了，盖住了。两个人心底里的火苗蹿动起来的时候，都在喉咙里发出一阵比一阵强烈的喘息声。

"对了，有一件事，你要答应我……"

"甚的事？纵有十件八件，我都答应，你快说！"

这个当过别人童养媳的杨花花，一字一句地说："替我收拾一哈（下）李府的老太爷！"

崔锁孩坐起身来，有些不解地问："为甚嘞？"

"李府老太爷赎回我，免得我当童养媳之苦，我也很感激他，但他后来却又把我许给常来宝……这种生不如死的日子，我再也不想过了……"

"署长太太，这个不是好事吗？"

"我就问你收拾不收拾吧？"

"怎么收拾？"

"也不要你要谁的命，只是要让李老太爷感受到丢了心肝宝贝似的疼……"

"我的小嫩娘呀，都答应你。伺候你一辈子也愿意……现而今，李老太爷最在乎的是李府那些个看家护院的家丁班……我会找机会，让李府家丁班的那些个长枪一杆也不剩……"

杨花花听了，就只是咿咿呜呜地哭着，整个身体软搭搭地铺在干草垫上接受崔锁孩的一次又一次的热烈冲击……

接下来的日子里，他们隔三岔五地见面。杨花花找着借口要去道观上香，而常来宝也公务繁忙，也就任她去了。只是这样一来，就又创造了不少与崔锁孩见面的机会。直到有一日，杨花花肚子里有了，发呕，想吐，甚至爱吃酸杏，这才让一直愁眉不展的常署长，又对永续香火有了几许指日可待的兴奋。可是，好景不长，杨花花在入秋之后的时候，去凤山道院上香回来就身上受凉，一股劲地咳嗽，夜里睡不好觉。到立冬，她竟然日日咯血，旧城福音堂白瑞德教士来看过，说是得了痨病。常署长一时间心急如焚，一日，竟然从处死的犯人身上得到了蘸着热血的发糕，带回来趁热让杨花花吃。

"这红糊糊的是甚哩？"

"能是甚哩，我还会害你，这是治你痨病的特效药。"

杨花花强自从床上直起腰来，闻了闻，然后说："这么难闻呀，一股子血腥味……"

"快吃吧，吃了就好啦。"

杨花花接过来，一口咬下去，感觉到一阵恶心，就全吐出来了。不仅吐出了刚吃的发糕，就连早上喝的银耳汤也全都吐出来了，绸缎被子上也沾上了呕吐之物。

"不想吃，太难吃了，血腥味太重……"

六神无主的常署长常来宝转身从身后下人手里接过一碟刚炒好的"肉旺旺"，递到杨花花手里。

"这个又是甚嘞？"

土话里俗称的"肉旺旺"，其实就是从茅坑里捞上来的茅蛆虫。据说，这些茅蛆虫捉上来，洗净，晒干，然后炒熟，痨病人吃下去，能够药到病除。虽然，比蘸着人血的发糕的药效要差点，但也能够起到循序渐进的疗效作用。常来宝每次在枪毙犯人的现场，总会有这样的病人被抬着来围观，在刚刚枪毙的犯人身上还冒着热气的时候就有病人家属跑上前来，拿着馒头蘸血吃。既然有这么多的病人来治病，常来宝也就给杨花花带回来了蘸血的发糕。

杨花花吃了一口"肉旺旺"，就不由得反胃，然后就吐了一口鲜血，人就不行了。后半夜，杨花花的病榻上也没一个陪伺的人，接二连三地直抽气，然后就是大口大口地吐血，两只手伸出去，把床前拉着的帐子也撕扯下来了。她大叫一声，一头从床上栽倒在脚地，翻腾几下，就攀爬着到了门口，拉门拉不开。门从外面锁着，她张开嘴叫，却发不出声音，两眼大张，一动不动……

崔锁孩闻讯跑来常公馆，却进不了门，只听到阵阵哀乐在院子里回响着……

于是，又过了半个月，崔锁孩带着几十号人马，把李府家丁班的十杆枪给拿走了……

3

谁的手脚快，谁就能占上风？其实，也不一定。李府家丁班的十杆枪被崔锁孩抢走的当晚，杨栓大的儿子杨福武就不服这口气。虽然他才二十来岁年纪，却长得五大三粗，个头也追过他爹杨栓大了。杨福武因为杨花花被迫给离石城警署常来宝署长做小一直对老太爷李有德有气——他对李有德的暗中默许这件事情心怀不满，但这次崔锁孩抢李府家丁班的枪，则是另一个问题了。也就是说他杨福武愿意出头，主要还是看在他爹杨栓大的面子。谁让他爹是李府的管家哩。这样思谋着，杨福武就领料着家丁班的十来号人在刘家庄沟里与崔锁孩落在后面的几个散兵游勇干起来了。当然，并非真刀实枪地干，而是智取。这天夜里，李有德在李府上院里睡，崔巧巧带着伙计们锄苗回来，睡在戏园子的五间空房里。杨福武以往一直带着县府的童子军在旧街钟楼附近参加过各种捐款和义演活动。这不，他就在今晚先留下守护李府的人马，然后带着家丁班剩余的人与童子军里块头大的男孩子一起向刘家庄沟里进发。

杨福武曾经跟着练猴拳的师傅是县里自卫队的头儿，听说是他领料着这样一帮子年轻的穷雇农在一起闹腾。说起来，杨福武的师傅早年间只是一个干练的庄稼汉，却在农闲时曾还给李府大灶上用牲畜驮过炭，甚至更早的年间还走三四十里担过炭，从小练就了一身好武艺。杨福武的师傅叫李延忠，后来民国二十七年加入共产党，并领料着一支游击队，遂改名为李信臣，正式官名李信诚，老家是神坡对过薛村人。李信诚的游击队怎么闹腾的枪支，杨福武不该学学他们的法子吗？据说，当年李队长夺枪都是趁着黑咕隆咚的时候带着人，用笤帚把裹着一块红布当枪去卸土匪手里的真枪。所以，杨福武也想学师傅，有样学样，在今天夜里把崔锁孩抢走的枪支再给夺回来。如何夺枪呢？他刚开始的时候心里也没底。

追到刘家庄后沟，崔锁孩领头的一些人已经爬到对面的山梁上了，却是在沟里发现一辆拉着辎重的马车。高头大马蹬开蹄子跑得飞快，打着响鼻，而且马车轱辘碾压在一条坑坑洼洼的土路上。离老远就看到马车上装着很多木板箱子，箱子看上去也很沉，整个车身发出咯咕咯咕的响声，在夜空里听来格外刺耳。这个车把式，杨福武见过，童子军在城门口站岗时经常会看到，甚至在何彩花的戏班子里经常见过，好像叫六指的，但又不敢肯定。

"嗨，快给我站住，你是六指吧？"

六指赶马车是一个生手，驾辕的高头大马抬起蹄子还想踢他，没承想他竟然亮出戏台子上的功夫，一个抬腿，一个飞脚，就从地面上闪电般地跳到了辕杆的位置上，挥舞马鞭就是一个"驾"，然后转身向后看看，竟然问道：

"你咋叫我六指？我和你爹杨栓大是一辈人，你该叫我一声叔……"

路边堆着一搂一搂的干草，驾辕和拉套的三匹马都停下来，啃吃起来。其中一匹马当下还吱出一泡很臊的马尿。杨福武从后面赶来，一脚踏上去，差点滑倒在地。

"马车上拉的木箱子里除了从李府拿的三千发子弹外，还拉的甚嘞？"杨福武不叫六指，也不叫六指叔，直截了当地问。

"这个，与你何干？"

"拉李府的东西，就与我有关。我爹是管家。"

"狗屁管家。快让开道。"

马车还要往前蹿，杨福武麻利地蹿到一侧，一把拉住车辕处吊着酒壶的铁环子，然后扬起身来，一勾手，就把刹车给拉住了。两只马车轮不转了，只是在地面上擦出一阵阵火花。

"这是咋回事？杨福武，你拉住手刹干甚？"

六指就又甩甩马鞭，车子依然在吱吱吱响着，轮子却不转了，车身一扭，三匹马竟然失去了方向，直往一侧的干草堆里驶。干草的香味让三匹马乱了阵脚。

正在僵持不下的时候，从刘家庄前沟里传来激烈的马蹄声。杨福武弯腰一看，一个跃马扬鞭的勇武黑影映照在更遥远处的星空里，感觉像是很熟悉的一个人。是谁？他想不起来了。他被这土路上颠动的马车声牵引了注意力。他得替他爹把这李府的十杆枪夺回来。可是，他用手中的长矛往马车拉的木箱子里戳了戳，没有发现枪支，却是发现了拉的面粉和玉米的袋子。看来崔锁孩抢枪的工夫，顺便把李府谷仓里的粮食也搬走了。

跃马扬鞭的那个从后面追来的人，竟然是李府二老爷李文祺。杨福武惊喜地叫了一声："二老爷，你从太原甚时回来的？"

一看这李文祺，穿着一身洗得发白的旧军装，大宽边的礼帽盖着一张酱紫色的长方脸，眉毛如同两把刷子，两双眼睛里毫光四射，高鼻梁，大嘴巴，坚硬的下巴上留着一须黑胡子。他的腰间扎着一根又宽又硬的牛皮带，使得他的腰板更坚实，也富有活力。他全身上下都是虎虎生风，仿佛一抬腿能踢翻挡在眼前的马车，一伸手能够抵挡前面的万重山似的。

"我刚刚回来，见过老太爷，说起过这事。"

杨福武看到二老爷李文祺从太原赶回来了，一下子就有了主心骨，然后就冲着对面山梁上喊：

"崔锁孩，你有种的就亮个相，我们府上二老爷和你说话！"

山梁上，半天没吭声。李文祺掏出腰间的一把德造快慢机，冲天就放了一枪。这时候，崔锁孩才不紧不慢地在就近的一面陡立的山坡上回喊道：

"原来这真是李府二老爷回来了。既然如此，咱就把话挑明里说，李府的这十杆枪，我们急用，就算借你家府上的算了。下边，还有一辆大车，里面全是粮食，你们就拉回去吧。我们不要了。"

李文祺听到山坡上拉枪栓的声音，就一把拽住杨福武跳入壕沟里，一排子弹打在他们刚才站着的地方。杨福武抖抖索索地踢到了沟底的一些死人骨头，可能是被野狗刨挖出来的，而且还反射着一明一暗的鬼火。无主的坟包被野狗挖开，死人骨头撒得到处都是。头顶有黑老鸦在哇哇哇地叫着。杨福武趴在地下，死人骨头的气息让他快要窒息了。李文祺抬起头来，把山坡上崔锁孩手里拿着的火把给一枪打落在地。那种腐烂恶臭的死人骨头气息，让杨福武在呕吐。李文祺就拍了拍他的肩膀。

"崔锁孩，你听着，你要拿十杆枪，你就提前打一声招呼。你这不打一声招呼，就卸我们府上家丁班的枪，这算毬甚嘞？"

"我们打招呼了。"

"与谁打招呼了？"

"这个，你应该认识这个人。这可是警署的常署长让我们去李府拿枪的。县警署要成立侦缉队用枪。"

"既然是常署长成立侦缉队，维护离石城区及四周的治安，这十杆枪可以归你，但起码常署长应该写个收据啥的吧？"

崔锁孩沉默了。对面陡立的山坡上点燃起几把火把，崔锁孩站在一帮人中间，然后挥挥手。

"你晓得吗？杨花花死了……"

"杨花花死了，和这十杆枪有甚的关系？"

"杨花花就是被你家李老太爷给害死的……"

李文祺也是刚听说杨花花的死讯。虽然，杨花花当童养媳，被老太爷赎买回到李府，再后来又给常来宝续了弦。可是，这些事情又与十杆枪有何关系？

"我们李府不在乎这十条枪，你爹是我们家的老佃户，上次绑票还没算账哩，没报官，私了，也是为了开脱你嘞。你这一而再，再而三地与我们家作对，为何呀？你想要枪，想当常署长手下的侦缉队的队长，这是好事呀。但你做事总是欠火候，就拿上次我家大老爷和三老爷那欠吴有财一万块大洋的事情，也犯不着你来上心呀……"

"二老爷呀，你说得对，但这十杆枪的事情也就这样了，我也并不想当那个甚的侦缉队的队长，我是看不过……"

"看不过？"

"杨花花是在你家府上坐下的痨病，这才死的。我就是看不过这些……"

"这我就嗨不开（不懂）了，你做事就是爱冲动，这又是何必呢。你这十杆枪拿走就拿走了，我今天赶来，只是想对你说，我家府上十杆枪，你要用到正道上。另外，这十杆枪没有子弹，还不如烧火棍嘞。福武扣下这马车上的三千发子弹，也给你们了……"

旁边赶车的六指也对李文祺如此这般，不由得佩服不已。"二老爷呀，没想到你这么仁义，上次绑票，你就放了我们一马。难怪，彩花常说起你，说是李府里就有两个半明白人，首先一个是你，另一个是三老爷的崔巧巧夫人，再半个就是老太爷了。老太爷太老了，一会儿清醒，一会儿糊涂……"

杨福武听了崔锁孩提到杨花花的死，心里也很难受，但他还是站在李府的角度想问题。于是，他就有些不解地问李文祺："这挂大车上的东西，咱都不要了？"

李文祺只是偏偏头看看杨福武，却是冲着坡上的崔锁孩说："恐怕离石城不久会被日军占领，如果锁孩你拿着枪，用在打鬼子这个正道上，我们府上损失这点物资又算毬甚嘞。锁孩，你说呢？我们府上与你爹，与你，并无多少芥蒂，在今天这种迫切形势下，日军快要打进咱们山西来了，你们可能还不晓得，一切有利于抗战的事情，我代表我们府上都会大力支持。这个，我回去会与老太爷说道说道的。你们走吧。带着枪，带着这些子弹，别祸害老百姓，只要是用在抗战上，一切就都好说啦。"

4

这仗是不想打也要打起来了。民国二十六年十月忻口会战。遍布在硝烟弥漫之中的战壕如同一条条弯弯曲曲的龙爪一般卧伏在山坡的一侧，身后的树木都被炸得四分五裂，枝杈上挂满了血糊狼藉的残肢断臂。阵地上守护的是李文祺从太原带来的晋军教导团学员。这些年轻人第一次上战场，往往没什么经验，炮弹飞来都不晓得躲藏，有的一头扎在战壕内壁里耳朵都震聋了。他们面前是板垣征四郎的日军第五师团。那些原先茂密的梧桐树，整个树冠都被炸飞了，只剩下光溜溜的树干了。战壕外不远处是有着一条汩汩流动的山泉，不时闪烁着银色的光亮。那些野生的喇叭花，一个个争奇斗艳，在战火中依然保持着一种不屈不挠的姿态。山坡下的一条运输干道被倭寇的飞机拦腰炸断了，飞沙走石的模样仿佛进入荒凉的无人区。

这次，炝蹶子秦大福也跟着李文祺的教导团来了。与其说是参战，不如说是观战。忻口会战主阵地分为三大块，每天都能看到抬下来的伤兵，让他深受刺激。

"这次不同于当年的雁门关了。那是你打我我打你的军阀混战，稀里糊涂的一本糊涂账，但现而今不同了。我本来就是退役的人，国难当头，我是主动请缨带着教导团来到前线的。你炮蹶子秦大福再当逃兵，我第一个就先枪毙你！"

李文祺这话是说给秦大福听的，其实也是说给教导团千把号弟兄们听的。因为，他作为带队的团长，这次带教导团来，虽然是后备队，但也做好了最坏的准备。据说，板垣征四郎挺能打的，九一八的那会儿，他带着半个师的倭寇击溃二十万东北军，一路从东北打到华北，打到忻口这儿了。不能再退让了。再退让下去，整个山西都得丢了。

前些日，秦大福跟着辎重的车辆从附近忻县城里赶到教导团的，他找到李文祺时，有些惊讶。

"我的老团长呀，这次跟了你，心里就有了底。上次不是多亏你，恐怕我也早就没命了。"

"说这个干毬甚嘞？上次，没有你的话，小月莺也不能那么顺利地离开太原……"

李文祺没有再多说，只是感觉到这场恶战肯定要死很多人，就没理秦大福的茬。他的心思也在琢磨开战后如何完成上峰交给的任务。

"咱这个教导团，这两天一直僵持在这个没甚动静的山坡坡上，没打过一枪，更没见过一个鬼子，放在这儿当预备队，不死不活，整天挨炮弹炸，不晓得这是干毬甚嘞？李团长，莫不是上峰把咱们忘了吧？"

李文祺不搭腔，却是另外一个五台县籍的准尉，外号叫铁鏊子的说话了。"上峰想起来了，拨弄一下，想不起来就扔在这儿没人管了。李团长，你得去指挥部打听打听，看看啥时发送咱们呀？"

"发送？美得你！我看上峰再来命令，就是要在鬼门关走一遭喽。铁鏊子上烙烧饼，非把你烙熟不可。"另一个外号叫包打听的娃娃脸学员在旁边说。

"咱们教导团不会打乱编到卫立煌的中央军里吧？"

"那个，倒是不会，要编，也是编在傅作义的晋军序列里……"

"操这个心作甚呀，咱们教导团这么点人，一千来号弟兄，听师部的通信员说，全团一千多口棺材都在山下的镇公所准备好了，大家死也死在一起吧。这个，我还是能够做主的，不会打乱分开到别处……"

"还是去山下镇上喝一顿酒，一喝酒，看到那些棺材就不会害怕了，一切烟消云散了。"

秦大福说："还不如唱唱歌呢。"

"团长，让大家一起唱唱歌吧。"

还没等李文祺批准，包打听挤挤眼睛，就故意拍拍手掌，然后打着拍子，唱道：

> 想亲亲想得我心口口疼，
> 煮饺子哈（下）了一锅山药蛋；
> 头一回上你家眊妹妹，
> 被你娘抓住拍了那个两锅盖；
> 想你呀想你实咯咯在想着你，
> 三天饿着锅里没哈（下）一颗米；
> 茴子白卷心心十八（那个）层，
> 妹妹你爱不爱我这个扛枪打仗的人。

又有好些个声调起哄着参与进来，不停地唱出这最后一句，言为心声。李文祺也晓得这个时候他们最想的就是女人了。李文祺不能再像以往一般哄骗他们只要打好仗，就会一人得到一个年轻漂亮的媳妇。他只是觉得接下来的战争会更加惨烈，每一个人能不能活下来，都不好说，每个学生兵都准备好了一口棺材，只能是且走且珍惜了。

"见了女人，也像打仗一样，要腰杆挺直，勇敢冲锋，而这么哭哭啼啼，凄凄苦苦，没有一个男人样儿，又有哪个女人会看上你们呀？"

教导团所在的战壕离最前沿阵地还有两三里路远，同处于晋北的一面绵延的山脉上，遭到两轮炮弹轰炸和飞机炸弹乱扔之后就是短暂的宁静。放眼四周，苍翠的松柏与凋零的落叶形成一种强烈的反差。

"你们晓得不？八路军在平型关也打起来了，我在镇子里看到太原的《晋阳日报》也报道了。八路军还摧毁了日军的阳明堡机场……"

不过，李文祺脸上依然是一种严峻的表情。他在战壕里猫着腰，却是高亢有力地对教导团的学员们说："弟兄们，该是我们后备队上的时候了。从前线传来的消息，担任兵团长指挥的国民革命军第九军郝梦龄军长也在大白水前线阵亡了……"

铁鏊子准尉第一个站起来，说道："打就打吧，不打也会被倭寇的炮弹和飞机给炸死，不如与倭寇直接面对面，刺刀见红……"

秦大福也不再犹豫了。这次不同于以往，不能再炮蹶子，而是要冲上去。

"对，团长，我把遗书都写好了，放在你这儿。这次，记得给我留一口棺材，我带着第一个小组先冲上去。"

李文祺接过秦大福递过来的一个信封，随手交给警卫员小姜，让他放在公文包里，然后挥挥手，转头问包打听，这张娃娃脸正对着他。

"包打听，你怎么不打听啦？往前冲，害怕吗？"

"团长，要说不害怕，那都是假的。我……我的腿肚子都在发抖，屁……屁股……现在就开始发麻……如果真打起来，看到倭寇，我……我……会、会尿在裤子，可是……"

"可是，可是甚嘞？"

"我就是想逃跑，也不能跑了。逃跑会被自己人执行战场纪律，连一口棺材也混不上了，就地正法。"

"晓得这个就好，秦大福，领着第一小组的人出发！"

李文祺带着第二小组会在一个小时后出发。他现在拿着望远镜，在战壕里注视着第一小组的动向。他看见秦大福带着十几个弟兄，跳出战壕，已经下了山坡，从低洼处继续飞奔，然后会进入一片开阔地。开阔地上还有一条小河，只要冲过封锁的垭口，就会攀爬上一个山崖，那儿就是正在激烈拼杀的主阵地了。

"团长，与其在这儿观战，真不如与第一小组一起冲上去。在这儿等着，今天倭寇还会轰炸吧？"包打听说。

"你问我，我问谁去？我也不是敌人肚子里的蛔虫，快去坑道里休息去，一会儿就要出发，你跟着我的第二小组走！"

李文祺重新举起望远镜，就看到第一小组里有几个弟兄在小河里跑几步，就卧伏着，估计浑身都湿透了。十月时节，山风一吹，人都能冻坏了。一阵炮火过来，在那个垭口上，有几个弟兄倒下去了。不过，过了一会儿他们又站起来，继续朝前奔跑着。接着，又是一股猛烈的炮火，把第一小组的弟兄们都吞没了。等到硝烟散去，李文祺看到秦大福倒下了，然后是铁鳌子准尉去扶他，两人刚站起来，就远远看到他们中弹了。第一小组的其他成员四散开来，继续冲过垭口。

过了约莫半个钟头，阵地上爬回一个人来，李文祺定睛一看，竟然是保证绝不后退的包打听。

"你啥时候跟着第一小组跑了？老子毙了你！"

"团长，你别生气，我不是害怕，我想反正要死，与其提心吊胆地跟着等第二小组冲，还不如就跟第一小组，我一直追着他们，刚刚追上，炸弹就来了……是……是……秦大福……让我回来报信的……"

"他说甚嘞？"

"垭口那儿封锁很严密，敌人的机枪一股劲扫射，迫击炮乱炸，秦、秦……大福……"

"说啊，秦大福怎么了？"

"秦大福，他已死了。"

其实，这个绰号叫包打听的娃娃脸不说，李文祺也在望远镜里看到了。不仅仅是秦大福，还有教导团的几个小伙子，还没过河就都中弹了。秦大福上次在太原火车站就中过一枪，伤口刚好，就又跟着他来到了晋北忻口，结果这次他竟然没能逃脱。他死了。李文祺觉得恍若梦里，使劲掐了一下自己，感觉到了疼痛。

"团……团长……"

包打听站在阵地上突然僵在那儿，一动不动，嘴巴张开，冲着李文祺喊，却是发不出任何声音。他嘴里依然在叫着"团长"，人却向垭口那儿看，李文祺看到他后背不晓得什么时候中弹了，整个后背呈蜂窝状了。

第二小组也准备出发了。李文祺刚要第一个蹦出战壕，铁鏊子准尉却一把拉住，并按住他，什么也没说，他第一个冲出战壕。人刚冲出去，正要迈开第一步，人就像包打听那张娃娃脸一般僵住了，宛若定格的一个画面。李文祺叫他趴下，他也不动。李文祺跳起来，却要拉他，还是不动，就用力踢了两脚，他便像一片落叶似的，身子一倾，斜插着一头栽倒在战壕里，前胸口的热血如同喷泉一般往出冒……

第二小组刚一露头，就又倒下了十一个。紧接着，李文祺含着热泪组织了第三小组，然后，迂回着从阵地另一侧向垭口方向冲去……

5

民国二十七年。元宵节的喜庆劲儿还没过去，李府上下依然是张灯结彩，兴高采烈。这日，大老爷李文举和三老爷李文起陪着二老爷李文祺大女儿云莺的丈夫陈保忠，在大花厅吃了一顿团圆宴。这年老太爷李有德已八十五岁了，开始的时候还陪着大家喝了几盅，言谈间还提到了最近不怎么太平的世事，也提及二老爷李文祺一家人的近况，等等。随后，李有德就先回中院里的书房去了。人越老，就越不喜欢热闹了。

自从上次发生崔锁孩抢枪事件之后，李有德就很少再去东川一带的佃农干活的水浇地里转悠去了。他把这档子事完全交给了老三家的崔巧巧。虽然，李文祺不久前回来过一次，而且还迅速平息了那次抢枪事件。对于这次事件的前因后果，以及李文祺的处理方式和处理结果，李有德并不觉得十分满意，可现在看来，也只能如此了。吃亏是福。这十杆枪白送给崔锁孩，也弄不清李文祺怎么想的。不过，李有德还是不得不佩服老二的本事。因为，李文祺又从晋绥军那儿搞来了一百五十杆长枪和一万五千发子弹，还有十箱手榴弹，都存放在李府的东西两座塔楼里，家丁班还又增加了人丁，由原来的十八人增加到现在的三十六人，平日里由管家杨栓大负责，杨福武则当了班长。这让李有德吃了一惊。

"老二呀，咱家都快成了军火库，这个不太好吧？有了这么多枪支和弹药，我睡觉更不踏实了。"

李文祺整整穿旧的军装，然后说："爹，你还不晓得，这仗要打大了。倭寇正准备进攻太原了，离石这边随时会发生战事，到那时会发生甚事，都说不好。"

这书房里没有旁人，当时李有德与李文祺说话时，正是傍晚，窗外都是风打桑叶的响声，以及葡萄架下那只老夫人梁慕秀活着时养的老猫的叫声。这个书房叫石荐斋，顾名思义，屋子里书多，石头也多，都是李有德年轻时从东川河附近搜集回来的，一个个奇形怪状，千变万化，扑面而来一种山野河川的自然气息。靠近南窗的地方还挂着几个鸟笼子，其中一个的里面是一只伶牙俐齿的花脖子鹦鹉，不停地与主人交流着什么。书房两侧还有两间隔断内屋，也就是"金屋"里一定是"藏娇"了。老夫人梁慕秀离去之后，李文祺听说过这屋子里住过一个与李府八竿子打不着的小婶娘，曾伺候过李有德一段时间。究竟那段时间里她与老太爷发生过一些什么，李文祺常年不在家，也不大明了。不过，那个来历不明的小婶娘可是给书房题过匾，"石荐斋"匾额，以及其他陈设却是她来布置的。只是这个小婶娘，听说是当年另一个老夫人邢硕梅的九妹，曾跟上一个老先生练过字，与笔墨纸砚有一种天然的亲和力。

"爹，那个，小婶娘走了呀？"

李有德闭着眼睛，坐在书房里的一把躺椅上，头顶鸟笼里的花脖子鹦鹉却在叫着："小婶娘，小婶娘——"

"啊？你说的可是那个邢灵梅？你该叫她邢姨娘！"

"我也不晓得叫甚嘞？反正，听说，在咱家府上待了多半年……"

李有德睁开眼睛，站起身来，拿着一根筷子去拨动鸟笼里的小碗，与花脖子鹦鹉逗着玩耍了起来。

"嗨，文祺呀，你也晓得你娘走后，我的心情一直不太好，身体也一日不如一日。你灵梅小姨娘来咱府上之后，亲自下厨，会做我最爱吃的莜面卷卷，还有她炸手工包的软米面油糕，包的羊肉胡萝卜馅儿饺子，也是特别好吃，不比你娘活着时弄的差哩……"

"爹，你的身体不适合与邢姨娘这样的女人在一起，她才二十八九，还不到三十……"

"不到三十咋啦？她可是当年咱府上邢老夫人的妹妹。她家有九个姐妹，这邢灵梅是最小的一个。她娘五十几头上才有的她。十三岁就从米家塔嫁给一个碛口的大户人家，后来，你娘殁了，灵梅的老公也殁了，所以，她就来了咱家。我对她大姐邢硕梅有亏欠呀……"

"爹，你对邢硕梅有亏欠，那你对我娘有没有亏欠？"

"老二呀，这种话也是你说的？邢硕梅也是你叫的？她可是当年你爹我明媒正娶的。"

"你也明媒正娶的我娘，可是……"

"没有甚的可是，老二呀，你爹我李有德八十五了，还能在这个世上活几天，你们弟兄三个别老来气我，老大、老三也这么编派我，我原以为你老二在外面见过很多世面，没想到你现在也要赶你邢姨娘走。"

"谁说要赶邢姨娘走？我可没这个意思。"

"灵梅这些日子回碛口给她十五岁的闺女订婚去了，本来我也要去的，可是我老了，腿脚不灵便了。灵梅走时，我让老三家巧巧送给一千块大洋办嫁妆，人家还不要，我只好让巧巧把我书房里的一个金如意和两个玉如意送给她了。怎么？老二，你有意见？我还想以后让你们兄弟三个别再叫甚灵梅婶娘，要叫姨娘呢。定了，以后就一直叫邢姨娘吧。"

"邢姨娘？行呀，爹，我咋会有意见哩。我只是说说而已，听不听都在您。您老可要注意身体。我带着我们教导团要去晋北忻口一带……"

"怎么？是不是要和日本人打仗了？"

"爹，这个可不好说，我怕以后不能给您尽孝了，所以……"

"所以甚嘞？走吧，你们都走吧，走了，咱家院子里才清静了。我和你邢姨娘过吧，倒也自在逍遥哩。你把潇民孙儿都能送到美国哈佛去，又把小月莺孙女也送到了北平上甚的燕京大学……"

"爹，这不，您的云莺孙女还在跟前吗？过两日，她和您的孙女婿陈保忠还要来府上看您嘞。"

"她在跟前又能咋样？爹想让你在跟前呢。你这儿跑，那儿跳，到处游走，还要带兵打仗。让你留下，有这个可能吗？"

"爹，这不是要打仗了嘛。"

李有德叹了一口气，说道："文祺呀，打起仗来，子弹不长眼，晋绥军那个散漫样子，你可要多留个心眼，别让倭寇包了饺子吃。"

"爹，看您说甚哩？倭寇都不会包饺子，也不爱吃饺子……"

"那他们爱吃甚哩？"

"我也不晓得，听潇民说，他们喜欢吃甚寿司，吃甚料理呀，吃甚烧烤哩……"

"不想听你叨叨这些。我真的是老了，我只想着你，既要打胜仗，又要好好地活着回来。爹在咱家石荐斋等着你，你的小婶娘灵梅和我一起等着你。"

"爹，我会不少一根头发地活着回来看您的。"

时间又是一个月过去了。文祺应该上了忻口战场上了吧？李有德颓唐地坐在书房里的躺椅上，眼里流出两行老泪，然后自言自语："儿呀，好好打仗，你回来后，爹在李府戏园子里给你摆庆功宴。"

那次，李文祺走的时候，悄没声息的，他一个人骑着马，从李府侧门走的，没让任何人来送。他只是把一封信让管家杨栓大转给老三家崔巧巧来保存。这封信，原本是要给吴秀兰的，但时间来不及了。他不能转道再去太原见吴秀兰。再说，吴秀兰看到这样的信，指不定还要发生什么事情，给身边亲人徒增更多的负担。这封信先让崔巧巧保存着，一旦他在战场遇到不测，就可以公开此信，把它交给吴秀兰，再由吴秀兰读给公公听。所以，他没再和李有德谈到这事。

多年之后，李文祺的这封信才由小月莺公开，已经是时过境迁了。

余自离开离石之际，就抱定了必死的决心，现留下遗嘱，托弟媳择机转交给秀兰及子女，一并将此信内容再转老父及府上——

这场恶战，不同于以往，关乎民族存亡，余在此留下遗嘱：

一是孝敬老父之责任，就在秀兰及三个儿女身上，余死后，他们可安排老父养老等相关事拟；

二是教育好子女，让他们继承余的事业，决心在抗战中做出各自的贡献；

三是战端一旦开始，余存放在府上东西塔楼的一百五十杆长枪和一万五千发子弹，还有十箱手榴弹，全部捐赠给有关抗战队伍。

由现在起，以后或暂别，永离，不得而知，专此布达。

6

一大早，李府里一片寂静。后花园的云杉树一个叶子也没有了，一片灰黑的色调，死气沉沉。一个圆鼓鼓的树墩子放在了树下，坐在上面，屁股都感到生冷。地下的花草都朽烂了，一个人站在这儿，根本无法想象夏天枝繁叶茂的情景。风不是吹着叶子，而是刮着树枝在啪啦啦作响，野鹊子也在天冷的时候很少光顾后花园，只有几只野猫不晓得从哪儿进来的，走着走着，就会在你脚下乱窜。离石城里周边已经传出各种小道消息和谣言。"忻口那边打起来了，有国军、晋军，还有八路军，都在围挡着打进来的几十万日本兵，不得了啦。""听说，太原也被占领了，阎总督早就跑没影了。""汾阳的谷口茂旅团要从薛公岭、黄芦岭分两路来攻打离石城！"还有更为离奇的传说：元宵来劫，天狗下凡，见风就咬，见人就吃；九九八十一难，正月里不能放炮，不能见红，不能点灯笼。这不，元宵节的晚上，凤山庙内外上香点火放鞭炮的人太多，竟然风一吹，大殿里着火了。

次日晌午，站在东塔楼上面的两个家丁，首先发现了异常情况。只见一片收割后的东川庄稼地，一览无余，从往东的大道上尘土飞扬，只见来了一些满载着行李箱笼的胶皮轱辘大车，还有大道两边行走着拖家带口的逃难老百姓。李府管家杨栓大去门口打问，才得知是从平川里跑过来的乡下人，为了躲避日本兵的袭扰。谁晓得他们往哪儿跑呀？有的说，继续往西，往碛口，往孟门，往宋家川，过了黄河，就好多了。

"老太爷，是不是咱们也跑吧？"杨栓大跑到李有德房里问道。

"跑？往哪儿跑？太原的有钱人都跑走了，带着金银细软，一股劲地跑路，可是咱李府怎么跑，大宅院能带着跑吗？小东川的水浇地能带着跑吗？"

"说的也是，那就等等看吧。"

李有德犹豫了一下，又说："不行，先让老大和老三两家人跑吧，他们还年轻，反正，我一个八十多岁的老头子，也活到头了，甚也经见过了，也甚也不怕了。我守着李府的这个摊子吧，能走的，想走的，都走吧。要死让我这个老头子和那些倭寇一起死吧……"

崔巧巧走进了上房，身穿着一身青衣裤褂，外套一件红色的坎肩，上面是珊瑚的扣子，头发自然地束成一个结，极细短的袖子，鸭蛋青色的厚锦缎裤子，却是套着一双轻快的绒布暖鞋。她一进来，就先看看李有德身后的暖炕，然后说："爹，您这炕烧得不太热呀，回头我让翠花嫂给您再烧烧。"

"烧这个干甚哩，我还偏喜欢温和一点的。你娘活着时就不喜欢睡太热的炕，这样烫着，翻来覆去倒是睡不着了。炕烧得不冷就行了，还不费炭……"

"爹，这个又能省哈（下）几个钱。该烧还是要烧……"

这时，头发梳得油光光的许飞燕推门进来了："我就喜欢睡滚烫的暖炕，冬天里睡上去很过瘾。"

"老大家的，你这说的甚话嘞。一过了年，天不咋冷了，炕烧那么滚热，能睡得着吗？"

"哟——老三家的，做甚事，爹都说好，我怎么做都不对。爹，我娘活着时还好，可现而今，您这一碗水，可就直晃荡了。这个，何时才能端平这碗水呀？"

李有德没再理这个茬，而是换了一个话题，严肃地对许飞燕说："老大家的，现在世道不太平，听说倭寇要打进来了，你要带头和老大及孩子出去躲躲……"

许飞燕看了一眼崔巧巧，然后不冷不热地说："爹，您让我去哪里呀？哪里是我们的家呀？文举虽说是李府的大老爷，却不受您待见，您让我们去哪儿？"

崔巧巧扶着李有德坐在了太师椅上，递过去一杯热茶，然后对许飞燕说："大嫂，爹也是好心。你看这日本兵就要打进来了，你和大老爷及宝珍赶紧去碛口邢姨娘那儿吧，这是爹早就安排好的。你看……"

"看甚看，我许飞燕还就不走啦。我和文举走了，李府上下这么多家产，你老三家就可以独吞了啊？嗯？"许飞燕当脚地站下，一手叉着腰，一手里还夹着一方手帕，不停地乱舞。

"大嫂，你这是说得甚话了，我不走，不是不想走，是爹给我安排很多事情，还需要我安顿，咱府上杂七杂八的上下人等事务都得安顿好，你又不是不晓得？"

"我晓得甚嘞，我能晓得甚嘞，李府的所有一切，还不是你崔巧巧一手遮天……"

这时，老三李文起进来了。他平时唯唯诺诺，今天却表现得异常干脆，把崔巧巧手中的一长串钥匙夺过来，就掼在脚地下："巧巧，咱们不管了，多一事，不如少一事，一天到晚你起早贪黑，忙前忙后，可是谁说过你一声好了，好像人人都有意见。咱们不干了，谁想干谁去干吧。"

李有德正要弯下腰捡拾钥匙，却是一连咳嗽好几声，崔巧巧忙着过去给他拍着背，递过茶杯让他喝了一口茶。

"哼，溜沟子舔屁眼的活儿，我就做不来。"说着，许飞燕转身向外走，一揭开门帘，就迎头与李文举撞上了，"你来干甚？你这个老大，大老爷，也就是徒有虚名，李府上下谁尿过你？"

"飞燕，你这和谁置气嘞？"

"我能和谁置气，就和你置气嘞，你这个没出息的脓包！"

李文举穿一件幽蓝色的棉袄和镶着金边的黑棉裤，脚踏着一双褐色牛皮鞋，戴着一副墨镜，被许飞燕一头给撞下来了，两手赶忙接住，差点甩到脚地。

"飞燕，你慌甚嘞？日本兵还没打进来，咱家就乱了章法，快回去看看宝珍吧，哭着喊着要去碛口邢姨娘那儿呢。"

"她倒想走，老娘还不想走。她国民中学毕业了，也想和老二家的小月莺要考北平的大学，她真能考上的话，我也供她哩。"

李文举向太师椅上坐着的李有德作了一个揖，然后对许飞燕说："听爹的吧，再说宝珍也想去碛口，害怕日本兵打来离石城没活的路哩。"

"爹到哪儿，咱也跟到哪儿。"

这时，门帘响了一下，管家杨栓大进来了。一身做活时的短打打扮，手里还拎着一根马鞭。他那二十来岁的儿子杨福武也进来了。

"老太爷，碛口的镇长李信诚来了。"

"镇长？"碛口是新区，听说共产党在那儿闹腾得挺欢实了。这样琢磨着，李有德就兀张开嘴，一时间愣怔了。

"是镇长，也叫市长了。哈哈哈，也无非就是两个肩膀扛一个脑袋罢了，难不成还能三头六臂呀。"李信诚穿着一身灰布旧军装，上衣兜上还插着一根钢笔，腰间扎着一根宽皮带，还插着一把盒子枪。后面跟着一男一女两个当兵的。一个是姓孙，长得很高大，人称孙团长；一个是李信诚的闺女，名叫李玉梅，刚十六岁。他们都是八路军一二〇师的人。

"这个？"李有德有些狐疑地问杨栓大和杨福武。

杨福武看看杨栓大，然后说："这都是从碛口那边过来的八路军。他们有二老爷的信。"

说着，李信诚从怀里掏出一封牛皮纸的信，然后交给了李有德，才说："说起来，我与李府也算是本家了……"

"本家？"

"对呀，我是薛村寺沟人，村里也数得上的穷人家，攀本家，有些高攀了。不过，这是李文祺托太原纪朝轩博士转给我们的一封信。"

李有德接过信看了半天，然后说："倭寇一旦打进来了，存放在东西塔楼的一百五十杆长枪和一万五千发子弹，还有十箱手榴弹，交到抗日队伍手里。你就是这个抗日队伍里的经手人？"

"对，正是本人。"

"你是碛口市长？你是游击队的队长？你是李信诚？"

那时，碛口的市长，实际上是镇长。听说，碛口那边有各类货栈、票号、当铺，也是通往延安的主要运输口岸，还有兵工厂、军服厂。李府也在碛口有着两家货栈。碛口的店铺早在乾隆到道光年间开始大规模修建，除本乡本土之外，还有包头、河曲、绥德、府谷、孟门、汾阳、孝义、介休、平遥、太原等地的客商开的商号和货栈，也有数百家。

李有德沉吟良久，然后对李信诚说："没想到，我们还是本家。反正，文祺存放在东西塔楼里的这一百五十杆长枪和一万五千发子弹，还有十箱手榴弹，就交到你们手里了。"说着，他又看看孙团长和李玉梅，点点头。

杨福武见状，然后弯弯腰，对李有德说："老太爷，那我带他们去搬运那些东西去了。"

"去吧。"

这个时候，崔巧巧把门帘撩起来，让李信诚他们三人出去。然后，她对许飞燕说："大嫂，你快去正门上看看动静，别让穆占山和常来宝的人到这儿来找麻烦。"

"巧巧，要不然，我们也一起出去躲躲吧？"

崔巧巧看看许飞燕的模样，便说："随你，连夜走，还是明日里白天走，都随你吧，反正日本兵一时半会也来不了。"

李文举则还是不想走，能拖一天是一天，出去东躲西藏，没吃的，没喝的，多受累呀。再说，日本兵来了，也不一定见人就杀吧。做一个良民总是还可以吧。他想对崔巧巧这样说，但看看许飞燕已经与崔巧巧说了，也就不吭声了。李有德背转身，却是抽动着肩膀，崔巧巧从侧面看到他豁开的上下嘴唇一抽一抽的，胡须抖动，假牙露出来一多半，不停地嗞嗞嗞着直捯气。又一会儿，李有德盯住后屋掌子，目光有些呆滞，整个人如同泥胎一般，脸两边松弛开来的老肉一耸一耸，想骂人，却是一言不发。随后，他用文明棍挑开帘子，走出去了。

这时，院子里站着的李信诚对送他出来的李有德说："日本兵一旦来了，咱们本乡本土就要在原来百十来号的游击队的基础上，再建立一支两千多人的县大队。你们放心，这批物资就是用于武装咱们八路军游击队的。感谢您老人家及李府对抗战的鼎力支持！"

孙团长在一边指着李信诚，然后也说："他是碛口市长，也是新成立县大队的负责人。以后还会有打交道的机会。"其实，孙团长的话只是道出了一部分真相。据后来的县志里介绍，李信诚还担任过柳林市市（镇长）长、离石县武委会主任及武装部部长、组织部部长、县委副书记等职务。

那时，李玉梅则与崔巧巧握握手，上了一辆马车。她走时，把一份公函递到了崔巧巧手里，说道："记得交到老太爷手里。谢谢你。"

也就是当晚，这批枪支弹药就被偷偷运走了。一共七挂胶皮轱辘的大马车，用草袋子和塑料篷布罩住大大小小的木箱子，由孙团长带的一帮子穿着便衣的八路军战士护送这批物资，沿着东川河北岸而去。杨栓大和杨福武父子两个赶着大车也一起走了。

第十五章
燕园情缘

1

站在公交车上，就能望到燕园西门的古朴模样，急切奔走，宛若一个莽莽撞撞的醉汉。小月莺却拎着一只皮箱，一个人趔趔趄着向燕京大学来报到的。她回头又看了一眼已远去的公交车，宛若一只小时候的粪把牛，很快消失在街市的尽头。她凝望着刚才自己差点摔倒的地方，心存一丝侥幸，并非每次摔倒时都会这么幸运的。她看到眼前飘飞着一些小黑虫，在追逐着自己，从路边水沟里飞来的。它们成群结队，只是为了等待她吗？就在刚才下车时一脚踏入的那个泥坑旁边有一根立着的站牌，让她在摇晃时一下子扶住，掌握住身体的平衡，这才有了一种短暂的缓冲，没有继续倒在地下，但也让自己有些惊魂未定。

北平的天空是灰暗的，无序的错乱，刮着风，在缄默中发出阵阵城市的空谷足音。你和迎面接踵而来的所有面孔都没有任何关系，彼此却又贴得很近，只因为都在同一辆车上挣扎，同一条马路上奔走，同一个屋檐下哀号。内心中骚动着无数风景，对应着北平的胡同、马路、广场、公园、护城河、城墙，以及种种特定的地标概念，构成一个模糊而又清晰的地理坐标。奔涌着，沸腾着，迷蒙着，浪漫着，清醒着，一往无前。

有一些日子了，小月莺一直住在嫂子朱星桦家里，总有些不太方便。她先在西城区平民中学走读。随后，转到了中大附中，再就是进入贝满中学。先头里还骑车上学，后来住在教会办的女青年会的宿舍。中大附中是一栋三层楼的西式建筑，男女同校，却没有宿舍。住在女青年会宿舍没多久，就由中大附中转入了贝满中学。这是由美国传教士贝满女士创办的学校，校舍原是晚清一位亲王的私人府邸。学校设施完善，有自来水、暖气和浴室，还有洗衣房等，伙食比一般学校贵，但饭菜还可口。住在那儿之后，就不用骑车走读了。日子过得很愉快，一转眼就高中毕业。她长成一个十七八岁的美丽大姑娘了。一轮清越的月亮照在当空，幽蓝的夜空闪烁着稀稀拉拉的星星点点，她的身姿映照在窗帘子上，显得那么若即若离，却又带着一丝神秘的意味，清风吹来了香甜甘美的气息。

时间在一点一滴地流逝。还能记得她两三岁甚至七八岁时发生的事情，有时一些画面清晰可辨。她仿佛在梦里，睡在燕京大学的寝室里，会想到老家李府里的是是非非，惶惑间，隔着一道岁月的保护层。小月莺背后有着李文祺和吴秀兰，有着云莺和潇民（包括嫂子朱星桦），有着一张过去和现在的关系网，其中还有李有德、梁慕秀，以及诸如何秀子（水崎秀子）、杨花花、刘佳慧等熟悉或陌生的面孔。小月莺觉得自己无论走多远，依然是被关在一个密封的罐子里，她想挣脱出来，可是一直无能为力。她觉得自己就是当初被曾姨娘装在一只空胭脂盒里的粪把牛，只有外面的人才能揭开盖子让她出来。她只是一只无所适从的小昆虫，不晓得从哪里来，到哪里去。她要创造自己的历史。这是她刚跨进燕京大学校门时的一声呐喊。燕京大学是四所美国及英国基督教会联合在京城办的大学，创办于民国八年，与诞生于更早的圣约翰大学、金陵大学、东吴大学、齐鲁大学、辅仁大学一起，基本上属于外国教会办的大学，一直享有盛誉。哈佛的校训是真理，斯坦福的校训是自由，普林斯顿的校训是服务。而司徒校长拟定的燕京校训是："因真理，得自由，以服务。"小月莺喃喃地读出来，就会感觉到内心里涌动着一种振奋的力量。

不过，天气暖和起来之后，小月莺又想起了幼年时陪伴自己的那只叫作鬈毛的狼崽子。漫天飞舞的风雪里，它在洪山村的后山里踽踽独行，越来越远。这个画面，也久久地保存在小月莺的记忆里。她在寝室里闭着眼睛想象每一个室友不同的表情。每一个燕大女生都不太一样，虽然穿着统一的校服，却是与她们聊起来时，总会有一些意想不到的收获。从每一张高低床上看上去，你会发现每一个细微的变化，每一个女生身上的味道，每一个物品的摆放，熄灯后谁忍不住还要说话，睡着之后谁在打呼噜。她甚至能历数寝室里每一件私人用品，以及各种不同的生活习惯。比如张琼总要对着镜子剪自己的鼻毛，比如戴芙蓉总是要睡前给每一个人分一点她买回来的酸奶，她自己喝剩下的三分之一就足够了。戴芙蓉和小月莺一样，总是喜欢有了好吃的与大家共享。

民国二十六年七月，北平城里时不时地听到了枪声。卢沟桥那边开火了。北平城里早先曾掀起一波又一波的学生运动，但大部分师生都在南撤之后，整个城市陷入一种交织状态的死寂之中。也正在这时，刘佳慧风尘仆仆地来投奔小月莺来了。

"佳慧，你怎么来了？"

小月莺有些激动，紧紧抱住刘佳慧，一时间说不出话来了。反倒是刘佳慧的脸上显得那么平静。她穿着一件粗布大褂和缩腿的长裤子，脚穿一双厚底的襻带布鞋。

"莺子，我再也不愿意与包庆功过下去了……"

说着，刘佳慧手里拿着一封牛皮纸的信件，让小月莺看。她们上了一辆公交车，双双拽住了摇晃着的拉环，而眼前的空座位被两个眼疾手快的人占了，甚至还舒展着他们疲倦的身子，用脚碰撞着刘佳慧的脚跟。

"外地来的吧？这种时候跑来北平，干吗来啦？"

小月莺拽拽刘佳慧，让她别搭理他们。公交车上经常会遇到这种莫名其妙的人，看着漂亮的姑娘就想办法搭讪。她们躲避开了，而其中一个占着座位的男的嘟囔着什么，并未再找到发泄情绪的对象。

"咱们下车吧！"

她们果断地在这一站下车了。虽然街上在下着雨，但要比车上那两个不怀好意的家伙骚扰强多了。至少，她们需要的是安然，再说，这儿离铁狮子胡同刘太太家不远了。刘太太是刘佳慧的远房姑妈。她们并不想去投奔，可是实在走投无路，只好死马当作活马医，就去了那里。胡同里也不见人影，店铺里的板子也插上了。人们都哪儿去了？

"你是不晓得，昨夜里还响着枪声，估计人们没啥事，就很少出门了。佳慧呀，你来得真不是时候。"

"怎么呀？连你也嫌弃我？这次，我可是投奔你来啦。"

小月莺抿抿嘴，笑了一下，然后伸过手去，与刘佳慧五指相扣，一路向胡同里走去。

"包庆功，这个人不是很好吗？"

说到包庆功，刘佳慧就眼泪汪汪。包庆功虽然是包娜娜的父亲，但对刘佳慧一点也不留情面，整天就是吵架，吵不过她，他就会悄没声息地动手。每次动手，都能打得她下不了床。直到有一天，他掐住她的脖子，差点就要把她掐死的时候，包娜娜回来了。看到这个场面，包娜娜救了她。她就先跑回下元的家。再就跑到火车站，买了一张火车票，直奔北平。

后来，小月莺与刘佳慧还去过天津。再后来又回到北平，她考上了燕京大学，而刘佳慧找了一份工作。她们有一次结伴去刘佳慧住的地方。

抬起眼睛，看到走过来两个巡警。手枪插在他们腰间的一侧，黑漆漆的面容上，含着一丝冷漠，额上深深的纹路似乎在昭示着什么，淡黄的睫毛下闪着诡异的光泽，表达着一种更深切的担忧。雨越下越大了。小月莺拉了拉刘佳慧，给迎面的巡警让路。反倒是一个高个的巡警，拦住了她们，然后问道："为何乱跑？"她们无言以对，只是说就在附近，马上就到家了。

"到家？是住这片的吗？怎么没见过？"

小月莺从随身的小包里掏出了学生证，让高个巡警看看，这才放行了。可是，后面的胖子巡警拿着一根警棍追了上来，竟然又拽住了刘佳慧。

"你站住，听你说话，是从城外进来的吧？来西城干什么？"

刘佳慧一慌神，肩上的挎包掉在了地下，连忙低着头去捡。小月莺拦在她的前面，然后说："老总，她来走亲戚的。"

"我怎么看她鬼鬼祟祟像个汉奸女特务呢？"

"你这是怎么说话的，不能以貌取人，血口喷人吧？"

高个巡警也返回来了，替胖子巡警说话："你这个燕京大学的女学生，没看出这些日子风声很紧吗？卢沟桥擦枪走火，随时都有开战的可能，不小心不行啊。"

　　胖子巡警拽住刘佳慧，非要拉到警署去查问。小月莺就拦在他们之间，一直僵持着。这时，从后面突突突地驶来了一辆诺顿 Norton 边三轮摩托车，然后停在了小月莺跟前。Big Four，是一款 633cc 侧阀，风冷单缸发动机，是英国最为著名的边三轮摩托车之一。尤其车主人是一个年轻儒雅的英国绅士，长得很帅气，操一口流利的北平腔，如果不是金发碧眼，单听说话，以为是地地道道的北平内城的土著。

　　"哈啰，我是迈可，Mechael，Lindsay，你们叫我林迈可好啦！"

　　这个林迈可，当时的燕园同事是写出《寄小读者》的冰心，她建议让他的英文名字汉译为这个名字。迈克，或全称林迈克。而他为了与众不同，特意改为迈可，即林迈可。林迈可比小月莺高出很多，站在他身边，让她想起父亲李文祺来了。李文祺的两匹叫大黑、小黑的战马都让小月莺骑过，而且还驰骋在李府下院里的空场地上。那时候，小月莺才多大呀。可是，现在的这个林迈可，一脸谦和的笑容，摘下墨镜，眼眸里有一种神秘莫测的瓦尔登湖或海奥华星球般的纯真，一看他的衣着打扮，就让她想起父亲的一身戎装，顿时有了一种时光倒流的感觉。只见林迈可上穿一件军绿色的 T 恤衫，下穿一条巴别尔笔下骑兵军的马裤，风一吹，显得很潇洒、很帅气。

　　小月莺不记得林迈可与两个巡警嘀嘀咕咕地说了一些什么，她们就乘坐着林迈可的诺顿摩托飞驰起来。刘佳慧坐在边轮车兜里，小月莺坐在林迈可的身后。

　　"嘿，两位小姐，想去哪儿？这儿离北海公园可近啦？"

　　"雨下得这么大，我们先回佳慧姑妈家，就在胡同紧里头哩。"

　　小月莺原本不想上林迈可的诺顿摩托，因为这毕竟不是父亲的大黑、小黑。她多多少少有些犹豫，但刚才他是那么彬彬有礼地去应对那两个蛮不讲理的巡警，并且让两个巡警心服口服，不全是因为他是洋人，不全是他是英国世袭的贵族，不全是摩托车前面插着的英国米字旗，那么是因为什么呢？小月莺的脑子里一阵乱闪，陡然间回想走过未名湖，去燕园最大的一〇三阶梯教室里上的第一课，就见到过他在讲台上的风采。他滔滔不绝地讲了一些什么，她都想不起来了，但一直记得他在讲台上踱来踱去，脑袋上仰着，一边思考，一边讲述，甚至还从讲台上走下来，沿着课桌过道走来走去，还拿起她的笔记本看了半天，冲着她微微一笑，却是什么也没说。

　　"莺子，你……你……认识这个……洋人……"刘佳慧受到胖子巡警的惊吓后，依然惊魂未定，有些疑神疑鬼，不太相信骑着摩托的林迈可。

　　"这是林迈可，我燕京大学的老师。Teacher（老师）。"

　　刘佳慧还是没有反应过来，一直对洋人有一种本能的恐惧感。在姑妈家门前下车后，刘佳慧一直躲在小月莺背后，不敢正眼看这个洋人。反倒是小月莺落落大方，还与林迈可谈起了她爹那两匹陪伴她童年的大黑、小黑，一如他的这辆神奇的诺顿摩托。这个时候，他们两人之间找到了一个切入点，找到了一个共同的话题，也在阴郁的雨天里找到了一个豁然一亮的窗口。这反倒让旁边的刘佳慧感到更加费解。

2

也不晓得什么时候，大概是卢沟桥事变之后，日本人进城了。小月莺从刘太太家出来，正好是周末，她与刘佳慧都住在阁楼上，以防日本人贸然来搜查。听刘太太说，很多年轻的妇女都躲乡下去了，隔壁有几家就有被抓走的，名义上是搜查是否藏有国军士兵，实际上是抢东西，什么银器呀，古董呀，财宝呀，就连钟表都抢走，更不用说年轻的女子——一旦被他们看到，就会哈哈笑着叫道："花姑娘，四姑，四姑他赛（过来）——哟西，哟西。"然后，左手指绕成一个圈，右手的食指插进去，并盯住姑娘，哄然大笑。刘太太家阁楼里有一个通往隔壁院子的房顶的小门，一旦有情况，她俩就会迅速从小门溜走。

这天，外面又在下雨了。小月莺走到西四牌楼那儿，等着一趟前往燕京大学的公交车。她记得自己前一段时间还在天津的潇民哥家里，还奢望着去南京或上海求学，可是，潇民哥建议她去重庆或昆明，北大、清华、南开、复旦等高校都搬到那儿去了，成立了西南联大。可是，潇民哥说，买不到前往南方的船票，一个女孩步行着去太不安全了。原本她是想与刘佳慧结伴去的，可是，看到燕京大学在报纸上刊登出的招生广告，就与刘佳慧又从天津冒着危险回到北平。结果是小月莺考上了；刘佳慧落榜，却在东城区女青年会找到了一个助理秘书的工作。由于刘佳慧对待工作认真负责，大家都很喜欢她。

这些天，住在阁楼，她们整天看刘太太家里收藏的《封神演义》《三国演义》等章回小说。小月莺把伞打开，在西四牌楼下等着去燕京大学的公交车，一直没等上。风吹着，把她的衣衫卷起，下摆都湿透了。伞被风吹得摇来摆去，就搭车去了范伯母家。那是一个大家族，一个四合院子里住着范伯母的两个儿子和一个女儿，还有十一个孙子、孙女。由于范伯母家里人多，就没有逃走，所以，一见到小月莺都很惊奇。范伯母与小月莺母亲吴秀兰是曾在太原熟悉的好牌友，拉着小月莺的手问长问短，并留下吃饭。当她听到小月莺住在铁狮子坟刘太太家时，一下子跳了起来。

"啊呀，我的好孩娃呀，你怎么能住在铁狮子坟呀，那里有日本兵营，是北平最可怕的地方。刘太太肯定也晓得危险，但又不好意思明说，你和你的同学刘佳慧赶紧搬过来吧。住我家要比刘太太家好多了。"范伯母上下打量着小月莺，又说："多俊的闺女呀，考上了燕京大学，也是给你爹娘增光了。人肯说，出门人小三辈，等学校安排住校时你再去吧，现就在伯母这儿住着。可怜见的。我和你娘是甚的关系哩。你就别外道了。"

随后，小月莺与刘佳慧趁着雨天搬家，从刘太太家的胡同口出来，要等下一趟公交车。回身看着站牌，只见雨天排队等车的人还真不少，三五个，七八个，显然可见的是青衣大褂为主体，然而也有穿洋装的，穿各色服装的短发女子，还有拉洋车等散客的。虽然，大多打着伞，却被雨淋着，下身都湿透了。她突然会想起艳阳高照时独自踏过的一条小路，仿若是燕园，又恍惚间在香山，满眼的红叶过后就是拾级而上，通向鬼见愁吗？她的心里总会出现一个模糊的影子，当它清晰起来的时候又想不起来在什么地方见过。她渴望着完全不同的生活，至少与现在的按部就班不同。她喜欢冒险，却是一直想不起来与自己说起这件事情的那个人的模样了。眼前的一切都是摇曳的，行走的，一晃而过的，只是她的双腿深陷在现实的泥潭里——也就是老家话的"泥窟子"，她越陷越深，差点就要被污泥灭顶，却是有一只宛若神助的大手拉她上来。一些支离破碎的画面，让她心里变得更加脆弱和敏感……

"大小姐，上我的洋车吧。"

小月莺听到一个熟悉的声音，抬头一看，却是戴着一顶淋湿的毡帽，穿着一件马甲，挽着裤腿，两手擎着车把的佟吉良。对，是他，那次去颐和园，这个邢台来的拉洋车的车夫，拉她一直打了一个来回。那时，她还住在西城的嫂子朱星桦家里。

"啊，你是那个邢台来的佟吉良？"

"小姐，你还认识我呀，雨这么大，快上车吧。"

"怎么能不认识呀？这种天气，你怎么还要出来拉活？"

"不拉活，吃啥呀。再说，我也订婚了……"

"订婚？"

"与德胜门车行老板的闺女福妞要订婚了。"

小月莺与佟吉良聊了一会儿，正要与刘佳慧商量乘坐他的洋车时，却见缸瓦市那边驶来了一辆摩托车，离老远看见就是水花四溅。

"哈啰，李潇丽，你去哪儿？"

小月莺有些诧异，怎么有人会晓得自己刚刚改的官名？而且，对面来的还是一个洋人。她一时间愣住了。

"莺子，是林迈可。"刘佳慧推推小月莺。

林迈可还是骑着前些天骑的那辆诺顿三轮摩托车，穿着一件军绿色的雨衣，头上还戴着头盔，一脸的笑容可掬。他的个头很高，跳下车来帮着她俩拿着行李，等公交的乘客们都是有些侧目相看的模样。

"谢谢你，佟吉良。改天我们再坐你的洋车吧。"

佟吉良两手擎着车把，嘴巴张开来，估计能塞进去两颗鸭蛋。然后，他弯弯腰，对着小月莺点点头说："好的，小姐，您一路走好。"

她俩再次乘坐林迈可的摩托，有点不好意思了。小月莺就问了一句："迈可老师，您怎么有时间在街上兜风呢。"

"兜风？——No！"林迈可偏偏脑袋，抬抬他那架着眼镜的高鼻梁，然后从一撮胡子遮住的嘴巴里轻轻地嗯哼了一下，让她们上车了。坐在车兜里的刘佳慧发现放在脚下的一只箱子，上面用英文写着盘尼西林（青霉素）和磺胺嘧啶。小月莺也看到了这些药品，但又没有问他。

"迈可老师买这么多盘尼西林和磺胺嘧啶，有啥用处呢？"

直到过了多半年，小月莺与林迈可逐渐熟识以后，她才偷偷问他这个问题。他一脸严肃，然后把身后的门关上了，一直盯住她看了很久，才一字一句地说："密斯李（李小姐），我选择相信你。"然后，他停顿了片刻，又说，"潇丽，这些药品，要尽快送到大山里去。"

"大山里？"

"那里的中国军队，没有正常的物资供应，也没有任何药品，却要和日本军队作战。"

"哪里还有中国军队呀？"

林迈可依然一脸肃然地继续说："是八路军游击队，西山那边有，我常给他们送一些有用的东西。"

小月莺还是有些难以置信的模样，问道："那些个八路军，敢与您打交道？"

"当然，"他耸耸肩膀，"我和他们是朋友。嗯，如果英国对日本宣战，我想我是会参加八路军的。"

"他们会要您吗？一个洋人，他们会选择不信任……"

"No！你还不晓得，因为，在八路军里懂得无线电通信技术的人太少太少了。他们的很多电台与外界无法取得正常的联系。"

"你会帮他们的忙？"她有些激动。

"当然了，他们没有电讯专家，他们非常需要我的帮忙。我给他们安装电台，他们每一回都激动地和我拥抱……"

"这真是难以置信的事情。"她为他这样一次次去帮助中国军队而感动得哭了。

"他们很困难，但他们一定能取胜的。"

"椰丝，椰丝！所以，为了取胜，他们现在真的需要我的帮助……"

"这个，会很危险……"

他耸耸肩膀，然后说："我不怕，我是佐罗，我不怕！"

"我……我怎么觉得您是罗切斯特呢……"

"那你就是简·爱啦。啊，这真的很有意思……"

小月莺就在林迈可的书房里把那些药品上的英文标签换掉，贴上了风马牛不相及的中文标签，以应对检查。他们一起做着这项工作，一直到很晚，换好标签，又把药品放在纸箱里，再放到书橱里关好。

"这批药品，必须在周日送到山里边。"

"怎么送呀？"

"骑着摩托车去。"

"我和你一起去。"

林迈可默然了。他和她顺便带上门，去未名湖边溜达。但小月莺的心情并不太轻松。前些时在辅仁大学参加燕京大学的入学考试时，小月莺一边答题，一边能听到卢沟桥那边传来隆隆的枪炮声。她的眼睛湿润了。国难当头，谁晓得能在燕京大学里待多久？她在这儿参加考试，并且进入美丽的燕园里读书，但绝不能忘记这个民族所遭受的灾难。她也试图做点什么，哪怕很微小的事情，都会奋不顾身在所不辞。三婶娘崔巧巧也写信来说，老家那边整天又打又抢，家里的财物差不多都快要给那些逃兵和土匪抢光了。李府的院落还好，日本兵打进来，把它改为了军用医院。婶娘们和一大家子人只好住在一些小房子里。母亲想不开，很伤心，跟着潇民哥到了天津租界的家里，暂时还安全。父亲则写信安慰她，忻口战役之后，他的教导团死伤惨重，几乎就剩下他一个光杆司令了。父亲还自嘲地说，甚的司令，就连团长也快被撸了。李府的这点损失比起整个国家的损失来说，太微不足道了。母亲则直截了当地回答父亲说："反正你也从来不关心老家的祖业。"小月莺就说，父亲不关心，她可关心着呢。要不然，不会改名李潇丽。这潇丽的另一层意思，就有报效（潇）离（丽）石的含义呢。其实，父亲心里是国仇家恨都在，一直耿耿于怀。他刚刚回过老家一次，真的是险象环生，再也不愿意回去的真正原因是，他认为日本人一定会要离石李府的男人们出来替他们的傀偏政府办事。如果拒绝，那就不是日子不好过的问题了，恐怕性命也难保。老家那边也不会再有钱寄来，这边燕京大学的食宿学杂费用一年就要四百多块大洋，潇民哥就一下子都承担起来了。

想到了这里，小月莺就对林迈可又重复道："下一次，我陪你一起去山里送药品。可以吗？"

"密斯李，那样肯定会很危险的。要过三道日本人的关卡，燕园外面西苑有一道，香山那边有一道，然后进入后山时又有一道……"

"我不怕！"

这是一栋外观看上去的中西合璧的大套房。司徒校长住在隔壁东厢，与住在西厢的林迈可共用客厅和餐厅，他们拥有各自的卧室、书房和浴室。从向阳的侧门走出去，有一个绿色的围篱，修长的翠竹，还有一个方正的水池，飘着一朵朵梦幻一般的睡莲。这些房间和隔断，都是古老传统的中国风，花鸟人物雕刻在木质器具上颇有古意。西式的扶手椅和沙发，与中国的宫灯、玉器古玩和丝绫屏风，相映成趣。他去摆弄唱机，让她有了打量他书房的机会。到处是堆放的书籍和资料，还有收音机等电子设备和零件散落在书架下面，塞满书籍的高柜子下放着两把扶手椅。他把一把椅子推到她站的门口，示意她坐下。她把目光从书架上滑到他的脸上，让他有些不好意思。细一看，他显得过于成熟，感觉像父亲般的慈祥，也不晓得他有几个孩子。这些，她都不好问，涉及他的年龄和家庭隐私，西方人都很忌讳。不过，音乐真好听。随后，飘过来的是一首苏格兰民歌。

"你真不怕？是吗？"他又摇摇头，叹了一口气。

"你不相信呀，以后别再叫我什么密斯李了，直接叫我的名字，叫潇丽，潇丽，李潇丽。"

3

原本应该到此为止，但刘佳慧并没有这样做。这个星期一的晌午有些忙碌。她在东城区女青年会的办公室里忐忑不安地打着这个电话，因为他就要走了。她上班的地方离北大红楼很近，就去看过他几次，都不敢打扰他。她在红楼的墙根下望着前面的球场。他就在那儿跨栏，飞身一跃的动作，一下子定格在她的脑海里。她在文件柜里翻找着什么，拿起电话时，却不晓得该向哪儿打，他住的寝室楼下有一个宿管员，那里好像看到过有一部电话，可是她不晓得说一些什么。她都不好意思说在太原时的那些经历，比如包娜娜的父亲，都不晓得怎么和他提起那段惨痛的经历。

刘佳慧记得与小月莺曾经说起过，那时包庆功有一些男人更年期的特征。刘佳慧只是与包庆功在争吵着，说了一句让他滚，他就一下子扑过来，武松打虎般地挥舞拳头劈头盖脸地就打。他还真把自己当打虎英雄武松了？包娜娜轻蔑地看了一下打架场面，就摔门而去。难道她刘佳慧是他拳头下的老虎吗？包庆功张牙舞爪着，叫嚣道："你就是一只快要长出獠牙的母老虎！"说着，他就左右开弓地打了她几十个耳光，实在是就连他女儿包娜娜也看不下去了。当包庆功掐住她脖子时，包娜娜破门而入，从背后把她父亲一把掀开了。

"你想干啥？"

"你还配给我当爸吗？你快成一个杀人犯了？"

包庆功瞪着眼，大喊："你看到我杀谁啦？"

"我再不阻拦你，你还不把刘佳慧打死呀？"

包庆功还想动手，可是，包娜娜一句就把他给呛住了。刘佳慧乘机就跑了。她向火车站连夜跑，去北平找清华大学的表哥，可是那里已经不上课了。她表哥与其他师生去了昆明的西南联大。也正在那时，刘佳慧认识了他。

"你表哥是刘德亮吧？"

"你是谁？你认识我表哥？"

"不仅认识，还一起打过篮球校际赛呢。他打前锋，我打后卫。不过，我们是对手，不是一个校队的。他是清华，我在北大。"

"北大？是沙滩红楼那儿的北大吗？"

"对呀，我叫郑国强，有时间你可以去红楼找我。你呀，先别忙着走，不要到处乱跑，不太安生……"

前一段时间，刘佳慧一直居无定所，与小月莺先在姑妈刘太太家住，后来搬到范伯母家，根本无暇去北大红楼找郑国强。而小月莺考上燕京大学，人也搬到学校住了，住在女生体育馆不远。刘佳慧这才一边在东城女青年会上班，一边想起了不太远的北大红楼郑国强。她查到了他所住宿舍楼的电话，却一直未打，不晓得该说什么。直到今天，她才有机会，专门跑到红楼，远远看到了球场上的他。他有时住在南池子宿舍区。

只见红队的前锋、中锋和后卫都快冲到蓝队的球架下了，而且蓝队失去球之后，一度后方完全失守。正在这个时候，郑国强冲了过去，巧妙地从红队手里夺过球，虚晃一枪，转而传递到蓝队手里。他一路狂奔，蹿到红队球架下，接过传过来的球，然后在一路抵挡之中，一个侧身跨栏，球进了。旁边的啦啦队在呐喊助威，而刘佳慧也起劲地叫喊起来，与平日里的她一反常态。这种阵势，只是刚刚看到的瞬间，而再一转眼，球被对方踢走，并反戈一击。场上大哗。对方两个后卫向他冲来，是因为他再次夺过了球，躲避不及，被踢得他左腿一瘸一拐，只是球还在他手里。只见红队中锋也来阻拦，被他的冲劲给带倒，正在裁判吹哨的那一刻，他抬手向篮板掷去，球在空中划了一个弧线，然后在篮板上一拍，竟然反弹入球篮里。球进了。

"球进了，你应该高兴呀，怎么闷闷不乐的样子？"

郑国强下了场，正好刘佳慧跑过来，给他递过去一瓶汽水。他也没有推辞，就打开瓶盖，咕噜咕噜一气喝了一个精光。然后，用球衣擦擦脸，才问道："你怎么来了？"

"我……我……来看看你……"

"你再晚来几天，我就走了。"

"走？你不是才大二吗？"

郑国强摇摇头。他不想读书了。现在这种时局，他都有些迷惑。随后，刘佳慧就跟着他出了校门。大街上不见了往日的喧嚣。自从日军进城以后，整座城市都在沉静中显示出更多的阴霾。尽管，阳光依然灿烂，但郑国强的脸上看不到任何笑容。公交车会突然停下来，要求接受伪警检查，旁边有端着上了刺刀的三八大盖的日本宪兵，气氛很压抑。另一侧有女警察来检查刘佳慧这样的女乘客。从两肩到两胁，再到身前身后，直到两臂和双腿，一个个地搜身检查。他们去了北海公园，看到远处的白塔，湖面上游人寥寥无几，更让你的心情感到了沉闷。

"你有啥不高兴的事情？"

"球场上拼没劲。"

她能想到他的痛苦所在。他们走开了，就没有进入公园去，只是漫无目的地走着。身上有一种刚下球场时的酸疼，活动活动腿脚，宛若迎面走来的老大爷老奶奶，慢悠悠地走三步停两步，只是向着远处瞭望，如同白塔上的那只自由自在的白鸽，它飞到哪儿去？

"你到哪儿，我也到哪儿。"

她就想现在和他一起远走高飞，哪怕是在逐浪滔天里一直挣扎着，沉没下去。只要有他在，她就不怕。她在讲到那个包庆功时，含着热泪，一直在讲述。她不管他听不听，只是一股劲在讲，把这些杂七杂八宣泄出来，心里就会轻松多了。她闭上了眼睛，与他一起在桥栏上坐着，一动不动地坐着。阳光下，两个人的影子先是分开的，再后来就聚在了一起，慢慢地成为一体。他们合体的影子飘在湖面上，随着轻轻的波浪在晃动着，热烘烘的气息漫在她的脖子上，感受到了一种时间的停顿。

"你要去哪里？"

"我，我要辍学，投笔从戎……"

"你要当兵？"

"过几天，我就要走了，去南方的第九战区，薛岳将军所在的部队……"

"为何要去那儿？"

郑国强说："我父亲曾经和薛岳将军都在保定陆军军官学校毕业。"

刘佳慧决定也跟随着郑国强一起去南方第九战区，在沦陷区实在待不下去了。小月莺去了美国办的教会大学，那里面相对要好一些，日本兵不会侵入。可是，刘佳慧只能跟着他走了。她惊异于他的脸，甚至于洞悉了他欲言又止的表情。因为，又过了一会儿，他突然变得十分严肃，甚至情绪起伏很大，还有着哽咽。这是因为他向她讲述了一些身边的人和事，就有在长途跋涉的南下路上遇到鬼子被杀死的。

"是呀，燕京大学是美国教会大学，司徒当校长，暂时还安全。你不必为同学担忧。"

"她不仅是我的同学，还是我的好拜识，好闺密。"

"可是，你晓得吗？你表哥刘德亮已经死了……"

天空仿佛瞬间黑暗下来了。太阳再热烈，也无法温暖他们此时此刻的心灵。她的面前出现了一张既陌生而又熟悉的面孔，不是郑国强，却是刘德亮。据说，在一支南下的学生队伍里，被日军打散了。她仿若看到他在狂奔，他在吼叫，他在吸引鬼子的注意力，为了保护沿途遇到的几个女同学。那时，他跳入了一条湍急的河流之中，青布大褂的后背上中了好多的枪弹，热血染红了水流，一步三摇间，扭头要喊着什么，却是听不到了。木然的眼神里电光一般闪过，然后瞬间就暗淡下来。青春的柔弱退去之后，换上了一种壮烈的苍凉。眼睛里冒出愤怒的火焰，牙齿间咯咯作响，血腥的枪声再次在耳边响起。他的背影就在第二次枪响中突然湮没……

"唉，就连你表哥的尸体都不晓得去了何方，正是涨潮的时候，认识和不认识的师生们只有目送着他……"

"沉下去，还是飘走了？"

她在自言自语着，号啕起来。他把她搂在了怀里，拍着她的肩膀。而他无法忘怀的是卢沟桥事变前的那些日日夜夜，师生们都跑到大街上来了。甚至也有卖苦力的，拉洋车的，二三十岁的模样，粗布的褂子挽在胳膊上，昂着头，挺着胸，喊着口号，热泪盈眶。随即，二十九军副军长佟麟阁和一百三十二师的赵登禹先后战死，直到宋哲元的二十九军撤出北平之后，一切就又陷入了无尽的忧伤和悲愁之中。

后来，他们虽然故意不再谈刘德亮，但心情一直是沉闷的，反倒是再次提起了小月莺，也就是李潇丽，才让他们又感到了几许亮色。他们一起紧紧握住手的时候，就又在心里升腾起更加强烈的热望。一切总会在变化中带来某种新的契机。他们伸出手去，只要去抓，就能抓住。

"等着你。"

"好。一言为定。"

然后，他们又在桥栏上坐了一会儿，他把她送到女青年会门口，约好了下一次见面的时间。

4

这棵银杏树并不很特别，却引起小月莺的注意。这不全是因为它生长在四栋女生宿舍楼靠近大花园的地方，关键是那里离女生体育馆很近。站在树下，能望到赛姬楼，再就是未名湖的北岸，男生宿舍楼和男生体育馆，还有校长的住宅，以及男生体育馆后面的标志性建筑，一座外形酷似雷峰塔的水塔，使得未名湖宛若穿越到迷人的西子湖畔，在那儿仿佛行走的不是燕京的学子，而是一个个的白娘子和许仙，抑或西施和范蠡、梁山伯与祝英台。不过，小月莺更喜欢《孔雀东南飞》里的刘兰芝和焦仲卿，站在银杏树下，望着未名湖面上的波光粼粼，不由哼出的是《国风》里的一首《击鼓》："击鼓其镗，踊跃用兵。土国城漕，我独南行。从孙子仲，平陈与宋。不我以归，忧心有忡……"

这时，突然就有一个声音接上了小月莺的朗诵："爰居爰处？爰丧其马？于以求之？于林之下。死生契阔，与子成说。执子之手，与子偕老。于嗟阔兮！不我活兮！于嗟洵兮！不我信兮！"回头望去，见是林迈可，穿着一件背心和短裤，脚踏网鞋，刚刚从湖边跑步回来。他走到她跟前，银杏树下一片阴凉，四周零星有几个从女生体育馆走出来的学生远远与他们打着招呼。

"密斯李——"

"迈可老师，你忘了，还是直呼其名吧。"

"好，李，李潇丽，你在想什么呢？"

"我……我……不晓得自己能不能在燕京大学待够四年……"

小月莺看到林迈可也是摇摇头，对卢沟桥事变之后的北平充满了悲观的情绪。虽然，当你从朱红色的西门进来，扑面而来的是一种《红楼梦》里大观园的景象，小桥流水人家，石拱桥下的湖水潺潺流淌，一些嬉戏的小金鱼无忧无虑，自由自在，仿佛置身于世外桃源里。到处是绿茵茵的草地，让小月莺回想到离石东川里的四十里跑马场，大黑、小黑今何在？石拱桥旁的汉白玉华表，据说从圆明园的遗址那儿搬过来的。一进西门就能看到对面的贝公楼，这是燕京的行政大楼和礼堂。草坪两侧是社会科学大楼和物理系大楼。往南是图书馆，以及化学系大楼，而图书馆东面的花园小径不远就是供男女同学交谊用的姐妹楼，另一座则是女教工宿舍楼了。继续往东，就是赛姬楼，那儿是上课和自修的好去处。说起燕京的林林总总，真的是别有洞天、美不胜收了。

不过，他们两人的目光不约而同地盯住眼前的这棵孤零零的银杏树，斜刺里直穿云天，整个树冠却歪向路的一侧，随时会倒下的模样。细一看，它的身上爬满了密密麻麻的蚂蚁，不晓得这些蚁群想干什么，是否要吃掉整个大树？这个真不好说，尤其前两日，树冠被人为地豁开了一条口子，不晓得是被雨天时雷电劈的，还是有人折断了一根上面的主干当修建材料用？按理说，燕京校园里不会发生这种事情，可是在如今这种时候，燕京校园外面风声越来越紧了。但她看到他一到周末就会骑着诺顿摩托出去，每次都是行色匆匆，停在他的住所门前搬运一些神秘的木箱子。

小月莺在为林迈可担心着，因为一开学，司徒校长就对学生们讲了，不可公开参加抗日活动。虽然燕京有美国学术机构这个特殊身份，受到美国政府的保护，但还是让大家注意自己的一言一行，不可与占领区的日军发生冲突。这是在特定时期不得不实行的保全燕京大学的可行政策。小月莺还是无法静下心来，好长一段时间，还是想着如何离开敌占区，前往大后方的事情。望着这棵孤独的银杏树，她就发出疑问："这棵树，会死吗？"同寝室里的张琼和戴芙蓉都在说她发痴，不该为银杏树担心。她们不理解小月莺，却是林迈可一语道破天机："潇丽，与其说你在为银杏树担心，不如说你在为自己的命运而担心。"

家在无锡的戴芙蓉先说话了："潇丽，还不去打饭呀。食堂快没饭了。"

这个戴芙蓉，洗澡后，晚上睡觉前，总会换上一身单薄的浅色衣衫。这是她的睡衣，上面飘逸着一朵又一朵的白玉兰，一如校园里的雏菊，随着春风飞舞起来。燕园的一切，都能勾起小月莺的记忆，无论是杏花、李花、桃花，还是迎春花、牡丹花、百合花、海棠花、月季花，以及满天星、一串红、风信子、玫瑰花、水仙花、山茶花，等等，一年四季颜色都在不断地变换，从初放到盛开，从稚嫩到艳丽，从明亮到暗淡，从向往到沉醉，严冬过后，必然是万紫千红总是春。

而浙江萧山的张琼则轻轻地走过来呼唤："密斯李，风太大，快回寝室吧。我给你带一份饭吧？"

小月莺说："你也叫我密斯李，看我回去不好好收拾你一顿。"

林迈可没听到她们之间在说什么，只是把脑袋偏过来，做出千里眼顺风耳的模样，然后说："我可听到了你们在说什么。"

"说什么？"

"张同学和戴同学是不是要结伴去重庆呀？"

"你怎么晓得的？"

林迈可就吐吐舌头说道："我可是千里眼顺风耳，晓得很多燕大的同学想走，北大和清华的师生都走了，听说清华校园早已成了日本人的军用医院了。我听说，还有的燕园师生要去昆明，有的要去重庆，还有的要去——那个什么地方来着？"

小月莺说："迈可老师，你别和我打哑谜了。我晓得，还有的同学，想去的那个地方就是延安，可是大家都不晓得怎么才能去？路途遥远，跋山涉水，据说，还要过很多的封锁线。"

戴芙蓉和张琼一听，都想去，让林迈可带着她们去延安。林迈可慌张了，一摊手，说道："NO,NO！我也不晓得怎么去，真的到处是封锁线，水陆路都不太安全了。下周我会飞去一趟重庆，然后回来时绕道会去一趟西安……"

"我们是想问，延安怎么去？"戴芙蓉的脸上有些急切的模样。

张琼说："林老师，听说你路子很广的。"

小月莺则置身屋外，依然在眺望着眼前的银杏树，为何那么孤独？为何那么忧伤？

"它孤独吗？它忧伤吗？"

"我不晓得，我只记得小时候那只鬈毛小狼离开我时的样子。生逢在这个乱世里，我们都很孤独……"

"我们也很忧伤……"张琼开始背诵起了徐志摩的《再别康桥》："轻轻的我走了，正如我轻轻的来；我轻轻的招手，不带走一片云彩……"

"你这个，背诵的不对吧，最后一句是'作别西天的云彩'吧？"

"就你能，谁不晓得，就不允许做点加工呀？"

"你加工徐志摩大诗人的诗歌，不怕那个他崇拜的大美人林徽因骂你？"

"骂我？我都不认识她，骂谁呀？怕是骂你这朵一天三变的醉芙蓉吧……"

"你这本刊登徐志摩诗歌的《新月》杂志，是不是李潇丽的呀？"

"是呀，她说，她哥从天津带给她的。好多新的书刊哩。"

戴芙蓉穿着睡衣就下楼了，身上有些冷。她的睡衣带子束着腰身，显得体态更加妖娆万分，头发还是湿漉漉的，脸庞红扑扑的，整个人是柔性十足，充满活力。

"芙蓉，你快回去吧。刚洗过澡就又跑出来了。我们南下的事情还得从长计议，不可操之过急。"

"我同意潇丽的意见。要走，也得悄悄走，不可大张旗鼓。司徒校长不允许我们擅自离校的。不行，还是等毕业吧。"说着，张琼推推戴芙蓉的背，"一看你就是刚刚从太湖里把你捞上来的。"

"什么太湖呀，要捞也是未名湖吧。那是未名湖，楼下燕园的未名湖。"

张琼的脸上有些幽暗，可能是长满了青春痘的原因，一身校服扮扮，中规中矩，头上还戴着一顶遮阳帽。太阳早已落山了，还遮阳，有这个必要吗？正在琢磨着张琼的遮阳帽，却是戴芙蓉伸出手去，一下就把她的遮阳帽给抢走了。一个在前面跑，另一个在后面追，径直跑进女生宿舍楼里了。一个宿管阿姨刚想说什么，就被戴芙蓉撞了一个满怀，后面追来的张琼则安慰着阿姨。

"迈可老师，我也回去了。"

林迈可向小月莺招招手，然后也学着她对银杏树的关切模样，站在那里发了半天呆。正好司徒校长路过这棵银杏树，就问他道："Sir(先生)，我下周会去一趟外地呀？"

"好吧，依照牛津大学的惯例实行导师制，入选的七名学生，都由你带他们，你专门负责讲解经济学和一门科学方法论。"

"我也在着手准备，面试通过七名学生。"

"是的，论文通过的只有一个女生。"

"这个女生是谁？"

"李潇丽。"

"啊，有一点印象。好像开学典礼上让她发言，她看上去很腼腆的样子。这学期，还会有带欧洲史的那个泰勒博士，在一〇三教室，所有导师制的学科都要求全程英文教学，她能跟得上吗？"

"这个应该没问题吧。她的悟性很高，也有一定的语言天赋。听说，她哥是哈佛大学经济和法律专业的双料博士，能讲一口很流利，也很地道的美式英语，对她帮助很大。"

林迈可与司徒校长一起做伴回住所去了。那时，司徒校长也是心事重重，如何与日本人打交道，这是十分头疼的一件事情。"林先生，你又有什么好招吗？"

林迈可则在想着别的事情，尤其，他耳边在响着小月莺的话："下一次，你去的话，我也要去。"她还是一个二十来岁的孩子，好奇害死猫呀。他装作很成熟的模样，她还以为他是一个老头子呢，尤其他故意做出的那种老成持重的过来人表情，真以为他有四五十岁了。可是，他对她说："我才刚刚二十九岁。"可是，他看上去真的有些老面。虽然这个学期就要结束了，王克敏的华北政府成立。这是一个傀儡政府，但在司徒的周旋之下，还是尽力在保护燕园免受日军的侵犯。司徒聘请了萧正谊当秘书。这个人会与日本人打交道，他是福建人，在日本待过很多年，说一口流利的日语，不断地周旋，在钢丝绳上表演杂技，所以在沦陷后的北平，燕园能安然无恙地又奇迹般地存活了四年半，可能是一方面是有着美英的教会背景，另一方面不能不说司徒校长的办学理念得到了某种程度的体现。为了求生，又能保持立场，还能圆滑地应对越来越恶化的形势，毫无疑问，司徒校长都快要愁到秃顶了。

5

再次见到刘佳慧时，她穿着一件浅灰色的大襟袄和一条时新的长裤，脚上套着一双半高跟的凉鞋。她在北大红楼外面的小书亭心不在焉地翻着一本杂志，却是把目光飘向窗外。在此之前，她在沙滩街巷里徘徊了很长时间。她说服自己把目光锁定在一栋教学楼的出口处。

郑国强到传达室去问是否有自己的信，没想到一出门就看到了小书亭旁的刘佳慧。他急切地走过去，和她握手时，发现手心里有些发烫，汗津津的，也说明她很焦虑。虽然他们已经见过好几次了，但每一次再见面，都会让她感到几分不安。她感觉到一种虚幻和不确定，甚至需要鼓起勇气来看他。

刘佳慧是一个外表让人看上去难以忘怀的小女子。蓬松的头发披在肩上，一双忧郁的带着黑眼圈的眼睛。她的睡眠一定不太好。这是因为她又搬家了，从刘太太家到范伯母家，都还有小月莺做伴，但现在搬到了东城女青年会住所之后，就变得有些惊恐不定。一方面是办公室里摆一张临时支放的行军床，睡上去怎么也不踏实；另一方面是住所的后窗就是一家饭庄的后厨，一到睡觉前那里还是锅碗瓢盆地乱响，加之，门外老槐树上曾经传说有过一个女吊死鬼。也不晓得怎么回事，那个年轻的女吊死鬼很冤屈，有过好多的传说，有的说是因为与八大胡同里头牌花魁发生过一场醋海风波，被头牌花魁的一个被称作范营长的姘头给做掉后挂在了槐树上。这个范营长在卢沟桥事变之后就跟着队伍跑了。有的说跑到了长城外塞上那边，有的说早过了长江，撒丫子奔西南云贵方向去了。还有的说，代表二十九军与日军驻扎北平特务机关长松井太久郎和日军驻北平助理武官今井武夫谈判的张自忠，无功而返，也奔南方而去了。至于张自忠在后来襄阳一带的南瓜店的十里长山，陷入日军重围，誓死抵抗，那已经是后来的事情了。当然，还有几个其他版本，胡同里的一帮小脚老太太整天在议论个不停。议论也就罢了，可是，她们议论之后会没来由地向刚来的刘佳慧看一眼，仿佛在说，弄不好，你就是下一个女吊死鬼。她想搬家，也不想在女青年会干了。可是，又能去哪里呢？

"国强，你说我还能去哪里呢？"

郑国强也很着急，但一回到秀水胡同的家，前清老秀才的父亲就会对他说："人生是急不得的。该来的总是会来的。不该来的，你强求也没用。"面对刘佳慧，他当然不能把父亲的话转述给她，因为这没用。她需要一个养活自己的工作。辞掉女青年会的助理秘书职位，原定去第九战区的想法也一推再推。于是，他就建议她去北大红楼的艺术系画室里当模特儿，反正傻傻地在那里坐一天就能挣到一两百文，抑或一些足以吃饭的银毫子。领着她进了画室，穿过一些桌椅板凳，让她坐在台子上的一张靠背椅上，顺便给她递过去一本书，然后让那些学绘画的学子画，也有的看客在画室后面的角落里悄悄地对她评头论足。

刘佳慧坐在那儿，没想到自己成为一个画室的模特儿。她在想，此时此刻小月莺在燕园里做什么呢？上周就听说，小月莺跟了一个牛津大学的经济学博士学经济学，作为导师制下的学生，她可以有了更多自由发挥的空间。对了，那个导师中文名字叫林迈可，与小月莺一见如故，还总是叫她密斯李。上次，刘佳慧还坐过他的诺顿摩托呢。可是，没想到她现在为了生存，竟然做起了模特儿。郑国强在下面望着刘佳慧，发现她还是有些不自然，就像一个前门的说书人，但却不晓得自己该讲述一些什么，抑或根本没有什么可讲的。即便那些拿起画笔的准画家们，也摸不透刘佳慧在想些什么，她是谁，她来自哪儿。这些无法确定，准画家们只能捕捉她的外表，至于她内心的波动，以及坐在台上的心神不定，都无法穿透，更无法超越。她的一双忧郁的黑眼睛里充满了不确定的惶恐不安。他似乎在远处能听到她的喘息一阵比一阵紧，一阵比一阵强，一阵比一阵抖，却又隐约给他送来某种更加热烈的讯息。她给他讲过包庆功的所作所为，有时当着包娜娜的面，从背后踢她，抽出皮带来鞭笞她。她并不想当任人摆布的模特儿，她害怕遇到什么让自己更加难堪的事情。脱光了，让这么多人看，让她感到不适。她觉得台下拿着画板的师生中说不定有包庆功那诡异的目光。她不听包庆功的话，包庆功就飞起一脚踢她。那是因为他不满意她不给他洗裤衩，要不然就是嫌弃她洗不干净。包娜娜虽然对她另眼相看，但有时确乎看不下去时替她说两句话，还帮助她逃离包庆功的魔爪。这些莫奈、德加、雷诺阿、塞尚、高更，甚或凡·高，等等，风格不同，绚烂色彩如《星月夜》，冷色调如《游魂》，当然还有让她说不上的喜欢——《调整舞鞋的舞者》等。

那时，刘佳慧会呜咽着，突然倒在郑国强的怀抱里。哪怕是众目睽睽之中，她也是那样干。她需要释放，迎着他低下的头，然后为她揩干眼泪，并吻住她。她不是缪斯，她不愿意做众目睽睽之下脱光的缪斯，只觉得心里会不自在，甚或产生各种各样稀奇古怪的念头，一座又一座山一般的压力。嘀嗒的钟声越来越响，却总是走得很慢，甚或是原地踏步。他让她骂他肥猫、公驴和窑姐养的傻瓜，然后破涕为笑。

"要不然，咱们去你家太原吧？"

"去哪儿？太原也成了沦陷区，再说……"

"再说什么呀？"

记得上一次，刘佳慧把包庆功支助五百块大洋给她哥刘佳明做手术费，她以此把自己做了某种交换的事情告诉郑国强。在回答中，她逐渐把早些的遭遇一五一十地说了出来。她是为了要筹措手术费的她哥才做出的牺牲，郑国强对这个并不生气，相反他还有些感动，甚至感到了一种象牙塔之外的沉重感。当他们谈到她的下一步时，她明显地变得焦虑和紧张。她有时说话很慢，突然站起来，跳跃着，会来一声尖叫。她走来走去，两只胳臂抬起，遮在眼前，痛哭流涕。她依然被那个住所家门口的女吊死鬼所困惑。她早已搬家了。房子是他给她租的。可是，在她的感觉里依然还有某种阴影。她害怕一个人面对漫漫长夜，也害怕睡梦中被人突然地掐住脖子。他说这些担心是多余的，可是她并不相信，依然在喋喋不休着。

她眼睛盯住前方，然后慌乱地用手一指，叫着包庆功的名字："包，包——包庆功……"

"谁是包庆功？"

郑国强向刘佳慧注视的方向看去，却是什么也看不到。她的这种心理状态没有人感同身受，但他是想着尽量去理解，并以自己的方式去转移她的注意力。她总在陷入包庆功造成的困扰之中，以至于回想起一些更久远的往事。三岁那年迷路的经历，被一些不认识的大孩子推到一口废弃水井里差点淹死，以及后来被一个拾荒的老人所救，这些往事让她一直在瑟瑟发抖。母亲因为哥哥刘佳明的手术费变得神神道道，小业主父亲酗酒之后的发泄就是不停地殴打母亲，转而再收拾她和哥哥。絮絮叨叨的父亲和哭哭啼啼的母亲，构成了她童年的双重奏。哥哥的手术费筹措一筹莫展，她只好去寻找包娜娜的父亲包庆功，也就是这个五百块大洋换来的不幸遭遇，以至于做小之后被打，被掐脖子，然后没命地逃亡。

刘佳慧坐在画室的台子上做模特儿，面对着这些留守下来学画的学子，逐渐没有了最初的羞涩。她有些义无反顾，坦然地脱掉衣服，就这么如同维纳斯雕像一般挺立在那儿。即便是维纳斯也是不完整的，被称作断臂的维纳斯，而她的两条胳臂可以随意摆放着各种姿势，突出整个腰身，来自天窗上投射进来的阳光，让她的身体散发着一种耀眼的光芒。她背对着台下的准画家们，然后两臂弯成一个满月形，如同月下仙子般让四周鸦雀无声，只有画笔在画板上发出十分轻微的簌簌响动。一旁的郑国强压住呼吸，都不敢盯住她一直看，只是拿着一本卷着毛边的《新月》杂志向她挥舞着。

不晓得什么时候走出了画室，他的情绪还没有平复，只是喟叹了一声："这下一步，该怎么办呀？"

"去南方的火车也停了，听同学说，有的人步行一两个月才能走到昆明。"

他想起沦陷前同学们的哭喊声，久久地挽留着那些二十九军的将士。"宋将军，不要丢下北平，不要撤走！""北平不能丢呀！""血拼到底！"北平的同学们与二十九军的将士们都哭了，但是队伍还是撤走了。军长含着热泪给同学们敬礼。"一定会打回北平的。"随后的日子里，一片漠然的寂静中，人们直愣愣地盯住日军从前门入城，没有欢呼，也没有笑容。与此同时，南下的北平师生们历尽磨难，有的蓬头垢面，拄着拐杖，拿着一只要饭的钵子，还有一罐咸菜，走了一两个月才到了新的校区。工作人员还以为是一个坑蒙拐骗的贼乞丐，便使劲地驱赶着，没想到被路过的梅校长看到，一眼认出老乞丐竟然是一名德高望重的清华老教授，千里迢迢，走了几个月才走到昆明西南联大的新校区。

"这要吃很多苦的。"

"那也比在沦陷区过这种提心吊胆的日子好吧？还是上次我们确定的，只有去第九战区，投笔从戎……"

"我讨厌去打仗，不晓得打仗的意义何在，看着一个个生命倒在眼前，我会受不了的。"

"女人不用打仗，女人可以做一些救死扶伤的工作。不过，没有在画室里当模特儿轻松……"

"你以为当模特儿轻松呀，众目睽睽之下脱光衣服，而且一连几个小时，还不能随便走动，有本事你来试试！"

"我倒是想试试，可没有人雇用男模特呀。"

又走到那天北海公园外的一处桥栏那儿，却是看到了一个八十多岁的老乞丐，听口音与刘佳慧是老乡。

"老乡，你咋会跑到这儿？你来北平找谁？"

这个八十多岁的老乞丐，并不想认刘佳慧这个老乡，只是嘴里念叨着："大小姐，大小姐……"

"哪儿有啥的大小姐？老爷爷，您在叫我吗？"

脏兮兮的老乞丐摇摇头，然后盯住刘佳慧，然后说："起开，别挡住我的日头。"然后，嘴里又是一连串"大小姐"地叫着。

郑国强听到这句话，感觉很耳熟，似乎与苏格拉底有关，却又不是苏格拉底说的。这"日头"，就是"太阳"。老乞丐随意说出的话，竟然与苏格拉底弟子安提斯泰尼的弟子第欧根尼有关。这话听上去没毛病，但却在后来让老乞丐付出了血的代价。因为，随后来了一个狗腿子，骚扰老乞丐，紧接着又招来了一个拉着警犬的日本兵。老乞丐又来了这么一句，结果糟糕了，被当众刺了一刀。

"八嘎（笨蛋）——"

随即狗腿子把警犬拉下的一泡狗屎，非得让老乞丐吃下去。老人家不肯吃，狗腿子看着背后的日本兵，突然弯下腰，用一根树棍挑着狗屎强行填到老乞丐的嘴里。老乞丐呕吐不止，狗腿子还是不依不饶，又用树棍挑了一根让他吃下去。老乞丐的嘴半张半合，噙着一团黄乎乎的粪便，呜呜咽咽着，说不出一句话。旁边的日本兵笑得前仰后合，连连说："塔里西也（开心）！"老乞丐被拖走的工夫，却是刘佳慧听到背后传来熟悉的声音，竟然是小月莺跑来了，扶起了老乞丐，叫了一声："崔大爷，您这是咋啦？为何这样？"

小月莺穿着一身燕京大学的校服，奋不顾身的样子，让刘佳慧有些担心，想拽没拽住。身后是林迈可和他的诺顿三轮摩托。

"大小姐，你，你又来了？这些日子……我……我可都盼着再看到你呢……上，上次你给的五块大洋，都……都被街头小混混给抢走了……"

原来面前的这个老乞丐，正是崔灰娃。他嘴里向刘佳慧念叨的大小姐竟然是小月莺。他先是在正阳门大街要饭，后来跑到北海公园这儿来了。因为，在这里经常能遇到一些好心的小媳妇或大太太什么的，接济了他不少饭食和银毫子。现在，又一次遇到小月莺，让他百感交集。小月莺帮着他把嘴里的狗屎都清理干净了。

"您的胳臂怎么了？还在流血？"

林迈可也从摩托上下来，给崔灰娃的伤口裹着纱布，然后与小月莺、刘佳慧一起扶着放到摩托车的偏斗里，而郑国强则向着日本兵赔着小心。日本兵便说："哟西——"这才放行了。摩托车一路把崔灰娃拉到东城女青年会。刘佳慧认识那里诊疗所的大夫，就现场给他处理了伤口。随后，林迈可与小月莺骑着摩托车把崔灰娃送到了正阳门火车站，让老人连夜返回太原了。

6

小月莺回到燕园的时候，已经是晚饭时分，她没有去打饭。张琼打回饭来了，给她带回两个馒头。不一会儿，戴芙蓉也回来了，给小月莺带回来一包水果。小月莺想起崔灰娃老人家的遭遇，感到心里十分难受。老人家回到太原之后，怎么再回离石，也没有着落，搭乘谁的马车，如果走路，估计也得半月二十天。张琼和戴芙蓉带回来的东西，她都不想吃，没有胃口。刚才林迈可来电话了，让她过去一趟，她都满腹心事，一直走到宿舍楼旁那棵孤独的银杏树那儿，驻留了很长时间。

虽然还是盛夏，折断的树枝上，又长出了一些新叶，而且势头还很猛，打压之后强烈的反弹，让它爆发了更加强大的生命力。谁说这棵银杏树会死，它不仅长出了新叶，还在努力伸开手臂，长出比原来更为健康壮实的枝杈，如同一只巨手伸向天空，不屈不挠，展现着它特有的生命力。冬去春来间，又是一个火热的夏天，银杏树抓住了每一次奋发图强的机会，并非要旁逸斜出，而是断臂求生之后的重新竭力去凸显它的独特风格。只有站在这棵银杏树跟前，小月莺才会平复自己压抑的心情，而在树下的眺望中感受到一种不同的力量。

即便是阳光退去了，银杏树的枝头依然在风中招手致意，倾吐着自己壮丽的心声。它准时醒来，召唤着路过的每一个学子，披挂上阵，银杏耀亮，天高云淡。景物在晚霞消失的时候，会有一种层次感的变化，宇宙间总是展现着神奇的帷幕，一次次拉开，一次次又合上，每一次出场，你都能看到截然不同的内容。小月莺的背影在晚霞中拉长，投射到对面女生体育馆的门上，在无尽的高远处，却是一轮浅淡的月牙儿露出来，似乎在呵呵笑着对她说着什么。不能说是天生丽质难自弃，但却是羞见人间的种种是非，夜晚的脚步随着月色的凝重而渐渐逼近。未名湖如一块轻盈的绿毯，随着波光粼粼而低吟浅唱。一层薄薄的纱雾在岸边柳丛里弥漫，一轮皎月越发出落得好看，与地面上的佳人相对，让小月莺心里不由得暗潮涌动，疾步走向了林迈可的住所。

还能记得燕园里最大的一〇三教室里，林先生眉飞色舞地侃侃而谈。他在西方人那里个头可能算不上很高，但在燕园里，走到这些东方莘莘学子身边就显得颇为出众，宛若茫茫黑夜里的一座海上灯塔，迷途知返般的目光都在盯住他那神奇的嘴巴。小月莺先是关注林先生发亮的脑门，再然后就是镜片里一双发着蓝光的耀眼，紧接着就是比鼻如悬胆还要更有看点的高鼻梁下的大嘴巴，一些地道的牛津味道的英语里夹杂着专业用语和伦敦方言，尤其还有一两个中文单词，语速很快，不假思索，也从不看讲稿，对着台下听众的某一处，一阵稀里哗啦的讲述，乃至连珠炮的倾吐，使得整个教室里的男女同学都被带动起来了。虽然很多同学可能跟不上他的思维跳跃，但却是被他的激情澎湃所鼓舞。

"密斯李，你觉得我和戴先生的课，都能听懂吗？需要我的帮助吗？"

"啼雀儿（老师），我还是听不太懂牛津的发音，与我哥的哈佛腔不太一样。"

"对不起，潇丽。要不然，我建议你去一个地方，或许会进步很快。"

林迈可的眼眸是蓝灰色的，虽不太看着说话的小月莺，却是想问题的时候，会灵光一现，突出他的敏锐。面对着这样一双深邃的眼睛，小月莺不得不坦率地说出了自己的困难。而他觉得这根本不是什么大不了的问题，需要一个日常的会话环境。他挠挠头，想了一会儿，突然一拍掌，让他一下子想到了戴锦华太太。于是，小月莺就星期天去戴锦华太太家喝茶。那里，不仅有戴太太，还有两个孩子，一个女儿叫克莱刚，也才学说话，一个儿子叫高登，才出生几个星期。由于戴太太是儿童心理专家，遂让小月莺与这家人很快融合在一起。她的日常英语会话能力进步很快。她还与两个孩子一起趴在窗玻璃上看着彩云飘飘，一起对天空的一切评头论足。即便是天空，随着云谲波诡，变化莫测着各种奇思妙想，使得格林和安徒生童话很好地在这里用日常英语得到发挥。月亮是何等的高洁，却又有神州式的嫦娥奔月、天狗吃月亮。就这样，月亮在高远处照耀着人间，缥缈，邈远，却又近在咫尺。

"潇丽，你喜欢听我这儿的唱片，就下课后随时来吧。"

"这个，好吗？司徒校长住你隔壁，让他看见……"

"没关系的。他也喜欢听唱片，比如约翰·斯特劳斯，还有巴赫什么的。"

说着，林迈可给小月莺放起了巴赫，而她在看一些会话音标和加补课程图标，以及一本厚厚的林先生撰写的原版经济学专著。这个还不是主要的，他还是国际上有些名气的无线电专家。他一有时间就会摆弄收音机和发报机，一边听唱片，一边手中不停地用螺丝刀、钳子和铁焊来拆卸与重组，琢磨着这些东西里的奥妙。一头雾水的小月莺总是与他相视一笑。

"这首《皇家华尔兹》，就是约翰·斯特劳斯的曲目。"

"我喜欢这首，让人沉醉在一种幻境里。"

随后，林迈可又放起了巴赫的《小步舞曲》《b小调弥撒曲》，柴可夫斯基的《天鹅湖》《睡美人》，舒伯特的《摇篮曲》，贝多芬《命运交响曲》，德彪西的《月光曲》，等等。

"你听德彪西的旋律、和声、调式、调性、节奏里，有一种色彩斑斓的变化，那种浓烈的印象……"

《月光曲》里有一种清淡而又超拔的力量，把小月莺从沉重的现实中拯救了出来。万籁俱寂，月光如洗，让她体会到一种圣洁的情感。这一切如同离石四十里跑马滩的清泉，闪耀在她童年的吕梁山崖里，一往无前的黄芦岭和薛公岭之上，从吕梁山脉到晋中平原，乃至更遥远的山外世界。在这静谧的燕园月夜下，与林先生相对而坐，品茗，喝茶。在德彪西的降D大调中，体会到一种无声的速度和舒缓的力量，月夜下的未名湖畔，以及随处可见学子们的青春脸庞。于是，又有了一种上下起伏的波动感，如同在浪涛之上的一叶小舟，海鸥在大声地尖叫着，发出类似小月莺童年时听到信狐或黑老鸦的那种声音。宁静的曲调和分解和弦，把她想象中的月夜美景和缥缈如梦的意境，叮咚流水般地展现了出来。

"上次去西安，回来路过五台山时，见过白求恩大夫……"

白求恩大夫早有耳闻，只是见到林先生拍的照片，才让小月莺感到震惊。一名面部受到严重枪伤的八路军战士，就是白求恩做的面部缝补手术之后照的照片。只见战士的眼睛、鼻子和嘴巴，在缝补修复之后呈现着一种因撕裂开来的扭曲，它们早已分离开各自原来的位置，却是错乱中有了一种让健康的人们难以接受的组合，完全变形的丑陋，默默地控诉着战争对士兵的伤害。小月莺突然想起父亲来信中所说，看到那些教导团的年轻学员一个个在他面前被炸得血肉横飞，就让他难以接受，不愿意再去打仗。可是，他又去了，带领着新的一帮教导团的学员们参加了忻口战役……

想到这些，小月莺一路小跑，来到赛姬楼的北面，那块高地上能够俯瞰到多半个燕园，林迈可与司徒校长就住在那里。她先敲林先生的门，敲不开，门紧紧关着。她的心怦怦直跳，有些不安地敲开司徒校长的门。

一会儿，门开了。司徒校长一脸严肃，交给了她一个纸条。这是林先生留给她的。

　　潇丽：

　　　由于太匆忙，来不及作别。不日返回，见面详叙。

迈可

小月莺接过去看看纸条，更加急迫的心情，然后期待地望着司徒校长。司徒校长依然是一种冷凝的态度，小纸条是他从白色西装口袋里掏出来的。他一边看着她，一边修整了一下蓝色的领带。

"司徒校长，林先生去了哪里？怎么就这么着急？"

"来不及了。有要事。"

"这，林先生究竟去了什么地方？"

司徒校长摇摇头，然后有些疲倦地说："回去吧，林先生会回来的。他会安全回来的。"

小月莺有些失望，更是为林迈可担心。这些日子忙来忙去，他一定是去山里边给中国军队送那些药品的。山里急需的物资还有很多，最主要的是治疗士兵伤口的药品。可是，他为何走得如此匆忙？不晓得还有没有别的原因？

第十六章
三川鏖战

1

月亮升上来的时候，李府的整个院落里一片银光四射。幽暗的静谧只是一种假象，白天的喧闹就是一个生存的证据。而此时此刻的夜空里飘散着麝香的味道，但吸吸鼻子，就会分辨出了一种从东川飘来的硝烟味儿。偶或间，听到一阵久远的轰鸣，仿若是雷声，却又不是。无论是来自天上，还是来自地面，在短暂的休眠过程之中，你会仿若坠入一个无底的深渊，而且不停地下坠着，没有止境。恐惧让你惊醒。

元宵节刚过，东西塔楼里存藏的长枪、手榴弹和子弹被游击队拉走后，一直绷着神经的李有德才算松了一口气。老二当着这个团长，从晋绥军那儿搞回来的这批枪支弹药，放在李府院子里，就是一个随时引爆的火药桶。日本人打来了，能靠李府的家丁班打吗？那简直是绵壁虎推石磙——不自量力。他穿着一件厚棉袍，由常翠花扶着去上茅房时，打了一个趔趄，差点摔倒，刚直起腰来，又打了两个喷嚏。这也晓不得又有谁在背后骂他呢？他也顾不上了，幸亏日本人还没有打进来，要不然还要被戴上一顶抗日的帽子治罪呢。崔巧巧说，在忻口与日本人干仗的晋绥军也败下阵来了。老二家的吴秀兰在离开太原前写信来告诉李有德，说让李府的亲眷能走的也走，太原怕是也守不住了。吴秀兰还说，要去天津英法租界里的潇民家去住呢。他回到正房里也睡不着，还在想着李府院门口的两根旗杆上该挂什么样的旗。老三家的崔巧巧从新民大市场买回两面太阳旗，说是等日本人来了先挂出去，这样才能保李府一大家子的平安。可是，这太阳旗真挂出去的话，李有德总觉得自己脸上无光。

"爹，你说这日本旗挂还是不挂？"

"先别挂着，谁晓得龟孙子们甚时候来哩。听说，薛公岭那儿有一支工人自卫队要和从汾阳来的谷口茂旅团打一仗。咱们既要保命，但也不能甘于当汉奸，各方关系都不能得罪呀。你像这些打一枪换一个地方的土匪，暗地里朝着日本兵打上一枪就撒腿跑了，撂哈（下）我们来应付，能有好果子吃吗？"

如何应付，其实李有德心里也没底。抬头看看箱柜上的老式座钟，咚咚一响，就有些更不踏实了。他总觉得日本人打到离石来，也就是这一两天的事情。听县府的袁国良县长前一天开会还讲话，传达省府阎总督的精神，誓与离石城共存亡。可是，没过两天，县府的人就都跑没影了。袁县长走之前倒是来过李府一趟，还对李有德说了一些安抚的话，然后就抬腿走了。听说，他带着县府撤到柳林镇的南山上了。所以说，一旦真正遇到事了，老百姓需要主心骨的时候，没准还是八路军游击队出来硬扛一阵子。听说，离石周边山上有大老阎和李信诚的好几股子游击队在活动着。顶事不顶事，起码这些游击队能够抖落起来和日本人干一下子，总比一枪也不放的国军高团长强吧？对了，还有穆占山的城防队伍和常来宝警署的几十杆枪，也咋咋呼呼的，可真的谷口茂旅团要打进来了，却也不见个人影了。

"爹，县府的人都走了，阎总督手下的袁县长也走了。"

"唉，是呀，你说这城防司令穆占山呢？警署的署长常来宝呢？也都在谷口茂旅团面前做了缩头乌龟吗？"

"他们倒是还没有撤，听说，也很快会随着国军的高团长一块儿走的。"

"你想想吧？忻口那儿两家几十万人的打，不是也败下来了，太原也没守住。你说这离石城能守住？"

李有德心烦意乱，扭扭腰，然后用两个巴掌在自己脸上抽了两下，瞪着红眼珠子，看着灯影下的自己。风中摇曳的油灯火苗子，宛若风烛残年的李有德。他从房里又走出来了。他看到常翠花去下院的牲口棚添草料，就说了一句："操心门户，把院门从里面插牢。"

正在这时，大门那儿传来啪啪啪的响声。常翠花就小跑着去开大门。"别慌，这是慌甚嘞。"李有德在她背后说了一句，就伸出拳头捶着自己的腰眼，然后站住不动了，一直盯着大门口。喤啷一声，两扇大门推开了，常翠花被推倒在地，撞进来的正是穆占山和常来宝。

穆占山全身披挂，穿着出征的将帅服，却是不合身。脖领子掐住喉结，让他一直扬起半边脸，下穿土黄色马裤，脚上套着一双亮闪闪的黑皮靴子，手里挥舞着一支大口径的一七年式的毛瑟手枪，嘴里泡沫四溅。另外，还有两把王八盒子插在了他腰间皮带上了。

"穆司令，常署长，你们这……这是来干甚喀嘞？"

常来宝有点像穆占山的跟班，穿着一身黑色的警察制服，戴着一顶大檐帽，手里拿着一支西班牙便宜货狗牌撸子，目光到处乱戳。

"你家院子被城防队伍和高团长的国军征用了，准备与谷口茂的旅团打一仗。"

高团长属于正牌国军，一直驻扎在旧城的国民中学对过的县府院子和后面的教会学校里。大家对高团长不太熟悉，他与李府没有多少来往。据说，高团长原来属于东北军，后来归属到第六集团军。高团长的个头也很高，为人处世没有穆占山那股子狂野劲儿，也比较低调，低调到城里的百姓对他都没什么印象。西安事变之后，国共合作，阎锡山的第二战区，包括第六、七、十八集团军（八路军）。李有德听常来宝说，城防队伍和高团长的国军要在李府东西塔楼上打狙击战，就有些不太相信自己的耳朵，说道："李府的院落是民宅，不是一个打仗的地方吧？"

"少废话。"穆占山指挥着一对士兵，然后下令道："占据东西塔楼，各放一挺捷克式机枪，再放六名狙击手。"

穆占山还没有把兵力布置停当，就听一个副官跑过来在他耳边说了一些什么，让他大为光火："啥？高团长的人马已经撤走了？国军八十四师的师部也撤走了吗？"

常来宝也有些傻眼，就凑过来问道："都他娘的撤脚丫子跑了。穆司令，咱们怎么办？"

"操，连正规军也撤走了，我们还待在这儿送死吗？谷口茂一个旅团七八千人马，已经从平川到了最东面的薛公岭山口了。"

"咱们也跑吧？"

"唉，往哪儿跑呀？我看咱们应该配合薛公岭的太原工人自卫队，乘机干一哈（下）子。"

李有德站在一边，而常翠花躲在他身后，蹑手蹑脚，侧着身子摸弄着自己的衣裳角儿。

"老头子，你把你家老二带回来的那批枪支弹药藏哪儿去了？"

李有德只是吞吞吐吐着，说是那批物资早已被二儿子李文祺转移走了。常翠花向后缩着，就要去牲口棚，被常来宝叫住了。她走了几步，就一下子愣住了。

"你心虚跑甚哩？"

"天太晚了，给牲口添把料，就要睡觉了。"

"睡个毬，日本人明早就打进来了，看你们往哪儿跑？"

李有德沉稳地说："我们都是一些小老百姓，能往哪儿跑呀，难道这些鬼子还要专门打我们这些手无寸铁的人？"

"你这话说得好，可是你问错了对象，你该去问日本人去。"

正在这时，听到小东川七里滩方向传来噼噼啪啪的枪声。怎么回事？穆占山的副官从大门外跑进来了。

"八路游击队在七里滩与谷口茂旅团的斥候打起来了。听说，放倒了两个，其余几个斥候都跑了。"

穆占山威风凛凛地举着枪，怒吼了一声："走，不信我穆占山的城防队伍还不顶几个八路军游击队土老帽？快，咱们也出去打——"

李有德小心翼翼地问常来宝道："常署长，李府的院子你们还征用不？"

"征用个屁！这个时候，黄花菜也他娘都凉了。"

说完，常来宝随着穆占山一起走出李府的大门，一阵嘈杂声中，城防队伍的脚步声远去了。

李有德回到正屋，吹灭油灯，却还是睡不着。记得邢灵梅去碛口前，让他也一块儿去。可他不想去，一方面是受不住一路马车的颠簸，而且去了是参加她女儿的婚礼，脸面上有些不大好看；另一方面担心日本人打进来之后李府一大家子人怎么妥善安置，总不能都跑路吧，只要安分守己，他不信日本人能随便杀人伤人哩。他已经下了决心，一直死守在这儿，看看接下来会发生什么事情。他还真的就不怕了。反正，八十大几的一个黄土埋了多半截子的老头子了，怕个甚嘞？那些小孙辈们，还是该跑就跑，他们还没活人，活蹦乱跳的，别让鬼子来了当小鸡崽宰杀。这么晚了，他还想找个人说会话，走到牲口棚，竟然把常翠花吓了一大跳。

"老太爷，还不睡呀，都甚时候了。"

"你也快睡吧。"

"我还不能睡呀，坐着一锅子水，放了不少黄豆，还得生发豆芽呢。对，天这么冷了，我给你再拿一床盖的去，那件毛皮大氅，盖到你腿上。老夫人也不在了，邢姨娘也回碛口去了，没有一个人照顾，不行的。"

"翠花呀，这真是，麻烦你了。你在李府待了这些年，与你家栓大，还有福武，都是干活的一把好手嘞。"

"老太爷，看你说的，这一家子还不得靠李府过活呀，虽然是辛苦了一点，但总还是有一个安稳吧。"

常翠花关好院门，又来到李有德跟前，陪着老太爷一起看星星，看月亮。月明星稀，星星倒是看不到多少，但月亮还是很圆的。这么静谧的月圆之夜，谁晓得会打仗呢？

"打仗，要打多久？听说，九里村的人被鬼子杀得一个也不剩了，晓不得是不是真的？"

"这个，谁也说不好，反正得煎熬着，走一步看一步吧。就像你发豆芽一样，不能着急，得用适合的温度，放适合的水，有一个适合的生长环境吧。这个，你比我懂。唉，听天由命吧。"

2

在吕梁山里，有一种自然的静默是超凡脱俗的，它已经不是笼罩在离石城区上空，而是压着压着，形成了一种千百年来的惯性，却又有一种不寻常的力量撕破这张静默的大网。次日晌午头，就听到小东川的一座山梁上响起了三五支汉阳造步枪七零八落的枪声，再就是谷口茂混成旅团的汽车开进了七里滩，机枪架在车顶上向着就近的山梁扫射着。汽车轮子碾压在李府东面的一片庄稼地里，上下颠动着，爬到东关后街口的一座石牌坊旁边，照着一片空地又是一阵扫射。之前，七里滩对面山梁上几杆汉阳造被汽车顶上的机枪火力给压住了。有三五个二杆子挥舞着大刀长矛，抬着一门自制的土炮向着最前面的一辆汽车冲锋，还没有等到冲到近前就被打死在一片庄稼地里。趴在旁边水沟里的李信诚，大声吼喊："趴哈（下），都快趴哈！"说着，他抬起枪向着汽车顶放了一枪，打瞎了一挺机枪，但鬼子还鬼哇乱叫着八嘎，就被山梁上飞来的一支狙击步枪子弹击中。另一个鬼子重新抬起又一挺机枪射击时已经有些晚了，游击队的自制火炮一侧的火捻子已被李信诚爬过去点燃，只听一声吓人的闷响，飞出去一道带着黑颜色的火舌，燃烈了汽车的油箱，汽车顶上的鬼子都跳下了车，也趴在附近开了火。

正在僵持不下的时候，穆占山和常来宝出现在了石牌坊那儿，摇着两面小白旗。于是，鬼子的机枪暂时不打了。他们抬起头来还不晓得怎么回事，向四处张望的工夫，就又有两个鬼子在一阵背后的乱枪中栽倒，腿和胳膊挣扎蹬踏着，高一阵低一阵的哀号吓跑了两只到处乱窜的小黄鼬。这时，一个佝偻着腰的老鬼子突然抬起三八大盖就照着常来宝打了两枪，常来宝还没反应过来，就被子弹打中了，就像一头被宰杀的豪猪一般倒伏在地。穆占山吓得赶紧就地卧倒，并从后面副官手里夺过一杆中正步枪，就地还击，可惜子弹打偏了，老鬼子刚侧过身体，只听背包里的军毯嗤嗤作响，起火了。穆占山又打了三五枪，招惹得鬼子机枪重新嗒嗒嗒地扫射起来，使得旁边一个城防队伍里一时没反应过来的二愣子当场被打死在穆占山的身旁。

这时，歇火的汽车旁有一些趴在地下射击的鬼子，迅速撤到后面的第二辆汽车上了。

穆占山着慌中刚要后退，却是高团长手下的甄兴旺排长带着两班人赶到了。

"高团长也来了吗？"

"高团长保护袁县长和县府的人转出西城外去了，国军八十四师师部早撤走了，留下两个班掩护，要不然就在这儿先打一哈（下）子吧。"

"他娘的，这国军高团长这是糊弄鬼嘞。袁校长和县府的人早几天就跑毬了。送过来两个班管毬用，还不够谷口茂七八千鬼子塞毬牙缝呢。"

穆占山正与甄兴旺说着话，只听远远飞来一颗日本九七式狙击步枪子弹，一下子就把他的大檐帽打飞了。

甄兴旺带着两班人正要继续往第二辆汽车那儿迂回接近，却是被飞来的一排子迫击炮打乱了阵脚。

战幕在东川河畔拉开序幕。太阳当顶的时候，光着脑门，披着黑斗篷的穆占山，站起身来，藏在石牌坊后，向前面开阔的一片庄稼地那儿胡乱射击。他在脚底下的土坑子里翻腾了好几个来回，刚一冒头就挨三八大盖的子弹——不过，没有打中，但每次都让他心惊肉跳。哨哨哨的尖叫，子弹头在土坑沿激起一阵阵尘土和血雾。他吓得埋在土坑底老半天没有敢露头。

正在这时，李府东塔楼顶上突然有机枪响了起来。这挺机枪的响声很熟悉，是穆占山送给警署常来宝的。可是，常来宝刚刚被打死，这又是谁在用这挺 ZB 二六式歪把子轻机枪？记得是李文祺上次从晋绥军带回来的，专门送给城防队伍的，可是被常来宝硬要过去了。结果，这挺歪把子机枪现在掌握在八路军游击队大老阎手里了。那准定是游击队在李府东塔楼上打哩，真不要命了，日本人迫击炮射上去，那就完毬啦。不过，这挺机枪一下子吸引了鬼子狙击手的注意力，这才让穆占山偷偷地用一根树枝挑起一件白衫在坑沿上挥舞着。随后，他悄悄地从另一个方向窜了出来。他不敢看鬼子的方向，只觉得屁股后面都是发麻的，一旦中弹，恐怕这二百来斤就报销在这儿了。他下意识地回头看看土坑子，匍匐着在地下爬得更快了。

"他娘的，这打的是甚毬仗嘞。没有一个章法。"

穆占山亲眼看到常来宝被打死，现在又是甄兴旺的两个班，等于给日军当了活靶子，一个个都被打死在他的面前。血红的烟雾中，头顶上是太阳耀眼的光芒。有几个跌跌撞撞的伤员被打得滚到了东川河床下，在水草丛生中伸胳膊动腿地乱抓乱挖，耀亮的河水都瞬间变红了。

那时，甄兴旺腿上中了枪，血肉模糊地只能在地下向回爬着，还未到石牌坊，离着七八米远，一颗迫击炮弹就把他撕裂成碎片了。谷口茂的车队继续前进，一溜排开的散兵线日军士兵，个个抬着三八大盖，向着甄兴旺身旁逼来，甄兴旺胳膊和腿都炸没了，剩下上半截身子还在蠕动，被一排刺刀捅了进去。他的脑袋就歪在一边，立马就死了。

穆占山见势不妙，抬腿就往东关街里狂奔。石牌坊左右已架起日军的两挺九六式轻机枪，子弹嗖嗖地从耳边划过，吓得他都要尿裤子了。那种凄厉的尖叫声，子弹在石板街上溅起火花，反弹在店铺的门板上，不耐烦地颤动着，把门板横着划开一道道口子。勤务兵刚才还紧紧跟着他，只是一会儿的工夫，只见勤务兵突然站住了。整个身体如同陀螺一般原地转了几圈，一把抓住穆占山的胳膊，眼睛瞪得溜圆，嘶哑地哀号了一声，张开嘴要说什么，却是说不出来，然后像一棵挺立着的矮树被突然间挖了根一般，轰然倒在他的脚下。

整个仗打得稀里糊涂。穆占山的城防队伍如同没头的苍蝇一般四处乱窜，空落落的庄稼地里成了谷口茂鬼子的屠宰场。原本这些当兵吃粮的十七八岁乡村小伙子，也是没有经见过这么大的打仗阵势，有的还是前些时才被穆占山抓壮丁抓来的，也没正经放过几枪；再说，这毛瑟步枪里也就只能放五发子弹，朝着天上放完，也就再没子弹了，只能撒开脚丫子奔命，一下子都蛤蟆跳水地往下河滩里四处乱窜。

穆占山则没命地跑了一会儿，见后面没有鬼子追来，他就没有往河滩里跑，就径直去敲打东关西街口李府的北门。敲了半天没人应，后来才是崔巧巧来开门。还没等她说什么，他就一头钻了进去。关好大门的崔巧巧，只好把他领到牲口棚里，可是他还是浑身瑟瑟发抖。

"穆司令，你这是咋的啦？"

"快，快，给我找一个躲藏的地方……"

许飞燕也小跑着迎了过来。她有些慌张，只是嗫嚅着说道："酒窖里有一个拿着盒子枪的人，胳膊上中枪了，快让爹赶紧派人去看看吧。"

崔巧巧看看穆占山，然后转向了许飞燕说："这个人是我让放进去的。先让躲躲。"

穆占山警觉地抬抬手中的枪，说道："还有啥人在这儿躲藏着哩？我也去你们家酒窖里看看……"

李有德听着外面一阵比一阵激烈的枪声，赶紧对崔巧巧说："把穆司令也藏在酒窖里吧。我看这会儿日本人不会进来找人的。"

崔巧巧领着穆占山到了李府后院一处不起眼的墙根，拉开一卷立着的毛毡，后面有一个稻草垛，然后搬开前面的两三捆，就见有一个铁皮盖子，揭开以后就是酒窖的洞口了。酒窖里面很宽敞，比李有德书房还要大，分为里外两格，外格子更大一点，都是放着李府历年收藏的好酒，巨大的木质酒桶就有几十个；里面的格子，是一间屋子，内里有书架，还各放着两张床，后墙掌子上还供奉着一个神龛，香案上还放着燃了一半的几炷香。

穆占山刚进来，就问崔巧巧："不是还有一个躲藏的人吗？"

话刚落音，穆占山就觉得腰间顶着一把冰冷的盒子枪，然后低沉的声音响起。

"穆司令，你跑这儿来干甚嘞？"

穆占山一回头，却发现是游击队的李信诚。记得上次，在八路军一二〇师孙团长带领的人马护送下，李府东西塔楼放着的一批李文祺从晋绥军那儿弄来的枪支弹药，就是转到了李信诚的游击队手里。李信诚左胳膊上中了一枪，伤口绑着白色的绷带，右手挥舞盒子枪，顶在穆占山腰间。

"穆司令上次带着人拦截过我们的物资，还声言要抓我，快来抓呀，向鬼子去报信呀。"

"李队长，好我的个李队长呀，误会，全是误会，我的城防队伍也被打散了。我也是来这里临时躲藏一下的，咱们中国人不打中国人，好我的八路爷爷呀，我也是没办法……"

两人正在争吵间，酒窖里面格子里神龛那儿移开了，竟然是一身晋绥军打扮的李文祺。他看上去胡子拉碴，脸上也脏兮兮的，只有一双眼睛还亮闪闪的。李文祺怎么也跑回离石来了？原来是忻口战役上，先不说最前面的整个二七五团，就拿直属的教导团来说，上去的人都打光了，两三千多个弟兄呀，死的死，伤的伤，还有十来个被打散编到其他队伍里了。李文祺想：他这个晋绥军上校团长也快当到头了。记得在娘子关那儿，冲上去一个教导团，也是伤亡惨重，打完仗，他也只带回来一百来个弟兄。太原失守后，他就一个人跑回离石来了。吴秀兰则一个人去了天津潘民家了。天津的潘民家处于法英租界，暂时可能还安全。

这时，忽听外面院子里传来一阵杂乱的脚步声。许飞燕从酒窖洞口探进脑袋，然后说："鬼子闯进李府的前院里了，你们都别再嚷嚷了。"一边说着，递进来一个篮子，篮子里放着一些馒头和咸菜，一个瓷罐子里放着小米稀饭，又递进来三个空碗和三双筷子。

崔巧巧连忙说："二位，别再争吵了。你们待在酒窖里，别动。说话小点声。保命要紧。我先出去给你们看看。你们三个的晚饭，也就在这里边凑合一哈（下）吧。"

穆占山狐疑地一把抓住崔巧巧的袄袖子，阴冷地问道："你不会带鬼子来酒窖抓我们吧？"

"你这个穆司令，把我看成甚人嘞？我会做那种生娃不长屁眼的臀跳扑凉（不稳重）的事情，再说，文祺二哥也在酒窖里呢。你们两个放心吧。何况，那样的话，我崔巧巧不也成了众人唾骂的汉奸了吗？我以后还怎么抬头见人呢。你也好好想想，会有这个可能吗？"

"说不好呀，不怕一万，就怕这万一……"

李文祺插话劝解他们消停一点，并不停地唠叨着："有毬的万一了。你看，李队长是共产党八路游击队那边的人，你穆司令虽是土匪出身，但现而今也是阎总督手下离石城区的城防司令。都是要眉眼（脸面）的人哩。再说如今国共合作的大环境，大家可都是同属二战区的友军啊。我们晋绥军与八路军合作打过许多恶仗，这次忻口会战中，八路军一一五师平型关战役之后，一二九师又夜袭阳明堡机场……"

李信诚说："是呀，大家都是朋友。"然后，他重新把枪口顶在穆占山腰间，然后又说，"快放毯开，让她上去，情况很紧急，上面更需要人来应付嘞……"

李文祺又说："嗨，还有我这个晋绥军团长在这儿哩，再说我还是李府家老二，你们两个都应该把心放宽宽的，退一步说，即使我今天不在这酒窖里，我的这个弟媳妇也绝对不会做这种球胡麻差（乱七八糟）的事情。出了事，与谁也不好，我们李府更脱不了干系。"

穆占山只好软软地松开了拽住崔巧巧的手，然后说："好，你走吧，一定要做到万无一失，没有任何麻搭（麻烦）。这次脱险的话，我和李队长都会感谢你崔夫人的。"

"也别感谢，以后不要用枪指着人家就烧高香了。"

穆占山看了一眼李信诚，然后说道："嗨，刚才可是你用枪指着我的。"

崔巧巧出了酒窖，把两捆干草再放在洞口盖子上，然后把外面的草垛子整理好，就向中院走去。

只见中院里站着一个戴着眼镜的鬼子佐官。佐官后面站着一个俊俏的戴着一顶鬼子军曹帽子的小后生，正在叽里哇啦给他翻译着日本话。两个拿着三八大盖的日本士兵一左一右站在正房门口。李有德则穿着一件深色的棉袍，戴着三片瓦的棉帽子，拄着文明棍，一言不发。

"哟西，哟西。太君说了，贵府的院子很不错。你们府上，除了老人家和女眷之外，年轻的男人们都干啥去了？有没有参加抗日队伍的呀？"

李有德依然一言不发。一旁的许飞燕连忙去东跨院里把大老爷李文举叫来了。李文举一直在大炕上躺着不想起来，随手翻着一本卷起毛边的《万年历》，一看许飞燕急慌慌地跑来叫他。他就连忙起来，棉袄外面换了一件蓝绒布马褂和黑长衫，脚蹬一双黑缎子鞋，就昂着头来到中院。

"太君要进城，需要找一个熟悉路线的人，那就请大老爷带路吧。"

李文举想推托开来，不蹚这浑水，可是又没有其他法子脱身。他却是看了李有德一眼，然后又向许飞燕点点头，这才说："带路？带甚的路呢？"

"就是穿过东城门，在城里四处转一圈圈（圈），太君需要熟悉一下离石城的情况。这大队人马，刚从汾阳过来，沿路薛公岭上遇到八路军和工人自卫队的袭击，快到田家会、七里滩了，又遭到游击队的抵抗。先给太君们在城里找一个吃饭睡觉的落脚点吧。"年轻翻译官金大明有些不耐烦地解释道。

"要不然，还是我老夫去吧。"李有德插话道。

李文举犹豫了一下，然后依旧说："爹，还是我去带这个路吧。您老人家腿脚不太好，再说，也没我熟悉这城里的路呀。"

"你熟悉甚嘞，这个时候，你出来显能卖快的，不要命啦。还是老夫去吧。"

"大大的好，大大的良民的有，你的腿脚的不好，还是让你的儿子去带路吧。"鬼子佐官用半生不熟的中国话说。然后，他看看李府的整个宅院，尤其赞赏门楼顶子上的彩绘飞天浮雕，还有从老太爷书房石荐斋里拿到的一件雍正暗花影青炉，甚至把茅房外放的两只黑釉色尿盆都当作稀罕物件，不停地敲敲，然后听着盆底发出的声音，并频频点头："好一个李府宅院，源莱（了不起）！"直到后半晌了，戴眼镜的松田佐官带着两个扛着三八大盖的东洋兵来还借走的尿盆。原来尿盆里有的一股尿臊味也没了，黑釉色的外壁粘着一些油点子，两只尿盆里盛满了热气腾腾的酱油炒米饭。其中一个还围着白裙布的东洋伙头兵，朝着李有德嘻嘻地笑着。他拿走了李府下院里放的一些瓦罐和炊具，而且还打碎了好几个。"咪西，咪西——"松田还说尿盆还回来了，只是那件雍正暗花影青炉被随后安放在谷口茂的县城司令部办公室里当作镇物了。两只还回来的黑釉色尿盆，放在老太爷屋子里，谁也不敢动，酱油炒米饭谁也没心思吃。松田非要看着李府的人吃，也只有常翠花把尿盆里的酱油炒米饭动了一筷子，逗得两个下士把三八大盖放在屋檐下，站在当院，嘎嘎嘎笑了半天。

3

刚走到东门口，许飞燕就从李府大门那儿跑过来，撕扯着正在给鬼子带路的李文举。圆拱形的城门洞口有着鬼子的辎重车辆正在进入，旁边有一个挂着腰刀的五十多岁的日军旅团长，正在望着进城的鬼子，摸摸下巴上的胡须，说了一句："塔纳西一（开心），啸虾（胜利者）！"

李文举哈哈腰，就问那个小年轻翻译官："太君说的些甚嘞？"

小年轻翻译官却信口开河地说："太君说，只要你好好给太君带路，就会得到奖赏，大大的开心！"

正在这时，许飞燕拉住李文举，一边往回拉，一边对他说："文举，你疯了吗？大家躲都躲不开，你却往上凑，你不要命了，我和咱家宝珍还要命哩。快跟我回去。"

这个五十多岁的日军指挥官正是大名鼎鼎的谷口茂，看到许飞燕就走了过来，笑眯眯地说："哟西，哟西，你的，他的阿依婧（妻子）？"

许飞燕有些不耐烦地说："甚的意思？阿依婧？还狐狸精呢？你们这个老鬼子骂人还笑眯眯的呀。"

还没等小年轻翻译官说话，只见刚才从李府院子里出来的戴着眼镜的鬼子军官冲着许飞燕就是一声："八嘎（浑蛋）！"

"八嘎？我咋听上去是说八哥呢，我家老太爷有几只会骂人的鹦鹉，不过，没有太君说的八哥……"

"死啦死啦的——"戴眼镜的鬼子佐官叫道，然后示意身边一个拿着上了刺刀的三八大盖的鬼子军曹向许飞燕腰上刺去。

"文举——"

许飞燕叫了一声走在前面的李文举，就扑通倒在了东城门口。李文举转过身来一看，就急忙赶过来，扶起许飞燕，已经是快要断气了。

"文举，我……我……要回家……"

李文举欷歔地应和着，抱起许飞燕就要往回飞奔，被军曹的刺刀横在身前拦挡住了。军曹让他就近挖开一个坑，他不干，许飞燕不能就这么草草地埋在城门口。军曹从背后拿出一把工兵锹来让李文举挖坑，李文举却推开他，抱起许飞燕向着李府方向走去。无法想象许飞燕会变成一具冰凉僵硬的尸体在李文举的怀抱里越来越沉重，脚下绊了一下，却是被李府赶来的崔二娃扶住了。不晓得什么时候，许飞燕软下来的身体从李文举怀抱里转到了崔二娃的驴车上，而且很快就从他的视野里消失了。他还得继续给皇军带路。他是在为自己挖墓子了。他忍不住哭起来，但却不敢发出声音，只是呜呜咽咽着，鼻子一抽一抽，如同打嗝一般，反倒把身边的军曹逗乐了。他一急又朝驴车跑去。

这时，在许飞燕的眼前，不是现在这个元宵节之后依然阴郁的北方冬天，而是在她的灵魂飞升之中，看到的是秋天碧绿的田野旁边里行走的白色的羊群，还有嘹亮的吕梁民谣，以及盛开着的紫色的罂粟花，神秘的鸢尾花，正午的热风中汹涌的玉米和高粱。一朵朵向日葵的花盘，宛若处子般的摇曳，伫立在天际，宛若高远处的凤山庙外的山墙。静静的城墙上，呼喊着的鬼子们，却是听不清任何声音；蜿蜒西行的鬼子队伍，沿途的百姓离得老远，发呆地望着这一切。城里一些低落或高大的房屋里，冒出来一阵又一阵的炊烟，爬上野花似锦的山岗；更高处的云朵一如变幻莫测的马戏团，不断地在天幕上组成一系列让人咋舌的图案。发着瓷白光芒的太阳，宛若滚动的铁环，在白云里时隐时现，在一些缝隙中投射着神秘的笑容。许飞燕的眼眸闭上又睁开，拖拉着两条血腿，粉白的肠子拖在了拴马石上。她对李文举嗫嚅着说：

"啊哟，你，你……别再动我了……"

"飞燕，你咋样啊？"

"文举，我，我……怕……是要……死了……浑身都在疼……"

"你可不能走呀……"

李文举孩子般地号啕着，把许飞燕从驴车上轻轻地抱起放在城门边的拴马石上……

云霞之中的太阳一下子变得黯淡无光，身边鬼子队伍的马靴在石板街上依然发出咔哒咔哒的响声。东川河血战之后的尸臭和城里做饭的炊烟袅袅交杂在一起，发出一种奇异的味道。东川河里依然水声滔滔，沿岸的柳树丛里依然零星地响着枪声和爆炸声。喧闹声、口哨声和日文歌曲飘荡在耳边。许飞燕一下子回到婴儿的混沌时期，一片漆黑中，看不到尽头的隧道，四周都是泥沼，伸胳膊动腿，越挣扎越束缚得更紧了。泥沼盖过胸口，淹过头顶，哗哗的流淌声宛若亘古的敲打，穿越在千百年里的时间长河里，一言不发，甚至是根本无法呼吸，发不出任何声音。她清晰地听到李文举在叫喊着，拍打着她的肩膀，可是她张开嘴，只是大口大口地直揪气……

“你们这些杂种！你们打死了我的老婆！”李文举捶胸顿足。

戴着军曹帽子的疤老四哂笑着，挥舞着刚成立警备队发下来的一条宽皮带，阴阳怪气地说：“李家大老爷啊哟，不过是死了一个老婆，你不是还有三个小妾吗？老子早就听说皇军要来离石，今日就是专程跑了六十里从柳林镇赶来归顺皇军的，警备队的干活，你的还可以成立维持会，皇军需要李府大老爷这样的有用之才！大东亚共荣圈的，大大的有赏！”

李文举抬起头来望着疤老四，突然嗷地叫了一声，与疤老四厮打起来。

谷口茂哈哈哈笑着拍手，说道：“卜喜刀（武士道）！”

许飞燕在弥留之际，完全不像以往那种强势，一下子在李文举怀里像一个不谙世事的小闺女，而且还是流着眼泪在笑。周围的静默之中，只剩下李文举嗓音里的干号。许飞燕从来也没听过他有过如此的哭声。她觉得要比他在福居园耍牌时的笑声更动人。人间的声音都悄然消退了，只有更高远的宇宙在发出嗡嗡的蜂鸣声。她想起他在新婚之夜递过来的一碗蜂蜜水。“真甜呀。”她当时说，“甜得太腻人了。”他听了没生气，只是说：“还有比蜂蜜更甜的。”她就问：“有比蜂蜜更甜的东西吗？”他说：“当然有了。”她注视着新婚的红幔帐，宛若酒窖里的醇香，一如小东川的莜麦地，仿佛奔跑着的四十里跑马场的马群。“老二家的大黑、小黑，我也想骑，你教我。”他当时说没工夫，其实是他不会骑马，他一见大黑、小黑就躲得很远，还不如当年七岁的小月莺，人家可一点也不露怯……

然后，眼前的李文举，时而清晰，时而模糊，时而近在咫尺，时而远隔天涯，时而高高在上，时而又坠入深渊。许飞燕顿时有些天旋地转的感觉。那些从扶桑岛国漂洋过海风尘仆仆的鬼子们一张张的脸，凑到她的跟前，一个个七扭八歪，一个个奇形怪状，一个个嘴唇张合着说着听不懂的话，一个个举着亮闪着刺刀的三八大盖。那些缤纷的色彩，那些奇特的画面，让她在天边飞呀飞，一会儿掀起到一个高高的云端，一会儿跌落到一个深渊的谷底，却是横空中有一只巨手接住她，对她说：“飞吧，飞到你想去的任何地方。”也只有在她小时候看过的小人书《西游记》里见到这种场景。除了孙悟空，还有天宫里的仙女，还有漫无边际的云彩一直飘呀飘，飘到了奈何桥。她飞到了李府的上空，远远地看到四四方方的大院落，大院套小院，院中院，园中园，东西塔楼，还有那个什么——对了，老二家的曾姨娘，在冲她笑，冲着她喊，冲着她跳着一种只有天宫上的舞蹈。小时候的家门口，有一个她自己垒的鸡窝。那只褐黄色的老母鸡总是和她很亲近。老母鸡生下了一大群小鸡。它领着一大群小鸡跋山涉水回家之后，总要第一个扑到她的跟前来，把鸡食盆里的吃食一个个叼给小鸡们。每次老母鸡生下蛋之后，她去拿，都还是带着它的体温。后来，老母鸡被邻村的一个恶棍偷走宰杀了。她还为此哭了好几天。这些事情，当然是她嫁给李文举之前的少女时期的回忆了。这是一个无法忘怀的冬天，在更高的天空上向下望，能够望见李府西门不远处的离石东城门口，四四方方的离石城，然后是龙、凤、虎三山，川道里的河水在阳光下发出鱼鳞般的光芒……

疤老四的军曹帽子被李文举扔到路边的猪圈里了，而李文举嘴里则被疤老四塞了一口马粪。翻译官金大明也不得不参与了进来。他们打了一个扯平。然后，两个鬼子用亮着刺刀的三八大盖逼着李文举继续带路。到了城西福音堂的县府门口停了下来，谷口茂旅团长的司令部便临时驻扎下来了，大队人马住进了县府对面的国民中学和国民小学。剩下的随军医护人员在李府成立了临时日军医院。还有一些呜哇乱叫着的鬼子，一直站到旧城鼓楼二层平台上鸣枪庆贺胜利。许飞燕被从驴车上抬起来放在路边很久，黄母牛大花套着一辆拉着白洋布的大车停下来，把她顺道拉回李府。她身上裹着白洋布，送到李府里临时日军医院时，并未做抢救，其实也已经抢救不过来了。西跨院便成了日军医院的太平间。许飞燕的尸体也被临时放在了那儿，白洋布上渗出了一团团梅花一般的血渍。许飞燕这一死，让李府上下一片惊慌。日军医院占据了李府的前院和中院，包括东西跨院，只给李府家眷留了一个后院。陈香香、于晓梅找到李有德这儿，让老太爷做主。杨爱爱因其妹妹杨花花的死而对老太爷有了成见，遂隔三岔五地跟着何彩花的戏班子去唱戏了，一直不在李府。虽颠沛流离，但她过得很洒脱，也不晓得在哪个乡村圪塄里去走台，也算是因"祸"得福了。

陈香香擦眼抹泪地哭道："爹呀，你可为我们做主呀。"然后，转头看了一眼于晓梅。于晓梅也就哭哭啼啼地说："爹，你赶紧派人出去找找文举呀。"李有德何尝不想尽快找到李文举，千万别给鬼子带路带出一顶汉奸的帽子，闹不好，怕是命也得丢了。可是，现在派谁去呢？管家杨栓大和他的儿子前些日去碛口送那批物资还未回来，而常翠花一个妇道人家更是没啥好办法。现在，还有老三李文起，遇到事头，也是躲得没影了，只有三儿媳崔巧巧还能出来进去地应对。可是，让崔巧巧去旧城谷口茂司令部去讨要回老大李文举，也不是合适人选，恐怕是羊入虎口，妇道人家不能在这种事情上出头露面了。

"许夫人已经殁了，如果大老爷再有一个闪失，这咱家恐怕就完蛋了呀……"

"这说得甚话哩，太不吉利啦，呸呸呸——"

陈香香和于晓梅哭得让李有德心烦意乱。眼下李府里倒是还有一个男人，酒窖里的老二李文祺，可他是晋绥军的上校团长，刚刚参加过忻口会战，一旦被发现，那就会被当作抗日分子就地处决的。所以，他还是想着如何让李文祺尽快逃离李府，赶紧远走高飞。再说，酒窖里还有李信诚和穆占山，这两个烫手的山芋也得趁着今晚天黑赶紧送走。一旦谷口茂恼羞成怒，把这三个人都搜出来，那李府的所有人都得受到牵连了。想到这儿，他立马让于晓梅把崔巧巧叫来，亲自面授机宜，先把酒窖里的三个人赶紧送走。

"至于大老爷，就先缓一缓，看看明日白天再说吧。"

4

当夜，贺师长的一二〇师在北川河与谷口茂的小股出城鬼子和伪军交上火了。趁着这个乱劲儿，李文祺带着李信诚先从李府后院的酒窖里跳了出来，迅速潜伏到西跨院里鬼子军用医院临时的太平房里。夜深人静的时候，停尸房显得尤其诡异和恐怖，偶或间有一两声凄厉的信狐在惨叫着。随后，穆占山也跟着他们来了。北川河那边时有枪声响起。李信诚悄悄说，一定是孙团长的人与鬼子交上火了。停尸房里的箱柜上有三五具还没来得及处理的鬼子尸体，一个个横七竖八，龇牙咧嘴，血糊狼藉。而在另一个角落里的是李文举的媳妇许飞燕的尸体。也弄不清什么原因，她身上的衣服都让鬼子医生给剥光了，裸身横陈在脚地的一块门板上，原来遮罩在她身上的白洋布已经被洇出的血渍改变了颜色，不晓得被谁给卷在了一边。李文祺默然地在旁边站立了片刻，从墙角拿一些干草覆盖在许飞燕尸体上面，又把白洋布给她盖上了，然后轻轻地叹了一口气。他刚才从李有德门前悄悄走过时，想进去与爹作别的冲动被遏制住了。这个时候，只能在心里默默地作别。爹或许还在睡觉，他不想惊动，即便下一步天各一方，也只能如此了。想到这里，眼睛一酸，差点就掉下泪来了。他心里默默地说，爹，孩儿走了。后会有期。

"快走吧，别耽搁了，别闹出响动，小心惊动前院里的鬼子。"这个时候，李文祺轻声对身后跟来的李信诚和穆占山说。

穆占山看看整个李府的宅院，对李文祺说："要不然把你家院子一把火烧掉算毬了，让鬼子医院上西天……"

"去你娘的，你想把我爹也烧死呀？你敢放火，老子现在就做掉你。"

"我也就是这么一说，一哈（下）子都放火烧掉，确实太可惜了。那咱们还等甚呀，赶紧跑吧。"

这三个人猫着腰，来到了西跨院后墙，踩着下边半人高的柴火垛，一个个跳出了院墙。三人绕过了东关前街游动的鬼子岗哨，又摸黑贴着胡同墙根走了一会儿，就看到白天干仗的石牌坊。紧接着，就是冬夜里开阔的庄稼地了。这儿没有什么人，三个人就此要作别了。

不过，穆占山突然在背后对李信诚来了一个黑虎掏心，用枪口顶住他的后腰，狠狠地低声说："晓得老子的厉害吧？老子最不尿你们这些个山眉子野怪的土八路啦！"

"穆司令，你这是干毬甚嘞？背后搞这种七岔马虎（乱七八糟），你不嫌丢人，我李文祺还丢不起这个人呢。快放哈（下）枪，要不然小心我对你不客气。你他娘的真是一瓦（个）子糊脑孙（拎不清）！"李文祺也掏出了勃朗宁。

李信诚一直站住不动，背对着穆占山，沉着气说道："有本事你开枪呀。给人背后下黑手的，我见多了。你小子小心一哈（点），这一开枪，惊动了鬼子，咱们三个谁也别想跑啦，一块儿跌入鼠窟子完蛋毬哩。"

"是呀，李队长说得没错。穆占山呀，现而今国共合作了，别再有啥的成见了，还有人闲里淡话，总说我家二闺女从事过啥的非法抗议活动哩。你要晓得碛口现而今也是八路的新区，解放区，李队长还兼任着碛口的市长（镇长），你这成见还这么深，真应该跟着李队长去见识见识，看看人家那边究竟怎么样哩。"

三个人又僵持了半天，穆占山听李文祺这么一说，这才收住枪，对李信诚说了一句："刚才见笑了，算是老子开的一个玩笑。哼，老子也佩服李队长是一条汉子，土八路山眉子野怪那一套早就领教了。咱们后会有期啦。"说着，穆占山就头也不回地消失在冬日幽暗的晨雾之中了。

李信诚要从北川那边找孙团长的队伍（因为他的女儿李玉梅在那个团里，顺便去看看，然后要去碛口）；李文祺则继续向小东川走，尽快到天明能够到达黄芦岭或薛公岭地界，看能不能找到晋绥军回撤的驻地；穆占山则从南川向着李家湾那边跑，听说城防队伍的散兵游勇在那儿。三个人又走到一个岔口，谁也没再说话。穆占山向南边跑走之后，李信诚与李文祺又点头作别，然后各自挥挥手，就各奔东西了。

天亮之后，崔巧巧敲开李有德的门，说了酒窖的情况，估计李文祺他们都各自逃走了。李有德这才松了一口气。他决定让老大和老三的家眷都暂时出去躲躲，就到云莺的婆家陈家庄的陈善仁大宅院去吧。那里很偏僻，鬼子还暂时不会去。崔巧巧也提心吊胆，可是又担心着老太爷。

"爹，你也一块儿走吧。九里村杀人杀得挺哈（吓）人的……"

"欸。你们走，爹已经老了，无所谓了，就守着李府的这处后院，守着祖宗的这点家业吧……"

"爹，也不晓得大伯子怎么样了，一黑夜没回来呀。"

李有德一夜没睡好，前半夜听到前院和中院里有鬼子在走动，后半夜似乎看到有三个黑影走过他的窗前，他隐约地认出文祺的背影。这一下，听崔巧巧说，老二他们也走了，不由得松了一口气。唉，一旦让鬼子晓得李府的人窝藏抗日分子，后果真的不堪设想。现在，除了担心老大之外，就是这老三家了。

"对了，走时把老大家的宝珍也带上吧。她一个人睡在屋里，肯定也是不踏实……"

崔巧巧来到东跨院里大伯子家不见李宝珍的踪影，吓得她心里一抽一抽的，连忙跑出来，却听见戏园子那边传来唱《花木兰》的声音："我的娘疼女儿苦苦阻挡，为从军报深仇女扮男装……"台下竟然有一个鬼子医院穿着大白褂的女护士，长得有点像久未谋面的水崎秀子，也就是改名为何秀子的。

"你……你是何秀子？"

这个鬼子女护士看上去有二十七八岁的样子，齐眉短发，戴着一顶两边都有布帘的黄色战斗帽，说着一口半生不熟的中国话。她一听何秀子这个名字，便本能地摇摇头，迷惑不解地望着崔巧巧。

"何秀子——不，是水崎秀子，你认识她吗？"

鬼子女护士看看戏台上的李宝珍，做了几个唔嘛唔嘛的舞蹈动作。然后，她就扑过来拉住崔巧巧的双手说："你的，认识，水崎秀子，在哪儿？"

"啊，你认识她呀？"

鬼子女护士从怀里的一个放着樱花标本的笔记本里翻找出一张黑白老照片，是姐妹俩小时候的合影。这张照片也曾在水崎秀子那里看到过。可是，水崎秀子现在去了哪里？

"我是水崎秀子的姐姐水崎丽子。你见过我妹妹吗？"

这时，李宝珍从台上跑下来了，看着个头也已经长高，年龄与这个鬼子女护士差不多。她们彼此间拉拉手，然后，崔巧巧就把李宝珍拉走了。

"婶娘，去哪里呀？"

崔巧巧不言语，远远地看到水崎丽子向她们深深地鞠了一躬。崔巧巧觉得真像在迷梦中一般，她没有再回头看，一直就把李宝珍拉到后院那个角门口，那里停着陈善仁府上来接人的一辆厢轿马车。李文起已经上了车，慌慌地催促着，随后崔巧巧拉着李宝珍也跳了上去。一路颠簸，沿着城外走了，绕道向南川的陈家庄飞驰。

大路在斜插里出现一条岔道，然后就是一面坡，再往上走，七拐八绕，又进入一条山谷里，随后前面横出两三丈多高的土埂子，而上面就是陈善仁家的打谷场。打谷场旁边有一座庙宇，逢到天旱年景时村民在打谷场上祈雨。再往南侧，是一口旱井，雨天的时候就会蓄满，偶或会解决一些燃眉之急。这么一个偏僻的村落里，竟然有这样一处宽敞的院子，青砖院墙，一座圆拱形的大门，煞是气派，堪比城里的李府了。门口还有石狮子、拴马石桩子和旗墩子，都是照着李府的式样打造的。

厢轿马车停下来了，先跳下来崔巧巧，却是一个趔趄，摔倒了。陈府里走出来的是云莺，一脸笑容，扶起她来，问道："怎么了？不妨事吧？"

"没事，没事。"崔巧巧说着，回头看看手足无措地来回捣动胳膊腿的李文起，接着是耷拉着脑袋不吭声的李宝珍。

"你的脸色不大好看呀。"

崔巧巧蹲在路边想吐，却是没吐出来，脸涨红，眼睛里竟然有些发涩的泪水。还是早春的天气，坡坡洼洼上隐约留有冬天里的残雪，在村口一间草棚子旁的石磨上飞来了黑老鸦，呜哇呜哇地嚷叫着。李宝珍弯下腰捡拾起一块土疙瘩扔了过去，黑老鸦就被惊走，两只硕大的黑翅膀扇开来，一掠而过，黑色的影子一闪，就陡然间不见了。

"你怎么哭了？小叔，你看婶娘这是咋了？"李宝珍抬起头来，也觉得有些异样，便把东张西望的李文起拉了过来。

"她能有甚事呢？一大早，走得可能太急，一片蒸枣糕吃得太快，是不是噎住了？"

崔巧巧抬头看看李文起，什么也没说，一个扶着墙壁朝前走。云莺转身对李文起说："小叔，还不赶紧扶着。"

"云莺姐，我来扶吧。"李宝珍扶着崔巧巧向院子里走，然后就碰到了七十多岁的陈善仁。

"快，赶紧扶到后院的客房里，坐一锅热水，好好洗洗，也泡上一壶热茶，午饭一块儿吃。"

正说着，大门外又匆匆进来一个戴着罗宋帽的三十多岁男子，正是云莺的丈夫陈保忠。一身长袍马褂，长得也很精神，不像他爹陈善仁，尖头顶，细脖颈，溜肩膀，而是四方脸，大眼睛，高鼻梁，高肩膀。也有点怪了，却是有点老丈人李文祺的几分长相，难怪云莺一见人就相中了。

"云莺，不好了。"

"咋回事啊？"

陈保忠看到了李宝珍在跟前，就把云莺拉在一边，嘀咕了一阵。旁边的崔巧巧也走过去了，脸色立马也变了。

"宝珍，真的成了没爹没娘的孩娃子了吗？我不相信。"

这时，陈善仁也凑上来问道："这种事，不敢瞎传嘞。你是听谁说的？"

"鬼子翻译官金大明告诉我的。他过去和我在中学时是同学。一大早在南关碰到他说的。"

"真有这事？唉，这个翻译官不是看到过大老爷在东城门口与疤老四打过架吗？李府这一哈（下）真的可是遭罪了……"

"是打过架，这金大明一句话没说对，大老爷就扑上去撕咬，可是也不至于报复呀，听金大明说，是因为大老爷脾气太犟，得罪了鬼子……"

"嗨，怎么这么不小心。"

"金大明现在也后悔，不该打架时帮衬着疤老四给大老爷嘴里塞马粪……"

"这打架就打架，给人家嘴里塞马粪干毬甚嘞？你的同学金大明也真是的。太不地道啦。"

"说这个还有甚用？出了人命，金大明也觉得不应该做这种事，所以才跑来告诉我这个消息，他说话时都吓得上下牙啪啦啦直响，一句话都说不利索……"

李宝珍初先还愣怔着，在李府戏园子里一个人唱起了《花木兰》，竟然吸引来了一个鬼子女护士，这得多危险呀。可是，她只是为了平息失去母亲许飞燕的悲痛心情。可是，这种悲痛还没平息，就又雪上加霜，她爹李文举也死了。

"你们瞒着我，我也晓得哩。"

"你能晓得甚嘞。"

崔巧巧拍着李宝珍的肩膀，说道："你先别忙着这么说，事情还不清楚……"

云莺就认真地追问陈保忠："你真的看清楚了吗？"

"唉，不是我看清楚了，是翻译官金大明说的，说是就在昨黑了，谷口茂要带着几百个鬼子和伪军出城，去北川打八路军的孙团长人马，鬼子让带路，他不去，结果，人就殁了……"

"人在哪儿？"

陈善仁也有些着急，就去下房里叫了几个伙计，让陈保忠带着去北川河滩里去找被活埋的李文举。外面的天阴沉沉的，下着雪。陈保忠与几个伙计一人拿了一把铁锹，赶着一辆马车，绕开城里的鬼子，走了下河滩的沿河沙土路。他们在北川河附近一片河水漫过的野河滩里找着李文举。直到雪下大的时候，才在一片白茫茫的雪地里发现一个荒坑，那里面看到一个灰黑色的东西。走近一看，却是两条裸露的腿，已经变得黑青，肿胀如两根粗树桩子，在风雪中瑟瑟晃动。

"不会是这儿吧？"

"挖开看看再说。"

陈保忠站在一边，弯着腰，把两只手塞在袖筒里，跺着脚，嘴里哈着白色的热气。他对伙计们说："弯下腰，小心城墙上的鬼子注意到这边。"

一会儿，头颈从沙土堆里挖了出来，两只胳膊捆绑着，整个身体是倒栽在坑里被活埋的。再看两只手，各挖抓着沙土，指甲盖上的血都冻住了。挖出来之后，一条腿突然耷拉下来，另一条腿却突然落在陈保忠弯下的肩膀上了。看起来，被鬼子活埋时，两腿一定乱踢乱蹬过，沙堆旁还有一些杂乱的皮靴印，抱着他抬到马车上，整个脸也被冻僵了，鼻子口都没有了任何气息，心口和手脚都冰冷了，只有后背似乎还有些许的暖意。这说明活埋的时间还不是太长。

5

"嗨，想那么多干吗？这不是自己遭罪受？饭难吃，钱难挣，可这不还得一天天地熬呀？老太爷，你也晓得，事情出了，你也别太伤心了。还是多替活人操心，多替孩娃子操心。我看你这些天都孤坐着，不吃一口，也不睡一觉，人是受不住的。你操一辈子心，又能咋样，大老爷和大老爷的夫人一起都殁了，出殡的事情，就让栓大和福武他们这些男丁张罗去吧，你就该在家里歇歇了。老了，该放手就放手，咱府里还有这么多的人手，你说句话，大家都能替你张罗哩。"

"这两天出的事，能怪谁？明明是在鬼子手里，许飞燕非要跑去撕扯，这不是找死呀。唉，以往在家里豪横惯了，还以为鬼子也和李府里的人一样，任由她摆布？再说，文举也是，就不能顺毛毛拨拉鬼子呀，非要跟鬼子硬杠？他以为是在福居园和老三耍牌呀，赌输了，赔钱赔得倾家荡产拉倒了事，这鬼子发毛了，是要你的命嘞！记住哩，栓大家的，鬼子来要甚东西，就给他们，不要拦挡。除了府里上下的人手亲眷众人，要甚东西就给甚吧，要占房子就占吧，反正生不带来，死不带去，凡事都得想开些。"

常翠花又对李有德说："我说老太爷，你就死心眼，都这个时候了，你还说这些没用的，你也该去云莺公公家那儿躲去了。陈家庄离城不算远，尽山路，鬼子应该不会去那里骚扰。再说，三老爷家去了，听说巧巧夫人怀上娃了……"

李有德一听这个消息，就从太师椅上站起来了，连忙问："翠花呀，你觉得老三家怀的是男娃，还是女娃？"

"嗨，酸儿辣女，我看到巧巧夫人在李府那些天就喜欢吃酸的，大冬天吃不到酸杏，却顿顿吃揪面片的碗里放一股子清徐老陈醋哩。"

李有德这才苦笑了一下，又摇摇头说："这娃娃来得不是时候呀，战乱逃难的年代，这娃娃不能堂堂正正地在李府里生，怕是要生在陈家庄了。"

"生在陈家庄才好嘞。城里到处是鬼子，李府也成了鬼子的军用医院，在府上生，鬼子怕是还要拿刚出生的婴儿搞实验嘞。"

"搞毬甚的实验？"

"唉，听说，鬼子城门口抓住一些个青壮年小伙子，先没来由地锯掉他的胳"

胛腿，血糊狼藉，也不打麻药，疼得一哈（下）死哩。后来，还把人拉到李府刚搬来的鬼子医院里开肠剖肚，血淋淋地搞人体实验，太吓人啦……"

天色将晚。李有德颓唐地坐在后院里临时的一间书房里，不想点灯，只听着前院和中院里鬼子医生与护士兵的奔走声，以及手术室里不打麻药就动手术造成的痛苦呻吟声，还有噼噼啪啪的皮带抽在俘虏身体上的惨叫声，混杂成人间地狱组合奏鸣曲。

那天夜里，谷口茂带着一个大队的人马与八路军孙团长的队伍在西属巴硬碰硬地干了一仗，抬回十来具尸体和七八个伤员。这之后，鬼子就不敢擅自在夜晚出来骚扰了。他们待到城里，只等到汾阳过来的援军到来时，才大队人马地沿着城墙周围走一圈，把零星的散兵游勇给打跑。其中被打散的人里面也有穆占山。他到处游走，纠集起与原来不到五分之一的队伍，跑到了陈家庄，找到大户人家陈善仁家要吃要喝，否则就要绑上云莺的丈夫陈保忠走。陈保忠不在家，就让躲到陈善仁家的崔巧巧丈夫李文起来顶替。穆占山不仅需要枪支弹药，更需要"硬把"一点的人手哩。

"穆司令，看在孤儿寡母的分上，你就别抓走文起吧。我家二老爷文祺可是对你不错……"

"啥？孤儿寡母呀？你老公我这还没抓哩，怎么就寡上啦？不吉利呀……"

"那样的无囊无智，还算个男人？不也等于我守着活寡？"

崔巧巧虽有了两三个月的身孕，却还是不显怀，所以她这话既是说给李文起听，又却让穆占山有想法。当然，穆占山对这个李府三老爷李文起也很不以为然。他看不起这小子的唯唯诺诺。从崔巧巧侧面望去，穆占山能够感觉到她依然有一种二十八九岁怀春少妇的魅力。这一点，让他心里暗潮涌动。这么多年来，他穆占山可是追过好多女人，真正难忘的是何彩花，然后还有福居园的那个小菁，再就是这个崔巧巧了。他不是不喜欢那些个黄花大闺女，是和那些不开窍的女娃子没啥好谈的。所以，真正让他心动的却大多是这些像何彩花之类的二手货。二手货说起来不好听，但烫手暖心，很好用。这个问题，他也想过好多回了，他都不晓得这辈子会再找一个咋样的女人。他跋山涉水，从东北到陕西榆林，再到这山西离石，找了一个又一个，却还是隔山打牛，总是不得要领。找女人不像打仗，干脆利落，这女人里边有着很多弯弯绕，他这个直来直去的男人，恐怕总是马后炮，象走田字，车走直线，就怕中间隔着一堵鬼打墙，越追越远，越远越有兴头去追。所以，这李府大老爷家出的事情，他倒是想管一管，就算是看着崔巧巧的面子，最能拿得起事的二老爷李文祺也跑没影了。他穆占山不管，谁能管呀？不过，他表面上还是得与李文起好说好商量。

"啊，欸，你是说你和肚子里的孩子呀？你这就用词不准确了，啥叫孤儿寡母，你懂吗？起码这孩子应该生出来，让人看到吧？你这还没生哩，根本不算数。再说，这李府三老爷也一直在你身边守着做老公的责任哩。是呀，你说文祺对我是不错，但一码归一码，现而今让你家文起参加到我穆司令的队伍里来，以后有我罩着，你也少受一些坏人的欺负……"

"他去了你的队伍里能做成个甚嘞？"说着，崔巧巧就靠在穆占山身上，用丰盈的身体碰了一下穆占山的手臂，穆占山立马就改口了。

"算毬了，我队伍上也不缺这一半个人手……"

崔巧巧一把拉住穆占山的熊一般的手掌，用她的两只细巧的手摸索着，然后说："我们李府大老爷李文举和许飞燕夫人出殡的事情，全得穆司令费心了。虽然，我素来与许夫人有一些磕磕碰碰，但出了这种事，人都殁了，能够为他们出殡，也是安慰亡灵，更为了安慰我家老太爷的那份失子之痛……"

穆占山有些犹豫着说："这个，在城里鬼子们眼皮底下搞，不太合适吧？"

崔巧巧在穆占山怀里扭动了一下肩膀，回眸对他一笑："李府院子在东城墙外头哩，毕竟有个转圜的空间。虽然李府前院和中院被鬼子医院占着，但那里的鬼子不比城里头，基本上是文职人员和鬼子岗哨而已。"他听了又马上改口，而且胸间还涌起了一股天不怕地不怕的豪气。

"这个嘛，包在老子我穆占山身上啦。谁让前日鬼子追得紧，是你放我进入李府酒窖躲藏起来哩，你救了我一命。再说有你崔巧巧这一句话，我就张罗这次大老爷大夫人的出殡吧，不信城里的谷口茂能够咬下老子的毬嘞……"

陈善仁一头闯进来，看到了这一幕，就尴尬地干咳了一声。于是，穆占山就松开了崔巧巧的两手。这个当口，陈善仁虽面有难色，但也答应了穆占山要求队伍驻扎在陈府里的要求。他说："不过，住可以，南院这边都是陈家老小，北院还空着，只是住着几个佃农，那里空着一排窑洞，够你带来的几十号人住了。怎么样？至于让李府家的三老爷李文起参加你的队伍，是不是能够缓一缓？舞枪弄棍，李府家除了二老爷李文祺以外，都不很在行，跟上你的队伍，怕是拖后腿呀。"

"这个……"穆占山假装有些犹疑，其实他早就在崔巧巧跟前放了李文起一马了。

李文起刚才装作没看到崔巧巧与穆占山之间的那些小动作。他站出来也说："穆司令，我参加你的队伍可以，但你得领人把我大哥大嫂的尸体从李府西跨院鬼子医院的太平间里偷偷搬移出来，装椁了，入土为安。"

"哼，老子刚从你家李府那里逃出来，再进去捞死人，这个对老子真的不合算呀。不过，看在你夫人的面子上，我还就想与鬼子叫这个板，老子还真就不信了，接下来还要堂堂正正地出这个殡嘞！"

"这个，一开始就先不用你穆司令了。李府院子在东城门外头，我和栓大伯他们进李府院子里拉人，你和你的人马再负责接下来出殡的事情。听说，栓大叔从碛口赶着马车回来了。到时，你出来在刘家庄沟口接应我们即可。"

"拉出来的人呢？怎么办？只能往乱坟岗里先埋着吧。"

崔巧巧说道："我爹也担心着这事哩，在西跨院的太平间陈尸这些天，还是要尽早入土为安。回神坡祖坟地，兵荒马乱的，就近先埋在红眼川乱坟岗，等鬼子啥时走了，再说迁坟的事吧。求求你穆司令了。"

穆占山看了一下崔巧巧的一双亮闪闪的大花眼，就爽快地答应了。不日，杨栓大与杨福武赶着两挂马车，上面拉着装有李文举和许飞燕的两口棺木。临抬出李府小偏门的时候，李老太爷让福武揭开棺材盖子再看了儿子一眼。日头打在老脸上，泪光一闪一闪的，栓大让老太爷节哀，别把自个儿的影子打在死人身上，眼泪滴落在棺材里不吉利。可是，老太爷也不管不顾了，把戴着的瓜皮帽摘下来，差点一头栽进去。穆司令领着四五十号穿着佃农衣服的队伍站在刘家庄沟口，与这两挂马车会合后，就到了城外十里地红眼川的一处乱坟岗子。棺材前面还有六七个吹鼓手，李宝珍手拿着哭丧棒，腰扎着草绳，全身披麻戴孝，哭成一个泪人儿，爹呀娘呀地乱叫着。棺材后面，穆司令领着的队伍也临时扎上白孝布，沿途遇到一些麻烦也好应付。李有德老腿老胳膊，走不动路了，也不能来，却是在棺材抬走后，又在西跨院门口点了一炷香，烧了纸，老泪纵横地叫了几声死者的名字，白发人送黑发人的悲哀都显在脸上。即便前院、中院里日本军用医院的鬼子医护看到，也是一片肃然，没有上来干扰。

出殡最前列，杨福武挑着一根挑灵幡，长长的枣木杆子上吊着一长溜纸花和灯笼，上面还飘着一块白布条，上面写着四个黑体大字："英魂长存！"这四个大字，却是让松田太君刚好站在东城墙头看到了。松田就是那个在李府院子里戴眼镜的佐官，而身边站着的年轻翻译官却正是陈保忠的中学同学金大明。松田就问挑灵幡上的四个大字是什么意思，金大明就说："这是当地中国人的习俗。"松田依然有些疑虑，只是见此情景也没好发作，甚至还下了城墙，专门躲到刘家庄沟的路边，向着出殡队伍的方向弯下腰，鞠了一个躬。

杨福武挑着挑灵幡，一直是把腰杆子挺起来。他甚至能够听到马车上棺材板咯吱地响了两声，惊得他出了一身冷汗。他的身体在冷风中晃了晃，然后抬头看看天，继续向着前方不紧不慢地行进着。左边东川河里水雾弥漫，有几只黑色的鸟儿被惊起。他觉得今天马车上的棺材越来越沉重，是不是与冤死有关，这个说不好，反正他看见就连松田也从附近的城墙上走下来，鞠躬，对死者表示了尊敬。马车的胶皮轮子在雪地上一股劲地打着滑，他听到拿着哭丧棒，在路口摔碎瓦罐时的哭声，引得零星的路人唏嘘不已。对面有一个挑着煤筐子的佃农迎面走来，也不经意地向出殡的人们望了一眼。路边有一家饭馆也开了门板，一天的营业开张。穆占山自来熟地与掌柜打了一声招呼，让李文起顺便进去买了一瓶酒，准备一会儿祭奠用。

一场大雪之后，乱坟岗子上更加凄清，也更加荒凉了，一只野狗看到出殡的人们，眼神慌慌的，转身远去。雪地里三三两两有一些无主的坟包子，出殡的人们走到一片空地，然后从马车上拿下来几把铁锹和镐头，好几个人在选好的位置上就是一阵开挖。没一会儿，棺材放到挖开的墓坑里，一锹一锹填土时，坑里蹿出几条小蜥蜴，直往站着的人腿旮旯里钻。李宝珍连惊带哭地跪在地下了，李文起也不由得一头扑倒在地，号啕了几声。"英魂长存"的白布条子也在坟头烧掉了。

正在这时，远远地来了三个人，李文起忙把一只手搭到眉头向远处望去，只见白雪皑皑间，走到头里的竟然是很长时间不见的何彩花。她说话的口气软软的，蜜蜂水浸润过嗓子一般，目光穿透眼前的一切，凝视着远方山峦上的皑皑白雪。随后跟着她的是何秀子，就是水崎秀子，已经长成亭亭玉立的大姑娘了。只见一身雪白，围着长围巾，戴着一顶蓝色的绒线帽子，一双长腿，走起来与何彩花完全不一样的风格。这时，李文起甚至想告诉何秀子一个消息，他听崔巧巧说，曾见到何秀子的姐姐水崎丽子了，就在李府日军医院里当医护兵了。可是，他欲言又止。何彩花穿着一件月白色的对襟布衫，下身是素净的练功裤，一双手工做的黑绒棉鞋，也就是三十岁左右的样子，飘飘逸逸，离老远就能感觉到她的气息。那浆洗干净的布衫里面套着一件薄棉袄，绷紧着她的身子，一下子就显得她体态的妖娆灵动。何彩花从身后走来的六指背着的褡裢里拿出香和纸，蹲在坟头上香、烧纸。她自始至终没有说话，烧完纸，就与还在抽泣的李宝珍抱了抱，然后也没理睬穆占山的搭讪，就又转身走了。远处路口有一辆戏班子的厢轿马车，她向那儿走去。何秀子也转身要走，李文起这才拦住她说："秀子，你的姐姐水崎丽子在李府日军医院当医护兵哩。"何秀子只是站住，停了一下，一脸漠然，随后跟着何彩花也走了。六指沉默着，只是向着坟头鞠了一躬，点香烧纸，然后扬长而去。旁边的穆占山一下子看呆了，一直目送着他们远去，竟然再没吭声。

6

这些日子，离石城外很不太平。驻扎在城里的最高日军长官谷口茂严令各个城门天黑后紧紧关闭。因为，就在两天前松田佐官莫名其妙地被不晓得什么人处决在北川河滩的一块沙地里，与上次李文举被倒栽葱活埋的位置不远，仅仅隔着两三米远。一大早，谷口茂亲率一个小队的鬼子和疤老四二百多人的警备队来到了松田被害的现场。春寒料峭的北川河有了消融的迹象，远处岸边白杨树上有几只寒鸦在哇哇哇地鸣叫着，近处有几只野狗似乎也闻到了某种不祥的讯息。它们看到有一条裸露的块状物，发散着阵阵腐肉的气息。

这是谁搞的鬼？难道是李信诚领料的八路军游击队，还是其他的土匪武装，如穆占山的散兵游勇之类，抑或是从柳林南山过来的晋绥军小股部队干的，也可能是李府那个在晋绥军里当过上校团长的李文祺在报复？谷口茂很生气，却是没有任何证据。松田大佐在沙土里埋了大半截，大裆军裤被剥走，只剩里面的白色内裤，两只脚套着的袜子上还有冻干的血迹斑斑，而皮靴不晓得被谁剥走了。其中有一只大胆的寒鸦飞到大腿根那儿的血口子上啄了好几下，然后抬头看谷口茂的时候，剑尖的嘴唇上滴答着血滴。寒鸦的动作鼓舞了一只蓬头垢面的野狗，睡不醒的红眼睛里胆怯地望了一下来人，突然毛发倒竖，前腿一扒拉，后腿一蹬，乘机就叼咬住凌空悬着的一条冻腿，然后，撕扯着，嚼动着，嘴里发出低沉的叫声。它不停地在嘴里反刍着，倒腾着爪子，它的牙齿碰到了骨头，有些硌牙，于是犹豫了一下，回头望望其他的同伴，然后转过头来，颇有些无奈，冲着谷口茂的方向呆望，仿佛也和脚下的尸体一般，有了突然的停顿，只是不停地下咽是像人吃饭被噎住一般地打着嗝，食物在喉咙处好像是卡住了。还有两只同伴似乎得到了更大的鼓励，也哗啦地扑了上来，准备大快朵颐的时候，谷口茂拔出将官配枪来就是几发连射，带头的那只野狗应声倒下。其余野狗还要扑，谷口茂又拔出将官佩刀来吓唬，旁边的一个鬼子尉官举起一挺歪把子机枪就是一阵乱扫，野狗死的死、伤的伤，一个个全都倒下了。沙土坑周围有很多凌乱的脚印，这足以说明是一支人数不少的抗日武装力量干的。

谷口茂大为光火。"库索（可恶），岂可修（浑蛋）——八嘎摸诺（蠢材）——"他立马叫来了翻译官金大明，然后问讯他李府里有什么异常没有，然后又转而问到那日给李府大老爷李文举夫妇出殡的事情。

"这个穆占山，究竟是干什么的？为何敢公然向皇军叫板？"

金大明不好说什么。作为翻译官，他更关注身边新来的几个同行。那些都是离石城里国民中学里学过日语的十八九岁小女生而已，一个叫常媛媛，一个叫赵兰兰，还有一个叫孙妮妮。她们拜金大明为师，有很多口语问题还要向经验丰富的他请教。虽然，她们三人私下向他流露过不想当日语翻译，一有机会想过了黄河去延安，还问他去不去，但他都不置可否，并对她们说不要再向身边其他人说这些不靠谱的事情。这会招来杀身之祸。所以，金大明和谷口茂谈到了李文举的另外两个小妾，一个是陈香香，一个是于晓梅，听说这两天她们两个人刚去了李府成立的日军临时医院帮忙。他甚至还提到一个女医护兵，就是水崎丽子。

"啊，你的，对水崎，感兴趣？"

金大明连说："不，不，不。太君，我是觉得松田大佐去李府所在的临时医院看胳膊上的划伤，曾经与水崎丽子交谈过……"

"交谈了一些什么？"

"这个，不好说，侧面听刚成立的警备队疤老四说，松田大佐谈到了近期的一次行动……"

谷口茂若有所思，不置可否。松田的行动他是提前知晓的，但松田在医院里看胳膊上的划伤，能不能把这个消息透露给医院里的其他人呢？比如那个水崎丽子在无意中透露给那两个来日军医院里帮忙的李府家大老爷的小妾呢？那么，又会是谁把松田哄骗到北川河后害死的呢？八路军一二〇师里那个与他在西属巴交过手的孙团长，还是共产党新成立的抗日县大队大老阎？抑或那个据说是从碛口共产党新区过来的来头不小的游击队领头人李信诚？不过，听松田活着时说，已经得到穆占山和他的人马在陈家庄驻扎着的情报。穆占山公然给李文举夫妇举行了出殡。那次，松田在刘家庄沟口那儿碰到了出殡队伍，所以松田对穆占山有了初步的印象。趁着穆占山驻扎在离城不远的陈家庄，不如先从这个突破口下手……

"金，你说呢？"

"斯米马赛（对不起）。哇卡那奈（不晓得）。"

谷口茂挥了挥手，让金大明出去了。他突然很烦这个翻译官的反应迟钝。但是，谁也没想到的事情发生了，穆占山的人头竟然挂在了城门口。一大早，从南关城门口进城的老百姓，据说都看到了这吓人的一幕。原本的穆占山还是挺能够"摆活（吹牛）"的，每天一大早穿上军装带着一帮人在陈家庄打谷场上跑步，捎带着还要去村头查查岗。他和跑步的弟兄们穿的军装都是参差不齐，有的穿着冬装，有的还是夏装，这些都是阎总督府给他们发的，总是拖着，不能按季度发放军装。穆占山也想和阎总督再去要钱要枪，却总是领不到全饷，有枪没有子弹，那还不如一根烧火棍。日本人来了之后，穆占山一会儿打着晋绥军的牌子，一会儿又是国军高团长的牌子。他想着有一天会不会打着八路军游击队的牌子，这个就不好说了。总之，他这个曾经大名鼎鼎的城防司令被谷口茂的日军旅团赶出城之后，就只能找其他借口，就像他曾经对待福居园里的那些窑姐一样，接下来的日子也就是骗一天是一天了。他甚至也狗急跳墙地和八路军去抢过地盘，长途袭击去攻打新区碛口，结果被李信诚的那股子游击队打跑了。听说，共产党的韩县长一直驻扎在碛口不远的新湾村，而国民党新换来的县长，已经不是袁国良了，是一个叫詹大伟的瘦麻杆儿。这些日子，穆占山都不晓得该听谁的了。詹大伟给他指示，让他退出陈家庄，去马茂庄驻扎。马茂庄离城更近了。谷口茂的摩托队十来分钟就能赶到，那不是让他送死吗？再说，宋老大的菜刀队也在马茂庄一带兴风作浪，一直扬言要除掉穆占山这个汉奸走狗卖国贼。

"啧啧，这上面挂的人头，不会是假的穆占山吧？"

"咋能是假的？看那个模样，长着两只铃铛一般的大眼，依然还大睁着盯住人直瞧，你天黑了再来，抬头猛地一看，准定能哈（吓）死个人哩！"

一个推着独轮车的李府老佃农与一个贩卖红枣的柳林镇商贩在离石城门口议论着，跟前还围着不少疤老四的警备队和一些闲散的看客。

难道这是宋老大菜刀队干的活？可是，能把穆占山的人头挂到城头上，宋老大的菜刀队好像没有这个功夫，也没有这个魄力。那么，会是谁呢？难道是离石城日军最高长官谷口茂吗？有这个可能，但却又不像，这是因为穆占山人头挂出来后，就连谷口茂也大吃一惊。那么，只有八路军孙团长和那些个山眉子野怪地打一枪换一个地方的土包子游击队了？可是，穆占山的人头挂出来之后，也一直没有家属前来认领，甚至于各方势力也都在保持沉默，或许也是在暗中较劲。这之前，是谁把松田佐官骗到北川河滩，然后就地倒栽葱活埋掉的？看来也是一个无法解答的悬案了。

不过，让谷口茂没想到的是旧街口光天化日之下，又发生了一起血案。日军特高科谍报组新招来的两名年轻翻译，是刚刚从本县国民中学毕业的两个学日语的小女生，就在今天一大早在旧街被砍杀了。这两个十七八岁的小女生是翻译官金大明招来的徒弟，可是她们没招谁，也没惹谁，怎么就会遭此横祸呢？倒在血泊里的，一个是常媛媛，一个叫赵兰兰。孙妮妮幸好没有一起逛街，躲过了这次街头杀戮之后，吓得嘴唇直打战。同时被误杀的还有设在李府的日军临时医院医护兵水崎丽子。金大明带着几个日本兵和十来个伪军赶到事发现场的时候，杀人凶手宋老大已被疤老四的警备队当场抓获了。水崎丽子的尸体前，有一个长得和水崎丽子差不多的姑娘在号啕大哭。

"你的，水崎丽子的，与你什么关系？"

这个号啕的姑娘正是水崎秀子，现名何秀子。她只是不停地摇着头，然后用日语叫着："奥纳将（姐姐）……欧卡桑（妈妈），欧多桑（爸爸）……"

金大明拉住她又要问，却是她泪眼模糊地抬起头来说："他们都死了，只剩下我，还有一个欧尼桑（哥哥）了，可是，欧尼桑也不晓得在哪儿……"

两个日本兵上来要抓水崎秀子，被金大明拦挡住了，并挥挥手让她赶紧走，别再管她那死去的苦命姐姐了，她自己活命要紧。水崎秀子被放走后，一会儿就出了城，不见了踪迹。

这次疤老四带着警备队却当场抓住了行凶者宋老大，却让谷口茂十分高兴。他拍拍疤老四的肩膀，伸出大拇指说："你的大大的好！给皇军干活，金票大大的！"说着，谷口茂立马就奖励了疤老四五百块大洋。疤老四这么豪横，却是因为他的爹娘是村子里的地主恶霸被处决了，他从一开始参加八路军游击队到反水，也就三天两后晌，从跑到镇上当团练再到县里警备队当队长，并没想过后来落了一个民国三十四年九月某一天被县大队击毙的下场。疤老四不长后眼，只是耍横一天是一天。当然，坊间还有一种说法，疤老四的两条腿早在他死之前就没了，其中一条腿是被谷口茂下令砍掉的，可能是因为他说话没有一个把门的，经常哄骗太君，有好多回当着谷口茂的面套取金票和大洋，遂下令卸掉他一条腿；另一条腿，则是他与沟门上打饼子的福大惹下的仇，用铡刀给他砍下来了。当然这只是坊间传说，因为在八路军攻打离石城时，疤老四还两条腿好好的，站在城头上，挥舞双枪，负隅顽抗。现在，再看这宋老大的长相有点像《水浒传》里有着两把板斧的李逵。谷口茂读过这本伟大的中国古代小说。那里面的李逵就是眼前宋老大的这个模样，宋老大手里倒是没有两把板斧，却是意外地在血案现场发现一把卷刃的带血匕首。宋老大原来在日本人打来之前是离石城里靠着耍菜刀扬名立万的。据说，在他的菜刀队兴盛时期，手下有差不多百十来号人。现而今，人没那么多了，二三十个，但菜刀队改成了锄奸队，一人配两把盒子枪，据说经费来源都是重庆那边军统派人直接支付，还有了一部对外联络的电台。这个牛气冲天的样子，不仅仅能够与穆占山分庭抗礼，也暗中能与八路军游击队争个眉高眼低，一直嚣张得很呀。

　　想当年，宋老大就不是好惹的，这个不用谁来提醒，李府东关前半截子街就是被他设计抢夺过来的。放长线钓大鱼，先让李府的大老爷和三老爷尝一点赢钱的甜头，到后来就让他们弟兄两个陷入吴有财福居园的债务陷阱，然后拿着一万块大洋外加利息的欠条就把老太爷李有德摆平了。二老爷李文祺却是空有一身武艺，担当着晋军（日本人来了后又叫"晋绥军"）上校团长的职位，这次日本人打进离石城，他听说李府二老爷李文祺不也被打得落荒而逃了吗？他宋老大怕过谁呀？这次，重庆军统那边来了指示，要尽快锄奸，不能让那些投敌的汉奸太张狂了，城里边太大的汉奸啥的，没看到过，再说也碰不到，不具有任何可操作性。宋老大思虑再三，盯上了日本人谍报组新招来的两个本地中学里学日语的小女生，她们两个刚刚穿上日本人的军装没几天，就被他砍杀在了当街。而且，他把一个叫水崎丽子的过路日军女医护兵也误杀了。这两个年轻的小女子，一个个在县城旧街里一边逛一边说着鬼子话，叽里哇啦，一句也听不懂。她们在旧城的阳光下扬起青春的脸庞，花骨朵一样的俏模样里，展现着春色满园关不住的香嫩芬芳。这让宋老大更加生气，恶从心中起，怒从胆边生，手起刀落就把她们给当街砍杀了，而且顺便还把用鬼子话怒斥他的水崎丽子也一并砍倒了。

　　据说，宋老大被抓进去以后，一阵严刑拷打，他就屁了。于是，竹筒倒豆子，全他娘的招了。松田这个鬼子佐官是被穆占山忽悠出来的，说是带着松田去找花姑娘，然后就被骗到北川河滩里杀死了。而宋老大在那时却一直在背后跟着穆占山，而穆占山一直带着松田去找花姑娘。就这样，螳螂捕蝉黄雀在后，穆占山万万没想到他自己刚刚把松田鬼子做掉，还没等毁尸灭迹，就遭到宋老大在背后下的黑手。穆占山一回头，就发现了宋老大高举的斧头，兵刃相见的时刻，穆占山嗷地叫了一声，牙关就下意识地咬得死紧，两颗眼珠子就暴胀开来，瞪得溜圆。

"你他娘的，公报私仇，锄的哪门子奸呀？老子是地地道道的打鬼子的英雄好汉……"

"兄弟，我们军统的锄奸队就是处决你这号四面通吃八面玲珑的坏人。对不起了，明年的今日就是兄弟你的忌日。"

说着，穆占山被迎头砍了一斧子，血头狼一般地顶住宋老大的当腰。宋老大再次下了狠手，又在他的大腿根儿来了一下，穆占山又是一声痛号："你公报私仇，还不是为了那个叫……叫小菁……的……漂亮小妮子吗？再过二十年，老子又会是一条好汉……"

"哼，穆占山，你不仅仅这事，你还抢了那批军统给我们锄奸队发过来的物资。就这条，就够得上汉奸罪了。嗯？这个该够你喝一壶的了吧？为人不做亏心事，半夜不怕鬼敲门。你该记得你在榆林曾经打死何彩花的未婚夫孔鸿盛——对了，你晓得孔鸿盛与我甚关系吗？"

"老子不……不……晓得……"

"这回让你死个明白，你打死孔鸿盛还是我前些日听我姑舅说起的，我一直还晓不得这事呢。你晓得不？孔鸿盛是我的发小。这一哈（下），你晓得了不？"

"孔鸿盛是陕西榆林人，跟你宋老大又有毬的关系，还他娘的发小……"

"你懂个屁，我在榆林姑舅家上的国民小学，那时我和孔鸿盛是同桌……"

宋老大叫嚣着，接连又是好几斧子，穆占山终于趴下，一动不动了……

现在，谷口茂还是有些不解。穆占山倒下的地方离松田被埋掉的尸体隔着一块高起来的河堤，而且也隔着有三四百米的距离，一开始并未发现。穆占山死后，是宋老大把松田佐官倒栽葱地埋在大坑里的吗？如果松田当时还没死，那是硬生生地活埋了的吗？还是怎么回事？另外，穆占山的人头是怎么挂到城头上的？本来他对中国人内讧，中国人杀中国人，不太感兴趣。但穆占山的事情，他还是想晓得的。结果，接下来的是宋老大经不住谷口茂行刑队和疤老四警备队的轮番疯狂折磨，还没招供完，就撒手人寰了。却是又过了两日，疑神疑鬼的谷口茂突然拍案而起，遂立即下令把李府临时在日军医院帮忙的另外两个李文举的小妾处决了，一个是陈香香，一个是于晓梅，没有任何理由，就地活埋。一夜之间，李府里两个当过小妾的小女子，就随着那三个被宋老大砍死的妙龄日本女翻译和医护兵水崎丽子，一起香消玉殒了。

谷口茂在战败多年之后回到日本时，仍然记得那些被当地老百姓常常提到的弹无虚发百步穿杨的李信诚。民国二十七年那次，日军攻打离石城，李信诚竟然在日本军曹中士水崎正夫的九六式拐把子机枪的扫射下突然间在东关城墙下无影无踪了。所谓九六式拐把子，歪把子加捷克式的双重功能，其重量也有二三十斤。水崎正夫二十二岁，与一同从九州来的水崎正武是表兄弟，打小就一块学过武士道。曹长上士水崎正武莫名其妙地死在薛公岭上工人自卫队的乱枪之下，让水崎正夫极为愤怒。在他的九六式拐把子枪口之下，九里村村民在河滩里倒下一大片，还让几个打光子弹的工人自卫队的死硬抗日分子被迫跳了村口的深井。水崎正夫要为自己的表兄弟水崎正武报仇雪恨，头上系着代表武士道精神的白布条，怀里抱着九六式拐把子，一路从东川杀向离石城。水崎正夫追赶着李信诚。东关城门楼子早已被炮弹炸塌，李信诚被逼到一个城墙下死角，在水崎正夫一阵扫射之下，人却突然消失得无影无踪了。

　　水崎正夫捉摸了很多回都捉摸不透当时李信诚在他的枪口下为何会突然不见了。这让水崎正夫站在离石城墙上插上第一面日军战旗时的兴奋心情大打折扣。就是被打死的抗日分子也要有尸首呀，可是一阵拐把子扫射过后，只在远处的旧城钟楼上留下了无数个枪眼，人却是跑得没影了。日本军曹水崎正夫很是纳闷。十来米厚的城墙，难道中国人会长着翅膀飞走，还是真有穿墙而过的本事？后来，李信诚的这一个故事，在十里八乡的老百姓口口相传中，已经差不多完全走样了。李信诚既能穿墙而过，又能腾空而起，驾着一朵祥云飞来飞去。不过，传说归传说，谷口茂总觉得当年离石城的国军高桂滋的八十四师军部，留下的两个班，基本上都打得一个也不剩了。

　　那时，面对空荡荡的离石城，谷口茂没有一点胜利的感觉。水崎正夫也一样，也是一脸沮丧，反倒让他想起小时候自己与表兄弟水崎正武在九州时玩的中国人刀枪不入的气功游戏。水崎正武在九里村被中国的工人自卫队打得中弹倒地还仅剩一口气的时候，曾抖抖索索从怀里给水崎正夫掏出一个蓝色信封，那里面夹着一朵硕大的樱花标本，已经被压扁的状态，一如水崎正武那被汉阳造打爆的扁脑袋，血花四溅宛若寒风中凋零的樱花。这朵硕大的樱花曾戴在十七岁的少女美惠子头发上的蝴蝶结上。当时，总是埋头看书的水崎正夫暗恋美丽活泼的美惠子，而美惠子却喜欢舞刀弄枪的水崎正武。水崎正武也在水崎正夫面前说过他也喜欢美惠子。这让水崎正夫很长时间心情低落，心中总是充满无限惆怅。水崎正夫与水崎正武既然是表兄弟，而且还比对方大三岁，自然在这件事情上要让着他。可是，现在水崎正武阵亡了，水崎正夫就是想回到日本福冈县见到美惠子时说出他心底藏着的对她的感情。也不知道美惠子能否接受这种巨大的打击，能不能接受这种角色的瞬间转换，可能只有凭天意了。他该不该写信把中国的战事告诉她呢？

　　水崎正夫对谷口茂说，他瞧不上中国人，中国人大多衣衫不整，脏兮兮的，半年都不洗一回澡。他们眼神游移不定，极为惶恐，头发凌乱不堪，大冷天打着赤脚。即便与日军作战的太原工人自卫队也一样，冬天只能穿着草鞋，也只会背后放日军冷枪，打不赢就撒开脚丫子没命地跑。水崎正夫亲眼见到一个来不及与打光子弹的同伙跳井寻死的中国人，竟然躺在地下装死。水崎正夫上前用军用皮靴使劲踢了好几脚，中国人硬生生地扛住疼痛，不吭一声，仿佛真的是死了。后来，水崎正夫从腰间拔出水崎正武快咽气时留给他的一把腰刀。这把腰刀，日本称作村正妖刀。围棋定式中有个说法，二间高夹定式中，就有村正妖刀。这个也许与日本德川时期的一段传说有关。村正，是室町时代到江户时代初期在伊势桑名一连三代的铸刀人的名字，也是他们产品的名字。村正铸刀人的制品很多，由短刀到枪都有，所有村正的名刀都有华丽的装饰，且锋利无比，刀刃两边一致的波浪形纹就是村正刀的特征。这把刀还是美惠子从她祖父那里偷偷拿来送给水崎正武的。美惠子的祖父参加过日俄之战。水崎正夫用这把腰刀不停地、疯狂地向装死的中国人头顶砍去。这个中国人发出震天的、惨烈的嘶喊声，让人毛骨悚然。后来，直到水崎正夫把中国人的脑袋用石头砸扁，然后又一刀刀砍得惨叫声越来越低弱，砍成一朵硕大的樱花标本才罢手。中国人头上的血水喷涌而出，水崎正夫皮靴上沾满了中国人新鲜的血水，怎么擦都擦不干净……

谷口茂依旧回想着自己一路高歌的旅团在东川河道里艰难推进的画面。那时，行走在谷口茂马下的水崎正夫觉得头顶的风像个调皮的中国人孩子，时不时拍打着他的后脑勺，让他不停地往下拉着帽耳；有时，风却像个怒发冲冠的北海道壮汉，在更高的天空抓起刚才那个中国孩子拍打着，并发出武士道的愤怒吼叫；有时，风又好似他小时看的中国书《封神演义》里的白胡子老头，只是从那洞察一切的眼神里看到前方更为凶险和不测的后果。水崎正夫总是听到一声声粗重的叹息，明明看到了不堪一击的对手，而且还看到他们炸毁了火石沟公路桥，让日军旅团无法动弹。当水崎正夫抱起九六式拐把子狂扫的时候，中国抗日分子又不见了。日军旅团在谷口茂指挥下，把土包子游击队追得满山遍野地跑，简直能让水崎正夫笑死。他望着对手远去，只有停下来去砍路边的树木修桥。修桥的间隙，水崎正夫看到从一户人家院子里疯跑出来一头有二百多斤重的大肥猪，于是抱起九六式拐把子一阵狂扫。大肥猪的肚皮打满了枪眼，血流如注，翻倒在地上哼哼唧唧着，还没死。不一会儿，水崎正夫就把砍下的猪头烤熟，然后去孝敬谷口茂大佐，结果谷口茂大佐不喜欢吃猪头肉，就让给他咪西咪西了。谷口茂大佐尤喜欢中国菜里的熘肥肠，水崎正夫就把熘肥肠让给了他。

谷口茂最惬意的事情，就是看着水崎正夫抱着那挺曾与他一起只身撞进去中国军八百壮士撤退后上海租界四行仓库里狂扫的九六式拐把子，向前不停地冲杀。现在，他还能记得成千上万的中国平民从南关跑出了离石城，在四周的龙、凤、虎三山上逃难。水崎正夫紧紧搂抱住拐把子，如同怀里躺着的是温软如玉而又温柔似水的十七岁的美惠子。这让他浑身是胆，雄赳赳，气昂昂，充满了意想不到的爆发力。水崎正夫不再疲倦，也没有了饥饿，武士道精神一下子给了他新的活力。水崎正夫多半时候喜欢追着满山遍野的中国平民无目标地狂扫，然后朝着城区上空哒哒哒地扫射一气，让众多失去家园的中国平民们魂不附体地尖叫，甚或有婴儿此起彼伏地被机枪声吓哭，都能让他开怀大笑。水崎正夫还记得这挺拐把子跟着他一起攻打太原，立下了汗马功劳，中国军的汉阳造总是叫一声，然后再叫一声，憋半天才放一枪。不过，中国老兵的枪法很准，冲在前面的大野君和山本君就被打爆头了。水崎正夫迂回上去，趴在一座孤坟上，把中国军神枪手老兵给打死了。拐把子扫到了中国老兵的胸口，开闸放水的热血喷涌四射。中国老兵死后都紧紧攥住手里的汉阳造，而且一双暴怒的眼睛直愣愣地盯住前方，依然保持射击的姿态。水崎正夫在掩埋中国老兵的时候，下意识地把他那双暴怒的眼睛给合上了。他把中国老兵轻轻放进一个单独的坑里，因为这是他打死的，所以心情有些复杂。水崎正夫在掩埋中国老兵时还鞠了一躬。水崎正夫立马猫着腰又冲上了中国军的主阵地，然后面对一群刚才还顽强抵抗的中国军俘虏又是一阵劈头盖脸地狂扫。但凡战场上与中国军遭遇，当然不能心慈手软，你不开枪，他就会开枪放倒你。战场上没有侥幸可言。不过，在攻打太原之后，竟然射杀中国军俘虏，也是水崎正夫发泄仇恨，因为他手下的整个小队阵亡了多一半。而现在面对满山遍野的中国平民，水崎正夫一开始有些束手无策了。他站到中国游击队刚才还占领着的东关梁上，却不见他们的一个影子，望着空荡荡的离石城，感到无比气愤。

　　不过，水崎正夫在攻下离石城喝着庆功的清酒时，对司令官谷口茂说，他最痛恨的还是神出鬼没的李信诚。因为，李信诚的自制火炮打出去的弹药是散开来的。在水崎正夫抱住九六式拐把子狂扫到离石城下时，被李信诚一枪打在了左臂上。一阵火烧火燎的疼痛感，让水崎正夫想到九里村被他打死的那个装死的中国人和那头被放在篝火上烧烤的火石沟大肥猪来了。水崎正夫看到李信诚是从东关的玉米地里窜出来的，然后向城墙根狂奔。水崎正夫草草用头上的白布条裹扎了一下左臂的伤口，然后抱着拐把子狂追一路，终于逼到一个城墙死角时，突然起了一阵莫名其妙的风，如同《封神演义》里描写的情景，李信诚就在水崎正夫眼皮底下突然不见了。那么，李信诚是如何在水崎正夫的眼皮底下，突然不见的呢？时隔多年之后，当年的过来人都向李信诚问过这一个问题，他总是付之一笑。直到李信诚一九六三年的冬天去世，这个穿墙而过的传奇故事，成为一个永远无解的谜。其实，李信诚躲到了李府大院的酒窖里了。这是后话。水崎正夫并非一开始就是杀人不眨眼的模样，在后来他反正之后，有时他还表现出更多的性格特点。他在空荡荡的县城国民中学大院的文庙里看到许多古籍，就表现出贪婪得爱不释手的模样。水崎正夫特别喜欢洗澡，只要有条件，就会让中国伙夫烧一大锅热水。这些与水崎正夫一样白白净净的小伙子，来到中国之后依然保持天天洗澡的习惯。这所国民中学大门守门人一家老小早已跑了。屋子里只住水崎正夫和松岛他们两个人。水崎正夫会让松岛给他搓背。屋里还有原来守门人养的大黄，长着一张和中国人一样的脸，捉摸不透。另一条小狗，见谁都摇尾巴。水崎正夫就把它叫作欢欢了。欢欢两眼里总是多情含泪，大概想原主人了。而且，欢欢的两只眼睛有些不对称，看着水崎正夫的时候，总觉得它还在看着别处什么地方。这一点，让他想起九州时从小养的两只猫来。所以，他很喜欢出生在江户的夏目漱石的小说《我是猫》。夏目漱石以独特的视角，针砭时弊，最后这只无名之猫竟然意外地淹死在无边的水缸里为止。水崎正夫觉得整个中国就是一口无边的水缸，从上海打到北平，再打到太原，现如今又到了离石城——可是，离石城继续往西走，都是无边无际的荒山野岭，而且还横隔着一条被中国人叫作黄河的大河。水崎正夫不愿意做夏目漱石笔下那只被淹死的猫。不过，那只猫可是通灵，人间的什么事情都了如指掌。既然，这么聪明绝顶，可是为何会淹死在水缸里呢？他想不通。即便中国是一口无边的水缸，但日军一定不会淹死在这口大缸里。日军真的是一路攻打，甚至后期还实行三光政策呀。中国守门人床底下竟然也真有三只猫，趁水崎正夫不注意，就蹿了出来，把立在门口的九六式拐把子差点弄倒，只是蹿到灶火台子上叼了一块鸡肉立马就跑。

那晚入城仪式之后，喝庆功的清酒，谷口茂下令把全离石城的鸡都给杀了。谷口茂又放了话，让所有当兵的都可以放开肚子咪西咪西。水崎正夫住的灶火上就炖了两只鸡。那晚庆功酒喝了两三个小时，黑到半夜，整个中学的院子里静悄悄的。在这个院子里，让他想起娴静的美惠子来。假如让美惠子来中国看到杀人如麻的水崎正夫也会吓个半死的，水崎正夫有些想她了。水崎正夫给大黄喂了一块鸡肉，没一会儿，大黄就在地下翻来滚去，嘴里吐着白沫。怎么了？中毒？大黄突然蹿了起来，在屋子里到处蹦，往起跳，完全疯了一样。大黄一抽一抽的，早先平易近人的模样不见了。它完全失控，先在后屋上蹿下跳，后来跑到前屋又是来来回回地蹦，把几个胡吃海喝的日军士兵给惊吓住了。他们都站了起来。慌乱间，用屁股下的凳子挡住大黄的撕咬。水崎正夫便咨询正在一块儿喝酒吃肉的随军医生中田君，才得知大黄有肠胃病。水崎正夫把大黄赶出屋内，然后端起身后的拐把子就是朝大黄一阵扫射。大黄在院子里挣扎了好一会儿，就一命呜呼了。水崎正夫关好屋门，与大家继续大碗喝酒、大块吃肉。

远远地，然后不远不近，再紧接着是若即若离，总在心头有一种牵扯，即便远在万里，横渡东海，才能到达。水崎正夫曾对谷口茂说自己又梦到美惠子了。美惠子就在他的眼前走着，一步步，每走一步，尖翘的小屁股就会一翘一翘，偶尔驻足，茁壮的小乳房就会一挺一挺。水崎正夫就会觉得军毯裹着的腿弯处一片热乎乎的黏液湿透了整条短裤。水崎正夫在与谷口茂说这话的时候，并不把他看成自己的司令长官，而是无话不谈的朋友。旅团长兼任驻军司令官的谷口茂也很孤独，身边需要一个能够倾诉衷肠的人。他觉得水崎正夫的这种梦魇的牵扯，既是情感的对应，激素的萌动。自从水崎正夫的表兄弟水崎正武在九里村阵亡以来，水崎正夫这是在梦里第一次见到美惠子。美惠子还是他记忆中水灵灵的可爱模样。美惠子爱的是水崎正武，但并不妨碍水崎正夫来到中国之后，美惠子依然是他唯一的寄托。尤其，男女之间到了无法言说的年龄，彼此之间会有一种身体的吸引和心灵的呼应。水崎正夫处于战争的癫狂之中，更容易处于一种焦渴的想入非非之中。生活在这样的中国现实之中，无处发泄，缺少呼应，只有在这近乎白日梦的情境中升华他的欲望。

那次，经过凤山道观时，竟然看到一个离石少女的背影闪了一下，就消失在门口。依稀记得离石少女迈步进入道观时回头望了身后一眼，好像看到他，又好像没有看到。水崎正夫发现离石少女面对他的枪口竟然能够那么从容。而且，那个清秀的面容和淡定的眼神，一如记忆中定格的美惠子，让他一时间魂不守舍。这再也平常不过的一瞥，仅仅是那么一回头，就让水崎正夫的心蠢蠢欲动。在一个山坡上，在一株倒挂的松树下，军曹中士水崎正夫与来自长崎的伍长下士松岛君谈到近期的生活，还提到攻占太原之后，又向交城、汾阳一路打来。日军差不多是一路挺进，攻入离石。他也提到梦里的美惠子。这个日本大正时代出生的十七岁少女，让水崎正夫觉得她仿佛是从绳文时代、弥生时代、古坟时代和飞鸟时代一路走过来的。她就是整个日本。

在这个世界上，战争与和平之间摇摆不定的是人与人之间的信任，也让冷漠和猜忌不断地发酵。水崎正夫在中国的每一天都过得提心吊胆，谁也不知道接下来那一场恶仗会让他送命。所以，不断地推进，让他觉得进入的是一口无边而又无底的水缸，各种说不清的问题和突然到来的障碍，总是层出不穷、永无止境。中国太大了，中国人也太多了，蝗虫一般，杀也杀不完。就有好多回，水崎正夫的枪管都打得发烫，甚至于开始冒烟了，可是中国军队还在没完没了地冲了上来。即便日军武器再好用，也禁不住中国军队人多。淞沪开战三个月来，中国军队淞沪战场上每天都要被日军的大炮和飞机炸死一万多人，至少每天死亡一个师。而且，很多中国军人还没见到一个日本兵冲上来，就被头顶扔下来的炸弹炸死了。原来日军想要速战速决，三个月拿下整个中国，可是超过三个月了还没拿下中国的上海。活着的过程，总是一种不断占领的过程。

可是，对于水崎正夫来说，占领并不带来任何希望，或者是奔向死亡的同义语。他的两个妹妹，都在中国，水崎丽子已经被中国人杀了，水崎秀子下落不明。早以前，他在日本总觉得能够做一件自己喜欢的事情很不错，但现在一想，这么大的中国，属于不属于日本，或者占领到什么样的程度，与一个前方的士兵似乎真的意义不是太大。水崎正夫这样想的时候，就会变得极其焦虑和不安。他坐在凤山道观的院门之外，与松岛君有一句没一句地聊着。水崎正夫没有去过松岛君的老家长崎，只是在听他讲。可是，听来听去，水崎正夫则是心不在焉，脑海里总是浮现那个长得像美惠子的离石少女。他坐在那株倒挂的松树下良久，突然有一种无聊、无趣，而又无力之感。他神情恍惚地站立起来，说是要进入道观里看看。松岛君只是不解地看了他一眼，也没说什么。松岛君让他快去快回。水崎正夫就把九六式拐把子立在松岛君脚下，就一溜烟地进入道观。他说只是去道观的茅房小解完就回来。

凤山道观的藏经楼，居于院子中间，是一座独立的二层木质小楼。道观院门朝东，一进去，就看到了藏经楼，二层的木质楼梯在西侧，能够听到有人爬楼梯的吱咕吱咕的响声。水崎正夫从外侧半人高的花栏墙上走过去，就看到那个离石少女已经到了楼梯的顶端了。原本在花栏墙这儿能够蔚为壮观地望到离石城的整个风貌，但他也无心去观赏了。水崎正夫被这个长得有点像美惠子的离石少女一下子所打动了。水崎正夫三步并作两步地上了藏经楼的二层，却是依然感觉到离石少女木然的神情，并不把他当回事。他有些不解，别的中国人一见他还是很害怕的，不是远远地站住弯腰鞠躬，就是会迎上来哈哈笑着，要求太君对城里学生和商会的保护。日军占领全城之后，要求所有逃难的居民回城，只要按照皇军要求回城的中国人都能得到皇军的犒劳。离石少女进入藏经楼其中的一间，水崎正夫也跟了进去。老道长双手合十拦住了他。老道长问太君有什么事情吗？他不说有事，也不说没事，只是想进去看看而已。水崎正夫就这样闯了进去。

接下来发生的事情，让一向温善和蔼的老道长也变得不可理喻。这个时候，在院子外的松岛见水崎正夫好一阵不出来，就拎了水崎正夫的九六式拐把子进了院门，并且也从藏经楼的木质楼梯爬了上来。下士松岛正好看到老道长举着一把劈柴的斧头往关着门的一间屋子里冲。松岛跟在老道长身后也进了屋内，就见水崎正夫把离石少女按倒在地下的蒲团上，离石少女在嘶喊着什么，估计在骂着水崎正夫。水崎正夫听到身后有动静，就转过身来。也正在这时，老道长的斧头到了水崎正夫的头顶，水崎正夫下意识地躲开了，并伸出手一把攥住了老道长挥舞斧头的一只手腕。正在僵持不下之间，松岛大喊一声，让水崎正夫闪开，然后九六式拐把子就在屋里响了起来。老道长浑身上下被子弹打成了蜂窝状，血水从木质地板一直渗透到一层的古籍书架上了。而离石少女乘机挣脱水崎正夫的纠缠，一头从松岛的枪口下跑了出去。离石少女从道观后门一直沿着通往山顶的小路气喘吁吁地向上跑着。水崎正夫也跟在后面追。松岛让水崎正夫别去追了，中国人都是一根筋，不会听任皇军摆布的。他站在道观后门那儿举着拐把子瞄准。水崎正夫让松岛君千万别开枪，说她就是美惠子。松岛感觉到一阵好笑，美惠子在日本九州，怎么会好端端地来了中国呀。再说，这个离石少女一点也没有松岛老家长崎少女的那种曼妙味道。松岛就觉得水崎正夫真的是想九州的美惠子想疯了，看到离石少女都能当成美惠子，难怪犯起痴来，让他觉得既可恨，又好笑。松岛没有听水崎正夫的劝解。水崎正夫依然哭丧着脸一股劲喊着让他千万别对离石少女开枪。松岛觉得水崎正夫怜香惜玉用的不是地方，于是，那时候他就嗒嗒嗒地向离石少女一阵狂扫。离石少女猛然中弹了，但一开始硬生生地站着，没有倒下，而且还回头睁大眼睛久久地盯着开枪的松岛。这让松岛感到一阵害怕。松岛又一次抬起枪口，继续扫射，离石少女终于摇了摇轻飘飘的身体，一头从小路外侧那儿栽下了深涧。这时，水崎正夫刚追到半路，见此情景，竟然蹲在了地下哇哇大哭起来。

松岛只是一个下士，于是总想在军曹水崎正夫面前表现一下他的果敢和英武。这不，他刚才不仅一口气地开枪打死了老道长和离石少女，而且还要横扫整个凤山道院，被水崎正夫给拦住了。松岛刚踏上中国土地的时候，就见不得死人和流血的，尤其淞沪之战上那些成堆成堆的中国军人的尸体，被帝国的装甲车履带来回碾压成一堆堆的肉酱，就让他恶心呕吐。甚至于好多个晚上老是做噩梦，一个个残肢断臂，一个个横七竖八的尸体，散发着浓烈的恶臭，总是让他辗转反侧。不过，现在好了。松岛为了帝国的荣誉，总算可以在中国人面前心狠手辣杀人如麻了。水崎正夫反倒有些新兵的不适情绪。从道院东门出来，水崎正夫接过了松岛还给他的九六式拐把子，在手里掂掂重量，差不多九公斤重，很多时候他是端起来扫射一气，一弹夹三十发。水崎正夫从背后的子弹袋里刚换好弹夹，就见松岛急匆匆地从他们刚才聊天的倒挂松树下又返回来。松岛说他的三八大盖放在那里不见了，一定是被中国游击队偷走了。松岛气急败坏地又夺过水崎正夫的拐把子，然后向山下追去。敌人肯定是从山下跑了。松岛追到山门跟前，也没见到游击队的一个影子。然后，又从原路返上来。松岛突然站住了。八嘎！紧接着，他向侧后方向正在摇摆不定的半人多高的野蒿草里嗒嗒嗒扫射过去。蒿草丛里传来一阵惨叫声。水崎正夫赶过去，只见一个十二三岁的小道已经被打死了，他的脑袋被打得稀巴烂。果然，小道手里竟然紧紧握着松岛的那支三八大盖。

那时，谷口茂听水崎正夫滔滔不绝地讲述着刚刚几天前发生的故事。水崎正夫说他突然间明白过来，下士松岛做的是对的。这是在中国的土地，这是战争，由不得你优柔寡断。刚才，水崎正夫的失常表现，全都是因为那个太像是美惠子的离石少女。如果不是她，或许道院的老道和小道都不会死。原本日军占领下的离石城好几天了还是空荡荡的，好不容易从附近躲出去的人中陆续回来一些学生和商人。据说，中学要准备重新开课了。那些大街小巷的反日标语，也差不多清理干净了。水崎正夫勉强认识那上面的一些汉字，在日语里有很多的汉字，意思可能有相近的地方，但彼此的发音不一样。进城第一天就抓住中国国军高桂滋部的一个副官。这个副官穿着中国国军的制服，背着一个军用的牛皮公文包。这个副官原本随军部撤退走了的，又返回来是来寻找一份遗失的文件。不幸的是，他一进门，就被日军堵在了里面。副官把文件销毁之后，开枪向院子外的日军射击。日军就用火攻，直到副官在烟熏火燎中晕倒在地，才被俘获了。谷口茂大佐如获至宝，亲自审问，并从国民中学里找来一个学日语的女学生孙妮妮给他当翻译。谷口茂大佐下令把中国军副官绑在了中学文庙操场上的一株千年榆树上。中国副官破口大骂，那些中国反日标语又在他的嘴里重复了一遍又一遍。

谷口茂只是觉得好笑，中国人一直是喜欢过过嘴瘾罢了。一如大街小巷里贴满的那些反日标语——人都吓得跑没影了，这么多的反日标语吓唬谁呀？反正日军也看不懂，又有屁的用？这就是中国人的精神胜利法，以往在日本读中国作家鲁迅的《阿Q正传》，还有些费解。现在，水崎正夫觉得明白了。如果鲁迅不去我们的日本仙台学医，能成为中国的大作家吗？军曹水崎正夫向身后看看谷口茂大佐，就喝令下士松岛把手里拉着的军犬毒狼绳子松开。军犬毒狼毫不犹豫地一头向绑在老榆树上的中国军副官扑去。这一扑，就把中国军副官的半边脸撕裂下来了。日语翻译女学生孙妮妮嗷地叫了一声，捂住脸就跑。嘶啦嘶啦的有？谷口茂让松岛把孙妮妮给拉了回来。孙妮妮已经吓哭了。她在翻译中国军副官骂人的话时抖抖索索不说，还偷工减料。他说些什么，骂些什么，都让她给翻译错了，而且意思大相径庭。水崎正夫听出翻译得有些问题，但只是看看孙妮妮，没有再说什么。他那时就觉得孙妮妮在暗里以此包庇中国军副官也说不定。因为离石少女死在松岛的枪口之下已经对他是一个很大的刺激了。水崎正夫不想让女学生孙妮妮也遭遇什么不测，至少不想她因为翻译差错而被杀死。

中国第二战区国军副官从昏死中醒来断断续续地翻来覆去地说一句：

"中……国……万……岁……"

而孙妮妮则翻译为：我们必胜！这使得谷口茂大佐不断地频频点头，示意别再让军犬毒狼撕咬服了软的中国副官了。旁边的另一个翻译官金大明一言不发。谷口茂在想，水崎正夫确实是一个内心极为矛盾的人。他读书读得太多，不是一个合格的帝国军人。不过，中国军副官血淋淋的脸上，满布着仇恨却是谁也能感觉到的。果然，谷口茂刚刚走到中国军副官跟前，就被他唾了一口粘着血的唾沫。随即，毒狼又一次扑了上去，先是撕烂中国军副官的衣服，后来又把他大腿上的肉也撕下来，露出白森森的骨头来了。毒狼撕下来一大块肉，也不吃，而是叼在嘴里，又叼到谷口茂大佐的脚下。紧接着，毒狼又扑了上来，又把中国军副官的肚子咬开了，然后把肠子也叼了出来，又放到他脚下邀功请赏。中国军副官最初还是中气十足地臭骂着，嘶喊着，但到后来就越来越低弱，最后一次昏死了过去……

人的生命节律有起伏，高潮低潮似乎不以人的意志为转移。就像男女之间的情感联系也有这样一个高高低低的节律。比如，水崎正夫对美惠子的想念，很多时候只是一厢情愿的徒具形式而已。美惠子大概还不知道水崎正武阵亡的消息，不过，这个消息一旦传回日本，美惠子会有什么反应。水崎正夫给美惠子发过三封信了，都没有什么回音，就有些绝望。不过，就在前些日子，水崎正夫收到美惠子的来信，把他给她寄过去的那朵樱花的标本又原封不动地寄回来了。美惠子问这朵樱花原本是送给水崎正武的，怎么到了水崎正夫这儿？水崎正武人怎么了？美惠子已经意识到水崎正武出事了，但她还是不能相信。樱花标本上的血迹是水崎正武的吗？水崎正夫想起九里村的战事，那些中国的工人自卫队和农民自卫队，没用了几个回合就被强大的皇军给打散了。水崎正夫后来告诉美惠子那个打死水崎正武的中国工人自卫队员又被他给打死了。那个工人自卫队在子弹打光后就装死，被水崎正夫发现，用水崎正武留下的村正妖刀砍死在了井边。美惠子好长时间保持缄默，没有给水崎正夫来信。也就在昨日，美惠子来信了，她说会一直等水崎正夫回日本。美惠子的这句话让水崎正夫一晚上没睡着。不过，美惠子还说，她不懂得战争，也不懂得两国之间的军人之间的厮杀。但有一点，她让水崎正夫千万不要去杀那些中国平民，不要向那些无辜的人开枪。如果，水崎正夫能够做到这一点，就会等他回日本后嫁给他。美惠子还说，她很后悔把祖父的村正妖刀偷偷拿出来送给水崎正武。美惠子觉得是她害死了水崎正武。

说起滥杀无辜，水崎正夫就觉得无法面对美惠子在信中的质疑。他记得那次九里村杀死了村庄里的大部分村民。先烧毁村民的窑洞和院子，然后是开枪打死四处乱窜的牲口，其次就是杀人游戏。这种杀人游戏之前，就是把男女老少的衣服脱光，先是男女分群，随后让他们各自表演光屁股的节目。水崎正夫每次杀人之后就会做各种各样的关于门的梦。他总觉得门上有中国军要闯进来，心里带着恐惧。晚上的寒气弥漫开来，让水崎正夫把自己捂在了军毯里面，甚至把脑袋也捂住睡觉。门有大门、中门、小门和侧门，好几把锁，里里外外都有门，而且还有岗哨，中国军都跑光了。即便如此，水崎正夫都小心翼翼，总是把自己的九六式拐把子放在旁边，随时要做好冲杀的准备。

谷口茂对下士松岛的死，总是心有余悸。那是离石城在日军进城之后，总算有恢复了大东亚共荣圈表面的繁荣景象。南关的集市上，军曹中士水崎正夫抱着九六式拐把子与下士松岛那上着刺刀的三八大盖把赶集的老百姓吓得大气都不敢出。偏有一个卖蒸糕（枣糕）的倔老头不仅不躲日军，而且还把放有蒸糕的面板高举在头顶，然后不停地喊："蒸糕！蒸糕！好吃的蒸糕！蒸糕！蒸糕！香喷喷的蒸糕！"这样的吆喝让经常逛街的老百姓习以为常，却是吸引了松岛。松岛拉住水崎正夫，然后，向卖蒸糕的倔老头耀武扬威地走过去。松岛在老家长崎最爱吃的寿司或者叫作斯盖亚盖，现在看到这倔老头的蒸糕，就由不得动了心思。"斯盖亚盖，斯盖亚盖的，咪西，咪西！"松岛一边说着，一边就接过倔老头递过来的蒸糕。倔老头等松岛三口两口地吃完，然后就和松岛要钱，松岛不给。松岛说，他没吃倔老头的蒸糕。谁吃了，找谁要去。松岛还拉了水崎正夫来证明自己没吃蒸糕，倔老头死倔，就拉住松岛不让走。这样纠缠了好一阵子，惊动不远处也在逛街的谷口茂大佐，于是倔老头让谷口茂大佐来做主。

谷口茂大佐严厉地问："是否真的没吃倔老头的蒸糕？"

　　松岛还是坚决否认，而倔老头一口咬定松岛，这让谷口茂大佐左右为难。最后，谷口茂大佐从腰间拔出军刀猛然豁开松岛下士的肚子，直到在他血淋淋的肠子里找到金黄色的蒸糕为止。松岛猛然咧开嘴地干号，开始一声比一声高亢，后来又是一声比一声低弱，直到他倒伏在地，不停地痛苦抽搐着。谷口茂大佐捡起松岛下士的三八大盖，然后对着依然倒在地下挣扎的松岛叭叭叭开了好几枪，松岛这才两腿蹬了几蹬，死了。卖蒸糕的倔老头也不再当倔驴了，偷偷溜了。

　　另外一个惊恐的画面，让谷口茂至今想来也感到魂不附体。那个三四岁的中国小男孩竟然被活生生地放在灶火上烤。直到烤熟了，谷口茂看着端上来的一碗小腿肉，却吓得不敢吃。那时，坐在对面的水崎正夫也是有些胆怯，只要一想到美惠子，就不敢吃这肉了。他害怕。于是，谷口茂想了想，就把这碗小腿肉让水崎正夫给那个中国女生翻译孙妮妮送了过去。孙妮妮很感激谷口茂和水崎正夫，并且还先尝了一口，感觉这碗猪肉很鲜美。孙妮妮觉得皇军不知道哪儿弄到的这么好吃的猪肉，竟然十分难得地笑了。但孙妮妮得知水崎正夫送过来的肉食是三四岁中国小男孩的小腿肉时，哇哇哇呕吐不止。水崎正夫刚走，孙妮妮就连碗带肉从门里扔了出来。水崎正夫有些理亏，便一个人回到自己的住所翻看美惠子的照片。孙妮妮紧接着在她屋内号啕大哭。

　　水崎正夫看出孙妮妮不大情愿给太君当这个翻译，但她又没有别的办法。她的内心在挣扎。她无法摆脱这种束缚。她的内心如焚，甚至还想到了自杀。她和翻译官金大明请假，不想再做这个日语翻译了，她想走。那时候，她看到他的眼神里也有过一丝动摇，但很快就换了一种表情。金大明总是劝解她别太流露那些真实的想法。她一想到那个国军副官临死前翻来覆去地说的话，就不停地流眼泪。她心底里一直在呐喊：中国不会亡！她还想到了被杀的常媛媛和赵兰兰，就由不得流泪不止。她必须要离开！那晚正好轮上水崎正夫在中学后墙那儿站岗。他先还看到孙妮妮上了一趟茅房，后来看到她的屋子灯一直亮着。到后半夜了，孙妮妮屋里的灯还亮着，这让水崎正夫觉得有些不对劲。于是，他去推她的屋门，门竟然是虚掩着，而床上没有一个人。

　　孙妮妮她人呢？水崎正夫没有声张，而是向离石国民中学的后墙那儿跑去。他记得那儿有一个豁口。果然，水崎正夫远远看到孙妮妮在架着梯子正往后墙那个豁口爬着。他觉得她只能这么做。他能感觉到她浑身发冷，一直在哆嗦着，所以爬梯子的动作很慢。问题又来了，她从后墙逃出去，怎么再从城门上出去呢？没有人接应，她根本出不了城。这也许并非水崎正夫考虑的问题。他觉得此时此刻在为美惠子做一件事情——在这个节骨眼上，他装作没有发现孙妮妮逃走。他一声不吭。终于，孙妮妮爬到豁口上，消失了。水崎正夫这才跑过去，爬上梯子去看墙外的孙妮妮。他看到孙妮妮跌跌撞撞地在墙外的街巷里走着，而且接连绊倒两次。

孙妮妮身边还有两个中国男人接应，其中一个竟然是李信诚——这可是水崎正夫的仇人呀？为了专门接孙妮妮逃走，李信诚派游击队提早就偷偷从南关的下水壕沟爬进城的，到夜晚了一直在预定的地点等着她从墙上跳下来。孙妮妮是如何与城外的神婆山游击队联系上的呢？水崎正夫想起孙妮妮白天去了一趟伙房，与从城外专门给皇军送豆腐的一个伙计有过联系。水崎正夫看到他们站在豆腐担子旁边说话，当时还以为他们在谈着豆腐的生意。现在想来，孙妮妮肯定那个时候就下了决心。

很多年之后，谷口茂听说，延安那边有一批反正的日本兵，急需像孙妮妮这样的日语翻译人才。游击队接应到孙妮妮之后，再连夜从南关城墙根下的下水壕沟爬出去，很快送她到了延安。

谷口茂能够想象到那时的水崎正夫在墙头抬起九六式拐把子默默地闭上眼数一二三，如果数到十，孙妮妮还没从他的视野里消失，他就要准备开枪，履行帝国军人的职责了。

谷口茂其实看到了水崎正夫的一举一动，就连他的心理活动也揣摩透了。水崎正夫犹疑不决，孙妮妮就别怪他不客气，美惠子这时真来到他身边也爱莫能助了。于是，水崎正夫就立马闭上眼，先双手合十，慢慢再数到十，然后才睁开眼。只见墙外黑乎乎的街巷里，已经一个人影也没有了。孙妮妮就这样在他的眼皮底下偷偷翻墙跑了……

随后，谷口茂还曾记得在剩下来的时间里，就要和八路军游击队决一死战了。因为，他觉得自己还是有这个信心的。虽然，与他私交甚多的水崎正夫反正投靠了八路军游击队，但他还是有决心清剿抗日分子的。谷口茂一口一个"Cina"（支拿），他不服这口气。他常听到老百姓说的一句土话："做活不能看开头，到亮红晌糊（午饭时）了再看，甭看刚到地头一大早有一股子猛劲儿。出水还得看两腿泥嘞。"可是，谷口茂没有想到在后来的民国三十四年八月的一个雨夜里，仓皇地只身逃往汾阳城，甚至于离石城在接下来的九月在县大队和游击队等地方武装的配合下，被八路军三五八旅第八团一举攻陷了。

第十七章
蹀躞西行

1

小月莺心急如焚，一直在等待着什么。燕园东门出去，父母已经在那儿的一个小胡同里安家了。她经常回去，但一到晚上就睡不着，可能在为林迈可担心。日有所思，夜有所梦。霁月光风，不萦于怀。睡梦里的蹀躞万里，在醒来时得到应验。这不，真没有想到林迈可这个时候回来了。他一回来就来找她，两个人却又相对无言。他是骑着那辆诺顿摩托来的，看上去他有些疲累，却还是眉宇间透露着一种与她久别之后的欣喜和激动。小月莺没有问林迈可这些日子去了哪里，只是后来才听说他所经历的故事。他在沦陷区里与一些八路军游击队接触之后，遇到了洪水，经历过日军封锁线，然后又走了三千多里才走到靠近根据地的铁路线，然后坐火车到西安。他说，与他一起西行的燕京大学数学教授拉普伍德在日记里记录了所有一切，燕京机器厂工人肖再田已经留在根据地的兵工厂工作。随后，从西安飞到重庆，再飞香港，从香港乘坐轮船到了天津，然后才回到北平。这些经历，与小月莺的父亲李文祺的经历很相像。李文祺脸上也曾出现过这种极度疲倦的表情，刚刚从老家奔命回来。他虽然没有讲忻口的战事，也没有讲在李府后院酒窖里的躲藏，更没有讲一路逃亡的艰辛过程，却提到了在薛公岭上遇到了崔灰娃时的揪人情景。

"崔灰娃？咱家的那个老佃农吗？"

"欸，就是他，一见到，没认出来……"

李文祺的心底里浮现出一个粗胳膊大腿、浑身蛮力的壮汉子，却化身为眼前这个八十多岁的耄耋老人。露着窄小干瘦的脖颈，胸脯子上还有一块块的伤疤，棉外套已经烂得翻卷出来，伤口也已经化脓。尤其，两条扭曲变形的腿脚互相盘曲扭结着一个死结疙瘩，膝盖下铺着一块破麻袋片子，佝偻着腰，眼睛里浑浊，爬满眼屎，花白的头发和胡子满是尘土，一张衰老的脸满是千沟万壑，脏兮兮的嘴唇上吊着一须涎水。听崔灰娃说，他从北平坐火车到了太原之后，就一路爬走回来的，爬走了好几个月，已经好几天没吃饭了。李文祺就把自己身上带的干饼子分给他三个。崔灰娃一边大口吃着干饼子，一边和他说话。

"二老爷，我……我……在北平……见、见到过月莺大小姐了……"

"崔大伯，那敢情好啊。小月莺是二小姐，大小姐是云莺哩。"

"大小姐还给我买了一张火车票……"崔灰娃执拗地认为小月莺就是大小姐。

"啊，小月莺，那是我家的二小姐才对，她还好吗？"

崔灰娃却没回答他的问话，只是问："你没看到过我家的崔锁孩吧？"

"早些时，看到过，你家的崔锁孩拉了一杆子队伍，还把李府家丁班的十杆枪拿走了？"

"还有这事？"

"是我让他拿走的……"

李文祺摇摇头，不想再说太多。这次回去倒是听说过崔锁孩跑到碛口，跟了李信诚的游击队。但李文祺那次在李府酒窖里与李信诚在一起躲藏时，一直提心吊胆，根本没机会与崔锁孩见面。所以，他就没法子再去详细回答崔灰娃的问话，只是说："没事，崔锁孩一定没甚事。"后来，就在薛公岭的一面坡后，也就是一条官道上，等到一辆回离石的马车。李文祺先和马车夫要了一点水喝，而崔灰娃一边吃着干饼子，一边喝水，由于吃得太快，喉结都撑涨起来，满面通红，还打了几个嗝。李文祺给了马车夫一些银毫子，捎带着把崔灰娃拉回去了。崔灰娃还没回到田家会，就不停地捯气，死在了半路上。而李文祺则在此后依然一路东行，二十天之后，才辗转来到了天津，在潇民家才与早先赶来的吴秀兰会面。直到上个月，李文祺夫妇在燕京大学东门附近找到了一处僻静的院落，这才算暂时安定了下来。

"你潇民哥一家也担惊受怕，这一哈（下）从天津搬到重庆去了。"

小月莺虽然没有在潇民一家搬家前去看看，但也觉得他们到了大后方，也比在天津要安全多了。她不晓得自己下一步该怎么办，老家肯定是没法回去，就连爹娘都回不去了。她快毕业的时候，也去找刘佳慧，却是碰到青年会的哈丝小姐。哈丝小姐告诉小月莺，刘佳慧与郑国强去了湖南长沙，便建议小月莺也去那里。那里的湖南省女青年会有一个职位。她回来与父母一说，他们也没有反对。她想自己能够跑到长沙，那样一个完全陌生的城市里，去开始燕园之外新的生活，总觉得自己还是缺少很多历练的经验。不过，那里能够与刘佳慧在一起，也会使得小月莺感到了几许欣慰。

一些郊区多多少少存在这样的角落，破烂不堪宛若老房子里快要脱落的墙皮，显示出斑驳的裂痕，却依然顽强地贴在墙上，与盘根错节的蜘蛛网形成一种完美的同盟。无论是在燕园附近，还是在古老的皇城根脚下，依然存在着这样的简陋的房屋。沿着胡同口进去，你仿佛在检阅着整个城市千百年来的历史，红瓦灰墙，人字形的屋顶，锈迹斑斑的四合院大门，一如回到李府的感觉。每到夏日，热气蒸腾之中，就会体会到暑热在吞噬着眼前的一切。所以，父母来到北平之后总要怀念吕梁山区里窑洞的凉爽。

"冬暖夏凉的咱老家山圪塔窑洞啊，到了后半夜，还得盖被子，但在北平却是吹着风扇，依然还在冒汗……"

李文祺则对吴秀兰说："别总是想着回老家去。日本人来了，李府也被日军征用为临时医院，李府的人也是死的死，伤的伤，跑的跑，唉——"

这一日，林迈可来到了小月莺父母家里。在那个属于小月莺的房间里向外眺望，清晰的远方，大概是比香山更远，仿佛他曾经到过的黑龙潭游击区。窗口上能望见燕园的东门，三三两两的行人，还有路边的小商贩，以及沿街的门面，杂乱无章，却又有一种烟火气。她喜欢这种烟火气。置身于象牙塔里的林迈可，倒也不是高高在上，确也在一次次与游击区人们的接触中感受到了一种潜藏很久的力量。小月莺回想着燕园里那棵半死不活的银杏树，却也是在顽强地挣扎着活了下来，一如刘佳慧与郑国强，他们双双跑到了第九战区，听说还上了前线。民国二十八年九月，刘佳慧参加了战地救护的工作。而郑国强则是一个文职人员，背着一个公文包，紧紧随着师部参谋长，在长沙会战打得激烈的时刻，他也编入一线战斗部队。他们两人都会在洞庭湖畔的战斗间隙相见。小月莺能够想象到这一幕画面，所以，她在这个时候总要对林迈可说，她也想去西山里的游击区看看。

"带上我，带上我，下次你去游击区记得带上我。重要的话说三遍。"

小月莺想象的游击区是这样的一幅画面：一个用高粱秆和玉米秆编成的篱笆，一处视野开阔的乡村院落里，有一群鸡，还有一群鸭，然后是池塘，池塘边的柳树，院门前摆着一个小炕桌。她和他坐在小板凳上等着房主人做饭。一到夜晚，土炕头上摆着一盏油灯，灯光在身后墙壁上把人的影子放大到好多倍。炕围纸已经发黄了，一些民国画报和报纸围在四周。房主人总是对他们笑着，然后端上来乡下待客的一个零食簸箩，给他们让着。

"一般情况下，外面都有人在放哨，一旦遇到紧急情况，可以随时从后院撤走……"

林迈可的讲述中，却是小月莺不能参与其中的遗憾，这使得她打断了他的讲述，不断地问这问那。灯芯太长要修剪了，飞蛾扑火让屋子里的光线忽明忽暗，而土炕上会在后半夜蹿上来饿急眼的老鼠偷吃灯油。当然，还有蚊子，一有机会就会对人下嘴，痒痒的，拍一下，却拍不住，蚊子飞走了。这个时候，窗户上啪嗒啪嗒的响声，是不是下雨了？还是放哨的人回来说，来了鬼子，人们都得转移。这些，在游击区，都是家常便饭。

"林先生，你为何不在重庆继续当那个英国大使馆的新闻参赞呢？"

林迈可只是朝着小月莺笑笑。这项新闻参赞的工作相当有趣，但他还是愿意回到燕园来。他不在的日子，她几乎每次路过司徒校长的门口时，会向他住过的房间看看，是不是又亮起了灯？那辆熟悉的诺顿摩托还在不在？他一回来就去她正在上经济课的教室外面等她。她手忙脚乱间，听课笔记都记错了好几处。记得有一次，这辆诺顿摩托曾被警察扣住了，她陪着他去警察所里去索要。回来的路上，她试着与他谈起了林太太。因为，她有一次收拾他的屋子时看到一本书里夹着一个卡片，上面用英文写着："林太太嘱寄。"这个林太太是谁呢？

"你猜？"

小月莺猜不出来。林太太就是林太太。这说明他已经结婚了。她虽没说什么，但他却感觉到了。他从怀里掏出一个皮夹子来了，上面有一个挺年轻的英国贵族老太太。这是谁？不过，这次，他不用她猜了。他直截了当地说："林太太，是我的母亲。"

"怎么会呢？"

"我还没有结婚。"

小月莺细细打量林迈可，感觉不太像，他头顶的头发都快秃了，而且，长得还真有些像他上次见过的白求恩大夫。他给白求恩照过很多照片。他显得也过于成熟了一点。

"我告诉过你，我才二十九……"

小月莺记得林迈可说过这档子事，但她好像是忘记了。她只要坐在他的诺顿摩托上，飞驰在大街上，就有些忘乎所以了。她觉得自己变成了一八四七年的夏洛蒂·勃朗特。家庭教师简·爱就在桑菲尔德府庄园遇到了罗切斯特。那是一个属于简·爱的月圆之夜。虽然如云朵般苍白，却是那样的亮眼，在潺潺流水和旷野的风声中，罗切斯特骑的那匹高头大马，让小月莺陡然间想起了自己七岁时候的大黑、小黑。它们的影子和十九世纪的罗切斯特骑的马匹重叠在了一起。此时此刻，牛津大学双料博士林迈可的脸与桑菲尔德府庄园里罗切斯特的脸重叠在了一起。这种错乱的画面，让小月莺又有了一种穿越时光隧道的冲动。

"你伤着了吗？"

林迈可一愣，有些没反应过来，但他随即把住了摩托车把，一下子掉转了方向，来了一个一百八十度的转弯，然后停下来了。他想起来她说的是《简·爱》里的一句台词。

"你可以到我这边来。"

"怎么了？"他没能接上她的话，但却说的正是他自己此时此刻的心事。所以，她随口问了一句，就是确认一下。

"我问你，你想嫁个什么样的人？"

小月莺低下头来，一直没有回答，只是重新上了他的摩托，在飞驰电掣中，才对他说："我娘说我是一个倔强的人，可能受我爹的影响吧。我有时很任性，什么样的人都无法适应我。再说，我毕业之后就要去长沙工作了。"

"你可以不去呀？"

"为何不去？"

"我想，我们可不可以结婚呢？"

这时，小月莺抬起头来望着他的后脑勺，觉得摩托的飞驰中有些不太真实，就伸出手去摸摸他。但她还是感觉到一种虚幻，一种不切实际，但却面对他的热烈，他的执拗，他的真实，反倒有些望而却步了。

"其实，我是可以留在重庆，一直当那个新闻参赞的，但我还是回到了燕园，并不是因为司徒校长的盛情，并不是重新要让我来主导这个导师制……主要还是因为你……"

"这是我从来也不敢想的事。我的心里一直存有你的影子。你每次外出，无论是去游击区，还是到了别的地方，我都为你担心。但我从来也没想过会要嫁给你，我只是觉得做一个无所不谈的好朋友，就知足了。即便你和别人结婚，我依然会是你的好朋友，这个没关系。但你今天说出来，我真的没想到……"

林迈可那双蓝灰色的眼眸一直注视着前方。他把摩托停了下来，然后，一直在重新打量着小月莺。他紧紧地握住她的双手，而她总觉得仿若在梦里，就用力掐了他一下。他有些夸张地龇牙咧嘴，然后抬起手来要佯装打她，却是一把搂住了她。这一幕，要比罗切斯特向简·爱那样求婚还要让她觉得妙不可言。他们没有再说话，只是互相拥抱着，倾听着对方的心跳。此时无声胜有声。

2

民国二十八年九月的鄂南。当顶的阳光依然很耀眼。郑国强看见远处蜂拥上来的鬼子队伍，三八大盖刺刀上反射的白光都清晰可见。他只记得是在一场肉搏战中，先站在一个高坡上扑倒一个越来越近的鬼子，却是斜刺里又冲出来一个戴着钢盔的鬼子军曹，这让他抬起的手哆嗦了一下。正在犹豫的工夫，鬼子军曹挥舞一把腰刀向他劈来。他本能地向前打了一个滚，抬起的一条腿，挡住了飞向他脑袋的刀锋。他的右腿弯处挨了一刀，而他开了一枪，鬼子军曹挥刀的胳膊肘部中弹，上肘一弯，宛如一个反向折断的一只翅膀，劈脸打在了他的头上。鬼子军曹的半条胳膊拱手相让，他脑袋一挺，半条胳膊落在了自己身下的小鬼子身上了。小鬼子嗷地一叫，翻身起来，还没等继续挥刀，只听郑国强身后有人开了一枪，竟然是医护队的刘佳慧。

也就是这么巧。他们在战场上重逢了。

郑国强来不及与刘佳慧多说什么，就把她一把推倒在身后的壕沟里，脚旁飞过来一只拉开弦直冒烟的手榴弹，他一脚踢过去的工夫就爆炸了。郑国强眼前一黑就倒在了地上。他在被炸翻的工夫，却是军曹鬼子一把腰刀重新挥舞了起来，听不到一点声音，军帽掉落在地上，然后是他浑身变成了一个火团，直向军曹鬼子吞噬而去。军曹鬼子躲闪不及，宛若一捆干草一般被郑国强给引燃了。郑国强也被烧得够呛，嘴巴可怕地扭曲成一个冒火的洞口，两眼被燃烧成两颗冒着灰烬的流星，嘴里吞吞吐吐地叫着刘佳慧的名字，然后一头就栽倒了。

"八嘎（笨蛋）——，岂可修（浑蛋）——，库索（可恶）——，巴卡莫诺（蠢材）——"

军曹鬼子紧紧地抱住了郑国强，两个人都在冒着火，已经分不出彼此，难舍难分间，互相撕咬着，如同两匹争夺霸主的公狼，喉咙里发出一声比一声惨烈的号叫，听不出是哭还是笑。

一帮鬼子被一股席卷而来的冲锋冲散了，却是一个个就地卧伏在更远处向着冲锋的中国士兵射击。随后，鬼子的坦克碾压了过来，一股股尸体被碾压之后喷射出的黑血弥漫在冲锋的道路上。郑国强是被烧死的，还是被腰刀砍死的，都无法辨认了，能看到的只是他的后脑勺上不断汩汩流淌出的热血，染红了脚下的土地……

战场上突然下起雨来了。南方多雨。一些冲锋的人纷纷如同弯腰的树一般，在雨地里一排排倒下。一条充满了狼藉的路上，听到履带的摩擦声，无数个气泡在旁边的池塘里不停地变幻中破灭和新生。刘佳慧看到有几只无主的马匹在死人堆里随意地行走着，陡然间让她想起小月莺向自己念叨过的大黑、小黑，只是眼前不仅仅是彪悍的黑骏马，还有枣红马、白龙马。这些马匹带着她奔向后方的医院中，穿越一大片树林。那些陈年的落叶里发酵着让马匹沉醉的气味。也不晓得什么时候离开了血与火的战场。她与一些伤员和俘虏在撤退，只是在迷蒙中她听到一个挂着胳膊的中尉连长在发疯地对着押送俘虏的士兵呐喊：

"打死这些鬼子俘虏，为啥不打死呢，一梭子就打死了，往要命处打……你还能等什么……为何没人打呀……"

刘佳慧依然听到远方传来的枪炮声，以及撕裂整个天空和大地的爆炸声。中尉连长扔掉了破烂的军帽，然后夺过押送士兵的一杆中正步枪，拉开枪栓，就是两枪。一个被俘鬼子两手抬起来，紧紧地抱着脑袋，然后撒开脚丫子，如同在舞台上扭动着伦巴一般，一蹿一跳，还奋身一跃，掉入池塘里了。中尉连长把枪还给了正在错愕的押送士兵，又从自己靴子里拔出一把匕首，又向池塘里冲去。那个被俘鬼子抓住了中尉连长刺来的匕首，血从指缝间渗透了出来，并流到了袖子里。他像一个刚出生的婴儿一般咿呀咿呀地叫喊着，在膝盖深的池塘里乱窜着，他一个嘴啃地在水里边不断地挣扎着。上下翻飞的刀刃一次次扎到他的背上，池塘里也瞬间变红了，只是身体还在扑腾着，哭喊着……

这是一场后来才被历史命名为长沙会战的战争。刘佳慧看到的只是一个第一次长沙会战中发生在麦市的局部画面。第九战区部队，薛岳下辖的第七十九军，战事分别发生在桃树港、麦市、献钟和嘉义。中尉连长挂着一条胳膊的白纱带散开来了，上面还飘着血迹。他手里的匕首掉落在池塘里，与死去的被俘鬼子一起沉了下去。中尉连长被随后赶来的刘佳慧扶住了，又给他与刚才被俘鬼子搏杀中留下的新伤口进行了包扎。然后押送被俘鬼子的一个团副指挥官过来，在他腿弯处一蹬，让他跪在地下。中尉连长把军装上衣撕裂开来，露出胸口的几处旧伤。"打吧，打死我吧，我受不了啦……"在风雨中摇曳着的草丛里，有着不知名的花朵，蒲公英抑或三叶梅。枪炮声虽很远，但听起来挺吓人，如同头顶上轰响，身边一个十六七岁的大头兵，两腿发软，弯腰，下蹲，裤子里湿漉漉的，憋着的一泡尿就尿出来了，洇湿了屁股和两条裤腿，看上去又好笑又狼狈。刘佳慧下意识地向后望了望战场的方向，然后穿越过千山万水。能够想象到北平小月莺在此时此刻忙着什么，还有她讲的那些七岁时候的李府故事，宛若童话里的传说。东塔楼上一望无际的小东川，一大片绿油油的庄稼地，还有很多菜地，也有着红色的虞美人花，还有白色的木芙蓉花，以及打碗碗花、喇叭花、金盏菊、苦菜花，然后是突然唱起吕梁民歌里的"山丹丹花"，等等。迎面的风把雨滴吹到人们的脸上和脖子里，刘佳慧突然发现自己身上多了一件雨衣，她抬头看了一眼给她雨衣的人，微微一笑，却是苦笑。她不晓得郑国强是死是活，但所幸是抬下来了，在转移到后方医院的路上。人们的军装都被淋湿之后贴在了身上，行进的队伍在弥漫树林的浓雾中忽隐忽现。这条风雨路，好像很长……

"路怎么走这么久，是不是走错路了？"

"走错了路，也比战壕里挨鬼子轰炸强吧？"

"墙里跌倒墙外了，老子倒宁愿来一个痛快点的，大不了一死。"

"也是，昨日里，长沙城里来了一个记者，问老子抗战胜利后，干啥子呀？"

"我说，等不到那个时候了，也可能一上战场，就被打死了，连个名和姓也留不下……"

于是，伤兵队伍里一阵沉默。风停雨住，人们脸上还是没精打采。刘佳慧就提议不如大家唱一个歌，其中一个脖子上中了一枪的伤兵悄悄拿着指头夸张地嘘了一声，小心被战场上的鬼子听到后追来。人们都笑了。这儿离战场已经很远了，还能惊动鬼子？刘佳慧又说："我给大家唱一支歌吧。"

说着，刘佳慧先提提气，干咳两声，然后唱道：

> 当胜利到来时，
> 初升的阳光赶跑寒夜，
> 明媚的春天里鸟语花香，
> 人们带着笑却眼里含着热泪，
> 妈妈，那时候我已经牺牲在了战场上……

这歌声里，有一种忧伤的调子，击倒了嬉闹中的伤兵。大家都在静静地倾听着。刘佳慧唱了一半，却不再唱了。她想起了很多，也没有心情唱了。下一步，或许面临的又是一场恶战，可是她希望着这一切赶快过去，回到那些和平、幸福的日子里，哪怕是当一个普通人，就像北平街上与小月莺一起遇到过的那个拉洋车的。对了，他叫什么名字来着？怎么会一下子想不起来了？她和郑国强离开北平时，就是他送出城的。啊呀，想起来了，他叫佟吉良，邢台人，二十来岁年纪。听小月莺说起佟吉良拉洋车送她去过颐和园。那次，佟吉良也不拉别的散客，只是等着小月莺，成为她的专车了。日本人进入北平之后，佟吉良也想过不拉洋车了，想参加宋哲元的十九路军，或者走到八路军的根据地，只要能去打鬼子就行了。也不清楚佟吉良现在还拉洋车吗？她一直在想着。

"我难受呀……一晚上换了九个连长……我就是剩下的那个连长了……全连一百二十五人死得就剩我，还有一个炊事员……其余都冲上去，没有回来，再没有回来……求求你们别再锯掉我的胳膊腿啦，我不害怕疼，是害怕没有了胳膊腿就再也不能行军打仗，成了废人一个啦。还不如一枪打毙死拉倒……太难受啦，真的不想活了，活得没有一点意思，弟兄们都死了，我一个人留着干吗呀？胳膊腿锯没啦，枪也打不成了……"

刘佳慧听着中尉连长的哭诉，也很难受。那些冲锋之前的十八九岁年轻士兵的脸，一个个都在盯着她这个唯一的女卫生兵。他们在等待着，观望着。战壕里滴滴答答的雨滴声揪动每个人的心，每一个雨滴落下来都是时间飞跑的刻度。他们在盼望，也在祈求奇迹的出现，在接下来的反攻中打破冈村宁次的鬼子军团一次次绞杀。刘佳慧闭住眼睛双手合十地祈祷着，喃喃的自言自语声充满了坑道里每一个黑暗的洞窟。战争来临前，她与每一个初上战场的新兵一样，在精神和身体方面都存有一种惊惧和恐慌，如同无边地漫开来的波浪，汹涌着卷起来，掀翻着前方的硝烟弥漫。但是，她勇敢地站起来，大胆地给每一个新兵分发急救包，她甚至跳出了战壕，遥望着夜空中的曳光弹照亮了半边天。而在枪炮与玫瑰之中，她却只能给他们送上祝福。

这种绞杀，一开始就是一阵比一阵地动山摇的狂轰乱炸，硝烟和火海之中，一个个战士铺成一张巨大的天网。该收网了。虽然有这挣扎和撕裂，甚至突破了这张展开的网，一张张年轻的脸在她眼前永远地消失，那些不由自主地发出的喃喃自语湮没在无边的灰烬之中。漫天飞舞着各种火炮的光带，她只有埋头伏在战壕里，把耳朵捂住，把眼睛闭上，等待着新一轮的攻击结束，然后再马上跑到战壕外去救护。她的双手都变得发凉，发涩，发抖，胳膊腿都被感染，一直到牙齿也开始打战。每一个战士都比她更艰难，身体的疲惫，精神的麻木，使得心情沮丧，但每一次都会被对面敌方射来的子弹所激灵一下，然后冷毛巾敷脸。她看到一个冷峻的狙击手，面对前方，总是弹无虚发。

3

民国三十年六月二十五日的燕园。这是小月莺一辈子都会记住的日子。就在前一天晚上，林迈可都还在很忙碌。他不是在忙着他与小月莺结婚的事情，而是在他那间书房里面的小工作间里组装了三部电台，都是北平郊区彼此间没有任何来往的三支抗日游击队所需要的。小月莺看到这一幕，就有了一种说不出的感动。他要在结婚前把它们组装好，并次日一早就送走。这些日子，林迈可已经从司徒校长家的邻居转到了另一处宽敞的房子里，也在燕园，是南大地六十三号。原主人是燕大音乐系主任，即范天祥教授，他们一家人举家迁往美国了。这处房子就是小月莺的婚房了。

"月莺呀，这次不能像你当年云莺姐那样，八抬大轿抬着娶到陈家大门的。"

李文祺还是习惯叫月莺，而不是像林迈可那样叫她潇丽。其实，她早就在燕园里一直叫潇丽的，没有几个人晓得她还叫过月莺这个名字。林迈可也晓得，所以，他一会儿叫她小月莺，一会儿叫她潇丽，以至于家里有人的时候，别人都有些诧异地看着他们。不过，她并不在乎，只是为他忙碌的时候扇着扇子，端茶递水。北平的夏天是很炎热的。尤其，他用不着骑着自行车，在物理系实验室与校长住宅间来回奔波了。他不仅给那些在乡下的抗日队伍组装电台，还组装收音机，甚至到处去买相关的器材，比如在香港和上海买真空管和其他零件。焊接工作一直持续到凌晨。房子里热，她用毛巾替他擦汗，拿水给他喝，买好他爱吃的李子，洗好剥开来喂他。有时，焊接工作需要帮手，让她把住焊接的某个部位，然后他来全神贯注地工作。

"爹，娘，我就要嫁给迈可了。"

吴秀兰有些担心，拉住小月莺的手说道："这事，能行吗？嫁给一个洋人？我这个当娘的总觉得心里不踏实呀……"

"你娘不踏实是对的，我也琢磨了几个晚上，儿女自有儿女福，爹本来不想干扰你的选择。再说，迈可也来过咱家，看上去也很踏实。虽然显得有些老面，但还是能靠得住，也很有学问，帮助那些个郊区的抗日队伍……"

"靠得住甚嘞，嫁一个外国人，到时跟着一回国，就抛下我们的小月莺，那可咋办嘞？"

看着吴秀兰快要哭的样子，小月莺一把抱住娘，然后说："娘，你放心，迈可对我一直挺好……"

"好甚嘞，整天在屋子里摆弄那些真空管呀，电子元件呀，而且还焊接这些东西，弄得家里很容易着火，这可不是戏耍的。"

听了李文祺的话，小月莺也明显感到爹也老了，有些絮絮叨叨。不过，她一点也不烦他们的唠叨，反倒一低头，觉得很难受，眼里的泪就流了出来。

"爹，娘，你们放心，迈可做的事情，肯定是有利于咱们国家和民族的一些工作。详细的，我不能和你们说，我也获得了燕大的学士学位，再过一些日子……不，爹，娘，我和迈可……有一天，突然离开你们二老，你们可不要生气……"

"孩子，你要去哪儿？就在爹娘跟前不好吗？"

小月莺低下头，一阵抽泣，然后抬起头来说："娘，我爹也是一个有民族血性的人，他做过很多事情，我也晓得。以后，我和迈可也会这样做，会去很远的地方……"

"你要跟着迈可回英国吗？"

"不会，我不会在这个最为艰难的时候离开祖国。听司徒校长说，日本宪兵队的人来，反对燕大女生嫁给英国人，说英国不是他们日本的盟友……"

李文祺叹了一口气，然后看看吴秀兰，才对小月莺说："唉，你娘不让爹和你说这事，今天警察所里也来了人，说是日本宪兵队反对这事，除非让你放弃中国的国籍……"

小月莺说道："爹，娘，这事已经解决了。司徒校长在一次晚宴中遇到北平日本宪兵队的头子，说起这事，他们终于松口了，觉得这事也不都是不利，或许还有助他们在中立国家间的亲善形象。"

"是呀，反正，他们正说，反说，都占着理。"

"娘，以后家里再有那些伪警察来，别让我爹出头，一旦晓得我爹曾在队伍里打过鬼子，那会招来大麻烦……"

"闺女呀，别吓唬你娘，那两个伪警察来，态度倒还好，都是北平本地口音，你爹的老家口音比我还重，三句话里人家有两句半'嗨不开（听不懂）'，还有半句又要愣神半天……"

原本沉闷的气氛，一下子被吴秀兰的话给活跃了。先是小月莺笑，后来是李文祺也乐了，刚喝的一口茶水，还喷在了脚地。一家三口正在前仰后合地笑着，林迈可走进来了。

"爹，娘……"

林迈可学着小月莺的声音，也这样与李文祺和吴秀兰交流着。一开始，他们还是觉得有些生硬，但后来就好多了。结婚要吃油糕，这在小月莺老家是惯例，燕园的餐厅里，司徒校长作为证婚人，一直是笑眯眯的。他扮演了一个中外友好的使者身份，并且把新郎和新娘的手一起牵起来举到头顶。吴秀兰从燕园东门附近家里边带来的一盆油糕，在燕园食堂又热了热，端出来了。吴秀兰夹了一个油糕特意塞在了司徒校长的嘴里，然后，一对新人也吃了油糕。

"油糕，油糕，芝麻开花节节高！"

这次吴秀兰的老家土话，却是让全场的人都听懂了，一哄而上地都来分享喜宴上的油糕，别具风味。每一张脸上都是开心的笑容。司徒校长早早地来了，还有史碧尔小姐和华格纳小姐帮助筹办婚礼。小月莺披着婚纱，穿着一身洁白的公主长裙，脖子里是飘逸的长巾，手里捧着一束玫瑰，组成一轮浓淡相宜的新月状。而林迈可头戴着一顶绅士帽，圆形眼镜，高鼻梁，白衬衫，红领带，西装革履，一身新郎打扮。他站在小月莺跟前，微微地露着笑意。他吃了一个油糕，然后向着李文祺、吴秀兰竖起了大拇指。

"从今往后，不论贫穷还是富裕，不论生病与否，不论境遇好坏，不论在何处何地，誓言相亲相爱，至死也不分离……"

在这样的时刻，小月莺眼前一闪而过初次在燕园一〇三大教室里见到林迈可的情景。四目相对的刹那间，就能体会到彼此的心思，抑或穿越整个一生，前路茫茫，目标明确，意志坚定。这一刹那间的对望，足以压倒了一切的迟疑和踌躇，无论这件事情能够带来多大的麻烦，她都要与他同行。正因此，她伸出手去，一起走过红地毯，就确定了接下来的命运轨道。他们之间的默契甚至超过了任何其他外化形式的客套交流，只要彼此心心相印，哪怕并不同处一屋，却也能接收到对方灵魂的讯息。

"你要明白，我毕业之后去长沙。"

"这是一件好事。可是，我不会让你离开我……"

小月莺从林迈可的眼睛里看到了答案。"你会怎么与我爹娘说这件事情？"

林迈可脸上泛起未名湖水上一层层波澜，蓝灰色的眼眸深邃地望着她。"如果，我能说服你的爹娘，如果，我能……"然后，他停顿了一下，"不过，事实上，我已经说服了。"

"还没说，怎么就说服了？"小月莺抬起头来问。

"他们都是好人，不反对，就是他们答应咱俩哩。"他耸耸肩，然后摊开两手，与其是无奈，不如说是内心里有一份坦然。

"啊。是吗？"小月莺轻轻地说，"我想想，嗯，是的，你的理由很充分。"

小月莺身上有一种神秘的气质，仿若某种致幻的药物，让林迈可感受到日常生活之外的另一种情梦体验，而且感人至深的正是此时此刻不用说一句话，却能体会到更多的弦外之音，甚或在两人之间有一种妙不可言的同频共振。这种感觉并不在于她的具体某一个行为举止，而是从她心里流露出来的一抹圣光。也许，这是因为她出生和成长的环境，也许来自她天性中流露出的率真和善良，还有她不同于别的燕园女生的个性。他总觉得，在决定两个人未来命运的关键节点中，起着作用的往往是偶然性和随意性中的更多的同一性密码，使得两个人的节奏在机遇和环境的改变中找到了对应的电子波长。

"什么叫电子波长？"

"你听这耳边的风声……"

一路行进的速度超过了时速一百公里，诺顿摩托仿若飞离路面，在悬空中越过重重障碍，还未等前面一百码外的鬼子岗哨做出反应，就已甩出去了老远。而车兜里乘坐的正是穿着便装的一个八路军方面的人物。一般来说，不好问，也只是感觉到对方有些神秘的笑容，蓝长袍，个头很高，脸膛很宽，颇有书生气。也就是以后西行遇险时才得知他是聂司令手下负责情报工作的部长，名叫王友。小月莺记得林迈可带着她去看望英国使馆的朋友，也是骑着这么飞快的摩托。他喜欢带着她把一切都甩到后面。然而，她还是觉得不踏实，在宁静的燕园里，住在南大地六十三号，感觉到恐怖的气息更浓烈了。她会担心鬼子突然闯了进来，尤其，配好发报机，与晋东南那边的八路军联系。他还想让英方派一个工作团到游击区去，配合八路军聂司令的工作。

"莺子，迈可为何总是一天到晚把自个儿关在屋子里，也不出来见见人啥的呀？"

小月莺总是给李文祺一个标准答案，说是迈可在研究学问，不想让别人打扰。其实，她是不想牵连到爹娘，不想让他们晓得，正是不想让他们提心吊胆。尤其，民国二十六年时宋哲元的二十九军撤走时遗留下一批物资，原本是要送给北平和天津附近的八路军，但一直滞留在天津的英租界，后来转到意大利租界，又由天津的美国水兵把物资送到北平美国使馆，然后迈可又把这六大箱子拉回家里，放进储藏室里。迈可借了司徒校长的车去拉的，一路上能看到好几处鬼子岗哨，觉得心都提到嗓子眼里了。她觉得这一切并不是那么风平浪静。可是，他们又能去哪儿呢？她听爹娘说，又收到一封来自老家离石的信，是婶娘写来的。婶娘崔巧巧说起了李府的一些变故，战事频繁，几经挣扎中，依然存着一线希望。小月莺眼前出现这样一幅画面：一颗飞来的枪弹击中路边的一座四合院的石狮子，然后碰撞了一下，又飞起来，钻进了拎着鸟笼子出来遛弯老大爷的身体里。他仰面朝天，把鸟笼子扔出去一丈开外，还不时地抽搐着，挣扎着想爬起来，可是刚刚折起腰来，竟然再次栽倒在地，呻吟着，嘴里不断地冒出血来，两腿使劲蹬着。没有一会儿，他就死了，一摊血还在不断地向着四周漫延。

4

　　一片长满着空心莲子草、马齿苋和三叶鬼针草的田野上，横七竖八地躺着一些尸体，分不清是鬼子，还是国军，抑或老百姓，看不清穿戴。一切都是模糊的，却嗡嗡地飞着一些蚊虫，还有阵阵腐臭。刘佳慧不记得自己怎么从那个挖开的大坑里爬出来的。她记不得了，只是风雨大作中，有一些疯狂扭曲的脸，在辱骂着，甚至用马鞭抽打着。仿若这一切与她无关，因为她早已感觉不到任何疼痛，只觉得自己已经无法挪动半步。她从大坑里好不容易爬出来，却看到四周依然是满地的死人。有的仰躺着，有的趴着，有的斜插着，各种各样，五花八门，让她一阵阵揪心。她忽然发现一个年轻的国军士兵被一个胖大的鬼子压在身下，两个人都被炸死了，至于怎么炸死的，却不得而知。她看到鬼子后背上的伤口里还在汩汩冒血，前胸插着一大半大刀片儿，而鬼子身下的国军士兵血肉模糊，看不清伤口在什么地方。她攀爬着走了很久，没有发现一个喘气的，死寂一般，让她毛骨悚然，赶紧向前攀爬着。她的心在那时跳得嗵嗵嗵的。

　　"国强，你拉拉我，快拉拉我……"

　　刘佳慧在昏迷后的梦魇中却是看到了郑国强，其实，她已经再未见过他了。开战之后，他身负重伤，被抬了下去。这个时候，她的耳边回响着阵阵战士们出征时的歌声。她记得自己只是在倾听，后来也参与进了这种大合唱之中。她怀着一种热烈的情绪在高唱，甚或力求在一些微弱和低沉的音调中加入了昂扬的情调。她被他们脸上的壮怀激烈所打动。也就在她刚刚爬出的大坑里就有着这些战士们沉睡的脸，无论如何也再无法唤醒，这一点让她陡然间陷入迷乱的盲目攀爬之中。她搬开挡在自己前面的十来具尸体，那些脸上没有了任何痛苦的表情，只是凝固着一种拼杀时的仇恨，还有竭尽全力时的挣扎和负重，以至于猝然倒下都不晓得是如何倒下的，只是一直支撑着身体做出一种罕见的勇猛造型。这样的合唱，让她穿越到童年，那些快乐的儿歌里，依然会有着的天真和执着……

　　"你怎么会在这里？"

　　那时，刘佳慧仿若听到郑国强站在北大红楼前望着她。时光在倒流着，她不是穿着现在的这身军装，而是下穿天蓝色的裙子，上穿雪白的短袖衫，一如蓝天白云里一朵盛开的木芙蓉。远远地能看到那些打篮球的学子好奇地打量着她，而郑国强则递给她一个牛皮信封。她就这样飘逸在夏日的风里，弯弯的眉毛让人心颤，一双花眼在阳光下一会儿眯缝着，一会儿又睁大着，只要嘴角微微一歪，就会连带着整个身段，婀娜多姿，让他说话时变得有些结结巴巴。

"你走，我也走……"

"你不怕死呀，你跟着我，我跳崖，你也跳崖呀？"

"你跳，我也跳……"

"你闭上眼睛。"

"闭上眼睛就闭上眼睛……"

耳边枪声大作。在刘佳慧的脑海里，一下子转换了时空。这一下，眼前的一切又很清晰了。那时在汉口，长江边上，抬头看见不同型号的两国战机在天空上追逐。时任第四航空大队二十一中队的陈怀民，作为副大队长董明德的僚机，遭遇五架鬼子零式战机的围攻，最后与一架敌机相撞，同归于尽。据说，他的恋人王璐璐为此投江殉情。隐秘的阳光在氤氲的云霭中投射在人们仰起的脸上，有了一种灰暗的幽淡，长江的天际处迷蒙着难以辨别色彩的斑斓。徐缓地流淌着的江水，毫无声息，仿若进入了休眠状态。偶或又有耸立的桅杆直指着天空，进行着追问似的。她带着沮丧的情绪，在茫然失措中寻求着失落的慰藉，头顶上零零落落的云朵在随风飘荡着，宛若她游走不定的灵魂。她从更加遥远的水面尽头听到一阵波浪的翻滚，然后是一阵阵汽笛的鸣叫，紧接着是庄严的乐曲，以及士兵步枪刺刀的寒光闪闪。一些依稀的记忆和一些人名开始浮现在她的脑海里。轰响的歌声在油然而起，宛若空谷足音，回响中让她听到了自己的心跳。这时，整个战地医院被鬼子包围，她的眼前是一个个在枪声中倒下去的身影，唯有她却死而复生。

"喂，你是谁？"

"我也不晓得自己是谁……"

刘佳慧失忆了。她的眼前冲上来十几个黑影，然后是黑洞洞的枪口。

"快说，你为何被鬼子俘虏，你是哪支部队的？你被俘后给鬼子干了一些什么？你是否领受了鬼子的潜伏任务？为何被俘的人都死了，就剩下你一个？你是不是全招了？你都和鬼子说了一些什么？你为何要说？你干吗要这么贱？对了，你……你是不是和鬼子那个……睡觉啦？你别一股劲摇头，一看你就做贼心虚嘞！到了这种时候，你还有什么不敢说，还有什么事情不敢说，还有什么不敢出卖？"

刘佳慧百口莫辩。她的头轰地一响，还不如死了呢，回来为何会遭到这种羞辱？她觉得这些人比鬼子还狠，可是，他们不太像小月莺曾说起过的八路军游击队？这里是鄂南？不，是湘西了，只有占山为王的土匪，哪儿会有八路军游击队？只是听小月莺说起过他们时一脸佩服有加，林迈可和他们还有来往，给他们送过好几部电台，可是……他们是谁？

"你们是谁？"

甭管他们是谁，只是如何让他们相信她不是汉奸。恍惚间，她记起了自己一些被俘的情况，只是大多数人都死了，她却活了下来，这如何证明你不是汉奸呢？

"你是汉奸——"

"我不是……"

"你是汉奸，我们代表全中国所有受苦受难的老百姓，对你就地执行死刑……"

刘佳慧两眼一黑，猛地又想起了郑国强，然后恍然间亮了一下。他就是在前些日的战役中死去的，而她却活了下来。她死里逃生，也没有受到鬼子的侮辱，但能够证明她身份的人都死了，她的证件也都丢了……

"你是鬼子的间谍——"

刘佳慧刚刚从河水里爬上来，浑身湿淋淋的，裹着鬼子丢下的一块军毯。一个满脸都是被战火熏黑的家伙，被他的同伙叫作"干打雷"的汉子，把她拎小鸡一般装在麻袋里，然后飞起一脚把她从岸边踢入了湍急的水里。她不断地上下沉浮着，只听着一声枪响之后，她再次陷入了假死的昏迷之中……

不过，她的耳边似乎依然能够听到"干打雷"的叫喊声里有些装腔作势。她不晓得他们是一些什么人，听上去也只是一些逃兵和流民组织的小股土匪而已，可是他们却有着无法无天随意处置她这样身份的人，有本事就真刀实枪地与鬼子干仗去，在这里充什么英雄好汉？可是，她说不出话来了。麻袋把她罩在窒息的黑暗里，而且冰凉的水在不停地拍打着她的身体。她还能记得"干打雷"那敞开的高领子上立着一只老鹰，下巴上贴着一块白胶布，手背上有着明显的刀疤，走起来还一瘸一瘸的，但对待她则这么狠，难道他真把她当作恨屋及乌的女汉奸女鬼了吗？他的腰里松松垮垮地挂着一条红皮带，上面有一支王八盒子。他上身穿着没有檐口口袋的粗布黄上衣，裤腿一只上卷，一只下垂，展现着他独有的风格和气质。她一开始就并不喜欢他们，因为他们的出现让她不安，甚至于下意识地躲避，但是她没有他们跑得快。与他随行的几个伙伴，却是赤裸着上半身，并非天气热的缘故而光着膀子，而是一种自由散漫的率性而为，甚至还有一个半大的十三四岁毛孩子，也站在他们里边，对着她声嘶力竭地叫骂。也许，正因为他们在着战场的后方做出一些夸张的动作，以示他们和有番号的队伍一样，也在努力寻找战机。真不巧，她就这样成为他们的战机，而且被装在麻袋里执行了死刑。她感到了刺心的痛苦，甚至于悲恸欲绝，但她在越来越清醒中只有随波逐流了。

"就让这个女汉奸喂鱼去吧！干打雷！干打雷！"

刘佳慧的心里一阵比一阵难受。她觉得这一切是那样的不真实，如同一个玩笑，发生在小月莺反复讲过的七岁童年里。只是他们嘻嘻哈哈地笑着，没心没肺，却充满了对汉奸的仇恨，只听到一阵噔然的响动，可是她在被俘前一直在抢救着麦市攻击中抬下来的伤员，难道她死里逃生也成了罪状？这些伤员都是在打鬼子中负伤的，为此，她在抢救中，一天一夜都没有合眼，刚刚闭上眼，却是做了鬼子的俘虏。整个战地医院都被鬼子烧毁了。她身边一个个正在被救治的伤员被直接拉出去枪毙了。她和那些穿着白大褂的同事都被拉出去，填入那个尸体堆满的大坑里，耳边回响着歪把子机枪的突突突声。然后，就一下子死寂，乃至整个的黑夜里，她都在死人堆里昏迷。她没想过自己还能活着。眼前的漆黑和恐怖的气息，湮没了时间的边界。她陷入神志不清而又飘忽不定的状态之中。一切只是让她觉得仿若陷入不晓得身在何处的空洞里，无边无际，一直在飞，只是四周都是被挤压着的胳膊腿。还有一双一动不动的眼睛死死盯住她的脸，还有身后不晓得哪儿来的两条胳膊在环抱着她的脖子，让她喘不过气来。

"其他人都死了，为何你却活着，而且还披着鬼子的军毯，你这不是汉奸，却又做何解释？"

她觉得自己一下子穿越到了古代的任何一个非常时期，宛若在《聊斋》或者《一千零一夜》里读过的鬼故事，一下子都闪现在自己的眼前。妖魔鬼怪在吼喊着，传来噔然的凄厉响声。随后，她似乎听到了一阵阵的浪涛声就在耳边响起，然后是一艘小船划过来的声音，她随着麻袋腾空而起。麻袋的口子被剐开了，眼前一亮，只见麻袋口子外还有一张巨大的渔网。

"妈呀，这么沉，不是中华鲟，而是一个死人……"

"捞来捞去，捞上来一个死人，这多不吉利呀。"

刘佳慧听到船家的埋怨声，然后解开渔网，要重新把她扔到水里。结果，她睁开眼了，挣扎着，爬起来，竟然说道："我……我、我还没死……"

"你还活着呀？"

刘佳慧的心剧烈地跳动着，浑身上下抖颤着。她的呼吸一下子变得顺畅起来，趴在船头，大口地呼吸着迎面吹来的空气。她的神思飞扬着，宛若在更加高远的天空上飞翔……

"我还活着……我……"

"你是谁？怎么被裹在了麻袋里？"

"我被淹了，我、我不晓得……"

"谁把你装进去麻袋的？"

"我……我……我真的不是汉奸……"

"没人说你是汉奸呀。"

"我——我在哪儿哩？"

"你在船上……"

"哪儿的船？鬼子的船？"

她站在船头，摇摇晃晃地做出一个飞翔的动作，差点又一次栽到了水里。她正如一只上下翻飞的鹚鹰，也如一只落水的凤凰，脑子里一会儿闪现的是童话里渔夫和金鱼的故事，一会儿又是法海把白娘子压在雷峰塔下的传说，她满脸发烫，只是沙哑着嗓音对渔夫说："我要喝水……"

"喝啥水呀？刚才在水里还没喝够吗？"

5

这是一座紧靠燕园东门的小四合院，属于北平典型的那种普通的结构：坐北朝南，正房三大间，然后东西厢房各有两间，南房是厨房，大门在东南角，茅房在西南角，一片片灰瓦铺到顶，人字形间架结构。院子里还有两棵石榴树，另外一棵海棠却依着东厢房而立，遮挡住大门的视线，也算是起着照壁的作用了。

"秀兰，光闷头哭，有甚用嘞。"

李文祺安慰着吴秀兰。这时的院子里也没有别人，厨房里有于妈在忙活着。于妈住的离这儿不远，也就是给他们来做做饭，收拾收拾屋子，晚上不在这儿住。李文祺的个头高，五十岁左右，早已看不出职业军人的做派了，穿着一件灰色的布袍，倒有点像李潇民读书人的味道，只是脸上依然有着一种厚道，剃光了脑袋，嘴里抽着小月莺送给他的大前门烟卷。

"你还劝说我哩，你自己一个不吸烟的人，今天吸了第几根啦？潇丽送你大前门，你也不能一顿穷呀？"

"谁一顿穷啦？这不，老家的事，一桩接着一桩，这不让我难受吗？"

"唉，好好的一大家子，鬼子一来，出了这么多事情，都是人命呀。巧巧来信，我虽然不识字，看不懂，但也听你说了一个大概，这都搭进去好几条人命了呀！"

"我还是那句话，与国家遭的难相比，咱李府受的这些苦，又算得了甚嘞？"

抬头看天，仿若又有几颗不认识的星斗，好像在向地下的人闪烁着亮闪闪的眼睛。这会儿，风在西山那边躲藏了一天，到了夜晚就会悄没声息地溜了出来，把白天的暑热一下子溶解了，阵阵清凉让李文祺体会到老家李府的夏天模样。知了在这个时候越发地叫得欢了，也有白杨树上的鸟窝里发出的声音在与之对应着，使得整个夏夜变得躁动异常。

"也不晓得闺女这几日怎么了，也不回来看看。要不然，你过去一趟，把我做的碗托送过去。"

"咱闺女爱吃，也不晓得迈可吃惯吃不惯，他一个英国人，爱用叉子吃饭，用不惯筷子，切好的碗托，你让他夹着吃，怕是老半天也夹不住一根。"

吴秀兰虽是这么说，但却跑到门口望了好几回。她的脑子里一直也在嘀嘀咕咕着，只是没有像李文祺那样焦急的心情。分分秒秒过去了，走到门口总是空落落的，巷口没有一个人影。她原本还有几分自信，这个时候也有些动摇了，走起路来摇撼得很厉害。这闺女不着家，一定是有什么事？听说，燕大师生被鬼子抓走了不少，司徒校长据理力争，却也没能让他们保释。她也不晓得仗还要打多久呢？

"文祺，你不是上过战场吗？你说这仗还要打多久？十年八年的，或者更长，这得要熬到甚时候哩？"

"你问我，我问谁去？你最好待在家里，别老出去邻居家串门，这年头，害人之心不可有，防人之心不可无，一句话说不好，可能就会带来灾难……"

李文祺说着话，就又陷入沉思之中。他想起那次在李府后院酒窖里的躲藏。曾经的穆占山，据说也被莫名其妙地被杀了，杀他的是那个菜刀队的宋老大。而这个宋老大的菜刀队，如今成了军统的锄奸队。这样说来，穆占山是一个汉奸吗？既然是汉奸，他为何也在小东川里打过鬼子，被谷口茂赶得东躲西藏。对了，还有八路军游击队的李信诚。据说这是一个传奇人物，先在柳林镇北山一带活动，后来到了碛口，现在听说是离石县的武委会主任，也就是军事部的部长了，他也经常在占领区里活动。

那次，李文祺看着李信诚向北川河远去，然后又看着穆占山从南川河消失。他一个人急速地向着东川河上游行进。当晚，他在汾阳一个小村落里的老乡家住下，没有脱衣服，后半夜就被老乡家的狗惊醒了。他一跃而起，一张深褐色的长圆脸上凝聚着紧张的表情，然后就从后墙翻出去，沿着一条通往后山的小路就跑。一道手电光打来，听到后面有叽里哇啦的叫喊声，真的是鬼子追来了。他在黑暗中有些磕磕碰碰，不晓得冲上几道坡，跨过几道坎，但还是只听轰隆一声，一不小心就跌倒在村外的化粪池里，浑身湿透了不说，关键还臭烘烘的，风一吹来，熏得远处的几个鬼子都停下脚步，在呕吐着。趁着这个乱劲儿，他才再次跃上一道高坡，纵身就钻入壕沟下的涵洞里，冻得都牙齿不停地打架。他的腰眼处一阵钻心的痛，宛若被烧红的烙铁烫过一般，踉踉跄跄着，伏在涵洞最深处，静静听着涵洞上面咚咚的脚步声。

"啊哟，我的腰，我的腰就要断了……"

可是，他不能喊出来，只是两只手抓住脚下的沙土，紧紧把头顶在洞口的上壁，脑子里嗡嗡地乱响着。后来，他走到了一个废弃的屋棚，摇摇欲坠的棚顶早已被风雨掀开大半边，抬头就能看到星空，而脚下有一只脏兮兮的野狗，冲着他低声哼叫，与其是吓唬他，不如说是在召唤着他。这么冷的天气，他只有与这只野狗抱团取暖。他的头顶因为奔跑而冒汗，两只手也是攥出了火。他就像开锅了一般不停地喘息着，还以为自己中弹了。他摸摸腰眼，虽然隐隐作痛，但却是没有伤口，可能是跌入化粪池的缘故，被一根横担着的杆子给戳了一下。他下意识地抬头看看屋棚，然后又嗷的一声，两腿在剧烈的颤抖中奔跑，膝盖发酸发痛，气都喘不上来了。他就这样跑着，精疲力竭，在一道黑魆魆的矮墙下坐了下来……

"后来呢？"

李文祺记得吴秀兰这么问过他，而小月莺也这么问过他。他只是摇摇头，自嘲地笑着。他不想再回顾那次逃亡。他只是为了尽快地赶到吴秀兰身边。

"你一定还想着曾玉芬吧？"

"你说什么呢？玉芬都死了这么些年，你还不放过她……"

"我怎么不放过了，是你自己有心魔，才放不下她。要不然，你这个时候回老家去干甚嘞，还躲藏在酒窖里，真的不要命了，也不要我们娘仨了……"

"你在说甚嘞？到现如今，这吃的哪门子醋嘞？"

李文祺虽然这么说，但那次还是去了乱坟岗，那里埋着曾玉芬。曾玉芬坟头已芳草萋萋了，想起来就让他潸然泪下。他对不住她，没有给她一个归宿，让她死后的灵魂都依然飘游在乱坟岗。在黑暗中，他弯下腰，甚至于把头伏在坟头，呻吟着，哭喊着，紧张地呼哧呼哧喘着气，如同处于一个枯井里，难以自拔，窒息的恐怖在乱坟岗周围弥漫着。早春的气息里遍布着阴冷和恐怖。不晓得过了多久，他强自抬起头来，看着天空的一颗耀眼的星星，然后与她对话。他相信天上的这颗新星正是她。也必须是她。他的嘴巴发干，两臂无力，双腿麻木，而镶嵌着无数星星的天空也被席卷起的迷雾所覆盖了。

"唉，老大家两口子也埋在乱坟岗里，也不晓得能不能迁到祖坟里呢？"

吴秀兰叹了一口气。她的担心只是觉得他们命苦。听说，陈香香、于晓梅也被鬼子活埋了。她看看他，觉得他逃出来是对的，要不然鬼子非要逼着出来做事，诸如维持会、新民会之类，闹不好也会成为汉奸。她与他这么远走到北平，虽然也是占领区，但他们只是很低调地在这儿居住，陪着小月莺居住，至少离闺女近呀。潇民一家也转移到大后方重庆去了。潇民做了重庆一家糖厂的厂长。小月莺据说也要走，只是没有确定什么时候走，她与迈可不去重庆，而是要一路西行，直奔延安。他们老两口就只能留在北平，过一天是一天了。

"要不你去学校里看看闺女？"

"好吧，我这就去。"

李文祺突然觉得整个人生就是这样像每天的太阳一般升起又落下，如同在一个巨大的轮盘里转动，不停地重复着，一天又一天。他站了起来。他觉得小月莺才二十五岁，这么年轻，这么优秀，还有洋女婿，也才三十左右。不像他，已经五十来岁了，无所谓了。他与小月莺她娘能对付的日子，小月莺与迈可不能对付。他们必须离开这儿。既然，迈可与八路军游击队有这样一种特殊关系，何不赶紧走呢？不能再耽搁了，是不是闺女放不下他们老两口呢？李文祺的腰眼处又在疼痛起来，又让他陷入那场逃亡路上的回忆之中。他的两腿撑住整个身体，摸摸下巴的胡须，他在那时一股劲地走，四周的黑暗总是无边无际，人如一叶小舟，随风摆浪。幽暗中有着温暖的光，步履艰难中逆风而行。他体会到一种占领区里被遗弃的屈辱和痛楚。正因此，他要让小月莺和迈可放心地走，越快越好。他突然想起了崔灰娃。这个八十来岁的老佃农，从北平回来的半路上遇到他，后来搭了一挂马车回田家会，结果是死了。崔灰娃的死，有好几种说法，说法之一是马车刚到田家会，连冻带饿，再加上一路的颠簸，人就不行了；还有一种说法，崔灰娃被宋老大的菜刀队就地正法了。这菜刀队名为锄奸队，杀人越货，啥事都干。一把鬼头刀挥舞在半空，瞬间有一个短暂的定格，然后画了一个半圆，只听咔嚓一声响。崔灰娃以何罪名被宋老大处以极刑的，不得而知，反正听说鬼头刀砍一下不行，又接连在创口又砍了四五下，才完成了行刑。砍下的头耷拉下来，还有一丝皮肉连在身体上，却是头颅还在冲着宋老大眨眼睛。这让投靠了八路军游击队的崔锁孩与宋老大结下了杀父之仇。随后，宋老大又被做掉，也算是以一报还一报了。

"给我碗托，我去看咱闺女……"

"要不然，我也去吧。我要看着闺女高高兴兴地吃着咱老家离石的碗托哩。"

6

这一日，小月莺起得很早，客厅里依然保持着前一晚的凌乱状态。她听听林迈可的工作室，没有什么动静，可能他刚刚睡着。一台收音机忘记了关上，她不由得去拧了按钮，发出咝咝咝的声音，什么也听不清，就关上了。然后与厨师说早饭会有班威廉夫妇过来。走出屋外，她穿过一排排笔直的白杨树，然后在一丛寄生灌木前站住，眺望着那棵银杏树，依然在自由自在地生长着，原来以为快要死去的主干，却是旁逸斜出，绝地逢生。也正在这个时候，她听到身后一阵咚咚咚的脚步声，转头一看，竟然是林迈可。怎么回事？他没有穿平时出来散步的休闲运动服，而是一身睡衣，有些急切的表情，感觉像发生了什么状况。

"你在说什么？我听不到……"

林迈可跑了过来，睡衣上的一根带子脱落开，他也顾不上了。他说："潇丽，快跟我回去，马上走！"

"怎么了？"

林迈可也不说话，直到把小月莺拉到屋里，他才说："司徒校长被鬼子宪兵队给抓走了，珍珠港被日军炸了。"

"什么珍珠港？"小月莺兀张着嘴，有些没反应过来。过了半晌，她才听清司徒校长被抓走的消息，心一下子跳动得很激烈。

"这是司徒校长的福特车门钥匙，咱们得赶紧走！"

"去哪儿？"

"去八路军的游击区，那儿会有人接应我们。要快呀！"

"你赶紧给班威廉夫妇打电话，他们也要一起走。"

从外表看，小月莺似乎没受到太大的干扰，她有条不紊地收拾一些必要的东西，尤其储藏室里宋哲元十九路军送给八路军的六大箱物资，后备厢里塞满了，剩下的又明晃晃地搁在车后座上。还有剩下的物资只有丢弃在储藏室里了。那时，什么也顾不上了，三十六计走为上计。可是，往哪里走，她依旧一头雾水，而迈可胸有成竹。因为，他不止一次开车去西郊外与八路军游击队见面，给他们送药品、送电台，以及其他急需的物资。记得有一次，他还在上海买过一副英军的绑腿，捎给了冀热察的萧司令。小月莺也跟着好几次进行过这种秘密接触和运送物资，甚至这些战士，都穿着便装，让她有些遗憾："他们为何不穿军装呢？"林迈可总是笑她，说是敌后打游击，穿着军装，那还打什么仗呀？可是，她总觉得他们穿着与郊区农民一般无二的服装，多多少少与她的想象不太一样。

"这些东西怎么装呀？"

"不能再犹豫了，必须要快，快！"

记得和上次一样，炸矿机和导线放在汽车座位的下面，电话机等大件东西都放在汽车搁脚板上，一旦盘查，就还和上次一样应付，说只是一些散碎的汽车零件。但鬼子一旦真的较真，细加搜查，那就麻烦了。于是，一只盒子上放了十磅的白糖，五磅的奶粉，还有一些可可、果酱的备用食品，再加上野营时用的帐篷和厚袜子之类。另外一次是中秋节，他们带着月饼、水果和啤酒，还有装有衣服和药品的背包装作去郊游。那次运送物资还有游击队的地下联络员，穿着西装，与迈可一样，都持着日本人发的通行证。他们每个人都带着一把手枪。其中还有同情游击队的燕大心理学教授夏仁德博士，与地下联络员都坐后面，小月莺和林迈可则坐前座。那次遇到鬼子哨卡的怀疑，甚至驱车追赶，但还算是有惊无险吧。温泉村过了，然后是大觉寺，远远看到妙峰山。一下子进入一个月夜下的玫瑰谷。矗立的山峰宛若神秘的远轮在无边的汪洋里巡游，而在法国教会的校舍旁，一片荒野，蒿草丛生，有八个穿着便衣的游击队员在用暗语联系着他们。那次的出行在她的记忆里留下了深刻的印象。

"燕园西门已经被鬼子堵上了，从东门出吧。"

刚到东门口，小月莺就看到爹娘正在向着燕园这边走来了。她让迈可停车。

"爹，娘，我们要走了。"

"走了？去哪儿？"

小月莺下了车，迈可也下来了。她先扑通跪倒在爹娘的脚下。然后，迈可也有样学样，也跪下了。

"爹，娘，女儿不孝，这次走后也不晓得何时再见了。"

小月莺觉得爹娘苍老了许多，但他们都表现出一种坚毅的表情，然后挥挥手，说道："赶紧走吧。"娘还三步并作两步地把一个装有碗托的食品盒递给她，然后就作别了。不能说是永诀，但也是让人揪心的离别，甚至不晓得何时才能见面。也就在他们走后不久，住所就被鬼子搜查并查封，随后燕京大学也被鬼子勒令解散。直到一九五四年八月，随着英国的一个官方代表团飞回北京再次见到爹和萧民，才得知娘已殁了。那时，小月莺已经是三个孩子的母亲了。在一九五一年有一张在英国照的全家福，穿着一件黑呢大衣的林迈可怀里抱着小儿子，而穿着一件米色风衣的小月莺站到他旁边，还有一双儿女，都穿着黑呢大衣，各站在他们的两边。

可见，这个时候情况已经很紧急了。小月莺与迈可一起接上与他们同行的班威廉夫妇，上了车，风驰电掣地向颐和园方向飞奔。一路颠簸着，飞驰而过鬼子设卡的青龙桥，直奔黑龙潭而去。

迈可的面孔像车窗玻璃一般光滑，但却难以掩饰他心里的焦虑。而小月莺的脸上充满着阴郁不定的云朵，不断变换的窗外景色，让她时不时想起爹娘招手时孤独行走的身影。先是萧民一家从天津转到重庆，再然后就是小月莺也走了。三个儿女都无法在身边陪伴着他们。这一点，让小月莺很难过。可是，这是没有办法的事情。时局在不断地变化。这战争才刚刚开始。她和迈可义无反顾地投入游击区这边来，并且还将一路西行。记得那天灯光幽暗，司徒校长也极为悲观，让大家能走的都走吧，留下来都会被抓。年轻的师生都愿意走，再不走，有可能会被鬼子宪兵队抓走。小月莺给梅兰和韵佳两个朋友的建议是出行别穿高跟鞋，一定要改穿平底布鞋，到了山里，就凭着一双脚了。谁跑得快，谁就能活命。司徒校长也说了一些燕京同学在游击队的情况。他说鲍茵小姐懂医学，应该走，而波特博士和夏仁德博士都有一定的组织能力，也应该尽快走，被鬼子关起来，就太可惜了。他在客厅大沙发上坐着对大家说的。没想到他却是第一个被抓走的。

林迈可把车子停在了黑龙潭庙门口，三三两两的人围拢来，其中有一个导游，被他错认为接应的人，可是一问就不是，然后他把所有东西卸下来，找到五六个年老的挑夫。小月莺看着他们比自己爹娘还要老一些，可是没有办法。他们总是好奇，觉得不开车，而雇用挑夫，有些不太理解。小月莺也不想详细解释，只是说："就想在山野里走走。"班威廉夫妇也附和着，果然外国人都喜欢这样在野外散步。

　　挑夫的脸上都有了皱褶，眼睑部分却像石头饼一般坑坑洼洼，脖子里的皮肤被汗水浸湿。小月莺由此又联想到爹娘。爹还好些，留着光头，而白发在娘的头顶开始增加，直到有一天会长成一窝灰白乱发丛生。随着年龄增长，爹娘的手指会没来由地抖动着，或许身体里不太明显的疾病所导致，抑或关节炎、风湿病和高血压，正在他们全身蔓延，不晓得何时才会一并发作。到那时，她不在爹娘跟前。也就是在以后的岁月里娘在梦里悄然离世，仿佛刚刚还在依稀可见的梦境中看到，却是伸出手去落了一个空。而在爹活到八十八岁那一年也在不停地梦呓中，呼唤着打仗的号令中，叫着娘和曾姨娘的名字，也在叫着三个儿女，可是他们都不在跟前。尤其，他们与小月莺远隔重洋，从此天各一方。想到这里，她就不由得落下了热泪。

　　无论何时何地，小月莺在成为李潇丽之后，都会回想到西行的日子，充满一路的艰辛和危险，但在梦里总能遇到一条泅渡的河流，一直在漂游，始终到不了彼岸。直到每次醒来，她都会埋怨林迈可，是他打扰了自己，使得眼看就要到了岸边，却是一下子被他推醒。

　　"你推醒我干什么？"

　　仿佛依然是炎日的炙烤，其实却是一个寒冷的冬天。尤其，在一棵又一棵的白杨树间寻找庇护的场所，却是不能够，只是不停地随着挑夫奔走。这几个年老的挑夫不愿意跟随他们去山的背后，那里就是另外一个地界，再要回来很麻烦，没准被哨卡拦住，就回不去了。又换了山那边的几个年轻的挑夫，虽然负重前行，但还是走起来更加健步如飞了。

　　"可是，我们去哪里呀？"

　　这一问，也把林迈可也难住了。他们并不晓得下一步的方向，想了一会儿，才想起有一个法国医生贝西尔好像就在这儿有一套小别墅，不如去那里吧。挑夫继续一边行走，一边问路，去北安河的方向还得爬山，没办法，又雇用了马匹。下午三点，到了西贝尔家，西贝尔不在，管家给他们吃了饭。听说了来意，就又给他们找来好几个背夫，绕开日伪军驻扎的哨卡，跋山涉水，直奔关尔岭，到另外一个法国人的别墅。在那里算是吃了晚饭，不敢收留，才又找到一个姓赵的老村长，表面为日伪军张罗，暗地里却是给八路军游击队办事。通过他，当晚住在不远的龙泉寺里。一个油灯闪烁的神像大殿里，往后走，又有一个大的隔间，有一盘热炕，还有一盘冷炕，但他们不习惯滚烫的热炕，就仓促间选择睡冷炕，结果半夜冻醒过来好几次，大衣又不够长，遮住受风的脑袋，却是两脚露在外头。风刮得很猛，窗户纸都刮开，人都快要冻僵了。

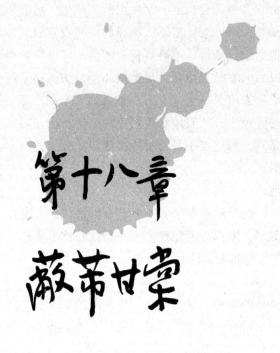

第十八章
蔽芾甘棠

1

李府后院的小角门那儿一阵哐哐的响声，把李有德惊醒了。他从房里走出来一看，院墙上就咚咚地跳进两个黑影来，看不清是谁，直冲着他走过来。走到近前了，李有德还是没有反应过来，弄不清面前的这个中年男子是谁。走近一看，这个粗胳膊大腿、蛮勇有力的高个子，正是崔锁孩。而身后跟着的是二十来岁的杨福武。看来外盗好挡，家贼难防呀，一个瘦小干瘪的营养不良的半大孩子，突然间长成了魁梧身板的年轻汉子。他怎么会与崔锁孩在一起呢？

"福武，你这是要干甚嘞？"

杨福武故意挺直腰杆，仰起头，头发和脸上沾着干草屑，一张脸像烙饼一般摊开来，没有小时候的长圆脸好看了。这段日子，杨栓大与常翠花也不在这儿住了，搬到田家会福武的姑家去住，也主要是害怕李府前院和中院里的鬼子，一天到晚，与鬼子医院为邻，与狼共舞，提心吊胆。尤其，李府大老爷夫妇殁了之后，又有陈香香、于晓梅两个小妾横死，三老爷夫妇躲避在陈家庄云莺家，让府里其他人也生起各奔东西的想法。所以，管家杨栓大也是抽个空子来一趟，也根本不在这儿住。

"是你害死了我爹和我娘！"

崔锁孩这话，让李有德觉得没有什么道理，便争辩道："你爹崔灰娃是李府的老佃农，怎么会是我害死他的？你爹从外面刮哒回来时，身子骨已经就不行了，大冬天的，没吃没喝，冻也冻死了。再说你娘也是找不到你，晓不得你去了哪儿，这才跳了府上小西门的水井……"

"别跟我强词夺理，你们这些地主老财心黑得很……"

"我咋心黑啦？你爹没地，我还给了你爹七分地嘞。"

不说这七分地还好，一说七分地，崔锁孩肺都气炸了。"我问你，我爹给你扛活了一辈子长工，到头来流落他乡，到了北平，碰到二老爷家大小姐了，是给过五块大洋，可是都被坏人抢了。好不容易走了好些日子，走到薛公岭，碰到二老爷，也是仨瓜俩枣地糊弄一哈（下），结果人走到快回来了，却连饥带冻，死了。我娘也给你们府上做活，却是不明不白地死了。你们地主老财就是穷苦人的最大仇人……"

李有德年届九十了，一个耄耋老人，只要崔锁孩硬生生地推一把，估计当下就一命呜呼了。可是，崔锁孩并没有这么做，只是要吃要喝，然后说："总有这一天，穷苦人会向你们这些蛇蝎心肠的地主老财算总账的时候，不是不报，时候未到，时候一到，一并报销。现在，我们挨饥受冻地打鬼子，吃你点，喝你点，算甚事了？"

杨福武心里也恨着李有德，要不是当年李有德从中作梗，杨花花怎么会被常来宝娶走做小老婆？这个时候，杨福武心里虽恨恨的，却还是推推崔锁孩说："锁孩哥，你别在老太爷跟前要横，他都这把年纪了，没有这个必要。咱们要想参加李信诚的八路军游击队，不能这么干，起码李队长那儿还有一个群众纪律得注意着哩。"

"论辈分，你该叫我叔，你爹杨栓大虽然是李府的管家，但却和我属于一辈哩。"

"锁孩哥——不，锁孩叔，我爹可比你大十来岁呀。我爹不让我跟着你……"

"不让跟我，还能跟谁嘞？"

"让我跟着李队长……"

"跟着李队长不洒脱，跟着我多自在呀，想说甚说甚，想做甚做甚。"

"我叫你锁孩哥你还不答应，偏让我叫你叔……"

杨福武轻车熟路地从厨房里提来一只笼屉，里面有半只吃剩的猪蹄，还有烧鸡，两碗莜面卷，正好够他们打打牙祭。不过，有没有小米粥呀？一见了吃的，崔锁孩态度就好点了，便问："老太爷，你屋里有开水吗？"

正说着，斜插里走出来看护牲口棚的哑巴万田叔来，他拎着一瓦罐红豆稀饭，到了后院。

"万田叔，有咸菜吗？"

杨福武接过瓦罐，又比画着问万田叔。整个李府后院和牲口棚，只剩下李有德与哑巴万田叔做伴了。日伪军来了，也吓唬过万田叔，可是没有用，除了不停地啊吧啊吧之外，也问不出其他情况。李有德也年事已高，日伪军也骚扰过两三回，一无所获，也就再没兴趣来静悄悄的李府后院了。倒是牲口棚里牛骡马驴派上了用场，隔三岔五去清剿时给鬼子拉粮。

"这些个牲口，留着干甚？还不如杀了……"

万田叔一听崔锁孩要杀他喂养的牲口就不干了，嘴里啊吧啊吧了半天。杨福武在旁边说："开玩笑了，牲口不能杀，都留着，还有大用场哩。"

半只鸡腿都让崔锁孩吃了，等吃到多一半，才想起什么来，转头问："你家酒窖里好酒给我拎上两瓶来，有肉了，没酒，还是不香！"

杨福武在一边却说："锁孩叔，别喝酒啦，都啥时候了，喝酒误事。烧鸡肉多，我尽啃猪骨头嘞。你看人家八路军游击队，到了敌占区就不会这要酒要肉的，犯不上呀。别给老百姓添麻烦，你看人家李队长……"

"咱今天不说李队长，我崔锁孩一心要跟着八路干，虽然李队长还没接受我们这十来杆子枪，但也是板上的钉子了，穷人的队伍还能不接受穷人投靠……"

"锁孩叔，人家都说你带的十几杆子枪在刘家庄沟里是土匪强盗……"

"谁说的？谁他娘的说老子是土匪强盗？老子与地主老财就是尿不到一个壶里，别看我这十几杆子枪也是从李府家丁班抢来的，可是，现而今，鬼子们也不是到处杀啊，抢啊，老子起码还不随便杀人吧？"

"不杀了，你不抢？不抢，有人说你与常来宝新娶的小夫人杨花花鬼咯捣（鬼哄）上了……"

"甚的些陈年烂谷子的事情了，这又是谁说的？杨花花的死，这李老太爷有责任……"

杨福武说到杨花花时，心里一直很难受。他不仅对李有德有气，早些年迫不得已还在杂粮店当过几日学徒，甚至他对崔锁孩也一直暗怀不满。李有德刚进屋里，听到崔锁孩说这话，就又推开屋门，据理力争："我有甚责任？杨花花又不是我亲手害死的，你爹也不是我害死的吧，你爹都是为了找你，才会出事。你到旧城街里问问，去东关街里打听打听，我们李府，我李有德，对不起过谁？每到逢年过节，我对老佃户都是照顾有加。我家府上私塾里有好几个穷孩子都是我资助的，还有东关的关帝庙呀，凤山的道观呀，南关的观音庙呀，我都出过大洋，这还不行？你们这些穷苦人，还要喝我的血呀？"

"哼，都是一些表面文章，乍看，你这个地主老财没有甚责任，其实哪一件，哪一桩，不都与你这个老东西有关？别拿甚的七分地来糊弄我家老爷子啦！他老人家都死了，死得不明不白，这笔账要记在你家李府这儿。穷人活不了，才在你家混口饭吃，但凡有点办法的来你这儿受这份洋罪呀？别看穷人一代一代地传下这穷字来，归根结底还是你们地主老财欺人太甚。这冤屈，这苦仇，一直在我的心里憋着嘞。即便人风礼至的李队长来了，我也照样这么说，更不用说，李队长十二三岁就给你们李府家担过炭哩。二三十里路，担一担百十来斤重的黑炭，也就挣你家李府十文二十文，连牙缝也塞不满……"

"你说的哪个李队长是谁？姓甚名谁哩？"

"李信诚队长，现在还是八路军游击队那边，咱离石县武委会主任嘞。"

李有德听了杨福武的这话，心里一沉。这个李信诚，记得鬼子打进来的时候，还在李府后院酒窖里躲藏过呢。这也是崔巧巧后来告诉他的。他见过这个人，那次老二藏在李府的一批枪支弹药就是移交给他的，一看很绵善，不像眼前这个崔锁孩，总是咬牙切齿，凶神恶煞，杀气腾腾。很多年前，就是这个崔锁孩在李家湾路口拦住李府祭祖的马车，他曾替死在日本人手里的宋老大菜刀队要过账。那次，崔锁孩在李有德面前要足了威风。幸亏，那次晋军上校团长老二李文祺回李府养伤，一直护佑在李有德身边，崔锁孩才没有对他怎么样。一万块大洋加上利息，让李府元气大伤，赔掉了东关前街。

"李队长可不像你的为人，你也不像你爹，你究竟像谁？我倒觉得你像那个菜刀队的宋老大……"

"宋老大早就他娘的见阎王了，你说我像他，这不是赌咒我呢？是不是你还要说我更像那个警备队的疤老四呢？"

李有德不吭声了。抬头看看天色，已经很晚了。他也不想与崔锁孩继续争论下去了。这如同在河滩里洗黑炭，或在下雨天的泥池子里捣糨糊，啥时能洗白，啥时能捣清呢？他摇摇头。唉，李府这是快要在他手上气数尽了，于是就更加觉得一片悲观的黯淡了。遥远的东天上，有一轮新月，如同裸露着的一块美玉，人间罕有。一时间，他突然想到了自己的小孙女，听说小月莺已在燕京大学毕业，投奔到八路军队伍里了。至于具体在哪里，他却弄不清，总之是在抗日的队伍里，整天的行军打仗嘞。不过，他没有在崔锁孩跟前说起这事，一来这事还不太确定，二来让鬼子晓得李府里出了一个二十来岁燕京大学毕业的女抗日分子，这还得了呀？

"我们穷佃农与地主老财的关系，就是你死我活，这心里一直憋着，等着大热天憋着大暴雨一样，迟早会电闪雷鸣，狂风大作，大雨倾盆，噼里啪啦，冲刷出一个新的天地。"

"穷人这是想变天呀？"李有德在地下顿顿文明棍，然后说，"活到九十了，啥的事没经见过，光绪，民国，从袁大头，到冯国璋，段祺瑞，再到吴佩孚，又到了老蒋这儿，可是这山西还不是阎老西在太原这么些年，眼下又是日本人……你们没见过我们府上的戏班子吧？无论是全本过瘾的大戏，还是一出出折子戏，都一样，一个个你方唱罢我再登场……"

"那又怎么样？李府的戏班子不也散摊子了吗？何彩花领着徒子徒孙离开李府照样红火嘞。"

"谁说不是呢？"

就这么吵吵嚷嚷着，崔锁孩与杨福武去了侧窑，当晚就这么稀里糊涂睡过去了。李有德却一直开了门，心里七上八下，站到院子里到处张望，前院和中院的鬼子也没有忙得跑到后院来，一旦闯进来，那还能得了？满院子鲜艳夺目的好景致也顾不上细打量，牲口棚下放着一些干草，旁边一棵大梨树，四周矮墙上放着一些晾晒的玉荄子棒。后来又到了白天，他们还是一直在侧窑里睡觉，天一擦黑，才偷偷开了角门，从李府后院里溜了。

"打鬼子，还得需要你们李府支援哩。拿出你们藏着的大洋和粮食，支援我们的抗日队伍。"

杨福武的眼前老是出现杨花花那一年晚上跑到他的牲口棚里的情景。当时，杨花花得知自个儿要被嫁给常来宝做小，一下子就吓傻了。"圐圙里跑马哩，咱还怕毬甚呀？我还就不怕嘞，我在李府里甚的工钱也不要，只想娶你，我不信老太爷能不答应？"杨花花没告诉他，这件事就是李有德做主了，只是最后还没答应，常来宝却要一顶软轿抬她走。"不行，咱就跑——"可是，往哪儿跑呀？"要不然，咱们去太原总督府告他……"杨花花就哭了。"福武哥呀，我俩去告谁？到时就是你有口也说不出个理来，牵连到我姐和你爹娘，你也晓得天下的衙门朝南开，没权没钱你就别进来，再说你还要在李府做活嘞……"杨福武挥舞着马鞭，要去找常来宝拼命。"你能拼过人家，人家是警署的署长，福武哥，你别再说傻话了，你拼不成，搞不好还得把命丢了，你叫我一生一世咋办呀？"那就这么认尿，可是不认尿，又能咋办？"福武哥，咱俩来世再做夫妻吧。"说完两人抱作一团，哭了个够。

现在，李有德哪敢得罪崔锁孩，只是敷衍地应承着，刚要关上小角门，就见杨福武挥舞着马鞭，在李有德后腿弯处抽了三五鞭子。崔锁孩好像不认识杨福武似的，说了一句："你他娘的比老子还要狠呀——"李有德朝前扑倒在地，心却还是跳得扑通的。

那时，李有德生怕招来前院和中院的鬼子，只是趴着，又向南面鬼子医院那儿望了望，然后才让万田叔扶他进了屋。

2

这一日，崔巧巧在陈家庄就要临盆了。云莺找来一个土法子的接生婆不管用，陈保忠就去南关请洋医生，结果旧城福音堂搬到南关之后，听说又搬走了，白瑞德教士不知去向。陈保忠只好请来李府鬼子医院里忙活的林大夫。这林大夫是一个四十岁左右的瘦高个男子，戴着一副文质彬彬的眼镜，原来在榆次医专里当教师，后来因故到离石城开诊所，结果被设在李府的鬼子医院征召到这儿治疗枪伤。崔巧巧看着林大夫，就想起老夫人梁慕秀活着时说起过她的临盆经历，好像接生的也是一个男医生，还要拿着一把刀给她备皮剃毛。她想让李文起过来，可是找不到他，谁也弄不清他的去向。当家人不在，其实李文起也当不起这个家，平时都是崔巧巧来当家。她的强势是李老太爷认可的，而且二老爷一家也是对她的能力赞赏有加。可是，现在是她临盆，而且还是头生子，她确实有些害怕。一旦骨盆撕裂，大出血，那就是人命关天。她不怕死，主要是她现在还不能死。她得为李府再生下一个男丁。大老爷夫妻两个都殁了，子嗣也只有一个闺女；而二老爷家倒是人丁兴旺，但儿子潇民一家从太原到天津，再到重庆，离得老远，两个闺女，一个云莺还好，一个小月莺，上了燕京大学后，现而今跑得不知所终；所以，她崔巧巧担当的重任不言而喻，众望所归，只求一个活蹦乱跳的男娃足矣。

"那，如果生哈（下）的是一个女娃呢？"

"如果是女娃，我也就认命哩。"

林大夫的话，让崔巧巧心里一凛。她觉得女娃就女娃吧。只是需要李文起在身边的时候，也不清楚他又跑哪儿去啦？林大夫接生的娃娃能够编成一个连了，但每次接生都让他忐忑不安。山梁上的蒿草在疯长，一如这眼前此时此刻乱抓乱蹬的腿胳膊，不清楚这生命诞生的孔道里会有如此神奇的力量，一阵比一阵更加有力的震颤和悸动，使得接生钳下的小脑袋在伸缩的空间里寻找着更加广阔的未来。无所谓悲喜，无所谓苦甜，无所谓激愤或满足，只是在一刹那间，赤裸裸的小身躯便从母亲温暖如水的肚腹里一泄而出了。这个婴孩一言不发，却咯哇咯哇地号啕大哭。面对新的空间，有些难以适应，没有母腹里安稳自在，脐带剪掉之后，宛若没有了根系的幼苗，在风雨中飘摇，一阵乱踢乱蹬之后得不到回应，却被一块冷冰冰的布片包裹着放在一边。

"啊哟，看到小鸡鸡了，是一个男娃呀！"

"巧巧给孩娃取个名字……"

崔巧巧的肚腹里一阵空虚，顿时觉得少了一块赘肉，但又增加了更多的失落感。她抱住这个通体红萝卜般的婴孩，有些陌生，甚至感到了距离，不相信这么一出生就如老头般的小脸会是从她自己肚腹里冒出来的，这么丑的模样，让她心里凉了半截，但这毕竟是一个男娃，对她在李府里的地位至关重要。他一出生就不听她的摆布了，脐带剪断之后，她就与他没有任何关系了吗？这么一想，让她陡然间感到害怕。她为他摆脱她而烦恼，又为他的无助而担忧，于是让云莺把他抱到她身边来，到了她怀里，他就不再啼哭了。一出生就饿了吗？她解开大襟袄，下意识地要给他吃奶，可是他在咂不出奶水之后，又哭了。包在襁褓里的婴孩睁开眼睛，眨了眨。他小额头上竟然就有了几道抬头纹和明显的皱褶，还不适应屋子里的光线，只有眯缝着眼睛。她想不明白的是，为何在母腹里一片幽暗的自在，而现在却是伸出手去没着没落，眼前一片刺亮，身边还有好多双眼睛在盯着他，让他更加没有了任何安全感。听老人们说，婴孩的抬头纹和皱褶会很快长开和消失的，直到再等到七老八十时会重新出现在他们的额头上。这就是自然规律。生命的轮回皆如此。他现在就晓得哭，他还要放声大哭。

"嗨，这当爹的不在身边，去了城里一天了，还不回来啊。"

"不管他爹了，就给他起个名，就叫能旺，李能旺吧！"

云莺说："李能旺，好响亮的名字，婶子很会起名。"

"我哪能起得了名字，这是老太爷给孙子起的这名。"

李能旺，让李府在今后兴兴旺旺，这不仅是老太爷的愿望，也是应了崔巧巧的心事。李有德把李府的事务交给她来管理，就是在她身上寄予着更大的希望。这个小老头般的脸，一出生的李能旺就长得有几分像他爷爷，难怪在后来李有德见了小能旺，就喜欢得不得了，以往的闷闷不乐一扫而空。李能旺在长大之后，一定会承担着李府兴旺发展的更大责任。想到这儿，崔巧巧竟然一跃而起，要去院门外的水井那儿洗衣服。她突然来了精神，也有了奔头。

"你干甚去嘞？"

崔巧巧下了炕，在脚地把一个木盆端起来，拿了这些日子穿换下来的脏衣服去井口洗衣服。

"婶子，你这身子还虚，还得坐月子哩，怎么能说干活就干活？那可不行，你给我吧。去炕上躺着，别浸了凉水，再落了病根。"

正在说话间的工夫，李文起进屋了。他的脸色蜡黄蜡黄的，一手捂着肚腹，一手扶着炕棱，然后对崔巧巧说："巧巧，我……我肚子疼……"

"你这是咋啦？"

崔巧巧本来对李文起刚才进屋的漠然态度有些恼火，再一看他脸色不对，就与云莺一起扶着他上了炕躺着。可是，他躺不住，强忍着疼痛去看了一眼小能旺，朝着崔巧巧挤出一个苦笑。

"云莺，我去边窑里躺着吧。"

"你这是咋的啦？也不抱抱自己的儿子呀？"

"我……我晓得哩，咱……咱儿子叫……叫……能旺……咱爹起的好名……"

说完，脑袋一垂，就趴在脚地不动了。这时，陈保忠进屋了，赶紧把李文起扶起来，一边摇晃着他的身体，一边大声喊道："三叔，三叔，你咋的啦？"

"快——快去叫刚走的林大夫！"

陈保忠与陈府的几个用人把李文起抬到了边窑里，而崔巧巧的脸色也变了，一时间急得六神无主。

这时，门被推开了。云莺急慌慌地跑进来，就到灶火口的锅里舀了半盆热水就往边窑里赶。崔巧巧起身又要出去，可是陈善仁踉跄着脚步把门在外面插上了。这是怎么回事呀？为何不让她去边窑里呀？她的心在怦怦地跳着，不由得泪水涟涟，紧紧地抱住睡着的小能旺。等了一会儿，她侧耳听听边窑里的动静，却是悄无声息，偶尔能看到窗前有跑向边窑里的身影。当她看到林大夫又出现在院子里并在用人的引领下直奔边窑时，再也忍不住了，就跳下脚地，推门推不开，外面挂了锁。她绝望地又回到炕上，然后盯住小能旺的脸，两手合十，然后祈祷着。

"小能旺，你的命硬着嘞，快保佑保佑你爹吧。"

崔巧巧正在嘴里念叨着，就听边窑里传来了一声凄惨无比的怪叫，紧接着就又是两三声，让她想起李府牲口棚母骡子临盆时的叫声，可是又不太一样，气氛是如此不同寻常，时间一下子凝结在每分每秒，心就要从嗓子眼里快要跳出来了。她突然下了决心，开了窗户，就往外面跳。她这一跳，就如同跳在软溜溜的棉花上一般，但就是爬不起来，她眼前一黑，一头栽倒在地了。

"谁哩？作甚？"边窑里有人在问，是云莺的嗓音。

"云莺，放你婶娘进屋。"

边窑里又是一阵沉寂，仿若里面空无一人，却又传来一种忽高忽低的抽喘声。

"文起，文起，你咋的啦？"

崔巧巧在门上敲击着，里面顶着一根长棍子，推着，推着，她自己却又歪倒在边窑的门口。正在这时，她听到小能旺在那面的窑里发出了哭喊声。

"婶娘呀，你别进来，进来也没用，你快去看看小能旺吧！"

崔巧巧让用人开了那面窑的门，上了炕，抱起小能旺，娘们两个一起哭。这时，她听到边窑里清晰地传来李文起的惨叫声："快，快把巧巧叫来，云莺，我……我要疼死了，我就要不行了……"

崔巧巧抱起小能旺，然后再次去边窑，推门叫喊了两声之后，这次门开了。

"巧巧，巧巧，你快过来，我就要走了……"

"你要去哪儿？你这个死鬼，你别再吓唬我和咱的小能旺呀……"

李文起在炕上躺着，被扶起来，身后垫着好几层被褥，他把两只手伸开来，乱抓乱挖。

"巧巧，你在哪儿？我咋的看不见你哩？你站在垴畔上作甚？"

"我……我没站在垴畔上，我就在你跟前呀……"

"啊，我甚也看不见，只看见你和孩娃站在垴畔上，晓不得是谁家的垴畔，是咱家，李府的前院，不，是中院，唉，是在后院的垴畔上嘞。巧巧，你抱着孩娃别跳哈（下）来，我害怕哩。"

"林大夫，他这是怎么了？"

"唉，他——他吃了福音堂里买的一包砒霜……"

"为何呀吃砒霜？他丢哈（下）我们母子俩咋办呀？"

这时，陈保忠叹了一口气说道："听旧城谷口茂司令部翻译官金大明说，太君让三叔担任旧城的维持会长，他害怕，也担任不了，可是，又不好拒绝，所以就吃了砒霜……"

"李文起，你好糊涂呀，你就不能先答应了，表面硬撑一哈（下），暗里也可以支持游击队，你这一走，这叫作甚的毬事嘞……"

崔巧巧感觉到一种刺骨的寒冷和恐惧，仿若自己与小能旺真的站在谁家垴畔上，却是与李文起隔着千山万水，不，是在很远很远的地方。他坐起身来一口黑血吐在当脚底，声音细若游丝，已经油尽灯灭的时刻了。她不由得放声大哭。这个时候，谁也没再拦阻她，任由她拍打着李文起变冷变硬的身体，而且一双眼大睁开，嘴唇里最后叫出的名字不是崔巧巧，而是一个叫小菁的猴女子。小菁是谁？那个早已远去的福居园小菁，长得妖眉溜眼的小菁，却在这最后时刻依然牢靠地牵住了李文起的心。

3

　　那一年疤老四还没有当县里警备队的队长时，有一次扛着一杆猎枪去柳林镇薛村寺沟里打黄鼬，黄鼬没打着，却碰上了山梁上摘酸枣的李玉梅。这猴女子也才十一二的年岁，腰身子却是长得不像前两年黄毛丫头的瘦弱单薄样儿了。乍一打眼，把疤老四惊得张开蛤蟆一般的大嘴，还流着一尺多长的哈喇子，往前走了两步，想去峭壁处抓李玉梅的长辫子，结果被她一声怒斥："起开——"疤老四一听，心里就纠结，一个猴女子凭啥让他起开呢？

　　"你晓得我是谁不？"

　　李玉梅穿着一条粗布的蓝裤子，上穿红艳艳的大襟袄，一双踢倒牛的厚底圆口黑条绒布鞋。她置身在背后绿莹莹的酸枣树丛中，扭头抓过篮筐子里的一根洗衣棒槌，原本要打酸枣，现在却要打他。

　　"你他娘的是活腻了吧，刚在前村七秀才家读过两天私塾就鸡毛想上天了，晓得七秀才是谁不，和我是姑舅？你敢打老子，小心让七秀才停你的学？不好好上学，跑这儿来逛啦？"

　　这个时候，从酸枣丛不远的玉米地里钻出一个裹着白羊肚毛巾的汉子，穿着洗得发白的粗布大褂，挽着袖子，两条裤腿也翻到膝盖处，赤脚走到地头，弯腰拿起一个瓦罐来咕噜咕噜喝着钱钱稀饭。

　　"怎么着呀，疤老四，你这是追着我的闺女干甚哩？"

　　"啊，这猴女子还真是你李信诚的闺女呀，我说早些年见过，没想到变化这么大，一转眼就长成漂亮大姑娘了……"

　　李信诚曾经叫李延忠，是薛村寺沟出了名的做活好把式。不仅仅是田间地头，能够见到他的身影，还有赶牲灵，给城里起早搭黑地担炭拉货，修桥补路盖房子圈窑洞，泥瓦匠和木工活都干过。现而今听说他又与陕北东征过来的一杆子红军队伍勾挂上了。

　　"疤老四，你不是在镇上当团练吗？"

　　疤老四挥舞了一下手里的猎枪，再看看李信诚腰间别着的一把毛瑟手枪，就有些发毛。

又过了一些日子，疤老四看到李玉梅去沟底水井上担水。他堵住了路口。疤老四看着她的两只空桶在肩膀的担子前后晃荡着，明晃晃的大日头下，前后两只水桶亮闪闪地直刺眼，但最刺眼的还是她的灵动身段，一前一后地摇摆着，水桶发出吱呀吱呀的声响，让他一时间心猿意马。走近了，再一看，那脸盘子也是如一轮新月般耀眼，一双眼眸里流射着水汪汪的情思，隆起的胸口让他喘不过气来，简直就要窒息而亡了。

突然间，疤老四在李玉梅身后唱起了《刮野鬼》：

> 点着个灶火火呀，锅里添上一瓢水，
> 哥哥心锤锤上只想着一个妹妹你；
> 大天白日里走路太阳个晒，
> 卷着铺盖，顶着枕头睡觉，我还是觉得不痛快；
> 你想我来我想你，
> 黑间梦见我俩做了一回好夫妻……

疤老四唱了一半，然后就冲着前面的李玉梅直喊："玉梅，你站一哈（下），我有话要对你说哩。快站一哈嘛！"

李玉梅担着一担空桶走向水井，没有理睬疤老四。她径直走到井口，低下头，用扁担钩子把一只桶放到井底打水，动作伶俐，一气呵成。他刚想过去拉她的扁担，被她推开了。

"玉梅，我给你担水吧，这么陡的坡，你爹你娘也放心让你这个猴女子来担水呀。把扁担给我，我来替你担嘛。"

这回，李玉梅看了一眼疤老四，然后摇摇头，继续担着水向后沟走。走了不多一会儿，就是上坡了。

"玉梅，别受这份窝囊罪，跟着我去镇上吃香的喝辣的吧。你给我当老婆，我让你一辈子不遭窝囊罪，刮风下雨都能在暖窑里舒舒服服地待着……"

正说着，坡梁上冲下来一个三十来岁的青年妇女，一头黑发髻，一双温和的眼睛突然在这个时候变得异常犀利，转而从李玉梅手里接过扁担来挑水。

"娘，不用了，还是我来吧。我能行哩。"

玉梅娘就站下来与疤老四说："老四呀，你三十大几的人了，整天盯住我家玉梅干甚？玉梅才多大，她还是个孩娃子……"

"孩娃子？嗨——我还就爱见咱玉梅这孩娃子嘞。我说玉梅娘，我是想让玉梅跟着我去柳林镇里享福哩。"

这是一个干净利落的小院，住着三五户人家，紧靠边侧窑是梁三牛两口子，中间窑里是一个靠拦羊为生的双成伯，里侧窑就是玉梅家。隔壁是玉梅二叔一家。玉梅担回水来，疤老四还是不甘心，一直从沟底追到家里来了，被院子里一只叫四眼的牧羊犬给截住了。四眼扑上去就要咬，疤老四转身就跑，这才没让追到家里边。李玉梅一直硬撑着应付他的纠缠，一进家门，放下水桶，就先扑到娘的怀里了。

"娘，疤老四说要找媒人来上咱家，这可咋办？我最讨厌他，一次次缠住，也不晓得何时是个头。娘，我怕……"

"别怕，他还想吃个人嘞。等你爹担炭回来，我和他说，让他尽快想个法子。"

过了一些日子，李信诚担炭回来，挣了一些散碎的银毫子，交到了玉梅娘手里。然后，出了院子，旁边放一个小推车，上面有斧子、锯子、锤子、刨子等木匠工具，他又要动身的样子。玉梅钻到羊圈里正在数羊，看到爹又要出去，就连忙抬起身来，说道："爹，我也跟着你做木工活去吧？"李信诚没答应，说是一个女娃娃，还是待在家里做一些针线活吧。可是，她走出了羊圈，拉住他的手，有些犹犹豫豫的，欲言又止。

"爹晓得你怕甚哩。那个疤老四再也不会来搅扰你啦。"

李信诚前一晚就去镇里找过疤老四了。疤老四刚开始还嘴硬得很，但一看李信诚身后跟着两个黑不溜秋的砖瓦匠，一人手里拿着一把称手的瓦刀，都向他直愣愣地看着。疤老四随手从墙旮旯拉出一把马枪，还没等他抖落开来，就被李信诚一把夺走了，咔啦一声把枪膛里的子弹卸掉，然后再还到他手里。李信诚后面的两个泥瓦匠，其实后腰里都有枪。

"走，到四牌楼喝酒去。"

"四牌楼？四牌楼往东走，咱们这不是往西走吗？"

"新开了一家，走吧。"

疤老四跟着走到镇子香严寺那儿，就觉得不大对劲。李信诚看看四周没人，就把疤老四拉到偏殿里，让他跪在一尊罗汉塑像下。

"玉梅爹，我这……我……可不敢了……"

"不敢甚嘞？"

"再也不敢搅扰玉梅……"

"你说话算话？"

疤老四指天发誓："我疤老四再搅扰玉梅，天打雷劈，不得好死。"

"还有呢？"

"好爷爷了，你说还有甚嘞？"

"听梁三牛和双成伯说，等日本鬼子来了，你要投靠他们呀，说跟上日本人才能飞黄腾达……"

"那是我在信口瞎说嘞，日本鬼子这不还远着哩。听说，在北平那边干上了。"

疤老四说过不投靠日本鬼子，可是谷口茂的混成旅团一来离石城，他就投靠了，而且带着一帮镇上的团丁来投靠的。谷口茂一看他带来的人，就立马给了一个警备队队长的官衔。至此，疤老四就吃上了皇军的官粮，甚至前不久还在离石县城旧街抓住了行凶杀人的宋老大。据说，拔出萝卜带出泥，宋老大菜刀队竟然是被重庆军统收编，就是改为现如今搞暗杀的锄奸队。疤老四这一举动得到了谷口茂的赏识和表彰。这两日，他又盯住了李府三老爷李文起，让他出面来当旧城的维持会长，毫无疑问这是一个合适人选。李府的位置虽然处于离石城的东门外，但它是在老百姓中具有号召力的。他的这个提议，再一次得到谷口茂司令部的交口称赞。为此，谷口茂亲自召见了李文起。

"太君让你先负责这个维持会，一定要把城里城外的商贾巨富人家都能汇聚到皇军的身边，为皇军尽心尽力，为大东亚共荣圈作出你自己的一份贡献。"

当时，翻译官金大明也在李文起的身边。从谷口茂办公室出来，疤老四看到李文起与金大明在茅厕道那儿嘀嘀咕咕，不晓得在说些什么。疤老四总觉得金大明这个人有些古怪，比如谷口茂很多时候问他对这类事的建议时，他都是不置可否，甚至直接回答"西拉那一"（不晓得），让谷口茂很恼火。李文起吃了一包砒霜自杀，让疤老四很意外。对于疤老四来说，好死不如赖活着，今朝有酒今朝醉。他刚死了老婆，这不还没两个月，就又盯上了李玉梅这个猴女子。玉梅娘就一下子着了慌，与李信诚商量。那时，李信诚的游击队也才三五杆枪，黑夜里曾给延安过来的陕北东征红军站过岗放过哨，拿着一块红绸子布裹在笤帚疙瘩上当枪使唤，并缴获了镇上疤老四手下团丁的老套筒和火绳枪。自从在香严寺里敲打过疤老四之后，李玉梅就再也没遇到过他来寺沟里搅扰自己。不过，李信诚还是不放心，就把她送到延安去了。

李玉梅记得自己乘坐艄公划的船里装着糖酒、布匹和药品等货物，然后也有一些其他乘船的客人。艄公旁边还有两个摇船的徒弟，都是半大小伙子，露着赭色的脊背，穿着半腿裤子，到了黄河中间时艄公带头喊着号子，还往水里撒着铜钱。浪头打来时，背对她的两个船夫，半腿裤也脱了，光溜溜着身子在把快到岸边搁浅的船往前推着。到了浅水处，离岸边还有几步。光溜溜着身子的年轻船夫在她跟前一晃，羞得她往爹的背后直躲。爹说别怕，船家都是这样的。下船了，一个扎着白毛巾叫开顺的年轻船夫，穿上半腿子裤，又套了一件汗衫，然后对玉梅说：

"我背你哈（下）船吧？"

"爹，我怕哩。"她看了一眼开顺，却是对李信诚说，"爹，我要让你背我哈（下）船。"

　　李信诚背着玉梅从浅水处上岸，然后放下她来。眼看就要作别了，心里有些不好受，却装作很轻松的样子。

　　"玉梅，爹就只能送你到这儿了，还要赶着这班船回去，那边还有很多事情。你一个人出门在外，别害怕，有整不明白的地方，多向身边的叔叔呀，大娘呀，多请教。你还不到十三岁，按理说应该待在爹娘身边，可是，现而今这情形，不允许呀。爹娘会去看你的，你远天远地一个人去，爹娘甚会儿，都是你的主心骨哩。"

　　李信诚就把她交给了一个前往延安的女区长手里。走了没几步，她又回过头来，泪水涟涟地叫道："爹，我甚会儿能见到你和娘哩？"

　　"很快会见到的，这孩娃子，赶紧去吧，要听话。"

　　"爹，你一定要和娘来看我呀。"

　　李玉梅在延安没有待了多久，卢沟桥事变之后，被编入一二〇师的战斗剧社里，又回到山西，跟了孙团长的独立团，活跃在吕梁山一带。孙团长十二岁就跟着红军走过二万五千里长征，在队伍上早就是一个具有传奇色彩的人物。那次，李信诚从李府后院酒窖里跑出来之后，与她在西属巴附近再次相见了。孙团长后来成为李信诚的女婿，以及玉梅跟随着孙团长在抗战之后南下成都，然后再到广州，也就是民国三十四年以后的事情了。一九六三年，李玉梅从成都飞到太原，那时李信诚已患食道癌住院，她喂他喝小米粥，也是没喝几口，那时他只能靠输液维持着身体需要的营养了。"爹，我走呀。"李信诚躺在省肿瘤医院的病床上向她招手说："玉梅，你，你走吧，这里……有你娘，你弟弟玉新哩……"这是他们父女俩最后的诀别，玉梅坐在飞往南方的飞机上泪如雨下。

4

　　疤老四的死有很多谜团，有人说是与他逼死李府三老爷李文起有关，又有人说民国三十四年九月，他死在八路军三五八旅第八团攻打离石城头的乱枪之下。疤老四的警备队和阎老西的爱乡团共一千多人都由他指挥，合编为一支晋西北挺进纵队，结果一开仗就起了内讧，甚至说是他被原来宋老大或穆占山的人给打死了。不管他是怎么死的，李文起被逼死，疤老四脱不了干系。当然，还有一种说法是老谋深算的李有德找人做掉疤老四，为他的儿子报仇。这只是一种坊间的说法。早在八月份就跑到汾阳的谷口茂，是抓不着了，所有罪孽就都算到了疤老四身上。疤老四率领着一帮子死硬分子爬上城头与攻城的队伍死拼到底，结果可想而知。疤老四是站在城头上被打死的，至于谁从侧后向他打的黑枪不得而知。其中一颗子弹是从侧面打来的，左耳朵根上进去，后脑勺上钻出来，掀翻了一大片后脖子上的肉，另一枪从脊背上打进去，又从右前胸上射出来，撕裂开血糊狼藉的一片块状物垂吊在肚子上，但他仍然还在站着，面对城墙外头，保持着一个瞭望和拔枪向前方射击的顽强姿态。

这天，崔巧巧抱着小能旺回到李府时，李有德特意站在大门上迎接，石狮子上挂了红绸子，两面灰砖高墙上刷着欢迎八路军的标语。

李有德这些日子一直腰疼，李府后院里住着的窑里总是一片阴湿，有前院和中院里鬼子医院在原来一层的地基上盖起来的三层楼挡着，一年四季照不到阳光。这一下，鬼子悄无声息地跑了，李有德又搬回到中院里了。他的腰腿病刚好一些，后腰又疼上了。崔巧巧给他找来七里滩诊所的高根有大夫开了几贴药膏，贴上去之后，一下子好了许多。他看到这个孙子已两三岁了，第一次才见到，不由得老泪纵横。

"总算熬到了这一天，老三家有后了，我这老头子有盼头了。巧巧呀，爹也能这会儿合上眼了吧？"

"爹，您这是说甚哩，多不吉利呀，呸呸！爹您这是要长命百岁嘞！"

"巧巧，别诳我啦，我晓得自个儿的身体，九十多了，比起你娘，我已是高寿哩。"

"爹，你这还要活到一百多岁哩。"

"活那么久干甚哟，当城隍庙里的泥胎呀……"

李有德有些烦躁，身子骨已经大不如前了。毕竟，腰杆没有以前直了，而且还看上去微微有些驼背，胡须也全白了，头顶已经成了不毛之地，只有后脖颈那儿还稀零零地吊着几根老山羊一般的头发，似乎在见证着李府几十年的兴衰史。他的鼻头很大，眼睛眯缝，目光浑浊，不时地眨巴着，像是表示着它们的存在。那是一个不确定的季节转换时期，他穿着一条长到膝盖的夹袍，挂着拐杖，拖着两条沉重的老寒腿，嘴里嘟嘟囔囔，没人能够听清他在说什么。他的膝盖处发出咯嘎咯嘎的响声，腰背处的合页宛若扁担钩子晃动的吱扭吱扭声。

"爹，您活着，就是咱家的福分，这个家也不会散。再说，宋老大也死了，云莺家的保忠去与宋老大的夫人联系，看能不能赎回东关前半截子街呢，赎回来的话，就皆大欢喜了。"

"唉，能赎回来也好，赎不回来也罢，只要人都好好地活着，就烧高香了。听说，二老爷家小月莺也在八路军里呢，到了兴县这疙瘩啦。嗨，这小月莺孙女子与一个洋人在一起，还有孙子潇民在重庆当糖厂的厂长哩，一个个都出息着呢。这两个孩娃，都长着后眼哩，目光都很长远……"

李有德身后有邢灵梅扶扯着。遍地的阳光特别耀眼，泥土飘着香甜的气味。站到大门口，远远近近的一些佃农都回到李府里来了。不过，身后的李府院子却是显得更加空旷，没有一点声息。邢灵梅也是从碛口回来没两日。李府的鬼子医院早在八月份就散摊子了。小能旺也不认生，会叫爷爷了，而且进了中院里，就在邢灵梅的怀里睡着了，还能听到他轻微的鼾声。他轻轻地在小孙子脸上拍了拍，看着院子里的石榴树是花红似火，牲口棚里传来小牛犊子哞哞的叫声。它大概是有至少两年没见崔巧巧了，见她过来了，就把头靠在她怀里来回地蹭，撒着娇，牛眼里有泪光在闪。

李有德从后炕头下地，一步步走到窑顶正上方的"老虎窗"下，然后又从那儿转到了门口，长出一口气。八仙桌上放着一个雕花的灯树，能闻到一股子灯油味儿。各色各样的小蚊虫在"老虎窗"下飞来飞去。这让李有德想起夜晚时油灯前那些扑火的飞蛾，总有几只不要命的，飞得太靠近灯苗，把翅膀烧掉了。即便如此，它们依然扑上前去送死，一个个在灯油里冒着青烟，落在了灯树下。这个当口，李有德就会招呼常翠花，抑或他不招呼谁，自己去清理灯树下的飞蛾尸体。他那满是皱褶的老脸上会发出更加难看的苦笑，甚至乱蓬蓬的白胡子底下的嘴唇嚅动着，然后，两只老手伸出去捡拾灯树下的飞蛾尸体。李有德的个头很高大，但年龄大了，腰背就不好使，开始有些佝偻着，习惯成自然了。他把一个空空的灯油瓶子递给常翠花，让她再去灌满。黑间点灯时，灯油没了，黑灯瞎火的再朝着下人吵嚷，有些太麻烦，很多时候不如他亲自动一动手。一做活，心里的烦闷反倒没了。人不能闲哈（下）来。人肯说，饭饱生外事，这闲哈（下）来也一样，自寻烦恼，反倒不好哩。不过，他也由不得，总要张口说一说刚发生在李府外面的一些事情。

"你说这疤老四不是作死吗？明明抵挡不住，还站在城头仰天张舞的，死扛到底，就像扑火的飞蛾一般。这不是找死吗？你看人家翻译官金大明，早在谷口茂偷偷溜走的当夜，就跑出城投靠了八路……"

杨栓大也回到了李府，听到李有德这么一说，就接住了话头："可不嘛，金大明是陈保忠的同学，早就与李队长的游击队勾挂上了，这鬼子提前撤走的消息就是翻译官金大明透露出来的。"

"啊，我说呢，这疤老四干的坏事太多了，背后打他黑枪的人太多了。他就是有机会也不能投降，投降了也一样没好果子吃。"

"栓大，你家福武呢？是不是还跟上崔锁孩胡球闹哩？"

杨栓大告诉他说："福武早就跟了李队长的游击队，崔锁孩这喝尿货真够命大的，掘坟掘墓，祸害乡里，听说被晋绥军打死在了乱坟岗……"

"哪个乱坟岗？"

"红眼川的乱坟岗，你听我说，这崔锁孩，据说被打死之后，又活转过来了。听说，他一到天黑就爬到东城门顶上吼喊着，说是要找晋绥军算账哩。"

李有德一听，就觉得有些不靠谱，这是不是崔锁孩还单说，为何不是李府的大老爷和三老爷活转过来呢？他们眼下都埋在乱坟岗，这迁坟到祖坟地，可不可以？据说，横死的年轻人不能迁到祖坟地里，这都有讲究的。他转头就在原来老夫人梁慕秀房里供奉的观音菩萨塑像前敬香，然后双掌合十，默默地祈祷："大慈大悲的观世音菩萨保佑！南无阿弥陀佛！"他还抽到一根签，看看下一步怎么办？他找到李文举留下的那本《万年历》上查看，没有找到，只是在抽出的签上写着这样的话："凤山有穴，龙山见天，若问吉卦，慈悲为怀。"也正是这个时候，李有德手中收到小月莺从兴县转来的一封信，说了现在的形势，也说了日本鬼子走后，晋绥边区兴起的土改，劝阻他把小东川三千亩水浇地给献出来，让穷人都能有地种。他把这封信拿给了崔巧巧看，崔巧巧也不言语了，这让他更加犹豫不决了。这些地都可以献出来，分给穷人，可是，怎么个分法？他对这突然变化的形势越来越看不懂了。

又是一个月明星稀的夜晚。走到中院里，几个白天做活的伙计在游廊上玩麻将，飞蛾在院子里挂着的马灯玻璃罩子周围飞舞个不停。他还能发现鬼子医院在的时候留下的一些物件，比如废弃不用的陪护床，都堆在墙旮旯里，还有什么打吊针的铁架子呀，玻璃器皿呀，以及笨重的箱柜，都扔在了前院的谷仓棚子里。李有德披了一件夹袄，刚走到前院侧门那儿就一股劲地咳嗽上了。

"老太爷，您还是回去吧。"邢灵梅闪出屋来，站在台阶上喊。

"没事的，我只是看看，转转，总算咱李府上下一大家子都团圆了。"

每到这个时候，李有德就睡不着，在院子里来回走几圈。他已经形成了一种习惯。窗户外有一丁点响动，都会让他坐起身来。他睡觉很轻，夜里能听到东关街里零星的狗叫声，甚至从这叫声的频率里听出一种异样的讯号。他嘱咐杨栓大要把院子里的各个大门都用木杠子顶好，前院中院后院都有巡视的家丁。这几个家丁也是临时让杨栓大从东门口招来的半大小伙子，穷苦人家出来讨生活的，每个人身上穿的破烂衣衫换下来扔掉，发一套全新的灰皮家丁装，像模像样，宛若旧城街里天天做早操训练的八路军。

"有人说，疤老四是爹找人杀死的。"

"这话你也信。爹是那样的人？这疤老四究竟是不是逼过老三，先不说，起码是老三自个儿买了一包砒霜吃了寻死的，这个能怨谁？再说老大和老大媳妇也是，他们落在鬼子手里，能逃得出去吗？老大两个小妾被活埋，也是谷口茂疑神疑鬼，认为她们和那个死鬼穆占山合谋杀死松田鬼子的。"

"爹，你说这迁坟的事情甚会弄呀？"

李有德半晌没言语，突然一下子背转身，擦鼻抹泪的，呜咽了两声，才对崔巧巧说："爹晓得你的心事嘞。老三这一死，与老大两口子一起埋在红眼川的乱坟岗子上，不是个事，可是迁到神坡祖坟那儿，按照规矩横死的小辈是不能进入祖坟的。可是，爹比你还伤心呀。"

这日，天一亮，崔巧巧简单地梳理了一下，就嘱咐常翠花去灶房端了热水给李有德上房里去。她刚洗了脸，就见门被推开了。这是老佃农崔灰娃的弟弟崔二娃进了屋。自从崔灰娃殁了之后，这崔二娃就不赶驴车了，来到李府牲口棚帮助哑巴万田叔照顾那些个牲畜，还捎带着铡草料，干一些零碎杂活。崔二娃五十来岁，背有点驼了，两只罗圈腿，老鸦窝般乱蓬蓬的头发，一脸皱褶，长短不齐的胡子拉茬，全身破烂的衣服补着的补丁也撕烂了，腰间扎一根鬼子遗弃的半截子皮带，皮带上还带着一个皮盒子，里面放着一些擦眼的药膏子。他的一双眼是烂眼圈，一看人总觉得瘆得慌。他每次干累活了，就随地一倒，打起了呼噜。

"崔夫人，你在哩。能不能也给我发一身格扎新的家丁服呀。婶子你看，我裤子后头开了一个窟窿眼，屁股都露出来了。你看这，咋整？"

崔巧巧到了后炕，从炕柜子里翻找半天，找出了两套李文起穿过的旧衣服，还有一双半新的圆口布鞋，一起裹在一块绸布里递给他。

"他二伯，家丁服都是按照人头定制的，没有多余的了。这是文起活着时穿过的两套衣服和布鞋，不嫌弃的话，你拿去穿吧。"

"这个，有一身衣裳就够了，给两套，连一个放的地方也没。这块包衣裳的绸布你拿回去用吧，我拿去放在牲口棚里也是作贱了。"

崔巧巧就说："谁说他二伯不长心，你看看，这绸布还能还给我。快拿去，把身上破衣裳换哈（下）来，快穿上我给的衣裳。这样，看上去也爽快利落多了。他二伯，五十好几了，也没个女人跟你呀，我看有个合适的，给你说合一个吧。"

"唉，崔夫人这是说笑了，就是有人家那个女的愿意跟我，我也没有一个家舍呀？再说，我年纪这么大，找一个黄花闺女那不是做梦吗？就是独门寡妇，也嫌弃我这穷嘞。"

"那李府在七里滩沟梁上有两亩旱地，我和我爹商量商量，看你要不？"

"嗨，哪儿能有这白送的好事哩，还是踏踏实实地在府上喂养这些牲口算了，吃了喝了睡了，甚也不用操心，自个儿种地，谁来给我做饭？在府上天天吃大灶，好着哩。"

5

坊间有很多对崔锁孩的谣言，其中流传最广的那一条就是他被晋绥军打死在红眼川的乱坟岗里，还活转过来后黑天半夜跑到离石东城头上号天哭地，简直是胡咧咧了。这也弄不清是哪一个喝尿货给他传的谣言，而且还传得有鼻子有眼，甚至还传到了李府的李有德耳朵里，又让李有德跑到东关街商户那里散布得到处都是。崔锁孩心里恨得牙齿咯嘣咯嘣直响。前两年他爹崔灰娃就是死在李老太爷手里，人言可畏，还制造七分地的假慈善，是可忍，孰不可忍？他拔出腰间的盒子枪来比画着，然后走出贫协办公室，去李信诚所在的县武委会诉苦。

"李队长，不，李主任，你说李有德这个离石城里最大的财主，该不该抓起来？"

按理说，崔锁孩这个贫协主席也才刚当上没几天，他的命是李信诚救下来的。那次，在刘家庄沟口，崔锁孩一个人单枪匹马遇上了疤老四带的警备队和爱乡团，差点就要被抓进城里送到谷口茂手下的特高科直接审问，结果是李信诚领料的游击队在半路上"截胡"了。这让疤老四很恼火，曾经在八路军主攻离石城的时候，专门瞄准领着一股子游击队混进城里的李信诚打，结果是出乎意料，疤老四中弹了。八路军的一个主攻连打进了旧城，而李信诚的游击队强先占据了东城头，也就是那个攻城的雨夜里，崔锁孩加入游击队里，站在一个城头制高点上鬼哇乱叫。这也是城里城外传说他死去活来的一个证据。

"锁孩呀，不要蛮干哩，对待李有德这样没有罪大恶极的开明财主，还是要讲究党的政策，不能胡来！"

"李主任，甚的蛮干，甚的胡来？我想不通，这个李有德害死了我爹和我娘……"

"你爹的死，我也晓得，是从薛公岭坐着一挂马车，回到田家会时冻死的，不能说是李有德害死的。你娘是找你找不到跳井死的。这种事，不敢瞎说哩。再说，李有德也找过我，说是要把小东川的三千亩水浇地献出来，分给穷苦百姓……"

崔锁孩站起来了，盯住李信诚又气哼哼地说："李有德就该斗一斗，很多的贫雇农，都动员起来了，你像我崔二叔呀，哑巴万田叔，还有常翠花，一些个贫雇农都起来哩。"

"你说的这个，都晓得了。李府在抗战时有过贡献，资助过八路军游击队一百五十多杆枪，还有几万发弹药。你的人马不也是人家家丁班的十几杆枪武装起来的吗？李有德二儿子家里的那个叫李月莺的，考上燕京大学，现在改名李潇丽的，可是从兴县又到延安了，在咱八路军队伍里嘞。按理说，李有德是她的爷爷，也算是抗属……"

崔锁孩就是不服气，依然按照他的思路准备带着民兵去抓李有德。原定是早点去抓，后来推到第二天，结果是在这个节骨眼上，李有德竟然死了。带回这个消息的正是杨福武，气喘吁吁地说："李有德老煞（死）了。"这离石土话"老煞"，实际上就是死了。李有德都九十多岁了，杨福武和另外两个民兵敲开李府院门时，只见中院里一片哭声，崔巧巧的三四岁儿子小能旺跑出来说："爷爷老煞（死）了。"杨福武不相信，专门去了李有德所在的中院上房，只见李有德已经装椁在一口棺材里了。他趴在棺材盖上向里一望，只见李有德已经穿好了寿衣，口含铜钱，面带安详，肤色蜡黄，两眼紧闭，戴着一顶瓜皮帽，两只手交叉叠在一起，放在腹部，脚上穿着一双全新的麻布鞋。就在老太爷"老煞（死）"的前一日，院子里来了一个神秘的赊刀人，口里神神道道："狼当爹，狐当娘，主人变牛又变马……"赊刀人还说，如果他说的不应验，瓦亮瓦亮的菜刀全都白送不要钱。李有德见过赊刀人后就像换了一个人似的，一整天魂不守舍。

"镗镗镗——"万田叔在李府门外敲着一面铜锣。前一日就来到李府见过老太爷的何彩花带着戏班子也上场了，唢呐声中悠扬地唱起了《广陵散》。何彩花弹着古琴，然后开口就唱：

> 驾鹤飞去心踟蹰，
> 龙吟凤唱意徘徊，
> 广陵奏出顿泪雨，
> 一木成林惊魂传。

李府里一片肃然，上下人丁都换好了孝服。崔巧巧前前后后张罗着整个具体的事务，比如搭棚守灵，入殓抬棺，安排灵车，沿途行程，神坡祖坟地的掘墓，以及所有前前后后的事务，十来天下来，她都要累垮了。

人们都在议论李有德的死，有一些猜测毫无根据，说是因为要给穷苦人献出三千亩水浇地心疼死的，也有的说是去乱坟岗给两个儿子烧纸着了凉后病死的。崔锁孩就心想，是不是要抓李有德的消息提前走漏了呢？他找来杨福武询问，杨福武说自己当晚一直住在城里头关公庙贫协会临时偏殿办公室里，阴风阵阵，还做了一个奇怪的梦。

"你梦见甚啦？"

"说来也真挺奇怪的。梦见李老太爷推开偏殿的门，一言不发，坐在关公像前哭着老夫人。我记得老夫人活着时，一般去的地儿是观音庙，而不是这关公庙呀。李老太爷来这关公庙干甚嘞？"

"李有德在梦里还和你说甚嘞？"

"他说，他就要去找老夫人了，就能见到两个死去的儿子了。他开始哭，后来就笑，对着我说，他这就要走了。他说，福武啊，我走了，小心府上的门户……"

"再没说甚？"

"再就被你叫醒了，要去李府院子里抓他哩。"

"瞧你那没出息的样，把你吓得，这是迷信，呸呸！我就不信这个邪！"

"那还要抓谁呀？"

"李有德死了，那就把崔巧巧和她儿子能旺抓喽。"

"能旺？这个能旺才三四岁呀？"

"不管年纪大小，都是财主家的后人。冤有头债有主，这个崔巧巧就是名副其实的地主婆，能旺是老地主的小孙子，对了，还有邢灵梅，也是老地主李有德的小老婆……"

"都抓？那个，咱李队长，李主任，能同意？"

"我是贫协主席，还是你是贫协主席？先斩后奏，何况咱也只是斗一斗嘛。看他们的态度，以后还可以给出路。"

崔锁孩觉得老财主李有德是被听到风声之后吓死的，又有人说李有德是高兴死的。前两日，云莺家陈保忠只花了五千块大洋就把东关前半截子街从死去的宋老大家属手里赎回来了。据说，李有德听到这个消息之后，让崔巧巧从酒窖里拿出三十年的陈酿好酒来祝贺，当晚在孙女婿陪同下喝多了酒，再加上年事已高，早早睡下，在梦里就再没醒来，就这样平静地殁了。老人常说，像李有德这样没有一点痛苦地"老煞（死）"，就是习了好，才会有这样的好死法。一辈子沟沟坎坎，却还是一次次挺过来了，活了九十三岁，也算是高高兴兴地寿终正寝，算是圆满了。不过，李有德究竟是为何突然殁的，在李府里就是众说纷纭。

一旁的邢灵梅哭了一鼻子还没起来，只是拍打着李有德的棺材板哭诉着道："老太爷呀，你这一走，我也活不成了，我也走呀，我去碛口汝家（女儿家）呀，不能陪着你了。啊呀呀——"

所以，这些天，崔巧巧虽然有些累，但也感觉到李老太爷这样离开，也不算有太多的遗憾了。她都不晓得自个儿的日子接下来怎么过呢，忧虑总是有的，总觉得还会有什么事要发生。她睡不踏实，总是半夜起来要看小能旺三两回，看到他好端端地睡在自己身边，就又不由得松了一口气。她又躺了一会儿，却还是不踏实，就起来到堂屋的神龛前拜了拜。她身子有些发颤，眼睛有些发涩，打了两个呵欠，却就是醒着，仿佛身体飘起来，在空中游走。她看到前面是李文起，可是他背对着她，怎么也追不上。等到追上了，他却说着莫名其妙的话："你要遭难了，有一种李代桃僵的老话，看来要应验到你身上了。"她突然一激灵，想起昨日后晌，崔锁孩来了，一脸严肃，说是要找她谈话。谈甚话？开始一脸威严的崔锁孩，后来就突然变了表情。他看后院里没人，就让小能旺去前院戏台那儿独自个儿耍，然后关上了门。

"你作甚？"

崔锁孩猛然一把就抱住她，而且凌空着又把她平放在炕棱畔上，就要撕扯衣服。

"你，你不能这样做，你可是贫协主席，你欺负一个妇道人家，这还有没有天理？你等着，我要和你们李队长说这事哩。"

"你敢？李队长，李主任，也管不住这事。"

"那好，你再敢过来，我就死给你看——"

崔巧巧拿起炕头簸箕里的一把剪刀，对准崔锁孩。崔锁孩的脸拉得很长，人称枣骨子脸，散乱的倒吊眉毛，一只眼大，一只眼小，鼻孔仰天，露着一嘴被烟熏黑的牙齿。他朝后退了两步，又说："咱一笔写不出两个崔字，你和我还是本家哩。"

"谁和你是本家呀。你是你，我是我，以前不认得你，以后也是两厢里的外人哩。"

"来，让老哥哥摸揣一哈（下）巧巧妹子的奶奶圪朵朵，老哥哥早就想咥你一顿，早就想咥你的抿溜子哩……"

他又来扯她的裤子，而且一只手已经伸进了她的裤口里，摸到她的大腿根儿，但被她抓抠了一把，手背上就抓抠出两道血印。他嗷地叫了一声，然后又来与她撕扯，并夺过她手里的剪刀，就又把她按倒在炕棱畔上，垫住她的腰时感到特别疼。她张开嘴朝着他吐唾沫。

"那好，你真不愿意，那就等着挨批斗吧，你这个不知好歹的地主婆，我会让你嫁给我那还在打光棍的崔二叔的，到时会让你死心塌地，服服帖帖，别想着再去勾引人、祸害人……"

"我勾引谁了？我祸害谁了？"

"你……你早先就勾引过穆占山……你这不现而今就在祸害我哩……"

"你这是血口喷人，不安好心！"

正在这时，里面的门闩被哑巴万田叔给一下子从外头嘣地撞开了。万田叔手里挥舞着一把长柄锄头，眼睛冒着火星子，嘴里不停地啊吧啊吧地叫着，抬起一脚就踢在崔锁孩的屁股上了。崔锁孩一急，就从腰间掏出盒子枪来吓唬他，没想到这哑巴动起手来没轻没重，只是把锄头用力一抢，盒子枪就掉落在地了。

"你这个土地庙里泥胎——死哑巴，你是不是还想吃个人嘞？"

　　崔锁孩又要动手，却是门外传来一声断喝，竟然是李信诚来了。崔巧巧赶紧坐起身来，就想问问这是怎么回事？她突然想起梦里那个李代桃僵的说法，这暗含着什么样的意味呢？

　　"反了，反天了，这地主婆拉革命干部下水啦！"

　　"崔锁孩，别瞎嚷叫了，我这个武委会主任还替你脸上害臊哩。你做的这叫甚事嘞，若要人不知除非己莫为，你不怕传扬出去，让老百姓笑掉大牙吗？你说你整天动这些歪心思，干毬甚嘞？这群众纪律还要不要？都像你这样乱毬搞，这党的土改政策都让你要搞塌火了。我们要坚持说理斗争和给出路的政策，要掌握分寸，不能搞过激做法，地主子女不株连，也就是说对于广大穷苦老百姓，基本上要做到中间不动、两头拉平、耕者有其田的做法。"

　　"崔巧巧就是死不改悔的地主婆。李部长，你这存有私心哩！"

　　"我有甚的私心了，你说道说道。"

　　"李部长，你虽然救过我的命，为人也没说的，有口皆碑，但你在对待地主婆和他们的子女上太软弱了，立场不稳哩。"

　　那时，人风礼至的县里武装部部长李信诚，也兼着县里的组织部部长了。当时在武委会的基础上又新成立武装部，有一段时间他还兼着这两边的职务不说，更要管着组织部的那一摊子。他凛然地说："她是地主婆，我也没说她不是地主婆。这个不假，但我们革命干部在做人上也要讲个天理良心吧？崔巧巧当年救过我这不假，但李府可是在抗战时资助过八路军游击队一批枪支弹药，我记得光大车都拉了七挂，你的十几杆枪也不是当年从李府那儿得的？再说了，老地主死了，他的孙女小月莺，如今叫李潇丽，燕京大学毕业之后，一直就在八路军队伍里干着了，她的男人林迈可给八路军装了好多部电台。我的大闺女就在八路军一二〇师见过他们夫妻俩，一直给咱队伍上安装电台，听说下一步从兴县去延安哩。你这个贫协主席，动甚的歪心眼子，我能不晓得？你这不适合搞贫协的工作，还是得把你撤下来，去搞民兵训练吧。现在这个工作一定要掌握好方式方法，做这些事情，不能搞简单化的'一刀切'。心急吃不得热饺子。你急吼吼的模样，这可真要不得，更急不得哩。"

　　崔锁孩吼喊了一声，然后就唠唠叨叨起来。"老子不服这口气哩。这穷人闹革命，可现如今这革命革到老子头上了。把我撸下来，我不服气！"

　　"你是谁的老子？这咋是革你的命嘞？我们都是老百姓的勤务兵。让你搞民兵训练，是那样的工作更适合你做。晓得不？"

　　崔锁孩说："不晓得。我又不是啥都嗨不开（不明白）的猴孨娃，这是不重用我嘞。好，李部长，我搞民兵训练，不当这个贫协主席也行哩。可是，我去行，你得给我一个人……"

　　"说吧，满足你。你这去要谁嘞？"

崔锁孩在身后找到了杨福武，问道："福武，你跟着我去搞民兵训练吧？"

杨福武因为杨花花的事情对崔锁孩也一直耿耿于怀，但苦于他有职有权，现在一看他被李信诚给撸下来了，也就不怕了。

"我不去！"

崔锁孩像不认识杨福武似的，又看了他一眼，然后说："你这猴屁，还真翅膀硬了，真没看出来你还是一个白眼狼呀。对了，上次，你跟着我去李府那一回，你还打了李有德好几下马鞭，那一回，我就看出你那股子狠劲了。"

"对呀，我杨福武就这样，咋啦？"

"不咋的，算我倒了八辈子血霉！"

多年之后，杨福武当了粮食局的一把手，而崔锁孩则在七里滩粮站当着库管，他们之间差了好几级。有一次，杨福武陪着李信诚来粮库看收粮情况，那时的崔锁孩过往的气势不见了，不得不低着头，一直鞍前马后地跑来跑去。他也早已在上级来人面前失去了当年贫协主席的威风。不过，他后来竟然娶了宋老大的闺女宋猴汝，就在七里滩粮站后院三间瓦房里安了家。

自从宋老大死于谷口茂和疤老四之手后，宋猴汝也就没有过往那种底气了。她一下子如同霜打的落叶似的，越来越胆怯了。想当年，她是非得留洋回来的潇民不嫁的。那段时间，潇民还在李府的时候，听说吴有财的闺女也在追潇民。宋猴汝总是找借口去私塾里看过几回，甚至托人保过媒，只是潇民不为所动不说，他爹娘也是不接这个茬。宋猴汝还是很害怕潇民爹的，一打眼，长方脸，硬胡须，清灰布袍子在大太阳底下一照，那是一个亮闪闪的刺眼。她再看台子上讲课的潇民一张一合的嘴巴，白牙齿里吐出的一节一节字句，仿若福居园的骰子，让她摸不着究竟。她不由得就跑了。那次跑回家，她就病倒了，差点一命归西。等她病好，再去李府时，潇民已到太原去了。宋猴汝出嫁时，娘早就殁了，而那次爹当街杀人，竟然杀死的是她的两个国民中学的女同学，一个是常媛媛，一个是赵兰兰。当时，她在家里听说爹在旧街杀人了。她拉着弟弟宋猴则的手，就向杀人现场跑去。只见倒在血泊中的人正是常媛媛和赵兰兰，还有临时路过的李府日军医院里一个叫水崎丽子的东洋护士兵，也被爹杀了。宋猴汝那时就质问爹：为何要杀人？爹不屑一顾，还仰着脖子，两只臂膀已被疤老四侦缉队的人用粗麻绳结结实实地捆扎住了，但他还是口气很硬地说："别管爹，你照顾好弟弟，爹不随便杀人，爹杀的人是汉奸……"宋猴汝就急了："爹，你杀的是俄（我）国民中学一个班里的同学常媛媛和赵兰兰呀，以前她们两个还相跟着来过咱家里好几回哩，你不记得了呀？她们也是没法子，当啥翻译？还只是实习嘞！你这么下狠手呀……"爹还是很犟，依旧说："甭管是谁，给东洋人别说当翻译，就是当实习生，也就是汉奸走狗卖国贼哩。你要晓得，爹早就是重庆军统那边戴老板的人了，记住，猴汝呀，记住你爹宋老大不是杀人犯，而是——而是一个拿得起放得哈（下）的英雄好汉哩……"话还没说完，爹就被疤老四的人带走了。没过了几天，她就听说爹被打死在谷口茂的司令部后院里面。现而今，宋猴汝嫁给了曾经的贫协主席崔锁孩，一点也不委屈，相反她倒是坦然接受了这种命运。记得出嫁的时候，她与正在绸衣店做伙计的宋猴则抱头痛哭。"姐不得不嫁呀，再拗也拗不过命。姐认命了……"她与崔锁孩婚后的日子过得虽不比从前，但也还马马虎虎，接下来的几年里还一气生了五个俊丹丹的猴女娃。

那一年，十七岁的宋猴则响应号召，当兵去朝鲜打仗去了。多年之后，宋猴汝依然记得是她从武装部的李信诚部长手里接过一朵大红花戴在了有些局促不安的弟弟宋猴则胸前。宋猴则很快死在了朝鲜战场，得到消息后的宋猴汝跑到爹娘的坟前哭了一晌午。一九八八年立秋后的一天，六十来岁的宋猴汝看到家门口来了一个探亲的台湾老兵，还自称是宋猴则，这让宋猴汝诧异。她弟弟不是死在了朝鲜吗？怎么会死而复生？她看看来人，穿着一身笔挺的咖啡色西装，皮鞋锃亮，头上戴着一顶宽边遮阳帽，摘掉墨镜，让她还是不敢辨认来人就是她早已死去的弟弟。她看看陪同的统战部工作人员，摇摇头。后来，宋猴则拿出一件她爹当年留下的玉如意时，宋猴汝这才相信眼前的这个台湾老兵就是她弟弟宋猴则。宋猴则说他早已不叫宋猴则了，从巨济岛去了台湾后就改名叫宋厚泽了。当年他只是被炮弹炸晕了，并没有死，醒来后就被俘，到了战俘营。他和一大群同样遭遇的俘虏每天要排成一行，背着沙袋子和木板箱子，弯腰弓背走在崖岸上，他们的面部被破烂的麻袋片遮罩着，不准互相说话，只能一个跟着一个干活，一旦有一个停下来就会影响到其他人的干活进度。在巨济岛待了一些日子，俘虏营的一个亚裔翻译说是送他回去，却没想到被送到了台湾。到了这个时候，久别后的姐弟两个再次抱头痛哭。

而这一年，崔锁孩也有七十多岁了，粮站退休之后，又去木器厂干过几年木活，结果累出了脊椎病，腰腿也不好，拄着双拐，还在到处活动。这不，刚进院门就看到这一幕，凭空就出现了一个难以置信的小舅子，还要张罗着给他买一个上千块钱的进口电动轮椅，把他乐得合不拢嘴。

6

崔巧巧不由得想起三年前在兴县晋绥边区见到小月莺的情景。小月莺站在一个坡垴上，一直沉思着。转眼这么些年，一个灵丹丹的猴女娃竟然成为一个燕京大学毕业的八路军女战士，浑身散发的气质与以往完全不同了。她没有了长久待在李府里的那种娇生惯养，也没有大城市读书人的那种酸腐味儿。更加不可思议的是，她在林迈可跟前能够讲一口流利的外国话，叽里哇啦，有点像那个投靠了八路军的翻译官金大明。不过，小月莺不是金大明，她现如今的大名叫李潇丽。崔巧巧总是叫着这个名字不太习惯。小月莺单独和崔巧巧在一起的时候，也会提起李府的现状，以及对未来某些担忧，还说到下一步就是要让李老太爷（她的爷爷）如何向贫雇农献地的问题。这将来的形势会有一个很大的变化，像小月莺这样李府出来的大小姐，也投身于这变革的洪流之中了。崔巧巧看到她穿着一身洗得发白的灰布军装，戴着一顶褪色的旧军帽，留着齐耳短发，腰里扎着一条宽皮带，还打着绑腿，走起路来虎虎生风，与记忆中那个七岁的李府二老爷家小姐模样判若两人。那次崔巧巧怀里抱着一岁左右的小能旺，直嚷着小月莺叫姐姐呢。其实，小月莺已经与林迈可生下了艾丽佳。这是一个伶俐可爱又顽皮活泼的混血儿小女娃，比小能旺还要大两岁。小能旺睁着一双天真无邪的黑眼睛望着身旁一头金发和蓝眼睛的艾丽佳，然后嘴里嘟囔道："黄……黄头发蓝……蓝眼睛的猴娃娃……"崔巧巧算是开怀得很晚了，再加上三老爷也吃砒霜自杀，她的心情很沉闷。她抱着孩子跑到兴县这边来，一是躲避鬼子的骚扰，二是也为了看看小月莺。她与小月莺通过几次信，还是能够谈一些共同关注的话题。

小月莺谈到很早离开平西，渡过被鬼子封锁的拒马河。天色灰暗，虽然没有风，却能感觉到阵阵凉意。一行有十来个人，每个人都有骡子代步，天黑下来才找熟悉路的向导。两条粗大的长木杆子架在河床上，水流湍急，在最为狭窄的地段，一步步向着对岸攀爬。也不记得谁为了扶她，一条腿踩空，踏入冰冷的河水里。黑乎乎的，谁也看不清谁，却听到当啷一声，他手里的拐杖也掉入了河里飘走了。后来听声音才判断出是舒先生。他说这拐杖留着作纪念，战后还要带到柏林的家呢。在前往聂司令总部的路上，还遇到三十岁的杨将军，曾在民国二十八年击毙过鬼子的陆军中将阿布，当时老蒋还让八路军把阿布的军装和佩剑送到重庆去。还有狼牙山五壮士，则是后来民国三十年的事情了，阻击鬼子，打光子弹，五个八路军战士从悬崖上跳了下来，其中有两个活了下来。

崔巧巧听小月莺讲这些，宛若就发生在她的身边，有了一种身临其境的感觉。

后来，她抱着小能旺回到离石时，见到李有德就说起这事。他让她谁也别说见过小月莺，就怕话赶话，再传到鬼子耳朵里，那就招惹来祸端。

"这年头，嘴上得有一个把门的，上锁的，不能瞎嚷嚷，祸从口出，老人们不是随便说这话的。别说你去过八路军那边，安安稳稳地在陈家庄待着，总有天亮的一天，我看鬼子的日子不会太长久。"

崔巧巧也双手合十，但愿这一天赶快到来。现而今，鬼子是走了，但她的担忧还没有消失。

　　从兴县回到李府里又是两三年过去了，却是老太爷殁了。唢呐吹奏的祭灵曲中间，突然响起了何彩花的古琴演奏《广陵散》，而且重新添加了新词，直听得人心里更加难受。漆黑色的棺材陈放在中院搭起的灵棚里，崔巧巧听着这些伤心的曲子，先自号啕起来。她不仅仅是在号啕李老太爷，更是在号啕李府不确定的命运，也在号啕她自个儿。灵棚左右各有一条黑墨大字的挽联，左面：坎坷一生行走三川命运艰，右面：盖棺论定斯世惜之为人贤。顶幅：千古长存。幽暗的夜里，能看到李老太爷的棺椁发着阴森的暗光。她能体会到一种说不出的恐惧感在周身弥漫，仿若李文起又从梦里向她走来，脸色冷白，没有一点血色，样子很古怪，神情沮丧，只有两眼里的清泪在飘洒着，落在脚下的一片漆黑里，落在沉寂的空气里，什么也看不到了。

　　崔巧巧一手拉着五六岁的小能旺，一手拎着一个小包袱离开李府的时候，已经没有了眼泪。听说，老大家的李宝珍二十大几了，也嫁给了崔二娃。崔二娃真没想到会娶回一个财主家的小姐。李宝珍虽有些发福，胖乎乎的，却是喜兴，她经历了自个儿爹娘殁了和很多李府里发生的事情之后，也没有了从前那种骄横跋扈的做派，一下子就像霜打了的茄子一般，见了谁都挤出一份难看的笑容。甚至于在土改的批斗会上，主动要求戴了一顶高高的纸帽子，比崔巧巧的还要高。

　　李信诚跳到李府戏台子上，面对黑压压的开会群众，大声地说道："我们搞土改，目的是消除不平等，消除贫富差别，不是要挖坟掘墓，红火炽烫，活埋点天灯，那是土匪恶霸才会干的事情。听说开钱庄的陈善仁被批斗后打瘸了腿，这类过激的做法绝对不能在我们县里的各个点上再出现。党的政策是一贯的，尤其对待为革命作出贡献的一些个开明财主，就要讲究方式方法，对待他们的子女也要慎重，一定要给出路，让他们有自食其力的机会。"

　　李宝珍随着崔二娃去了前瓦村分的两眼土圪崂窑洞。窗户纸都破了，窑门也裂开了缝，里面有两口分粮时顺便分到的粮瓮，炕上铺着烂席子，幸亏有他从李府带来的羊绒裤子和绸缎铺盖。崔二娃穿着刚分到的一件绸缎衣服，不太合身，露着肚脐眼，裤子也是一长一短，裤腿卷起来，脚上不穿袜子，踏着一双鬼子丢弃的靴子，看上去不伦不类。五十多岁的崔二娃一直在打光棍，自从娶到二十大几的李宝珍，竟然像一个猴尕娃一般跳了起来，鼻涕揩在袖筒上。当年崔巧巧送给他的破棉袄总是不分季节地穿在身上。李宝珍说要给他拆洗，他都拒绝了。拆洗了，没有换洗的衣服穿。李宝珍说："没衣服穿，可以去李府里拿呀，瘦死的骆驼比马大，虽说土改了，但李府里，那个藏人的酒窖，有的是换季衣服……"

　　崔二娃也变了，不由得也在李宝珍面前絮叨起来："我在你们府上可没有白吃白喝，见天价受的甚苦嘞。受了磕打也不敢声张，骡子一样做活，撂哈（下）连枷，再去磨坊推磨，扛麻袋，拉大锯，里里外外忙完还不够，再往地里动弹，一不留神，老太爷就盯住了，吼喊上了，不仅要赶牲口，拉驴车，还要收庄稼，给佃农送饭，盖仓房顶子也得靠着我来摞瓦哩。那些杂七杂八的活，啥的垫圈、切草料、喂牲口、担水、抬大瓮、拾掇酒窖，你家里里外外都有我崔二娃掉落的汗珠子。你别撇嘴，那时不说，不是不敢说，是时候不到，现如今解放了，我们受苦人要把地主老财打翻在地，你就好好地给我当个称心如意的好婆娘吧。咋了，你不服气，还是咋了，小心老子把你按倒在茅厕道里拾掇一顿！别不信！这天可不是从前地主老财的天啦！地也不是地主老财的地！你李宝珍也不再是那个仰天张舞的地主大小姐！"

那时，小能旺不懂事，非要走到那个开会的台上要崔巧巧头上的高纸帽玩，在崔锁孩的呵斥下坐在台口吓哭了。现在，崔巧巧的身边只有哑巴万田叔在后面套着一挂马车，拉着一些家用的箱柜向七里滩一处隐没在果园里的破烂小院走去。甚至，在以后的日子里，她与万田叔就一直搭伙过日子。自从有了崔巧巧，万田叔比拥有了万亩良田还要兴奋。他陡然间换了一个人，剃了一个亮闪闪的光头，刮了满脸的胡子茬。他浑身上下翻新了，她让他戴上了从前李文起戴过的一顶瓜皮帽，代替了从前一年四季的脏兮兮的白头巾，他换下了那件李府长工总穿的黑大褂，而是穿上了一件对襟的青色汉服。他有些诚惶诚恐，因为这些衣服都是当年老太爷李有德才能穿的。但现而今世道变了。他如今走进供销社的收购站里，正是原来李府的后院，一开始，他不想去。他一直摇头，而她比画着让他去。他害怕李府的家丁班会收拾自己。她让他放心。万田叔琢磨不透女人的心事，就和小能旺逗耍。这尕娃子初到新家，有些不太适应，都不敢上炕去坐了。小能旺望望娘，又望望这个哑巴后爹，一时还弄不清这是怎么一回事。他和娘要亲爹，老是问："我爹呢？"她就指着他说："这就是你的亲爹！"小能旺不相信，竭力躲开万田叔递过来的芝麻糖。

人们都对这个哑巴万田叔组建的家庭说三道四。有的人说，苦了半辈子的哑巴总算熬出头来了，有了崔巧巧这么个精干会过日子的老婆，以后怕是要享福了；这小能旺长大后也会成为一个好帮手，如果她再给他生个一男半女，那日子就更加有盼头了。但也有人不太相信天上掉馅饼的好事，都认为一个几十岁的哑巴，不花一个小钱就把老婆娶到家了，就像崔二娃那样娶了李宝珍一样，锣鼓长了，绝对没有好戏，看着吧，崔巧巧总定等风头过去，还要再嫁。总之，大家都认为万田叔的日子不会这么平静，一个哑巴怎么与崔巧巧交流？

这一日，万田叔从供销社收购站回家，身后还跟着李信诚及县里的几个蹲点干部。其中，李信诚的通信员手里提着一篮子碗托、花生、豆腐和凉菜，一桶散装白酒，还有对联、鞭炮。李信诚壮硕的身体在出出进进，一会儿就贴好对联，还有大门前的红双囍字，来的客人与主人分吃喜糖。小能旺则局外人一般不哭不笑，只是愣怔怔地望着这一切。李信诚说了一句："我就是你们的证婚人了。以后好好过日子。"她站在果园里，虽是冬天，却仿若仍能够闻到李子树的味道。

小月莺说过林迈可和她都喜欢吃李子，崔巧巧就想等来年给他们捎一些李子和核桃过去。在冬阳的映照下，万田叔肩膀上扛着小能旺，小能旺就那样开心地笑着。一切又回到了从前。她倒不怕与这个哑巴大叔一起过着接下来的日子，她依然在担心着小能旺未来在旧城里上学的事情。

这日，崔巧巧拿着布口袋去国营粮店领下月分的供应粮，都是定量的。就连县武装部李信诚部长领到的粮食也和她差不多。她刚想去问一下，与李信诚说一句话，没想到粮店的会计先和他套近乎。武委会改称军事武装部之后，李信诚穿着一身刚改制的土绿色军装，一顶五角星帽徽的军帽下有着一双温厚的眼睛，四方脸，见了谁都是不笑不说话。他来领粮是推着一辆老牌加重自行车来的。车后座放着两袋面，前面大梁上挂着油篓子，与会计说完话，一转头，就主动叫住了她。

"崔巧巧，这些日子过得还好吧？"

"日子倒是还可以，就是我娃眼看要上学的事情，还得麻烦李部长与城内小学打一声招呼。"

"怎么上学还用得着打招呼？"

"不打招呼，我的成分高，我是地主婆，儿子能旺跟着万田上的是农村户口，吃粗粮的，吃不了细粮（城市户口），没有城镇户口，人家学校就不能接受，得找有关部门开个啥子证明。"

"这个事情我来办吧。城乡户籍制度才开始实行。我写个条给公安局的刘政委，让他找户籍科开个证明吧。先给孩子解决城镇户口。"

"谢谢李部长了。"

刚走了没几步，崔巧巧就又转回身来问了一句："李部长，听说你要调上走了？"

"你这是听谁说的？嗯——"李信诚把负重的自行车支起来，让一旁的二闺女玉环和儿子玉新帮着扶住车子，然后与崔巧巧说，"是呀，调到队伍上，可能要南下咯嘞。"

"人们都说，李部长总是自个儿拿钱资助有了困难的穷雇农。一个打饼子的半大孩娃被抢后，哭着要跳河，是你掏出钱来赔偿他的损失。唉，这么好的人调走了，以后遇上麻缠事，再去找谁呢？"

"孩娃上学户口的事情，我先写个条子给公安局刘政委，到时让你家万田来我这儿拿吧。你要晓得，咱县里，新来了一个好县长，叫赵子文，从不放空炮。你的情况，大家都晓得了，你以后找他，不会难为你的，总会给你一条出路的。"

"李部长，听说你要到队伍上当副师长嘞，真的吗？"

李信诚只是谦和地笑了笑，没有点头，也没有否认，却说："你背着这么多粮，拿不动了，让我小子玉新帮你吧。"

"不用不用，这已经够麻烦李部长的了，再添麻烦成个甚嘞。不是您，我可能就会……"

李信诚看她有些激动，就又劝说道："这不算甚，鬼子打进来那年，不是你让我藏进你家酒窖，我怕是早被鬼子抓走嘞。你赶紧背着粮回去吧，沉甸甸的，路上小心一点。"

刚走了几步，只见身后追来一个光眉俊眼的女娃，崔巧巧一看就认出这是李信诚身边的那个二闺女玉环了。听说，他的大闺女玉梅跟着贺师长的一二〇师已经南下。这李部长怎么舍得让自个儿闺女去队伍上打仗，而且还南下，这个她想不明白。李信诚的二闺女把两张肉蛋票递给她，然后说："这是我爹让给你的，我娘吃素，不吃荤，这两张我娘的肉蛋票，我爹让你转给万田叔，说是让万田叔和你们的孩娃多吃点肉蛋，多补补营养。"

"万田在供销社收购站看大门的工作，也是李部长给找的哩。一个哑巴，还能找到活干，这可得谢谢李部长。"

崔巧巧也晓得李信诚前不久还去高家沟开会，听说彭老总也来了。他给彭老总站过岗哩。她去过高家沟，在一面坡上，爬上去就会看到一处别致的财主院落，就在那里开过一个很重要的军事会议，来了不少头头脑脑也不好说。她听过这事，每次看到李信诚，也没去问，这个不能问。是不是？你一个这样身份的人，关心这种事，算甚嘞？不能瞎问，该闭嘴的时候就要闭嘴，言多必失。李信诚的那几斤肉蛋票也是他硬挤出来的。其实，玉梅娘并不吃素，李信诚不这样说，就怕崔巧巧不要这几斤肉蛋票了。李信诚常对子女说："滴水之恩，当涌泉相报。别人敬你一尺，我得敬别人一丈。你别看李府家是财主，鬼子打进来那年，我曾在他家酒窖里躲藏过，是崔巧巧在鬼子追来的时候掩护我的。别看人家是地主婆，但这心眼子一点也不坏哩。"

李府的大院已经属于了国营的旅店和供销社收购站了。东关街的许多商铺饭馆也回到了集体的手里，不再属于李府个体财产，三千亩水浇地也分给了穷苦人。崔巧巧觉得这样很好，反而没有了更多的牵挂，也不用整天忙来忙去打理李府上下的事务了。来自尘土的，也终将归于尘土。一个人终究会是光溜溜地只身来，再光溜溜地只身去，又能带走甚，又能留下甚呢？宛若天边高悬着的一轮裸露的月亮，明净，透亮，邈远，神奇，却不可企及。两扇院门，有一扇不晓得被谁给摘走了，万田叔就重新找了一块旧门板先钉住，然后开着另外一扇门，也就够了。正房里的粗泥墙上，刚前两日刷了一层白灰，坐在炕头上就能看到另一面大墙上贴着中共领导人的像，两旁各挂着一串红辣椒。一家三口，倒也其乐融融，只是万田叔不会说话，只能整天啊吧啊吧地叫着，与小能旺玩耍得很开心。上次李信诚一行来家里时，还坐在炕棱畔上一边与崔巧巧拉话，一边帮衬着万田叔剥玉米粒，一气剥了七八根玉米棒。他一边指着屋里正墙上的画像，一边啊吧啊吧着，旁边的县里领导李信诚有些不明白，崔巧巧就比画着翻译说："万田和我们一家人，都要一起感谢毛主席，感谢共产党哩。"

院墙倒是有一人多高，院子不大，天井里有一棵李子树，不算繁茂，尤其冬天，叶子都掉光了。墙根那儿放一些玉米秆儿，还有两个谷草垛子，小能旺与别处的孩娃常常在那儿玩耍捉迷藏。李信诚与随行的工作人员站在院子里，信心十足，让她相信来年会长出香甜可口的李子来。这是毫无疑问的。只要李子树还活着，就会有开花结果的机会。想到这儿，她看看小能旺天真无邪的笑脸，不由得就乐开了花。崔巧巧学着老太爷李有德当年的道情戏唱词："前晌唱了《满床笏》，后晌唱了《全家福》，黑间再唱《宝莲灯》，看戏入迷了，还不起身呀，哎来哎嗨哟……"唱着唱着，她满眼是泪，一旁的小能旺则乐呵呵地直拍手，而万田叔也像一个长不大的尕娃子直冲着他们笑。

崔巧巧与万田叔一直过得很好。五十年代，他们的大儿子小能旺中学毕业之后在县交电公司安排了工作。长大成人的小能旺，红脸膛，粗眉毛，高身板，一眼看上去，竟然有他二伯李文祺当年的风范。他在接受了万田叔这个哑巴继父之后，又有了新的生活。在李府熬了半辈子长工的万田叔，总算修得了正果，算是真正翻身得了解放，一个扛长工的哑巴终于有了一个幸福的家，让他整天笑眯眯的，出来进去也是兴头十足。他还参加好几回翻身农民开的会，每次都包着新换的干净白头巾，一身旧衣服却是洗干净的，都是崔巧巧在门里门外地张罗家务，所以每一次开会都是笑呵呵的。他看到崔二娃也大变样了，不像以前浑身脏乱得不成样子，每次都是一身新衣服。万田叔嘴里噙着旱烟袋，与崔二娃一起坐在最后的长板凳上，听不清主席台上都在讲一些什么，但只看到穿着解放军制服的李信诚的四方脸，两只挥舞的胳膊，充满信心的情绪在感染着会场上的每个人。回了家，他会给崔巧巧比画着，甚至还学李信诚部长抬起两手来紧风纪扣的样子，把崔巧巧逗得笑弯了腰。

再后来，崔巧巧与万田叔又在以后的几年里生下五儿一女，除了崔巧巧与李文起生下的大儿子李能旺外，这二儿子叫万解放，三儿子叫万爱党，四儿子叫万爱国，五儿子叫万爱军，六儿子叫万爱民，最小是女儿，起名叫万丹红。

第十九章

泪渡之路

1

　　小月莺似乎闻到了老家李府的气息，这些山川，这些沟壑，这些河流，都有着她童年的味道。她已经长大了。她总是喜欢穿着一身不太合身的男式粗布军装，头顶的帽子上有着八路军的徽标，胳膊上也缝着徽章，只是她觉得自己还在燕园里一般，看到林迈可，再看到三四岁的女儿艾丽佳，一家三口在这种一路西行的动荡生活中依然其乐融融，真有些不可思议。小月莺在梦里却是一直在大汗淋漓地奔走着，长途跋涉，一路西行中险境迭出，绝处逢生。

　　也就在平西山区，一个皎洁的裸月之夜里，小月莺遇到了燕京大学的甄晓霖。她穿着月白色的学生装，却是飘逸的两条宽裤腿，让她显得极有青春的活力。一双眼眸里发出灵动的亮光，端正的鼻梁，嘴巴紧紧抿着，却使得圆圆的下巴微微翘起来，很可爱的脖颈露出白里透红的形状，两只小白瓷碗的乳房在一条淡黄色的围巾里随着腰身在颤动。不过，小月莺见到甄晓霖时，她的一双蓝色的网鞋已经快要掉底了，甚至走起来还一拐一拐的，手里挂着一根老乡的放羊铲。她看到小月莺时突然惊喜地叫了一声，然后丢开放羊铲向她扑来，却是脚下一歪，蹲在了地下。

　　"甄晓霖，你是咋啦？"

　　"潇丽，我……我……我脚崴了……"

　　小月莺去扶她。听到了甄晓霖叫她"潇丽"，就让小月莺觉得又回到了燕园。甄晓霖比她低两届，但常常在燕园一〇三大教室里听讲座会遇见。有一次，小月莺身边有个空座，满满当当的听众里，却是留着娃娃头型的甄晓霖姗姗来迟。她有些羞怯的模样，肩上背着一个中学生模样的小书包，笑起来露出白牙，更加的天真烂漫。小月莺听她说她自己身高一米六五，体重一百一十三斤。虽然，看上去她们差不多高，却是甄晓霖比自己的体重多一点。甄晓霖说自己是晌午九点零五分出生的。

　　"你也爱听林教授的讲座呀。"

　　甄晓霖点点头，只是埋着头做笔记，有些听不懂的英语，还得请教小月莺。当时，小月莺也是正在英国来的戴教授家学习口语，林迈可留的很多参考书，都是欧美原版书籍，都得去图书馆查。为此，她们听了讲座之后，又一起去图书馆查资料，一来二去就熟悉了。甄晓霖也与小月莺寝室里的张琼、戴芙蓉都认识了。

"张琼和戴芙蓉呢？毕业之后，她们去哪儿啦？"

"听说两个人一起去了西南联大，在昆明呢，但一直没有联系。"

两人一边走，一边轻声聊着。小月莺看看甄晓霖腿脚受伤，就让她骑在了一匹骡子上。

"潇丽，你和林教授一起开着司徒校长的车刚走，鬼子就来了，先在你们的办公区域搜查，后来又去了你们的住处。听说，你们屋子里的家具都砸烂了，还发现一架大型的收发报机，可把鬼子气坏了。鬼子扬言，要把林教授和你抓住，不能当一般的战犯，而要让你们上军事法庭哩。"

"司徒校长怎么样了？"

"一开始没事，司徒校长还去了天津，结果就被抓住，送回北平，单独关在一个地方。具体关在哪里，还是不得而知。"

这次一路奔逃，没有目标，只是在游击区里游走，由晋察冀边区派的游击队护送。快要到鬼子炮楼了，大家静悄悄地走着，也不说话了，一直向前。她记得林迈可想去印度和英国，但现在看来还得待在解放区，一边做一些力所能及的工作，一边谋划下一步的计划。走出鬼子碉堡很远了，大家还是不敢松劲。爬过一座陡峭的高山，又来到一条静悄悄的峡谷，然后再继续走，这才走到永定河。船只都被鬼子扣留，越往前走，风越大，一到夜晚，林迈可的胡子上都结了冰。

过河的时候没有船，就只能用老乡家的扁箩，那扁箩很长，类似于李府里用的那种簸箩，但很结实，不漏水。扁箩上每次只能坐四个人，甄晓霖一直紧紧地拉住小月莺的手。她们穿得都很单薄，就套上了从老乡家那儿送来的老棉衣，看上去像当地的村姑了。

"潇丽，你和林教授去哪儿呀？"

"到晋北，出了宁武，再去兴县，从那儿过黄河，直到延安……"

甄晓霖笑得很开心，说道："我也和你们一起去延安。"

小月莺点点头。她能理解甄晓霖的心情。待在北平会一直提心吊胆，原来甄晓霖倒是想与刘佳慧一起去长沙的，可是，没有走成。一是筹措不到路费，二是她的父母都想回老家廊坊。后来，一看去了廊坊，也和北平差不多。她想还是要和小月莺一样，去根据地。甄晓霖走得很匆忙，开始与父母作别，说是与燕园的几个同学一起出城的，只是走散了。

再与小月莺见面的时候，甄晓霖在一个永定河畔的村庄里住了三天。在一个老奶奶家里，她一直躺着，在发烧，半夜三更把老乡的被子从身上移开。她挣扎着身子要去茅房，却是一个人倒在院子里，后来老奶奶把她拉回去，又让她吐了好几回。也不晓得是前一天肚子吃坏了，还是怎么的，总觉得不舒服。她坐在炕头上，只是从窗外的月色里能看到她的容颜。她的美，正是一种无法形容的超脱之美。那些星光灿烂，一如她内心的渴盼，总是在执拗中表达着一种不变的姿态。

甄晓霖记得小时候在一个大风天气，独自在一条僻静的街巷里行走着。刚走不远，就见前面穿着一个女人花衣服的疯男人直勾勾地盯住她看。她想转身跑，可是又没跑，反倒是迎着他走过去了。她两只胳膊护住前胸，低着头急匆匆地走。可是，没想到这个穿着花衣服的疯男人等到她走到跟前时就把手里点燃的鞭炮扔到了她头上。倏然间，她的耳朵都被炸疼了，摸摸还好，捂住脑袋赶紧向前跑。疯男人在后面直追，她都要吓哭了。她一直扑倒在一个路过的收破烂老爷爷怀里，又跑到装满废铜烂铁的大板车后面躲藏起来。疯男人的一声划破天际的吼叫，让她心惊肉跳。然后是他一阵没来由的哈哈大笑，还扭起了自创的即兴舞蹈。他跑到大板车后面把她拖出来，她就沿着河岸飞跑，她都吓哭了，一声声尖叫着，倒是吓跑了他。她的头皮上仍然留着鞭炮炸裂开的碎屑纸，还有他的手指挠她时的感觉，一直停留在她的记忆里，经久不散。

"潇丽，如果碰不到你的话，我就从这河里跳下去了。"

"欸——你跳下去做什么？你不想活了吗？"

"Crushed by the world."

"卡斯巴特沃日——被世界碾碎了。"

有时候，不是她不想活，而是有时候觉得没有了出路。她就这样走一步说一步，一个燕京大学的小女生，跑到这样的荒郊野外，寻求什么呢？她沿着一条心里谋划好的路在走，但具体走的时候总是迷路。她没有遇到小月莺，还能会遇到谁，那她还能有什么更好的办法？老奶奶让她去财主家想办法，她没去。

甄晓霖让小月莺看了一封她给北平东城区同心堂大宅门朱家六少爷未发出去的信件。

朱家六少（朱有汜）：

近好！

首先感谢你离开燕园时的盛情款待。虽然交往这么多年，但可能在某些事情的认知，甚至另类解读和判断上，或依然有着某种无伤大雅的分歧。尤其，你总是要在某种多人场合下刻意地表现某种只有在非常态中刻薄的"直言不讳"，甚至在生活日常中说出一些让人目瞪口呆的家族论断，而且除了让人尴尬之外，就是你会获得一种朱家六少才有的一吐为快的感觉，很多话任谁也无可指责，甚至还能感觉到你的高高在上绝对正确（正确到让听的人自惭形秽），于是有时候就把"言者无心，听者有意"无形地放大了，或多或少感到一种若有若无的不太"舒服"，偶尔还能郁闷好多天。我细想你，前前后后并没有一点错，而且你是"苦口婆心"在先，一直在体现着你的雍容大度，规劝陷入认识迷雾森林的我，可就是感觉到别别扭扭。可能你没错，只是彼此的气场不太对。有时表面上好像还维持最基本的和谐，但你的本应该用在朱家生意经上的"高调"总是在人际关系中表现你的未卜先知的少爷个性。其实，人生百年，时间有限，一个人总是在做事情（假定生意经成立）之余，还是会愿意与相对"舒服"的人（至少能够在紧张的课余寻求某种"放松"，而非更"紧张"）或者在某种"舒服"的环境下交流。做大宅门的儿媳恐怕难以胜任了。

我在燕园的朋友肯定很少，小莺子算是一个。当然，我能充分理解你的少爷个性（那次登访你家大宅门已经见识了，你家老太爷和五个老爷站在一排迎接以及晚宴的盛况，不容再赘述），你的态度是一种无形的压力，不仅绝对容不得反驳，而且更得服服帖帖。你的一举一动，比我等庸庸碌碌的众生超前不知道千百倍，但我已无力跟上你的超前脚步，甚至觉得在摇摇晃晃中精神上离得你更加遥远。而且，你我之间一旦交流，一旦较真，彼此的气场就完全是相拧，甚至完全打乱了。这也说明你我之间某种热络的关系，一入你家豪门，或可能就走到了尽头。这不是谁的错，只是你及你家的气场太强大，我无意再靠近了。每一次靠近的人都可能跌东倒西，低到尘埃里不说，甚至一贯保持的生物频率和自我状态突然不在，或如俄罗斯某个作家写作中突然自惭形秽有了焚稿甚至自杀的冲动，十天半月都无法调整过来。谢谢你，我倒更愿意走出燕园，沿着一条蹀躞西行的路，去寻觅我的梦想，心会更安静一些。你我之间不是不能交流，可能是你及你家的某种论断和豪门场域的不自觉的排他性决定了这一点。另外，你对我的某种追逐梦想的肤浅解读，或不敢苟同。可能在你那次当着你父母的当面解读里只是你无数主观臆断的一个零头的零头，根本不足挂齿。即便如此，你我之间可能永远缺少某种共洽的气场和氛围。恐怕越交流，误解越甚，越交流越在某些问题上针锋相对（在你们家里，还不如 behind）。

仿若沿着任何方向的一条路，都有一堵高高的大墙向我压过来。墙头倾斜着压在树梢上，又变成一个巨大的盖子，压住整个宅院。树冠上充满了黑色的幔帐，石头上也是凉哇哇的，无论走到宅院的任何地方，都是有一股冷风扑面而来。只要我一路蹀躞西行，拥抱自然，就会感到一种摆脱 behind 的欣喜之情。

当然，我也在万念俱灰中，写完这封信之后，我又遇到了一个人。我可以叫她为密斯李，抑或小月莺。她给我一种向上的力量。只要在她身边，我才能够产生一种安静如斯却又坚韧不拔的滋生能力，甚或提升我的一种饥不择食的吮吸功能。这种清澈的流淌感，仿若来自天空，来自大地，来自小莺子的眼睛里——为周围平添一种苍翠，为头顶平添一种圣光。我早已领教了绝望的滋味，宛若掉入悬崖里，甚或在幽暗的隧洞里，走不到尽头，却是头疼撕裂着我的神经。我一边在行进着，一边大声喘息，然后透过手掌的缝隙，向着对面的大山发出呜呀呀的呼喊。那一刻，我听到了我的回声，我听到了所有前行者的回声，不再恐惧。所以，姑且珍惜各自的自己，还是各自安好更好一些。

L miss you so much.（我太想你了！）

其实，这话，我想对心中真正的爱人所说，但可能不是你。而那个"你"在哪儿呢？当然，也希望继续保持你的锋芒和个性！送你一句话，这是小莺子告诉我的话，罗曼·罗兰在《巨人传》里的话："世上只有一种英雄主义，就是在认清生活真相之后，依然热爱生活。"

祝你在你经营家族企业的道路上越来越成功！多多保重！

霖 即日

"也就这么巧。潇丽姐，你看我这封未发出去的信如何？还能做一些什么？"

"先跟着走吧，到了延安，会有适合的工作吧。朱有汜其实是一个很好的人，虽然是同心堂的一个富家少爷，却那么能包容你。不过，你不想在鬼子占领区生活，这我还是能理解哩。"

她们刚刚过河，就见又有一个老乡过来了。这是一个年轻的农民，告诉甄晓霖说，前两日那个她住的老奶奶家出事了。老奶奶被鬼子抓走了，理由是她收留北平来的抗日学生。拉出院子没走几步，老奶奶就被鬼子打死了。一刺刀捅进胸口，七窍流血，很惨烈。这个消息，让大家都很难过。尤其，甄晓霖低着头抽噎着，后来是痛哭失声。路边吃干粮时，她也不想吃，只喝了两口水，然后一个人就蹲在路边待着，直到继续出发时，她才一拐一拐地上了备好的马匹。她的抑郁症时好时坏，间歇性的，发作起来，难以自控。

"I walked alone fora long time."

小月莺点点头，给甄晓霖又当起了翻译："啊旺朵旺福瑞王坛。你是说，我独自走了很长时间……"

"老乡们，你们村子里发生啥事了呀？"突然，前方有一伙被鬼子烧毁村庄的当地老乡哭喊着拦住了她们的去路，小月莺急忙问他们怎么回事。原来鬼子的"北山大扫荡"，在西湾村开了一个所谓的"赤臀大会"，全村青年妇女剥光衣服，一个个从鬼子面前走过，还让跳着东洋舞，不服从的就直接让一旁的狼狗来撕扯着咬，还有的拉到窑炕上轮流着凌辱致死。

这时，八路军一二〇师的孙团长出现了。只见他有二十五六岁的模样，江西兴国人，十二岁就走了二万五千里长征。他一脸肃然，看上去有庄稼人的几分憨厚，却穿着一身勇武的土布军装，打着裹腿，手里挥舞着军帽，一颗剃光了头发的脑袋，脚上是沾满了泥土的黑粗布圆口鞋。这双布鞋还是战斗剧社的李玉梅给他做的。李玉梅一直跟着孙团长的队伍，有时在兴县，有时跑到宁武，有时却在碛口，甚至还准备到西属巴伏击鬼子。他的脸庞上是一种历练过风雨才有的持重和机敏，微微上扬的眉毛下是一双充满警觉的眼睛。

"你们是从哪儿过来的？"

小月莺身后是护送他们一行的游击队，带队的正是李信诚。也就是这么巧，李玉梅看到李信诚之后是一种意外的惊喜。

"爹，你怎么来了？"

"护送这些个同志过黄河哩。"

李信诚一身粗布裤褂打扮，手里拎着一支盒子枪，警觉地向不远的村子里瞭望。然后，他让身后的两个队员警戒。他的眼眸里流动着一种悲悯，却又有一种自信的力量。后面来了一股子日伪军，谷口茂带队，要准备去峪口。

这些村子里的老乡哭喊着让孙团长他们报仇，于是当即决定在西属巴阻击这股子日伪军。小月莺带着艾丽佳，林迈可随身带着一部电台，还有其他相关的随行人员，先保护好他们的安全。然后，孙团长决定与李信诚的游击队一起在西属巴打个伏击战。甄晓霖就在跟前，也想参加这场战斗。她说，打仗还只是听说过，没有亲眼见过，今天就想看看。

"打仗有甚好看的，女娃子家还是躲远点，开了枪，就觉得不好玩啦。"

"不是，刚才看到西湾村里那个赤臀大会的样子，真看得人揪心，心里不好受。"甄晓霖站起身来，两条修长的腿使她显得像一个芭蕾舞演员。

"你说什么呢？"

小月莺笑道："真没看出来，你的腿刚好就像芭蕾舞演员的腿。"

孙团长不苟言笑，却又不乏幽默。"战场上不要芭蕾舞演员，要的是硬碰硬的革命战士。这次，女同志一律不能去，包括李玉梅。"

甄晓霖在这黄土高坡上宛若一朵夺目的奇葩，盛开在山野里，不仅让小月莺称道，也让众多老乡咂舌。

2

湘江河畔水杉树上的叶子在风中摇曳着，窃窃私语着阳光下的秘密。一队伤兵正在走到林子里的战地医院。每个人都穿着破旧的军装，有的吊着胳膊，有的挂着拐杖，有的躺在担架上，还有的垂头丧气没精打采的模样，只是听不到吵嚷声，只有头顶的风在吼叫。

场景一转，刘佳慧与小月莺在一起却是在龙城街上走着，惶惑的梦魇里，只是有着一些飘动着的暗影，然后是福音堂里唱诗班的钢琴声，弹出的每一个音符都在不停地上下游动，或高或低，在最低音和最高音之间一直拉锯着，决不出任何胜负，仿佛是一个老人在伤风，一个少女在抽泣，一个婴孩在呜咽。

　　小月莺说起她爹讲过的一些打仗故事，在刘佳慧当时听来感觉不可思议，一切离她还很远。那些熟悉的面孔，可能一刹那间就会消失，不是渐行渐远的那种，而是在一阵阵剧烈的轰炸中近在咫尺地灰飞烟灭。他们一个个地在李文祺眼前倒下死去，每个人死去的形状都不太一样，但却是殊途同归。一股淡淡的忧伤在她心底里升腾着。她想起在太原女子师范学校求学时的无助，那种无法言状的窘迫，让一个曾经与小月莺一般的无邪少女，沦为包娜娜父亲包庆功的某种工具，困顿，屈辱，自卑，对自己的依附生活质疑，最终选择娜拉那般的出走。此时此刻的刘佳慧躺在了手术台上。她记不得自己沉入水底之后所发生的事情，仿佛突然跳跃到了战地医院，她由一个医者成为一个需要马上动手术的伤者。

　　刘佳慧就这样被动地躺着，打了麻药之后的她很快就昏睡了过去。她回到了生命的初始混沌状态，一如在母腹中的那种不确定感，更让她对头顶上穿过来的一道光线感到了恐惧。四面传来的风声仿佛是在嘲笑着她，那些从前一路行走的轨迹，当年女师澡堂里舒苜圆光溜溜地站立着烧炭自杀时的那个画面，让她烧心。从龙城到北平，后来就来到了长沙，到了战场上，到了阵阵冲杀的前沿。一股新鲜的血腥味让她恶心想吐，胃里酸涩难忍，手中的肉罐头让她想起炸飞的人肉块，一切就在这一刻突然凝固住了，漂浮在水里，有了中弹的感觉，却没有死。虽然，被救上来，却又送到了手术台上，受着这一刀刀的凌迟痛苦。医生的用刀都很小心，切得很碎，也很小心，打上麻药的药劲过去了，疼痛像一条苏醒的毒蛇在啮噬着她的伤口，并在周身扩散着，让黑暗一次次吞没光明。

　　她在那个时候突然听到了郑国强的声音，郑国强不是在战场上死了吗？可是，这个声音却是异常的清晰。他在说："佳慧呀，从离开北平的时候，我就晓得这个结果，但我不后悔。因为这个是我的选择。你不应该跟着我来到这个不是女人该来的地方，我无法保护你。所以，你要学会一个人去面对，不管你去哪里，还是要去做什么，都要面对各种各样的选择。我希望你能够选择对，每一次都会如此，我不放心你。我在北大的时候，总是去参加这样那样的团体活动，比如学校的篮球赛，比如艺术团的活动。我曾经让你参加我们的一个演出，还让你扮演了其中一个角色。"

　　那个角色是什么来着？刘佳慧记不得了，所有的记忆都在手术台上断片了。她还记得在手术前与麻醉师交谈过，甚或是争吵过，关于麻醉的时间问题，她是一个外行，但麻醉师却信誓旦旦，声称在为了她的生命负责，所以听不进她的意见。后来，气氛有所缓和，那也是主刀大夫与刘佳慧有着另外一层关系，那就是不久前在鄂南一起上过前线，虽然没怎么说话，但一起抢救过不少伤员。这也就够了。主刀大夫在年轻的愣头青麻醉师眼里堪称大师。既然大师这么尊敬刘佳慧，那他也就很快改变了他的态度。这种突变的画风，反倒让她不太适应了。

刘佳慧在昏睡中却回到了童年，那个龙城下元的一个居民区里，一间摇曳着油灯光的瞬间，在母亲的怀抱里却是担心身后墙上恶魔的影子在舞蹈着。她甚至梦见自己在幼儿园的小床上突然间飞升起来，感觉小床变成了阿拉伯飞毯，幼儿园的老师吓坏了，还有母亲束手无策的模样，却让她在不断的飞升中很开心。可是，她并不想死，这由不得她，所以她又感到了惊慌失措，就从飞毯上一跃而下。在不断的下沉中，她咕噜咕噜喝水，是在鄂南的一条江水里，她被什么人给做掉了。她就要死了。这个时候，谁能救她？她下意识地抓住了主刀大夫的衣袖，然后哭着说："求求你，别杀我！"

"没人杀你！"

"不，他们就要追上来了……"

主刀大夫不由得顺着刘佳慧的目光向门口看，什么也看不到，只有灯光投射到医护背影放大在身后的墙上。

"郑国强死了……"

"郑国强是谁？"

刘佳慧没有回答。她不能回答。她不能让鬼子晓得郑国强死了，那样的话，鬼子会很开心。她不能让鬼子开心。也就在那个时候，她忽然觉得自己是谁也弄不清了，甚至连自己的名字也想不起来了。她变成了一个没有名字和没有任何身份的人，变得没有来路，也没有了去路。她是谁？当他们问郑国强是谁的时候，她也跟着他们去问郑国强是谁，再然后，她就连自己也不晓得了。你是哪个队伍的，你来自哪儿？甚至就像那伙人说，你是不是汉奸，要处决她，没容得她去分辨，他们就下手了……

"别，别杀我……"

"嗨，这孩子，大概是被敌人吓糊涂了。我们不是要杀你，是给你做手术，取掉你腰上的一颗子弹。"

"子弹？"

是的。子弹？谁打的？刘佳慧也记不得了，稀里糊涂，夺路逃生，可是，她怎么会在水里，又被船夫救起，然后就近顺水漂流，送到了队伍上的战地医院。可是，他们为什么救我？他们不晓得我是谁，我身上的军装也没了，现在穿的却是船夫老婆的衣服，一件宽松的大襟袄，一条水红的扎腿裤子，一双水草编制的鞋子。

"你是船家的女儿？"

刚开始是麻醉师这样问，后来其他护士也这样问，直问得她也对自己的身份半信半疑了。幸亏，主刀大夫一眼认出了她。也只有这个时候，她才一下子想起自己昏昏沉沉中突然浮出水面被船夫救上来的情景。要不然，她觉得自己此时此刻的活着，因为没有任何参照物，就觉得如同死去一般，正如在天空里飞行的飞机，由于就近没有参照物，你会觉得飞行的飞机总是一动不动，宛若静止了一般。一切生命没有了参照物，没有了身份，没有了时空概念，就等于不存在了。她在陌生人那里视而不见听而不闻了，只是一团可有可无的空气了。当她失去了这种证明存在的证据之后，甚至连郑国强也死了之后，谁又能证明她来自龙城，又跑到北平，而现在又落在了这个地方，下一步又如何，连她自己也不晓得。她走出了他们所设定的存在之外，是因为被他们视若无物，就像小时候看到孙悟空的连环画里，一个筋斗十万八千里，凭空消失的故事也只能出现在这种神话传说里。

刘佳慧在昏睡的时候，手术正在进行之中，而且进行得异常顺利。这一切，应该得益于主刀大夫。医者仁心。可是，她却感觉到自己去了另外一个世界。她跳出了三界之外看世界，她甚至能够看到昏睡着的自己，还有那些个白衣白帽的医生护士，他们在无影灯下围着手术台上的她，在取那颗要命的子弹。其实，子弹不取也是可以的，主刀大夫说，这颗子弹还一下子要不了她的命，但会起到类似于定时炸弹的作用。取掉它，她才能获得新生。

"你是郑国强吗？你咋回来了？"

其实，这个酷似郑国强的人，并非郑国强。他站在她的病床前，却是递来一个日记本。他说："我叫梁超威，这个日记本是在郑国强背包里发现的。由于日记都是写给你的，所以，现在把它交到了你的手里。"

刘佳慧坐起身来，刚站到地下，身子一软，就往下坠。原来，麻药的药性还没有过去。梁超威一把扶住了她。

"你别起来，躺着就可以啦。"

可是，她不答应。因为，见了这个日记本，如同见了郑国强本人。日记本上还能感受到他身上的某些味道。这一点让她很欣慰，也很感奋。她激动不已，一页一页地翻动着日记本，总算又把那些沉睡抑或遗忘的一切又唤醒了。她抱着这本饱经风雨的日记本号啕大哭。

她体会到了战争的惨烈。正如梁超威所言，一个个士兵不是在倒下，而是在不断地向前奔跑中被炮弹瞬间撕裂和解体了，一切变成了数不清的碎片在无限地放大，遮天蔽日，只剩下头顶鬼子的零式战斗机在低空嘶吼着。郑国强的背包被冲杀前扔放在了战壕里，才在打扫战场时完好无损地被发现，并能有了这本日记来证明她的存在。这是多么悲哀的一件事情啊。没有它，难道，郑国强就只能成为一个无法被信任的"黑人"了吗？

3

北平西四牌楼附近，广济寺偏门有一棵不老松，树下站着一个身穿灰色马褂的中年男子。他一边把礼帽向上推了推，一边打开一把折扇，在川流不息的车流中很潇洒地朝着东面马市方向眺望。这个男子就是从南边琉璃厂坐着洋车来广济寺上香的令狐玺画家。大雄殿上完香，他就急匆匆地出来，等着《京报》的主笔杨府，然后一起在东来顺二层靠窗的一档格子间里喝酒。不过，他没等上杨府，却是等上了羊肉胡同出来的出版人房仁福。他们两个先去了订好的格子间里，一张圆桌，坐七八个食客，那是绰绰有余。

"今日还约了些谁呢？"

坐在吃饭的格子间里，透过玻璃窗能望到白塔寺，再往近处看，就见西四牌楼这一侧的大街上车水马龙，如同一片风中波动的浪涛，使得远处白塔更加的宁静致远。一切与往日没有任何不同，寺庙前站着两个挑着太阳旗的黄军装鬼子。听店里的跑堂伙计说，今日有日本宪兵队的佐藤大佐来白塔寺上香，所以也就近在东来顺定了一桌餐，就在他们订餐格子间对面的迎客厅里。听到这个消息，大家说话的嗓音都压低了，感觉到万分的不自在。

随后，亮闪闪的脑门和红彤彤的脸膛，一只手掀开格子间门口竹帘子的杨府，嗓门很大地说话，吸引了他们的目光。那时，左近开着一家书画社的谢清才正在打开令狐玺带来的一幅泼墨山水画，啧啧称奇着。玉堂春的掌柜洪洋则对另一幅令狐玺的戏曲人物画更感兴趣，伶人手中的折扇和整个玲珑的身形可谓出神入化，不由得不让刚进门的杨府感叹。而天然居的韩科峰与暂住在北大红楼附近钱粮胡同的自由撰稿人李从文，则在窃窃私语着什么。

出乎意料，佐藤的翻译官徐作仁在过道拦住了要去方便的李从文。徐作仁看到李从文乱蓬蓬的头发和翘起来的厚嘴唇，尤其还是那种挖空子脸，就感觉不对劲。莫不是从西山那边跑来城里打听太君情报的游击队吧？徐作仁也是西山那边的人，但一听这口音，就觉得跑调的京腔里有一股子老陈醋或山药蛋的味道。外州县人，见过太多了，而且每次一抓一个准。佐藤说过，要确保北平的中日亲善，就得剔除这类可疑的抗日分子。不过，他只是有些怀疑，不敢确定李从文的真实身份。戴着一顶鬼子帽的徐作仁，让李从文有些害怕，离老远就让出道来，可是，依然被拽住了。李从文长得太有特点了，按照令狐画家的说法，李从文这是异相，有些朱元璋的王者之相。朱元璋早年挥舞过放羊铲，种过地，当过和尚，要过饭，一跃成为明太祖。李从文可不敢这么想，权当作笑谈来听。杨府说，上海大华公司的宁老同、李兆清、吕晴朗和曹孝忠搭档要来西四牌楼白塔寺这儿来拍一个什么武打片，八大胡同里的小福仙当女角，李从文倒也能在这部片子里当一个什么反角。

"你是干什么的？"

李从文涨红了脸，穿着长衫的后脊梁上渗出了冷汗，有些支支吾吾，嘴不断地张合，却是发出低沉的声音，可能比蚊子叫要高一点。

"来吃饭的。"

"我晓得你是来吃饭的，我问你从哪里来的？"

正在这个尴尬的时候，杨府从格子间里听到动静出来了。徐作仁就把目光从李从文这儿扫向了他。他露出两排被烟熏黑的牙齿，直眉愣眼地盯住这个《京报》的主笔。

"他？他真的是给你们报纸写稿子的？不大像呀……"

杨府赶紧从长袍衣兜里掏出一盒飞马牌香烟塞到徐作仁的怀里，并抽出一根给他点燃。

"留着这么长的头发，乱蓬蓬的，一看就从西山沟里跑出来，暗里作祟，这不是要太君的好看哩？"

"不敢不敢，这长发，一领到稿酬就会剪掉的。"

徐作仁的好奇心很重，后来还跟着杨府进了格子间，一眼就被令狐玺刚画的伶人图给迷住了。他这个爱好随了佐藤大佐。其实，他对京戏并不懂，多半是附弄风雅，但现在突然灵机一动，为了讨好佐藤，就想当场索要这幅伶人图。他一开口提出要求，然后就以一种居高临下的目光打量着众人，两只倒竖的眼睛都快要蹦出来了。而令狐玺气得脸色发青，这幅伶人图，可是他用了半年时间才刚刚在昨日里画成的，关键是模特儿难找。京城里的伶人戏班子里很难遇到一个合适的，甚至还跑到前门楼子，唱折子戏的地段，八大胡同里的低吟浅唱，终于在陶然亭附近野戏班子里找到了一个，最终成就了这幅画。

"怎么成就的，具体给大家唠一唠呀，别藏着掖着。"

听了房仁福的追问，令狐玺就又有些兴致盎然，滔滔不绝。这个故事听来又有好多个版本。令狐玺每次讲起来都能有着完全不同的发挥。尤其，在找一个伶人模特儿的过程中，历尽千难万险，即便貌似有了那么一个，却是找不到神韵，从她的气质上也无法与他笔下所画的境界相匹配。就有一个，可能还不仅仅是一般的老辣，而是她从八大胡同里摸爬滚打出来的。

"我想画你。"

可这个风尘小女子听岔了，倒也很坦然，竟然在画室里当着令狐玺的徒子徒孙就脱衣服。

"别，别这么脱呀……这些学画的，北平学美术的学生，还是一些半大的小孩娃子……"

这伶牙俐齿的小女子，掀起花格子布的旗袍下摆，抬起一条长腿晃悠着，然后说："你不是想睡我吗？你不是想咥我吗？"

令狐玺画家直接呆住了。他只是想找个模特儿，不是她说的这事。可是，他一时间说不清，望望身边的学生们，只好反问了一句："这哪儿跟哪儿呀？"不是他自命清高，也不是他不食人间烟火，关键是他一直被这幅构思中的伶人图折磨得无法入睡，什么事情也做不成，更何况男女之间的这点事情。她就是不懂。她这么一说，他还真就是干不成了，当下就麻爪了。

而这个时候，大家才刚刚要让令狐玺讲讲那个最终的模特儿是怎么找到的，后来这幅伶人图是怎么画成的，却是格子间里撞进来一个不速之客。听杨府说，这个叫徐作仁的翻译官来头不小，背后是北平宪兵队的头儿佐藤大佐，这个谁也不敢得罪，也不能得罪呀。这幅画，令狐玺原本要送给房仁福的，却是落在了徐作仁的手里。房仁福气得坐卧不安，独自一连空肚子喝了好几口二锅头，然后喷着酒气，想要与日军翻译官理论一番。他这个北平的出版人，结交过三教九流，见识了四十来年的人生风雨，担任过好些个大有来头的名誉职务，可是没见过徐作仁这样的二愣子货。他在家里，乃至社会上，都受到尊重，做事从来是说一不二，可是这个佐藤大佐的翻译官巧取豪夺，就更加肆无忌惮地我行我素。这个侮辱没法承受，可是不承受的话，又能怎么样。旁边的令狐玺一股劲给他使眼色。他也看到了徐作仁腰间的一把被鬼子称作"南部十四"的盒子枪，鼓鼓囊囊的，比令狐玺在琉璃厂卖画挣到的大洋要好使。

"哈哈哈。这张伶人图归佐藤大佐了。"

李从文刚方便回来，看到徐作仁的做派，就不由得下意识地一躲，反倒撞到了他的后腰，那张正在打开的伶人图刚刚还在房仁福和他的手里展开着，这一撞，竟然撕成了两半。

"八嘎——"

徐作仁转身就照着李从文两个耳光，打完还不尽兴，拔出枪来，要带上他走。杨府却说："徐翻译官，他不是有意的，刚刚进来，他还只是要往开躲的，却是不小心弄坏了伶人画……"

令狐玺也站起来，打了一个圆场。徐作仁眼睁睁地索画不成，只好悻悻地走了。他刚一走，李从文就向令狐玺道歉，说是撕坏了一幅画作，可是令狐玺笑道："撕坏了好，不能便宜了鬼子。"

"可是，这么好的画，太可惜了。"

令狐玺却老谋深算地说："刚才撕坏的画是复制品，真正的那幅在这儿给房仁福先生留着哩。"

说着，令狐玺从身后又拿出一个轴筒，展现了伶人图的绝世真品。那么，刚才是赝品吗？其实，也不全是。刚才那幅是他照着自己的真品又临摹复制的，虽然下工不如这幅真品，但也不算是假的，仍然有些可惜。撕成两半的这幅，可以装裱一下，还可以陈列。

这时，李从文说："前两日，在沙滩那儿，有一个拉洋车的，叫啥佟吉良的邢台小伙子，被鬼子用腰刀劈死在当街……"

令狐玺问："咋回事哩？"

"欸，鬼子说他私通西山的游击队……"

一会儿，上了菜，李从文又讲起了他老家李府的一些逸事。他不想讲佟吉良那种惨状。在那个傍晚，沙滩的一条胡同口，佟吉良倒伏在他的面前。那是半边脸侧对着外面，眼睛还微微长着，嘴里在嘟囔着什么，两只胳膊扭在背后，被十字绑着，拧出了血道子，尤其一条腿竖起来，估计已经完全扭脱开来，而另一条腿则伸向旁边的水沟里，试图站起来。后脑勺流出的血已经发黑，与地面凝结在一起，一只手已经完全发青、发黑，肿胀着，如同冬日树杈上发出的暗淡光亮，让人窒息。或许是佟吉良想转身跑，被追上来的鬼子从后面抓住绑上，然后又劈成两截。

这时，李从文就讲起了老家李府老夫人梁慕秀离世的时候，正屋里的座钟也停摆了。她与老太爷最喜欢的那只花脖子鹦鹉也绝食而亡。虽然，李从文与李府似乎有着七拐八绕的亲戚关系，但那些历尽沧桑的老家故事，在这里听来真如恍若隔世。他们消遣度日的时候，会有各种各样的话题，但真正能够牵动大家的还是大后方传来的消息。这个只是听来的，信口开河这么一说而已。不过，李从文更对李府里二老爷李文祺家二小姐小月莺考上燕京大学，又在前些日与她的丈夫林迈可逃到西山游击区的传闻，发生了兴趣。

"这个小月莺，不就是叫李潇丽吗？"

李从文盯住杨府，然后问道："你怎么晓得的？"

杨府笑而不答。他采访过这夫妻两个。他们在燕京大学结婚的时候，他收到过喜帖，只是因为他正在上海采访，没能赶回来。

"这又是一个简·爱式的传奇佳话。"

谈到这个话题的时候，被佐藤的翻译官徐作仁破坏的气氛这才再次活跃了起来。被徐作仁刺痛着的眼睛，还有被刺痛的耳朵，被刺痛的神经，被刺痛的灵魂，正在慢慢地恢复，一时间，痛快淋漓的豪饮，大快朵颐的兴奋，侃侃而谈的敞开心扉，让席间每一个人都似乎找到了那个久违的自我。

4

李信诚在西属巴伏击战中屁股上中了一枪。谷口茂在河岸上抬起身来时，先被他打中了下巴颏，以至于有多半年谷口茂的嘴巴一直歪扭着说话，还一阵接一阵地抽风。谷口茂旁边的疤老四眼疾手快，夺过一支远射程的九七式狙击步枪，朝着游击队所在的西山坡上就是两枪。所谓九七式，相比三八式，只是枪托更加轻巧圆润，加长的弯拉机柄，加装了脚架，还安装了瞄准镜，精确射程六百米，最大射程三千米。而李信诚离着他们正好是一千多米，脱离了精确度，但依然在射程之内。疤老四的第二枪就击中了李信诚的左屁股，从瞄准镜里看出伤者一只手捂住屁股，走起来一跳一跳的，像一只肥厚的野兔子。

"太君，打中了一只野兔子！"

谷口茂有些不解，身边翻译官金大明说："爱山尺（兔子）！"

李信诚原本想拉住冒冒失失的甄晓霖，怕她一露头遇到什么危险，可是，他自己却中弹了。

孙团长提早安排二营在路西的一个制高点上，率先开火，等着谷口茂率队向路东跑去，又被三营打了回来。一营和游击队在西边远处山坡上，原本担任后援，却遭到疤老四九七式狙击步枪的袭击。很多鬼子被赶到北川河里之后哇啦哇啦地大叫，一个接一个地倒了下去。百十个鬼子倒下，八个伪军被俘，其中有一个军曹长水崎正夫反正投降。缴获八挺机枪，步枪百十来支。

谷口茂摇摇头说道："托喇（老虎）！"

这也是投降反正过来的水崎正夫后来说到李信诚时，大拇指竖起来说道："托喇！"

"托喇"是什么意思？日语里就是老虎。谷口茂也是这么认为，所以疤老四那一枪很及时，再一次赢得了谷口茂的信任。不过，这一枪，也在游击队那里又一次埋下了仇恨的种子。屁股上的这一枪，李信诚一开始并没什么，依然躺在担架上指挥大家撤退。谁是"托喇"？谷口茂说他李信诚是"托喇"吗？即便说他李信诚是一只勇猛的老虎，但也不愿意在屁股上挨这一枪。这他娘的太难受啦！甄晓霖原本想看热闹，却是吓得不轻，打仗原来并非小时候玩过家家，每分每秒都在死人，扑通地一个个倒下，无论是哪一方，都让甄晓霖看得瘆得慌，捂住眼睛不敢看，塞住耳朵不敢听。直到后撤了十来里路，已经听不到枪声了，她还闭着眼睛，捂住耳朵，跟着前面一头驮着战利品的骡子在行走。

"甄晓霖，没事了。"

李玉梅摸摸甄晓霖的头顶，然后双手合十，向着远处的山神庙拜了拜。

"我没事，你爹却为了拉我一把，中了一枪。"

这一枪，伤得并不重，但需要在师部的战地医院手术室里取出子弹。李信诚感觉到屁股一下子完全麻住了，一针麻药很贵，应该用在更重要的地方。

"别给我打麻药！"

"爹，不打麻药很疼的。"

李信诚看了玉梅一眼说："疼就疼吧。我不怕疼。"

结果，李信诚在老乡家谷仓改制的临时手术台上疼得昏死了过去。这一下，与打了麻药的效果是一样的。这一刻究竟发生了什么？李信诚的脑海里已经断片，如同子弹在激射中卡壳了一般，看上去干着急。其实，他都不晓得着急了。他闭着的眼睛里看到了一个奇异的景象，一个很像他自己的展翅飞翔的人，马不停蹄地行走在蜿蜒的山路上，一直扶摇直上九万里，向着火红的太阳飞去，却是让他看到了一轮与平日看到完全不同的月亮。这是一轮被放大无数倍的裸月，借以预言他为何如此不堪，却又绝地逢生。只是耳边依然是枪林弹雨，他夺路而逃时牵着一匹鬼子的战马，只是他怎么也跳不上马背，鬼子战马听不懂他的指令。他起跳了三次都失败，宛若整个童年和少年的景象在眼前回放着，只是奔跑着，却又栽入北川河里。河水并不深，也不是在汛期，可是他却越陷越深，几乎就要灭顶了。他觉得自个儿不在消失的过去时空里，而是穿越在另一个完全陌生的黑暗维度里，一直在挣扎，一直在攀爬，一直在飞升，一直在乱抓乱挖，一直在寻寻觅觅，一直在走走停停……

他的心跳加快的时候，又突然焕发了生机，甚至一下子脱跳到了一九六三年冬天，省里的肿瘤医院，依然是动手术，而且全麻，什么也晓不得了。他在手术台上睡了有几个小时，甚或几天，只是醒来之后，玉梅娘都不告诉他。究竟发生了甚的事情，是他就要永远地走了吗？他的灵魂在一九六三年的飞升，那时他也就刚五十八岁。而在民国三十三年的这一场伏击战，对于他来说，无所谓胜负。这屁股上一枪，也就是战地医院里一个很小的手术，却是让他这样一个三十九岁的壮汉在鬼门关上绕了一遭，又回来了。

出生在富农家庭里的玉梅娘，八岁上殁了娘，只因为她爹赌钱赌输了，就把十三岁的女儿给了李家。嫁给这个叫李延忠（后来叫李信诚）的二十岁穷庄稼汉时，她哭了。他问："有甚好哭的？嫁谁不是嫁！"而这个时候，李信诚要取出屁股里的子弹，从老家赶来的玉梅娘又哭了。他说："哭毬甚嘞？鬼门关里绕了一遭，阎王爷不要我，让我回来继续钻山圈窑窑，等赶跑离石的谷口茂再说。"

后来，人凤礼至的李信诚屁股上的子弹取出来之后，作为离石县武委会主任，即军事部部长，就开始谋划着筹办军火厂。办厂分两步走，第一步先要在游击队里挑选适合的人员来培训，这投降反正过来的军曹鬼子水崎正夫成为技术指导，并由他们再去一二〇师培训，然后再培训各村民兵连长；第二步再在人员里进一步分工，除了临时帮忙协助的人员之外，专职的有八个人，旋手榴弹木柄两人，捣发火机、火帽一人，拉导火一人，选料一人，装置与内外管理一人，提硝、做饭一人。很快，每天能旋手榴弹十个，装爆发六百个，制造地雷一百八十颗，小爆炸弹五百多个，手榴弹四百多颗。

那次，崔巧巧粮店外曾问到李信诚南下的事情，确实没多久就跟着队伍南下了。李信诚还担任了副师长，只是因为玉梅娘在老家分地的事情，与老家主持分地的五爷爷差点打了起来。玉梅娘的娘家是富农不假，百十来亩水浇地都分给了穷雇农，但玉梅娘在老家的地却少分了。李信诚质问这是怎么回事的时候，警卫员是一个二杆子，不小心朝天开了一枪，吓唬老乡，结果李信诚从副师长一下子撸到了地方上，成为县里的副书记。当然，这些都已经是传说，究竟那时候发生了一些什么故事，现而今也只能是去猜测和推断了。

玉梅娘对这类传说没有否认，只是笑了笑。后来在一九六三年，她也相信李信诚的病能很快好起来。即便是他躺在省肿瘤医院病房里，她依然充满了新生的热望。毕竟，最为艰难的日子已经过去了。她看到他目光里有了一种散淡的超然，却是眉宇间又有一种狂喜。他的灵魂再次飞升的时刻，他一直盘旋在民国三十三年的北川河的上空。他的身心得到了净化，他在无边无际的宇宙中飞翔着，却是一次次喊叫着……

"回，回，回老家……"

"等病好后，咱再回家。"

他像不认识她了，只是不断地摇着头，固执地说："再不走，就走不了喽。"

"为甚走不了？"

"鬼子把前村和后村的路都堵了……"

"咱不行，就钻地道。"

他的喉咙里发干，发烧，却又疼痛难忍。他憋得很难受，却是尿不出来，也拉不出来，只是憋着，往死里憋着……

"我要被憋死了……"

他看到无边无际的水，即便回头也没有了岸，只能漫无目的地向前游动着。接着，一声枪响了。在他的屁股中枪一年之后的民国三十四年，疤老四也中枪了，却迄今也弄不清谁给他打的乱枪。恨疤老四的人太多了，三五八旅八团攻打离石城，一营初战失利，一营、三营二战失利，三营再次主攻，七连和八连率先攻入黑龙庙和疤老四城防指挥部。也就在那一时刻，城墙上，疤老四身中数弹之后，一直站在那儿一动不动……

"李队长，你总算醒了。"

他其实已经是县武委会主任及军事部部长了，也是县委组织部部长，可是大家还是约定俗成地叫他李队长。他在一九六三年的省肿瘤医院病房床上坐起身来，罕见地下了床，然后走到窗前眺望老家的方向。家徒四壁，一个月百十来块的工资，一多半资助了县里的穷苦人，这还不算，还要另外预支一些给他的老娘和兄弟。玉梅娘能够理解他，因为这是他的一个心结。他李信诚此时此刻就要回家了。他还记得自己那一年背上起来一个差不多鸡蛋大小的痈，还是玉梅娘打听到一种祖传的拔毒膏，一帖一帖地贴了有两个月才好转的。痈里的脓水都流出来了，背上结痂，恢复如初。

他眼前幻化出的景象并非老家薛村，却又像是黄河渡口，宛若当年自己送玉梅去延安的木船上。船下的浪涛是金黄色的，远处山崖是发黑的褐色，却又有绿色的枣树叶子飘荡，以及白羊毛般的云朵在天空上游走着。他背着十三岁的大女儿玉梅，从船体上下水，然后上岸，太阳让四周发出五光十色的刺目耀亮。他似乎突然觉得脚下有些不稳，水底冰凉。这种冰凉，可能并非来自脚下，而是背上玉梅的泪水。他看到一股遥远处翻卷过来的浪头，不断地从身后推着自己上岸。玉梅手里提着一双他的布鞋。他的心脏发出的拨动，却与这浪涛有了同频共振的呼应。他的身体对来自外部力量的冲击有了一种本能的反应。玉梅在他自己后背上发出了一声害怕的惊叫。然而，他没有停下脚步的意思，反倒是沿着推过来的浪头向岸边大步跨越。突然飘来的云彩，使得太阳一下子隐藏在后面，使得黄乎乎的水浪有了一种诡异的风采。

"我们回家。"

那个时候，他把吊针瓶子摘掉，让旁边的护士瞪大了眼睛。这怎么可以呀？

"李书记，这怎么可以呀？"

那时，他已经是老家的县委副书记了。他说："没甚的不可以。别再浪费公家的钱了。这病不治了。"

这病说不治就不治了。玉梅娘有些慌了。可是，李信诚站了起来，决然地向楼下走去。在颠簸的公路上，县里唯一的一辆破旧吉普车上，他却精神焕发。

他一下子回想起自己终于跳上了那匹鬼子的高头大马，虽然它一开始并不很听话，但他很有耐心，没有打它，反倒给它吃新鲜的好草料，在磨合了一些日子之后，竟然就与它形影不离了。正如此时此刻，他的游击队正要在渡口护送小月莺和林迈可去延安一般，突然让他想起了很多，觉得这对年轻的夫妻在抒写着他们的伟大传奇。这些日子，他已经没有办法熄灭掉自己不断去工作的火焰了。他感到满脸发烧，回想到从前血雨腥风的岁月，辗转在老家附近的山圈窑窑里打游击，却是情不自禁地唱起了古老的歌谣。直到他在一九六三年去世出殡的时候，县城旧街里挤满了出来为他送行的老百姓，却是有县里的民歌手还编唱着关于他的新歌谣。

5

这一年，李府里发生了很多事情。李有德在死之前，似乎就有了某种先兆。

重新追溯过往，人们会发现很多被忽略了的情节，可以在这种追溯中重新一一补上。

记得那时的李有德一夜之间就变老了。不仅仅是早些年老夫人梁慕秀的意外离去让他受到重挫，更主要的是老大李文举、儿媳许飞燕和老三李文起相继死去等一系列变故，让他痛不欲生，一时间难以接受。就在这抗战进入交织的关键阶段，却是听说谷口茂与城里的鬼子悄然消失，不知去向。有一说是他们去了汾阳，还有的说是跑回东洋去了。就在谷口茂偷跑的前两日，还来李府的鬼子医院里看他下巴颏上的伤口。听说，他在一年前西属巴遭遇了八路军游击队的伏击时中弹的伤口又复发了。这一枪是李信诚打的，差点把谷口茂打死，只是让他破了相，遂吓得没几日就撒着脚丫子颠了。

能够靠在后炕上的被子垛咪一会儿，也是李有德这些年来形成的一种习惯。毕竟，刚过了后晌，天色还早，眼前一片寂静。自从老夫人梁慕秀撇下他一个人走了之后，正屋里的座钟就停摆了。他也叫过老三家的崔巧巧摆弄过，座钟又开始工作没几日就再次停摆，于是他就顺其自然，由它去了。原本那只会学人话的鹦鹉在李有德的书房里，却是养不住，梁慕秀生前特别喜欢，喂养得很用心，结果她死后，它也就一声比一声凄厉地叫着，绝食而亡。李有德给它准备了一些剥好的葵花子、玉米粒，还有青菜叶，并给它喂水，但它盯住屋里的座钟，不吃不喝，很快就倒下了。他叫来崔巧巧，也不管用。

"爹，来财死了。"

来财就是老夫人梁慕秀给鹦鹉起的名字。来财看来是一只决绝的鸟儿，充满了灵性，能够感知到老夫人的命运。这来财随着老夫人走了好久之后，李有德还是有些不适应。因为，来财总是在天刚蒙蒙亮的时候叫早，说着李有德和梁慕秀教它的话。由于，他老是打呼噜，怕影响老夫人睡眠，就有一段时间去了书房睡，听不到来财叫早。反倒是老夫人被来财叫醒了，然后再跑书房叫他。

"咕咕咕，咕咕米——"

来财学着公鸡打鸣之后，便学着老夫人说话："咳咳，老头子，老头子，醒醒啦……"可是，现在听不到来财的声音了，鸦雀无声。西跨院在鬼子来了离石之后，就成了鬼子医院的太平间，那儿总会传来一两声惊恐的黑老鸦的叫声。整个李府如同一口巨大的棺材，锅底黑般的天空如同棺材板，让李有德喘不上气来。鬼子医院搬走之后，这前院中院后院东跨院西跨院以及各个大大小小的院落里怎么会显得那么空落落的？人都到了哪儿去了？杨栓大也不当管家了，家丁班也散摊子了——听说，他们全都参加了游击队，唉，油快干了，李有德这盏老灯树就要灰飞烟灭了。不过，他不怕死，他都九十三了。他只想一个人静悄悄地离开这个世界，没有一点痛苦，没有一点烦恼，赤条条地来，必然也会赤条条地走。现在想起来，当年他与宋老大与东关前半条街的纠纷，感觉很好笑。即便保住了李府这份家业又能如何，即便五千块大洋从宋老大遗孀手里收回来东关前半条街，可能让他高兴不到一袋烟的工夫，就会更加失落。很多人以为他是高兴死了。其实不是。他早已没有了从前的那种收获时的喜悦。他算是活通透了，活明白了。所有一切，他都能抛下，不抛又能如何，到时还不是两腿一蹬，两眼一闭，就去见老祖宗了。至于，当了贫协主席的崔锁孩，想要什么就来要什么吧，一切都是因果报应，否极泰来，物极必反。

"甚的斧头……急……会抬来（否极泰来）……谁抬谁呀？"

崔锁孩大瞪着眼睛看着李有德，感觉还是深不可测。这个九十三岁的老财主，一肚子坏水，死到临头了，还想让这些个贫雇农去抬他，抬到哪儿？他还想摆这个谱吗？没这个可能了。

这是谁又进来了？啊，二十几年前的何彩花，还是一个从陕西榆林跑来的唱戏猴女子。李有德是她的忠实票友。那时，一言九鼎的李有德就把落魄的何彩花招到了李府的戏园子里唱戏，成为李府御用的头牌花魁。她穿着一身素净的紫色唐装，宽腿裤下用带子扎着，一双轻巧的练功鞋，与当年一般无二。想当年，老大李文举与她胡来，李有德听了杀他的心都有了。这个不孝之子毁掉了她在他心目中的女神形象。只是老夫人梁慕秀一直不待见何彩花，却是时时处处包庇大儿子，以至于他也没有办法去保护她，这些年来任由着她去四处走台，跑弄生计。听说，这个原来叫水崎秀子的何秀子被何彩花认了干闺女，而且跟着学唱戏，已经有了当年干娘头牌花魁的风采。如今她亭亭玉立的模样，让他想起已二十来年没见面的猴孙女小月莺。听说，小月莺如今叫李潇丽，与她那叫林迈可的洋人丈夫一起在八路军的队伍里做着什么电台工作。他差点把何秀子认成了小月莺。

"你是小月莺——"

何秀子一口地道的离石话，虽然在日本福冈县出生，但日本话却忘得差不多了。前一阵子，姐姐水崎丽子被宋老大砍死在旧街里，让她伤心了好长一段时间。她赶到现场时，还差点被抓，幸亏那个叫金大明的翻译官放走了她，否则到现在可能还吃着牢饭也说不好，或许和她姐姐水崎丽子一般，死在乱刀之下都是有可能的。那些个日本太君就连自己的同胞也不放过，一旦仗打败了，就会突突突一阵歪把子机枪响，把所有人都会干掉。当年爹娘就是这样被干掉的。所以，她和中国人一样，也仇恨这些日本鬼子。因为仇恨，她才想跟着干娘去陕西榆林那边去讨生活。她的穿着和干娘何彩花差不多，只是留了一个齐眉的刘海，还是小时候的娃娃发型。

"欸，你，你一定是小月莺——"

"爷爷，我不是小月莺……"

"那你尕娃是谁嘞？"

何秀子看看何彩花，然后指着她说："你认得我干娘不？"

"你干娘？何彩花？这个，我还能不认得呀。"

李有德难得地一笑，然后又凄苦地摇摇头，叹了一口气说："我这个糟老头子就要走了……"

"爷爷，您去哪儿？"

"去哪儿？你干娘何彩花晓得哩。"

李有德抓住何彩花的手，说道："我……我……还没看够你扮演一丈青扈三娘的刀马旦……每次打得都很过瘾……"

"老太爷，您会长命百岁的，这身子骨可不像九十三岁的老人。想听戏，我这就给您唱一段……"

晌午过后，老天爷有些阴沉着脸，接着窗外就起了一大片黑云。不一会儿，黑云压得更低了，让李有德喘不过气来。随后，铺天盖地的阴云遮罩住了整个李府，整个离石城，起风之后，云层分为很多股子在游荡着，争斗着，宛若云诡波谲的人世间一般。狂风涌动起来的时候，飞沙走石，粗大的雨点飘洒下来，噼噼啪啪，一阵响，宛若何彩花唱腔的伴奏，而一边何秀子在伴舞。一阵倾盆的大雨伴随着电闪雷鸣就是一阵倾泻，整个院子在随之而颤动着，飘摇着。李府楼门上的一块联珠莲花纹瓦当和另外两侧的三块兽头瓦当掉落下来了，都摔得个稀巴烂。

"正是一秋的庄稼灌粒的时候，这场雨好呀！"

何彩花宛若巾帼英雄，提刀骑马，站卧起坐，威严庄重，顶盔挂甲，道白、工架，一反以往的穆桂英，而倒是有了梁山泊一丈青扈三娘的风范。这也正是李有德二十多年前一眼相中何彩花的一个重要原因。

当年，李有德当着何彩花的面就唱起了《观长安》：

韩湘子离开终南山，
要与婶娘把寿拜呀，
来到那个长安城哪，
怀抱渔鼓，手拿简板，

长安的美景哟，咱观一观唉……

唱了一半，他就停下来对何彩花说："你留在李府吧。要不是当年我爹反对，我就早跟着戏班子唱戏了。为何叫道情？还是当年韩湘子——对，欸，就是唐代大文人韩愈的侄子，由韩湘子云游道歌而得名。光师傅就有汉代的汉钟离，唐代的吕洞宾。我爹说大户人家的公子学唱戏，会让人们笑掉大牙的……"

这一晃，他已步入风烛残年，只是感觉到离去的老夫人在夜深人静时一次次来召唤他。他看到何彩花，也看到何秀子，就一如重温年轻时唱戏的梦想，也能够想起七岁小月莺和他说过的话："爷爷，我长大了，也给你唱刀马旦。"只是小月莺的这个刀马旦，却是真真切切地唱到了杀敌的战场上了。

何彩花面带笑容，在屋子里伸开双臂，然后妥妥地转着圈子。只见她罗衣叠雪，宝髻堆云，杏脸桃腮，兰心蕙性，枝上莺啼，舞步翩跹，情思古韵，音出天然，悠然唱道：

俺，一丈青扈三娘，
正在花园里游玩，
忽听有庄丁来报，
梁山宋江带领一伙蠡贼，
前来攻打我庄，
我披挂上阵，准备迎敌……

大雨哗啦啦在窗外直响，雷声一阵比一阵扎耳朵，老天爷发威的时候，李有德却在何彩花身上看到了扈三娘的模样，就不由得拍了几下巴掌。这时，崔巧巧进来了，却是沉着脸，有些着急。崔锁孩派人又来说贫雇农分地的事情。李有德让崔巧巧派下人把大灶放着的半扇猪肉和酒窖里藏着的陈酿老白汾去犒劳农会。崔锁孩拿着一根猪前腿和五花肉去看望顶头上司，吃了一个闭门羹，于是就迁怒于李有德。原本李有德还要张罗着献地，只是还在犹豫，没想到一个炸雷，何彩花化作扈三娘的一声吼喊，让李有德一下子晕了过去。也就在当晚，他醒来还喝了一碗红豆稀饭，吃了一碗炒山药擦擦，就着一小盘地里鲜炒鸡蛋，还在前院的牲口棚里看了看，然后回屋躺下就再也没有起来。他就这样在睡梦里殁了，也没有留下任何遗言。

6

这一年，对于小月莺也是至关重要的。她一路走来，与林迈可的逃亡之路，从燕园家里开着司徒校长的车飞驰到黑龙潭，原本要找联络员余大卫，他会安排去见"七号"。可是，却是遇到了导游，他不晓得谁是"七号"。

踉踉西行的日子，开始在漫长的冬天。他们无法选择，只能沿着一条更为安全的轨迹向前行进。学会在冬天里消隐，融入那些曲曲弯弯的山川河流里，毫无选择地一直赶路。春天来到他们中间时，总是静悄悄的，却是带着意想不到的喜悦和惊奇。拒马河上的冰消融了，厚厚的棉袄还穿在身上，为了防备夜晚的露营。这样风平浪静的时日里，会在山野里一起高唱着一首接一首的民歌，激发起勇猛的斗志。每天的日头都会摇曳在心里，虽然不真实，却真切地跃动在身边。危机四伏时，心会怦怦跳动，它像突发的一阵狂风乱卷，黄尘动天，一阵迷乱不清的鼓点，穿越在没有尽头的山谷里，然后是从天而降的冰雹砸在了地面。他们只是在行进，如同晶莹的溪水闪闪，跌宕而起，曲径通幽，柳暗花明处，盛开着朵朵繁星。

除了这个"七号"之后，倒是遇到很多的好心人，比如与肖芳的重逢，比如何同志、张大哥、马营长，等等。踏着月色到了晓峰口。平西地区司令部见到萧将军。后来，又穿越拒马河，在吊儿村见到救过两个日本遗孤的聂将军。在前往大台庄的路上，小月莺遇到过一个身患痢疾的年轻姑娘，刚刚十六岁，名叫张淑环，冀中文工团工作，后因鬼子的封锁，剧团没法演出，要她复员，她家靠近沦陷区，不想回家，却要求当护士。

小月莺的女儿艾丽佳就是在不断转移的一个叫骄庆的偏僻小村庄生下来的，只有六七户人家，村子四周都是高山，常年不见天日。根据地的杨医生说："艾丽佳是屁股先出来的。"难怪，小月莺感觉到用尽力气都无法生出她来。屁股先出来，再不出来，孩子可能会有危险。迈可给女儿起的名字，艾丽佳也是他母亲的名字。迈可去第三军分区的电台上班时，拍了一张她和艾丽佳的照片。在冀中电台，他的工作十分繁忙，常常整夜不睡觉，忙着替穿越铁路线的队伍修理收发报机。聂将军还抱着艾丽佳照过一张相，至今还保存着。艾丽佳有个中文名字叫林海文。照片是黑白照，聂将军穿着一身皱巴巴的灰色土布军装，但精神头挺足，艾丽佳看上去才一岁左右，戴着一顶瓜皮帽，一双天真的眼睛，圆圆的脸蛋，一直在好奇地望着镜头。

"潇丽，赶紧卧倒——"

小月莺在河里洗衣服时，就听到飞机轰隆隆的响声，来轰炸了。有几只被惊动的蜥蜴在她脚下簌簌地乱爬。而林迈可飞奔到河滩里，试图把她接应到安全的地带。可是，天上没有一片云朵，蓝色的穹顶之下，远处的山脉绵延着，斜着铺过来，河滩里一片开阔，没有一个隐蔽的场所，两个人只有就地卧倒。天空的颜色富有层次感，越到头顶越是碧蓝，而远处则迷蒙在一片灰白的云霾里。飞机肆无忌惮地丢下了两枚炸弹，就不见了踪影。那时，小月莺也害怕再也见不到迈可了。她赤着脚，脚面上爬着几只蜥蜴，让她一阵不由自主地惊叫着。所以，在飞机越来越近的时刻，她就扎到迈可的怀里，老半天也不敢抬起头来，只是听到脊背在飞机的轰响中揪起了一个个鸡皮疙瘩。而旁边与小月莺一起洗衣服的两个邻家姑娘则被炸死在河滩里了。其中，一个穿着红格子大襟袄的长辫子姑娘仰面躺在浅水处，眼睛还大睁着，直勾勾地盯着天空。她伸出两只手，空落落的，却是什么也没能抓住。

直到过了多少年，小月莺都怕听到飞机的凄厉吼声，感觉这是不祥的先兆，有可能要展开轰炸了。也许，马上就要轰炸。以至于抗战胜利之后，小月莺与迈可一家四口（那时大女儿艾丽佳有三四岁，小儿子詹姆斯一岁左右）乘坐美军观察组的飞机离开延安时，就对这巨大的飞机噪声充满了某种恐惧，紧紧地捂住耳朵，不想听这种不祥声音——但，其实，对于他们来说，那是一次不得不离开的选择。她的眼睛湿润，泪水泉涌，让艾丽佳感到不解。

"迈可，你在哪里？"

快到黄河渡口了，却是看不到迈可的身影，这让小月莺感觉到一种说不出的恐慌。她看到他的时候，大家已经在山脊的树丛中走了很久，足有多半天，天色将晚。那个山顶之上，有一片开阔的土塬，被积雪覆盖着，深一脚浅一脚地行走着。一直陪伴行走的一只骡子跌到了悬崖下时被一棵树拦住，但它的腿断了，不停地发出惨叫声。这骡子被宰杀，分为大家的口粮。

直到碰到游击队的李信诚时，才晓得迈可正在他们那里，一会儿就要过比黄土岭还要更险峻的大山，特意绕开埋伏的鬼子，专门从靠近鬼子据点的五寨县城旁边的山路走。直到在晋绥军区司令部，才有了宾至如归的感觉。在那里，在渡过黄河渡口之前，就见一次带着孩子的崔巧巧，随后，又见到了何彩花和何秀子。小月莺没想到她们还能再见面。

"你们也是要过黄河吗？"

何彩花点点头，还帮助小月莺扎着钩针。小月莺比画着要给迈可织一件毛衣。手头的这点活计，还是受到了张淑环的启发。张淑环没有复员，文工团散了，她就留下来给小月莺带孩子。她的少女的天性使得她很快与艾丽佳成了好朋友。这对小月莺来说，倒也是一件好事。按照迈可的尺寸去织，然后又放大了一点，怕水洗后往小里缩。

小月莺觉得何彩花对织毛衣的建议很有道理。她问到了何彩花身边的那个六指，却也听说跟了她好多年，后来也在这次出逃中失踪了。怎么失踪的？小月莺也不好问，恐怕再引起何彩花的伤痛。她帮不上什么忙，但也不会做雪上加霜的事情。难怪，何彩花不想再在离石城待了。那个疤老四让她的戏班子去离石的日军司令部谷口茂住所演出，她和六指带着干女儿何秀子要回陕西榆林去，可是六指却不知去向了。

"秀子，是回榆林去吗？"

那个从前的水崎秀子不见了，现在看来，面前的这个是何秀子了，与从前的那个她判若两人。她沉稳了很多，面色忧郁，也不善于言谈。你不问她，她就坐在你对面什么也不说。这次，何彩花带着何秀子回陕西榆林，也是另有原因。原来，何秀子要嫁人了。是的，她也该嫁人了。

听何彩花说，她要嫁的是榆林的赵友根。这赵友根，说是当过营长，其实早已从西北军的队伍里退伍了，什么也不是了。赵友根在榆林城里开了一家大车店过活，生意很兴隆。何彩花回到榆林还想唱戏，舞弄她的戏班子，听说赵友根要给她支起一个摊子来，不比从前，但也能够过安稳的日子。

"提心吊胆，一天价看到鬼子在离石城出来进去的，就堵心哩。好不容易鬼子走了，占着李府的鬼子医院也散摊子了，东关前街赎回来了，可是，老太爷却殁了。唉——"

小月莺也是身不由己了，只能在这乱世里寻找着一个安稳的所在。这不，她就要与迈可过黄河了。

不过，在这之前，迈可还要为晋绥军区司令部的电台进行改装。相比晋察冀军区，这里的电台设备要老旧一些，迈可花了三个多星期才把这些电台设备全部重新调整好，还训练了一批能操作这些新设备的技术人员，其中就有孙团长和李玉梅。那些日子，小月莺还去了兴县城里边走了走，有很多建筑虽然遭到了鬼子的破坏，但是城里街巷的人还是很多，店铺货摊一个挨着一个，让她想起了小时候离石城东门外的东关街里头的情景。尤其，想起曾姨娘的脖子上架着她逛街时的情景，还有爹的大黑、小黑，骑在马背上去看上水村爹的奶娘，以及一系列的回忆，让她觉得重温了七岁时的李府记忆。

那些燕园里的故事也恍若隔梦了。迈可来一〇三大教室上课的时候，小月莺总是第一个到。她拱手张望，却又慌乱地去找自己常去的那个座位，一旦有人占了，就会有戴芙蓉或张琼朝着自己招手。其实，迈可早已用他的风衣给她提早占了一个座位，只是她不想享受这种特权。她一进门看不到他时，就会隐隐地失望；如果，一推门，看到他早已来了，她就又会感到说不出的紧张。她不知所措，有时他临时有事，换了老师，她就暗含了不满，在座位上不停地翻着书页，只是为了他能够及时出现。只是那个换了的临时老师，总是对她投以不解的眼神。她觉得谁也不会理解自己的，或许只有他来了，才会心领神会。她会走到他住的那栋房子门前，有意制造与他相遇的机会。他的个头比她高出一个脑袋还要多一点。所以，他总是俯视着她，让她更加紧张。他会带她听音乐，她试着去听巴赫，听柴可夫斯基，听肖邦，听贝多芬，听斯特劳斯，听舒伯特。可是她更关注此时此刻他拉着自己的手，低头看着她的眼睛，细细端详着，然后欲言又止的模样，只是突然对她说："你瘦多了，怎么搞的，为何不多吃一点烤牛排？"其实，她什么也不想吃，更何况什么烤牛排，诸如此类，她都没有胃口，她只想一边与他一起听音乐，一边听他说着地道的牛津腔。"好吧，我这个，可不是牛津腔，伦敦人都这个腔调。"说着，他自嘲地耸耸肩膀，然后就笑了。

"你在看什么英国原版书？"

"你猜呢？"

"《简·爱》？"

"不是，《呼啸山庄》。"

"哈啰，你应该看看沃尔夫，《到灯塔去》……"

"我不想到灯塔去，我想和你一起，去帮助八路军游击队修理那些个电台和发报机，然后再一直往西，到延安去……"

"OK，成交——"

说着，他的手掌就放在了她的手掌上，并把她朝着他跟前一拉，她就与他相拥在一起……

那时，他们的关系变得是多么诱人，近在咫尺，却又相隔万里。可是，有万里吗？应该不会，那时刻，风驰电掣中，两人一起飞驰在西单抑或东单，甚至是西山的野游之路上，唯独在黑龙潭，在最后一次出走，他们丢下了一直骑行很多年的诺顿摩托，而又把司徒校长的车丢弃在黑龙潭庙外。

"不会引起鬼子的注意吧？"

他们都有这种担忧，可是什么也来不及了。他们唯一的选择就是夺路而逃……

面对着兴县城，却是触景生情。当小月莺与何彩花、何秀子这对母女在黄河渡口作别时，不由得感慨万千。她的嘴唇颤动着，怎么也说不出话来。

话，要从哪儿说起呢？从母腹里开始，还是牙牙学语开始，抑或用什么样的语言才能表达此时此刻的心情呢？有时，她与迈可之间纯粹地用英语交流，可是面对这些随处可见的淳朴乡音，一张一张似曾相识的脸，不由得让她唏嘘万千。

迈可问她怎么了，她说没怎么，是渡口的风眯了眼睛，是黄河的浪打湿了她的衣襟，是艾丽佳的呼唤声让她想起了小时候叫娘的记忆……

人们总是念念不忘自个儿的老家，小月莺七岁时的李府记忆一直在她的心里缠绕着，即使是平淡无奇的童年生活，即使是曲里拐弯的人生之路，但也是对逝去的一切充满了眷恋之情。不由得不回想起曾姨娘那年最后的一跃，从李府东塔楼顶层的这一跃，她为何会作出如此决绝的选择呢？小月莺这些年来一有时间就会陷入这个问题里，她要寻找到答案。即便是曾姨娘万念俱灰了，不还有小月莺吗？别人讨厌她，小月莺会一直惦记着她。她的爹娘都殁了。她没法承受在李府里的这种地位，尤其爹的难言之隐，即将在全家到太原之前，就流露出这种意思，就是想让曾姨娘去选择一条退路——而曾姨娘早已没有了退路，她只能一死了之了。这些东西，也是小月莺在后来人生的成长中慢慢悟透的，逐步理解了曾姨娘的难处。包括黄河渡口的何彩花和何秀子，都是不愿意与她走得太近。虽然，她们见了小月莺是高兴的，但又拒绝了小月莺的邀请，让她们一起乘坐这条渡船去对岸。她们不想给小月莺添麻烦，结果是让小月莺更加难受。她觉得当年自己太小，根本无法帮助曾姨娘，更无法救她，正如此时此刻她只能眼睁睁地望着何彩花与何秀子的身影消失在视野尽头。小月莺只能一声长叹。

她只想长歌当哭，可是又不能够，尽量在众人面前保持着一种超然。平静的黄河上却是一次次撕碎了她那些童年的记忆。除了爹娘，爷爷娘娘，曾姨娘，还有杨花花、舒苣圆、秦大福等人的面孔在她的眼前一一掠过。

这是因为什么呢？为何看到何彩花，看到何秀子，就会想起许多过往的画面，那些个李府戏园子里的热闹场景，那些个与曾姨娘放风筝时，何秀子站在一边与她一起眺望的神情，都仿若昨日重现。她可能忘记自个儿第一次睁开婴儿眼睛时的亮光。那是来自娘的引导，来自爹的召唤，来自近在咫尺的市场喧闹声音，来自黄河渡口船只的逐浪前行。

到灯塔去。

她向何彩花和何秀子招着手，她们一直在岸边望着黄河里的船只。直到她们在随后的日子里渡过黄河时，小月莺才得知要与何秀子结婚的赵友根死了——为何而死？不得而知。

又过了许多年，小月莺随着林迈可从英国回到北京，才听说赵友根死了，何秀子又嫁给了一个绥德的船夫，先是生下两个双胞胎男娃，带着船夫与前妻生的四个孩娃，然后在以后的日月里又生下了三个女娃。据说，在船夫死后又嫁给了一个四十多岁的拦羊汉，又生下一双龙凤胎。这个出生在日本福冈县的女人，活了八十九岁，自己生了七个，加上外带的四个，共十一个孩娃。她在年老之后的口头禅是："做人就要心肠好。"

"秀子，咱们要不然住两日，也该乘船走了。"

"干娘，我晓得哩。我觉得能够等上我哥……"

何彩花也想尽快回到榆林，只是近乡情更怯。何秀子说的她哥，正是李信诚告诉她们的消息，从柳林镇反正投降的水崎正夫就要来到渡口了。水崎正夫就是何秀子（水崎秀子）的哥哥，已经有很多年没有相聚了。正是为了她的哥哥，何彩花才想着与她留下来。当然，也是怕搭乘小月莺的船，再给她添麻烦。虽然，小月莺说这个并不算什么，但何彩花还是觉得不想给这个从前李府的二小姐添太多的麻烦。现如今的小月莺参加了八路军，让很多年没有与她见面的何秀子，也有些感觉生分了。

"你哥会从这儿过河吗？"

"李队长说一定从这儿走，我哥哥加入了反战同盟。"

何秀子一直望着小月莺越来越小的身影，渐渐觉得脖颈有些发酸，起风了。

她觉得身边干娘累了，便招呼了一声，甚至想取消晚上给村公所的演出。据说，有不少军民想看折子戏《花木兰》。这些日子，何秀子一点也不觉得累，各种演出中收获了意外的喜悦，很多观众都很欣赏她的唱腔。何彩花出场，母女两人珠联璧合，台下气氛总是达到高潮。

她一直在期待着看到久未谋面的哥哥，还想告诉他，姐姐水崎丽子已经遇害。可是，这个消息怎么告诉哥哥？一天为了演出跑七八十里是常有的事情，她并不发愁。因为，只要她和何彩花来到了根据地，内心就会踏实很多。以往在敌占区的提心吊胆没了，满满的都是喜悦和充实。

她有时怔怔地望着这黄河水，心里会有了更多的凄苦，也有着难以言说的悲伤。这些年来如同这滔滔黄河水，一去不复还。她已经长大成人，却已经没有了归路。水崎正夫看到她，还能认出她来吗？

早就听说柳林镇有一个叫作水崎正夫的军曹长，这是一个与哥哥同名的日本人，他会是早已失踪的哥哥吗？

何秀子内心里一直有着疑虑，万一不是，或只是一个同名同姓的日本人怎么办？

何秀子已经完全看不出从前水崎秀子的一点痕迹，人们都会认为她是一个地地道道的当地姑娘。虽然，二十大几了，该出门子的年纪了，干娘也在榆林给她找到了一个从未见过面的对象，名叫赵友根，一见她，他倒是满心欢喜，立马就定亲，于是她有了俗称的所谓未婚夫。她一直很麻木，也没有什么好挑剔的，实际点考虑，自从六指突然失踪之后，主要是给她和干娘找一个未来的依靠。

"秀子，你别考虑我，主要看你自个儿合适不合适，干娘不会勉强你的。如果，这次能遇到的这个水崎正夫确实是你哥，你想和他一起回日本，干娘也是愿意的……"

"干娘，我不会回日本福冈了。那里对我早已很陌生了。我的家就在这儿，我不会离开干娘身边的。"

站在黄河渡口，远远望去对岸，觉得那是另外一个不同的世界。这条著名的大河，让小月莺想起《黄河大合唱》里的歌词："风在吼，马在叫，黄河在咆哮……"

河面舒缓地展开，并未咆哮，只是很浑浊，却又很神秘，深不可测，即便没有大浪打来，也没有湍流汹涌，但渡船还是被裹挟着离岸之后向下游直漂。船夫的橹在划动着，却无法改变她的性子，只能顺应着她，依附着她，宛若游子扑到母亲的怀里。一条能坐下十二个人的大船，还能带上几只牲畜，船尾的大橹好几个船夫才能摇动它。这让小月莺想起了永定河上那只大扁篓，一转眼就要驶到对岸，岁月如梭，一切已经变得面目全非。

小月莺想到了燕园的游泳池，她伸开双臂，一左一右地划水，脑袋戴着游泳帽，身体随着双臂的力量在水面上摆动。她听着一边张琼和戴芙蓉在呼喊着什么，手臂打水的时候用力要均匀，掌握住平衡，身体尾部如同美人鱼的两脚在蹬水，溅起的浪花让她们无法躲避。她不敢把头埋到水里，憋不住气，手忙脚乱间再沉入水底。

现在，她坐在船上，想起刚才吕司令送他们出来的情景，也嘱咐他们坐在船上注意安全。所以，她看着一个船夫一个"淹筒"扎进水里，替迈可捞上来不小心掉进黄河里的一个背电台的挎包，幸亏挎包里没装着电台，只是装着一些零散的配件之类的东西。迈可坐在船上老要拿起相机拍照，不停地与她打着招呼，让她摆一个不同的姿势。她担心跳入黄河里的船夫腿上抽筋什么的，每一根神经都绷紧了。一个浪头打了过来，黄河的雄浑有力只有近在咫尺才能感受到，因为你是与她共呼吸的。人们叫她做黄河母亲，抑或黄河父亲也罢，总之是感受到了她的力量，她的震动，她的呵护和包容，才让一船的人顺利过岸的。小月莺来到对岸，回望山西，回望绵延不绝的吕梁山脉，就不由得招招手，宛若刚才在黄河激流中的搏击，在被她席卷着整条船飞跑，一条条鲤鱼跃出水面，向着他们欢呼。小月莺走在河堰畔上回望，感觉难以置信，却又有一种不确定的忐忑，亮闪闪的叶子在风中摇晃，黄河在下湾处拐了一个弧形的弯。此时此刻，小月莺的心里异常宁静，有了一种更为辽阔的牵挂。

而在燕园游泳池里平静的水面上，感受不到大风大浪，感受不到世界的博大和痛楚，只是如撒着欢的小牛犊一般四处蹦蹦跳跳。只有在这黄河的吼叫声里，才能听到不断地随着她的性子滑翔，而且一步步倾斜着偏向南，依然在慢慢地靠近布满石壁的西岸。

第二十章

归去来兮

1

到灯塔去。

那时，小月莺突然想起了离开燕园时，想着给爹娘去王府井买一身过冬的全套新棉衣，可惜走得匆忙，食言了。

"月呀，有这个心就够了，爹娘还图闺女的甚嘞，只要你和迈可过得好，安安然然，爹娘穿不穿都一样。出了门一定得注意。你爷爷说过，活人难嘞，新三年旧三年缝缝补补又三年。你别看咱李府曾经开支这么大，但你爷爷可是节俭出了名。你爷爷的这话，对着呢，别总想着闹世事，你在太原女师那样的事，尽量少掺和。爹娘也想跟着你们一起走，可是老胳膊老腿了，反倒拖累了你们。我们听命了，你们还年轻，还有一个奔头嘞，走吧，快走吧！别担心我和你娘，我们在这儿待着，身子骨也还硬朗，做饭，扫院，喂鸡，有工夫还能再看看你带回家的闲书哩。你娘不识字，我给她读。"

然后，她向一旁的林迈可讲述了那个与黄河有关的梦。她说，Good luck（好运），即读作"顾得拉客"。想起一句泰戈尔的诗句："世界以痛吻我，我将报之以歌。"她读给他听。

她在梦里仿佛没有乘坐那只大船。那是他们的挪亚方舟。她在梦里一直在黄河的浪涛中翻滚。鲤鱼跳龙门的那一刻是喜悦，也是飞身一跃的全力以赴，其中也有癫狂和痛苦。这是因为她要从旧我里挣扎出来，那个旧我不仅仅是李府里那个养尊处优的大小姐，也不是那个高高在上的象牙塔里的燕园大学生，而是一个在抗战的烽火中摸爬滚打的八路军女战士。她一直憧憬着这身土布军装，觉得穿在身上比燕园里那身制式校服还要精神抖擞。上次还因为没有看到联络员余大卫穿着土布军装而感到遗憾，甚或对一直未露面的"七号"充满了更多的遐想。"七号"，还能见到他吗？

这"以痛吻我"的"世界"，是什么呢？

小月莺想起了自己的难产。疼痛难忍，却是艾丽佳的粉红色屁股先出来的，把接生的医生都急得满头大汗。迈可来的时候有些不知所措。Good afternoon（下午好），可是，难产的那个时刻，一点也不好。

"我将报之以歌"，其实，是艾丽佳一出生就声振屋瓦地嗷嗷歌唱。

她依然还在黄河中流里搏击着，有些乏力，也有些下坠的感觉。眼前都是浑黄的浪头，一个接一个地打来，她只是浮出水面后喘气，却不由自主地再次没入水里，幽暗的四周，汹涌着的潜流，翻起的一块树杈朝着她扎来。她把身子蜷缩成艾丽佳睡觉时的模样，然后用力一蹬，结果蹬偏了，抑或是踏空了。她从梦中醒来。

"潇丽，你怎么了？"

她坐起身来，大口大口地喘着气，过了半晌，喝了几口老乡家炕头刚放的小米粥，然后才问道："迈可，我们什么时候到延安去？"

"延安？"

"是呀，什么时候走？"

"你等不及了？"

她只觉得水流得太快了，有些慌乱地望望四周。他却有些莫名其妙，这儿老乡家没有水流呀？

那次，她鼓足勇气在燕园的游泳池里冲刺，却是怎么也冲不过去，总是会突然间出现一个障碍，拦住了她的去路。水拥着她向下游卷，不，是向着有很多男生的泳道里卷，而且还看到迈可了。

燕园泳池里男女生是分开的，而在梦里却是错乱的意象了。

是他，迈可让她的心多多少少平静了一些，但却是又看到了李府的门廊，黑漆漆的两扇大门关着。她记得小时候李府的大门是红油漆的，怎么现而今是黑色的了？

对了，想起来了，白天准备上船时，何彩花告诉她，老太爷李有德死了，也就是说她的爷爷死了，是寿终正寝。而爹娘呢？还在北平吧？在燕园东门旁的一条胡同里？她觉得爹娘应该还是安全的，只是李府传来的消息让她的情绪上有一些波动。

风浪来的时候，都是这样的。她早就捎回话去，让爷爷把李府的三千亩水浇地和东关街里所有商铺主动献出来……

"老大、老三家遭到这样的大难，你也晓得嘞。咱李府还是要吸取过往那些个教训，不能胡乱折腾。咱李府经不住折腾，时势变化那是另外一回事，咱们管不住，但咱们得管住自个儿。今后老大、老三家的也别想再在我的眼皮底下乱拨弄东西，拿着骰子乱扔，等把李府家产折腾光了，也就讨吃棍挂上了，怕是要饭的碗都得打烂了才罢休！所以，经营这么大的家业不容易呀，老二应该晓得，一团之长，两三千人的队伍要带，要吃要喝。就拿这咱李府管家来说，这几年殁了多少口子，扳起手指头算，让我心酸呀。白发人送黑发人，也幸亏我的心硬着哩，换云莺家公公陈善仁试试。再看这，杨栓大二十多年了，没出过太大的差池，这就很不错了。你们晓得谁可靠，谁不可靠？虎豹不堪骑，人心隔肚皮，有时候，即便是我这个老头子把心操碎了，李府上上下下也不会有人领我的情。"

"爷爷，我晓得哩。您的想法我能够理解，但现而今不是那个年代了。您想把这些个水浇地卖了，谁要呢？卖不出去，您还不如做个顺水人情，献出来算了，献给穷苦人，还能念您个好。您把那些个金银财宝锁起来，藏起来，埋到酒窖里，都不是一个长久之计。您还是这个老脑筋，眼看着可能还很踏实，其实一旦世事有变，有个甚的三长两短，还不如早做决断哩。这些个富丽堂皇的东西，包括您收藏的这些石头，还有好多淘挖的汉画石像，很值钱，但其实都是身外之物，保住命才是主要的。眼下还有人叫您老太爷，等到有一天进行土改了，您再出来献地，那就为时已晚了。您看您孙女，都参加了八路军，为抗战作了很多贡献。您可不能因小失大，耽误了小辈们的前程哟……”

李有德气得浑身发抖，脑门上冒汗，口里直捯气，一屁股坐在太师椅上，又是一阵高一声低一声的呻唤声：“啊呀呀，啊呀呀，我不能活了，我这个还活甚哩，你们都嫌弃我。我这个一向看好的留洋回来的孙子也看不起我了。你们摸摸心口头想一想，我做得对不对？我都九十几的人了，你们都来埋汰我，你们一大家子都在外头混，一个个在军界政界如龙似虎、如鱼得水，我守着李府这些家业，我是自个儿捞摸了甚嘞，我是给你们一大家子扛长工的人，一辈子享过甚的福，经受过甚的罪啦？我活了九十几，连北平上海也没去过。我这傻呀，我蠢呀，我给李府当了一辈子牛马傻子呀，谁疼我这个老头子啦？疼我的你娘娘也早就走了。咳咳咳，这李府该散摊子，该怎么样，我也无所谓，都听这抗日政府的吧，都交公吧，我这还又有甚不能行的嘞……”

这时，从隔断的里面卧室里走出来一个二十八九的年轻女子，有点像当年的曾姨娘，却又不是。李潇民记得曾姨娘早已从李府东塔楼上跳了下去，那时听到这个消息，他心里一动，觉得自己心里也有些隐约的愧疚。他曾对曾姨娘的态度一直是冰冷的，因为他站在吴秀兰这一边。他觉得娘很可怜。现在这个年轻女子，潇民虽没见过面，但听说过，一定是邢灵梅了。邢灵梅虽是代替了老夫人梁慕秀的身份，但却也是一个老太爷的姨娘而已，只不过比当年邢硕梅要强势，也会来事多了。她把两只手展开，迎着潇民走过来。红嘴唇噘起，向李有德看了一眼，然后轻柔地说：“你们爷孙两个好不容易见一面，何必这么夹枪带棒？潇民，你不是明日就要走了吗？回重庆吗？”

“不，我还要去一趟天津。”

“潇民，你去天津还干什么？兵荒马乱的，别到处瞎跑……”

“爷爷，您放心吧。我有重要的事情办理。”

“有甚的重要事情哩，还是一家子安安稳稳才好，别让老人们操心……”

“唉，我说你个老太爷呀，操心一辈子还没个够呀，你孙子大老远回来一趟多不容易呀，爷孙两个多谈谈高兴的一些个子话题得了。”

“灵梅，你也该走了。过几天你就走吧。我不会亏待你的。这两根金条和两千块大洋你拿着，去碛口讨生活。我……我……这个老头子……怕……怕是没几天活头啦……"

"爷爷，您说甚嘞。您的身子骨这么硬朗，怎么说这丧气话，多不吉利呀？"

"唉，你们都走吧。过两日，李府上下的人都打发走，让你崔婶娘过来。我还和她有话要说哩。"

"爷爷，我走了……"潇民说。

小月莺耳边依然回响着已经离世的老太爷李有德的声音。她也晓得爷爷对谁也不太放心。即便潇民哥回去老家劝说爷爷也没用，李有德有着自己的主意。听何彩花说起过潇民回过老家的这事。李有德活着的时候，竭尽全力维护着李府的利益，可是最终也无法避免家族的衰落。这就是宿命。

遥想起那个饥荒的年馑，李府院子外头涌满逃荒的外路饥民，大门口站着的家丁班已经无法阻挡这种势头，只好一步步退回到门里，但大门却关不上。当时，还刚七十岁的老太爷李有德，也看不下去了，便发话，不准向饥民开枪。前院里满是被冲散的家丁，大门口扔着几支断成好几截的长枪，呜哇乱叫的家丁们退到了中院，而前院仓房已经被人打开。李有德刚要去前院，头上的礼帽就被饥民的棍子给打掉了，露出他光溜溜的圆脑袋，刺眼的阳光下，让他睁不开眼，老花镜早已不晓得被打落后飞到了什么地方。他好不容易挤到前院，就盯住仓房破命地吼喊了一句，却反倒吸引了一群拿着破碗的半大要饭孩娃直接拉住他的衣襟哭号。李有德被他们挤到一块门板上，干瞪着眼，腾不开身子，远远望着那些外路饥民从仓房里扛走一袋袋的玉茭子面和白格生生的好面（白面）。那时，李文祺挥舞着左轮手枪，但没有向抢粮的饥民们开一枪。他觉得不能开枪，这个不同于打仗，他只是与管家杨栓大一起保护着李有德向中院里退去……

但小月莺的新生之路，不仅让李有德有些看不明白，就是李文祺和吴秀兰也是有些懵懵懂懂。唯有从天津奔赴重庆的李潇民还是能够理解小月莺的。

李潇民这次回过一回李府，见过爷爷，但反倒已经有了更多的隔阂。两代人之间没法再交流了。

也就是潇民走后没几天，李有德就殁了。这也是民国三十四年之后，小月莺一家随着美军观察组的飞机从延安飞到重庆白市驿机场之后才从潇民嘴里得知的。

"潇民呀，你爹回来也没查过我的账，怎么你一回来就要查？你这不是明明和我这个当爷爷的过不去吗？再说，把那么多水浇地献出来，这个我没意见，但如何献？总该有个章程，有个凭据吧？你要把李府白花花的大洋拿走，去天津北平重庆投资办厂也可以，但总得有个规划，一步步地来，不能连根拔起吧？杨栓大这人没问题，他不当管家了，这是咱李府的损失。你和你妹妹都是新派人，能够走在新潮流的最前面，我这个当爷爷的很高兴，你们要用钱，爷爷也支持，只是你们不当家不晓得当家的难处呀。这份家业如何经营，下一步如何处理，没有成堆的大洋顶着，没有小东川的几百家佃户的营务，这万贯家财和千顷良田，都会灰飞烟灭。正如坐着这无底的大船，早晚会沉在黄河里哩。爷爷已经是黄土埋在脖子上的人了，甚没经见过，你和小月莺都还要活人嘞！"

而小月莺一家和随行人员沿着黄河岸边又骑着牲口走了五六天，每天平均走四十里，路过佳县、米脂，然后就到了绥德。

在当地驻军司令部见到年轻的王旅长，他说真不巧，刚刚有一辆开往延安的卡车刚走没多久。他们要再等一个星期才会有下一趟。

迈可有些着急，就说让接待人员再加派一辆，但王旅长说延安那边很忙，加派的电报可能无法及时处理。迈可着急是因为艾丽佳的耳朵化脓了。他批评工作的效率低，也是情有可原。这儿离延安也就三百多里路，如果等一个星期，还不如他们骑着牲口去，或许还能提前到呢。

随后，几天之后，萧将军从东面的根据地过来了，王旅长才得知林迈可他们一行是延安的重要客人，遂从招待所安排到了司令部去居住。在那里又住了十几天，艾丽佳的耳病也治好了。附近有一家医院，诊疗也很方便。萧将军还陪着他们参观了很多地方，还看了京戏《荆轲刺秦王》。不过，小月莺还是喜欢老版的《桃花扇》，迈可就是她的侯方域吗？不过，她比李香君要幸运，毕竟在这样的战乱年代，还能去追求着自己的理想。别看上面戏台子上布景简陋，却是生、旦、净、末、丑都有了。这旦角里的青衣、花旦，让她想起何秀子，而刀马旦还得何彩花来担任。这些带着京味的折子戏，让林迈可在摇头晃脑的咿咿呀呀中又回到了北平梨园里所看到的京剧。这个时候，在夜晚陕北的野场子里摇曳的灯影中，迈可更有点铜锤花脸或黑头花脸的扮相了。不过，他对小月莺却说，更喜欢演一个专司引戏职能的末角，别的还真演不了。小月莺觉得自个儿可能比不了何秀子的扮相，她想演李香君，可是迈可能胜任这个侯方域的角色吗？这个，不好演，估计让他上去，李香君都会被他吓跑。后来，起风了。她靠近他说，欧阳予倩新版里侯方域可是投靠了大清的。于是，迈可也觉得还是孔尚任的老版好，不过，男女主角一起入了佛门，就和他们的愿望大相径庭了。这样说来，新版也有新版的好处。小月莺总是觉得自己活在从前的幽闭、暗淡和孤寂之中，她在七岁时在李府里的游荡，总是宛若蝙蝠一般，突然忽闪着神秘的翅膀。她对潇民哥说，自己真想去飞。可是，她试过，站在某个高台阶上，举着爷爷的一把老油伞，一跃而下，却是摔得不轻。她想象自己有着一轮裸月般的灵魂，只是无所遮蔽地飞翔。她体会到更多的新鲜、猎奇、明亮、暖色、芬芳、丰腴、幽深、清越，正如一片片洁白的云朵把她包围，行云流水间，她在翻山越岭，黄土高坡，不断升腾着一种不同寻常的力量。

那时，他们继续向台上望去，只见——

末：你有这柄桃花扇，少不得个顾曲周郎；难道青春守寡，竟做个沐月芙蓉不成？

旦：说哪里话，那关盼盼也是烟花，何尝不在燕子楼中，关门到老？

净：明日侯郎重到，你也不下楼么？

旦：那时锦绣前程，尽俺受用，何处不许游耍，岂但下楼。

末：香君这段苦节，今世少有。

2

那时，就在通往碛口的一条马车道上，李信诚领着水崎正夫在前面走着，后面还跟着十来个游击队队员。李信诚在做过枪伤手术后，歇了小半年，身体就全好了。他一身粗布大褂，腰间扎着一条牛皮宽皮带，右侧斜插着一把盒子枪，猫着腰让水崎正夫卧倒。前面就是一个壕沟，挖断了马车道，如果要继续前行，必须走炮楼那边的木板桥，而夜晚桥板早已吊了起来。水崎正夫拿起身后队员递过来的一个自制喇叭——说是喇叭，其实就是一个类似扩音器的东西，只是嘴对着纸糊的一个小孔，然后对着喇叭外喊话，多多少少起到一点扩音的效果。

"先别喊，前面有动静……"

只听对面走过来几个不明身份的人，一个个狸猫似的贼滑，然后向他们吆喝："你们是干甚的？别过来，没看出我们是什么人吗？"

"你们是谁？没听说这一带的李队长？"

"甚的狗屁驴队长，还是马队长，老子不尿你们……"

还没等李信诚回话，就听身边的杨福武绕道就在壕沟旁按倒了一个。"你娘的，搞偷袭，甚的东西？"

那伙人乱了阵脚，杨福武就给嘴硬的家伙照后脖子就是一下子，然后又给他嘴里塞了一把泥土，并拖回到这边了。

"李队长，早就晓得你的大名，别瞎整了，我们枣林炮楼里还有二三十号人，有八个日本太君……"

"日本太君？松本君在吗？"

水崎正夫突然间兴奋起来了。一听到枣林炮楼，他就想起来一个叫松本的鬼子。那是他的福冈老乡，而且还是一块儿的发小。日语朋友读音"套膜塔基"。

炮楼前面是一条村街，街口有几家紧闭门板的商铺，还有一家骡马店，然后再往前还有一家中药铺子，找到铺子掌柜，又带来了一个伪村长。

"魏村长？是姓魏吗？"

"不，是伪村长，敌人任命的，又给敌人办事的村长，就是伪村长……"

水崎正夫微微点点头，有些似懂非懂，然后他拿起大喇叭，擅自向碉堡上喊："松本君，套膜塔基（朋友）……"

村街后面，就是一条大壕沟，足有两人深、三人宽，旁边的枣树杈上挂着一面小太阳旗，与炮楼顶上那面大太阳旗形成一种强烈的压抑效果，以至于水崎正夫一看到这个情景，就扑了上去。身后的这些个游击队员谁也没想到，李信诚则望着水崎正夫的背影，没有作声。只见水崎正夫一头扑倒在那棵枣树下，把头仰起，双手合十，发红的鼻子像悬在神龛上的供品一般。就在这个关口，杨福武拉开枪栓，手中的火药土枪筒里喷射出一团火光，水崎正夫嗷地一叫，后腰就挨了一枪。

"福武，你干毬甚哩？水崎正夫可是我们要送到黄河对岸的客人，他参加了反战同盟……"

"李队长，我看这个水崎正夫要投降敌人了？"

水崎正夫嘴里呜里哇啦地直喊着，两只手摸着后腰伤口里流出的鲜血，然后冲着碉堡继续喊："乌鲁西（好痛苦），松本君，带呆膏一（出来吧），他嗯嘛扫（拜托了）……"

杨福武犟着嘴说："水崎正夫给鬼子发暗号呢。"没等李信诚再说什么，只听他又向水崎正夫开了一枪。水崎正夫赤着脚在奔跑，他的嘴豁开着，淌着血，嘶哑的吼叫更加歇斯底里了。

杨福武也蹦出去了，追上了他，然后伸出两只手臂去抓，试图想挡住扑面而来的打击，却是炮楼顶上歪把子机枪射出一串子弹，殷红色的鲜血从两颗合拢的脑袋里蹦了出来。李信诚看到杨福武和水崎正夫一起中弹了。

不一会儿，炮楼上的歪把子机枪响过之后，冲出来一个人，蓄着一把小胡子，年轻的额头上却爬满了好几道抬头纹，塌陷的双颊上流满了泪花，一双迷蒙的眼睛，一只大一只小，有两条粗重的眉毛，嘴里一股劲嘟囔着道："水崎君，套膜塔基（朋友），系马达（糟糕了），一小尼（一起）……"说着，他的嘴唇宛若河马一般张开，手里挥舞着一把菜刀，站在倒下的水崎正夫旁边，然后就砍向他自己的腰腹间。他穿着靴子的双脚在抽搐着，使得他站立不稳，然后扑倒在地，抱住水崎正夫的脑袋，嗷嗷直叫。他就是松本伍长。

这时，李信诚对伪村长说："你去找两副担架来，抬着受伤的人过沟，别耍滑头，这枪子儿可不长眼睛。"

松本并不是出来投降的，但他很佩服李信诚的为人做派，主动要求抬担架，看看奄奄一息的水崎正夫，一直是长吁短叹。松本听不懂游击队说话，只好接过李信诚手里半瓶子老白汾咕噜咕噜喝了几口。

"炮楼里的伪军弟兄们你们听好了，别再想着与八路军游击队作对，现在抗战打到第八个年头，你们要想着给自己留一条后路。现而今，你们别再跟着疯子扬土土啦，别再做汉奸了，好自为之吧。"

随后，松本回去后，又从炮楼里出来一个鬼子，肩膀上扛着一挺歪把子，后面跟着两个背着两箱机枪子弹的伪军。其中一个打着手电筒的，没想到还刚刚露头，就被李信诚一枪把手电筒打熄火了。"别开枪！松本太君，礼物的干活……"原来就在刚才，李信诚说起游击队缺少机枪，松本说只要让他回去就让这两个手下出来兑现承诺。

松本同情李信诚他们，却也要效忠天皇。他一直很矛盾，也很痛苦。据说，在抗战胜利的前夜，松本打死了两个带着村子里老百姓来烧炮楼的伪军，又把炮楼顶上用歪把子朝着村庄胡乱扫射的三岛干掉后，他整理了一下自己被撕扯得不成样子的军装，七扭八歪中，胳膊上先扎了自己一刀。他的右边脖子和一只手臂上都是发着腥味的鲜血流淌个不止。他嘴里吐着比梅花还要鲜红的热血。他照着自己喉咙开了一枪，接着又照着自己肚腹间开了两枪。他就这样在极为痛苦的滚爬中自杀了。

一颗流星从天幕间撕开一道伤痕，带着一条狰狞的尾巴横穿过整个星空，而一轮裸月在凝望着这一切，仿若传来了久久不灭的回响。过了壕沟，快要走到碛口不远的岔道上，水崎正夫突然坐起身来，呆望着前面来的两个女子。

"哇尼桑（哥哥）——"

"依摩托（妹妹）——"

何秀子一看到这个担架上的人，就仿若回到水崎秀子的从前岁月。她与从前的自己判若两人，但在水崎正夫面前还是把她心底沉睡的另一个自己唤醒了。

杨福武躺在另一副担架上，抬头看着这两个女子，嘟囔着说："这两个婆姨跑到这儿来作甚嘞？"

何彩花站在一旁不知所措，而何秀子一股劲流着眼泪。水崎正夫则侧着身子尽量不想让何秀子看到打坏了的屁股，可是何秀子还是看到了。她悲恸欲绝。她的哥哥为何会这样？天亮了，一直到当天的后响，太阳躲着没有出山，整个天空阴阴沉沉，却是没有一点风，更没有一点雨。四周的空气仿佛凝固住了。大山都静默着，如果此时此刻吼喊一声，一定会呜哇呜哇地传来一阵阵回声。何秀子第一次听到过山背后的回声，感觉到很神奇，侧耳去听，果然不一样，这回声还婉转嘹亮。

"呜哇——"

"呜——哇——，呜呜——哇哇——"

这个时候，炮楼里松本派出来送机枪和弹药的鬼子原想假装糊涂，不想搭理水崎正夫，甚至他想靠在旁边的树上小眯一会儿，可是不能够，一闭上眼就是血淋淋的水崎正夫。他一坐下就是多半天，甚至跑到李信诚跟前要一袋旱烟来抽，可是劲儿太大，根本抽不了。松本告诉他不能回国了。他曾经在松本面前流露出厌战情绪。到了安全的地界了，不妨多歇一会儿，只是水崎正夫怎么会这样？

李信诚轻轻地抬起头来，感觉到一切是那样不确定，一切是那样不明朗，他的身体也是一点力气也没有了。昨晚过封锁线，虽然是成功了，但水崎正夫的伤势却让他担忧。除此之外，他也在为接下来的工作操心，碛口的很多事务都在等待着他。对了，还有玉梅娘也来了，在老乡家喂养了十来只鸡，一只大公鸡，其余都是下蛋的老母鸡。它们平时总会在他吃饭的时候钻到他的腿旮旯里捡拾剩饭粒。它们发出咯旦咕咕的叫声，仿若一种宣誓。如果，尽早赶回碛口，或许给受伤的人熬点蛋汤都是很方便的，再说，镇子上还有八路军的战地医院，估计能挽救水崎正夫的生命。想到这儿，他就站起来，应该让大家继续出发。

"唉，说甚的人有多难活，人出生后谁都会有过这种感觉，你们怕不晓得，我娘生我时就差点生在臭烘烘的茅房里，幸亏她一把抓住了我的一条腿，还有脐带拉着，要不然就不会像现在这样给你们当队长了。生在茅厕道，也就是这个吃苦卖力的命，跟这赶牲灵一样有甚的区别，带着一张嘴，走到哪儿，吃到哪儿，但你得做活，你得挣钱养家，当然了，现而今就是赶跑鬼子，打他一个狗吃屎，大家伙再过上热热乎乎的老婆孩子热炕头的生活。当然了，话又说回来了，咱也不能仅仅满足于此，还会要有更大的奔头哩。咱还要建设一个红彤彤的新社会嘞。你们说是不？"

"快，快点给我一枪，我疼得都拉不出屎来啦？给我一枪算了……"

"哈依。"另一个随行的反战同盟人员回答着水崎正夫的话，却是看了李信诚一眼。

"还不如给他来点痛快的，看到尿泡打坏了，尿不出来，又拉不出来屎，不能吃，不能喝，这得多难受呀。"

水崎正夫听了杨福武的话，也不住地点头。"李队长，浪费你一颗子弹了，照着我要命的地方打，没法活了。"

说着，他从担架上爬了下来，一头向旁边的树上撞去。他的一只靴子穿不上，包扎着一长溜裹腿，一只脚也化脓了；另一只脚倒是好好的，但他自己把靴子脱了下来，然后在地下翻滚着。他把里面的白短袖撕开，只见小肚子那儿也开了一个大洞，有一些灰白的肠子露了出来。旁边的何秀子一阵惊叫。

"干娘，我哥……我哥……太难受了……他活不成了……开肠剖肚……这多难受呀……"

"秀子，依摩托（妹妹）……这、这是我的……别告诉母亲出了什么事情……"

"不会的。"何秀子抽泣着说，"欧尼桑（哥哥）呀，哦捏桑（姐姐）也，也死了……

　　水崎正夫把一双肿胀的手展开来，都已经麻木，但只是在大口大口地喘着气。

　　李信诚看不下去了，躲到旁边树林里抽烟的工夫，杨福武从担架上爬起来，向着在地下滚爬的水崎正夫举枪射击……

　　杨福武眼睛一闭，然后抖索着说："下……下不了手呀，这都是一些个甚事呀。"

　　水崎正夫死了。何秀子跪在地下，从衣袋里掏出一把红枣来哭着说："吃吧，快吃吧……"

3

　　何秀子就在雨地里一个人来来回回地奔跑着，一会儿停下，一会儿跳跃，一会儿就坐在了泥地里，脸上看不清是雨水还是泪水……

　　一道闪电凌空划过，然后是轰隆隆的巨响，宛若天崩地裂，却是撕开了一条条口子，雨水越下越大了。或许是天人感应，何秀子望着竹席搭的棚子里停放着水崎正夫的棺材，就无法再忍受了。

　　上次在离石旧街看到水崎丽子倒下的那一幕就让她绝望，不仅仅对挥刀乱砍的宋老大充满了仇恨，更是感觉到始作俑者的可怕，这些和她一般的日本人为何来到这个国度？她从那时就开始仇恨起了自己东洋老家福冈县，那些疯狂的参战者，都是牺牲品，她的仇恨，让她恨不得躲到一个不被人注意的世外桃源去。正因此，她才想跟着干娘回到黄河西岸，回到干娘的老家，隐姓埋名，随便嫁给一个中国男人过日子，永远不再想着回到福冈去。尤其，她的哥哥水崎正夫也死了，她不由得想到了这是一种中国式的因果报应。撕心裂肺地哭，可是又能如何？这又能埋怨谁？早知今日何必当初，她早已看清了这一点，所以，她只想逃离开所有这一切，哪怕是嫁给一个中国农民，只要能让自己好受一点。她要赎罪！

　　随后的几日里，何秀子与何彩花来到了绥德，参加到当地的一个戏班子里唱了一出《荆轲刺秦王》。虽然是京戏，但她们早就会唱了，只不过平时唱的是晋剧，很多剧种她们都能客串。一到了黄河西岸，何彩花满血复活，也影响到了何秀子，以至于也跟着咿咿呀呀地唱了起来。人生如戏，戏如人生。当她换了装，从《荆轲刺秦王》里再穿越到《扈三娘》时，就如同自个儿也有了人物的心理状态，一下子体会到了遥远的年代。这样的唱腔里，生发出了更多的联想，也体会到了另外一种境界……

仿若是离石城外红眼川的乱坟岗，何秀子忘记了是在守着谁的孤坟，荒郊野岭里只有凄厉的黑老鸦在不停地叫喊着："哇——哇——哇——"一些个影影绰绰的东西，飘忽不定着，游走在四周，让她体会到恐怖，半张脸，无头鬼，无主的白骨，鲜血如注的脖子，一片蒿草地的飒飒作响，寂静中的脚步声，却是一种鬼哭狼嚎的喧闹，然后又是奔跑中的气喘吁吁……

谁？你别吓唬我……咔咔咔……哒哒哒……啪啪啪……咚咚咚……只是觉得有什么人在压住了她，看不清脸，怎么也看不清，眼前是一片模糊，然后是刺心般的疼痛，不，是一种猛烈的搅捣，一种死力的缠绕，一种浑身针扎一般的无法躲藏……

只听到在粗重的喘息声中，她突然间脑袋一歪，晕了过去。我的亲哥呀，我的亲姐呀，爹娘啊，你们都跑哪儿去了，没有了你们，我还回哪里的家？我现而今只有一个干娘，干娘让我嫁谁我就嫁谁，干娘让我生娃我就生娃，我没有出路，我不能活了，只有这不断地生娃，让一个个从我腿旮旯儿里跑出来的碎娃成就我的回家梦——可是，我的家在哪儿？哥哥水崎正夫的家在哪儿？姐姐水崎丽子的家在哪儿？他们静静地躺在这个乱坟岗里，无处皈依的皈依就是他们的皈依。何秀子和他们一样……

"干娘，你让我嫁谁，我就嫁谁。"

何秀子说这话的时候，一直是没精打采，唱完戏就又回到了痛苦的现实。她生活在现实和舞台的两极，正因为现实太痛苦，才会让她在舞台上绽放自己。如果没有舞台的绽放，可能她会毫不犹豫地选择去死——可是，如何去死？怎么死？这又是一个困扰她的问题。她无法生存，却又恐惧死亡，这二者之间的摇摆不定，让她处于时而亢奋时而绝望的状态之中。好呀，那里会是死去的爹娘在带路吗？影影绰绰，却又那么清晰，宛若宁静的月光，抬头去看，这轮裸月在黄河的东岸和西岸之间，那么高远，那么清冷，那么纯真，那么明朗，仿佛让她想起一个人来，是自己的姐姐水崎丽子吗？是刚见到死去的哥哥水崎正夫吗？好像都不是，一路走来的李队长和他的女儿李玉梅……然后是，那个谁？是小月莺，还是童年七岁时的模样，仿若眼神里的纯真没有变，仿若一轮裸月的梦幻没有变，即便穿着一身八路军土布军装，却还是有着她骑在大黑上的风姿。不过，小月莺现在骑着的却是一匹枣红马，却是不太一样，比大黑更矫健，也能够体现着小月莺的精气神儿。

"小月莺吗？"

"啊是，不过，你叫我小月莺，或者叫我潇丽也可以。"

"潇丽？"

"是呀，我在读燕京时就改名李潇丽了。"

这时的日头在天空的正上方，也不晓得时辰了。何秀子有些麻木的神经依然停留在水崎正夫倒下的那一刻。在就近挖开的墓穴里，水崎正夫就那样被抬着平放到里面，然后盖了一块毯子，又放了一些枯枝败叶，然后把新挖出的黄土再填埋进去，竖立了一个墓圪堆，也没有墓碑，只有一块木牌子，上面写着：反战人士水崎正夫之墓。何秀子还用杜梨枝叶编了一个花环放在了坟头。没有纸可烧，就近用一些野蒿草点燃，权当对亡者的祭奠了。这样的荒山沟岔里，只因为新矗立的墓圪堆，才让何秀子记住。背后还有更加瑟瑟作响的野松柏在土坡上摇曳着身姿，一片圪针和野蒿丛子里窜出一两只小白兔，更远处有一条小溪在山涧哗啦啦流着。

"潇丽，你的变化一点也不大。"

"这话咋说嘞？"

"你还是七岁时那个模样，我记得你笑起来的表情，和现在一模一样……"

"你嫁人了？"

"我嫁人了，我还生了两个娃……"

"是双胞胎吧？"

"是呀，他们替我哥我姐活着，替我爹娘活着，也替我活着……"

"替你活着？"

"是呀，我虽还活着，却是灵魂已经死了。"

然后是一阵静默。何秀子想起来再与小月莺见面的情景，并非绥德的那次唱戏。匆匆忙忙，小月莺很快与丈夫迈可及他们的女儿艾丽佳要坐着延安派来的大卡车去延安了。何秀子想起学唱戏的间隙，总会莫名地有些惊慌，内心里七上八下。她会听到远处窑院里甩鞭赶牲灵的声音。嘚啪，嘚啪。这声音听上去很悦耳，甚或在耳边还会嗡嗡响着。何秀子还能记得李府私塾里李潇民用的那把戒尺，打起来并不疼，却是舞动在空中好久不落下时的害怕。他只是吓唬她。那种滋味说不清，一点也不疼，却是很有威慑力。那时的李潇民，下了课还给她和小月莺做柳笛，也就是一根细长的柳条子从树上扳断之后，一节一节地做给她们玩耍。可是，学唱戏的时候，她就挨过打。何彩花打过她的手背，六指则打过她屁股。也就是用李潇民当年做柳笛的柳条子来抽打她的屁股。她总会瑟瑟发抖，而小月莺偶尔来看到会保护她。但是，小月莺现在却不记得了。

"我……我们……还会见面吗？"

"当然会见到了。"

是见到了。那次，和平了。抗战胜利了。在延安，何秀子带着自个儿的六个娃去看她。其中有两个娃是何秀子和丈夫生的双胞胎，另外四个娃是丈夫与死去前妻生的。所以，这六个娃都由她来带。小月莺见到她就哭了。何秀子的这份煎熬中，有了更多的安贫乐道。生活原本如此，可能只是我们期望太高了？小月莺想到这儿，就拿了一小包满民给她寄来的蔗糖，让那六个娃都能吃到，开心地笑了。有朝一日，小月莺能够想象到何秀子的大娃抱着小娃，大娃背上背着一个，怀里抱着一个，然后她的第二个娃依葫芦画瓢，依次抱着更小的，再加上她也背着和抱着，这就使得她带着这六个娃依然走出了一种步调一致的神奇速度。

"秀子，你会好起来的……"

小月莺就和她讲述这个想象的画面，或许有一天，这六个娃会彼此照顾，会给她带来另外一种意想不到的幸福。想到这儿，小月莺就有些苦涩地笑了。

"你笑甚嘞？"

"笑你带娃。"

何秀子不觉得好笑，只是摇摇头，然后说："你还是那个喜欢畅想的孩子。"

"想起了你的干娘，可惜你们住得太远了。能够住到一起话，会有个照顾……"

"干娘不太想见人了，她也不唱戏了。戏班子也散摊子了。那些个徒子徒孙都走了，一个个嫁人的嫁人，还有的跟了绥德的戏班子，有的跟着到了共产党的队伍上……"

"我还真想回李府去看看。"

"李府的变化也很大。你爷爷也殁了。李府里的人也都走了……"

"三婶娘呢？"

"你说的是崔巧巧吗？你三叔殁了后，她也改嫁给万田叔了……"

"万田叔不是一个哑巴吗？"

"是呀，不过，你的三婶娘嫁给万田叔之后，日子过得倒是比在李府还好了。另外，你的大伯和伯母殁了后，李宝珍也嫁人了……"

"她嫁给谁了？"

"崔锁孩的一个甚的亲戚来着，叫甚的崔二娃，说不好，好像搬到前瓦村住了，你三婶娘与万田叔搬到七里滩了……"

何秀子滔滔不绝地说着这些的时候，就是为了避免与小月莺谈到自己。

她在回避很多东西。她不想和小月莺谈在这些日子里的变故，她不想谈到爹娘的死，也不想谈到姐姐水崎丽子和哥哥水崎正夫的死。她也不想谈到曾经转手过三个男人，第一个丈夫死了，第二个丈夫也死了，现在是第三个丈夫。现在和她过日子的丈夫是一个老实巴交的拦羊汉。也就是他了，一方面是踏实可靠，虽然半天放不出一个响屁来，但还是很能做活，不仅拦羊，整天在沟梁上出工。现在各个村社里都有了变工组，好几家凑到一块儿做活，她男人还是很受欢迎，比给财主扛活要自在多了。她的家也落在了延安不远的一个小村庄。干娘也嫁人了，在绥德呢，也很少能见到。原本小月莺在延安住着，何秀子还有个伴儿，有时候与小月莺一起说说话，还是感觉不一样。这儿能有一个童年的伙伴，也会使她不至于太寂寞。可是，现在他们一家子也要走了。何秀子会变得更加孤僻，即便结婚后又抚养着六个娃，她还是无法摆脱曾经的那些个痛苦。那些个与生俱来的原罪，让她活得谨小慎微。

"潇丽，你去哪儿呀？"

"该打的仗也都打完了，我和两个孩子要跟着迈可先去重庆，然后再飞往伦敦……"

"伦敦有多远呀？"

"你想想看呢？"

"我可想不出来。"

何秀子觉得伦敦要比她老家日本福冈县更加遥远。小月莺生下了一个女儿艾丽佳之后，又生下了一个儿子，名字叫詹姆斯。他们一家四口其乐融融，不过，谈到小月莺的爹娘时，小月莺也哭了。因为，这一走，大有可能就是永别。

"不会的，还会见面的。"

"可是，也不晓得甚会儿再见哩。"

小月莺说起了离石话的时候，就会让何秀子一下子穿越到她们的童年时代，也就一晃十几年，却是发生了太多的变化。世事的变化倒还在其次，关键是她们年龄的增加，各自有了家庭，而且都有了孩子，那就心境都不一样了。尽管，小月莺眼睛里还有那种梦幻的纯真，但她们命运的车辆还是驶向了不同的方向。

当年的赵友根死后，就让何秀子念念不忘。她总是觉得赵友根是一个好人，在她无处可去的最为艰难的时刻收留了她。可惜，赵友根死得早。后来，她又嫁给的这个绥德船夫，人也挺实在，就是经常不在家。她与他生下两个双胞胎男娃，还有他与前妻生的四个孩娃，外加后面与他生的三个女娃。据说，在船夫死后又嫁给了现如今这个四十多岁的拦羊汉，又生下一双龙凤胎。这个出生在日本福冈县的女人，活了八十九岁，自己生了七个，加上外带的四个，共十一个孩娃。后来在一九七六年，何秀子的第三任丈夫又死了，就带着孩子改嫁到冉放生家。一九七九年，何秀子取到了外国人在华居留证，成为一个在陕西居住的日本老人。二〇〇二年，何秀子以水崎秀子的名义申请赴日探亲，但未得到回应。原来她被冒名顶替了，据日本《每日新闻》报道，假水崎秀子伪造了证件和印章，在一九九五年领着儿孙六人回日本落户。二〇〇五年，日本厚生劳动省对她进行了 DNA 取样确认了身份。二〇〇六年，在一家日本民营机构的赞助下，她与丈夫赴日探望表姐。二〇一八年一月六日晚七点左右，她离开了人世，并在三天之后举行了简朴的葬礼，除了亲友就是村民，遵照她的遗愿，家人用了她穿着和服的照片作了最后的遗照。

4

　　春天的风沙刮起来的时候，总是迷蒙着一片，太阳似乎也显得失去了血色。西山隐隐约约着的雪迹早已消失不见，路边枯黄的草地泛出点点新绿，抬头看天却又有一种氤氲的气象。西苑一览无余的旷野里，有一些零零星星的低矮建筑，走出门外的行人依然得把脑袋缩在厚绒绒的棉袍脖领子里，一个个看上去像卓别林《摩登时代》里的快镜头。黑老鸦在胡同院落的一棵老树上驻足盘桓，不停地哇哇哇叫着，四周的雪都化掉了，只有路边角落不见阳光的地方依然有一些凝结的冰凌，更多暴露在晌午的光照下，有一些一摊又一摊的积水，甚或都流泻在低洼的路上，让拉洋车的车夫总是小心翼翼，也有不小心的，会摔一跤。屋后的杨树枝上并不害怕这风沙，却是依然歌唱一般地在树杈上挤出来刚能发现的嫩绿。

　　李文祺晌午还吃了吴秀兰熬的一锅香喷喷的老家汤菜，还有新炸的软米面油糕。他午睡起来，收拾了院门口一辆三轮车，准备去西苑的池塘里钓鱼。随后，他又去伙房与吴秀兰打一声招呼，让她招呼好门户。可是，他却发现吴秀兰一动不动地坐在伙房后墙的一把破椅子上，低垂着脑袋。这老婆子，年龄大了，午睡也不讲究，干吗不去卧室里躺一会去呢？他轻轻走过去，推推她，却是依然不动，然后再摸摸她的额头，并不发烧——恰恰相反，而是一片冰冷，一时间让他一激灵，突然想起了多年前的曾玉芬，也是这样躺着的姿势，全身都冰冷僵硬了。现在，吴秀兰也是如此，让他突然感到心脏剧烈地跳动了起来。

　　前两日，李文祺还带着吴秀兰一起去池塘里钓鱼。她还拿着一些脏衣服，顺便在另一边找了一块洗衣石，蹲在那儿就忙活起来。她就是歇不住，他身上的衣服穿上没几日就要换下来，她让他的衣着总是干干净净。衣服可以不是新的，但却不能邋里邋遢，让他一直保持着军人的那种风范。可是，他总是把自个儿打扮成一个不修边幅的老家佃农模样。他这样低调，就是为了防范鬼子的注意。毕竟，小月莺逃走的时候，鬼子宪兵队的人来过家里查问。吴秀兰总是让他躲起来，然后她出面去应付。不管有什么事，都是她来出面。虽然说是抗战胜利了，不必像以往那样害怕了，但他还是保持着低调的生活作风。吴秀兰想回老家去，他都没答应，还是在北平住着省心。在成府薛家胡同一号买了这处小院，远离老家的那些是非，他的心里会很平和。他也不想参与任何社会事务，只是与她过着两个人的小日子。虽然，潇民和儿媳星桦有了一个孩娃，他还给这个小孙子起名叫家和。儿子儿媳和孙子一家三口离开天津去了重庆。那里是国统区，又是陪都，不用在天津租界里过着提心吊胆的日子，毕竟他们还年轻。

"要不然，咱们跟着潇民他们吧，也去重庆……"

吴秀兰这么说过，李文祺却不愿意去。初先是因为小月莺在燕京大学读书，想陪着女儿。后来，女儿与女婿去了根据地，一路往西，听说到了延安。他们老两口反而心里高兴。至少，儿女们过得都很安稳，在这个乱世里，李府发生了很多意想不到的变化，甚至一年之内减少了一半人口。而且，现如今的李府更是名存实亡，面对着新的时局，必须作出更大的改变。这个时候，李文祺不想拖累儿女们，潇民那么远，小月莺也不近，只有云莺和女婿来了北平，时不时和他们有些来往。

"只要儿女们一个个平安健康，就比甚也好。"

吴秀兰的心情不太好，就是思念儿女们，加之有了小孙子，就更是平添了许多的担忧。她晚上总是睡不着，不像李文祺一沾到枕头就能打起了呼噜。这也是李文祺在战场上养成的习惯，可是，吴秀兰总说他心太硬，对孩娃子们的事情一律不管。这个时候，他还有心思去钓鱼，也不晓得他是咋想的哩。

"儿女是当娘的身上掉下来的肉，当爹的甚也不晓得，无论出了甚事，心都硬得很。"

"不是我心硬，而是咱们当娘老子的，要晓得该放就要放，不能甚都抓得紧紧的。那个没用，儿孙自有儿孙福，我们能尽的心都尽到，就可以啦……"

"你看看，不是你这种态度，当年玉芬咋会从东塔楼上跳下去哩。玉芬的心，你从来也嗨不开（不懂）……"

"不是我嗨不开，是我没有机会了解她的心事，她甚也不和人说，只是闷着，一个人愁断肠又能咋样？"

吴秀兰想起当年在李府与曾玉芬一起去七里滩的梨园里脱掉衣服，然后在一口大缸里洗澡。吴秀兰让李文祺在园子外守护着。她们赤裸着身子在梨树下的草地上坐了很久。阳光透过头顶的树叶缝隙照射在她们身上。她们好像谈了很多，却又什么也没谈。这是因为曾玉芬什么也没谈。虽然，她谈了自个儿的身世，但却一些内心的隐痛还是没有说出来。比如，曾玉芬在李府多待一天就会在内心里多一天的疏离。即便有李文祺的爱，也有吴秀兰的理解，更有小月莺与她成为姨娘身份之外的朋友，但她还是觉得自己的一颗心在不停地下坠着，哭泣着……

吴秀兰一大早就发现曾玉芬不对劲了。先是小月莺跑来说曾姨娘在镜子前用锥子扎自个儿的胳膊，用缝衣针扎着自个儿的脖子，后来拿出一把裁纸刀，还放着一包叫不出名来的药片——这让吴秀兰有了警觉，就把那包药片偷偷让小月莺掉了包。她发现那是一包砒霜。曾玉芬心神不定，坐卧不安，头痛欲裂。吴秀兰先让曾玉芬进去了大缸洗浴，并给她搓背。

"玉芬呀，你咋身上这么多伤疤呀？文祺打你了吗？"

"姐姐，我没事。文祺从来不会打我……这是……这是……我自个儿扎的……"

曾玉芬总是叫吴秀兰姐姐。"别再扎自个儿了，一会儿，我给你搓澡吧。"

"文祺敢打你，我和他没完。"

"姐，不关文祺的事。这个……这个……真的是我自个儿干的……"

"唉，好妹妹呀，你为何要这样做？"

曾玉芬背转身，一股劲流泪，然后一出溜就连头扎到大缸里，老半天不出来。吴秀兰吓得就去拽她，差点把大缸歪倒……

而现在，李文祺看到吴秀兰在伙房里的模样，一下子吓呆了……

"秀兰，你咋啦？"

此时此刻，吴秀兰像极了曾玉芬当年跳下东塔楼之后的模样，只是脸上没有一滴血迹，而是静静地坐在那儿，然后就这样永远地走了。为何会如此？悲剧为何会接二连三地上演？这是在惩罚他李文祺吗？想当年，他这是造了甚的孽啦？要不然，这一幕不会再次落到他的眼前。吴秀兰这一走，他怎么办呀？他成了一个不受人待见的孤寡老人了吗？虽然，他现而今还不算太老，只是一下子孤孤单单，形单影只，只是为了惩罚他当年没有善待曾玉芬吗？啊，老天爷呀，不该这样惩罚我啊……

"秀兰，你这一走，我如何向潇民、云莺、月莺交代呀？你不该给我出这样大的一道难题呀，我的亲人哪……"

吴秀兰一脸惨白地倒在李文祺怀里，整个身体是僵硬的，怎么也掰不开来的一个固定姿势。她的一条胳膊打着弯，好像正在做一个烧火的动作，而且另一条腿则是分开，在地下画了半个圈。她那好像逐渐失去血色的皮肤上升腾起一种暗黑的颜色，每一根手指头都是绷紧的，不再有任何动作。李文祺把她的尸体抱到了卧室，放在他们共同的大床上，然后汗津津的脸上有了泪水的冲刷。他赶紧为她擦洗，又怕弄疼她，他心里一阵比一阵难受，仿若又回到了忻口的战场上，面对一个个冲杀的士兵猝然倒下带来的打击。他的脸上有着一种阴霾笼罩的灰暗，微微张着的眼睛里有着一种木然的酸楚。她的胳膊腿都仿若完成了使命一般松弛下来，却又是一种让人绝望的没有任何温度，只有冷凝的平静。就在早上他还听到她说到老家的一些人和事时开怀地笑出了声，而现在却紧紧闭着嘴唇，骨头和身架都变得比冰块还要生冷，还要让人害怕。

"秀兰，你撇下我一个人，我以后可咋活呀？"

就这样凄厉地干号着，一直回荡在一九五四年，当李文祺再见到小月莺时，突然爆发了这种潜藏的悲痛。小月莺从英国回到北京。她和迈可一起回来的。这是一个高规格的官方访问，甚至新生的共和国总理还接见了他们，并一起吃饭。再然后，又是天各一方。就要分手的时候，李文祺紧紧抓住小月莺的手，说道：

"潇丽呀，这次见罢，爹怕是再也见不到你啦。"

果然，这话不幸言中了。直到一九六八年，八十八岁的李文祺在病榻上昏迷不醒。李潇民和朱星桦夫妻两个，还有他们的三个儿子，都围在李文祺病榻旁，听着老人一直在嘟囔着当年那些在教导团打仗的事情。一九六九年，李潇民一家人送李文祺的骨灰回到老家离石安葬。

5

所有这些死于非命的学生，都是那样一副风尘仆仆的表情，而且都是跨过河南黄河渡口封锁线时留下的枪伤。他们的行李卷都还好好的，除了一些干粮和水瓶之外，就是一些捆着的古籍和书纸之类。还有一个扶着断垣站立着手舞白纱巾的蓝色旗袍少女，如果没有发现她后背的伤口，真让人觉得还活着，只是一双深邃的黑眼睛依然注视着前方。午后的阳光照射在她的身上，只觉得她的四周都有着一种向日葵的光晕。就在刚刚过去的拂晓，天还没亮的时候，他们十几个学生就倒在封锁沟的另一侧，差不多已经是走到了光明的彼岸，却还是没能躲过这从黑暗中射来的子弹。其实，接应他们的游击队已经近在咫尺了。这就是李潇民亲眼所见，他带着老婆和孩子前往大西南的路上看到这一幕，使得他在后来见到纪朝轩时滔滔不绝，愤慨地讲述着这个故事。

沿路上看到的情景，影响到小家和的心理状态。李潇民觉得六七岁的儿子小家和有些像他姑姑小时候。"我有两个姑姑，一个云莺姑姑，一个月莺姑姑……"李潇民就纠正他，说："月莺姑姑，就是潇丽姑姑。"

李潇民一家刚刚搬到重庆山城，窗外经常是笼罩着雾气，嘉陵江里的水也是氤氲缭绕的感觉。每天都看不见太阳，抗战胜利纪功碑、洪崖洞、磁器口、仙女山，也都一样。李潇民带着小家和去过这些景点，不过，他一直有些闷闷不乐。朱星桦在一旁哄着儿子开心，可是他从旁边的竹椅子上滑下来，然后专心致志地敲着一面铜锣。过了一会儿，他溜进了储藏室，躲在一个壁橱里不肯出来。李潇民就假装与儿子小家和捉迷藏，先在床底下找，后来在衣柜里落了空，最后才到壁橱里找到他。这个小家伙总是钻到这里面，去寻找一个属于自己的空间。壁橱下边有一个狭长的地带，可以坐着，依靠在角落里，谁也找不到。

李潇民从中行搞农贷，又到成都内江糖业公司当副理，然后到重庆糖业公司当经理，闲暇时会做老家的揪面片，还为儿子唱抗战歌曲："儿郎个个杀敌上战场，不打胜仗无颜见爹娘。"说起重庆被轰炸后的惨状，昏暗的电灯下，他总是与小家和一起唱着这首激昂的歌曲。他们一起去看中艺话剧团演出的《桃花扇》，其中李香君的侍女指着某个降清角色的长辫子说："瞧你这条猪尾巴！"李潇民心里总有一种责任感，让他觉得自个儿有着比那些河南黄河古渡口倒下的学生更多的时间加以关注身边的社会事务。他每天都在奔波着，围绕一个精神的内核，一点一滴的工作都是由此而展开。他从摇曳着的嘉陵江上回到了坚实的山城，就在那时，他觉得空气里都投射着浓烈的热度。回头继续向着江心望去，他看到一股从远处飘来的疾风卷起了汹涌的浪头，加快了轮渡上摇曳的速度。他的心头总是搏动着一种火热的情绪，不完全是《桃花扇》里的那些人物故事，更是小家和在家门口的呼喊，还有默默站立着的妻子朱星桦，依然是那样傲然坚毅的表情，远远地看到就能够让他心安。

这一日，李潇民难得在家里休息。忽听得有敲门声，他起身一看窗外，感觉有些面熟，一张脸上有着慌乱的神情。一开门，刚要问讯，却是来客自报家门："我是纪朝轩的朋友，叫谢长章……"话没说完，他就一头闯进了屋门。"有一个躲藏的地方吗？"还未等他反应过来，谢长章就被小家和领到储藏室的壁橱里了。那里是小家和经常藏身的地方。

刚刚领到壁橱那个角落里靠着，只听门外又有狂乱的脚步声。李潇民看到门口窗外有几个军警跑过去了。他连忙走出来查看，却又有一个落在后头的军警问道："看到一个长头发的眼镜男子跑过去了吗？"李潇民就摇摇头。其实，他都没注意到谢长章的模样，长头发，戴眼镜，还有一身西装革履，却是手里拿着一把小手枪，感觉像是玩具。

抓谢长章的军警走后，小家和想去摸摸那把小手枪。谢长章干脆把关上保险的小手枪递给他。他拿在手里不敢相信地看了看，然后再望望李潇民，又把小手枪还给了谢长章。

这个时候被浓雾笼罩的山城仿若打开了一道缝隙，灰蒙蒙的水面上有了几许亮闪闪的灵光。远处，拉货的驳船在沉重地移动着，多半就是李潇民糖业公司的货物，这些运往各地的庶糖就是人们所需要的生活物资。细长的桅杆就是那样迎风挺立，鼓起的船帆有了一种向前的力量，就在一片将散未散的雾气中显示出了山城影影绰绰的模样。那些《天国春秋》《升官图》里的场景一晃而过，眼前的灰暗映照着漂泊不定的心绪，正因此，时间在这一刻变得更加不确定了。

后来，谢长章与李潇民握手作别，说是后会有期了，却是又过了很多年都未能再见到。一年后，李潇民举家迁往南京，然后又到了上海，在那儿又生下两个儿子，老大叫家和，这老二就叫家明，老三叫家奇。再后来，又举家迁往北京，直到一九五四年见到了小月莺。那时，李潇民身边的李文祺已经七十四岁了，还不算垂垂老矣，但也不比从前那份骁勇了。这个相聚的画面模糊却又清晰，留在了他的脑海里，久久难以忘怀。也就在这个时期，李潇民才与谢长章偶遇于香山卧佛寺。那时谢长章已经位居共和国的副部长位置了。

这一次见到小月莺时，李潇民说："潇丽，再见到你，不晓得要等何年何月哩。"而小月莺则微微一笑说："哥，我还会回来的。"

可是，等她在九十年代重新回来的时候，李潇民已经离世很多年了。他活着时无法证明自个儿的清白。他为地下党做过很多工作，但唯一能够证明这一点的纪朝轩已经在一九六三年去世了。他在抗战后有几年去南京的美国使馆做经济分析员的经历，曾通过纪朝轩给地下党提供过很多的经济情报。可是，纪朝轩已死，李潇民也就无法在后来的年代里自证清白。

只见黄莺乱啭，人踪悄悄，芳草芊芊。粉坏楼墙，苔痕绿上花砖。应有娇羞人面，映着他桃树红颜；重来浑似阮刘仙，借东风引入洞中天。萧然，美人去远，重门锁，云山万千，知情只有闲莺燕。尽着狂，尽着颠，问着他一双双不会传言。熬煎，才待转，嫩花枝靠着疏篱颤。

那时，李潇民却是摇头晃脑地唱起了《桃花扇》，那种神情仿若回到了从前，那些烽火的年代里，他忙碌着农贷的日子，还有糖厂里生活点滴。再就是在那次重庆白市驿机场接到从延安飞来的小月莺一家。

当时的李潇民浑身充满着力量，整天都是一种昂奋的精神状态。所以，小月莺看到他时也深受感染。

"哥，谢谢你给我捎来的那么一大包蔗糖。这在延安可是稀罕物。"

"过两日带你们一家去看中艺演出的《桃花扇》吧。"

"哥，我从延安给你带来一本《吕梁英雄传》，还有《小二黑结婚》……"

"我还真的爱看咱们老家那边的书，好像回到了老家……"

白晃晃的天，有着浓雾，却是有着不一般的月光。在重庆，就连这晚上的月亮也是朦朦胧胧的，仿若隔得很远。这万物生长在南方的土地上，有着一种湿润的力量。

不过，小月莺还是怀念延安的那种挺拔和亢奋的性格与气质。春夏秋冬在重庆并不太明显，而北方总是让每个季节泾渭分明。

看到小月莺，李潇民才会体会到来自老家的某种气息。虽然，她也很久没回老家，但还是不一样。这种兄妹重逢激发着他心底情感的篇章。当他多少年之后在农场的水田里插秧，就会依然体会到种子发芽的喜悦和冲动。这种种植和耕耘，虽然很辛苦，但也让他体会到一种疲累状态才有的充盈感。不怕流汗，也不怕劳累，正是因为脚下这块痛并快乐着的土地。扑面而来的泥土气息，随之可见的田园风光，让他在一次次挣扎的辛苦中绽放，在殉道者的脚步声中又一次次涅槃。他必须忍受现有的一切，然后去不断地升华，然后走出一个全新的自我……

大约七十年代初，他被下放到河南洛阳的五七干校里劳动。那时候天空上升起了半边下弦月，清楚地映照着这下地的土路，也才让他觉得不那么孤独。头顶的月亮，让他不由得想起远隔重洋的小月莺。

"潇丽，你还好吗？"

然后，李潇民会想起妻儿，刚刚收到大儿子家和的信，说是从北京三十一中毕业之后去了云南的农场劳动。

李潇民晓得那些个所有存在某种问题和隔离审查的人，都得去农场里种水稻，一边低着头插秧，一边听着高音喇叭里的形势广播，接受贫下中农的再教育。那时流行阴雨天不歇工，雨越下越大，干活的劲头越浓，你追我赶，喊着口号一次次进行新的插秧比赛挑战。

七十来岁的李潇民明显体力不支，甚或走起路来已经磕磕绊绊，眼冒金星，有几次竟然一头栽倒在水田里，泥水粘了一身。一到夜晚又是四处漏风的工棚里，一溜铺开的大通铺睡十几个人，他买了那种最便宜的七分钱一包的黄金叶，一吸就是五六根，一天到晚地咳个不停……

然而，此时此刻，生活依然揭示了另一种与过往经验完全不同的面貌。天还是那样一个天，地还是那样一个地，但周围的面孔却是突然间变得陌生起来了。或许，仅仅是因为你的身份和角色不一样了，从天堂到地狱之间中，注定了狰狞和丑陋、癫狂与扭曲、恶毒和仇恨。幽暗的天幕上撕开了一道电光，奔走着的脚步里有雷声在炸响，而你还得走在出工的泥泞田埂上。生与死，命悬一线，或许仅仅是短短的一分钟，早上出工的时候，还好端端地拍着肚子，喝了一碗粥汤，又吃了两个玉米面窝头，然后就点了一根黄金叶，扛着铁锹走在队伍最前列。他还哼着小曲，咦咦哇哇地唱着"一条大河波浪宽"，转眼工夫就陷入了昏迷……

一轮裸月悬在稻田的上空，四周的寂静，以及远山的黛影，都是如诗如画，就连五七干校粉刷的白石灰围墙上也有了一种银光色的美感。李潇民的眼前出现了北平的画面，仿若在清华园，却又不像——那是谁？跨过干涸的排水沟，转过身来，一下子回到了很久以前，色彩斑斓中，捉住的是她的两条胳膊，手掌是滚烫滚烫的。

"星桦，是你吗？"

李潇民发现朱星桦还是那个二十岁的秀气模样，一见到他就兴奋，甚至说一些凌乱跳跃的呓语。她穿着北平女子文理学院的制式校服，裙摆下白袜子的小腿让他感觉到瞬间的迷乱，那不容置疑的目光里使得他坚定地向她走过去。他不自觉地伸出胳膊环绕住她丰满的腰肢。他的心不停地颤抖，以至于让他的手掌也在剧烈地战栗着，呼吸急促的时候不由得闭上了眼睛。彼此寻觅着对方的嘴唇，然后如同磁石般吸吮，一只手把住她的脸，一只手揽住她的后腰，然后就这样一直到永远——所有的痛苦、灾难和不幸都消退在身后……

他只说了一句《桃花扇》里的唱词："瞧你这条猪尾巴！"

"你说什么？"

他却没有回应，眼睛里的人和物都出现了重影，然后逐渐地模糊起来。他干咳着，咯出一大口血，然后开始直捯气……

终于，就在那一刻，他在回望终生难忘的过往记忆中渐行渐远。

一九七九年，国家有关部门对李潇民作出了正式的平反决定。如今，李潇民的三个儿子都已长大成人了。据说，老大家和已经是大学教授，老二家明也做了高级记者，老三家奇则是一名计算机专家。

6

一九九四年二月，林迈可的离去，让小月莺在孤独的终老中总是一次次回望由晋察冀边区到延安的那些西行路途的梦幻时光——那可能是他们一生中的黄金时代。

这种一路的颠簸，甚至所遇到的危险，不断地在边区八路军和游击队的帮助下，却一次次化险为夷。

只要进入对往事的回想之中，李潇丽就会幻化成那个富有灵性的小月莺，在担惊受怕却又义薄云天的行走中，找到了一份不亚于简·爱式的浪漫爱情，并非目空一切，而是步步行走在现实的大地上，青春岁月里最为美好的回忆，曾经有过的圣徒般的虔诚和热烈。她能够感觉到他的心跳，他每次坐到发报机前工作，就让她感觉到了一种无比的骄傲。

虽然，她在无数的梦魇里，总是被李府里一阵接一阵的怪叫所惊醒。很多年了，她离开李府之后再未回去。她总有一天会回去的。她想去看看。她的身影总是在梦里梦外来回穿梭着。她的所思所想可能源于这些幻境。一开始总是不确定，到处游走着，寻找一个方向，如同她此时此刻心向延安。她明确地感到，她闻到了那里的气息。正如林迈可一开始嗅到了她身体的原始气味一般。一种热烈的躁动如同季节的转换，生长的幼芽一次次破土而出。她能够体会到他血液里的沸腾，血管里汩汩流动的热浪。一种来自野性的沉醉感，使得她在渡过黄河时就有了一种神奇的变化。她仿若换了一个人。这气味宛若在燕园里倾听那些钢琴曲时被音乐的环绕，甚或整个人被击倒和制服。不断地来回飘荡在温柔的峡谷，甚或是高高的峰顶，然后是激越的汹涌澎湃……

她都学会了与嗡嗡曼舞的蚊子共处，而他坦然地从衣领里翻找出一个虱子，交给了大胆的艾丽佳。艾丽佳伸出小手，让虱子在她手心里攀爬，舍不得掐死它。她每次接触到阴冷和潮湿的空气，都要打一个抖索。她站起身来，想着离门口近一点。雨一会儿大，一会儿小，雾气正在山野里盘旋着，为自己编织着一个巨大的半透明花环。雨停了之后，整个山区显得十分宁静，让她的心一下子有了安放之处。她长久地向着远处眺望。

他虽然身躯高大，但却总是一脸谦卑，戴着一副圆框的眼镜，说起话来依然是伦敦腔，甚或多多少少有点牛津的味儿。这些味儿，只有她能品得出来。无论是面对什么人，她都是即兴发挥自己的翻译才能，甚至是把一些难懂的词汇转换得更为通俗易懂。这种配合，如同珠联璧合的同频共振，一个眼神，一个动作，一句话，就能感同身受。他们这种自然的交融，让人羡慕。

还记得那次从绥德到延安的大卡车上，林迈可问道："潇丽，明天就要到延安了，你有什么想法？"

小月莺看着身边的迈可，只是点点头，先去安慰怀里有些不知所措的艾丽佳。

那时，艾丽佳对迈可说："妈妈说，到了延安，让爸爸陪着我去上保育院。"

不过，迈可还是忘不了他的发报机。他觉得延安需要自己，到了抗战的关键阶段，与外界的联系就更是如此。

据说有一次，山西的阎锡山派来的财政署署长徐士珙说："林迈可设计的最新式、便携式收发报机，比山西先进，比全国其他地区的都先进。"

迈可忙着他的重要工作，小月莺则受聘于延安外语研究中心，并在王家坪的英语学校里担任老师。美军观察组来了延安之后，她又担任他们的中文老师。在美军观察组与中共领导人的交往中，她还担任过临时翻译。她能感受过这种特别的气场。

迈可也曾说起他从北平到延安时的一些直观感受，在冀中，晋察冀，再到晋绥边区，还就数离敌人最近的地区工作效率高，越到后方，官僚主义越厉害。

迈可觉得小月莺与自己也有着一种默契和呼应，这让她时时处处有了一种与他的情感升华。比如接下来詹姆斯的出生，就是一个明证。

由身体到灵魂的爱，就会有一种愉悦感和幸福感。这种建立在精神基础上的极致表达，总是在一举手、一抬足、一言一笑、一唱一和之中，建立起了幸福的感情。当然也会有烦恼，也会有痛苦，但却都是一种过场，而从根本上，他们始终体会到一种千丝万缕的内在联系和心灵碰撞……

"迈可，前面就是延安了，你看那宝塔……"

迈可真的顺着她的手指向远处瞭望。他下意识地扶了扶圆框眼镜，然后一股劲地"椰丝椰丝"，然后抱起了艾丽佳，连声呼喊起来。

记得大卡车离开绥德之后，在清涧县过夜，然后又走了几日，由于下雨，道路泥泞，四十里路却走了一天，卡车行驶很慢，一路驶过被炸坏的城墙，顺着一条旧街行进，在延安交际处下车。

进入交际处的院子，就是一排排蔚为壮观的梯田式窑洞，篮球场上正有人在打球。然后，他们入住两孔窑洞里。这些窑洞，让小月莺想起了山西老家李府里的那些童年记忆。

从晋绥过来的贺司令得知她是离石人，就说："有一年，我们的队伍快要打到离石了。你爷爷可是我们掌握的地主名单里的头号人物。那时，如果我们打到离石，你家的土地都会分给穷苦人。不过，我们后来没有打，因为要搞统一战线，才又来到了延安。"

那次过黄河时，也是贺司令派来救援的船只。原本小月莺和林迈可的船只已经驶离岸边，却遇到了追他们而来的疤老四。那时疤老四刚接管了穆占山死后剩下的队伍，受到驻扎离石的日军司令谷口茂的重用。疤老四的死还是抗战胜利的事情。只听疤老四在岸上疯狂地叫着船夫的名字，忙乱中上了另外一只船来追击小月莺和林迈可的船。而为疤老四划船的船夫里竟然有六指。六指与何彩花、何秀子走散之后，被疤老四抓夫了。

当时，刚开船，小月莺还并不觉得有什么危险，正在忙于把搭乘这趟船的两个八路军伤员安抚好。其中一个伤员坐不住，总是不停地左右晃动着，然后一头栽倒在另一个伤员腿上。她就把他扶扯到船舱里，不能躺着，而坐又坐不住，就把他用背带和另一个伤员绑在一起。

后面追来的疤老四让六指快点划船，要赶紧活捉小月莺和林迈可，然后去谷口茂那里领赏。六指故意把船划向另一个方向，使得疤老四急得直跳脚，差点栽入湍急的黄河漩涡。正在情况危急时，还是李信诚乘坐另外一条船来阻击疤老四，这让疤老四更加疯狂了。他朝着小月莺的船开了两枪，被六指舞动着一只船桨把他一下子打闷过去了。后来，疤老四用一只橹子把六指打死了。李信诚的船只过来追他，那次真没想到疤老四竟然驾船向下游跑了。六指则一头栽进黄河里再没有露面，李信诚下水去打捞也没能救上来。

小月莺便在远处问："人怎么样了？"

李信诚在水里说："还在找哩。"

小月莺又说："注意安全。"

李信诚挥挥手，说："以后，到了那边，没准可能还会再见面哩……"

小月莺在陕北延安那边倒是没再见到李信诚，却是见到了他的大闺女李玉梅。这就是从晋绥边区一二〇师里赶来延安学习无线电的李玉梅。那时候的队伍里，只有打了胜仗才能改善一次伙食，就有一个十五六岁的小战士，改善伙食庆祝胜利时吃得太多，撑死了。她与比自己小好多岁的李玉梅交谈甚欢，那是在听完林迈可的无线电培训课之后，李玉梅在摆弄分配给一二〇师的一部改装电台。小月莺发现李玉梅用心听讲，却是跟不上林迈可的讲述。于是，小月莺在现场同声翻译的时候就更加注意听讲学员的接受能力。她发现李玉梅听讲间隙会把一个用弹壳做的哨笛放在嘴边吹响。天气一下子暖和起来。李玉梅对她说，柳笛吹起来和子弹壳吹起来不一样，然后还做着示范。李玉梅让那块金属在嘴边跳跃着，发着亮光。她们两个一起跳着联欢会上的舞蹈。李玉梅在战斗剧社学的一些专业动作，吸引了更多学员的注意力。这是李玉梅第二次来延安了，第一次来延安参加鲁艺学习时已是很早的事情。随后，她到一二〇师战斗剧社，在山西吕梁一带，一晃又是两三年。这次李玉梅跟着林迈可的无线电班来学发报，随身带着一台电台。林迈可也不是那么板着脸了，气氛一下子热烈了起来。李玉梅把子弹壳收起来，却是换了一个柳笛，然后在课堂上吹出一种清脆的、时而高亢时而婉转，一如细雨中行走的脚步，宛若山巅之上，拨云见雾的嘹亮。这一个细节，让小月莺很多年之后仍然能够记得起来，一旁的林迈可拉起了手风琴，一下子让柳笛的声音有了一种依托的力量。这是李玉梅在教她吹响的柳笛。

小月莺记得当年在洪山时鬃毛长大后的情景。有一日，鬃毛扑在了李文祺的背上，狼的野性一下子唤醒，让小月莺也感觉到一种无法掌控的惶恐。你无法体会到小月莺身上某种神秘的特质里又有不确定的执拗和坦诚，这与李玉梅在小时候从底层乡村里感受到的日常经验完全不同，其中的殉道者悲悯的眼光，以及笑容里夹杂着的包容，感人至深地留在学员们的心间。小月莺为林迈可与学员之间建立了一座无法替代的同声翻译的桥梁。

小月莺无法忘怀的一个情感画面，就是齐耳短发的李玉梅背着一台经过林迈可改装过的电台去训练。李玉梅的眼神里有一种来自乡村的清澈和明亮。从她身上散发出来的气质与众不同，灰布军装和改装电台，还有打着的绑腿，更让她的脚步轻盈，也更加矫健。她那热情洋溢、与众不同的模样，让小月莺一下子与她没有了距离。在这之后的岁月里，李玉梅跟着一二〇师孙团长的独立团，背着那台林迈可改装过的小电台，蹀躞万里，从吕梁山一直转战南下成都，最终定居在了广州。

小月莺一直无法忘怀她那一路前行的身姿，宛若在战斗剧社里唱起的老家歌谣。这让小月莺又突然想起了童年时期的小伙伴，诸如何秀子、杨花花等等。她们的命运叵测，无所皈依，使得小月莺的心情突然间会抑郁起来，就想在这个时候与李玉梅聊聊天。何秀子、杨花花，是不是天性中容易遭遇坎坷呢？无论你如何逃避，无论你如何小心，但还是不免被命运击倒。这是为何？她们性格中有一些沉静和消沉的成分，也就是消极的心理暗示，以及种种机缘巧合，使得她们陷入这种类似修昔底德的陷阱里无法自拔。所以，小月莺在童年时期看到貌似弱小的鬃毛一下子长大，暴露出狼性的时候，她拿出柳笛来打了一声呼哨，鬃毛才又恢复以往的温顺，从李文祺背上下来。也就是那次，李文祺才决心要把鬃毛送走。给哪儿送？李文祺要放生，这让小月莺有些无奈。

李玉梅跟随着训练的队伍走过延河，攀爬过宝塔山，甚至还走过杨家岭。那次，野营训练到很远，小月莺都感到了口渴，于是李玉梅就在山间小溪边用水壶接水。正在接水的过程，就看到一只骁勇的小豹子扑到了李玉梅背上。小豹子脸上黑色勒条的形状看上去颇有喜感，但张开嘴就让人感到毛骨悚然。大家都惊呆了，一时间不知所措，无所作为。而这个时候，也只有小月莺悄悄地向前弯腰爬到一棵就近的不老松上面。正是这种出乎意料的镇定自若，让大家一下子把注意力放在了树杈上小月莺的身上。只听小月莺发出了一阵母豹子呼喊子女时类似鸟鸣的啸叫声，让小豹子分神，然后转过头来眺望，随即逃之夭夭。虽然是有惊无险，却也让李玉梅吓得不轻，水壶都被溪水冲走了，所幸人并无大碍。

应该说，小月莺在延安的这一年里，过得很知足了，再也不用像从前那样提心吊胆地过日子。一家人整天在战乱之中的地区游弋，甚至有时候接连几天都无法睡一个安稳觉，甚至会在半夜三更时起来转移，只为了躲避日伪军的清剿。

现在延安交际处分配给他们的这两间窑洞很深，也很大，配备的家具都很齐全，一张大床由两条长木凳支撑着，睡在上面也很宽敞；另一间窑洞用来做书房或者工作间，窗前配着写字台，还有几把椅子。她去王家坪的英语学校教书，每周有三个下午去上课，每月的工资是二斗小米。虽然收入不算高，但她却很开心。

过了一些日子，小月莺觉得自己又要生了。延河边上那座简陋的木桥上铺着砂石，下雨天会放着一些干硬的秫秸，为了避免车辆陷在泥泞里。几只灰白的燕子飞临在水面上，轻轻地一划而过，却是又一跃而起。河岸上有红艳艳的山丹丹花开了，还有扎白羊肚毛巾的放羊汉唱着信天游："天上的月亮呀跟着哥哥走，妹妹呀你为何躲在碾盘后？"

每次去上课，她都要爬山，但身子越来越重，眼看就要生了，但她还是喜欢这份工作，能够体会到一种与学生们交流互动的乐趣。记得那个夜晚，那泼洒在天空上的幽蓝蔚为壮观，站到窑洞的一个高坎上能够望到延河对面的宝塔山，尤其山顶上的宝塔，让她想起了迈可提到的那本英文小说《到灯塔去》。

星空的浩瀚，让她又想起了潇民哥曾经说起过在归国海轮上看到的大海。海天一色，草长莺飞。你开始在梦里，仿若在李府的院子里，看到了爹骑在大黑身上，小黑在后面跟着跑。她就在后面追，在李府院子外面的小东川田野里奔跑着。她不小心掉入了沟渠里，爹转身从大黑身上跳了下来，然后伸出手来拉她上来，可是怎么也抓不住她的手。她都急得快哭了，却是一直往下出溜着。后来，不晓得什么时候，小黑驮着她飞奔。爹骑着大黑在前面跑。小黑跑着跑着就腾空而起，四只蹄子飞升在空中，耳边风声呼啦啦直响。小黑仿若带着她飞临李府上空，在东西塔楼上掠过，然后又绕了一个大圈，飞到离石城，再飞到凤山、龙山和虎山之巅。她看到河流、山川和房屋越来越小了，然后脚下一蹬空，突然就醒了，冷汗淋淋……

那个时候，都快要凌晨三四点了，她跑到交际处办公室给迈可打电话。林迈克正在加班给抗战前方的八路军测试一台大功率的电台，没日没夜地在加班加点。他很疲惫，却又不能休息，一直盯着机器，不断地在寻求着适应前线复杂环境的最优通信方法。

"迈，迈可……我，我就要生了……"

电话那边的林迈可接话筒的手都在颤抖。"要生了吗？啊呀，好呀……我……我这就赶回去……"

小月莺得知交际处的车子都借出去了，迈可在电话那边当即从八路军的一个无线电学校，赶到就近的美军观察组，借来了一辆吉普车，立马赶回去送她到医院。

她已经能够体会到临盆前的难受，一个叫詹姆斯的小生命就要诞生了。

她只是觉得越来越急促的呼吸，甚或体会到一种来自内部的压迫，一呼而出的时刻总是感到紧张和不安。她望着身边的米勒医生和唐医生，只是到处乱抓，乱踢腾，一种撕裂的疼痛感，让她体会到了一种置身于生死边缘的危难处境。眼前黑乎乎的。隐隐约约有了一点亮光，也是不确定的方向，头顶上摇晃着一盏手术灯——其实，是一盏马灯，她想拉住迈可的手，可是怎么也拉不住。她动作很轻，只是抬起胳膊来在空中比画着，分不清眼前的面容谁是谁了。她只觉得自己在下坠，而又无处可藏。她下意识地向后缩着身体，那把产钳在冰冷地搅动着，疼痛让她几乎没有了任何重量。她的头摇来摆去，额头和脸颊上都是汗水。她感觉自己又飞升起来，似乎化成一股青烟。她离开了手术台，却是清晰地注视着自己的身体依然躺在那里，任由产钳摆布着，宛若她少女时期野营时撞见了余达成那裸露的下体……

"潇丽，你醒醒……"

小月莺眼前晕晕乎乎，甚至感觉周围的人都离得很远，听不到他们说话，仿若在水底的世界里透过水面只能绝望地扫视着岸上的一切。产钳把她生命中的某一个部位钳住了，又一个小生命联系着与她的脐带被钳断了。这个小生命脱离开母体之后的自主呼吸，看上去很艰难，却是依然很执拗。这就是生命的本能，也是从母体来到一个更大的生存空间之必需。小月莺似乎帮不了他什么忙，只能任他眯缝着一双小眼睛，试图琢磨四周的一切。果然，他就用小手抓住了冰冷的产钳，并试图往小嘴里塞。他不哭不叫，只是感觉到了产钳的存在，而找不到了来自母体的一丁点温暖。他不断挣扎，不断舞动着小手，却是什么也没有抓住。产钳被拿走之后，他凭着嗅觉，去找母亲，可是一直找不到，于是开始大哭，一抽一抽的，手脚并用地乱抓乱蹬。

　　她竟然没感到疼痛，只是有一种一阵比一阵剧烈的抽搐，好像要把她当猎物吃掉一般。她胡乱地叫喊着、呻吟着，而小生命的哭喊瞬间盖过了她的声音。这一切让她感到惊异，因为新生的小婴儿感染到了她。她不再哀号，也不再呻吟，只是强忍住撕裂的疼痛来打量这个小生命，但她没有坚持多久，就用一阵歌唱时的假声切换来发出一系列跳跃而又并不连贯的字眼，颇有点圐圙之中骑在大黑或小黑身上跃马扬鞭时的呼哨声。她是给这个刚从她肚子里生出来的婴儿吹响的哨音。后来，还没等她坐起来，就又一下子昏厥了过去……

　　"小月莺，你，你快点醒醒……"

　　是的，迈可在叫她小月莺，而不是叫她潇丽了。这是她小时候用过的名字。他和她有着共同的情感记忆。她向他巨细无遗地讲述过七岁时在李府里看到的一切。他们仿若又在兴县，在晋绥边区，渡过黄河前，站在山坡上，遥望着重重叠叠的吕梁山脉。在厚实的黄土路上走过，抬头望着山峦之上的明净、清澈的碧空，空气中洋溢着一种泥土层的味道。她在想象着与他并不是要渡过黄河，而是要去原始深山的腹地，人类的脚步无法踏过的地方。太阳照射着山山峁峁，鹞鹰在山巅飞翔。他和她继续向着不确定的远方走去。她也和曾姨娘一般，在那个时刻，仿若纵身一跃。然后，眼前又一黑，天旋地转中，突然经历了一条长长的时间隧道之后，一个婴儿呜哇呜哇地大哭不止。"嗷，嗷，嗷，詹姆斯别哭啦。"迈可笨拙地抱着襁褓里的詹姆斯，只是一股劲地傻笑。小月莺眼里流出眼泪，与其说是痛苦，不如说是感动。这个小生命从她肚子里出来之后，就有一双不同寻常的眼睛，忽闪忽闪着，想要对她说什么。而且，詹姆斯还会一天天地长大着，有了他自己独立的思维和个性，多么神奇啊！

　　小月莺还是小月莺，但她生出的孩子总有一天会长大，他们一天天地长大成人，甚至会离开她和迈可，走向各自的人生。想起她自己的爹娘，不由得一阵唏嘘不已。还有那些往事，关于李府里上上下下的亲戚和家眷，他们的命运起伏，也是让她体会到了这种激荡的波澜。然后是童年小推车的木轮子发出咕噜咕噜的响声，詹姆斯被拨浪鼓逗得咯咯直乐。"潇丽，你哥来信啦。"她问："我哥，他……他还活着？"她一时间惊喜万分。她还收到潇民从重庆捎来的一大包蔗糖，足够他们吃很长一段时间的。不仅仅艾丽佳喜欢吃糖，詹姆斯的奶瓶里也需要加点糖，然后再把糖分成小份给周围一些需要帮助的人。小月莺的情绪会受到这件事情的感染，也会因此而心情激动。她听到潇民哥一家在重庆过得很好，也不由得想着要写给他回信，让他晓得这里的很多情况，别让他为她担心。她要让潇民晓得她自己没有陷入软弱无力而又急转直下的状况，相反是越来越有起色了。至于李府的很多变化，也就只能顺其自然了。接踵而来的问题，需要人去面对，不一定都能一次次迎刃而解，但至少能够有一个更加超然的心态。

　　小月莺与迈可一起又有过很多回见到中共领导人的机会。她觉得抗战胜利之后，中国还会发生无法想象的巨变。这个是毫无疑问的。她从那些近在咫尺的言谈举止里探究他们的真实想法，推测未来中国的走向。然后，她为迈可和他们的交流做着准确的同声口译。在不到三个月的时间，林迈可利用极为有限的资源和设备，在延安建立了一台一千瓦的发报机，并自制了一个指向旧金山角度的 V 形方向性天线，架设起大功率的无线电台，使得新华社直接可以向旧金山发报，让全世界能够直接听到来自延安的声音。中国国际广播电台由此诞生，当时的林迈可的训练班也为延安培养出首批无线电人才。

后来，迈可对小月莺的评价，认为她几乎就是他的另一个翻版，或者说他们两个人是一个硬币的正反两面，须臾无法分离。

抗战胜利的时刻，整个延安沸腾了。而小月莺则把自己关起来，只是想一次次在洗浴中冲刷着自己。她挥舞着手臂洗头时，他却进来给她帮忙。她的嘴里发出一系列自度的歌曲，然后咿咿呀呀地哼唱，宛若小时候娘对她唱的那样，只是后来云莺姐有样学样地再灌输给她。而她爹则不会唱，只是简单地哼哼，会唱保定军校时的校歌，太激昂了，与她娘的摇篮曲完全相左，可能婴儿都会听了吓哭的。而迈可用大拇指和中指打着拍子，指关节发出咔叽咔叽的响声。他用鞋尖踢着浴盆底，发泄着喜悦的心情。她则擤着鼻涕，吐着口水，他连忙把一条浴巾给她。而艾丽佳蹲下来，脚踩着翻倒在地的太师椅，用手指头拨弄着她刚擤的鼻涕和吐的口水玩，椅子上的棉垫扔在了一边。

"艾丽佳，这么脏，不能用手去抓。"

"妈妈，为什么？"

小月莺依然记得生艾丽佳时疼得受不了，只能用牙齿去咬自己的手臂，血都被咬出来了，可是艾丽佳还没有生出来。生第一个孩子比生第二个孩子难受多了，差不多都要死过去了。

生詹姆斯的时候是林迈可第二次站在产房门外了，和第一次一样，都急得像热锅上的蚂蚁。那一次，艾丽佳出生后不久，迈可曾跑着去拒马河的土滩上找洗衣服的小月莺。头顶上有鬼子的飞机掠过。当时他对她说，要死也死在一起。看到他认真的模样，脸上还沾着锅底的料灰，她就笑了。"你笑啥呀？"她问他："你吃灶火里烧熟的山药蛋了吧？"他答："是呀，你咋会晓得的？"

"你看你一脸的灰。"

"没有吧？我出来时还用湿毛巾擦了一把脸的……"

"没擦干净。"

小月莺说着就把迈可脸上的料灰用围裙给他擦掉了，然后，又对他说："把你身上的脏衣服脱下来，我在这拒马河里给你洗洗……"

"我来洗吧——"

迈可笨拙的动作又把她逗乐了。她就说："还是给我吧。"她蹲在河边洗衣石上，熟练地挥舞着他的那件外衣，水里浸湿，然后甩了甩，就放在洗衣石上打肥皂，然后揉了起来。整个一套动作一气呵成……

素心向暖，浅笑依然。何秀子挥舞着白纱巾，一路蹀躞。渐渐起飞的飞机上望着地面上的人影越来越小，变成一个小黑点，她都听不清何秀子在喊着什么。何秀子突然扑倒在地，不时地弯腰鞠躬，像童年时见到小月莺那般有礼数。就在登机前，她还紧紧地攥住小月莺的胳膊。她的手有些颤抖，手心里全是汗，说话时嘴唇也在不停地抖动着。小月莺记得何秀子在说起六指的故事时都没这么激动过，六指是在碛口过黄河时中弹后被淹死，而他之前失踪后又干了什么，就连何彩花也不晓得了。因为他们渡河时走散了。

小月莺就在那时热泪盈眶。眼前是满地的落叶，还有远山黛影，人比黄花瘦，然后是被红色霞云氤氲着的一轮夕阳，远远地，逐步下沉的冰凉感觉。她闭上眼睛仿若听到了远方那神秘园的召唤，蓦地想起当年她七岁在爹的马背上风驰电掣的情景。所有一切就这样倏然定格，一如曾姨娘在李府东塔楼一跃而下时，竟然先用裁纸刀划破了她自个儿的手腕，一下子就血流如注……

一九九八年二月，我住在鲁迅文学院位于八里庄南里二十七号的老校区小平房，寂静中迎来送往。看不见的岁月却如此清晰，人类设定的物理时间序列中暗含深意。具体的个人甚至走不出一个世纪的历史，仅仅是这种设定的千百万亿年中走过和正在走过的符号而已。我曾经在十八岁那年，一个人在老家神坡山上疯跑，嘴里喃喃自语，而且还唱着当年流行的《流干倘卖无》。正如马尔克斯在《百年孤独》里写道："生命中曾有过的所有灿烂，终将需要用寂寞来偿还。人生终将是一场单人的旅行。一个人的成熟不是善于与人交际，而是善于与孤独和平相处。孤单之前是迷茫，孤独之后是成长。"即便如此，你只要活着并能够健康地去感受，试图爱你所爱，做你所做，你来到这个世界上必然有你的使命。无须去攀比，也无须去在意，你必然会遵从你的内心，你就这么一路走来，一步步行走在你的命运里。眼前的一片微弱的光亮，只是按照你的内心在选择，无所谓背后和身前的幽暗，无所谓失望与绝望，宛若命运的环形山，一直在那里虎视眈眈。你不屈不挠，只是在自己的世界里寻找存在感。你在过去的一年里抒写着自己的一本大书，沉浸在镜中花和水中月的投影里，寻找虚幻之旅的更多可能性。

一九九五年五月左右，我去位于虎坊桥的工人俱乐部看北京京剧团新排演的《闯王进京》。当时从北师大到虎坊桥，乘坐校车集体去观看的第一次演出，一直让我十分难忘。

一年四季，轮回更迭。你总是试图改变，一如既往中有着新的感受，生命年轮中留下的每一个痕迹，都有着欣喜和感动，也有无奈与挫折，但所幸一切依然，你的心还在期望着前方。等待戈多的人，每一次触手可及，却又会拉开了更大的距离。

　　所有一切，只是在这个等待的过程之中。活着的意义或许正在于此时此刻，你能去落实一件力所能及的事情，并且你一直沉浸到其中，感受到生命的真谛。幸福不在幸福之外，甚至也不尽然在那个叫戈多的结果，却是正在于你此时此刻收获到的充盈和快乐。过去了，然后再来，宛若四季轮回。冬天过去了，自然就是春天。每天的傍晚，幽暗的湖边，宛若你的瓦尔登湖，神秘的海奥华星球，听到冰面下嘎喳喳的响声，有一种被压抑的力量正在冲出冰面。这种奇异的嘎喳喳声，让你背后的冷风有了一种如影相随的力量，前方拐弯处或就是新的一年的路口。

　　在相关的历史记载里确有这样一条：

　　"一九四九年五月，离石武委会改称军事部，部长李信诚。"

　　我记得，在我奶奶（娘娘）的讲述里，我的爷爷（李信诚）一直挂在墙上，也一直活在他们那个如火如荼的年代里。我打小就没有见过我爷爷。据说，我爷爷早年确曾叫过李延忠这个名字，后来改为李信臣，官名李信诚。无论他在出生的薛村寺沟里很早务农，还是他在北山一带打游击，钻山圈窑窑，诸如后来在柳林、碛口当市长（镇长），以及后来在县里担任过武装部部长、组织部部长，然后又在临县等地担任过县委副书记等职，都只是想做一个简单而又快乐的人。他并不是追求物质财富的人，即便家徒四壁，但他依然仗义疏财，是在热心帮助穷苦人中体会到一种精神的富有。他下乡的时候，总是对老百姓说，群众吃甚，他吃甚。吃派饭，有的人家给他炒鸡蛋和烙烙饼，他却和群众一起吃"山药擦擦"和窝窝头。他饿得两腿浮肿，但他总是说，不能给群众添麻烦哩。另外，还有我大姑李玉梅与十二岁参加个两万五千公里长征的姑父孙道汇（小说里的孙团长）等，也有着现实中的投影。随着当年的一二〇师南下的他们和他们的一双儿女（孙小江和孙小林）现而今都生活在广州。我二姑李玉环及一家也在六十年代在成都安家。记得一九七五年时，二姑一家三口回到老家探亲，走时还给我和弟弟一人两块钱。那时，我父亲早已不叫李玉新了，而改名李峰。大姑李玉梅改名为李荣，二姑李玉环改名为李珍。

　　一首流行的《月亮月亮你别睡》的网络歌曲，突然地在我的耳边响起——

　　　　月亮月亮你别睡，
　　　　挨过这段艰难的日子。
　　　　孤单的人心易碎，
　　　　未曾放下的人怕回忆。

我似乎听到她的气息弥漫在整个窗外的天际，强自让情感的啜泣停止在梦醒的黎明。每一次的奔跑都不是神经质的冲突，而是一种内心的碰撞。这就是她的身影宛若一轮圆月高居于浩瀚的夜空，在巨大的天幕上皎洁着清越的月色，并在她那年轻、善良、正直和知性的面容上，留下了一个奇异而又凝重的标记。一片又一片的闪烁着橘红色光辉的氤氲云霞之间，又有着无法破译的深邃空间。

我在想：如果没有当时昏庸无道的黑暗和丑陋，怎么能够衬托这个燕京大学才女小月莺（李潇丽）的美丽绝伦？

我只是在倾听着这种天籁之音，一切早已无法复制，只是一次次在虚空中寻求着真切的存在。除非我能够在现实的时空中找到对应的历史回声，否则我只是徒劳地进行着泥沼中的苦苦挣扎。整个尘世间与曾经存在过的美丽，让我面对着窗外拨开云雾的圆月而沉思，青春激荡和往昔美梦并非完全可望而不可即，正是因为她的探索，我才能够感受到这种穿越于现实时空的力量。我就在这种恍惚的记忆里，在模糊的画面中，试图在梦幻的沙滩上找到一些闪光的贝壳，以及各种各样的更多可能，一系列的人物名字从我心间滑过，那么清晰而又明朗，却又充满着更多不确定的回响。

我一次次地重新看到七岁小月莺奔跑在李府的前院后院，甚或于站在一棵石榴树下淑静地微笑着。我在某一次高家沟军事会议展馆中的参观中既看到我爷爷李信诚的名字，也在另一个专属的展馆看到那些关于小月莺和她的爱情的很多老照片……

那是一个头上扎着蝴蝶结手里挥舞着花凤凰风筝的小女孩。她的两只小手刚刚还插在两边的裤兜里，然后看到曾姨娘给她递过来花凤凰风筝时就开心地伸手去接，踮着脚尖，身子前倾……

这样的时刻，总是突如其来，却又转眼间消失。我的心再次燃烧起过往的畅想……

一种迫不及待的呼喊，一种意想不到的声音，在热烈蹀躞的潮涌中，脱口而出。风暴来临前的恐慌心理只是暂时的。在冬天的窗外，梧桐的叶子落尽之后，光溜溜的树枝伸展着长长的手臂。阳光四射，普照大地。

我只是觉得自己与小月莺的青春热血一起沸腾在她那个黄金年代。她在那个属于李府的东关街上行走着，深藏在那些个旧店铺的招牌下向着前方观望。她如同介休洪山那只自己放走的小狼鬃毛一般，踽踽独行在白雪皑皑的山野里。她感受到鬃毛随着越走越远的身影，反而使得它那种无助的嚎叫声更加清晰，也更加让人揪心了。那种呼喊正是宛若睡梦中那样不确定，却又是翻来覆去，无法摆脱。她的手指有些不听使唤地抖动，牙关也在冰冻的雪野里咔咔作响，无边无际的雪花遮罩住了整个视野，也让她的整个童年变得扑朔迷离……

　　约莫到了晌午的时候，从飞机上能看到绵延千里的黄河，还有黄土高原，更远处有万里长城的边沿部分，以及一些不断地飘浮着的云海，在苍天之上滚动着的乌云和闪电，干打雷不下雨。飞速的过程，却是静止的，因为没有太近的参照物，反倒看不到飞机在飞行，只是感到一动不动。这样的瞬间里，花开花落，树叶飘落，这个世界上会有多少人在战争中死去，又有多少人会降临？这二者之间有何联系？一些人在胜利之前倒下，一些人在灾难中获得新生，而生命的渺小和博大背后又有一种什么样的巨大力量呢？她想：我仿若长上了翅膀，腾空而起时，俯瞰大地，迎向未来，听从于命运的召唤，一切就在飞翔中撒手而去……

　　艾丽佳问："妈妈，你为何哭了？"

　　"妈妈没有哭，妈妈也不会哭的。"

　　"妈妈哄人嘞，妈妈明明是哭了……"

　　"欸，孩子，你看窗外……"

　　那时，小月莺确是又摇了摇头，有些无助，有些无力。突然，她就想起了更多，一下子觉得自个儿不再是从前爹娘心目中的那个小月莺了。仿若眼前出现了曾姨娘、何彩花、杨花花、何秀子、舒苢圆、刘佳慧的面容，她们中的很多，就是这个黑暗无道的民国社会害死的呀。不过，也有可能她们中的幸运者会在一个不同的时代里获得新生。她握住艾丽佳的小手说："别怕，妈妈没哭，只是刚才登机时眼睛里被地面上吹起的风沙眯了。"

　　"妈妈，你用我的手帕擦擦眼睛吧。"

　　那次，机舱里，对面坐着林迈可和他怀里睡着的詹姆斯。就在这一刻，小月莺在女儿面前算是长大成人了，她得在孩子们面前显示更加坚强的形象，给他们以更多的信心。这也因此意味着她与远隔重洋的爹娘再想见面就会更加困难了。可是，又有什么办法呢？她的心像颠动在浪涛上的舢板一般，随着她那变化的眼神在从前的记忆里遐想。她可以一下子听懂曾姨娘在头巾下露出两只眼睛里的心灵话语。她在一直摆弄着曾姨娘的旗袍和腰带，还有长长的黑袜子。她的心里总是激荡着那些梦幻一般甜蜜的声音。她真想学当年曾姨娘把自个儿的手腕划破，去感受一下那种裁纸刀剞开皮肤的滋味。她甚至想到自己小时候初潮到来不知所措的模样。尤其，还有那个叫余达成的男老师，早在多年以前就让她看到不该看到的东西，逆光让她的眼睛眯缝上了。她在幽暗中感受到更加不确定的地理坐标。还有呢？她突然间有些恐慌，却又有一种决绝。

　　机舱外面是一个更加广袤的天宇，人世间所处的星球之外还有一个太阳系，而在太阳系之外，还有银河系。一百年前的人类，还以为只有太阳系和银河系，但哈勃在一九二四年发现了更多数不清的亿万星系。那么，宇宙的边界在哪儿？她想起曾与潇民哥在从龙城逃亡到北平时的火车上讨论过这个问题。他还把从哈佛带回来的望远镜送给了她，让她多看看天上的月亮和星云，就会少去了很多世俗的烦恼。她觉得很多时候难以找到一个可以终身托付的人，随便轻信人，并为某个问题争执不下，面红耳赤，反倒会引发一场人性的灾难。或许，人类战争就是这么来的。她越来越删繁就简，孤独让她清醒和自省，也让自己变得更加明朗朴实。这也说明，内在的振磁频率高低，或许决定着能否晋升更高维度空间的关键因素。潇民哥送她的这架哈佛带回来的望远镜，让她对宇宙太空增加了更多探究的兴趣。当年的潇民哥和她谈起这些总是眉飞色舞。月亮的环形山和陨石坑，以及种种嫦娥奔月的传说，让她总是沉醉其中。

她回望从前的时光。无论是早年的少女时代，还是后来的成长经历，她的皮肤都是充满光泽的，只有岁月神偷让她在不断地生长，以至于为人妻、为人母。没有人愿意老去，皮肤逐渐地角质化，失去光泽，却是有了一层硬壳一般的保护层。这让她想起卡夫卡《变形记》里变成大甲虫的格里高尔。这种保护层并不随着时间脱落，恰恰相反，她变得更加进入了现实设定的角色。比如她现在是艾丽佳和詹姆斯的母亲。她记得自己曾经还在母亲吴秀兰怀里撒娇，转眼之间就完成了这种角色转换。

一路踟蹰，进入燕园时的十八岁，甜蜜而又让人遐想，一切还才是刚刚开始，却就要结束了。如今她是二十九岁。在这种情况下，她总是计算着自己与青春年轮的距离，并不觉得伤感，反倒释然了。因为她从未远去，一直就在那里，无论角色如何转换，她的心依旧如初。她像一个呼吸困难的病人一样大口大口地喘气，引起迈可的注意。在一万米高空的飞机上向下望着，她只是让胸腔里压住的情绪释放出来，嗓子里却发不出任何声音。迈可递过来一杯水，她则摇摇头，只是脑海里想着在燕园与他一起听过的激越的钢琴曲。她突然咳嗽了起来，想站起来，机舱里的人都注意着她。她只是重新系了一下腰间系着的安全带，然后下意识地挥挥手。

小月莺伸出手去触摸天空，曾姨娘就是从那个窗口一跃而下的。这个时候，小月莺能够感觉到那种真切的气息，并且越来越沉重，仿若听到了她粗重的呼吸。那种温暖和力道，那种平静和自然，那种曼妙和感动，都在那一刻如旧城外莲花池里的水波微澜，阳光飘洒下来让眼前的荷叶发着清亮的辉光。血流如注。

万里踟蹰，以梦为归。时空转换之中，波音还是空客？她想不起来了。只是在此时此刻越来越向上攀升着，再一次往地面看，已经什么也看不清了，只有机身被一片无边无际的云海所包围。人只要活着，就总会下意识地感觉到前面有着什么意想不到的机会在等着你。有时，你不确定是什么东西在前面等着你，只是会这么想，于是你的生活才有了更多的盼头。你所等待的可能不仅仅是唾手可得的财富和有保障的生活，而是一种不断接续的盼头，只要活着，这一切就会继续，因为只有这种不停顿，才能让她想要的一切如约而来。

　　小月莺记得小时候潇民哥说过在浩瀚的宇宙里，太阳系外还有仙女星座，以及对维度世界的解读，比如一维就是一个点、一条线、一个长度，而二维就是一个面、长和宽，三维就是长宽高的立体空间。然后，他又讲到四维，那就是长宽高之外，又多了一个维度。这让人无法想象。她神游在无尽的宇宙里。这个所谓的四维是否意味着能够让时间逆转，甚或能够看到你的来处和你的去处呢？

　　或许，这一切让小月莺想起了高更那幅一八九八年画的油画《我们从哪里来？我们是谁？我们到哪里去？》，听说这幅油画被收藏于美国波士顿美术馆里，尺寸为一百三十九厘米和三百七十四点六厘米。这一个二维的油画尺寸里，却伸展着更多无法想象的三维和四维空间。潇民哥还说，或许在那个不确定的四维空间里能看到你自己出生的那一刻，甚至人生剧本的结尾。从达尔文的进化论，到某种来自外太空文明移民说，这个世界之外，真的有传说中的外星高等智慧生命吗？高三百八十一米的纽约帝国大厦，高一百零六点五米的埃及金字塔，传说中的亚特兰蒂斯金字塔又比埃及金字塔高十倍，而一万四千五百年前就消失的姆大陆金字塔，中国的万里长城，还有百慕大金字塔、印度万年古城，等等，都可能隐藏着人类文明发展演化的秘密。如果此时此刻的飞机超过光速，按照爱因斯坦的说法，时间或许能够逆转，我们是不是就能看到自己的来处，比如人类文明的起源，以及不断的历史演化和整个发展的进程呢？或许，整个宇宙空间在另外一种意义上，就是一个巨大的生命体，地球只是其中一个微不足道的细胞。那么，人类又会是什么呢？是否有"跳出三界外，不在五行中"的神仙？可是，一切似乎还是一个难解之谜，我们不可能看到生命的全部底牌，也不会晓得下一步，乃至剧本的大结局。

　　想到这儿，这让小月莺有点沮丧。她不敢再想下去了。她就又回望到自己七岁那年祭祖的路上玩耍粪把牛的情景。她又不由得要展开更多的遐想。

　　粪把牛所处的空间维度里只有一个平面，可能看不到人类的手掌在把玩它的全景。粪把牛只是盲人摸象地看到一个微观的局部，一个小女娃把玩它的小手，可能在粪把牛眼里就是一根巨型的命运之手，撒一泡尿对它来说就是洪水滔天。小月莺又想到爹说起过的那次逃亡，尤其那一年李信诚的穿墙而过，众说纷纭中，更具有了诸多的传奇色彩。也许，所谓的多维空间才能解释某些现象吧？

　　　　波涛滚滚绵延无边，
　　　　我的相思泪已干。
　　　　亲人啊，亲人你可听见，
　　　　我轻声的呼唤？
　　　　门前小树已成绿荫，
　　　　何日相聚在堂前……

　　小月莺又想起了当年太原女师姑娘们与金燮心校长合唱的《彩云追月》。脑海里的记忆又转到了北平燕园，然后又是后来那次的黄河岸畔上，穿着燕京大学校服的小月莺换上了一身八路军的灰布军装，她曾折断一截枣树枝，挥舞在手里，然后不停地向着对岸吼喊，紧接着又把它扔进了雄浑的浪涛之中。

　　她仿若站在了飞舞的氍毹上，看到它傲然沉浮着，竟然冲到了浪涛之上，一直向着前方飘游着，寻觅着自己的命运。再往高处望，就见一处土崖上，一排窑洞口，站着几个光溜溜着身体的孩娃，从头到脚都是脏兮兮的，一个个小嘴张开，眼神里流露出对陌生人的好奇和警觉……

　　机头的左前方是一轮正在云海之上升腾着的大太阳，一览无余的金黄色里，氤氲着紫红色的边框，而且是越来越大，和她七岁时在离石城李府里看到的情境一模一样……

　　一九八〇年初春。国际航班就要在北京的首都机场降落了。从舷窗射进来的一缕光线，足音跫然，挣脱了童年时期放马奔腾的囹圄，带着几许温暖和说不清的神秘感，在她眼前显现出极为耀眼的刺亮。